Henry David Thoreau
A Life of the Mind

헨리 데이비드 소로
자연의 순례자

헨리 데이비드 소로

자연의 순례자

로버트 리처드슨 지음 ─ 박정태 옮김

굿모닝
북스

지나치지 않게 절제하며 살아가되

하나 혹은 두세 가지만을 간절히 바라면서

진심으로 그것들을 사랑하고

온몸으로 그것들을 껴안고

구석구석까지 그것들을 캐보고

그리하여 그것들과 하나가 되는 것

시인은, 예술가는, 인간은 그렇게 만들어지는 것이다.

괴테

9부 1854-1862 내 삶이 강렬하기를

저자의 말

이 책은 헨리 데이비드 소로가 대학을 졸업하던 해인 1837년부터 세상을 떠난 1862년까지, 그러니까 스무 살 때부터 마흔다섯에 이르기까지 그가 걸어온 지적인 삶을 기록한 것이다. 내가 이 책을 쓴 이유는 무엇보다 소로가 작가로, 박물학자로, 또 훌륭한 독서가로 성장해나간 과정을 하나하나 낱낱이 설명해보고 싶어서였다. 이것은 그의 인생을 전체적으로 파악하는 데는 물론이고, 그가 살아간 나날들의 모든 일들을 그것이 아무리 사적이라 할지라도 공개적으로 밝히는 데 꼭 필요한 작업이기 때문이다. 소로가 매일같이 적어도 네 시간을 "모든 세속적인 얽매임에서 벗어나 숲 속에서 느긋하게 산책하거나 언덕과 들판을 오르내리고 걸어 다녔다"는 것은 다들 잘 알고 있다. 그러나 그가 매일같이 책상 앞에 앉아 책을 읽고 글을 쓰는 데 그에 못지 않은 꽤 많은 시간을 썼다는 사실은 그리 주목하지 않는다. 소로가 받은 교육에 대해서는 에머슨이 아주 멋지게 요약했는데, 자신과 "가장 가까웠던 친구"는 많이들 생각하는 상아탑의 학위가 아니라 "사색과 자연 분야의 학위"를 받았다고 말이다.

이 책을 준비하는 동안 내가 신세 진 분들은 무척 많지만 여기서는 그 중 일부에게만 감사를 드린다. 그런다 해도 소로비언들(Thoreauvians, 소로를 사랑하는 팬들의 통칭—옮긴이) 사이에는 이를 기꺼이 이해해주는 관대함과 따뜻함의 오랜 전통이 있으니 다행이다. 콩코드의 소로 라이시엄에서 일하는 앤 맥그래스, 말콤 퍼거슨, 톰 블랜딩은 여러 의문사항과 관련 내용, 특히 엘런 수얼과 관련된 일들에 대해 도움을 주었다. 콩코드 공공도서관의 마르시아 모스는 온갖 종류의 문서 기록에 관한 문제들을 열성적으로 도와주었다. 샌마리노의 헨리 E. 헌팅턴 도서관에서 일하는 마틴 리지와 훌륭한 연구진덕분에 나는 이 책의 후반부를 즐거운 마음으로 속도감 있게 써나갈 수 있었다. 이 밖에도 피어폰트 모건 도서관, 뉴욕 공공도서관의 베르그 컬렉션, 보스턴 공공도서관, 하버드 휴턴 도서관, 덴버대학교의 특별장서 도서관에서 일하는 사서들의 협조는 큰 힘이 되어주었다.

이블린 베어리시, 레이먼드 보스트, 존 W. 클락슨 주니어, 브래들리 딘, 다나 맥린 그릴리, 로버트 그로스, 마이클 마이어, 로즈마리 미튼, 조지프 J. 몰덴하우어, 도널드 모틀랜드, 조엘 마이어슨, 마가렛 노이센도르퍼, 조엘 포르트, 바턴 L. 세인트 아먼드, 리처드 슈나이더, 가일 L. 스미스, 케빈 P. 반 앵글렌은 적절한 정보와 함께 조언이나 영감을 주었으며, 때로는 이 세 가지를 한꺼번에 선사하기도 했다.

로버트 새틀마이어는 소로의 독서에 관한 귀중한 연구 결과를 접할 수 있게 해주었다. 스튜어트 제임스는 이 책의 초고를 읽고서 더 나은 내용이 될 수 있는 여러 방안을 제시해주었다. 빅터 카스텔라니는 라틴어 분야에서, 존 리빙스턴은 역사철학 분야에서 많은 도움을 주었다. 주디 파햄은 소로의 방대한 독서 색인 카드를 만들었는데, 이 책을 쓰는 데 없어서는 안 될 것이었다. 캐롤라인 마틴과 브래드포드 모건은 《콩코드 강과 메리맥 강에서 보낸 일주일》과 《메인 숲》을 새로운 시각으로 통찰할 수 있게 해주었다. 산타바바라의 소로 에디션에서 일하는 베스 위더럴과 직원들은 지금 프린스턴 출판부에서 새롭게 출간하고 있는 산더미 같은 내용들을 최선을 다해 제공해주었다.

소로 연구 분야의 원로인 월터 하딩은 '콩코드가 낳은 인물the Man of Concord'에 대한 믿음을 함께하는 사람들에게 그러했던 것처럼 나에게도 놀라울 정도로 관대한 자세로 많은 사실을 알려주었고 용기를 불어넣어주었다. 그가 앞장 서서 도와주지 않았더라면 이 책은 쓰여질 수 없었을 것이다. 필립 구라는 여러모로 큰 도움이 됐다. 집필의 범위를 늘려 소로의 최후 순간까지 다루어야 한다고 처음 제안한 것도 그였다. 나는 오래 전부터 버튼 펠드먼과 함께 덴버를 여기저기 여행했는데, 사상적 모험의 동반자이기도 한 그는 전문가뿐만 아니라 일반 독자들도 읽을 수 있는 책을 써야 한다고 나를 설득했다. 알렌 만델바움은 격려와 조언을 아끼지 않았을뿐만 아니라 이 책을 시작해서 끝낼 때까지 원고를 더 낫게 고칠 수 있도록 여러 가지 다양한 방법을 제시해주었다. 그는 이 책을 전폭적으로 신뢰해주었고, 스탠리 홀위츠를 비롯한 캘리포니아대학교 출판부의 쟁쟁한 편집진과 제작진에게 자신의 열의를 전달해주었다. 나는 이 책이 아주 특별할 뿐만 아니라 매혹적인 베리 모저의 '작품집' 가운데 한 자리를 차지할 것이라는 사실이 무척 기쁘고 자랑하고 싶다. 이 책의 디자인과 판화에 대해서는 오래도록 잊지 못할, 영원히 갚을 수 없는, 진짜 대단한 빚을 졌다고 말할 수밖에 없다.

이 책은 나의 딸들과 아내에게 바치는 것이기도 하다. 리사의 발랄하면서도 진취적인 개인주의는 '세인트 헨리'가 남성뿐 아니라 여성의 수호성인일 수 있다는 점을 새삼 알려주었다. 무슨 일에든 최선을 다하고 가족 일에도 열정적인 앤은 소로의 사회적인 면뿐만 아니라 개인적인 면도 살펴보도록 부추겼다.(그녀는 또한 이 책의 초고를 살펴보고 읽어보는 수고를 해주었다.) 물불을 가리지 않는, 아주 엄격한 비평가이자 가장 가까운 동료며 누구보다 중요한 동지인 엘리지베스도 빼놓을 수 없다.

1부

1837

콩코드로 돌아오다

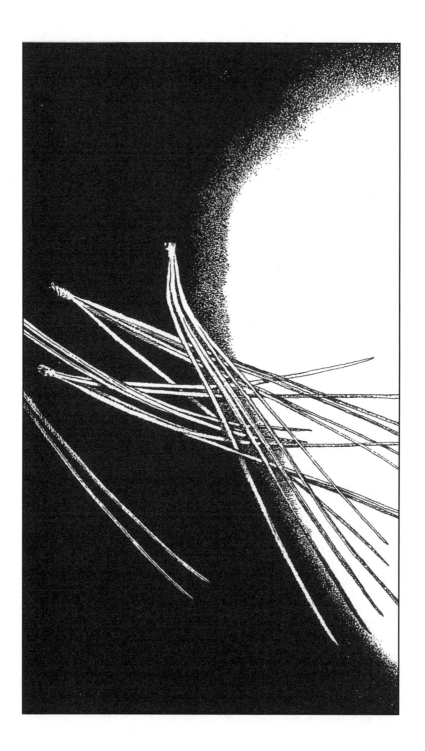

1

데이비드 헨리에서 헨리 데이비드로

1837년 가을이 시작될 무렵 데이비드 헨리 소로는 하버드대학을 졸업하고 콩코드로 돌아왔다. 이제 막 스무 살이 된 소로의 외모는 활력이 넘치고 어딘지 모르게 뱃사람 같은 분위기를 풍겼는데, 키는 중간쯤, 아니 그보다 약간 작은 편에 양쪽 어깨는 조금 기울어 있었다. 걸을 때는 힘차게 발을 내디뎠고 늘 환한 표정을 지었으며 부드러운 목소리가 인상적이었다. 매부리코의 콧날은 유난히 우뚝해 사람들은 로마 시대의 카이사르 같다고도 했고 에머슨을 빼 닮았다고도 했다. 머리칼은 보기 좋은 연한 갈색으로, 전체적으로 볼 때 눈에 확 띄거나 아주 빼어난 풍모는 아니었지만 두 눈만은 예외였다. 커다란 눈망울은 빠져들 것만 같았고, 눈빛은 강렬하면서도 진지했으며, 눈동자는 푸른색을 띠기도 했고 회색으로 보이기도 했다. 그가 콩코드를 돌아다닐 때면 땅에서 눈을 떼는 경우가 거의 없었다. 그러다 시선을 돌려 고개를 들면 한눈에 모든 걸 다 보았다. 그의 두 눈은 늘 놀라우리만치 무언가에 열중해 있었고 지성과 유머로 불타올랐다.[1]

하버드대학 졸업식은 8월 30일에 거행됐는데, 여름방학 이전이 아니라 뒤에 열리는 게 그 무렵 관행이었다. 이로부터 2주도 안 돼 소로는 콩코드로 돌아와 메인 스트리트를 마주보는 자리에 서 있던 파크먼 하우스(지금의 공공도서관 터)에서 가족들과 함께 지냈고, 콩코드 퍼블릭스쿨에서 교사로 일하기 시작했다. 1837년은 미국이 금융위기에 휩싸였던 해였다. 이해부터 시작된 심각한 불황은 1840년대까지 이어졌다. 은행들이 차례로 쓰러지는 와중에 어떤 일자리건 일단 취업했다는 것 자체가 소로로서는 운이 좋은 편이었다. 그러나 소로가 이 자리에 있은 건 딱 2주뿐이었다. 매일같이 회초리를 들라고 하는 학교 당국에 맞서 사직해버렸기 때문이다. 이와 관련해 지금도 회자되는 일화가 있다. 하루는 콩코드 교육위원회의 니어마이어 볼이라는 인사가 교실을 찾아와 소로가 가르치는 모습을 지켜보고는 그를 불러 체벌을 하지 않는다며 꾸짖었다고 한다. 소로는 의외의 질책에 화가 치밀어 냉정을 잃었다. 성미 급한 스무 살짜리 교사답게 그는 교실로 돌아가서는 무작위로 학생 여섯 명을 일으켜 세워 마치 군대에서 반란군을 다루듯 회초리를 휘둘렀다. 그러고는 곧바로 그만둔 것이다. 그야말로 순식간에 벌어진 일이었다. 그의 공립학교 교사 경력은 이처럼 아주 운 좋게 출발한 듯 보였으나 채 한 달도 안 돼 끔찍하게 끝나버리고 말았다.[2]

그러나 이해 가을이 실망스러운 것만은 아니었다. 체벌 사건이 벌어지기 며칠 전, 그러니까 9월 중순 무렵의 일요일 저녁 소로는 형 존과 함께 산책하며 "지나간 세월과 그 기억들로 가득 찬 머리로" 인디언이 남겨놓은 자취를 찾아 다니고 있었다. 클램셸 힐과 그 오른편의 낫소틱 힐이 바라다보이는, 스웜프 브리지 개울이 시작되는 서드베리 강둑에 오르자 소로는 백인들이 오기 전 인디언이 콩코드 숲을 호령하던 "야생 그대로였던 그 시절을 기리는 품격 있는 의식"을 시작했다. 소로는 곧 찬양 의식에 깊이 빠져들었다. "그들은 얼마나 자주 이 자리에 섰을까? 바로 이 시간에." 그의 말은 이어졌다. "여기 타하타완 인디언이 서 있었네." 그러고는 기분 내키는 대로 아무 곳이나 가리키며 "저기 타하타완 인디언의 화살촉이 있네"라고 말했다. 이건 그저 수사 가득한 의식일 뿐이었고, 인디언 놀이를 하는 아이의 모습이나 다름없었다. 그런데 그가 의식을 마무리하듯 갑자기 몸을 숙여 자신이 가리킨 곳에 있는 작은 돌멩이를 주워 들자 "날카롭게 벼린, 그야말로 완벽한 화살촉이 방금 인디언 장인의 손에서 나온 것처럼" 모습을 드러냈다. 물론 이런 일은 운만 좋으면 누구에게나 일어날 수 있는 대수롭지 않은 일일 수도 있지만 어떤 이에게는 보통사람들보다 훨씬 자주 일어난다. 훗날 사람들은 소로가 마음만 먹으면 언제든 화살촉을 찾아낼 수 있었다고들 말했다. 물론 소로 자신이 어디 화살촉이 없나 하고 살피고 다니기도 했다. 화살촉을 발견했으면 하고 바랐던 것도 사실이다. 그러나 이건 뭔가를 말해주는 것임에 틀림없다. 그 바탕에 젊은 교사의 상상력과 공감 능력이 깔려있는, 그러니까 바보 같다고도 할 수 없고 잘못이라고도 할 수 없는 어떤 신호 같은 것이었다. 소로는 늘 자기 인생이 아주 특별한 행운이었다고 말했다. 그런 점에서 피카소가 자신의 삶에 대해 했던 말을 그도 했음직하다. "나는 애써 찾으려 하지 않는다. 그저 드러난 것을 볼 뿐이다."[3]

소로에게 1837년 가을은 다른 면에서도 좋은 징조였다. 다름아닌 에머슨과 매우 가깝게 지내기 시작한 게 바로 이 시기였기 때문이다. 인생 대선배였던 에머슨은 그 후에도 소로에게 깊은 인상을 남겨주었다. 에머슨은 이해 가을 소로를 만나보고는 "대학을 갓 졸업한 야무지고 건강한 청년"이라고 적었다. 소로는 마침 이해 봄 에머슨의《자연Nature》을 읽은 터였다. 언젠가 소로가 언급했듯이 "날씨가 어떻든 그 자체로 기억될 만한" 뉴잉글랜드(식민지 시절부터 영국 이주민이 많이 살았던 미국 북동부의 여섯 개 주를 일컫는 이름으로, 메인, 뉴햄프셔, 버몬트, 매사추세츠, 코네티컷, 로드아일랜드 주를 가리킨다-옮긴이) 최고의 계절인 10월 셋째 주가 끝나가던 날(22일) 에머슨은 소로에게 이제부터 일기를 써보는 게 좋지 않겠느냐고 하면서, 글 쓰는 것을 직업으로 삼는 것도 괜찮을 것이라고 격려해주었다. 세상에 랄프 왈도 에머슨이 친구로 대해주는데 그깟 니어마이어 볼한테서 질책 좀 받은 것을 신경 쓸 사람이 어디 있겠는가?[4]

이해 가을은 이런저런 행사도 많았고 분주했다. 산책하고 강에서 배를 타는 것은 물론 부모님과 형, 숙모와 하숙생까지 그야말로 대가족이 모여 사는 집에서 시끌벅적하게 지냈다. 아버지를 도와 연필 만드는 일도 했다. 체벌 사건으로 교사 직을 그만둔 뒤 다른 일자리도 열심히 알아봤는데, 그 와중에 에머슨과 인생의 전환점이 된 보석 같은 우정을 맺게 된 것이다. 소로는 이해 가을 엄청난 양의 책을 읽었고 글을 썼고 사색을 했다. 훗날 습관처럼 몸에 베게 된 하루 여러 시간의 산책을 빼놓지 않은 것도 이때부터였다. 하지만 산책만큼이나 그가 빼놓지 않은 것은 매일같이 정해놓은 시간 동안 책상에 앉아 글을 쓰는 것이었다. 그는 새로 쓰기 시작한 일기의 맨 앞에 이렇게 적었다. "나는 다락방부터 찾았다." 그는 걸어서, 때로는 강을 따라 노를 저어서 콩코드를 여행했다. 그리고 다락방에서, 또 여행하는 틈틈이 책을 읽으며 자신이 가고 싶은 곳 어디든 여행을 했다. 그는 실제로 바깥바람을 쐰 여행과 책을 통해서 한 여행을 전부 자

세히 기록해두었다.[5]

1837년 가을까지 소로는 그리 눈에 띄지 않는 존재였다. 어렸을 적이나 학창시절 모습을 보여주는 몇 가지 사실과 편지, 이런저런 회고들이 있지만 하나같이 다 외면을 드러내줄 뿐이다. 다른 사람들이 그를 바라본 것들뿐이라는 말이다. 심지어 그가 쓴 편지와 대학시절의 글조차 그저 남들에게 보여주려고 쓴 것 같아 초기의 기록들은 이상할 정도로 와 닿지 않는다. 그런데 그가 1837년 10월 일기를 쓰기 시작하면서 마침내 우리는 모든 것을 갖춘 완전한 한 인간을 마주하게 된다. 그 자신의 최고 작품이 나온 원천이자 보고寶庫인 소로의 일기를 보면 바깥 활동으로 바쁜 가운데서도 늘 꽉 채워진, 책임 의식을 지니고 빠르게 진화해가는 내면의 삶을 만날 수 있는데, 우리에게 낯익은 사진 속 두 눈 뒤에 감춰진 그의 생각들이 드러나는 것이다.

그가 추구했던 주요 주제 가운데 얼마나 많은 것들이 바로 이 가을에 기록됐는지 알면 깜짝 놀랄 것이다. 그는 이미 숲과 들판의 초록빛 자연에 관심을 쏟고 있었다. 강물의 매력에 푹 빠졌고, 여행과 은유의 가능성에 눈을 떴다. 갈수록 분주해지는 일상의 삶 한가운데서도 자신만의 고독을 지켜나가려 애썼고 누구의 눈치도 보지 않았다. 괴테와 베르길리우스, 영시 선집을 비롯해 무척 많은 시와 시인들을 이해 가을 섭렵했다. 소로 자신이 훌륭한 시를 쓰기 시작한 것도 이해부터였다. 또한 북유럽의 초기 문학작품과 인디언 설화 속에 희미하지만 매력적으로 녹아있는 그 옛날의 영웅적인 삶을 이미 마음속 깊이 간직하고 있었다. 독일어로 빌둥Bildung이라고 하는 자기 수양에도 열심이었다. 이 시기에 그가 남긴 짧은 글들을 보면 자연 세계, 아니 살아있는 모든 생명과 만날 때의 깊고 지속적인 느낌이 적혀 있다. 격정적이며 절정에 이르렀을 때의 기쁨이 그것이다.

소로는 이해 가을 내내 자연스러운 매력에 이끌려 매우 진지하게 괴테와 베르길리우스를 읽었다. 그는 이 무렵 하루 일과를 둘로 쪼개 괴테의 《이탈리아 기행Italian Journey》을 읽고 번역하는 데 쓰는 시간과 콩코드를 산책하며 보내는 시간으로 나누기도 했다. 괴테는 《이탈리아 기행》에서 나뭇잎이야말로 식물 형태학의 법칙을 보여준다고 자세히 설명하고 있다. 이와 똑같이 소로도 자연이야말로 이 세상을 지배하는 법칙의 무한한 변주라고 인식하기 시작했다.

베르길리우스를 읽고서는 어떤 의미에서 더 중요한 것을 깨달았다. 그가 11월 중순에 쓴 글 가운데 이런 대목이 눈에 띈다. "모든 세대를 관통하는 인간 본성의 정체성을 확인하고 싶다면 베르길리우스를 읽어야 한다." 분명하고 솔직하면서도 어딘가에서 따온 듯한 이 말처럼 그가 베르길리우스를 읽고 깨달은 것은 모든 시대를 관통하는 자연 그 자체의 정체성에 관한 생각들이었다. 이것들은 소로의 성숙한 사고의 토대가 됐고, 역사와 자연, 사회, 그리고 개인을 향한 그의 뿌리깊고 가장 특징적인 신념을 형성하는 데 기반이자 출발점이 됐다.

언론의 시각으로 보자면 1837년의 톱뉴스는 빅토리아 여왕 즉위와 영국의 식민 통치에 맞선 캐나다의 저항(반란군이 전투를 벌였다), 그리고 조지아와 플로리다에서 벌어진 세미놀 인디언과의 전쟁이 여론의 지지도 받지 못한 채 끝도 없이 이어지는 와중에 찾아 든 미국의 심각한 금융위기였을 것이다. 물론 청년 소로의 삶에서 보자면 이해 가을의 일대 사건은 에머슨과 괴테, 베르길리우스와의 조우였다. 1837년 가을은 그에게 진정한 시작이었다. 해가 바뀌려면 아직 시간이 좀 남았지만, 그는 마치 새로운 시작을 기념하기라도 하듯 자신의 이름 순서를 바꿨다. 이제 헨리 데이비드 소로가 된 것이다.

2

퀸시 총장 시절의 하버드

🌿

소로가 하버드대학에 다닌 시기는 1833년부터 1837년까지였다. 그는 대학은 물론 대학교육마저 대수롭지 않게 여겼지만 하버드는 그가 인생의 틀과 방향을 잡는 데 어떤 식으로든 지대한 영향을 미쳤을 것이다. 콩코드를 떠나 케임브리지로 갔을 때 그는 그저 또 한 명의 꿈 많은 시골청년이었을 뿐이다. 가난한 집안 출신에 확실한 미래 보장도 없으면서 심한 고집불통 외톨이였던 그는 그리 대단치 않은 전망을 가진 그리 대단치 않은 학생이었다. 대학을 마치고 고향으로 돌아왔을 때 그는 이런 부족한 점에도 불구하고 하버드를 어떻게 평가할 것인지 배웠고, 평생에 걸쳐 정신의 삶을 추구할 수 있게끔 단련돼 있었다. 이에 대한 인정은 나중에 올 것이었다.

1833년 무렵 하버드는 작은 학교였다. 학생들 대부분이 인근 지역 출신이었고, 지금 보기엔 상상하기 어려운 규모로 운영됐다. 1839~1840년도에 하버드에 등록한 학생은 통틀어 432명에 불과했다. 이들은 25명의 교직원과 함께 케임브리지에 있는, 대부분 공공기금으로 지어진 네댓 개의 건물에서 기숙했다. 본관 뒤편으로 비포장도로에 돼지우리까지 있었을 정도로 대학이 자리잡은 곳은 시골분위기 물씬 나는 촌이었다. 강 건너편 만灣을 향해 동쪽에 위치한 보스턴 역시 고작 인구 7만5000명의 소도시였다.[1]

대학에는 총장 한 명과 교수 11명, 강사 7명, 학생감(기숙사 사감과 조교를 겸했다) 9명, 경리와 사무장 각 1명씩, 그리고 4만1000권의 도서를 권리하는 사서가 한 명 있었다. 이밖에 다른 직원은 없었다. 심지어 1870년이 되어서야 학장이 처음으로 임명됐을 정도다. 총장이 직접 추천서를 쓰고 학점을 집계하고 학습 태만을 지적하고 장학금을 수여했다. 1840년도 대학 예산은 4만5000달러가 겨우 넘었는데, 2만8000달러 이상이 급여로 지출됐다. 교수들의 한 해 평균 연봉은 1500달러로 콩코드에서 연봉이 제일 많은 교사의 세 배였다. 시골 교사 연봉이 100달러 수준에서 시작되던 무렵이었다. 당시 이리 운하에서 일하는 일용직 근로자의 하루 일당이 88센트였고, 목수는 1달러25센트를 받았다.[2]

대학 등록금은 한 해 55달러였는데, 1830년대 말 학생 한 명이 쓰는 비용은 연간 188달러에 달했다. 식비와 교과서에 들어가는 돈이 큰 비중을 차지했지만 제일 많이 드는 항목은 연료비였다. 대학기숙사는 방마다 개방형 난로 하나로 난방을 했는데, 1년에 6코드(길이 4피트의 재목을 높이 4피트, 폭 8피트로 쌓은 용적–옮긴이)를 때야 했다. 여기에 드는 땔감 비용이 22달러50센트에 달해 대학생이 한 해 동안 쓰는 전체 비용의 10%가 넘었다.

그 무렵 하버드는 평범한 곳으로 지방색이 꽤나 강했는데, 매사추세츠 출신 학생이 예일에 가는 것보다 코네티컷 출신이 하버드에 오는 숫자가 더 적었다. 1836년 가을 하버드 졸업생은 모두 39명으로 예일의 81

명, 유니언의 71명, 다트머스의 44명보다 적었다. 당시 미국에는 졸업생 수가 100명 이상인 대학이 하나도 없었다. 이 무렵까지도 대학은 극소수를 위한 곳이었다. 1840년대 뉴잉글랜드에서는 전체 인구 대비 대학생 숫자가 1294명 당 1명꼴이었다. 굳이 비교하자면 1985년의 경우 19명 당 1명이었다.

학문적으로 볼 때 소로가 다니던 시절의 하버드는 침체기였다. 조사이어 퀸시는 하버드의 형편없는 총장 중 한 명이었고, 몇몇 빛나는 예외는 있었지만 교수진 역시 두드러지지 않았다. 퀸시 총장의 말처럼 대학교육의 주안점은 자유로운 배움이 아니라 "철저한 단련"에 있었다. 교수들은 이런 식의 단련보다는 학생들을 제대로 가르치고자 했지만 수업 부담이 너무 과중했다. 어느 교수든 일주일에 25시간에서 40시간을 가르쳐야 했는데, 그리스어 수업을 맡은 펠턴 교수와 수사학을 맡은 채닝 교수, 그리고 다른 평균 이상의 훌륭한 교수진들이 하나같이 수업만 갖고도 큰 부담을 느꼈다. 많은 커리큘럼이 고정돼 있었고 가히 끔찍할 정도였다. 그리스어 수업은 3년간 들어야 했고, 라틴어는 3년, 수학은 2년, 역사는 1년, 영어는 3년, 현대어 한 과목은 2년씩이었다. 1825년부터 약간의 선택과목이 허용됐지만, 이들 과목에 대해서는 학점 인정을 절반밖에 해주지 않아 학생들이 마음대로 수강할 수 없었다. 그래도 최악을 꼽자면 1825년에 시작된 말도 안 되는 평점 시스템일 텐데, 퀸시가 이를 개악해 더 큰 부담으로 만들었다. 이 시스템 아래서는 대학생활의 모든 측면에 점수가 매겨졌고 일일이 평가됐다. 모든 학생이 매일같이 모든 수업시간마다 8등급으로 된 성적을 받았다. 주제발표와 이와 별도의 숙제들은 각각에 대해 이런저런 온갖 기준에 따라 점수를 매겼다. 학급석차를 결정하고 이에 따라 장학금까지 수여하는 총점은 예배시간이나 수업에 빠지는 것, 소등시간을 어기는 것 같은 학교규칙 위반을 포함한 모든 감점요인을 합산해서 계산했다. 지금도 전해지는 당시 사연들을 보면 "매일매일의 기도시간마다 교수가 높이 세워진 감시박스 위에 앉아 학생들을 지켜보고는 행실이 좋지 않은 학생의 이름을 어떻게 적어나갔는지" 설명하고 있다. 모든 교수와 감시자들은 자신이 매긴 점수를 대학총장이라기 보다는 기숙사 사감에 가까운 "퀸시 노인"에게 매주 전달했고, 그는 이 점수를 손수 취합했다. 소로의 경우에도 숱한 잘못을 저질렀으나 다행히 적발되지 않은 경우가 많았다. 아무튼 평균적인 학생이 졸업하려면 이런 복잡한 구조 아래서 적어도 1만4000점 이상을 따야 했다고 한다. 퀸시에 따르면 젊은 소로는 "경쟁 시스템과 대학의 성적 평가에 관한 개념을 어느 정도 받아들였다"고 했는데, 이는 소로가 대학의 평가 시스템에 대한 반감을 숨기지 않고 드러낸 것을 퀸시 특유의 방식으로 말한 것이었다. 어쨌든 소로만 그런 게 아니었다. 소수점 이하 세 자리까지 계산하는 요즘 대학의 평점평균 방식이 더 간단하고 공평한 것으로 보이게 하는 당시 하버드의 평가 시스템을 감안할 때 소로가 그것을 존중하지 않았으며, 아마도 그것을 허용한 대학도 존중하지 않았으리라는 점, 그리고 학교가 퀸시 체제로부터 벗어나고자 했다는 점은 전혀 이상하지 않다.[3]

소로가 다니던 시절 하버드에는 '세 개의 R'이라는 게 있었는데, 기계적인 학습rote learning, 획일화regimentation, 난폭함rowdyism이었다. 입학하는 학생들의 나이는 통상 15세였고, 더 어린 경우도 간혹 있었다. 복장과 일과시간, 출석은 전부 사전에 결정됐다. 식사는 하루 세 끼 주어졌지만 음식의 질은—모든 대학 음식이 다 그렇다고 하듯이—끔찍하다는 말을 들었다. 아침은 뜨거운 커피와 따뜻한 롤빵, 버터였다. 저녁은 차와 "가죽처럼 질긴" 차가운 롤빵에 버터는 없었다. 점심은 유일하게 양이 많았는데, 학생들은 때로 저녁에 먹을 요량으로 테이블 밑에 포크로 점심식사 일부를 붙여놓기도 했다. 겨울이면 학생들은 해뜨기 30분 전에 기상해 얼음장처럼 추운 데다 난방도 되지 않는 예배당으로 몰려가 예배를 본 뒤에야 아침식사를 했다. 학생들은 매일 아침 눈뜨면 하루 종일 수업을 듣고 벨소리와 함께 잠자리에 들었는데, 전반적인 분위기는 요즘 생각하는 대학이라기 보다는 기숙학교에 더 가까웠다. 학생들의 평소 행동은 거칠었다. 식사시간에 음식을 던지는 정도는 아무것도 아니었다. 가구를 부서뜨리는 것을 포함해 학교기물을 못쓰게 만드는 행동이 예사일 정도였다. 일설에 의하면 학생들이 입주해있는 기숙사의 방들이 "매년" 화약으로 폭파되기도 했다고 한다.[4]

소로가 1학년을 끝마칠 무렵인 1834년 봄에는 하버드 역사상 가장 폭력적인 저항이 발생했다. 소요사태에 불을 당긴 건 한 학생이 무례하게 교수에게 대든 사건이었는데, 결국 수백 달러 상당의 집기와 유리창이 부서졌다. 퀸시 총장은 사태를 야기한 주동자를 찾아내지 못하자 2학년생 전원을 학교에서 내쫓아버렸다. 그는 여기에 더해 시당국으로 하여금 당시 콩코드에 있던 지방법원에 고소하도록 함으로써 학생들을 더욱 분노케 했다. 아무튼 대학 감독이사회가 소요사태에 대한 대응책으로 47페이지에 달하는 소책자를 발행하기로 결정했을 정도니 학생들의 불만이 얼마나 대단했는지 짐작하고도 남는다.

3

시의 매혹에 빠지다

1833년 가을 대학에 입학했을 무렵 소로의 나이는 겨우 열여섯 살이었다. 그는 콩코드와 가까운 링컨에서 온 찰스 스턴스 휠러와 함께 홀리스홀 기숙사 20호실을 썼다. 카펫도 깔리지 않은 바닥에 소나무로 만든 침대 두 개와 세면대, 책상, 의자가 있는 평범한 방이었다. 성냥이란 게 있는지조차 알지 못하던 시절이라 둘은 매일 밤 불씨를 조심스럽게 묻어둔 뒤 아침에 다시 꺼내 썼다. 당시 많은 기숙사 방에는 공 모양의 포탄 탄피가 있었는데, 뜨겁게 해서는 발을 데우는 데 썼고, 차갑게 해서는 한밤중에 층계 밑으로 굴리기도 했다.

소로는 입학 첫 해에는 대부분 필수과목들을 수강했다. 물론 그가 기꺼이 그렇게 했는지는 알 수 없다. 그는 수학과 그리스어, 라틴어, 역사를 들었고, 2학기에는 이탈리아어를 추가로 수강했다. 그는 영국의 대반란 Great Rebellion 수업은 듣지 않았다. 1학년 성적은 우수한 편이어서 "장학금exhibition money"으로 25달러를 받았는데, 등록금의 절반에 해당하는 금액이었다. 2학년 때는 수학과 그리스어, 라틴어, 영어, 프랑스어, 그리고 다시 이탈리아어를 배웠다. 3학년 때는 그리스어와 라틴어, 영어, 프랑스어를 들었고, 신학과 심리철학, 수학을 한 학기 수강했다. 3학년 2학기에는 교육휴가를 얻어 매사추세츠 주 캔턴에 있는 학교에 일종의 교생 실습을 나갔는데, 그곳에서 열정적인 젊은 지식인 오레스테스 브라운슨과함께 지냈다. 브라운슨은 유니테리언 교파의 목사로 교회와의 관계는 오래 가지 못했으나 그의 도덕적 에너지와 개혁 사상은 아직 학생이던 소로에게 강렬한 인상을 남겼다. 둘은 독일어를 함께 공부하기도 했다. 소로는 그러나 3학년 때 병치레까지 하는 바람에 이래저래 수업에 많이 빠졌다. 설상가상으로 1836년 3월에야 대학으로 돌아왔지만 학기가 채 끝나기 전인 5월에 병이 재발해 그만둬야 했다.[1]

소로는 1836년 가을 학교에 복귀하자 원래 세 학기 연속해서 듣게 돼있는 과목으로 로크의 《인간오성론Essay on Human Understanding》과 세이의《정치경제학Political Economy》 그리고 스토리의 《미국 헌법 고찰Commentaries on the Constitution of the United States》을 탐구하는 지식철학을 수강했다. 또 영어와 자연사, 자연철학을 더 배웠고 현대언어 과목도 들었다. 그는급우들 사이에서 아주 빼어난 모습은 보여주지 못했다. 훗날 그나마 그를기억해낸 급우들은 조용하고 진지하며 약간 촌스러웠다고 했다. 그는 큰문제를 일으키지는 않았던 것 같다. 평가 시스템과 관련해 퀸시 총장의뜻을 거스르기는 했지만 그의 최종 성적은 매우 우수한 편이어서 졸업식에서 연설하고 상금도 일부 받을 정도였다.

소로는 졸업 후 몇 년 동안 대학교육에 대해 거의 말하지 않았다. 한번은 에머슨이 사람들이 모인 자리에서 어쨌든 하버드는 배워야 할 모든 부분들all the branches을 가르치지 않았느냐고 하자 소로가 재치있게 응수했다. "네, 그렇죠. 가지는 전부 가르쳤지만 뿌리는 하나도 가르치지 않았으니까요all the branches and none of roots." 《월든Walden》에서는 하버드의 커리큘럼에 대해 신랄하게 꼬집으면서 보다 실용적이고 유연한 접근방식이 필요할 것이라고 주장하고 있다. 그러나 대학시절 독서는 그에게 중요했고 결정적이었다고 해도 과언이 아니다. 그의 정신에 실제로 제일 많이 반영된 것은 필수과목이나 과제논문보다는 교과와 상관없는 독서였다. 그는 '1770 학회'라는 클럽에 가입했는데, 덕분에 대학도서관뿐만 아니라 클럽도서관에서도 상당히 많은 책을 빌릴 수 있었다. 일찍이 첫 학기부터 그는 홀의 《캐나다 여행기Travels in Canada》와 콕스의 《콜럼비아 강에서의 모험Adventures on the Columbia River》, 맥케니의 《호수 기행 스케치Sketches of a Tour to the Lakes》를 읽었다. 그가 평생 놓치지 않은 여행문학에 대한 편애를 이때부터 보여준 셈이었다. 1학년을 마치기도 전에 그는 어빙의 《콜럼버스Columbus》와 《그라나다 정복The Conquest of Granada》, 코크레인의 《콜럼비아 여행기Travels in Columbia》, 벌록의 《멕시코 여행기Travels in Mexico》, 밀의 《십자군 역사History of the Crusades》, 바로의 《베트남 항해기A Voyage to Cochinchina》를 읽었는데, 케임브리지에 있으면서도 그는 세계각지를 여행했던 것이다.[2]

하버드대학의 커리큘럼 가운데 소로가 인정한 게 딱 하나 있다. 채닝 교수와 함께한 3년간의 영어 수업이었다. 그가 글로 스스로를 표현하는 법을 배운 것은 이 수업덕분이었다. 그의 대학시절 과제논문은 지금도 남아 있는데, 우아하고 기품 있으며 합리적이고 간결한 스타일을 마스터했음을 보여준다. 채닝이 소로의 문학적 열의에 불을 붙였는지는 알 수 없다. 물론 몇몇 학생들이 기억하고 있는, 채닝의 아파트에서 초서의 작품을 읽으며 보낸 멋진 저녁에 소로가 참석했을 수도 있다. 그러나 채닝은 1840년 대 말과 1850년대에 하버드가 그 존재감을 처음 알게 된 프랜시스 제임스 차일드와는 달랐고, 게다가 소로가 다니던 시절 대학의 활기찬 문학의 중심지는 영문학과가 아니라 현대언어학과였다. 이건 조지 티크노어가 만들고 이끌었던 것인데, 그는 케임브리지에 있는 작은 대학에 독일의 위대한 대학들이 갖고 있는 힘찬 기운과 역량을 가져오기 위해 애썼다. 티크노어는 살아있는 언어 지식을 강조했고, 현대 문학과 문화를 대단히 중시했으며, 유럽 언어를 모국어로 쓰는 강사진을 고용하기도 했다. 그런 점에서 소로가 하버드에서 받은 정규 과정 가운데 가장 두드러진 것 중 하나가 바로 엄청난 양의 언어학, 특히 현대언어를 수강했다는 사실이라는 점은 그리 놀라운 일도 아니다. 그리스어 8학기와 라틴어 8학기에 더해 이탈리아어 4학기와 프랑스어 4학기, 독일어 4학기, 스페인어 2학기를 들었다. 다들 소로는 고전 교육을 잘 받았을 것이고, 고전문학을 많이 읽었을 것이라고 생각하면서도 그렇게 될 수 있었던 배경에 대해서는 아무도 말하지 않는다. 하지만 그가 프랑스어와 독일어, 이탈리아어를 어렵지 않게 읽을 수 있었고, 더 중요한 것으로는 그가 문학을 폭넓게, 또 다문화적으로 생각하려 했으며 그럴 준비가 돼 있었다는 점도 함께 떠올릴 필요가 있다.

현대문학, 특히 현대시에 대한 소로의 관심은 2학년 봄에 시작된 것 같다. 4월부터 6월까지 그는 존슨의 "셰익스피어 서론"을 시작으로 현대의, 사실상 그와 동시대의 글이라고 할 수 있는 롱펠로의 《해외로Outre-Mer》, 쿠퍼의 《사형집행인The Headsman》, 어빙의 《크레용 잡문Crayon Miscellany》 까지 독파했다. 물론 채닝으로부터 자극을 받았으리라는 점은 충분히 이해할 수 있지만 1835년 2월 말 웨이틀리의 《수사학Rhetoric》에서 처음 알게 된 에머슨한테서 뭔가 자극을 받았을 가능성은 희박하다. 무엇보다 소로로 하여금 이 같은 관심에 불길을 당기게 했을 가장 가능성 높은 인물은 롱펠로일 것이다. 롱펠로가 티크노어의 뒤를 이어 현대언어학과장으로 오기로 한 게 그의 나이 28세 때인 1835년 봄이었다. "바다를 건너가는 순례"라는 부제를 단 그의 처녀작 《해외로》는 이해 5월 말에 나왔다. 하버드가 젊은 미국 작가를 교수로 임용한 것은 당연히 케임브리지를 고루하고 완고하다고 생각하던 사람들에게 충격을 준 일대사건이었다.

시를 향한 소로의 열의는 롱펠로가 임명된 이해 봄에 시작돼 대학시절 마지막 2년간 꾸준히 커나갔던 것 같다. 롱펠로가 유럽에서 공부 겸 여행으로 2년의 준비기간을 더 보내고 교수직을 수행하기 위해 1837년 봄 마침내 케임브리지에 모습을 드러냈을 때 그의 나이는 서른이었다. 와인 빛깔의 조끼를 입고 손에는 얇은 장갑을 낀 롱펠로는 누구나 인정하는 빛나는 경력의 초입에 들어서 있는 살아있는 시인이었다. 그의 인생은 이미 로맨스와 여행, 비극으로 물들어 있었다. 콩코드 출신의 젊은이는 북유럽 언어와 문학에 정통한 신진 교수의 강의를 들으러 갔다. 그건 그가 지금까지 익힌 고전이 가르쳐준 것과는 전혀 달랐다. 흥분되는 발견이었고 그야말로 신선한 매혹이었다.[3]

4

1837년 패닉

소로가 돌아온 1837년 무렵 콩코드는 여전히 마을village로 불리고 있었지만 실은 인구 2000명의 어엿한 도회지town였다. 보스턴에서 서쪽으로 마차로 4시간 거리인 16마일 떨어진 콩코드는 매사추세츠의 해안 저지대 위편에 처음으로 자리잡은 유럽인 정착지였다. 면적은 보스턴이 783에이커, 그러니까 불과 1평방마일인데 비해 콩코드는 처음부터 36평방마일에 달했다. 베드퍼드와 액턴, 링컨, 칼라일 같은 인근 도시는 대부분 원래 콩코드 부지에서 떨어져 나간 것이다. 소로가 살던 무렵 콩코드에는 여전히 콩코드 강이 9마일에 걸쳐 흐르고 있었다. 콩코드 강은 아사벳 강과 처음으로 만나 로웰과 보스턴을 잇는 미들섹스 운하의 물 공급원인 노스빌러리카를 향해 북쪽으로 흘러가다 다시 메리맥 강과 만나 입스위치와 플럼아일랜드까지 가서 바다로 합류한다. 메인 주에서 목재와 다른 화물들을 실은 선박이 운하와 강을 통해 보스턴에서 콩코드로 빈번하게 오고 갔지만 콩코드 시내는 이런 물길 덕분이 아니라 육상 교차로라는 점 때문에 중요했다. 보스턴으로 뻗어있는 도로인 렉싱턴 로드는 에머슨의 집을 지났고, 또 다른 도로 워터타운 로드는 월든 호수를 지났다. 다른 도로들은 서드베리와 남부 뉴잉글랜드를 향해 여러 방향으로 뻗어나갔는데, 서쪽으로는 버크셔의 위쪽 지역까지, 북쪽으로는 뉴햄프셔까지 이어졌다. 이무렵 콩코드 사람들은 자기 마을의 역사를 자랑스러워 했다. 이들의 조상은 불과 60년 전에 벌어진 미국 독립전쟁에서 주목할 만한 활약을 보여주었는데, 콩코드 시당국이 이를 기념하는 조형물 건립을 계획한 것도 이 즈음이다.[1]

　농업은 콩코드에서 제일 많은 주민이 종사하는 산업이었지만 제조업 종사자도 늘고 있었다. 1820년 당시 농업 인구가 262명, 제조업 140명, 상업 16명이었는데, 제조업과 상업 인구는 그 후 계속 늘어났다. 1837년까지는 콩코드 역시 1820년대와 1830년대의 전국적인 경제성장 붐의 덕을 톡톡히 보고 있었다. 연鉛파이프공장이 1819년에 문을 열었고, 신발공장(실은 집 옆 공터에 잇대어 지은 건물이지만 그래도 10~20명을 고용했다)은 1821년에 세워졌다. 일단의 기업가들이 1829년에 밀담Milldam 회사를 열었는데, 이렇게 해서 마을 중심지에 새로운 상업지역이 발달하게 됐다. 은행도 두 개나 설립됐는데, 각각 1832년과 1835년에 문을 열었다. 1832년에는 증기로 운전하는 대장간이 들어섰다. 콩코드는 연필과 시계, 모자, 풀무, 총, 벽돌, 나무통, 비누 등의 제조 중심지였고, 이런 것들을 전부 도매거래처나 인근 도시에 내다팔았다. 대형 짐마차가 흙먼지 날리는 시끄러운 도로를 끊임없이 덜거덕거리며 지나갔다. 콩코드는 분주한 교통 요충지였고, 우후죽순처럼 늘어선 선술집들은 늘 마차몰이꾼들로 가득 찼다. 여섯 개의 대형 창고와 제책소 하나, 제재소 둘, 제분소 둘, 그리고 마을 서쪽 편으로 멀리 5층짜리 대형 면화공장이 있었는데, 이곳에서는 9명의 성인남성과 3명의 남자아이, 30명의 여성근로자가 일했다. 콩코드는 조용하고 보수적인 데다 시대에 뒤떨어져 보이는 시골 모습과는 전혀 다른 바야흐로 막 성장하는 공장도시였다. 강을 운하와 연결시키고자 했고, 철도가 들어오기만을 끈질기게 기다리고 있었다. 다만 향후 수십 년에 걸쳐 경쟁하게 될 인근 도시 로웰이나 사우스해들리에 비해 확실한 수력 자원이 없다는 게 유일한 약점이었다.[2]

도시 주위는 광활한 시골 지역이었다. 이 무렵 메인 주를 제외한 뉴잉글랜드 지역의 3분의 2는 개간된 땅이었다. 1830년에 콩코드의 삼림지는 전체 면적의 6분의 1에 불과했고, 나머지는 목초지와 방목지, 경작지였다. 토지를 다시 숲으로 되돌리려는 작업은 오늘날에도 활발히 진행되고 있지만 뉴잉글랜드 지역의 4분의 1만이 경작지였던 1900년까지는 시작조차 하지 않은 상태였다. 콩코드의 들판과 목초지는 태양 아래 드넓게 펼쳐져 있었다. 경작지와 풀을 베어낸 목초지, 양들이 자라는 방목장은 그야말로 산뜻한 초록 풍경이었다. 마을에서는 수백 마리의 황소와 암소, 말들을 방목하면서도 관목을 해치지 않도록 잘 관리했다. 누구나 평지에서 조금만 올라서면 아주 멀리까지 바라볼 수 있었는데, 대체적인 인상은 탁 트인 농지가 쭉 펼쳐지다가 6~10에이커마다 나무들이 자라고 있는 식림지植林地에 의해 군데군데 끊기는 것이었다.[3]

이처럼 삼림지대가 적었던 데는 경작지로 적극 활용한 것 외에도 다른 이유가 있었다. 이 무렵은 주택 난방용으로 석탄을 광범위하게 쓰기 전의 마지막 시기였다. 그래서 다들 나무를 땔감으로 썼다. 검소한 농부 한 명이 겨울철 난로용으로 6코드의 땔감을 필요로 했고, 평균적인 가정에서는 1년에 20코드를 땠다. 콩코드의 에즈라 리플리 목사는 급여의 일부로 연간 30코드의 땔감을 받았다. 보스턴에서는 해마다 60만 코드의 땔감을 필요로 했고, 멀리 메인 주에서 땔감용 목재를 들여왔다. 소로는 일기에서 어느 계절이든 낮만 되면 도끼질 소리를 듣지 않고는 콩코드의 숲을 산책하는 게 불가능할 정도라고 적기도 했다.[4]

주요 작물은 겨울호밀과 옥수수, 감자였다. 화초씨앗을 재배하는 농부들도 있었고, 산토끼꽃(그 열매로 모직물의 잔털을 세웠다-옮긴이)이나 누에고치를 시험적으로 키우는 경우도 있었다. 과실수와 포도나무를 심는 경향이 점점 더 늘어나는 추세였다. 들판 일은 가축들이 했다. 1831년에 콩코드에는 말 177마리와 황소 418마리가 있었다. 황소는 놀라울 정도로 많은 양의 짐을 운반할 수 있어서 특히 뉴잉글랜드 농부들이 좋아했다. 일단의 황소 무리가 길이 1마일에 무게 800톤에 달하는 엄청난 목재를 미들섹스 운하를 따라 시속 1마일 속도로 끌고 갔다는 기록이 남아있을 정도다.

콩코드는 백인들이 오기 전까지 인디언 어촌마을이었다. 그러나 소로가 살던 시기에는 연어와 샤드, 에일와이프(샤드와 에일와이프는 청어류의 물고기-옮긴이)는 사라지고, 주로 강꼬치고기와 퍼치, 뱀장어, 칠성장어, 그리고 흐름이 느린 강에 사는 메기만 남아 있었다. 그러다 보니 지금처럼 강 표면은 여름이면 개구리밥으로 반쯤 덮여 있어서 마치 초록빛 색종이 조각을 뿌려놓은 것처럼 보였다.[5]

초기 정착민들은 콩코드가 습기차고 황량한 저지대에 보잘것없는 곳이라고 생각했다. 이들의 불평처럼 콩코드는 폭풍우 피해가 잦았고, 사방이 온통 습지였으며, 어찌할 수 없는 저성장 지역이었다. 1837년에야 이 모든 게 바뀌었다. 여전히 넓은 저지대와 습지가 있었지만 콩코드는 전체적으로 건강한 곳이었다. 개활지에 둘러싸여 지금보다는 건조했고 곤충으로부터도 비교적 자유로운 곳이었다. 주민들의 평균수명은 40세 전후였지만 4명 중 1명은 70세까지 살았다. 5명 중 1명은 이런저런 열병으로 사망했고, 7명 중 1명은 '폐결핵'으로 죽었다. 이 질병은 소로 집안을 포함해 많은 가족에 풍토병처럼 이어졌다.

1837년 가을 콩코드는 물론 매사추세츠 주와 미국 전역에 걸쳐 전례 없는 급격한 변화가 잇달아 발생했다. 당시 매사추세츠는 빠르게 성장하는 중이었다. 1830년대에 인구는 20%나 증가했고, 1840년대에는 거의 35%나 늘어났다. 인구 증가의 대부분은 도시와 저지대 지역에 집중됐고, 버크서 카운티 같은 고지대에 자리잡은 지역에서는 인구가 오히려 줄었다. 보스턴 시는 이 기간 중 매 10년마다 50%씩 팽창했다. 보스턴은 대서양 항로를 운항하는 증기선 회사 커나드 화이트 스타가 자사 항로의 미국 터미널로 선택한 1840년에 항구로서의 전성기를 맞았다. 그러나 철도가 이미 운하와 연안 항로의 운송을 위협하고 있었다. 매사추세츠는 꾸준히 철도를 건설해나갔지만 그렇게 빨리 개통할 수는 없었다. 결국 1850년에 보스턴은 항구 기능에서 급격한 내리막길을 걸었고, 서부로 향하는 철도 부설 경쟁에서도 뒤처지고 말았다.

그러나 이해 가을 무엇보다 화급했던 관심사는 '1837년 패닉'으로 불린 경제위기였다. 1825년부터 이어졌던 경제 확장기의 붐은 거대한 신용팽창을 야기했다. 1830년부터 1837년까지 통화공급은 5100만 달러에서 1억 4900만 달러로 3배가 됐다. 그러다 1836년에 밀 농사가 흉작이 됐고, 면화 가격이 반값으로 폭락했으며, 영국을 위시한 해외 채권자들이 대외 채무를 금으로 지급해줄 것을 요구하기 시작했다. 1837년 5월 전국 대부분의 은행들이 정화正貨 지불을 중단했다. 말 그대로 패닉이 일어난 것이다. 단 하룻밤 사이 뉴욕에서만 1억 달러 상당의 상업어음이 부도를 냈다. 허먼 멜빌의 형인 갠즈보트도 한 달 앞선 4월에 파산한 상인 중 한 명이었다. 1억 달러 파산의 충격파가 어느 정도인지는 1837년 당시 미국 연방정부의 예산지출액이 세미놀 전쟁 비용을 포함해 전부 3700만 달러였다는 점을 감안하면 대충 알 수 있다.

패닉은 구석구석까지 영향을 미쳤다. 이 시기에 쓴 에머슨의 편지를 보면 뉴욕에 있는 그의 형이 갚아야 할 빚 문제로 끊임없이 걱정스러워하고 있다. 그는 형이 진 거액의 채무를 상환할 수 있는 재무전략을 거의 매일 새로 짰을 정도다. 소로 집안은 원래 그리 풍족하지 않았던 데다 소로가 아주 괜찮은 고소득 일자리인 교사 직을 잠시 맡았다가 그만두는 바람에 이래저래 타격이 컸다. 그건 그 자체만으로도 집안 형편에 큰 손실이었지만 더 심각한 문제는 1840년대 중반까지 이어질 긴 불황의 초입에 이제 겨우 들어섰을 뿐이라는 사실을 가족 누구도 눈치채지 못했다는 점이다. 소로의 집안을 포함해 모든 사람들의 마음에 곧 경제 문제가 무겁게 자리잡으리라는 것 역시 의심할 수 없는 사실이었다.

5

에머슨과의 우정

🌿

이해 가을까지 소로의 삶은 콩코드와 하버드, 그리고 함께 사는 가족들처럼 친밀하면서도 전통에 따른 영향력이 빚어낸 그리 놀랍지 않은 소산이었다고 할 수 있다. 그러나 에머슨과의 우정은 아주 특별했고 하늘의 섭리 같았으며 촉매제 역할까지 했다. 덕분에 소로의 인생은 수동적인 기조에서 적극적인 기조로 바뀌었다. 에머슨은 소로에게 자신의 삶은 스스로 만들어갈 수 있으며, 자신의 목표를 추구해나갈 수 있다고—사실상 그래야 한다고—가르쳤다.

에머슨에게 콩코드는 조상이 태어난 땅이었고, 여전히 많은 친척들이 살고 있는 곳이었지만 그는 더 큰 세상인 보스턴에서 태어나 자랐고 교육받았다. 사실 에머슨이 콩코드로 이사한 것은 1834년으로 소로가 대학 2학년을 시작할 무렵이었다. 당시 에머슨은 겨우 서른한 살이었다. 하지만 그는 이미 젊은 아내 엘렌의 비극적인 죽음을 겪은 뒤였고, 보스턴 교회의 목사 직에서도 물러났으며, 9개월간 유럽 여행을 다녀온 참이었다. 그는 유럽에서 워즈워스와 랜도어를 만났고, 스코틀랜드의 크레이건퍼턱

에서 젊은 토머스 칼라일과 조우한 것이야말로 무엇보다 기쁜 일이었다.[1]

에머슨은 1833년 10월 초 유럽에서 돌아오자 결정적인 방향 전환을 단행했다. 그 동안 자신이 성장해왔던 성직자 스타일의 관점에서 벗어나 과학과 자연사 분야에서 제기하는 문제들에 새로이 관심을 갖기로 한 것이다. 동시에 대중강연이라는 새로운 직업으로 눈을 돌렸다. 1834년 가을 마침내 콩코드로 이주했을 때 그는 오랫동안 마음에 품어왔던 책을 한 권 쓰고 있었다. 다름아닌 "자연"이라는 제목이 붙을 책이었다.

1835년 2월 에머슨은 대학생들의 수사학 실력을 평가해달라는 요청을 받았는데, 이 학생들 가운데 소로가 있었다. 하지만 두 사람의 편지나 일기 어디에도 모종의 불꽃 같은 게 튀었다거나 서로에게 특별한 것을 발견했다는 얘기 따위는 없다. 에머슨은 늘 재능 있는 젊은이에게 마음을 썼지만 그해 봄과 여름에는 다른 일들로 꽉 차 있었다. 7월에 그는 렉싱턴 로드에 있는, 콩코드 중심가에서 반 마일 떨어진 쿨리지 하우스를 매입했고, 9월에는 리디아 잭슨과 결혼해 함께 이 집에 입주했다. 이곳은 즉시 지식인들의 회합 장소가 됐고, 콩코드는 젊은 청년과 재능 있는 인물을 끌어 모으기 시작했다. 에머슨은 많은 사람들로 하여금 제 발로 찾아오게 만드는 인물이었는데, 그 자신도 젊고 친근하고 활동적이었다. 게다가 탁월하다고 할 정도로 언변이 뛰어났다. 그는 다른 사람들, 특히 젊은이나 경험이 없는 사람들을 격려하고 용기를 북돋워주는 아주 특별한 재주를 타고났다. 그가 이룬 여러 업적보다는 상대를 고양시키는 이런 능력과 투명한 에너지에 의해 에머슨은 당대의 미국 사상과 문학에서 모두를 일깨우며 새롭고도 흥분을 자아내는 가장 중심이 되는 위치를 이미 차지하고 있었다.

1836년 겨울 그가 브론슨 올콧을 상대했을 때의 일화다. 상업 일을 하다가 교사가 된 올콧은 늘 상대방을 박살내는, 거의 사도와 같은 탁월한 연사였으나 그런 드문 재능을 글로는 만족스럽게 옮겨내지 못했다. 그는 콜리지 풍의 분위기에 알렉산드리아 풍의 언어로 어린 시절을 이야기한, 그야말로 말씀이 육신이 되신 것처럼 영감을 불러일으키는 환희에 찬 신조를 쓰기도 했다. 이 글은 아주 까다롭고 엄격한 기준으로 볼 때만 흠을 잡을 수 있었다. 신플라톤주의와 독일 및 프랑스의 낭만주의는 올콧의 매혹적인 연설과 여러 면에서 유사한 점이 많았다. 그런데 에머슨은 그가 쓴 글 《사이키Psyche》의 초고에 있는 갑자기 튀는 구절들이 문장 구성 상 영 마음에 안 들어 아주 정중하면서도 솔직한 비평과 함께 올콧에게 도로 보내버렸다. 그러나 에머슨의 비평이 워낙 정중하고 솔직하다 보니 올콧은 어디 하나 더 낫게 고치지 않고 똑같이 다시 써서 보냈고, 두 사람은 이런 과정을 두 번, 세 번 되풀이했다.

바로 이 즈음 칼라일이 잡지에 발표한 《의상철학Sartor Resartus》이 에머슨을 비롯한 여러 인사들에 의해 뉴잉글랜드에서 꽤나 대단한 반향을 일으켰다. 덕분에 런던에서도 미처 출판사를 구하지 못하던 때 보스턴에서는 책자 형태로 출판할 수 있을 정도였다. 1836년 4월 에머슨은 칼라일에게 《의상철학》의 초판 한 부를 보내주었다. 영국이 낳은 천재를 미국이 본고장 영국보다 먼저 알아보고 지원한 순간 미국의 영국에 대한 오랜 종속시대는 사실상 끝이 난 셈이었다. 그리고 5월에 에머슨의 동생 찰스가 이른 나이에 갑자기 세상을 떠났다.(그의 또 다른 동생 에드워드도 얼마 전 사망했다.) 그럼에도 불구하고 에머슨은 지식인으로서의 삶과 활동으로 바빴고, 그의 주위로는 갈수록 더 많은 사람과 생각, 책과 글들이 모여들었다. 이는 사회적 응집력을 가진 모임이자 지적 연대를 형성하는 하나의 운동이었다.

그해 여름 이제 막 스물여섯 살이 된 마가렛 풀러가 에머슨의 집을 처음으로 찾아와 여러 날을 묵었다. 명석하고 박식한 데다 정곡을 찌르는 뛰어난 언변까지 지녔던 그녀는 야심만만한 작가였지만 집안의 가족 전부를 부양해야 했기 때문에 글쓰기 외에도 별도의 직업을 가져야 했다. 에머슨과 그녀는 '자립'을 포함해 많은 것들에 대해 이야기를 나누었으나 제일 열중해서 논한 것은 독일 문학이었다. 칼라일뿐만 아니라 그녀 역시 그 무렵 괴테의 글에 푹 빠져있었고, 에크먼의 위대한 저작인《괴테와의 대화 Conversations with Goethe》를 번역하고 있었다. 에머슨도 독일 문학에 심취해 있었는데, 뱅거 출신의 헤지나 보스턴 출신의 파커와 리플리 같은 그의 친구들처럼 지적으로나 예술적으로 가장 흥미로운 흐름이자 진짜 살아있는 사상은 최근 들어 독일로부터 유입됐다고 하는 확신이 점점 더 강해졌다. 그들 생각으로는 칸트와 헤르더, 헤겔, 괴테를 빼놓고는 19세기를 제대로 이해할 수 없었다. 당연히 이들을 읽기 전까지는 누구도 기본 소양을 갖추지 못한 셈이었다.

1836년 가을 에머슨의 처녀작《자연》이 9월에 출간됐고, 10월에는 장남 왈도가 태어났다. 에머슨에게는 기운이 솟는 일이었다. 아들을 얻었다는 데서 특별히 더욱 힘을 얻어 앞으로 힘차게 나아갔는데, 보스턴에서 12월부터 시작할 "역사철학 Philosophy of History" 강연 시리즈를 준비하는 데 몰두했다. 강연은 성공적이었다. 청중도 많았고, 끝내자마자 곧바로 처음부터 연속 강연을 다시 했을 정도였다. 이즈음 강 하나를 사이에 두고 케임브리지에서 마지막 4학년 시절을 보내고 있던 소로는 틀림없이 에머슨의 강연에 대해 뭔가 들었을 것이다. 1837년 4월 초 소로는 대학도서관에서 에머슨의 《자연》을 대출했다.

소로가 이 책에서 정확히 무엇을 보았는지에 관한 기록은 없다. 하지만 그는 6월 셋째 주에 이 책을 다시 빌렸다. 아마도 이 책과의 두 번째 만남은 감사한 마음 때문이었을 것이다. 왜냐하면 바로 이 무렵 에머슨이 퀸시 총장에게 대학에서 6월에 수여하는 장학금을 소로가 받아야 한다고 설득하는 편지를 보냈기 때문이다. 에머슨은 이 편지에서 소로의 성적이 다소 들쭉날쭉한 게 아쉽다고 했지만 아무튼 설득하는 데 성공했다. 소로가 어떻게 해서 이 책을 두 번씩이나 집어 들었든 《자연》은 졸업을 눈앞에 둔 청년에게 가히 충격적으로 다가왔다. 감화를 받는다는 것은 자신이 주장하는 것과 밀접한 관계가 있다. 감화를 받으면 그 글에 대해 더 쉽게 말할 수 있지만, 또한 그것이 옳다는 주장을 강하게 펼칠 수도 있는 것이다. E. M. 포스터가 예리하게 갈파했듯이 말이다. "우리에게 감화를 주는 책이란 사실 우리가 기꺼이 감화를 받을 준비가 돼 있는 책들, 그리고 우리가 가려고 하는 길을 여태껏 우리가 간 것보다 조금 더 멀리 간 책들뿐이다." 소로는 바로 이런 이유로 에머슨의 《자연》을 붙잡았다. 바로 그 순간 에머슨은 소로 자신이 이미 걷기 시작했던 길을 몇 발짝 더 멀리 가 있었던 것이다.[2]

에머슨의 《자연》은 아주 당당하고 거침없이 써 내려간 글이다. 제목뿐만 아니라 야심만만하다는 면에서도 《자연》은 루크레티우스의 《만물의 본성에 대하여De Rerum Natura》와 쌍벽을 이룬다. 아직 목사티를 완전히 씻어내지 못한 언어로 쓰여졌고, 그러다 보니 독자로 하여금 에머슨이 기독교 가치와 세계관의 대변인이 아닌가 하는 오해를 불러일으킬 수도 있다. 그러나 에머슨이 《자연》을 쓴 진짜 목적은 근본주의 그 자체다. 전통적인 기독교 정신을 거부하는 그의 주장은 "지금 과학의 모든 범주를 아우르는, 자연철학이라고 불리는 것이야말로……진정한 신학이다"라고 썼던 토머스 페인의 주장과 크게 다르지 않다. 《자연》은 과학에 대한 에머슨의 개방성이 얼마나 대단한지 보여준다. 에머슨과 그의 동료들은 문학과 과학 사이에 "두 개의 문화"를 가르는 경계 따위는 없다고 본다. 그들은 자연을 연구하는 것과 자신을 아는 것은 결국 하나로 귀결되며, 문학의 목적은 이것을 표현하는 것이라고 믿었다.[3]

《자연》은 또한 초월주의의 선언이기도 했다. 초월주의는 독일의 철학적 이상주의의 미국식 버전이라고 할 수 있는데, 철학적 이상주의는 두 가지 믿음을 동시에 갖고 있다. 생각이란 물질적 대상의 이면에 있는 그 것에 조응하는 것이라는 믿음이 그 하나고, 또 하나는 직관이야말로 지식을 얻는 유용한 방식이며 경험과 균형을 이루는 데 필요하다는 믿음이다. 아무튼 소로에게 무엇보다 흥미로웠던 점은 에머슨이 《자연》에서 주장한 내용이 오래 전의 스토아 사상과 맥락이 같다는 것이었다. 즉, 개인은 믿을 만한 윤리 원칙을 찾아가면서, 또 자신의 삶을 어떻게 살아갈 것인가에 대한 답을 모색하면서 신이 아니라, '폴리스'나 국가가 아니라, 사회가 아니라, 자연으로 눈을 돌려야 한다는 것이다. 그래야 비로소 필요한 답을 구할 수 있다. 스토아 학파는 에머슨이 가르치고 있는 것처럼 자연의 법칙은 인간 본성의 법칙과 동일하며, 인간은 자연에 기초해 훌륭한 삶, 올바른 인생을 살아갈 수 있다고 가르쳤다.

에머슨에게 이건 이론보다 더한 것이었다. 1837년 여름 그는 오랫동안 느껴왔던 것과는 달리 자연과 더 가까워진 느낌을 받았다. 여름 내내 산책을 하고 월든 호수를 찾아갔다. 그리고 정원 일도 했는데, 그의 말처럼 메릴랜드 노란목놀새가 하루 종일 "환희, 환희Extacy, Extacy"하며 노래하는 동안 잡초를 뽑기도 하고 옥수수와 딸기가 익어가는 것을 지켜보면서 자연과 더없이 가까워진 것을 느꼈다.[4]

8월의 마지막 날 에머슨은 소로의 졸업식에서 파이 베타 카파 연설을 했다. 에머슨은 미국의 학자가 해야 할 일은 무엇보다 자연을 연구하고 자기 자신을 알아내는 것이어야 하며, 이 둘은 궁극적으로 같은 것이라고 말했다. 소로는 어쩌면 이 자리에 없었을지도 모른다. 하지만 만약 육성으로 직접 듣지 못했다 하더라도 연설 내용을 읽기는 했을 것이다. 에머슨은 그답지 않게 그날 연설을 무척 좋아했다. 연설문은 인쇄돼 출간됐다. 칼라일은 주저하지 않고 찬사를 보냈고, 연설 내용은 곧바로 널리 퍼져나갔다.

가을이 시작되면서 에머슨은 지난 겨울에 했던 "역사철학" 강연 시리즈에 담긴 생각을 보다 진전시킨 "인간 수양Human Culture" 강연 시리즈 준비에 몰입했다. 그런 점에서 에머슨이 소로를 알게 된 시점에 그를 사로잡고 있던 생각은 역사에 대한 것이었다. 칼라일은 프랑스 혁명사를 주제로 쓴 책 한 권을 보내왔다. 에머슨은 그 책을 읽고 찬사를 보냈다. 칼라일이 그런 것처럼 그 역시 자신의 시대와 합의하려는 모든 노력은 과거를 어떻게 바라보느냐에 달려있다는 점을 발견했다. 에머슨은 이미 하나의 중대한 결론에 도달했고 그것을 붙잡은 것 같았다. 1837년 9월 말 그는 일기에 이렇게 썼다. "전체가 사람들 각자 안에 있다는, 그리고 하려는 의지만 있다면 한 사람이 로마나 팔레스타인 혹은 영국의 역사가 보여주듯 자신의 경험에서 자연의 법칙을 진실로, 또 완전하게 그려낼 수 있다는, 오래 전부터의 내 믿음에서 한 걸음도 더 나아갈 수 없다."[5]

역사에 대한 에머슨의 기본 생각은 역사에는 하나의 정신이 있으며, 역사는 그것의 기록이라는 것이다. 이를 다른 방식으로 표현하자면 인간의 본성—인간의 정신—은 지금도 그렇고, 지금까지의 모든 시대와 장소에서도 똑같을 수 밖에 없다는 것이다. 물론 때로는 중요한, 어떤 경우에는 눈에 보이지 않는 차이를 낳는 변동이 있을 수도 있다. 그러나 사람들간의, 심지어 전혀 다른 시대와 장소를 살아가는 사람들간의 유사성이 '중요도에서' 그 차이를 압도한다. 만일 인간의 정신이 항상 동일하다면 시대가 바뀐다 해도 발전하거나 쇠퇴하는 일은 없을 것이다. 그런 점에서 시간은 역사에서 중요한 것이 아니다. 어떤 시대든 다 동등하다. 이 세계는 예전에 호메로스에게 그랬던 것과 마찬가지로 오늘날의 작가에게도 똑같이 존재한다. 역사를 바라보는 이러한 방식, 그러니까 현재나 과거의 어느 시대나 동일한 높이에 올려놓는 방식은 W. J. 베이트가 "역사란 과거의 되풀이되는 후렴"이라고 명쾌하게 묘사했던 것에 대한 직접적인 대응이자, 1835년부터 1850년까지 에머슨의 최고 작품 대부분이 자리한 기반이었다. 이것은 에머슨에게 곧 깊고 영원한 확신이 됐으며, 소로를 자유롭게 하고 자립할 수 있도록 한 신념이 되어주었다. 1837년 10월 에머슨의 강력한 요구로 소로는 그 자신의 역사가 될 일기를 써나가기 시작했다. 그리고 11월 셋째 주 그는 인간의 본성, 과거와 현재, 그리고 로마인과 미국인의 어쩔 수 없는 불변성을 상기하기 위해 베르길리우스를 읽어야 한다고 말하고 있다.

에머슨은 훗날 두 사람의 친밀한 관계는 소로가 1837년 가을 대학에서 돌아오고 얼마 안 있어 시작됐다고 회고했다. 에머슨은 당시 서른네 살로 소로보다 열네 살 위였고, 영웅이나 롤모델이 되기에 충분한 선배였다. 형 같은 지식인이었지만 그래도 나이 차이가 너무 크게 나지는 않았던 데다, 활력이 넘치는 젊음이 있었고 소로를 친구처럼 대함으로써 그들이 같은 세대에 속해 있다는 느낌을 주었다. 나이 차이만 놓고 보자면 두 사람을 아버지와 아들, 혹은 스승과 제자로 생각할 수도 있겠지만 두 사람은 처음부터 둘 사이의 진정한 관계는 우정에 있다고 강조했다. 여기서 우정이란 신의와 우의, 그리고 서로가 동등하다고 생각하는 모든 것을 포괄하는 가장 진지한 의미에서의 우정이었다.

가을이 겨울로 바뀌었다. 에머슨의 일기는 그가 그리스와 독일, 프랑스 혁명에 대해 생각하고 있음을 보여준다. 소로의 일기도 거의 똑같은 궤적을 그리고 있다. 2월에 소로는 에머슨의 집에서 열린 "교사들의 만남" 자리에 초대됐고, 두 사람은 함께 오랫동안 산책했다. 소로가 에머슨에게 놀라워했던 것은 그의 사고가 실체가 있는 자연 대상에 근거하고 있다는 점이었다. 에머슨의 입장에서는 새로 사귄 젊은 친구의 정신이 좋았고, 열의에 찬 모습과 예리함을 곁에서 지켜보는 게 즐거웠다. 그는 "청년이 말하는 모든 것이 사회를 얼마나 즐거운 곳으로 만드는지" 지적하며 소로에게 대학 시절의 이야기를 써보라고 주문했다.[6]

6

콩코드에서도 《일리아스》를

어떤 학생이 자신의 삶에 관해 글을 쓴다면 여기에는 두 가지 방식이 있을 수 있다. 하나는 학교 생활을 집중 조명하는 것이다. 소로의 경우 이런 식이라면 풍자하는 이야기가 만들어질 것이다. 다른 하나는 배움에 초점을 맞추는 것이다. 이건 설득력 있고 흥미진진한 이야기가 될 텐데, 소로가 1837년 가을에 했던 게 바로 이것이다. 그는 에머슨이 보고 싶어한 에세이는 쓰지 않았다. 하지만 우리는 소로가 고전과 만났다는 데서, 현대 독일 문학과 조우했다는 점에서 그가 대학에서 무엇을 가져올 수 있었는지 어느 정도 짐작할 수 있다.

소로는 스무 살이 되어서야 비로소 그리스와 로마 고전을 개인적으로, 친하게, 때로는 놀이하듯 대하게 됐다. 그러고는 마치 자신이 방금 쓰기라도 한 것처럼 그것들을 언급했다. 새로운 헤르더류의 시각, 혹은 에머슨류의 역사를 바라보는 관점은 소로로 하여금 고전이란 살아있는 언어로 실제 세계를 생명력 넘치게 표현한 것이라고 인식하게 했다. 《일리아스 Iliad》의 세계는 호메로스에게 그랬던 것처럼 그에게도 그대로였다.《일리아스〉는 트로이 전쟁을 소재로 한 대서사시로 《오디세이아》와 함께 호메로스가 남긴 그리스 문학 최고의 걸작으로 손꼽힌다. 그리스와 트로이 간의 10년에 걸친 전쟁을 소재로 하고 있지만 그리스의 영웅 아킬레우스의 분노가 이야기의 흐름을 이끌어간다. 소로는 월든 호숫가로 들어가면서 《일리아스》를 한 권 갖고 갔는데 《월든》의 '마을' 장에서 밝히고 있듯이 누군가가 그 책을 훔쳐갔다—옮긴이)

콩코드 아카데미에 다닐 때 그는 파이니아스 알렌의 지도 아래 베르길리우스를 (카이사르, 살러스트, 키케로, 호라티우스도 함께) 공부했고, 이로 인해 그 뒤로는 발견의 기쁨보다는 기억의 회복을 위해 베르길리우스를 읽었다. 대학에서는 1학년 때 크리스토퍼 던킨 교수와 함께 크세노폰과 데모스테네스, 아이스키네스를 읽었고, 헨리 맥킨 교수와 찰스 벡 교수 밑에서 리비와 호라티우스를 읽었다. 2학년과 3학년 때는 펠턴 교수 아래서 소포클레스와 에우리피데스, 호메로스를 읽었고, 벡 교수와 함께 키케로와 세네카, 유베날리스를 읽었다. 인상적인 수업이었다고 생각되겠지만 물론 이것은 모든 학생이 들어야 하는 과정이었고, 교실 분위기는 기대에 못 미쳤다. 수업은 당시 한 학생이 아주 엄하게 지적했듯이, 열 명쯤 되는 학생이 그날 배울 것을 읽으면 교수는 "아무런 지적이나 보충 지도 없이" 그냥 듣기만 하는 시간이었다. 소로가 입학하기 몇 해 전에 졸업한 제임스 프리먼 클라크의 말을 들어보자. "교수들은 가르치려고 온 것이 아니라 학생들이 그날 수업을 하는지 보러 왔다. 어려운 부분을 설명한다든가 텍스트의 의미를 명료하게 밝히는 것은 어울리지 않아 보였다." 그런 점에서 소로의 고전에 대한 관심은 이런 형식적인 수업에 대한 반감 속에서 오히려 커간 것 같다. 아무튼 실제로도 커졌다. 대학을 떠났을 때 그는 그리스어와 라틴어를 자유자재로 구사했고, 고전 문학을 광범위하게 섭렵했으며, 고전에 나오는 옛 시대에 대해서도 흥미로워했다. 가령 그는 플라톤이 활동하던 시절의 그리스를 배경으로 한 토머스 그레이의《베스틸, 폼페이 이야기The Vestal, A Tale of Pompeii》(1830)와 리디아 차일드의《필로테아Philothea》(1836) 같은 그리스와 로마에 관한 철학적이고 역사적인 이야기를 여러 권 읽었다. 그는 무엇보다 고전사상에 점점 더 흥미를 갖게 됐다. 고전이란 시간이 흘러도 변함없이 이어지는 활력을 가진 것임을 이미 배워서 알고 있었기 때문이다. 훗날《월든》에 쓰여진 문장은 그가 진실이라고 십분 느끼고 있는 것이었다. "영웅을 그린 책들은 그것이 비록 우리 모국어로 인쇄됐다 하더라도 타락한 시대에 사는 사람들에게는 늘 죽은 언어처럼 보일 것이다." 진정한 고전은 영웅을 그린 책이며, 이런 책은 진짜로 생명력 있게 살아가는 사람에게 살아있는 언어로 다가온다.[1]

고전에 나오는 지나간 시절의 활력에 대한 이런 느낌은 소로가 1837년 가을에 읽은 괴테의《이탈리아 기행》에 의해 더욱 확장됐다. 이 책은 감동을 주는 괴테의 박력은 전혀 줄어들지 않으면서 시간이 지나도 그 성과물은 전혀 퇴색하지 않는, 고대 세계의 심장부 로마를 향해 가는 동안의 억누를 수 없는 흥분을 기록하고 있다.

이해 가을 소로는 오래 전의 고전시대가 이룬 업적에 대해 두 가지를 확실히 인식한다. 첫째는 자연의 중요성과 영원함을 단언한 것이다. 11월에 베르길리우스를 읽으면서—그의 성격답게《아이네이스Aeneid》가 아니라《농경시Georgics》였다—소로는 포도나무에서 움트고 있는 새 눈과 나무 아래 흩어져 있는 과일에 대한 구절을 보고는 충격을 받았다. 그는 말하기를, 요점은 "그것은 같은 세계라는 것"이라고 했다. 그의 두 번째 관찰은 여기에 자연스럽게 뒤따를 만한 것이었다. 베르길리우스의 세계가 우리 세계와 똑같은 세상이라면 "그 세상을 살아가는 사람 역시 똑같은 사람"이라는 사실로 연결된다. 자연도, 인간의 본성도 베르길리우스의 시대에서 우리 시대에 이르기까지 본질적으로 변하지 않았다. 제논을 비롯한 스토아 학자들도 이와 동일한 내용을 가르쳤다. 1838년 2월 초 소로는 적었다. "스토아 사상가 제논은 정확히 내가 지금 이 세상과 맺고 있는 것과 똑같은 관계를 맺고 있다." 그리고 호메로스를 읽으면서 한 번 더 똑같은 요점으로 돌아온다. 3월 초에 그는 일기에 이렇게 썼다. "3000년의 세월이 흘렀는데도 이 세계는 조금도 변하지 않았다! 《일리아스》는 우리 시대에 울려 퍼진 자연의 소리 같다."[2]

소로의 역사 인식은 에머슨과 마찬가지로 그리스인과 로마인의 어떤 우월성도 인정하지 않는다. 만일 자연이 동일하고 인간이 똑같다면—이 세상에서 사회적 변화의 두 구성요소는 자연과 인간이다—호메로스가 그의 세상과 관계를 맺었던 것과 똑같은 방식으로 현대 작가들도 자신의 세계와 관계를 맺을 것이며, 현대의 성과물도 고대의 위업들과 사실상 어깨를 나란히 할 것이다. 소로는 훗날 〈산책Walking〉에서 이렇게 썼다. "나는 오래 전의 예언자와 시인들인 마누와 모세, 호메로스, 초서 같은 이들이 걸어 들어갔던 자연으로 산책을 나간다."[3]

그는 이런 방식으로 역사를 보았기 때문에 고전은 되풀이되는 후렴이 아니었고, 다른 시대의 업적과 결코 동일하게 견줄 수 없는 것도 아니었다. 그에게 고전은 오히려 그 역시 이루고자 하는 것의 유망한 징표였다. 여기서도 역시 에머슨이 그 방법을 보여주었다. 그는 〈자조론Self-Reliance〉에서 주장하기를 "영국과 이탈리아, 그리스를 상상 속에서 존귀하게 만들었던 이들은" 여행 덕분에 그렇게 할 수 있었던 것이 아니라 "그들이 서 있는 곳을 지구의 중심축처럼 단단히 붙잡음으로써" 그렇게 할 수 있었던 것이다. 따라서 누구나 콩코드에서 《일리아스》를 쓸 수 있는 것이다.

자연과 인간 본성의 영원 불변함, 그리고 모든 시대가 동등하다는 믿음의 선언에서—어느 시대든 영웅적인 개인에게는 영웅적인 시대라는 선언에서—우리는 젊은 소로에게 단 하나의 제일 중요한 신념 체계가 무엇인지 알게 된다. 그것은 교의나 잘 짜인 이론이 아니라 그가 매일 같이 삶의 현장에서 실천하는 믿음의 핵심이다. 윌리엄 제임스의 표현대로 그것은 "개인적 에너지의 중심"이었다. 우리 역시 우리가 그토록 찬탄하는 그리스인과 로마인들과 똑같은 남자고 여자기 때문에 하려고만 한다면 그들이 이룬 것만큼 훌륭하게 이룰 수 있다. 과거에 대한 향수 어린 주저함은 잘못된 감상일 뿐이다. 소로는 이런 말을 했다. "황금시대에 대한 한탄은 황금인간에 대한 한탄에 불과하다." 그는 일단 그것을 파악하자, 또 자신의 개인적 삶과 그것이 어떤 관련이 있는지 직시하고는 이 믿음을 끝까지 버리지 않았다. 《월든》의 '독서'장에 나오는 고전에 대한 가장 명료하며 감동적인 헌사에서 그는 애써 다시 설명한다.

신의 입상을 가린 베일의 한쪽 귀퉁이를 처음 들쳤던 사람은 고대 이집트 혹은 인도의 철학자였을 것이다. 그 떨리는 옷은 아직도 들려진 채로 있다. 그 철학자가 마주쳤던 그 영광의 장면을 나 역시 생생하게 바라보고 있다. 왜냐하면 옛날에 그처럼 대담하게 베일을 들쳤던 사람은 철학자 안에 있던 나였고, 지금 그 장면을 회상하고 있는 사람은 내 안에 있는 철학자이기 때문이다.

만일 우리가 그들이 보았던 만큼 훌륭하게, 또 많은 것을 볼 수 있다면 우리 역시 그들이 쓴 만큼 훌륭하게 쓸 수 있으리라고 기대할 수 있을 것이다. 1838년 2월 중순 소로가 일기에 적었듯이 말이다. 만일 그리스의 자손들 각자가 "그리스를 위해 새로운 하늘과 새로운 땅을 창조했다면" 콩코드의 아들과 딸들이 그와 똑같은 일을 해내지 못할 납득할만한 이유는 없다.[4]

7

열정이 없다면 사상은

현대 독일에 대한 뉴잉글랜드의 관심은 조셉 버크민스터가 하버드대학에 부임한 1812년경에 시작됐다. 이후 하버드는 현대 독일 신학을 수학한 몇몇 젊은 학자들을 데려오는 데 공을 들였다. 뱅크로프트, 티크노어, 콕스웰, 에버렛이 각자 나름의 지식을 배워서 돌아왔다. 물론 새로운 가르침에 담긴 참뜻을 완벽하게 이해하지는 못했을지라도 말이다. 그러나 에머슨을 비롯한 그의 동시대인들—특히 리플리, 파커, 헤지, 풀러—이 등장하면서 독일 사상과 문학은 마침내 뉴잉글랜드에 폭넓은 독자층을 갖게 됐고, 훗날 초월주의로 불리게 될 새로운 사조를 형성하는 데 결정적으로 기여한다. 독일의 초월적 이상주의에서 유래한 바로 그 이름 자체에서 뉴잉글랜드가 독일을 얼마나 친근하게 받아들였는지 이해할 수 있다. 에머슨과 그를 둘러싼 진보적인 지식인들에게 칸트와 피히테는 철학 분야에서 로크나 흄, 혹은 스코틀랜드의 상식학파보다 당연히 더 중요했다. 괴테와 노발리스는 문학에서 워즈워스보다 더 중요했고, 헤르더와 콜리지(독일 사상으로부터 큰 영향을 받았다), 슐라이어마허의 작품은 신학에서 조나단 에드워즈나 미국의 청교도 전통보다 더 중요했다. 1837년 무렵 독일을 공부하지 않고서는 당대의 지식인들이 가진 고매한 분위기를 이해할 수 없었다.[1]

그런 점에서 거의 피할 수 없는 과정이라고 할 수 있던 소로의 네 학기에 걸친 독일어 수업은 3학년 때 시작됐다. 소로는 심지어 매사추세츠 주 캔턴에서 교생 실습을 하느라 대학을 잠시 쉬고 있을 때도 오레스테스 브라운슨과 함께 밤늦게까지 열심히 독일어를 공부했다. 소로는 캔턴에서 보낸 기간을 약간 과장을 섞어 "새로운 생애의 아침"이라고 표현했는데, 여기에는 브라운슨에 대한 각별한 고마움과 함께 독일어를 접하면서 새로운 문이 열리는 것을 느꼈던 흥분이 고스란히 담겨 있다. 대학으로 돌아오자마자 그는 프리드리히 슐레겔의 《문학사 강의Lectures on the History of Literature》를 읽고 자신의 글에 인용했다. 독일 사상과 문학을 향한 관심은 4학년 들어 눈에 띄게 커져갔다. 독일 연구는 어디를 가나 만발하고 있었다. 앤드류스 노튼은 독일 신학 비평에 대한 대대적인 논박을 준비 중이었다. 시어도어 파커는 독일 비평의 최고 작품 중 하나인 드웨테의 대작을 번역 중이었다. 엘리자베스 피바디는 독일 역사와 신화에 푹 빠져 있었다. 마가렛 풀러는 에커만의 《괴테와의 대화》를 번역 중이었다. 그리고 에머슨은 1837년 겨울과 봄 "역사철학"을 강의했는데, 제목은 물론 강연 내용에 담긴 사상의 많은 부분이 J. G. 헤르더에게서 나온 것이었다.[2]

소로가 에머슨의 《자연》을 도서관에서 처음 대출한 1837년 4월 초의 그날 그는 칼라일이 번역한 괴테의 《빌헬름 마이스터Wilhelm Meister》도 함께 빌려왔다. 이 책은 영웅적인 주인공이 부르주아 세계에서 벗어나 진정한 사상과 진실된 문화, 솔직한 감정의 세계로 진입하는 성장과정을 기록한 장편 교양소설Bildungsroman이었다. 5월 말 소로는 하버드에 새로 부임한 롱펠로 교수가 처음 개설한 독일 및 북유럽 문학 강의를 들으러 갔다. 롱펠로는 북유럽 언어의 중요성을 강조했다. 그는 당시 많이 알려지지 않은 주제였던 앵글로-색슨 문학에 대해서는 한 차례 강의했고, 스웨덴 문학에 대해서는 두 차례, 독일 문학의 개요는 한 차례 강의했는데, 괴테의 삶과 저작에 대해서는 세 차례 이상 강의했다.[3]

소로는 부분적으로 자신의 조상이 프랑스 북부와 스코틀랜드 출신이라는 점 때문에 처음부터 독일과 북유럽의 언어 및 신화, 문화에 가족 같은 친밀함을 느꼈다. 그것들은 전혀 낯설지 않았다. 복잡하지만 어쨌든 분명한 생득권의 일부였다. 훗날 자신의 이름도 뇌신雷神토르Thor(북유럽 신화에서 천둥, 전쟁, 농업을 주관한 신-옮긴이)를 재미있게 살짝 늘린 것이라고 생각하기도 했다. 대학시절이 끝나갈 무렵 독일 연구는 가장 흥미로운 관심사 중 하나였다. 그는 자신의 모국어가 북유럽어족 가운데 하나라고 생각했다. 시인이 되겠다는 그의 야심은 영국의 사상과 사례뿐만 아니라 독일의 사상과 사례에 의해 더욱 명확해졌다. 더구나 브라운슨에서 롱펠로와 에머슨에 이르기까지 그보다 연배가 위인 인물들은 하나같이 독일어 텍스트를 갖고 진지하게 작업하고 있었다. 그가 제대로 된 일기를 쓰기 시작한 그해 가을 일기에 제일 먼저 등장한 책은 괴테의《토르콰토 타소Torquato Tasso》였고, 두 번째 책은 역시 괴테의《이탈리아 기행》이었다. 당시는 영어 번역본이 나오기 전이라 소로는 긴 겨울 동안 나름대로 아주 조심스럽게 책을 읽어나갔다.

지금도 매혹적인 괴테 입문서로 꼽히는《이탈리아 기행》은 괴테가 1786년부터 1788년까지 로마와 시칠리아를 향해 떠난, 파란만장했던 인생의 분기점이 된 여행을 묘미를 가득 담아 매혹적으로 기록한 일기와 편지를 얼기설기 모아놓은 것이다. 글에서 풍겨나는 너무나도 소년 같은 감정 분출을 보면 도저히 상상할 수 없지만 괴테가 여행을 떠났을 때의 나이는 서른일곱 살이었다. 여행은 오랫동안 미뤄왔던 그의 상상 속 고전의 심장부를 향한 열정일 뿐만 아니라 유명세(그는 이미 독일에서 유명한 시인이었다)와 바이마르공국에서 맡아왔던 공적인 자리에서 정신적으로 풀려나기 위한 것이었다. 이 책은 여행담으로 보이지만 자기발견을 위한 순례의 기록—롱펠로의 《해외로》와 같은 장르지만 훨씬 더 낫다—이다. 소로는 괴테가 여행을 떠날 때 가졌던 자유로운 감각과 집요한 열망, 그리고 무엇보다 기쁨이 묻어나는 심오한 문장에 주목했다.

그는 예술가의 낭만적 시각과 사회적 감각을 결합하는 능력에 경탄했고, 괴테의 탁월한 묘사력은 물론 자신이 본 것에 대한 느낌을 단순히 기록한 것이 아니라 "태연한 관찰자"가 되어 객관화해서 묘사한 데 깊은 인상을 받았다. 그것은 소로 자신이 표현하고자 노력해왔던 것에 결정적인 힌트였다. 화려한 은유의 나열이나 사사로운 감정이입 없이 오로지 언어로 스케치한 대상 그 자체만 있었다.[4]

괴테가 소로에게 영향을 미쳤다고 두루뭉실하게 말하는 것은 당연히 정확하지 않다. 상식적인 차원에서는 그 이상 영향을 받을 수 없다고 할 정도다. 그러나 에머슨과 마찬가지로 괴테 역시 소로에게 자기 자신의 작품을 써나갈 수 있도록 길을 제시해주었다. 괴테가 《이탈리아 기행》을 기록한 것을 읽으면서 소로는 자기 나름의 여행을 시작하고자 했고, 그것을 자신의 작품으로 만들고자 하는 열망이 더욱 간절해졌다. 로마 한가운데서 푸생과 클로드 로래인, 살바토르 로사의 그림을 바라보며 괴테는 이렇게 썼다. "나의 모든 생각들이 소문이나 전통이 아니라 대상 그 자체를 통해, 또 살아있는 접촉을 통해 얻어냈음을 알아낼 때까지 나는 결코 멈추지 않을 것이다." 이건 소로에게도 진실 그대로였다. 아마도 다른 저자의 책에서도 읽은 게 있었겠지만 그의 중요한 사상은 그것이 아무리 책에서 읽은 내용과 유사해 보인다 해도 자신의 개인적 경험에 뿌리내린 것이었음에 틀림없다.[5]

이런 과정이 어떻게 이루어졌는가를 보여주는 중요한 사례이자 소로가 오랫동안 품었던 한 가지 생각은 바로 1837년 가을 괴테를 읽으면서 시작됐다. 《이탈리아 기행》을 하나로 엮는 결정적인 실마리는 원초적인 식물, 즉 그로부터 이어지는 모든 식물학적 변화를 "설명"해줄 "최초의" 식물 원형에 대한 괴테의 탐구다. 괴테는 여러 해 동안 이 주제를 곰곰이 생각해왔는데 마침내 이렇게 썼다. "팔레르모의 시민정원을 산책할 때였다. 우리가 통상 '잎'이라고 부르는 식물의 기관 안에 스스로를 모든 식물 형태로 숨길 수도 있고 드러낼 수도 있는 프로테우스(그리스신화에서 '바다의 노인'으로 불리는 해신海神으로 예언능력을 지녀 그를 찾아오는 이들이 많았으나 자유자재로 자신의 모습을 바꿀 수 있었다-옮긴이)가 있다는 생각이 섬광처럼 스쳐 지나갔다. 처음부터 끝까지 식물이란 잎에 다름아닌 것이다."[6]

이것은 식물의 변신에 관해 괴테가 처음 개념화한 생각이다. 하지만 이보다 더 중요한 것은 그것이 괴테에게, 또 에머슨과 소로에게도 자연 그 자체의 가장 내밀한 과정을 이해하는 열쇠라는 점이었다. 에머슨이 그리도 자주 "변신"이라고 부르며 "프로테우스"로 상징화한 것은 자연적인 과정 그 이상이었다. 그것은 그에게 자연의 '모든' 과정을 대표하는 상징이 됐다. 진화와 자연선택이라는 사고가 다양한 자연 변화를—그리고 거의 전세계적이고, 따라서 눈에 보이지 않는 사회적 변화에 대한 은유를—설명해주기 이전에 괴테에서 휘트먼에 이르는 낭만주의 세대는 자연에서 나타나는 변화의 개념을 '발전'이라는 의미와는 전혀 다른 차원에서, '변신'이라는 생각을 통해 표현했다.

에머슨은 괴테가 "현대 식물학에 대한 선구적인 사고를 제시했다"고 이해하면서 그가 명쾌하게 요약한 논제를 꼽았다. "하나의 잎 혹은 잎의 눈은 식물의 단위며, 식물의 모든 부분은 단지 새로운 환경에 맞춰 변신한 잎일 뿐이다. 환경이 변화함에 따라 잎은 다른 어떤 조직으로든 변할 수 있으며, 다른 어떤 조직도 잎으로 변할 수 있다." 괴테가 하고자 했던 것은 현상의 모든 분야를 설명해주는 법칙을 찾아내는 것이었다. 11월 말 차갑게 내리는 서리는 소로에게 이와 비슷한 일을 할 수 있는 기회를 주었다. 나무와 가지, 풀잎, 그리고 모든 것들이 갑자기 멋진 얼음결정들로, "놀라운 얼음 이파리들로" 덮였다. 소로가 보기에 이것들은 "여름옷을 입은 잎에게 잎이" 응답하는 것이었다. 얼음결정은 잎 위에만 있는 게 아니라 잎처럼 생긴 얼음 형태로 지지대도 없이 혼자 힘으로 서 있었다. 소로의 글은 흥분으로 가득 차있다. "이 유령 같은 이파리들과 원래 그들이 그러했을 초록 이파리들을 똑같은 법칙이 창조했다는 사실이 내게 얼마나 충격적으로 와 닿았는지 모른다."7

12월과 1월 내내 그는 비슷한 형상들을 찾아 다녔고, 일기에 식물의 생장과 결정화 과정 간의 연관성을 여러 차례 기록했다. 이런 연관은 무척이나 흥미로웠다. 그러나 더 중요한 것은 이 같은 유추가 특정한 현상의 이면에 있는 일반법칙을 발견하려는 강한 의도를 보여준다는 것이다. 괴테는 에머슨처럼—또 베르길리우스나 호메로스, 스토아 사상가들처럼—

소로에게 소중한 존재였다. 괴테는 그 자신의 길을 소로에게 보여주었고, 그것을 어떻게 찾아낼 수 있는지 실제 사례를 제시했다. 차원 높은 흥분과 기대라는 게 있는데, 바로 1837년 가을과 이어진 겨울에 소로의 내적인 삶의 많은 부분을 특징지은 일종의 지적인 진지함과 고결함이 그것이다. 3월에 그는 마담 드 스탈이 쓴 《독일Germany》(1812)을 읽었다. 어쩌면 그서 다시 떠올리기만 했는지노 모르지만 아무튼 독일 사상과 분화에 관한 입문서로 널리 읽히고 있는 책이었다. 마담 드 스탈은 그녀의 말대로 독일인들에게 첫째가는, 무엇보다 중요한 성격인 "열정"에 관한 강렬한 세 개의 장과 함께 이 책을 끝맺는다. 그녀의 시각에서 보자면 그것은 주제에 대한 필수불가결한 열쇠였다. 독일인들이 그녀에게 가르쳐주었던 것이자 소로에게도 가르쳐주었던 것은 이것이다. "열정이 없다면 사상은 아무것도 아니다."[8]

8

자신의 행복을 만들어가는 장인

1838년 2월 중순 에머슨이 소로에게 대학시절의 이야기를 글로 써보라고 권하자 소로는 강연 원고를 썼다. 그러나 내용은 딱히 대학생활에 관한 것이 아니라 "사회"에 관한 것이었다. 3월에 써서 4월에 공개한 이 글은 그의 첫 대중 강연이었는데, 개성이 뚜렷한 표현들로 주목 받았다. "인간은 사회에 기여해야 한다"는 다분히 아리스토텔레스 풍의 입장에서 출발한 소로는 이 유서 깊은 말이 "다른 의미는 갖고 있지 않은지" 의문을 제기한다. 그러니까 원래의 의도와는 엇갈릴 수 있지만 "이 말의 중요성을 간직하기 위해서는 새롭게 다시 쓸 필요가 있다"고 주장한다. 아마도 그것은 "사회가 인간에게 이익이 돼야 한다"일 것이라고 그는 말한다. 통상 하는 말과 의견을 뒤집어버리는 그의 재주에는 때로 화가 나기도 한다. 하지만 여기서 그의 논점은 사회조직의 중요성에 대한 반항적인 부정이 아니라 단지 강연을 듣고 있는 청중들에게 사회란 개인의 자기 충족이라는 목적에 도달하기 위한 수단일 뿐이지 다른 것이 아니라는 점을 상기시키려는 것이었다.[1]

이런 식으로 개인을 옹호하는 게 새로운 건 아니다. 프로테스탄트 전통 및 제퍼슨 사상에 들어있을 뿐만 아니라 소로의 대학시절 과제의 단골 주제이기도 했다. 2학년 때 소로가 쓴 에세이의 주제는 두 가지였는데 "우리는 다른 사람들이 우리에게 이런 식으로 되어주었으면 하고 바라는 것이 되는 경향이 있다"가 하나였고, "교양 있는 사회의 형태와 의식, 규제를 어떤 근거로 반대할 수 있는가?"가 다른 하나였다. 3학년 때는 개인이 사회적 압력에 맞서 습관처럼 하는 입에 발린 방어를 훨씬 넘어선 "복종의 의무와 불편함, 위험들"에 관한 짧은 논문을 썼다. 그는 "세상을 화나게 하는 데 대한 두려움이 최소한 나의 행동에 영향을 미쳐서는 안 된다"고 쓰고 나서는 그 이유로 간단명료한 신념을 끝에 제시했다. 우리가 만일 우리의 양심을 듣지 않는다면 "개혁에 이르는 대로가 닫혀버릴 것"이기 때문이다.[2]

소로는 사회를 이루는 여러 집단들의 위협 속에서 개인이 정체성을 찾아야 하는 절박함에 대해 말하는데, 스무 살 청년다운 목소리가 여실히 드러난다. 대학생활은 불가피하게 집단과의 관계라는 문제를 제기한다. 물론 가정에서도 여러 사람과 함께 생활해야 한다. 소로가 콩코드로 돌아왔을 때 집에는 아홉 명이나 되는 사람이 살고 있었다. 콩코드의 교실 한 칸짜리 학교에서 교사로 일할 때도 결코 혼자가 아니었고, 심지어 에머슨의 저택에서 보낸 저녁시간에도 여러 사람들과 부대껴야 했다. 그런데 소로가 자신의 인생에서 딱 이 시점에 가졌던 사회에 대한 생각이 정말로 특별하게 보이는 것은 자신의 일방적 주장만을 고집하지 않고 있다는 점 때문이다. 일기에 쓴 것이나 강연 내용 둘 다 그가 사회와 사회적 자극을 놀라울 정도로 높이 평가하고 있음을 분명하게 보여준다. 그는 개인이 사적인 범주를 넘어서 자기 나라는 물론 더 큰 세계를 접해야 한다는 점을 인정하면서 괴테를 인용하는데, 12월에 쓴 글을 보자. "영웅은 유명해질 수도 있고, 그냥 묻혀버릴 수도 있다. 영웅이란 그저 사건이 전개되는 과 정에서 목적 달성을 위한 디딤돌을 만드는 데 필요해서 선택되는 것이기 때문이다." 3월에는 사람이 무엇을 해야 하는가에 대해 숙고하면서 적어 도 "그의 동료들에게 부담을 주어서는 안 된다"고 지적했다.[3]

사실 에머슨 주위 사람들이 아무리 개인의 노력을 더 선호했다 하더라 도 그것이 곧 반사회적인 것은 아니었다. 에머슨 자신도 '복종'을 공격했을 때는 "자신과 직접 관계되는 관행을 따르도록 하는 것"에 의문이 들 때뿐 이었다. 그도 그렇고 다른 사람들도 자신이 믿는 관행을 따르는 것에는 반 대하지 않았다. 사실 초월주의 자체는 집산주의collectivism라는 숨겨진 경 향을 갖고 있었다. 개인주의를 단순히 자기과시나 좁은 의미의 자기수양 정도가 아니라 사회 개혁의 가장 나은 수단이라고 주장하는 게 이들 미국 인의 특징이었다. 그런 점에서 그들은 독일인과 달랐다. 독일인에게 '빌둥 Bildung'이란 자기수양을 스스로 정당화하는 개념이다. 이것은 토마스 만 이 불만을 표했듯이 독일인들로 하여금 정치적, 사회적 행동에 나서는 것 보다 오히려 피하도록 만들었다. 가장 잘 알려진 미국의 초월주의자들 대 부분이 사회활동가나 정치운동가가 됐다는 점은 특기할 만하다. 시어도 어 파커는 반노예제 운동을 했고, 마가렛 풀러는 페미니즘과 1848년 로마 혁명에 참여했으며, 조지 리플리는 브룩팜 공동체 실험을 주도했고, 브론 슨 올콧은 교육 개혁과 유기농법을 주창했다. 엘리자베스 피바디는 미국 전역에 유치원을 설립했을 뿐만 아니라 아메리칸 인디언 보호 같은 여러 운동을 주도했다. 소로 자신도 일찍부터 존 브라운을 적극적으로 지지했고, 초월주의자들을 향해 공상이나 하고 있다며 비웃는 사람들보다 반노예제 운동에 훨씬 더 적극적으로 참여했다. 사실 이들이 공격적인 행동에 나섰다면 그저 반사회적인 백일몽에 그치는 한줄기 구름이 아니라 폭동을 일으키는 폭풍우를 몰고 올 수도 있었다.[4]

소로의 4월 강연 내용 가운데 아직도 남아있는 것을 보면 그가 사회 자제를 반대한 것이 아니라 거의 실현되지 않은 더 나은 사회 내지는 공동체를 선호한 것이 분명하다. 사회에 첫 발을 내딛는 젊은이를 신랄한 농담조로 묘사하고 있는데, 이런 표현은 환멸보다는 실망감을 나타내는 것이다. "두근거리는 가슴을 안고 그는 별빛을 받으며 신들을 만나러 여행길에 나선다. 그러나 환상은 빠르게 사라진다. 처음엔 그에게 넥타와 암브로시아 같았던 것이 실은 평범한 보이차와 작은 생강빵 조각이었음을 발견하게 된다." 자주 그래왔듯이 소로는 사회의 실상을 곧바로 꿰뚫어본다. 그러고는 사회가 우리의 기대를 어떻게 저버리는지에 대해 심술 사납게 논평한다. 자기연민에 빠져 있는 아웃사이더를 향해서는 농담을 날리기도 한다. "사람들의 심장을 얼어붙게 만드는 것"이 아웃사이더의 진면목일진대 "따뜻한 대접을 받지 못한다 할지라도 불평해서는 안 된다"고 그는 일갈한다.[5]

그는 사람들이 서로서로 가까이 집을 짓고 살아가는 것은 "타고난 본능에 따른" 것이지만 문제는 "연대하지 않고 그저 모여있을 뿐"이라고 지적했다. '연대'는 함정에 빠지기 쉬운 단어로, 전국적으로 수십 개의 개혁공동체가 세워지면서 금새 대단한 유행어가 됐다. 소로가 이 단어를 소환한 이유는 그가 진정으로 원하는 것은 낮은 수준의 사회가 아니라 사람들의 진실한 연대라는 것, 군중을 이룬 사람들이 아니라 모두가 친구인 개인들의 공동체라는 점을 보여주기 위해서였다. 사실 소로는 '사랑과 우정'을 주제로 썼던 글에서 사용했던 것과 똑같은 의미를 담은 감성적인 언어로 진짜 가치 있는 사회적 관계들에 대해 토로했다. 사회는 그의 지적인 삶에도 중요했다. "사회에서는 홀로 있을 때의 모든 영감이 내게로 도로 흘러 들어와 비로소 처음으로 표현되는 것 같다."6

1838년 봄, 사회에 대한 소로의 주된 관점은 일기와 강연에서 명확히 드러난다. 그것은 인간 사회에 대한 부정이 아니며, 사회에 자리잡기를 거절한다거나 심지어 사회의 중요성을 부인하는 것도 아니다. 물론 그는 사회가 예전에 그랬던 것보다 조금도 더 만족스러워지지 못한 것에는 실망했다. 그러나 그 이상으로 그가 신랄한 표현과 유머를 섞어 언급한 이유는 사회 그 자체를 반대하기 위해서가 아니라 "사회적 결정주의"라고 불릴 수 있는 것을 반대하려는 것이었다. 개인보다 더 높은 가치를 사회에 부여하는 것의 위험성, 즉 사람들로 하여금 처음부터 자신을 어떤 집단과 동일시하도록 부추기는 것의 문제는, 그렇게 하면 누구든 자신의 약점에 대한 비난을 집단 쪽으로 전가하기가 쉬워지기 때문이다. 만일 사람들이 자신의 정체성과 만족을 위해 사회에 의지한다면 그것은 곧 사회가 누군가의 불만족, 정체성의 결여, 소외에 책임을 져야 한다는 의미다. 에머슨은 이미 이런 견해에 반대한다는 뜻을 분명히 했고, 소로 역시 지금 똑같은 방향으로 생각하고 있는 것이다. 1월에 그는 일기에 아주 솔직하게 적었다. "인간은 자기 자신의 행복을 만들어가는 장인이다. 그를 둘러싼 환경의 섭리에 대해 그가 얼마나 불평하고 있는지 깨닫도록 하라. 왜냐하면 그가 비난하고 있는 것은 다름아닌 자신이 행한 것이기 때문이다." 이건 반사회적인 분노를 거침없이 표출한 것도 아니고 인간 혐오의 징후 같은 것도 아니다. 단지 자기 자신의 실패를 갖고 다른 사람이나 환경, 사회를 비난하는 행동을 거부하는 것일 뿐이다. 게다가 만일 사회의 나쁜 점을 비난할 수 없다면 왜 좋은 점을 인정해야 하는가? 소로는 4월에 콩코드 라이시엄에 모인 시민들에게 이렇게 강연했다. 만일 충분한 숫자의 사람들이 진정으로 자신의 행복에 대해 스스로 책임이 있다고 느끼기만 한다면, 그리고 그들 자신을 향상시기기 위해 노력힌다면 "사회"는 더 나아질 수밖에 없을 것이라고 말이다. 콩코드 역시 더 좋아질 것이다.[7]

9

학생 네 명의 작은 학교

🌿

성인 청중 앞에서 강연한다는 것은 소로에게 새로운 경험이었다. 대학을 갓 졸업한 그가 고향 마을과 맺은 인연은 학교선생님이었다. 그건 사실 대학에서 준비한 것이었다. 3학년 때 캔턴에서 짧은 기간이었지만 가르치는 일을 해봤고, 그 후에도 필요할 때마다 브라운슨에게 조언을 구할 수 있을 정도로 아주 잘 끝마쳤다. 졸업과 함께 동기생들은 당시 통상적인 진로를 따라 흩어졌다. 일부는 로스쿨로, 일부는 신학교로 진학했고, 한 명은 하버드의 "기숙 대학원생"으로 갔으며, 몇 명은 교사가 됐다.

소로의 첫 번째 정규 직장은 환상적일 정도로 운이 좋은 자리였다. 콩코드 공립학교 시스템에 있는 두 개의 중요한 자리 중 하나로 규모가 제일 큰 센터 초등학교 교사직이었는데 연봉이 500달러였다. 이 정도면 당시 제1교구교회의 신임 부목사로 부임한 프로스트 목사가 받는 연봉 340달러보다 많았고, 저명 인사이자 제1교구교회의 존경 받는 목사인 리플리 박사가 연봉 600달러에 사택과 150달러 상당의 땔감용 목재를 받는 것에 비해서도 크게 뒤지지 않았다.[1]

콩코드의 교육 시스템은 이 시기 7개 구역으로 나뉘어 모두 8개의 남학교와 8개의 여학교가 있었다. 1837~1838년의 교육 예산은 2132.55달러로 단연 마을의 제일 큰 지출항목이었다.(저소득층 지원비가 한 해 800달러로 그 다음이었고, 도로 및 교량 건설비가 뒤를 이었다.) 7개 구역마다 남성교사와 여성교사들이 있었는데, 남성교사는 대개 연봉 100달러 정도를 받았고, 여성교사는 40달러 정도를 받았다. 소로기 속했던 센티 구역에는 두 명의 남성교사와 두 명의 여성교사가 있었고, 학생은 300명이 넘었다. 소로의 경우 혼자서 100명의 학생을 맡아서 가르쳤다. 당시 콩코드에는 스무 명 내외의 교사가 일하고 있었는데, 그 중 보수가 가장 많은 두 교사직 가운데 하나에 소로가 임명된 것이다. 하지만 연봉이 높은 것은 그만큼 책임이 많기 때문이었다.[2]

학교 환경은 한마디로 열악했다. 교육비 지출이 마을 예산에서 큰 비중을 차지했지만 콩코드의 학교 지원액은 브루클린 같은 곳에 비해 훨씬 적었다. 잡다한 형태의 교실 한 칸짜리 학교가 대부분 19세기 초에 지어졌는데, 곧 황량한 건물로 변해갔다. 학생들은 집에 돌아갈 때면 검푸른 멍이 들기 일쑤였다. 자기들끼리 싸우다 그렇게 되기도 했지만 교사들한테 체벌을 받은 경우도 있었다. 이런 이유로 사립 교육기관이 1822년에 콩코드에 들어섰는데, 대학에 진학하려는 진지한 학생들이 수준 있는 교육을 받을 수 있는 곳이었다. 소로와 그의 형 존은 둘 다 공립학교가 아닌 콩코드 아카데미를 다녔다. 그런데 소로는 대학 졸업 후 공립학교 시스템으로 돌아왔다. 매우 공적인 데다 상당히 노출된 자리로 온 것이었다.[3]

이로부터 몇 년 뒤 나온 교육보고서에 따르면 학교는 "센터 구역 한 곳만 빼고는 교실 안에 칠조차 하지 않은" 상태였다. 보고서 내용을 더 읽어보자. "손바닥만한 운동장도 없고, 학교 주위로는 나무 한 그루 없다. 덩그러니 학교 건물만 도로를 향해 정면으로 서 있다. 학교를 나오면 교사나 학생들이 갈 곳이라고는 도로 한복판 외에는 달리 없다." 이렇다 할 장비 같은 것도 전혀 없었다. 한두 학교가 대형지도를 몇 개 갖고 있는 정도였다. 교육용 비품도 어느 교실이든 쓸 만한 건 하나도 없었다. 난방은 난로로 했는데 끊이지 않는 골칫거리였다. 교실 안은 때로 얼어붙을 것처럼 춥다가 어떤 때는 섭씨 48도까지 뜨거워졌고, 연기로 가득 차는 경우도 종종 있었다. 환기는 원시적인 수준이었다. 한번은 학교이사회가 통풍의 전반적인 문제점과 산소 부족이 학습 지체의 원인이 될 수 있다는 점을 진지하게 받아들이기도 했고, 한 보고서는 감동적인 열의를 담아 강도 높게 경고하기도 했다. "모든 교사의 가장 우선적이고 가장 신성한 의무는 교실의 온도와 환기를 살피는 것이다."[4]

학생들의 출석은 또 다른 골칫거리였다. 여름보다는 겨울이 나았지만 등록한 학생 가운데 3분의2만 출석했다. 그러니까 대부분의 학생이 3일 중 하루는 결석하는 셈이었다. 이런 상황을 뻔히 알면서도 학교이사회는 엄격한 규율이 필요하다는 점을 이상하게도 확신하지 못했다. 스무 살 된 소로가 교사 직을 그만두게 된 것은 규율 문제가 직접적인 이유일 수도 있지만, 실은 교실을 가득 채운 50명에서 100명에 이르는 어린 학생들을 제대로 지도해야 하는 모든 일이 당초에 얘기 들었던 것보다 훨씬 과중하게 느껴졌기 때문일지도 모른다. 체벌 사건이 있고 나서 몇 달이 지난 뒤인 12월에 오레스테스 브라운슨에게 쓴 편지에서 소로는 지금 "작은 학교의 교사 자리 또는 큰 학교의 부교사 자리"를 구하고 있다고 강조했다. 콩코드에서 제일 큰 학교—하버드대학의 절반이 넘는 규모—의 수석교사라는

자리는 기대만큼 잘해나가기에는 벅찬 것이었을 수 있다.[5]

  아무튼 소로는 학기가 시작되고 2주도 채 안 돼 교사직을 그만두었다. 그러나 그는 여전히 자신을 교사라고 생각했고, 곧바로 다른 자리가 있는지 알아보기 시작했다. 그리고 아무리 콩코드를 좋아한다 해도 일자리를 구할 수만 있다면 어디든 가겠다는 의향이 분명했다. 수중에는 훌륭한 추천서도 있었다. 에머슨과 퀸시 총장, 브라운슨이 기꺼이 추천서를 써주었고, 공립학교에서의 체벌 사건에도 불구하고 콩코드의 존경 받는 인사들이 응원과 지지를 보내주었다. 소로는 매사추세츠 주 톤턴과 뉴욕 주 북부, 버지니아 주 알렉산드리아에서 일자리를 알아봤다. 3월에는 서부—켄터키와 그 주변 지역—에서 많은 학교가 새로 문을 연다는 소식을 듣고는 그 무렵 톤턴에서 교편을 잡고 있던 형 존에게 구직求職 여행을 떠나자고 편지를 보냈다. 소로는 열정과 활력으로 가득 차있었고, 틀림없이 일자리를 얻을 것이라고 믿었다. 그에게 구직 활동은 그 자체로 약간의 모험이기도 했다. 그는 존에게 말했다. "형이 이 편지에 곧바로 답장해 주기를 바래. 시작하기에 딱 좋은 시즌이거든. 운하는 지금 개통돼서 여행비용은 비교적 저렴해. 이 도시에서는 돈도 빌릴 수 있을 거라고 생각해. 직접 부딪쳐 보는 것보다 나은 방법도 없잖아."[6]

  이 모험에서 건진 건 아무것도 없었지만 그는 계속 밀고 나갔다. 5월 초에는 메인 주에서 일자리 탐색을 시작했다. 그는 맨 처음 보스턴에서 증기선을 타고 글라우체스터의 이스턴포인트와 케이프앤을 건넜다. 그로서는 처음 해보는 바다여행이었다. 그는 늦게까지 잠을 이루지 못했다. 멀미에 시달렸지만 모든 것을 눈에 담기로 결심하고 밝은 달빛 아래서 스쳐 지나가는 등대들과 육지를 지켜봤다. 바닷길은 메인 주까지 빠르게 갈 수 있는 가장 현실적인 방법이었다. 증기선은 그를 포틀랜드에 내려주었다. 다음 며칠 동안 그는 브런스윅과 배스, 가디너, 할로웰, 어거스타, 차이나, 뱅거, 올드타운, 벨파스트, 카스틴을 들렀다가 다시 벨파스트를 거쳐 돌아왔다. 교사 자리는 없었다. 하지만 무척이나 광활한 지역을 일별할 수 있었다. 여기에는 그가 범선과 증기선을 타고 두 번씩이나 횡단했던 페놉스콧 만灣도 있었다. 메인 주의 해안가는 당시 거의가 탁 트인 평원이었지만 그 너머로는 캐나다까지 수백 마일이나 이어진 어두운 숲이 드넓게 자리 잡고 있었고, 그 안에는 거대한 나무들이 캐타딘 산맥을 타고 국새國璽를 품고 있었다. 소로는 올드타운에서 인디언을 만났는데, 워낙 무뚝뚝하기로 소문난 메인 주를 여행하면서 그가 만난 제일 말이 잘 통하는 사람이었다. 그가 페놉스콧 강을 가리키자 인디언은 입을 열었다. "강 따라 2마일 3마일 올라가면 아름다운 지방 나와."[7]

그 위쪽으로는 매사추세츠에서는 오래 전에 사라진 것이 있었다. 잘려 나가지 않은 진짜 야생의 숲, 오두막 한 채 없는 호수, 그리고 막힘 없이 흘러가는 강물이었다. 강폭이 좁아지는 곳에 지어놓은 통나무 캠프를 지나 더 위로 올라가면 백인들은 거의 보지 못한 지방이 나온다. 메인의 숨겨진 땅이 지닌 매력은 일단 한번 느껴보면 쉽게 빠져 나오지 못한다. 소로는 한 번 숨을 크게 들이마셨다. 그는 꼭 다시 돌아올 것이었다. 그러나 지금 여기에는 아무 일자리도 없다. 그는 교사였지 오지주민이 아니었다. 그러니 콩코드의 집으로 돌아갔고, 거기서 누구나 예상할 만한 일을 했다. 공립학교 일자리를 구하지 못한 그는 작은 사립 아카데미를 열었다. 100명의 학생 대신 4명의 학생만 받았고, 다섯 번째 학생이 곧 들어올 참이었다. 그는 오전 8시부터 12시까지, 그리고 오후 2시부터 4시까지 가르쳤다. 수업을 다 마친 뒤 그는 형 존에게 편지를 썼다. "그리스어와 영어, 그 밖에 다른 것들도 조금 읽고 들판을 어슬렁거리기도 해." 즐거운 삶이었다. 여름 들판에는 그해 유난히도 많은 베리 열매가 풍성하게 달렸고, 형 존은 학교를 한번 제대로 운영해보려는 그의 시도에 곧 동참하기로 했다. 마침내 그는 아주 작은 것이기는 했지만 생활비를 버는 일을 하게 된 것이다. 이엇한 직장도 갖게 됐다. 하지만 이런 와중에도 그의 마음은 다른 데 푹 빠져 있었다.[8]

10

시는 이 땅에서 나온다

🌿

학교선생님은 당시 아주 훌륭한 직업이었다. 적어도 직업과 관련된 성가신 물음에 실질적인 답을 줄 수 있었다.("무슨 일을 하면 부끄럽지 않을까? 그런 게 어디 있나, 아무 일도 안 하는 것 외에는.") 소로는 자신만의 길을 가기로 결심하고 "주위사람들에게 부담을 주지" 않으려 했다. 하지만 교사직은 단지 육신에 옷과 음식을 주는 자리에 불과했다. 소로는 그것이 평생 해야 할 일이라고는 결코 생각하지 않았다. 그가 진정으로 바랐던 일은 글을 쓰는 것이었다. 강연은 사실 글쓰기의 한 방식이었다. 게다가 특별한 청중에 맞춰 글을 쓰는 데는 유용한 훈련 방법이 꽤 많았다. 유창한 언변을 지닌 탁월하고 숙련된 연사이자 수요가 많아서 한 해 강연 수입이 500달러에 달하는 에머슨의 사례도 있었다. 강연은 궁극적으로 보수가 좋은 글쓰기였지만 스무 살 나이의 소로가 진정으로 쓰고자 했던 것은 시였다.[1]

대학 2학년 때 그는 롱펠로의 《해외로》를 읽었다. 그 정처 없는 여행기에서 소로는 롱펠로가 시에 대해 말해야 했던 흥미로운 것들을 조심스럽게 뽑아냈다. 그가 선택한 것은 롱펠로가 쓴 "시의 변호"였다. 중세 유럽의 시와 영웅 찬가, 로맨스, 발라드에 대한 롱펠로의 관심은 이 책에서 소로가 흥미를 가졌던 제일 중요한 것이자 사실상 유일한 것이었다. 3학년 가을에 그는 셰익스피어와 드라이든, 왈러, 그리고 무엇보다 밀턴의 작품에서 뽑은 구절들로 긴 리스트를 만들어 한 장 한 장씩 채워나갔다. 과제물이 아니었던 게 분명한 이 리스트는 그저 떠돌이 시인의 연습장이었다. 그는 밀턴의 형용사 사용법에서 많은 것을 배웠다. 대상을 수식하는 밀턴 특유의 방식인 "잔뜩 화가 난 실개천"이라든가 "수직으로 솟아오른 독수리," "징후가 돌진해오는 소리," "야만적인 불협화음"이 그런 것이었다.[2]

4학년 봄과 여름에는 북유럽 언어와 앵글로—색슨 시, 영국의 중세시, 그리고 괴테에 관한 롱펠로의 강의가 있었다. 늘 그랬듯이 이 강의에서 롱펠로는 시에 집중했고, 초창기 시와 원시 형식의 시, 영웅시를 특히 강조했다.[3]

소로가 초기에 쓴 시들은 당시 그가 높이 평가했던 전혀 다른 종류의 운문 형식을 제각각 반영하고 있다. 초기 습작을 쓰면서 그는 인디언들이 콩코드 강을 부르던 이름인 머스케타퀴드에 관한 시구를 만들어 보고자 했다. 그러나 누가 그것을 그렇게 부른다 해도 그 고유한 운율은 롱펠로와 헤만스 부인을 떠올리게 하는, 괴테의 《타소》에서 유래한 낭만적 십자군 발라드 "볼로냐의 고드프리Godfrey of Boulogne" 같은 시에서는 전혀 찾아볼 수 없는 것이었다. "달은 프로방스 골짜기 너머로 낮게 걸쳐 있는데 / 바다 위에 밤이 내린다." 또 다른 초기 습작은 소로가 4학년 때 썼던 것으로, 꽃 한 묶음으로 싸서 콩코드의 여인—소로보다 나이가 많은—이자 에머슨의 처형인 루시 브라운의 창문에 던졌던 시다. 물론 이 시가 그렇게 해서 진짜로 전달됐는지는 의문이지만 말이다. 아무튼 처음에는 "인생이란 그런 것Sic Vita"으로 불렸다가 나중에 "인생은 여름날Life is a Summer's Day"로 제목을 다시 붙였지만 시 자체보다 소로의 행동이 더 흥미로운 게 사실이다.[4]

하지만 또 다른 초기 시 "색슨 일더맨의 연설Speech of a Saxon Ealderman"은 조셉 보스워스의 《앵글로 색슨 문법의 기초The Elements of Anglo Saxon Grammar》(런던, 1823)에서 발견한 앵글로–색슨 시의 원형에서 직접 따온 것인데, 소로가 옛 영국시의 거친 질감과 형식에 관심을 갖고 있었다는 점과 함께 옛 단가短歌의 단순함과 현실감을 재창조하는 콜리지 풍의 기술을 보여준다. "홀이 깨끗이 치워지고 / 테이블이 자리를 잡는다 / 그러자 불안해하는 손님들"[5]

그는 더 부드럽고 전통적이며 라틴어 색조의 낭만적 발라드로 실험하기도 했다. 그가 "streamlet"과 "beamlet" 같은 서투른 압운을 쓰게 된 건 이런 이유였지만 단가 형식의 발라드를 만들어내는 훌륭한 재능도 보여주었다.

산에 부는 돌풍처럼
우리는 초원을 달리네,
수정 같은 연못을 떠나
저 먼 바다를 향해.

소로는 구전口傳 형식에 특히 집중했는데, 그의 초창기 노트를 보면 중세와 르네상스 시기의 발라드와 노래들로 가득 차있다. 초창기 시들은 연기演技를 암시하기도 한다. 그래서 눈으로 읽는 것보다 소리 내서 읽는 게

여러모로 더 낫게 들린다.[6]

소로가 초창기에 쓴 시를 보면 옛 영국시와 밀턴을 향해 귀 기울이고 있으며, 중세 초기의 시가 가진 단단함과 강인함, 그리고 서정적인 간결함을 함께 지닌 낭만주의—초월주의자가 아닌—시인이 등장하고 있음을 보여준다. 4학년 여름과 대학 졸업 후 콩코드로 돌아가 처음 맞은 가을에 소로는 시드니의 《시에 대한 변호Defense of Poesie》를 읽었고, 괴테의 《타소》에서 시인의 본성에 관한 부분을 발췌했으며, 괴테가 쓴 시 몇 편을 평이하게 번역하기도 했다. 그러나 다음해 봄 그는 다시 자신의 시를 쓰기 시작했다.

그리고 이제 사랑과 우정에 관한 한 편의 주목할 만한 시를 내놓는다. 제목은 그저 "우정Friendship"이라고 붙였지만, 이 시는 분명히 강한 감정이 분출된 감동적이고 진솔한 표현으로 가득하다. "문득 사랑을 떠올려본다, 생각에 잠긴 동안 / 사랑은 하나의 세상이 된다." 에머슨은 훗날 소로의 일생이 그의 시에 담겨 있으며, 그의 감성은 다른 어느 것보다 시에 제일 많이 표현돼 있다고 언급했다. 이 시는 형 존에 대한 감정을 노래한 것일 수도 있고, 에머슨과의 새로운 우정에 관한 것일 수도 있다. 그것이 무엇이든 우정을 향한 그의 뜨거운 찬사는 헤르베르트 풍의 시구詩句가 지닌 단순성과 르네상스 시대의 어법이 주는 명료함을 통해 분명하게 전해져 온다.

> 두 그루의 참나무, 그래 나란히 서서
> 겨울의 폭풍도 견뎌내고
> 바람과 조류도 이겨내고

초원의 자랑으로 성장했지

그래 둘 다 아주 강하지.7

아마도 "시를 만드는 것은 운율이 아니라 운율을 만들어내야 하는 이유"라고 하는 에머슨의 새로운 생각에 응답해 소로는 지금 그레이를, 또 브라이언트를 연상케 하는 보다 현대적인 시어로 실험하기 시작한 것이다. "절벽과 옹달샘The Cliffs and Springs"은 어떻게 해서 새 한 마리의 노랫소리가 현실세계 바깥으로 그를 유혹하는지 이야기하며, 그리하여 더 이상 "시간이나 장소, 아니 / 이 땅의 가장 희미한 흔적조차" 끌어당겨지는 것을 못 느낀다고 한다. 그러면서 노래한다. "풍경의 희미한 빛이 나의 유일한 공간 / 이 세상에 홀로 남은 자취다." 키츠의 위대한 시 "나이팅게일에게 바치는 송가Ode to a Nightingale"를 떠올리게 되는 소로의 시는 현실과 이상, 혹은 현실과 상상하는 것의 초월적 변증법에 가장 먼저 도달한 것으로 읽힐 수 있다. 소로에게는 전형적인 방식이지만 현실은 시의 끝부분에도 이어진다. "그리하여 나는 이 땅의 거주자로 다시 열심히 걷는다."8

1838년 봄에 쓴 시를 보면 소로가 조금이나마 이루어냈으며, 영국 전통의 형식을 콩코드라는 배경과 개인적인 주제에 맞추려고 노력했음을 알 수 있다. "파랑새The Bluebirds"는 발라드 형식을 콩코드에 맞춘 것인데, 괴테 풍의 간결하고 완벽한 서정적 시행을 어느 정도 갖추고 있다. "새들은 저 멀리 남쪽에서 온 것 같다 / 월든 숲 너머에서." 이해 봄 소로가 쓴 브라이언트 풍의 목소리를 담아낸 시에는 월든을 노래한 시도 있는데, 나중에 "영감Inspiration"이라는 제목으로 출간된 시의 서두 부분이다. 그리고 영웅시체 2행 연구聯句를 "5월의 아침May Morning"이란 시에서 고향 콩코드라는 주제에 맞추려 노력한 것도 흥미롭다. "5월의 아침"은 소로가 학교에서의 삶과, 자연과 봄이라는 풍요롭고 개방적인 동시에 시를 품어주는 경험 사이에서 갈등하고 있었음을 보여주기도 한다. 시는 이렇게 시작한다. "학교로 가는 길에 한 아이가 어슬렁거린다 / 이 소중한 날 규칙대로 산다는 게 참 우습지." 학교와 마을생활의 단조로운 세계는 잠자는 것 같지만 시는 "의식이 빠르게 돌아오는" 즐거운 실주와 함께 끝난다. 한낮의 밝은 태양을 향해 깨어나는 것이다.

> 눈을 뜨니 푸른 초원 펼쳐져 있네
> 고개 숙인 바이올렛 눈앞에서 자라고
> 하늘 한 조각 누구라도 향기 맡을 것처럼
> 창공에 그 푸르름 섞여 있네.9

1839년에 에머슨은 넘칠 듯한 관대함으로 소로의 초기 시에 찬사를 보냈다. "시적인 것과는 동떨어졌던 이 미국의 숲에서 여태껏 울려 퍼지지 못했던 가장 순수하고 가장 고귀한 선율이다." 에머슨이 소로에게서 느낀 것은 브라이언트나 롱펠로에게서는 발견할 수 없는 가락이자 그 자신이 때로 시도했던 가락이었다. 에머슨 자신의 시 가운데는 에밀리 디킨슨이 그에게 빚을 졌다고 해도 과언이 아닐 만한 짧은 4행시가 있는데, 그중 한 편을 보자.

> 불타는 생각 감추기 위해
> 단순한 단어만 이어가는데

천재의 재능이란 그래도

수풀 속에 왕을 감추는 것일 뿐.

이런 것도 있다. "바다는 밀을 수확한 평야의 / 대담한 개척자가 가는 길." 이것들은 에밀리 디킨슨의 4행시뿐만 아니라 소로의 초기 작품 가운데 수작秀作들과도 무척 가깝다. 이미 소개한 시행들에 더해 소로는 낭만적인 갈망과 구체적인 묘사를 결합해 냉정하면서도 아주 멋진 마지막 시행을 쓸 수 있었다.

나는 가네, 나는 가네, 저 먼 바닷가를 향해

머나먼 외로운 섬 아조레까지

거기 있네, 거기 있네, 내가 찾는 보물이

황량한 개울가 메마른 모래밭 위에.

표백한 뼛조각 같은 간결함과 파도 같은 리듬, 명징한 울림이 느껴진다. 이 모든 것들의 효과는 훨씬 먼 훗날 존 메이스필드의 시가 등장할 때까지는 비교할 대상이 없었다. 시행들은 그가 경험한 감정의 놓칠 수 없는 울림을 갖고 있다. 소로의 표현대로 "시는 시인의 발 아래로부터, 그의 온몸을 떠받치고 있는 이 땅에서 나온다"는 게 맞는 것 같다. 시를 쓰기 시작하면서 그는 시작詩作에 매진하려는 열의와 함께 스스로 시인이라고 생각하는 것을 정당화했다. 에머슨이 소로의 초기 작품에 대해 과도하게 칭찬한 것일 수는 있겠지만 그의 힘을 북돋아주려고 한 판단은 너그러움이라기 보다는 도전에 가까운 것이었다. 게다가 과연 누가 1838년에, 에드

거 앨런 포와 에머슨 자신을 제외하고 미국에서 이보다 더 나은 시를 쓸

수 있었겠는가?[10]

2부

1838−1840
초월주의와 용기

11

강물이 이토록 경이롭다니

소로는 1838년 여름과 가을 내내 자신의 아담한 학교에서 교사로 활동하면서 역시 그 무렵 교사로 일하고 있던 형 존과 누나 헬렌에게 편지를 보내 교직 문제를 상의했다. 10월에도 그는 여전히 다른 지역에 여건이 더 나은 교사 자리가 있는지 알아보고 있었지만 이 무렵에는 이미 콩코드 공동체의 일원이 되어가고 있었다. 소로가 매년 마을의 강연 일정을 책임지고 기획하는 콩코드 라이시엄(Lyceum, 일종의 마을회관으로 주민을 위한 강연과 토론, 독서모임이 열렸다-옮긴이)의 총무겸 큐레이터로 선출된 것도 이즈음이다.

　이해 가을 그는 출판을 염두에 두고 열심히 글을 써보았지만 대부분 실패로 돌아갔다. 한 가지 이유는 틀에 얽매이지 않고 실험적인 시도를 했기 때문인데, 가까운 일상을 소재로 시를 써보려고도 했고 거기에 약간의 유머도 집어넣어 봤지만, 고작 '방수되지 않는 신발'에 관한 유머러스하지만 좀 서투른 시구를 만드는 데 겨우 성공했을 뿐이다.("그것들은 때로 겁도 없이 입을 크게 벌린 채 / 타는듯한 갈증으로 이슬 같은 넥타를 벌컥벌컥 들이킨다.") 12

월이 끝나갈 무렵 그가 아나크레온을 번역하고 모방한 글을 보면 좀더 유망한 특징들이 나타나기 시작한다. "나뭇잎 따라, 나뭇가지 따라 / 그것들 휘어지도록 열매는 풍성하게 달렸다." 고전은 다시 한 번 자기 고장의 소재로 눈을 돌려보라고 일러주었다.[1]

12월에는 "소리와 침묵Sound and Silence"에 관한 에세이도 썼다. 일기를 보면 맨 처음부터 소리를 향한 그의 비상한 관심을 읽을 수 있다. 폭풍우 소리, '프라하 전투'를 연주하는 피아노소리, 얼음이 갈라지는 소리, 교회 종소리, 귀뚜라미 울음소리, 저녁의 떠들썩한 연회 소리, 수탉이 홰치는 소리까지 온갖 종류의 소리를 망라하고 있다. 조화로운 화음이 됐든 불협화음이 됐든 콩코드와 주변 시골지역은 이런저런 소리로 가득 찼다. 소로는 조용한 삶에 대한 희망을 끊임없이 이야기했고 갈망했다. 그러나 그의 에세이 "소리와 침묵"의 내용은 일기에 들어있는 소소하고 따뜻한 정서가 결여돼 있다. 대신 엘리자베스 시대의 리듬과 미사여구로 잔뜩 멋을 부린 역설로 장식돼 있다.("가장 진실한 사교가 항상 고독에 더 가까워지듯 가장 빼어난 연설은 마침내 침묵으로 귀결된다.") 셰익스피어에게서 들은 것 같은 낯익은 반향("침묵은……억울할 때면 바르는 향유香油다")에도 불구하고―아니 어쩌면 그 때문에―소로의 이 산문은 그리 훌륭해 보이지 않는다. 이 글은 좀 잘난 체하는 것 같고 감각적으로는 최악의 "문어체"며 고집스럽게 한자리를 맴돌면서 역설을 기계적으로 붙잡고 있다. "웅변가는……그러므로 깊이 침묵하고 있을 때 가장 고상하다. 그는 자신이 말하는 동안 듣는다. 자신의 청중과 함께하는 청자聽者다." 물론 여기에도 말하고자 하는 바는 있다. 침묵은 소리의 진정한 감상에 꼭 필요하며, 우리는 때로 삶에서 침묵을 거의 누리지 못한다는 것이다. 간단한 사실은 소로가 이제 자신이 학교에서 가르쳤던 엄격하고 틀에 얽메인 산문은 버렸지만 자기 목소리는 아직 찾아내지 못했다는 것이다. "소리와 침묵"에 담긴 언어는 약하고 부드럽지만 문학의 개인적인 측면, 즉 텍스트를 읽은 독자의 반응에 대한 소로의 관심이 커가고 있음을 보여준다. 소로는 일인칭 화자의 이야기 전개에 독자들이 어떻게 반응하는지 궁금해했고, 프랑스에서 '레시recit'라고 하는 '들려주는 이야기'와 화자 자신의 확증된 목소리를 통해 듣는 것에 독자들이 반응하는 방식에 이미 푹 빠져 있었다.[2]

소로가 쓴 글을 보자. "서사시를 보면 하나같이 숨막힐 듯 한껏 주의를 집중시킨 뒤 의미심장한 두 단어, '그는 말했다'가 등장한다. 그러고는 특별히 우리 내면 깊숙한 곳의 한 남자가 이야기하기 시작한다. 그것은 대개 우리 자신의 아직 쓰여지지 않은 결말에 대한 관심을, 그리고 쓰여지긴 했어도 미처 생명을 얻지 못한 페이지를 향한 관심을 언급하는 것이다." 에머슨은 젊은 소로가 모든 서술을 역설적으로 하는 이유가 "대상들을 그것의 외양을 뒤집어서 파악하는 리얼리스트들의 습관" 때문이라고 지적한 적이 있다. 그러나 여기서 단순히 역설적인 스타일은 새로운 직관, 즉 새로운 조합으로 사물들을 바라보는 것으로 이어진다. 소로는 어떤 행동을 제대로 읽어내는 것이 얼마나 효과적인지 강조한다. 또한 과정이 뒤집히는 것을 우리가 받아들일 때, 그리고 살아가는 데 써야 할 에너지를 전혀 새로운 방향의 텍스트를 받아들이는 데 쏟아 부을 때 무슨 일이 벌어지는지도 읽어내라고 강조한다.[3]

이해 여름과 가을 내내 소로의 일기 스타일은 운문이 됐든 산문이 됐든 형식을 갖춰 쓴 글보다 감정이 풍부해지고 여유가 느껴졌으며 구체성을 띠었다. 그런 점에서 시간이 갈수록 그의 일기는 더욱 강력한 내적 흥분의 순간들과 열린 마음으로 포착한 경험들을 기록하는 데 성공하고 있다. 그의 시 "5월의 아침"은 파란색 꽃이 푸르른 하늘과 섞여가는 이 세상에 대한 문학적 각성, "의식의 빠른 회복"에 대해 이야기하고 있다. 7월에 쓴 시 "절벽Cliffs"은 여름의 평화롭고 고요한 순간에 감각의 쾌락보다 더 심오한 환희의 열락을 함께하는 느낌에 대해 노래한다. 호메로스를 읽고 그것을 자신의 삶에서 확인하면서 그는 19세기를 살아가는 오늘, 그 옛날 호메로스가 가졌던 용맹성 같은 것을 찾는다. 스물한 번째 생일 다음날 그는 일기에 이렇게 썼다. "어느 시대든 영웅적 열정의 씨앗은 다 있다. 그저 '그것들이 놓여 있는 토양'을 휘젓기만 하면 된다." 그러고는 진실을 알 수 있는지 여부는 의심하지도 않았고 자신의 견해를 무시하지도 않았다. 오히려 그는 과감히 진실과 자신의 견해를 지지할 수 있는 당당한 태도를 취한다. "오래 전의 지혜든 오늘날의 지혜든 그것이 세상에 알려진 그대로 내게 다가와 스스로 말하기 전까지는 명백한 거짓이다."[4]

소로는 이것을 하나의 철학적 원칙—사물들은 곧 훨씬 더 복잡해질 것이다—으로 정립할 능력은 되지 못했지만 그렇다고 해서 자기 확신을 잃지는 않았다. 그 자신과 그의 삶은 그에게 유일한 출발점이다. 따라서 타고난 능력에서 나온 저 가슴 밑바닥으로부터의 확신에 찬 의식은 결코 버리지 않은 것이다. 8월까지도 그는 찾고 있었다. 더욱 중요한 것은 단순한 사실로서의 의식 그 자체가 '바랄 수 있는 최선의 출발점'이라는 그의 발견—칸트와 에머슨의 발견과 같은—을 표현할 수 있었다는 점이다. 소로는 에머슨이 《자연》에서 묘사한 그 유명한 "투명한 눈동자"의 경험을 회상하며 이런 구절을 남겼다.

만일 내가 눈과 귀를 닫고서 순간의 의식을 구한다면—순식간에
벽과 장애물들이 전부 사라질 것이고—땅이 내 아래서 올라올 것
이고, 알려지지 않은 무한한 바다 한가운데서 그동안 나를 무겁게
짓눌러왔던 생각들을 대지와 시스템에서 나온 추진력으로 허공
에다 띄워버릴 것이다.5

이해 여름과 가을 그는 더 깨어 있었고, 자신의 힘을 더 의식했으며, 자
신과 주변을 더 주의해서 살폈다. 그는 사물들을 이제까지와는 다른 명
료함과 강렬함으로 바라봤다. 9월 5일에 쓴 글을 보자. "강물이 이토록 경
이로운지 오늘 오후에야 처음 느꼈다. 이 넉넉한 대지의 들판과 초원을 가
로질러 쉬지 않고 굽이쳐가는 거대한 물줄기는 무엇인가로 가득 차있다."
그는 그것이 보이지는 않지만 몸으로는 느낄 수 있는 들뜬 기분 같은 것이
라는 사실도 알고 있었다. 이로부터 11일 후에는 이렇게 노래했다. "젊은
날 정신의 흐름을 어떻게 설명할 수 있겠는가."6

소로의 고양된 자기 의식은 자연을 향한 고양된 의식과 나란히 간다.
전자는 자유로운 자기 수용에서 나오는 힘을 새롭게 의식하게 했고, 후
자는 종교적인 용어로 표현해야 할 필요성을 느끼게 했다. 이해에 소로가
기록한 논평들을 보면 제도권 종교, 특히 기독교를 향한 비판적인 분노가
분명하게 드러난다. 그는 아카데미홀에서의 신성한 의식이 단지 "울고불
고 난리를 치는 것"에 불과하며, 교회종소리는 "신비로운 분위기로 아랫
사람들에게 은혜라도 베풀어주기라도 하는 것" 같다고 생각했으며, "가
장 오래된 책들"(호메로스와 아베스타, 공자)의 목록에서 《성경Bible》을 확실하
게 제외시켰다. 그러나 이런 식으로 기독교와 끊임없이 논쟁했다고 해서

그가 비종교적이라거나 비꼬는 본성을 드러내는 것이라고 오해해서는 안된다. 자연세계를 향한 그의 감정은 종종 그로 하여금 신성한 용어를 사용하도록 했다. 주목해야 할 점은, 그리고 특별하게 다뤄야 할 것은, 이 시점부터 그는 종교 사상과 용어, 감정을 기독교보다는 그리스와 로마 종교에서 찾기를 더 선호했다는 것이다. 영광스럽고 따뜻하고 평화로운 9월 오후에 대해 몇 마디 하면서, 그리고 자신의 깊은 만족감과 안전함, 편안함, 안락함을 표현하고자 하면서 그는 라틴어 단어를 쓰는데, 다름아닌 우리를 보살펴주고 공평하게 대해줄 뿐만 아니라 우아하고 친절하기까지 한 케레스(로마신화에 나오는 농업의 여신. 그리스신화에서 곡물을 관장하는 대지의 여신 데메테르와 동일시된다—옮긴이)를 묘사하는 단어를 차용하고, 그것을 새롭게 응용하는 것이다. "밤과 낮은 앞으로도 그저 우연처럼 보일 것이다. 시간은 늘 조류처럼 흘러갈 것이고, 그리하여 행복한 날이 끝나갈 때…… 이런 자연의 질서를 표현할 말로 '혼이 깃든 자연Alma Natura'만큼 적합한 단어를 나는 알지 못한다."7

12

헨리 소로의 눈

소로는 글을 쓰면서 처음부터 보이지 않는 세계가 아니라 보이는 세계의 경이로움에 주목했다. 그가 쓴 이 문장 그대로다. "그저 바라보는 것만으로도 얼마나 아름다운가." 에머슨처럼 그도 의도적으로, 또 습관적으로 시각적인 언어를 사용했고, 에머슨처럼 그 역시 시인의 역할은 진부한 표현과 죽은 비유로 이루어진 "이 썩은 구절들을 날려버리고, 단어들을 보이는 것들로 다시 붙잡는 것"이라고 믿었다. 작가로서 소로가 쏟은 노력의 큰 부분은 자신이 본 것을 적절한 단어로 옮기는 방법을 찾아내는 것이었다.[1]

이런 점을 감안할 때 소로가 예컨데 호손과는 달리 사진에 관심을 거의 갖지 않았다는 게 일견 의아하게 여겨질 수 있다. 사진은 그가 대학생 때 발명돼 그 뒤 몇 년간 급속히 퍼져나간 신기술이었다. 요즘 우리는 소로를 특별한 종류의 자연 사진과 결부시키는 경향이 있는데, 이는 상당 부분 허버트 글리슨에서 엘리어트 포터에 이르는 자연보전주의 사진가들의 헌신적인 활동덕분이다. 사실 소로 자신의 자연에 대한 비전은 사진이나 심지어 사진 언어로조차 그를 이끌지 않았다. 대신 그는 회화에 관심을 가졌을 뿐만 아니라 회화 용어를 충분히 이해하고 사용했다. 그리고 19세기 중반 위대한 미국 풍경화파인 허드슨 리버 화파 및 루미니스트 화가들과 공통점이 많은 '자연을 보는 방식'을 발견했다.[2]

소로가 젊었던 시절, 그 무렵에야 겨우 발전하기 시작한 것이긴 했지만 보스턴에는 훌륭한 회화작품을 감상할 기회가 놀라울 정도로 많았다. 당시 펄 스트리트에 있던 보스턴 아테네움은 1827년부터 연례 전시회를 열고 있었다. 소로가 대학에 재학 중이던 1833년에서 1837년 사이 아테네움에서는 터너와 푸생, 렘브란트, 귀도 레니, 살바토르 로사, 티티안, 벨라스케스 같은 대가의 작품들을 볼 수 있었고, 이 밖에도 수백 명에 이르는 화가들의 작품이 전시됐다. 물론 이들 유럽 화가의 작품 다수는 복제품이었지만 그보다 더 중요한 것은 여기에 미국 화가들의 독창적인 작품도 있었다는 점이다. 바로 이 4년 동안 콜과 코플리, 올스턴, 뒤랑, 인맨, 마운트, 퀴도, 스튜어드, 설리, 웨스트의 여러 작품들을 볼 수 있었다.(그 이후에는 위대한 루미니스트 화가들—레인, 히드, 켄셋, 기포드, 처치—의 작품이 아테네움에 전시됐고, 1854년에는 콜의 〈제국의 과정Course of Empire〉 특별전시회가, 1855년에는 처치의 〈에콰도르의 안데스Andes of Ecuador〉 특별전이 각각 열렸다.)[3]

보스턴에서 이와 경쟁하게 될 두 번째 갤러리가 1834년에 문을 열었다. 그러자 아테네움은 1838년까지 드레스덴의 석판화 대작 모음전과 존 제임스 오더본의 〈미국의 새Birds of America〉 첫 전시회 같은 특별전을 열어 맞불을 놓았다. 예술작품은 보스턴과 케임브리지, 심지어 콩코드에서도 매우 인기가 높았다. 워싱턴 올스턴은 대작 〈벨샤자르의 연회Feast of Belshazzar〉 작업을 하고 있던 케임브리지로 1830년에 이주했다. 1840년대

많은 학교에서는 회화 수업과정을 개설했고, 가정마다 미술에 '재능'이 있는 가족이 있었다. 올콧의 딸들 가운데 한 명은 스케치를 했고, 소로의 여동생 소피아도 그랬다. 몇 년간 소로의 집에서 하숙했던 프루던스 워드는 수채화를 그렸고, 소피아 피바디 호손은 1834년에 열린 아테네움 전시회에 작품을 출품하기도 했다. 호손 자신도 회화예술에 비상한 관심을 갖고 있었는데, 《대리석의 목양신The Marble Faun》에서뿐만 아니라 다른 많은 작품과 단편소설에서 미술을 소재로 삼았다. 호손의 작업실 한 쪽 벽에는 〈벨베데레의 아폴로Apollo Belvedere〉가 걸려 있었고, 다른 쪽 벽에는 라파엘의 〈변용Transfiguration〉이 있었다. 에머슨은 이탈리아를 여행하면서 미술품을 감상하는 심미안을 얻었고, 귀국길에 미켈란젤로의 복제품 몇 점과 회화작품에 대한 새로운 취향을 함께 가져왔다.[4]

소로가 미술을 가깝게 접한 것은 음악과 마찬가지로 당연히 제한적이었지만 관심을 가졌던 것은 분명하다. 그는 1837년 이래로 버크의 글 〈우아함과 아름다움에 대한 우리 생각의 기원에 던지는 철학적 질문〉을 잘 알고 있었고, 1839년에는 '빛나는' 그림들을 본 것에 대해 짧게 평하기도 했다. 1840년에는 귀도 레니와 티티안에 대해 친근한 용어로 언급했다. 괴테를 향한 관심은 괴테 자신의 미술에 관한 관심으로 확대됐다. 괴테 본인도 스케치를 했다. 《이탈리아 기행》은 미술에 관한 이야기로 가득 차 있고, 그는 시각적인 현상을 언어로 표현하는 데 따르는 문제를 아주 절실하게 느꼈다. 소로는 괴테의 정확성과 초연함, 자신의 생각을 옆으로 제쳐놓는 솜씨에 주목했다. 하버드에서 들은 괴테에 관한 롱펠로의 강의는 괴테의 시각화 능력에 대한 관심을 불러일으켰다. 롱펠로의 말을 들어보자. "모든 것이 그의 마음에서 그림을 만들었다. 그는 자연으로부터 스케치를 하기 시작했고, 그 모든 것이 그의 상상력을 자극했다. 이런 방식으로 그는 외부 대상들을 근접 관찰하는 습관을 터득했으니, 그것들을 따로따로 분리해 자세히 본 것이 아니라 그림을 그리듯 한데 묶어서 바라보았던 것이다."[5]

소로는 호메로스와 베르길리우스의 시각화 능력에 대해서도 주의 깊게 살폈다. 그것은 시각적으로 와 닿은 이미지를 문학적으로 표현하는 것이기도 한데 이런 식이다. "포도나무의 잎눈이 벌써 행복한 싹이 되어 부풀어오르고 있다." 그는 일찌감치 회화 용어를 사용했고, 특히 풍경의 '생생한' 장면들을 묘사하는 데 많이 썼다. 그러나 초기에는 풍경 묘사를 한다고 노력은 했지만 상당히 서툴렀다. 추상적이고 장황했을 뿐만 아니라 풍경을 오히려 죽이는, 시각화될 수 없는 비교들로 가득했다. "시인들의 회색 빛 여명, 어두운 가로무늬 구름이 하늘 높이 퍼져가는 것을 바라보았다." 그러나 서투른 솜씨로 표현되기는 했지만, 내 생각에 그것은 소로가 자신이 본 풍경에 단순한 그림 이상의 느낌을 원했음을 보여준다. 호손의 아들 줄리언은 《회고록Memoirs》에서 이렇게 평했다.

소로가 '자연의 미'라고 부르는 것에 그리 많은 주의를 기울였다고는 생각하지 않는다. 자연의 아름다움은 자연이 작업하는 방식이며, 자연의 신비고, 자연의 넘쳐나는 경제다. 그는 자연의 미를 향해 그 발자취를 쫓는 것을 즐거워했고, 자연의 성장과 발전을 지켜보는 것을 기뻐했……그러나 화가들이 가치 있게 여긴 색상이나 형태에 그가 마음을 두었던 것 같지는 않다.[6]

96

소로는 늘 자연을 단순한 그림으로 보기 보다는 힘과 과정, 에너지로 보았던 게 사실이다. 하지만 줄리언 호손이 말하는 것처럼 그렇다고 해서 회화 언어를 무시하지는 않았다. 그가 경멸적인 의미로 사용한 '사진 같은'이라는 용어가 의미하는, 대상의 길들여진 모습에 거의 흥미를 느끼지 않았다 해도 그는 항상 미술과 회화 언어에 주의를 기울였고, 그 효과들을 묘사하는 용어와 시각적 경관에 딱 늘어맞는 표현에 신경을 썼다. 그는 물감을 찍은 종이를 접었을 때 나타나는 예상치 못한 균형미를 좋아했다. 그는 보는 예술에 흥미가 많았다. 《일주일》의 '일요일' 장 시작 부분에서 그는 "눈이 분리된 의도"가 무엇인지 그 답을 알려주는 대상들에 대해 이야기한다. 훗날 그는 러스킨과 길핀 같은 작가들을 열심히 읽을 것이었다. 이들의 작품은 대부분의 사람들이 번번이 무시해버리는 것들에서 출발하는데, 교육받지 않은 눈은 바로 눈앞에 있는 것조차 보지 못한다고 지적한다. 우리가 이런 구체적인 것, 혹은 저런 모양에 주의를 집중하기 전까지는 주위에 있는 것들을 자세히 들여다 보지 못하며, 따라서 우리는 "완전하고도 분명한 의미에서 보지 못하는 것이다."7

시각적인 면에서 소로의 가장 흥미로운 글은 눈에 보이는 풍경이 그야말로 생생하다든가, 정말 묘사적이라든가, 너무나도 '사실적'일 때는 나오지 않는다. 오히려 눈에 보이는 풍경을 활용해 자연의 이면에 있는 에너지를, 그러니까 우리가 보는 풍경을 창조하고 그것에 생명을 불어넣는 에너지를 의식하고 있음을 전달할 때, 혹은 관찰자의 느낌을 그려내거나 명료하게 하는 방식으로 풍경을 묘사할 때 비로소 소로는 시각적으로 가장 흥미로운 문장을 만들어낸다. 그의 위대한 에세이 〈산책〉의 끝부분에는 석양을 묘사하는 대목이 나오는데, 작가가 느끼는 경이로움이 독자에게 전달돼 새로이 불붙게 하는 놀라운 솜씨를 보여준다.

11월 어느 날 아주 인상적인 일몰 광경을 보았다. 작은 시내가 처음 시작되는 초원을 걷고 있을 때였다. 마침 일몰 바로 직전의 태양이 춥고 쓸쓸한 하루를 지내고는 지평선에 걸쳐 있는 선명한 지층에 닿아 있었다. 이어 가장 부드럽게, 가장 밝게 빛났던 아침 햇살이 이제 그 반대편 지평선에 있는 마른 풀과 나무줄기 위로, 그리고 산허리에 있는 키 작은 참나무 이파리 위로 사뿐히 내려 깔렸다. 우리 그림자는 동쪽을 향해 초원 위로 길게 뻗쳐 있다. 그 선명한 빛 속에서 한갓 티끌처럼 보일 뿐이다. 그것은 바로 조금 전까지도 상상할 수 없던 빛이었다. 대기는 너무나 따뜻하고 잔잔해서 그 초원을 낙원으로 만드는 데 더 이상 아무것도 필요하지 않았다.

다름아닌 빛과 따뜻함이 독자와 산책자를 둘러싼다. 소로는 풍경뿐만 아니라 과정에 집중함으로써 우리가 자연을 보는 데 그치지 않고 느낄 수 있게 해주는 것이다.[8]

13

자기 수양

에머슨의 콩코드라고 해도 과언이 아닌 1830년대와 1840년대의 콩코드가 미국에서 갖는 의미는 괴테의 바이마르가 독일에서 갖는 의미라고 할 수 있다. 두 곳 다 비록 보잘것없지는 않지만 작은 지역사회가 한 나라에 지적으로 대단히 중요한 역할을 했고, 궁극적으로는 최고 수준의 국가 문화를 표상하는 곳이 됐기 때문이다. 콩코드와 바이마르가 보여준 상징적인 중요성은 두 곳 모두 존 스튜어트 밀이 "인간 내면의 문화"라고 부른 것에 생산적인 관심을 가졌다는 것이다. 콩코드는 이런 관심을 갖는 것이 바로 바이마르를 따르는 것이라는 점을 절실하게 의식했다. 하지만 에머슨과 그의 친구들이 괴테의 독일에서 가져온 그 어떤 것도 '빌둥Bildung'이라는 개념만큼 중요하지는 않다.

'빌둥' 혹은 개인적 수양에 대해 토마스 만이 멋지게 설명한 것을 들어보자. "빌둥은 매우 특별한 독일식 사고다. 이건 괴테로부터 시작됐는데, 그러니까 인간이 만들어낸 예술, 자유에 대한 감각, 문명화된 비전, 삶에 대한 간절한 믿음⋯⋯이런 것들을 그가 연결한 것이다. 괴테를 통해 이 사고는 다른 나라에서는 결코 찾아볼 수 없는 교육 원칙으로 올라섰다." 개인 수양이라는 사고는 매튜 아놀드가 말한 수양에 대한 규범적이고 공적인 개념과 확연히 구별된다. 다시 말해 "생각하고 말할 수 있는 최선의 것"은 물론 특정한 사회적, 종족적 집단의 습관과 관습을 의미하는 '문화'라는 단어의 인류학적인 용례와도 다른 것이다. 개인 수양에 반드시 필요한 내향성은 18세기에 부활한 스토아 사상에서 비롯된 것일 수도 있다. 최근 한 평론가가 지적했듯이 "스토아 사상의 자기 존중 개념, 즉 레싱이 말한 '아무도 나에게 '해야 한다'고 말할 수 없다'고 하는 내적 자유는 당연히 독일 계몽주의의 중심개념 중 하나다."[1]

괴테, 그리고 빌헬름 폰 훔볼트와 함께 이런 사고는 자기 자신의 적절한 수양과 개발이라는 밀접하면서도 설득력 있는 개념으로 발전해갔다.

> 내면의 깊이, 독일에서 말하는 수양(빌둥)은 내향성을 의미한다. 이것은 개인의 수양을 의식하는 것이다. 또한 자신의 개성을 신중하게 다듬고, 그 형태를 갖춰나가고, 더욱 깊이 있게 하고, 완벽하게 만들어가는 것이다……정신적인 면에서 개인 특유의 것이며……자전적 고백을 전제한 것이며 철저히 개인적인 것이다.[2]

롱펠로는 하버드에서 강의하며 개인의 수양이라는 괴테의 목표를 강조했는데, 미국에서 곧 표준이 될 용어 '자기 수양'을 사용했다. "자기 수양은……괴테가 젊어서부터 나이 들어서까지 추구했던 위대한 연구였다." 그는 이렇게 추구한 결과 "신화에 나오는, 대지로부터 모든 힘을 끌어내는 장사처럼 되는 것이다. 그의 모델은 완벽한 인간이다. 살아서 움직이고 이마에 땀을 흘리며 지상에서 노동하는 인간이다……그는 모든 것에서 아름다움을 포착하며 모든 것에서 신을 붙잡는다. 이것이 바로 그의 종교며, 현재를 살아가는 그는 스스로 바쁘게 움직인다. 그는 운명에 충실할 뿐이다. 총총한 별처럼 / 서두르지도 않고 / 멈추지도 않으면서."[3]

자기 수양에 대한 관심은 마가렛 풀러가 괴테에 관해 쓴 글에서도 두드러진다. 그 생각이나 글은 1830년대와 1840년대 미국에서 널리 유행하게 됐다. 프레더릭 헤지는 자기 수양에 관한 에세이를 썼다. 호레이스 그릴리는 본인이 "자기 수양"이라는 제목을 붙여 강연했다. 윌리엄 엘러리 채닝도 그랬다. 채닝은 1838년에 강연했는데, 자기 수양은 우리가 "행동할 수 있고, 결정할 수 있고, 우리 스스로를 만들 수 있는" 힘을 갖고 있기 때문에 가능하다고 주장했다. 그러면서 이런 비유의 이면에 있는 사실을 강조했다. "수양한다는 것은, 식물이든 동물이든 정신이든 성장하도록 하는 것이다. 성장이 그 목표라고 표현할 수 있다."[4]

그러나 에머슨의 글에서 주목할 만한 것은 자기 수양이라는 독일식 개념을 가져와 당시 낯익은 미국식 개념이었던 자립과 자기 개선을 강조하는 데 재활용했다는 점이다. 에머슨은 괴테를 진지하게 접하기 훨씬 전인 1828년부터 이 주제와 관련된 글을 써왔다. 또 그가 초기에 했던 몇몇 설교의 제목을 보면 자기 발전이라는 문제에 얼마나 관심이 깊었는지 알 수 있다. 1828년 10월에 그는 처음으로 "자발성과 극기"에 대해 설교했고, 11월에는 "자각과 자제"에 대해 설교했다. 1829년 5월에는 "정신 수양"에 대해, 8월에는 "극기"에 대해 강연했다. 1830년 9월의 강연 주제는 "자기 수양"이었고, 12월에는 "너 자신을 믿으라"였다. 1831년 7월에는 "자립의 범위"에 대해 강연했다. 다음해 12월에는, 그 뒤로 4년간 14차례나 반복해

서 설교했을 정도로 좋아했던 "자기 개선"에 대해 강연했다.[5]

그는 비록 '쿨투르Kultur'라는 독일식 개념(연극, 오페라, 각종 행사와 문화기관 같은 대중적이며 '공식적인' 문화)만큼 많은 영향을 받지는 않았다고 말했지만 개인 수양이라는 생각은 에머슨의 마음 깊숙한 곳에 감동으로 와 닿았다. 또한 괴테와 헤르더의 개인 수양 사상에 관한 연구는 그로 하여금 1837년부터 1838년까지 이어진 "인간 수양Human Culture"이라는 강연 시리즈로 이끌었다. 이 주제가 얼마나 중요한지는 그 자신이 1837년에 문답식으로 적어두었다. "수양이란 무엇인가? 인간의 최고 목표다."

길었던 설교와 강연의 최전면에는 "미국의 학자The American Scholar"[6]를 주제로 한 연설과 "역사History" 및 "자조론Self-Reliance"에 관한 에세이가 있는데, 하나같이 자기 신뢰와 자기 발전, 자기 교육을 강조한다. 개인주의라는 그의 중심 테마를 "인간에게 내재한 상호의존성의 실체와 중요성을 부정하려는 시도"에 기초한 것으로 생각하거나 그가 말하는 개인주의자를 "아주 영리하게 다른 사람들의 기호를 재단하고, 그들이 원하는 것을 알아냄으로써 다른 사람들을 자기 밑에 두려는" 사람이라고 생각한다면 그건 에머슨의 의도를 오해하는 것이다. 에머슨이 말한 개인주의는 반사회적이거나 오만한 것이 아니다. 그것은 사회로부터 물러나는 것을 옹호하지도 않으며, 다른 사람들을 지배하려고 하지도 않는다. 전적으로 개인의 자기 교육과 발전에 관심을 기울이며, 먼저 독립된 개인으로서 함께 하지 않는 한 누구도 사랑을 하거나 친교를 맺을 수 없다고 믿는다. 에머슨이 말한 자립은 스토아 학파의 자기 존중과 마찬가지로 자기 수양과 자신의 발전에 반드시 필요한 수단이다. 힘이 요구되는 수단이기는 하지만 그것은 오로지 자신을 지배하기 위한 힘이지 타인을 지배하는

힘은 아니다.[7]

소로가 이해한 자기 수양은 역시 그답게 매우 개인적이다. 그는 대학 시절 모든 교양소설의 전형이라고 할 수 있는 괴테의 《빌헬름 마이스터》를 읽었고, 자기 수양에 대한 괴테의 평생에 걸친 탐구를 묵묵히 지지했던 롱펠로 교수의 강의도 들었다. 또한 에머슨의 끈끈하면서도 매력적인 문화적 개인주의도 계속해서 접하고 있었다. 그러나 소로의 초창기 일기를 보면 자기 수양을 위해 엄청난 극기의 노력을 집중하고 있는데도 불구하고 스토아 학파의 강경한 목소리를 내고 있다. 1838년 8월 그는 이렇게 썼다. "열정과 욕망은 언제나 가장 신성한 전쟁이 벌어질지도 모를 부정不淨한 영역이다." 동시에 자신의 전투적인 비유도 따랐다. "그로 하여금 자기 신념의 깃발을 적의 성채에 꽂을 때까지 그 깃발을 멈추지 말고 쫓도록 하라." 9개월 뒤 똑같은 어조가, 단지 이번에는 거친 부분만 조금 다듬은 채 "자기 수양"이라는 분명한 표제 아래 나타난다. "아무리 의지가 강하다 해도 그가 자신을 지켜나가는 것을 얼마나 지속적으로 감독할 수 있을지 과연 누가 알겠는가? 그가 상상으로 색칠하는 인생을 논리적으로 생각하고 이끌어갈 열정과 욕망이 과연 얼마나 주체적인지 누가 알겠는가?"[8]

시간이 흐를수록 소로는 극기의 어려움에 대해서는 더 적게 이야기했고, 자신의 상상이 그려낸 인생에 대해서는 더 많이(더 많은 유머를 섞어서) 이야기했다. 자기 수양은 그의 인생에서 중대한 관심사가 됐다. 점점 더 그는 수양이라는 은유 이면에 있는 실체에 도달하고자 애썼다. 그는 인간이 자신을 수양하는 것은 땅을 경작하는 것과 아주 유사하다는 확신에 이르게 된다. 그러자 로마시대 농경작가인 바로와 콜럼멜라, 카토를 호메로스만큼, 아니 그 이상으로 높이 평가하게 됐다. 그는 월든 호숫가의 콩밭을, 자기 수양에 대한 그의 독특한 사고, 즉 한편으로는 과도한 순화를 피하고 다른 한편으로는 미개함을 벗어나는 것의 대표적인 은유로 만들었다. 2에이커 반을 개간해 느지막이 씨를 뿌리고 거름도 주지 않은 채 손으로 괭이질만 해서 콩 12부셸을 수확한 것 외에 그는 자기 말처럼 인격에서도 약간의 소득을 얻는다. 그래서 자부심을 느끼는 것이다. "나의 콩밭은 야생의 들판과 경작지 사이의 연결고리다. 어떤 나라는 문명화되고, 어떤 나라는 반쯤 문명화되고, 어떤 나라는 미개하거나 원시적이듯 나의 콩밭도 결코 나쁜 의미에서가 아니라 반쯤만 경작된 밭이었다."9

14

엘런 수얼

소로의 스물두 번째 생일이 지나고 얼마 되지 않은 1839년 7월 하순, 당시 열일곱 살이던 엘런 수얼이 콩코드로 놀러 와 2주간 머물렀다. 수얼 집안은 그 무렵 보스턴의 남쪽 해안가 마을 시추에이트에 살고 있었는데 콩코드에 친척들이 있었다. 엘런의 열한 살짜리 남동생 에드먼드는 최근 소로가 운영하는 학교에 학생으로 등록했고, 그녀의 숙모 프루던스 워드는 소로의 집에서 하숙을 하고 있었다. 그녀가 콩코드를 찾은 것은 전혀 이상할 게 없었다. 단지 그녀가 오자마자 소로가 그녀에게 깊은 사랑의 감정을 느꼈다는 것 말고는 말이다.

엘런 수얼은 눈에 띄게 아름다웠다. 균형 잡힌 몸매에 날씬했고, 일직선으로 쭉 뻗은 콧날과 함께 광대뼈가 도드라졌다. 깨끗한 인상에 고전적인 호감형이었다. 아직도 남아있는 은판 사진에서 볼 수 있듯 생기가 넘쳤다. 당시 사진을 찍으려면 보통 5분간 한 자세를 취해야 했고, 그러다보니 대부분의 초창기 인물사진은 굳은 표정을 짓고 있다. 하지만 엘런의 사진에서는 즐거워하는 입과 우아하게 노래 부르는 듯한 입매, 조용하지만 흥미로워하는 표정의 눈이 그대로 드러난다. 그녀는 온화하고 지적이고 활기차고 매우 자연스러운 모습이다. 은판 사진을 찍으면 어쩔 수 없이 인상이 무뚝뚝하게 나오는데 엘런 수얼의 경우 이런 모습을 전혀 찾아볼 수 없다. 그녀가 콩코드에 오자 갑자기 활기가 넘쳐났다. 그녀는 헨리, 존 형제와 함께 산책도 나가고 보트도 탔다. 그렇게 일주일 정도 지낸 뒤에는 당시 하버드 재학생이었던 존 셰퍼드 케이스까지 그녀 시중을 들었다. 그 무렵 콩코드에 있던 젊은 남성 가운데 절반이 엘런의 꽁무니를 졸졸 따라다니는 것 같았다.[1]

감정적으로 보자면 바로 이 1839년 여름 소로는 아주 예외적일 정도로 개방돼 있었다. 엘런이 오기 불과 한 달 전 그녀의 어린 남동생 에드먼드가 먼저 콩코드를 찾았다. 소로는 곧바로 에드먼드에게 끌렸고 함께 산책을 나갔다. 그 아이를 "순수하고 굽히지 않는 영혼"이라고 치켜세우기도 했고, 시도 한 편 써주었다. 엘리자베스 시대에 유행한 연시戀詩의 전통은 소로가 이 "부드러운 소년"에게 느낀 강한 감정의 파고를 억누르기 보다는 더욱 드러내는 데 사용됐다.

그렇게 나도 모르게 이끌렸지
나는 고백해야 할 충성의 맹세도 까맣게 잊었어
하지만 이제는 알아야 해, 어렵겠지만 말이야
조금만 덜 사랑했더라면 그를 사랑할 수 있었을 것을.[2]

현대 독자들은 이 시와 시에서 찬미하고 있는 관계에 대해 당시 소로와 수얼이 느꼈던 것보다 좀더 꺼림칙한 선입관을 갖고 있을지 모르겠다. 하지만 이 모든 것의 이면에 육체적 매혹이나 갈망 같은 게 있었을 수도 있다는 생각은 둘 다 전혀 하지 않았다. 따라서 시를 쓴 필자나 독자가 마음에서 우러난 매혹을 억누르거나 숨길 이유는 전혀 없었다. 이 시에서는 휘트먼의 경우처럼 가슴 깊은 곳에서 강한 애정을 느끼며 자유롭게 스스로를 표현하고 있는데, 프로이트가 우리 감정의 모든 가능한 의미를 복잡한 자의식으로 만들기도 전에 그랬다는 게 아이러니하다.

아무튼 소로는 6월에 이미 에드먼드에게 깊은 인상을 받았고 감정도 움직였다. 7월이 되자 그 아이의 사랑스러운 누나가, 에드먼드보다 여섯 살 위인 엘런이 콩코드에 왔다. 소로는 말로 표현할 수 없을 만큼 완전히 반해버렸다. 어떤 편지나 시도—엘리자베스 시대의 전통적인 소넷은 더더욱 말할 것도 없이—엘런 수얼을 향한 그의 마음을 표현하는 데 적절치 않았다. 닷새 뒤 그의 일기에는 딱 한 줄이 쓰여져 있다. "사랑에는 어떤 치료제도 없어, 더 사랑하는 것 밖에는."[3]

콩코드에 머무는 동안 엘런은 집으로 편지를 보내 아버지에게 에머슨 클리프로 산책 나갔던 얘기("눈부시게 아름다운 그 전망에 감탄했어요")며, 페어 헤이븐 호수("아주 예쁜 작은 호수")와 아사벳 강 상류("가장 즐거웠던 소풍"), 애너스낵 힐, 월든 호수를 다녀온 이야기를 했는데, 부모님의 노파심을 생각해 일행들이 얼마나 즐거웠는지는 살짝 숨겼다. "우리는 이 산책을 넘칠 정도로 즐겼어요.(어쩌면 나만 그렇게 말하는 것일지도 모르겠어요.) 그런데 하나도 피곤하지 않았어요." 엘런이 콩코드를 떠날 무렵 존과 헨리는 둘 다 그녀에게 깊은 사랑을 느끼고 있었다. 엘런은 작별인사와 함께 콩코드를 떠나면서 약간의 눈물을 흘렸는데, 충분히 이해할 수 있는 뜨거운 감정이 어려있는 이런 모습에서 우리는 조금 감상적이고 딸로서의 도리를 다

하려는 나이 어린 소녀를 엿볼 수 있다. 소녀는 집을 떠나와 지난 2주 동안 흥미롭고 활기차고 매력 넘치는 청년들 틈에서 한없이 자유로운 시간을 보내고 이제 돌아가는 것이다.[4]

엘런이 떠나고 한 달도 채 지나지 않은 8월 31일 소로 형제는 콩코드 강을 따라 내려갔다가 메리맥 강을 거슬러 올라가는 2주간의 여행을 시작했다. 훗날 소로가 자신의 처녀작을 쓰는 토대가 된 여행이었다. 콩코드로 돌아온 직후, 그러니까 둘이 타고 갔던 보트를 육지에 올려 매어두자마자 존은 엘런을 만나러 시추에이트로 갔다. 드러난 모든 것들을 종합해볼 때 이 무렵 엘런과 마음이 맞았던 것은 존이었다. 그녀의 편지를 보면 존의 모습이 헨리보다 더 도드라졌고, 헨리를 언급하는 대목은 좀 우스꽝스러운 분위기였다. 헨리가 바쁘다고 하는 "진짜 일"은 무엇일까? "소로 박사"는 여전히 공짜로 조언해주고 있는지? 이런 목소리는 마치 사촌 같은 친근함도 있지만 헨리의 표나는 어색함을 가볍게나마 의식하고 있음을 암시한다. 그러나 다음 문장은 약간의 애정과 함께 평소 엘런의 쾌활함으로 가득 차있다. "그가 함께 피리를 불어준 덕분에 나도 악기를 그렇게 빨리 다룰 수 있었던 거예요." 그러나 그녀를 찾아간 쪽은 존이었고, 먼저 선물을 보낸 것도 존이었으며, 엘런이 편지에서 굳이 반어적인 표현을 쓰지 않고 언급한 것도 존이었다. 엘런에게는 뭐라고 했든 간에 헨리는 엘런에 대한 관심을 굳이 존에게는 말하려 하지 않았고 말할 수도 없었다. 이를 보상이라도 하듯 헨리는 이해 가을의 대부분을 그의 표현처럼 "글 쓰는 악마"의 손아귀 안에서 보냈다. 그는 《결박 당한 프로메테우스Prometheus Bound》를 번역했고, 용기에 관한 에세이와 스토아 사상가이자 로마의 풍자작가인 페르시우스에 관한 에세이, 그리고 우정에 관한 에세이를 썼다. 형에게 상처를 줄지도 몰라 엘런에게 자기 감정을 표현할 수는 없었지만 그는 자신과의 싸움을 문학 형식으로 표현하는 방법을 찾아냈다. 그답게 자제하면서도 용기를 내고자 했고, 스토아 사상가들처럼 극기하고자 애쓰면서도 우정과 사랑의 관계에 깊은 관심을 가졌다. 그는 이렇게 썼다. "우정은 사랑의 공동체다." 그리고 "모든 로맨스는 우정에 기초한다"고 이해했다.[5]

엘런은 다음해 여름 콩코드를 다시 찾았다. 그녀는 소로와 함께 보트를 타고 노를 저었다. 그의 일기를 보면 두 사람 사이에 있었던 겉으로 드러난 단순함과 그 안에 감춰진 복잡함의 묘한 대조를 읽을 수 있다.

> 언젠가 나는 마음껏 보트를 저었고—심지어 사랑스런 젊은 아가씨까지도—부지런히 노를 젓는 동안 그녀는 선미에 앉아 있었다. 나와 하늘 사이에는 오로지 그녀뿐이었다. 그렇게 우리 두 사람의 삶은 그림 같았을지 모른다. 충분히 자유롭기만 했다면 말이다. 그러나 저속한 관계들과 편견들이 끼어들어 하늘을 가려버린다. 그리하여 한 남자를 뾰족탑 위에 있는 풍향계의 남자인형처럼 그렇게 단순하고 똑똑하게 바라보는 일은 영원히 불가능해진다.

사실 더 간단한 진실은 엘런이나 헨리나 둘 다 진정으로 자유롭지 않았다는 것이다. 다들 엘런은 존의 여자라고 생각하다 보니, 헨리는 구애하는 데 마음이 편치 않았다. 1840년 7월, 그러니까 새로 창간된 〈다이얼 Dial〉이 출판물로는 헨리의 데뷔작이자 기억에 남을 첫 기고문을 싣고 세상에 나왔을 때 존은 다시 시추에이트로 갔다. 이번에 그는 엘런과 해변을 함께 산책하며 프러포즈까지 했다. 엘런은 처음에는 승낙했지만 얼마 뒤 가족의 압력 때문이었는지 아니면 갑작스레 자신이 존보다 헨리를 더 마음에 두고 있다는 것을 깨달아서였는지 아무튼 그의 청혼을 거절했다. 헨리는 존이 거절당한 것을 대놓고 기뻐할 수는 없었지만 일기에는 자신이 마음 졸이며 기다렸던 끝없는 시간들과 그 결과에 대한 숨길 수 없는 기쁨을 분명하게 기록해두었다. "최근 이틀은……정말로 기나긴 시간이었다. 시리아제국이 출현했다가 사라질 만큼의 세월이었다. 그 사이 얼마나 많은 페르시아 군대가 전쟁에서 승리를 거두고 또 패배했을까. 밤이 새로운 별들과 함께 찬란히 빛난다." 존이 사랑의 전선에서 사라지면서 새로운 시대, 새로운 하늘, 새로운 희망이 열린 것이다.[6]

그러나 엘런은 지금 초월주의자 소로 형제의 손이 닿지 않는 뉴욕 주 워터타운으로 가버렸고, 엘런의 아버지는 두 형제를 전혀 미더워하지 않았다. 1840년 11월 초 소로는 새로운 장애물에도 불구하고 마침내 엘런에게 서정적이면서도 불타는 심정을 담은 편지를 보내 정식으로 청혼했다. 엘런은 이번에는 답을 하기 '전에' 아버지에게 의견을 물었다. 그리고 아버지가 '노'라고 답하자 헨리에게 거절한다는 짤막한 편지를 보냈다. 훗날 호기심 많은 그녀의 아이들에게 설명했듯이 그녀는 앞서 존과의 사이에 있었던 승낙과 거절의 혼란스러웠던 일들을 충분히 극복해냈고, 이번에는 그저 아버지의 뜻을 따랐을 뿐이었다. 이로부터 2년 뒤 그녀는 조셉 오스굿이라는 젊은 목사와 조용히 약혼고 1844년에 결혼했다.[7]

소로가 그녀를 처음 알게 됐을 때 엘런 수얼은 과연 어떤 인물이었을까? 그녀가 직접 쓴 편지와 일기를 보면, 억제하기 힘든 쾌활함으로 가득차 있던 다소 전통적인 열일곱 살 소녀가 떠오르는데, 시간이 지나자 쉽게 공감하고 활기찬 감정을 소유한 매력적인 처녀로 빠르게 변해갔다. 젊은 시절의 이런 모습은 상당히 오랫동안 겉으로 드러났다. 그녀는 친한 사람끼리 모이는 것을 즐겼고 적당히 떠들썩한 분위기도 좋아했다. 누가 떠나 버리기만 하면 늘 외롭다고 얘기했다. 시추에이트에서 그녀가 보낸 시간들도 웃음으로만 채워질 수는 없었다. 그녀가 콩코드를 처음 다녀온 1839년 가을 엘런의 아버지는 교회에서 해고당하는 바람에 안쓰러워 보일 성도로 고통스러운 나날을 보내야 했다. 이로 인해 집안 분위기가 싸늘해졌을 뿐만 아니라 엘런은 아버지의 뜻에 어긋나는 행동을 하기가 더욱 어려웠다. 수얼 집안은 이해 크리스마스 행사조차 하지 않았다.(소로 역시 마찬가지였다. 이즈음 소로의 일기에는 축제나 휴일, 심지어 생일에 대한 언급도 거의 나오지 않는다.) 엘런은 숙모에게 이런 편지를 썼다. "아버지는 다시 옛 시절로 돌아가 할아버지 집에서 그랬던 것처럼 크리스마스가 정말로 행복한 날이 되었으면 하고 바라세요. 저 역시 우리가족이 크리스마스를 축하하던 그 시절로 하루빨리 돌아가기를 간절히 기원하고 있답니다."[8]

엘런은 자연에 민감했고, 그래서 아주 능숙하고 훌륭하게 자연을 묘사했다. 그녀의 편지는 바다로 가득하다. 봄에 밀려오는 조류부터 해안에서 자주 볼 수 있는 끔찍한 난파선에 이르기까지 온갖 것을 다 적었다. 그녀는 "바다의 신음소리"와 "내일 비가 내릴 것을 약속하는 구름"에 대해 쓰기도 했다. 소로처럼 그녀도 달빛이 내린 저녁 무렵 바깥으로 나가는 것을 좋아했다. 그녀는 불워의 《폼페이 최후의 날들Last Days of Pompeii》("매우 흥미로웠다")을 읽었고, 당연히 소로의 강력한 권유에 따른 것이었겠지만 칼라일의 《의상철학》("좀 이상한 책이지만 무척 좋았다")도 읽었고, 롱펠로의 《밤의 목소리들Voices of the Night》을 읽고서는 그녀 나름대로 선정한 최

고의 시편들을 뽑았다.[9]

소로 형제를 만나고서 집으로 돌아온 첫 가을의 심란함은 엘런 쪽에서 좀더 분명하게 드러났다. 쾌활한 성격에 밝은 눈을 가졌고 모든 것에 흥미를 느끼던 그녀는 결심했다. 바꿀 수 없는 것이라면 최선의 것으로 만들겠다고 말이다. 그녀는 늘 소로의 누나 헬렌이 "집에 돌아올 때마다 몸이 상당히 불편해 보였는데, 그녀가 좀 편했더라면 훨씬 더 즐거웠을 것"이라며 아쉬워했다. 그리고 프루던스 숙모에게 보낸 편지에서는 소로의 청혼을 거절하는 편지를 보냈다는 사실을 짤막하게나마 가슴 아프게 암시하면서 알바니로 가는 기차에서 만난 캐나다인 커플에 대해 얘기했다. "모든 것을 최선으로 만들고자 하는 모습이 너무 마음에 들었어요." 그녀는 다른 사람들의 아름다운 모습을 보면 자신도 모르게 감탄하는 보기 드문 성격이었는데, 그것이 그녀에게도 진실이기를 바랐기 때문이다.[10]

콩코드로의 여행과 소로 형제, 특히 헨리의 마음을 사로잡은 것은 분명 젊은 시절 엘런의 삶에서 특별한 부분이었다. 그녀는 콩코드를 처음 다녀온 뒤 곧바로 첫 번째 감사편지를 썼는데 놀라울 정도로 솔직하다. "콩코드에서의 경험은 내 인생에서 가장 행복한 순간 중 하나로 기억될 겁니다." 이벤트는 이제 겨우 끝났지만 그건 이미 먼 과거의 일로 여겨지고 있다. 이로부터 1년 뒤, 그러니까 존의 청혼은 있었지만 아직 헨리로부터는 청혼을 받기 전, 그녀는 숙모에게 다시 편지를 띄워 마치 무척 오래 전의 상실을 위안하듯 감상 어린 어투로 콩코드에 대해 말했다. "지난 여름 콩코드에서 우리가 함께했던 산책은 얼마나 즐거웠던지……아, 그 시절은 참 행복했지요." 소로와의 일도 전부 정리하고 난 다음인 1841년 어느 날 일기에는 이렇게 썼다. "시간이 그토록 즐겁게 지나가고 우리가 더없이 행복했던 그 시절을 과연 그가 되돌아보며 사념에 잠길지 궁금하구나. 틀림없이 그렇게 하리라고 생각해. 그 이후의 사건들이 증명하듯 그가 나를 그리도 알뜰하게 챙겨주었다는 사실을 그때는 생각지도 못했으니까."[11]

엘런은 연인으로서는 아쉬움의 한숨을 내쉬었을 테지만 딸로서는 해야 할 도리를 다한 셈이었다. 그녀는 기꺼이 포기하겠다는 마음은 있었어도 절대로 잊지는 않을 것이었다. 그녀가 맨 처음 한 일은 향수鄉愁를 남는 고치 안에 그 신비로웠던 여름의 로맨스를 꼭꼭 가둬두는 것이었다. 너무나도 매혹적이었으나 그래서 더 이루어지기 어려웠던 한 편의 에피소드는 이처럼 해프닝으로 끝나고 말았다. 끝내 현재와 현실로 이어지지는 못하고, 대신 하나의 추억이 됐다. 마치 먼 옛날부터 전해 내려오는 그리스풍의 항아리에 담긴 로맨스처럼 말이다.

소로는 엘런이 결혼한 뒤에도 적당한 간격을 두고 친한 사이로 만났다. 그가 이성에게 감정적으로 관심을 가졌던 경우는 대개 자신보다 연상이거나 이미 기혼이거나 아니면 둘 다인 여성들에게만 국한됐다. 한참 뒤 그는 미스 푸어드가 기획했던 끔찍한 청혼의 상대가 되기도 했지만 진심으로 여성과 사랑에 빠지는 일은 다시 없었다. 엘런은 그의 인생에서 유일한 진짜 사랑이었다. 그가 여성과 결혼에 대해 언급하면서 썼던 표현이 아무리 퉁명스러웠다 해도, 병상에서 마지막 나날을 보내던 중에 문득 화제가 엘런 수얼에 이르자 그는 여동생에게 말했다. "지금껏 그녀를 사랑해왔어."[12]

15

여름에 잠들어 가을에 깨어나다

🌿

엘런이 콩코드를 처음 다녀간 지 꼭 한 달이 지난 1839년 8월의 마지막 날 헨리와 존 형제는 둘만의 여행에 나섰다. 매사추세츠 주 콩코드에서 출발해 강과 운하, 그리고 다시 강을 따라 북쪽으로 올라가 뉴햄프셔 주 콩코드에 이른 다음 육로로 화이트 산맥까지 간 뒤 돌아오는 일정이었다. 이번 여행은 헨리에게 몸으로 부딪쳐보는 사실상 첫 여행이었다. 그는 몇 해 뒤 이때의 경로를 다시 밟아보는데, 다름아닌 그의 처녀작《콩코드 강과 메리맥 강에서 보낸 일주일A Week on the Concord and Merrimack River》의 골격을 잡기 위해서였다. 헨리와 존은 원정 여행의 목표를 아지오코쿠크(워싱턴 산)를 오르는 것에 두었고, 둘은 등반에 성공했다. 게다가 헨리는 예전부터 산에 무척 흥미를 갖고 있었던 게 사실이지만 이번 여행은 어디까지나 하이킹이나 산을 오르는 것보다는 강을 탐사하는 게 주된 목적이었다. 헨리는 숲을 좋아하는 만큼 강도 좋아했다.[1]

존은 당시 스물넷으로 헨리보다 두 살 위였다. 그는 차분하고 다정한 성격에 외모는 단정했다. 반면 헨리는 예리한 눈매에 긴 머리칼, 단정치 못한 외모로 존과는 극명한 대조를 이뤘다. 존은 아버지를 빼 닮았고, 학생들 생각으로는 장래가 더 촉망된다고 여겨졌는데, 헨리는 학생들한테서 이런 기대를 받아본 적이 아마도 없었을 것이다. 존은 건강했던 적이 한 번도 없었다. 허약한 데다 끔찍할 정도로 야위어 몸무게가 117파운드밖에 나가지 않았다. 열여덟 살 때는 코피를 너무 심하게 흘려 혼절한 적도 있었나. 심시어 가르치는 일에 너무 스트레스를 많이 받아 "복봉"에 시달리곤 했는데 근본적인 문제는 폐결핵이었다. 정식 진단은 받지 않았지만 잠복성의 치명적인 질병으로 그 무렵 집집마다 드물지 않은 재앙이었다. 형제는 여러 면에서 가까웠고, 가족 모두가 하나의 결속체였다. 존은 높이 평가 받는 형답게 동생 역시 천직이라고 생각했던 교사의 길을 먼저 걸었다. 다만 건강 문제가 늘 근심거리였다. 이제 막 보트 여행을 떠나려는 찰라 두 형제는 동시에 한 소녀와 사랑에 빠졌다는 사실을 알게 됐다. 여행을 시작하는 순간부터 엘런 수얼에 대한 기억이 두 형제 사이에 놓이게 됐고, 앞으로 여행하는 내내 둘 사이에는 모종의 긴장과 연대가 형성될 것이었다.[2]

잔잔한 콩코드 강은 북쪽으로 흘러가다 남쪽을 향해 가는 메리맥 강으로 합류하는데, 두 강물은 합류하자마자 로웰에서 바로 바다를 향해 동쪽으로 흘러간다. 그렇게 글로우체스터와 케이프앤의 북쪽, 그러니까 새뮤얼 수얼이 사랑했던 플럼 아일랜드를 넘어 뉴베리포트에 이른다. 비록 콩코드 강이 콩코드 읍내를 가로질러 흘러가지만 마을사람들은 제대로 체감하지 못했다. 그 시절 한 인사는 "눈에 띄는 돛대가 전혀 없다"고 적었고, 에머슨은 소로와 함께 보트를 탈 때마다 늘 들판 하나와 강기슭만 지나면 너무나도 빨리 "모든 시간과 모든 과학, 모든 역사"를 뒤로 한 채 마을에서 완전히 벗어난 신세계로 진입해 "노를 한 번 저을 때마다 자연으로" 들어간다며 놀라워했다. 콩코드에 새로이 이주해온 레뮤얼 섀턱 같은 활력 넘치는 인사는 콩코드 강이 곧 내륙의 거점 수상 교통로가 될 것이며, 콩코드 강과 메리맥 강을 보스턴 항과 연결해주는 미들섹스 운하가 틀림없이 이것을 가능하게 해줄 것이라고 기대했다. 그러나 1839년 무렵 콩코드 강은 지금과 매한가지로 산업과는 거리가 먼 한가로이 흘러가는 강이었고, 강둑 연변은 전혀 개발되지 않은 상태였다. 아무튼 상업이라는 측면에서는 대단하지 않았지만 꿈꾸고 졸고 게으름을 피우기에는 제격인 강이었다.[3]

출발하기로 한 날 마침 하루 종일 비가 내렸다. 형제는 조금 지체했으나 이윽고 어쨌든 출발하기로 결정하고, 감자와 멜론을 실어둔 육중한 보트를 물가로 밀었다. 바퀴가 달린 이 보트는 둘이서 직접 일주일만에 제작한 것으로 꽤나 쓸만했다. 물론 소로가 이 보트를 도리(몸통은 좁고 입은 큼지막한 물고기—옮긴이)에 비유한 것처럼 그렇게 유연하게 나가는 보트와는 거리가 멀어도 한참 멀었지만 말이다. 강둑에 모여 있던 여러 친구들이 작별인사로 손을 흔들자 둘은 강을 따라 출발했다. 출발 순간은 소로가 훗날 책에서 매혹적인 서사시 풍으로 부각시키며 코믹하게 강조했지만 실은 상당히 싱거운 느낌이었다. 아무튼 콩코드 강은 나일 강과 스카만드로스에 비견됐고, 이웃한 베드퍼드와 카리슬을 지나 강 하류에 자리잡은 다음 마을인 빌러리카는 소로 표현대로라면 "미답의 땅"이었다. 그러니 이번 항해 자체는 극지 탐사나 영웅적인 탐험과 동등한 반열에 오르는 것이었다. 사실 소로에게 이 여행은 모험적인 것이라고 할 만했다. 소로는 이전에도 메인 주를 비롯해 여러 곳을 가본 적은 있지만 기차나 증기선,

여객선 같은 대중교통편을 이용했다. 게다가 주로 낮에 다닌 산책이나 오후의 보트타기야 숱하게 즐겼지만 두 발과 두 손만 갖고 이처럼 긴 여행에 도전해본 적은 지금까지 단 한 번도 없었고, 텐트에서 많은 밤을 지새는 것도 처음이었다. 그러다 보니 둘은 한적한 강을 따라 미끄러져가면서 길게 뻗어있는 양쪽 강둑에 아무도 살지 않고 그 땅도 전혀 오염되지 않은 것을 빌건하고는 단지 마을 사이가 아니라 마을을 넘어 '바깥으로' 나왔음을 실감했다. 그들이 빌러리카의 강가에 텐트를 치고 첫날 밤을 지냈을 때 보트의 돛과 텐트(인디언 천막 같은 기둥 하나로 된)는 완벽한 자연 경관에 인간의 기술로 외로운 기하학적 표지판을 삽입한 것처럼 보였다. 저녁을 먹은 뒤 둘은 잠자리에 들었으나 소로는 오랫동안 깨어서 밤의 소리를 들었다. 따지고 들자면 둘은 마을로부터 아주 멀리 떨어져 있는 것은 아니었다. 방범용 종소리와 교회종소리, 멀리서 개 짖는 소리뿐만 아니라 텐트 가까이서 여우와 사향쥐가 내는 시끄러운 소리까지 들려왔다. 소리들은 분명 그들을 환영하는 것이었고 당연히 기대한 것이기도 했다. 하지만 누구나 야외에서 첫 밤을 지내면서 듣는 소리처럼 그것들은 뭔가 독특하고 기이하게 들렸고, 아주 작은 소리에도 깜짝 놀라게 되는 시골의 깊은 적막에 있다 보니 밤의 소리들은 더욱 강하게 와 닿았다.[4]

다음날 그들은 미들섹스 운하로 들어갔다. 이 운하는 1803년에 완공된 18세기의 상업적인 수로로 메리맥 강의 로웰 폭포 바로 위에서 남동쪽으로 흘러 보스턴 항으로 이어진다. 운하의 물 공급원이 다름아닌 콩코드 강이라 둘은 그저 운하로 들어가 6마일만 노를 저으면 갑문에 의해 메리맥 강으로 떨어졌다. 비록 새로 건설된 강력한 철도에 화물을 빼앗겨가고 있었지만 주중에는 교통량이 꽉 찼다. 다행히 소로 형제가 통과한 일요일 아침에는 한산했다. 인공적인 운하는 반듯한 양쪽 강둑을 달려 오염되지 않은 강과 완벽한 기하학적 대조를 이뤘다. 둘은 가능한 한 빨리 통과했는데, 그러다 보니 지나가면서 상당히 많은 운하 규칙을 위반할 수밖에 없었다. 우선 보트가 최소 기준보다 작았고, 식별 가능한 배 이름이나 번호도 없었다. 게다가 일요일에는 집으로 향하는 것이 아니면 여행할 수 없다는 규칙도 어겼고, 시속 4마일의 제한속도도 금방 넘어섰다. 물론 마을사람 몇몇도 안식일을 어기는 경우가 더러 있었지만 로웰 갑문 열쇠지기인 샘 해들리만 귀찮게 하지 않으면 그들을 27피트 아래로 떨어뜨려주었다. 그러면 육중한 세 개의 석제 갑문 시스템을 통과해 메리맥 강에 닿았다.[5]

다음 12일간 둘은 계속해서 강 상류로 올라갔다. 내슈아와 맨체스터를 지나 훅셋 폭포 아래에 보트를 묶어놓고 뉴햄프셔 주 콩코드까지 걸어간 뒤 마차를 타고 프란코니아로 가서 산에서 사흘을 보냈고, 소로의 이력에서 가장 간결하게 기록될 '산행'을 워싱턴 산에서 했다. 전체 내용이라고 해봐야 "9월 10일 산을 올랐고 콘웨이까지 갔다"가 전부다. 뉴햄프셔 주 콩코드로 돌아온 둘은 훅셋에 들러 보트를 찾았고, 강을 따라 집으로 향했다.[6]

훗날 소로는 강에 관한 책을 거듭해서 고쳐 썼는데, 그 모든 버전에서 눈에 띄는 것은 여행의 목표나 거기에 도달해가는 과정이 아니라 출발과 귀환이었다. 목표를 향해 가열차게 전진하는 열정이나 의지는 극히 미미하게 부각될 뿐인데, 마치 그런 것은 여행 그 자체에 녹아있다고 생각한 것 같다. 출발하는 순간의 목소리는 차분하고 조용하다. 토머스 콜의《인생 항해Voyage of Life》에 처음 나오는 두 패널화나《허클베리 핀Huckleberry Finn》의 앞부분에 나오는 뗏목 장면과 흡사하다. 이런 차분함은 시각적이면서도 생동감 있는 세밀하고 구체적인 것들과 어우러져 더욱 인상적이다. 첫날 오후 늦게 소로는 이렇게 쓴다. "우리는 강가에서 은빛 나무껍질이 그대로 남아있는 긴 자작나무 낚싯대로 고기를 잡는 남자와 그의 곁에 있는 개 한 마리를 지나쳤는데, 너무 가까이서 노를 저어가는 바람에 낚시찌가 노에 걸려 흔들릴 정도였다." 다음날 아침 강은 안개에 덮였다. "하지만 그리 멀리 노를 저어 가지도 않았는데 태양이 떠올랐고, 그러자 안개는 빠르게 흩어지면서 강물 표면을 따라 희미한 수증기만 물결치듯 남았다." 조금 더 먼 곳으로 눈을 돌려보니 낯설어 보이는 두 남자가 강을 건너려 애쓰고 있는 게 보였다. 모든 게 강물 건너로 아주 멀게 보였지만 아무튼 둘은 보트의 편평하고 관찰하기에 유리한 곳에 자리잡고 있었다. 소로의 설명이다. "그들은 짧은 사이 많은 것을 배운 것 같았다. 여기서 강물을 건너려고 시도했다가는 또 저기로 달려가 한 번 더 시도하는 모습이 그야말로 불붙은 나무막대기 위의 개미처럼 보였다. 어떤 식으로든 걸어서 강물을 건널 수 있는지 알아내려는 것 같았다." 이런 코믹하면서도 부드러운 목소리는 소로 형제가 거대한 "철갑상어"를 쫓을 때도 이어지는데, 둘은 "강 중간에서 철갑상어의 괴물 같은 어두운 빛깔의 등이 물속으로 들어갔다가 다시 떠오르는 것"을 보고는 곧장 뒤쫓았다. 강물의 경쾌한 흐름을 거슬러 올라가는 큼직한 물고기 쪽으로 접근해 어떻게든 잡아보려고 했다. "그러나 북해넙치 같은 껍질을 가진 이 괴물은 바람처럼 미끄러지듯 나아가는 그 결정적인 순간마다 잠시의 머뭇거림이나 예고도 없이 불쑥 떠올랐다가 가라앉기를 끊임없이 반복했다. 그러는 모양이 흡사 자신이 큰 우리에 갇힌 싸움닭이라고 주장하며 스스로 부표浮標가 되어 선원들에게 물밑의 암초를 조심하라고 경고하는 것 같았다." 밤에 텐트를 치고 누우면 강물이 "밤새 북적대는 시장과 먼 바닷가를 향해 모든 것을 빨아들이며 소용돌이치듯 흘러가는 소리"가 들려왔다.[7]

고요한 적막 속에서 출발하는 경우가 많았고, 덕분에 두 사람은 조용히 강의 다정함을 떠올려 보는 시간을 갖기도 했다. 하지만 돌아오는 길은 그저 평온하지만은 않았다. 마지막 날을 하루 앞두고 밤부터 날씨가 돌변했다. "그날 밤은 계절의 전환점이었다. 우리는 여름에 잠자리에 들어 가을에 잠에서 깨어났다." 차갑지만 신선한 바람이 북쪽으로부터 불어왔다. 소로 형제는 아침 다섯 시에 일어나 강으로 나갔다. 영광스러운 날이었다. 아침이 지나가면서 한층 새로워진 9월 중순의 맑기만 한 북풍은 청명하고 선선하고 상쾌했으며 푸른 기운까지 감돌았다. 둘은 쉬지 않고 강을 따라 내려갔다. 바람은 등쪽에서 불어왔다. 둘은 돛을 세울 정도의 기술은 있었다. 아침 일찍 뉴햄프셔 주 베드퍼드에서 출발한 형제는 올라올 때는 나흘이나 걸렸던 50마일쯤 되는 거리를 이 상쾌한 날 단 하루만에 멋지게 지나갔다.[8]

강물은 선미船尾 아래서 부글거렸고, 보트가 강을 요동치듯 내려갈 때는 노를 물속 깊숙이 집어넣고 휘저어야 했다. 한동안 고정된 것 같았던 풍경은 어느새 바뀌어 등 뒤에서 빠르게 펼쳐졌다. 둘은 소매 없는 외투로 몸을 감싼 채 보트에 앉아 지나가는 나룻배 사공이 순식간에 사라질 정도로 빠르게 풍경이 바뀌어가는 것을 지켜봤다. 강물은 팅스보로까지 "엄청나게 긴 거리를 널찍하니 직선으로 활짝 열린 것처럼" 흘러갔다. "우리는 향기 나는 미풍 앞에 이를 때까지 쭉 즐겁게 나아갔다⋯⋯수평선에서 바람은 마치 큰물이 고개와 평원을 삼키듯 춤을 추었다⋯⋯유유히 흘러가는 돛단배, 빠르게 달려가는 강물, 휘청거리며 손짓하는 나무, 이리저리 움직이는 바람, 그야말로 거대한 흐름이 일렁이는 모습이었다."9

오후 늦게 그들은 운하로 들어섰다. 바람은 잔잔해졌다. 보트가 운하를 통과하자 그들은 노를 저어 집으로 향했다. 어두운 "저녁 늦게" 도착해 "새로 돋아난 목초지……"까지는 아니지만 아무튼 출발했던 곳으로 돌아왔다. 보트는 강가의 원래 그 지점, 그러니까 출발할 때부터 이미 평평해진 골풀들 한가운데 바싹 갖다 댔다. "그리고는 기쁘게 강기슭으로 뛰어올라와 보트를 끌어올리고는 야생사과나무에 묶어두었는데, 나무 줄기에는 지난 봄 홍수 때 쓸려 벗겨진 부분에 체인을 감아둔 자국이 그대로 남아있었다."10

여행의 마지막 날이 이처럼 화려한 항해의 날이 된 것이 정말 얼마나 큰 행운이었는지 모른다. 비록 몇 해 뒤에 쓰여졌지만 《일주일》의 금요일 부분은 생기가 넘쳐나고 투명한 쾌활함과 함께 힘차게 달려간다. 소로는 이후에도 종종 보트를 탔고, 심지어 마쉬필드와 플라이머스 인근의 바다까지 내려간 적도 있지만 이번 여행이야말로 그의 마음을 사로잡았던 생애 최고의 항해였다. 그는 이 항해가 가끔씩 꿈에도 나타났다고 말했다. 몇 해 뒤 죽음을 앞두었을 때 그는 여동생 소피아에게 《일주일》을 읽어달라고 부탁했다. 마침내 '금요일' 장에 이르자 그는 미소를 지었다. 그러고는 조그맣게 속삭였다. "이제 멋진 항해가 시작되겠군." 그가 생전에 남긴 마지막 말들 가운데 하나였다. 여행을 시작해 처음부터 끝까지 함께했던 것은 강렬한 느낌과 생생한 경험이었다. 소로 형제는 그렇게 콩코드에 돌아왔고, 존은 엘런 수얼을 만나러 곧바로 시추에이트로 달려갔다.11

16

아이스킬로스와 용기

1839년 가을은 "너무나도 청명한 날들"이었다. 이 계절에 쓴 몇 편 안 되는 자연에 관한 글에서 소로는 이렇게 적었다. "정오에도 귀뚜라미 울음소리가 대지 전역에서 들릴 것만 같다." 에머슨과 그의 친구들은 새로운 계간지季刊誌를 출범시킬 준비를 하고 있었다. 소로는 콩코드 라이시엄의 총무 겸 큐레이터로 재선출됐고, 존은 엘런 수얼을 향한 구애에 열을 올리고 있었다. 아마도 헨리는 엘런으로 인한 상념에 너무 깊이 빠져드는 것을 피하기 위해 글쓰기에 더욱 몰두했던 것 같다. 11월 초까지 그는 아이스킬로스의《결박 당한 프로메테우스》번역에 전력을 기울였다.[1]

소로는 아이스킬로스라는 극작가에게 흥미를 느낀 게 아니라 "관찰자"이자 시인으로서의 아이스킬로스에게 마음이 끌렸다. 그의 작품은 감히 범접할 수조차 없는 영웅들이 이룬 상상하기 힘든 위업을 이야기하는 게 아니라 "보통의 휴머니티"를 들려준다. 호메로스에 대한 높은 평가가 그렇듯 아이스킬로스에 대한 찬사 역시 그의 작품에서 부딪치게 되는 인간의 본성 그 자체에서 나온다. 소로는 인정하듯이 평했다. "그런 적나라한 이야기는 생각할 여유를 주는 미리 짜놓은 방백이다." 시간의 경과는 소로가 보기에 아이스킬로스에게 아무런 이점도 주지 않았다. 그의 휴머니티 내지는 상식은 우리네 것과 전혀 다르지 않았을 것이다. 소로는 아이스킬로스를 우상화하려 들지 않는다. 그는 《결박 당한 프로메테우스》의 작가가 이야기하는 것이 오늘날에도 여전히 유효함을 보여주고자 한다. "모든 과거는 바로 지금 행해질 수 있으며 가능한 한 있는 그대로 받아들여야 한다." 소로가 자신의 시각에서 그 자체로 받아들였던 것 중 하나는 "천재들이 다 그런 것처럼" 그의 인생과 작품에서 필연적으로 고독한 존재였던 아이스킬로스의 모습이었다. 그런 점에서 소로가 이런 코멘트를 했을 때 실은 그 자신을 묘사한 것이라고 생각하고도 남는 것이다. "아이스킬로스가 우주의 미스터리를 향해 선뜻 경의를 표했을 때 의심할 나위 없이 그는 외로웠을 것이고 동조하는 사람도 없었을 것이다."[2]

소로가 프로메테우스에게 관심을 가졌던 것은 무소불위의 힘을 가진 제우스에 대항해 반란을 일으킨 영웅을 향해 낭만적으로 경의를 표하기 위해서가 아니라 인간에게 빛과 법률, 문명을 가져다 준 프로메테우스에게서 오르페우스 같은 모습을 보았기 때문이다.(프로메테우스는 그리스 신화에서 주신主神 제우스가 감춰둔 불을 훔쳐 인간에게 가져다 줌으로써 인간에게 문명을 전해준 주인공인데, 이로 인해 코카서스의 바위에 쇠사슬로 묶여 매일같이 낮에는 독수리에게 간을 쪼여 먹히고 밤이 되면 다시 간이 회복돼 영원한 고통을 겪는 형벌을 받는다. 프로메테우스는 '먼저 생각하는 사람'이라는 뜻. 오르페우스는 그리스 신화에 나오는 최고의 음유시인이자 리라 명인이다—옮긴이) 어찌됐든 그가 번역을 시작하면서 일기에 적어놓은 구절들을 살펴보면, 그는 고독 속에서 고통 받도록 부당하게 운명 지어진 한 인간을 프로메테우스에게서 보았다. 이것은 아이스킬로스에게서도 보았던 것이고, 존이 엘런과 함께 하는 내내 당연히 자기 자신에게서도 보았던 것이다. 그로서는 겉으로 드러내기는 좀 어려웠지만 그렇다고 해서 안에만 모아두지는 않았다. 이미 스물두 살이 된 지도 한참 지난 11월이 다가올 무렵 그도 나이가 들었음을 조금 느끼기 시작했다. "새로운 한 세대가 떠올랐다는 사실을 바로 오늘까지도 의식하지 못했다." 그는 아이스킬로스를 번역하는 동안 후회의 감정을 껴안음으로써 후회의 감정을 다뤄보고자 했다. "그대가 후회한 것 대부분을……더욱 깊이 후회하도록 만드는 것은 새로운 기분으로 살아가는 것이다." 그는 부정할 수 없는 낙담을 일기에 털어놓기도 했다. 그저 유감스럽다고 느끼는 대신 가장 전형적인 방식으로 "용기"에 관한 에세이를 쓰기 시작한 것이다.[3]

그에게 "용기"가 갖는 의미는 물리적인 용기라기 보다는 도덕적인 용기였다. 그는 라플란드(스칸디나비아 반도 북부의 유럽 최북단 지역-옮긴이)를 향해 출발하는 흥분의 한가운데서 "여벌의 셔츠"와 "가죽 반바지"를 조용히 바라본 린네의 "위대한 용기"에 감탄했다. 물론 전반적인 주제는 아직 확정하지 못한 상태였다. 칼라일은 그의 저서 《영웅과 영웅 숭배론On Heroes, Hero-Worship, and the Heroic in History》(1840)에서 에머슨처럼 도덕적 용기에 관심을 가졌다. 에머슨은 〈젊은 미국인The Young American〉에서 이렇게 물었다. "그렇다면 신문이나 잡지에서, 혹은 거리에서, 아니면 설교를 통해 영웅주의의 비밀을 밝힐 사람은 누구인가?" 마가렛 풀러 역시 프로메테우스의 모습에 흥미를 느꼈다. 그녀의 저서 《19세기 여성Woman in the Nineteenth Century》(1845)은 여성의 역사 속에 등장한 영웅과 영웅주의, 영웅적 행위라고 할 수 있다. 사실 이 시기를 살아간 세대에게는, 이토록 비

영웅적인 현대 세계에서 어떻게 해야 영웅적인 삶을 살아갈 수 있는가라는 문제가 중차대한 관심사였다. 소로는 이해 가을 처음으로 이 문제에 관심을 갖게 됐다.[4]

그때나 지금이나 대부분의 사람들에게 용기는 먼저 물리적 용기를 의미할 것이다. 소로는 사람들이 이렇게 생각할 것이라고 내다보고서 "용기에 관한 장A Chapter on Bravery"을 시작한다. 특유의 기세에다 결코 만족하지 않는 역설까지 덧붙여서 말이다. "용기란 결의에 찬 행동을 다룬다기보다는 건전하고 확고한 여유로움을 다룬다. 그 의기양양함은 내면에 도사리고 있다……평온하면서도 확신에 찬 삶의 한 순간이야말로 무조건 벌이는 큰 싸움보다 더 영광스럽다." 그는 "새뮤얼 존슨과 그의 친구 새비지는 가난으로 인해 어쩔 수 없이 거리에서 밤을 지새게 되자 그 자리에서 자기 조국을 지키기로 결의했다"는 일화를 다시 소개한다. 그럼으로써 새벽 세 시라 해도 자기 연민에 빠지지 않으려 하는 것에 경의를 표하고 있음을 분명히 보여주고 있다.[5]

이것은 비단 군인에게만 해당되는 것이 아니라 시인이나 학자에게도 귀중한 특징이다. 하지만 앞서의 예가 보여주듯 용기에 관한 소로의 에세이에서 읽을 수 있는 일관된 비유와 확고한 묘사는 사실 군인의 모습이다. 그가 쓴 글을 보자. "용감한 군인은 명예를 위해서라면 어떠한 고통도 마다하지 않는다. 그에게 필요한 장비는 조합이나 기업의 세금으로 마련한다……그의 칼을 담금질하고 보석으로 장식하는 것은 그 도시의 기술이다……그가 어디를 가든 음악이 준비되고 음악이 먼저 길을 연다. 그의 일생은 국경일이며, 그가 보여준 모범은 전세계를 휘젓듯 퍼져나간다……오직 그만이 인간이라고 할 수 있다." 소로는 여느 때처럼 군인의 모습을 역설적으로 활용한다. 가령 이런 식이다. "용감한 사람은 전쟁터의 요란한 소리조차 듣지 못한다." 그러나 그 이면에는, 그리고 그가 말한 역설을 들여다보면 군인에 대한 소로의 진실되고 깊은 공감이 드러난다. 그가 "인간은 더 깊은 본능에서 평화보다 전쟁을 만들어냈다"고 쓴 것은 반어적이기는 하지만 역설은 아니다. 우리는 소로가 이렇게 말할 때 장난하기 좋아하는 재미난 감각을 충분히 느낄 수 있다. "군인은 현실적인 이상주의자다. 그는 문제에 대해 아무런 감정도 없다. 그 문제의 절멸絶滅을 즐길 뿐이다." 그러나 "전쟁이 우리 영혼의 걸음걸이와 태도를 흉내 낸 것이라는 데 나는 깊이 공감한다"고 말할 때는 아주 진지해 보인다.[6]

이 모든 것은 무엇보다 멕시코 전쟁을 반대하고 무저항과 양심적 거부를 상징하는 한 인물의 성격을 완전히 벗어난 것처럼 보인다. 소로는 평화로운 산책자이자 자연과 책을 사랑하는 독신 남성으로서 우리에게 소위 군인 정신에 맞서는 살아있는 안티테제로 다가온다. 그러나 그가 군인의 모습에 감동하고 있다는 것도 사실이다. 이것을 놓쳤다면 우리는 소로의 중요한 단면을 보지 못한 것이다.

물론 '군인'이라는 단어 그 자체는 1839년 무렵 여전히 독립전쟁 당시의 미국인 민병대의 용기와 자립을 의미했다. 다시 말해 개인의 독립성을 잃은 채 한갓 전쟁기계가 된 제복 입은 군대가 아니라 소로와 그 동년배의 할아버지들이었다. 게다가 소로는 아이스킬로스를 읽었고, 그리스의 가장 위대한 극작가가 《결박 당한 프로메테우스》를 썼다는 사실보다 오히려 마라톤 전투에 참전한 것을 더 자랑스러워했다는 점을 놓치지 않았다. 심지어 보들레르조차도—우리는 그를 반항적이고 내향적이라고 생각한다—이렇게 말하곤 했다. "시인과 성직자와 군인을 제외하고는 누구도 위대하다고 할 수 없다. 이들은 노래 부르는 사람, 제물 바치는 사람, 자신을 성전에 바치는 사람이다. 나머지는 말에게 채찍질이나 하려고 태어난 사람들이다."7

이처럼 군인을 향해 아직 타락하지 않은 감동을 더하고 용기를 북돋는 것은 아주 확고한 철학적 입장이며, 인생이란 결국 모든 인간이 군인이 되어 싸우는 전쟁터라고 생각한 로마의 스토아 사상과 같은 맥락이다. 알버트 살로몬은 에픽테토스에 관한 명석한 단편 에세이에서 이렇게 갈파한다. "로마의 스토아 학파는 살아간다는 것은 곧 군인이 되는 것이라는 공식을 만들어냈다!……이런 이유로 로마 스토아 사상가들은 하나같이 군사적인 비유와 이미지들을 사용했다." 소로도 에머슨처럼 스토아 사상에 결정적으로 빚을 졌다. 에픽테토스의 《엥케이리디온Enchiridion》은 소로의 1838~1839년 고전 독서 리스트에 올라있다. 그리고 에픽테토스의 정신에 한껏 고무돼 소로는 이런 말을 남겼다. "우리 모두는 삶의 매 순간마다 전쟁터의 최전방에 서 있는 것이다." 하나 더. "워털루가 유일한 전쟁터는 아니다. 목숨을 앗아가는 수많은 총들이 영국의 무기고에 있는 것과 마찬가지로 지금 이 순간 내 가슴도 겨누고 있는 것이다." 이런 것도 있다. "누구든 간절히 원하면 비로소 전사戰士가 된다."8

군인의 모습은 소로에게 부수적인 것이 아니라 중심이다. 소로는 온화하고 차분한 성격에 수줍음 잘 타고 정이 많았고 위트도 있었지만 내면에는 강철이 들어있었다. 소로는 자신의 존재감을 느끼기 위해 어느 정도의 반대와 도전을 필요로 하는 것 같았다고 에머슨은 회고했다. 그러다 보니 어떤 때는 완고하고 전사처럼 보이기도 했다. 소로는 절대로 독자나 청중들의 환심을 사기 위해 허튼소리로 대충 물러서려고 하지 않았다. 설사 군인의 모습이 소로에게는 주로 비유로서만 중요했다고 여긴다 해도 군인을 중요한 비유로 만들어주는 진짜 품성에 그가 진실로 공감했다는 점을 놓쳐서는 안 된다. 소로에게는 고대 스칸디나비아인이 가졌던 전투 정신의 흔적이 조금이나마 남아있었을지 모른다. 훗날 존 브라운에 대한 그의 강력한 변호, 경우에 따라 폭력을 옹호하는 데서 물러나기를 거부한 태도, 자연과 인간의 본성에 있는 야성의 기질에 이론 이상으로 관심을 가진 것, 이런 정신이야말로 그의 인격을 보여주는 아주 중요하고도 실제적인 단면이다. 그는 굴복하는 사람이 아니었다. 그에게는 내적인 강인함이 있었다. 한번은 가까운 벗인 해리슨 블레이크에게 이렇게 조언한 적이 있다. "만일 그대가 힘든 과업을 수행할 수 없다면 쉬운 것을 하십시오. 그리고 그대가 어떤 것을 좋아할 때는, 그것이 가령 그림 그리기나 유행가 부르기 같은 것일지라도 그걸 계속하십시오. 무엇보다 자신이 좋아한 것을 탐구하십시오. 그것에서 느낌과 의미를 끄집어내십시오. 그리고 '그것'을 하십시오. 어떻게든 그것을 더욱 단련해서 그대의 것으로 만드십시오."9

무엇인가를 파악하고, 그것을 단련하고, 그럼으로써 그것을 자신의 것으로 만들려는 이 같은 노력이야말로 소로가 경의를 표하는 군인의 자질이다. 인생을 깊이 살아서 그 정수를 빨아먹으려는 용기를 표현한 방식이다. 게다가 소로는 여기에 쓴 것처럼 군인의 모습을 너무나 자연스럽게 묘사해 우리가 전혀 의식하지 않고서도 그대로 받아들일 수 있게 만들었다. 소로라고 하면 떠올리는 바로 그 구절이다. "만일 누군가가 그의 동료들과 보조를 맞춰 걸어가지 않고 있다면 그건 어쩌면 그가 다른 북소리를 듣고 있기 때문이다." 우리의 관심은 자연히 지금 어떤 북소리를 들으며 행진하고 있는가에 모아진다. 그런데 우리가 무심코 지나치는 사실은 적어도 군인들만이 북소리에 맞춰 행진한다는 점이다.[10]

17

초월주의

프레더릭 헨리 헤지는 1833년 3월 〈크리스천 이그제미너The Christian Ex-aminer〉에 콜리지에 관한 글을 기고했다. 이 에세이는 콜리지가 "한 일과 하지 않은 일"에 대한 예리한 비평이었는데, 미국에서 현대 독일사상을 처음으로 분명하고 단호하게 변호한 것이었다. 에머슨조차 무척 기뻐하며 이 에세이를 "생생하게 살아있는, 한 단계 도약한 논점"이라고 평했다. 헤지의 아버지는 하버드대학 교수였고, 헤지 자신은 칸트와 셸링의 신사상을 깊이 파고들었다. 그는 1835년에 메인 주 뱅거에서 격지 근무 목사로 근무했는데, 보스턴과 케임브리지를 좋아했던 그는 언제든 보스턴에 가기만 하면 생각이 같은 사람들과 함께 어울릴 수 있는 작은 모임을 만들게 됐다. 조지 퍼트넘과 조지 리플리, 헤지, 에머슨이 참여해 1836년 9월에 시작된 이 모임은 처음엔 "헤지의 클럽"으로 알려졌다가 곧 확대됐다. 두 번째 모임이 이로부터 불과 11일 만에 열렸을 정도로 열렬한 호응이 따랐다. 오레스테스 브라운슨과 제임스 프리맨 클라크, 컨버스 프란시스, 브론슨 올콧이 모임에 참여했고, 나중에 시어도어 파커와 마가렛 풀러, 엘

리자베스 피바디, 헨리 소로도 들어왔다.[1]

참여한 인사들이 모든 이슈에 항상 의견이 일치한 것은 아니었지만—어떤 개혁파 모임이 그러겠는가—이들에게는 공통점이 꽤 많았다. 모두들 젊었는데, 마흔한 살의 컨버스 프란시스가 제일 연장자였다. 오가는 대화를 들으면 개혁 성향이 두드러졌다. 이들은 자신들의 주장을 전달해 줄 매체, 즉 신문이나 잡지를 원했다. 독일사상에서 나타나고 있는 새로운 사조가 중요하다는 데도—비록 구체적이지는 않았지만—동의했는데, 이는 곧 얼마 지나지 않아 이들이 스스로 초월주의자로 이름 붙이게 되는 계기가 됐다. '초월적transcendental'이라는 단어가 가진 대중적인 함의를 감안했다면 그룹의 이름을 차라리 '미국 이상주의자'로 부르는 게 더 나았을 것이다. 그러나 이 용어가 정확하지 않은 것도 아니고, 식자층 사이에 그 의미에 관한 눈에 띄는 이견이 있었던 것도 아니다. 〈다이얼〉의 한 필자는 초월주의를 "진리를 직관적으로 이해하는 능력이 인간 내면에 있다는 인식"이라고 정의했다. 사실 초월주의 철학이 다양한 사상들—플라톤 사상, 신플라톤 사상, 신비주의, 동양사상, 프랑스 절충주의, 괴테 풍의 고전주의, 스토아 사상, 그리고 게이와 모어, 포디지, 커드워스, 버클리의 사상—을 뒷받침하고, 또 여기에 새로운 활력을 불어넣었다고는 해도 무엇보다 중요한 것은 지금 그것을 뜨겁게 재평가하게 된 직접적인 이유였다. 여기에 참여한 한 인사의 후손이 쓴 글에서는 초월주의 운동의 역사적 출발을 개략적으로 이렇게 밝히고 있다. "소위 말하는 초월주의 철학은 멀리 1781년에《순수이성비판Critique of Pure Reason》을 출간한 임마누엘 칸트에 그 기원을 두고 있으며, 형이상학적 사상에 신기원을 열었다." 초월주의에 대한 가장 명쾌한 설명은 에머슨이 1842년에 한 연설에 나온다.

오늘날의 이상주의가 초월주의라는 이름을 얻게 된 것이 쾨니히스베르크의 임마누엘 칸트에게서 비롯됐다는 사실은 여러분들도 잘 알고 있을 것입니다. 칸트는 감각이 먼저 경험하지 않은 지식은 없다고 하는 로크의 회의주의 철학에 대응해 '경험에 의해 오는' 것이 아니라 '경험을 얻는 데서 알게 되는' 매우 고차원적인 사고나 절대적인 표현 방식이 있음을 보여주었습니다. 이것이 정신 자체의 직관입니다. 그는 그것들을 '초월적' 표현 방식이라고 명명했습니다. 그의 생각에 담긴 아주 특별한 심오함과 정확성은 유럽과 미국에서 그 이름이 어느 정도 유행하는 데 일조했으니, 차원 높은 직관적 사고에 속하는 것은 무엇이든 오늘날 대중적으로 '초월주의'라고 불리게 된 것입니다.[2]

미국의 이상주의자들은 혼자건 집단이건 독일 이상주의의 발전에 상당한 기여를 했다. 그들은 형이상학이나 인식론 분야의 발전을 개척한 게 아니었다. 그들에게는 지식의 기술적 문제가 관심사였던 만큼 그것은 언어와 지식의 소통에 영향을 미쳤고, 뉴잉글랜드 그룹은 언어의 상징성이라는 면에서 상상력이 풍부한 사람들이었다. 그러나 그들이 과도할 정도로 관심을 가졌던 것은 새로운 주관론이 가진 도덕적 함의였다. 윌리엄 제임스와 실용주의의 등장을 미리 예견하면서 그들은 새로운 사상이 현실세계에서 갖는 함의가 우리 삶과 글쓰기에 무슨 의미가 있느냐고 물었다. 따라서 하나의 그룹으로서 초월주의자들이 남긴, 그리고 파커와 리플리, 풀러와 피바디, 특히 에머슨과 소로의 위대한―그리고 상당 부분은 아직도 인정받지 못하고 있는—업적은 초월주의의 도덕적 함의를 도출해냈으며, 또한 그것을 쉽게 접할 수 있게, 무엇보다 함께해도 편하게 만든 데 있다.[3]

그러므로 그들이 하나의 그룹으로서 현실과 동떨어진 공상을 했다든가, 비실용적이고 모호하고 꿈같고 실제적이지도 않고 만질 수도 없는 전혀 다른 세상에서 온 것에나 관심을 가졌다고 생각하는 것은—지금도 많이들 그렇게 생각하는데—아이러니가 아닐 수 없다. 이것은 당시 미국 주류층과 하버드대학이 내린 평결이었고, 이 혐의는 아직도 완전히 철회되지 않고 있다. 그러나 그들의 사상은 하버드대학과 유니테리언 교파 같은 제도권을 위협했고, 초월주의자들은 혼자건 그룹이건 에드거 앨런 포나 호손, 멜빌처럼 인간과 자연에 대해 더 뿌리깊고 더 어두운 시각을 가졌던 작가들보다도 개혁적이었고 사회적, 정치적으로 적극적이었다. 대부분의 초월주의자들은 초월적 이상주의의 도덕적 귀결이 정치적, 지적 개혁을 더욱 재촉할 것이라는 점을 발견했다.

뉴잉글랜드의 초월주의자들은 개인의 고립이나 유아론唯我論보다는 개인의 독립과 자유를 강조했다. 또한 인간의 본성은 자신의 본성을 통해 각자에게 드러난다고 믿었다. 그래서 누구나 언제든 "자신의 복잡한 미로" 속에서 방랑하기도 하고 상실감이나 소외감을 느낄 수 있지만 그것은 바람직하지도 않고 받아들일 수도 없는 것이다. 대신 뉴잉글랜드의 초월주의가 갖고 있는 강력한 도덕적 명령은 그 멤버들이 세상에서 도망치기보다는 세상으로 더 자주 들어가도록 이끌었다.[4]

초월주의자 그룹이 처음 형성되면서 멤버들은 그들의 주장을 전달할 매체가 필요하다는 점을 진지하게 논의했고, 1838년 가을에는 잡지 창간을 구체화하는 단계로 접어들었다. 편집인은 마가렛 풀러가 맡기로 했다. 에머슨 역시 중요한 역할을 떠안았는데, 발간되는 매 호마다 글을 쓰는 것은 물론 출판사들과의 협상도 맡기로 했다. 또 수 차례의 의견 교환 끝에 자신이 직접 친구들을 찾아 다니며 소로와 채닝, 크랜치, 올콧을 비롯한 필자들의 원고를 받아내겠다고 약속했다. 한편으로 에머슨은 꾸준한 일꾼을 물색했는데 소로가 눈에 들어왔다. 에머슨과 소로는 이해 가을과 겨울 서로의 시를 읽었다. 에머슨은 소로의 "엘러지Elergy"(아마도 훗날 "공감Sympathy"으로 출판된 시로 보인다)를 새 잡지에 싣기로 하고, 1840년 3월 마가렛 풀러에게 보낸 편지에 자신은 소로에게 새로운 사업에 "동참해 달라고 진지하게 요청할 것"이라고 썼다. 또 한 명의 잠재적인 기고자인 올콧은 마침 그달에 콩코드로 집을 옮겼다. 반가운 봄비와 함께 거품처럼 부풀어올랐던 문학적 흥분 속에서 소로는 페르시우스에 관한 에세이를 에머슨에게 보여주었다. 에머슨은 이 에세이가 매우 신선하며 독창적이라고 생각했다. 비록 소로가 자기 원고에 대한 "의견을 너무 불편하게 느껴" 애써 그것을 고치도록 하고 싶지는 않았지만 에머슨은 "약간 갈고 다듬는 수고"가 필요할 것이라고 봤다. 소로는 에머슨이 진지하다는 사실을 알게 됐다. 그러자 에머슨이 마가렛 풀러에게 자신의 에세이를 〈다이얼〉에 싣도록 요구하는 동안 기꺼이 원고를 고쳤다. 그녀는 소로의 에세이를 탐탁히 여기지 않았고, 아무 말도 하지 않음으로써 원고를 받아들이지 않겠다는 의사를 분명히 했다. 그러나 에머슨은 기회 있을 때마다 페르시우스 원고를 들이밀었고, 고집스러울 정도로 자주 소로의 이름을 입에 올렸다. 그 역시 원고에 필자의 개성은 넘칠 정도로 많은 반면 논리 정연한 서술은 턱없이 부족하다는 점에는 동의했다. 그러나 이 에세이는 "너무나도 탁월하고 그 안에 인생이 들어있으며, 감히 젊은 미국인을 위한 성서를 만든다면 내가 생각하기에 반드시 한 자리를 차지할 것"이라고 주장했다.[5]

편집인은 여전히 누그러지지 않았고 동의하지도 않았으며 심지어 일언반구도 없었다. 에머슨은 계속해서 밀어붙였다. 그에게 충성하지 않는다면 그는 아무것도 아니었다. 마침내 몹시 화가 나서 그는 이 문제를 아예 강제로 풀기로 했다. 그는 마가렛에게 편지를 썼다. "나는 귀하가 페르시우스 원고를 창간호에 싣기를 바랍니다. 원고가 그토록 훌륭한데도 귀하가 싣지 않을 수 있겠습니까? 실으려 하지 않을 수 있겠습니까?" 그녀는 불가피하게 복종하면서도 장문의 편지를 보내왔다. 그런데 소로의 페르시우스 원고가 〈다이얼〉 창간호에 들어갈 것임을 알리는 내용은 아무런 열의도 없는 짤막한 한 문장뿐이었다. 에머슨이 결심한 이상 그에게 저항한다는 것은 있을 수 없는 일이었다.[6]

에머슨은 소로의 글에 담긴 그 특유의 풍자를 높이 평가했다. 1840년에 소로가 자신이 쓸 글의 주제로 선정한 리스트(사랑, 소리와 침묵, 호레이스, 그리스 시, 용감한 인물, 여행의 회고 및 자연과 나눈 한담, 음악) 가운데 에머슨의 열화와 같은 자극에 힘입어 〈다이얼〉에 보낸 에세이가 로마의 풍자작가에 관해 고심해가며 쓴 두 편의 에세이 중 하나라는 것은 결코 우연이 아니다. 네로와 동시대인이었던 페르시우스(A.D. 34~62)는 그의 이름을 오늘날까지 전해주고 있는 여섯 편의 짧은 풍자시만 남긴 채 스물여덟 살 나이로 세상을 떠났다. 드라이든이 경의를 표하며 번역까지 했던 페르시우스는 유베날리스과 함께 고전 커리큘럼의 표준 인물이자 모호함과 신랄한 공격, 그리고 열정적이고 일관된 스토아 사상을 가진 시인이었다. 드라이든은 그에게 "모든 장르를 통틀어……가장 고귀하고 가장 너그럽고 가장 자애로운"이라는 거창한 수사를 동원해 감동적으로 경의를 표했다. 페르시우스에 대한 소로의 맨 처음 평가는 드라이든의 평가와 비슷하다. 일단 페르시우스는 호라티우스보다는 조금 아래에 자리하고, 유베날리스와 마찬가지로 남의 결점을 캐기 좋아하는 사람이라고 여겨진다. 그의 시는 "인간의 어리석음을 담아낸 비음악적인 시냇물 소리"다. 드라이든이 "귀에 거슬리는 시행의 거친 운율"을 높이 평가했다면, 소로는 "언어를 개조하는" 시 혹은 음악에서 따온 페르시우스만의 풍자를 예리하게 찾아냈다. "풍자를 따로 노래하지 않는 것"이 페르시우스만의 풍자다. 소로는 말하기를, 문제는 페르시우스가 너무 부정적이며 나쁜 것에 과도하게 빠져 있다는 것이다. 이것은 풍자의 거부와는 한참 거리가 먼 것이다. 소로는 호라티우스를 높이 평가했다. "만일 그가 열정에 사로잡히듯 풍자시에 매료되지 않았다면 풍자시를 그처럼 훌륭하게 쓰지 못했을 것이며, 재기 발랄한 그의 기질을 가슴속에 품지도 못했을 것이다." 호라티우스의 송가에는 미움보다 사랑이 더 많다고 소로는 생각했다. 풍자에 바친 소로 자신의 노력 역시 이와 똑같았을 것이다.[7]

소로는 에세이의 두 번째 섹션에서 갑자기 방향을 튼다. 글로 쓰여진 풍자를 이야기하다 불쑥 풍자의 삶으로 옮겨가는 것이다. "가장 신성한 시야말로, 아니 위대한 인물의 삶이야말로 자연 그 자체처럼 비인격적이면서도 가장 신랄한 풍자다." 에머슨은 과거를 가장 잘 활용하는 방법은 우리 자신의 삶을 텍스트로, 그것도 주석이 달린 책으로 된 텍스트로 여기는 것이라고 말했다.

페르시우스를 호라티우스와 비교하는 것에 만족할 수 없었던 소로는 자신의 신념을 글로 옮기는 데 그치지 않고 자기 신념대로 살려고 애쓰는 동시대 사람들에게 페르시우스가 무슨 말을 해야 하는지 묻고자 했다. 소로는 에즈라 파운드 풍의 냉정하면서도 아주 당당한 목소리로 단언한다. 페르시우스에게는 지나간 역사에 대한 관심과 반대되는 '영원'에 관한 훌륭한 시행이 아마도 20개는 있을 것이라고 말이다. 드라이든이 그토록 감탄했던, 여섯 번째 풍자시에 나오는 난파선에 관한 우아한 수사를 무시하면서 소로는 에세이의 큰 비중을 그 일곱 행을 신중하게 읽는 데 둔다. 두 행을 보자. "사원 바깥에서 수근수근거리고 작은 목소리로 속삭이는 사람이 / 공개적인 맹세까지 하면서 살기란 쉽지 않다." 소로는 이 두 행을 통해 온 세상에서 자신만의 공개된 사원을 발견하는 "진정한 종교적 인간"과 어느 건물 안의 숨겨진 장소에서 "신과 비밀거래를 하고자" 하는 사람들의 "주도 면밀한 프라이버시" 간의 차이를 분명히 밝힌다. 이 차이는 들판과 숲이라는 '열린 종교'와 교회라고 하는 비밀스러운 '닫힌 종교' 사이의 차이다.

에세이의 백미는 '즉흥적인 삶'에 반대하는 세 번째 풍자를 살짝 비틀어 소로 특유의 역설로 가볍게 바꿔놓은 것이다. 소로는 '즉흥적인 삶'을 문자 그대로 받아들여 아무런 준비 없이 되는대로 산다는 의미를 과감히 없애버린다. 대신 시간의 바깥에서 살아가며, 통상적으로 하듯 물리적인 시간의 제약을 의식하기 보다는 최대한 전인적으로 살라는 주문으로 이해한다. 소로는 말한다. "현자의 삶은 무엇보다 사전 준비가 없다. 왜냐하면 그는 모든 시간을 아우르는 영원 안에서 살아가기 때문이다." 에머슨이 알려준 "역사"라는 렌즈를 통해 페르시우스를 번역하면서 소로는 이렇게 주장했다. "모든 의문에 대한 답은 지금 현재에 달려있다. 시간은 단지 시간 그 자체를 그릴 뿐이다." 소로의 페르시우스는 제도권의 도그마 같은 폐쇄적 신조들에 맞선 열린 종교의 느낌을 준다. 동시에 지금 이 순간의 절대적인 가치를 열의를 다해 명명백백하게 밝힐 것을 주장하며 스토아 사상을 넘어 초월주의로 간 것이다.[8]

18

기쁨은 인생의 필요조건

1840년 6월 엘런 수얼이 다시 콩코드를 찾았다. 한 해 전 그녀가 다녀갔을 때 소로는 형과 함께 보트를 타고 메리맥 강을 여행했었다. 이번에도 소로는 여행을 떠올렸고, 노트를 꺼내 짧았던 여행에 관한 이야기를 써내려 가기 시작했다. 그는 소리에 관한 몇 가지 훌륭한 묘사를 포함해 꽤 괜찮은 문장들을 적어갔는데, 어둠 속에서 마치 "전세계를 다 깨워 그 멜로디에 맞춰 행진하도록" 북을 쳐대는 시골구석의 고수鼓手를 떠올린 것 같았다. 이해 여름 그는 보고 듣는 것보다 철학을 탐구하는 데 많은 시간을 보냈다. 그의 노트에는 훗날 《일주일》로 출판할 책에 담길 독특한 생각들이 처음 나타난다. 그는 종교를 사회적 연결고리이자 뭔가 제약하고 제한하는 것이라고 보았다. 이 세계에 대한 더 나은 설명, 더 앞설 뿐만 아니라 더 만족스러운 설명을 위해 그는 이제 비로소 역사로 기록된 맨 처음 시대를, 그리고 신화와 원시적인 시로 표현된 전사前史 시대를 들여다본다. 이런 주제들 외에도 《일주일》을 완성하는 데 뼈대가 된 다른 이야기들이 소로가 실제 여행을 하면서 겪은 자질구레한 사건들과 한데 섞여 나온다.

마치 지금 일고 있는 강렬한 철학적 열의와 균형을 이루듯 그는 자기 자신에게 상기시킨다. "우리 인생이 전적으로 도덕적인 것은 아니다. 그 실제 현상은 편견 없이 연구돼야 한다."[1]

그가 생각한 것과 관찰한 것들 사이에서 훗날 처녀작으로 만들어질 기본적인 사고의 틀이 서서히 드러나기 시작한다. 춘분을 축하하고 있는 3월 21일자 일기는 여행을 향한 들뜬 기분이 넘쳐난다.

어느 해 봄에는 페루의 우편배달부가 되어 있을지 모른다. 아니면 남미의 개척농부, 혹은 시베리아의 유배자, 그린란드의 고래잡이, 컬럼비아 강변의 정착민, 캔턴의 상인, 플로리다의 군인, 케이프세이블의 고등어잡이, 태평양 외딴섬의 로빈슨 크루소가 될지도 모르고, 그저 묵묵히 아무 바다나 항해하는 뱃사람이 될 수도 있다. 선택지는 너무나 많다.

당연히 대부분은 가능성 제로다. 소로는 여행을 떠나겠다든가 앞으로의 자기 운명을 개척해보겠다는 의도를 밝힌 게 아니다. 요점은 자신이 어디로 갈 것인지, 가야 할지 말아야 할지를 선택할 자유가 있다는 것이다. 그는 이 점을 확실하게 깨닫고 있다. 굳이 억지로 머물러 있어야 할 필요는 없다. 그는 말한다. "운명 덕분에 우리는 땅에 뿌리 박혀 있지 않고, 또 여기가 세상 전부도 아니다. 우리는 사계절을 계속 이동하며 살아가는 버펄로와 경쟁하지 않을 것인가? 버펄로는 옐로우스톤의 풀이 더 푸르고 더 달콤해질 때까지만 콜로라도의 들판에서 풀을 뜯어먹는 것이다." 그리고 어디로든 여행할 수 있고 선택할 자유마저 있으니 이제 자신이 여행하고자 하는 방향이 처음으로 분명하게 보인 것이다. "우리 몸뚱어리는 사실 충분한 공간을 갖고 있다. 한쪽 구석에서 녹이 스는 것은 우리 영혼이다. 그러니 멈추지 말고 과감히 내면으로 들어가 보자. 매일같이 서쪽 지평선을 향해 조금씩 더 가까이 우리 텐트를 세워보자."[2]

자기 발견, 극기, 내면으로 들어가기, 이런 것들은 《일주일》의 큰 틀을 짜는 원칙일 뿐만 아니라 소로의 남은 인생 대부분을 만들어갈 원칙이기도 했다. 그는 8월 중순까지 이 같은 통찰을 더 깊이 파고들었다. 그리고 마침내 더 성숙해진 스타일의 멋들어진 표현과 구절들을 발견했다. "여행을 하고 '새 땅을 찾아내는' 것은 새로운 생각을 하는 것이고, 새로운 상상을 하는 것이다. 사념의 공간 안에서는 땅과 물의 경계가 인간이 오고 가는 것의 범위를 넘어선다. 풍경들은 그 안에 충분히 있다." 11월에 그는 희망에 부풀어서 썼다. "도서관에서 귀중한 나날들을 보낸 한 인간의 전기는 아마도 반도전쟁Peninsular campaigns만큼이나 흥미로울 것이다."[3]

소로는 이해 봄과 여름, 많은 시간을 꼭 도서관이 아니더라도 조용히 앉아서 책을 읽으며 보냈다. 일기는 아리스토텔레스와 에우리피데스, 크세노폰, 탈레스, 플로티누스에 관한 언급들로 가득 차있다. 그는 커드워스의 《우주만물의 진정한 지적 시스템True Intellectual System of the Universe》을 음미하며 천천히 자기 방식대로 일을 해나갔다. 철학에 관심이 있었던 그는 봄과 초여름 동안 체계적으로 정리한 철학 서적을 보기 시작했다. 커드워스를 시작으로 7월에는 페넬론의 《철학자의 삶Vies des Philosophes》을, 가을에는 드제랑도의 《비교역사학Histoire comparée》을 읽었다.[4]

커드워스는 17세기 케임브리지의 플라톤주의자 가운데 선도적인 인물이었다. 그는 청교도 혁명 후 세워진 영국 공화정에 우호적이었고, 신비주의로 기울지 않으려 애썼다. 그의 위대한 작품들은 감히 저항할 수 없는 제목과 함께 소로에게 호소력 있게 와 닿았다. 소로가 살았던 19세기식으로 말하자면, 커드워스의 주된 목표는 "운명론자들에 대항해 각자가 행동의 자유를 확고히 하는 것"이었다. 그의 책에서 유명한 네 번째 장은 꽤 많은 분량인데, 고대 우상숭배에 원시적인 일신교가 포함돼 있음을 보여줌으로써 홉스를 결정적으로 논박하고 있다. 그 외의 다른 몇 가지 증거들 가운데서도 소로의 주의를 끌었던 것이 플라톤의 《티마이오스Timaeus》에 관한 프로클러스의 주석에서 나온 매혹적인 구절들이다. 여기서는 종교적 경외감과 신앙심을 기독교 유일신을 향한 찬송가와 연결 짓는 대신 제우스와 직접 연결한다.

제우스가 처음이었고, 제우스가 마지막이었다, 번개를 내려치는 이였으니
제우스가 머리고, 제우스가 몸통이다, 모든 것은 제우스가 만든 것이니
제우스는 남성이고, 제우스는 불멸의 여성이다
제우스는 대지의 기반이자 별이 총총한 하늘의 기둥이다.

소로는 시행은 물론 그 발상에 매혹됐다. 그는 더 나은 텍스트(에우세비우스의 《복음서 편찬Praeparationis Evangelicae》에서)를 찾아내 "불과 물과 대지와 하늘과 밤과 낮 / 그리고 지성인, 선구자, 큰 기쁨을 가져오는 사랑"의 중심인 "모든 것의 통치자"를 향한 프로클러스의 경의를 되풀이해서 번역했다.[5]

오르페우스가 노래한 이 시행은 현존하는 다른 고전 구절들에서는 볼수 없는, 그리스 신화가 어떻게 그리스인의 종교적 태도를 표현했는지 알려준다.(마가렛 풀러가 《19세기 여성》에서 인용한, 아이시스의 모습에 대한 아풀레이우스의 설명은 또 다른 것이다.) 프로클러스의 오르페우스 시행들은 기독교유일신을 향한 찬양과 아주 유사하게 들린다. 의심할 바 없이 소로는 무슨 이름이 됐든 전지전능하신 모든 이의 아버시에 대한 호소에 감응했시만 《일주일》에서는 제우스가 어떤 면에서 여호와보다 더 이끌렸고, 반드시 남성이라기 보다는 자연에 훨씬 더 가깝다고 썼다. 소로는 기독교에 대해 뭔가 응어리진, 그리고 환경에서 오는 충동적인 생각을 갖고 있었는지 모른다. 그가 살았던 시대나 고향에서는 누구도 기독교로의 문화 변용을 피해갈 수 없었을 것이다. 하지만 그는 더 넓고 더 오래된, 특히 이세상에 대한 종교적 감응을 위한 그리스식 토대를 찾으려 부단히 애쓰고 있었다.[6]

1840년 여름은 에머슨을 둘러싼 콩코드 서클에게 바쁘고 흥분된 시간이었다. 숱한 토론이 오갔던 새 잡지가 마침내 〈다이얼〉로 태어났다. 모두들 사명감과 모험심으로 부풀어올랐다. 에머슨과 마가렛 풀러는 편집과 관련된 문제로 계속해서 편지를 주고받았다. 에머슨은 "서클Circles"에관한 에세이를 쓰는 한편 채닝의 시를 교정했다. 그는 자신이 고독하며, 사실 고독이 필요하다고 말하기도 했지만 이 무렵 그의 편지를 보면 평소와 달리 따뜻하고 감정 어린 표현이 자주 나타난다. 마가렛 풀러는 그녀주위의 모든 것들이 개방적이고 정직하고 전념하는 것이어야 한다고 강조했고, 사실상 이를 고집하는 방식으로 임했다. 그녀는 감정이 격해지는것을 전혀 두려워하지 않았을 뿐만 아니라 오히려 즐기는 편이었다. 게다가 그녀는 그것을 자신의 중심 주제로 삼았고, 다른 사람들에게도 그것에 대해 말해보라고 권했다. 그녀와 대화할 때 에머슨의 목소리는 부드럽고 고마워하고 추켜세우기도 하고 고백하는 것 같기도 했다. 굳이 한마디로 얘기하자면 자상한 편이었는데, 과연 아내 리디아가 이런 편지를 보고 어떤 생각을 했을지 궁금하다.

친애하는 마가렛에게, 수요일에 보내준 그대 편지에 고마움을 전합니다. 그리고 빠르게 흘러가는 세월 속에서 지금까지 이끌어냈고, 지금도 여전히 이끌어내고 있는 기쁨에 대해 감사합니다. 그대에게, 우리 친구들에게, 프레이머에게, 모든 아름다움과 사랑의 영감을 주는 이들에게 한층 더 감사한 마음을 전합니다. 나는 절대로 내 오래된 냉소적인 버릇으로는 돌아가지 않을 것입니다. 고귀함이 곧 사랑이며, 보는 것 그 자체가 기쁨이라고 믿을 것입니다.[7]

〈다이얼〉 창간호는 7월 초에 나왔다. 흐린 갈색 표지에 언뜻 보면 〈크리스천 이그재미너〉 같은 그 무렵의 여느 잡지와 비슷했다. 에머슨은 잡지 디자인이 너무 조심스럽고 서체는 너무 작아 읽기 어렵다고—시를 인쇄한 활자는 특히 작았다—생각했다. 그는 이제 갓 태어난 잡지를 향해 좀 단조롭다고 용기 있게 고백했다. 그가 보기에는 과감하게 치고 나가는 게 부족했고 "별 것 아닌 사소한 관습 따위에 너무 신경을 쓴 것" 같았다. 그럼에도 불구하고 잡지는 세상에 나왔고, 산파 역할을 한 그룹은 기쁨에 휩싸였다. 초월주의 클럽은 더욱 강해졌다. 서클은 확장됐고, 더 많은 여성들이 새로 들어왔다. 오로지 설교로만 개혁을 이야기하는 데 지친 조지 리플리는 자신의 생각을 보다 현실적이고 효과적인 방식으로 실행에 옮기기 위해 5월 말 교회를 그만두었다. 리플리와 올콧, 에머슨은 여러 방안 가운데 대학을 새로 설립하는 것을 고려했다. 사회 개혁을 위한 시간이 비로소 시작된 것 같았다. 무엇이든 가능했다. 몇 달 지나지 않아 브룩팜 공동체가 구체화될 터였다. 분위기는 새로운 출발로 달아올랐다.[8]

〈다이얼〉이 창간되면서 소로는 어엿한 등단 작가가 됐다. 그의 작품은 적어도 에머슨이라는 독자가 있었고, 그는 다양한 주제로 새로운 글을 쓰느라 분주했다. 그의 나이도 어느새 스물셋이 됐다. 존이 시추에이트로 가서 엘런 수얼에게 청혼하고, 곧이어 거절당하고, 그러는 동안 소로는 자신을 둘러싼, 또 안에서 불타오르는 창작열로 한껏 고양돼 있었다. 이 시기의 일기를 보면 주제가 매우 다채롭고 생기가 넘쳐나며 분량도 많다. 그는 영웅주의에 대해, 개혁 운동에 대해, 열정에 대해, 인간 내면의 신성함에 대해, 음악에 대해, 미술에 대해, 영광스러운 강장제인 아침에 대해 썼다. 엘런이 존의 청혼을 받아들이지 않았으니 이제 소로에게 기회가 온 셈이었다. 게다가 그의 문학 이력은 충분히 가능성이 있어 보였다. 그는 희망으로 가득했고, 일기에 특유의 자제하는 표현 가운데 하나가 될 문장을 적어두었다. "그래, 기쁨이야말로 인생의 필요조건이야."[9]

19

훌륭한 행동은 열정의 산물

🌿

1840년 여름과 가을 소로가 읽은 것들 대부분은 이미 자기 나름대로의 시각을 갖고 있던 측량과 역사에 관한 책들과 철학 선집이었다. 커드워스가 쓴 객관적이고 포괄적인 《우주만물의 진정한 지적 시스템》에서 시작해 7월에는 페넬론의 《철학자의 삶》으로 갔다. 커드워스는 소로를 프로클러스와 오르페우스로 이끌었고, 페넬론은 솔론과 피타쿠스, 바이아스로 인도했다. 9월에는 드제랑도의 《비교역사학》을 공부했는데, 저자와 책 모두 초월주의자들이 매우 좋아하는 것이었다. 이 책을 공부하면서 소로는 그리스 철학, 특히 탈레스의 사상에 흥미를 느꼈다. 소로는 그리스 철학뿐만 아니라 그것을 개괄하고 시스템화하려는 현대의 다양한 시도들에 대해서도 마음이 끌렸던 게 틀림없다.[1]

이 무렵 드제랑도가 대중적으로 인기를 끌게 된 이유는 1804년에 나온 초판본을 크게 늘려 1822년에 출간한 두 번째 판版 덕분인데, 크로이처의 《고대 민족의 상징과 신화Symbolik und Mythologie den alten Volker》처럼 아주 유명한 책들에서 그 존재감이 뚜렷이 드러나는 동양사상에 자신이 새로

이 관심을 갖게 된 이유를 설명했기 때문이다. 물론 이것이 소로가 드제 랑도를 집어 든 직접적인 이유는 아닐지 모른다. 하지만 이해 여름은 그가 동양사상 및 동양고전과 진지하게 관계를 맺은 시기였다.

소로는 사실 동양에 대한 관심의 끈을 한시도 놓치지 않았는데, 이 시 기에는 특히 중동 지역에 집중했다. 1834년에 그는 알-아스마이의《안타 르, 한 베두인의 로맨스Antar, a Bedoueen romance》를 읽었고, 1837년에는 하 메르-푸르그슈탈이 고대 페르시아의 로맨스를 각색한《와믹과 아스라 Wamik and Asra》를 읽었다. 1838년 여름에는 공자를 우연히 접해보기도 했고, 페르시아의 조로아스터교 신자들에게는 신성한 고대 성전인《젠 다베스타Zendavesta》도 잠시 살펴봤다. 그러나 1840년 8월로 접어들면서 그의 호기심은 페르시아에서 인도로 옮겨갔다. 그는 습관처럼 아주 꼼 꼼하게 힌두교 서적들을 읽어나가기 시작했다. 휴 머레이의《영국령 인도 의 역사와 개요History and Descriptive Account of British India》와 오클리의《사 라센 역사History of the Saracens》, 그리고 바스코 다가마의 인도 발견에 대 해 쓴 16세기 포르투갈의 위대한 서사시인 카몽이스의《루시아드Luciads》 까지 읽었다.

그러나 이해 여름 소로를 그야말로 감동시킨 책은 인도에 관한 서양의 해설서가 아니라 인도 고유의 위대한 성전인《마누법전The Laws of Menu》 이었다. 그가 읽은 책은 윌리엄 존스 경이 번역한 것을 콜루카의 주해를 곁들여 출판한 것인데, 소로는 이 책을 통해 고대 인도에도 유대-기독교 만큼 수준 높고 찬란한 철학과 종교 문화가 있었다는 확실한 근거를 처 음으로 직접 찾아냈다.(당시 미국에서는 어느 대학에서도 산스크리트어를 가르치 지 않았다는 점에서 '직접 찾아냈다'고 할 수 있다.) 다시 말해 18세기가 끝나갈 때까지도 서양에서는 전혀 몰랐던 문화가 고대 인도에 있었다는 사실을 발견한 것이다. 이제 소로는 인류와 모든 인간의 문화가 동양에서 기원했다고 하는 주장―프리드리히 슐레겔이 분명하게 밝혔고, 당시 널리 퍼져있었을 뿐만 아니라 드제랑도를 통해 크로이처로부터도 얻을 수 있었던 주장―을 알게 됐다. 그는《마누법전》을 읽고 나서 영감처럼 떠오른 생각들을 1840년 8월의 뜨거운 열기 속에서 적어나가기 시작했다. "거기에 회색 빛 사원과 대지에서 튀어나온 반백의 산마루가 있는 것을 상상 속에서 본 것 같다. 거대한 인도 평원은 북쪽과 남쪽으로는 히말라야와 대양 사이에 컵처럼 자리잡고 있고, 동쪽과 서쪽으로는 인더스 강과 브라마푸타 사이에 있는데, 마치 인류의 요람처럼 그곳에서 태고의 인류를 맞이했던 것이다."[2]

이해 8월에 쓴 소로의 노트는 훗날 거듭해서 작업하게 될 예리한 통찰들로 가득 차있다. 여느 때처럼 그가 관심을 두고 있는 위대한 철학적 진실이나 역사적 통찰은 말 그대로 그가 사랑하는 일상의 자연에 바탕을 둔 것이었다. "나는 히말라야의 남쪽 지표면을 덮고 있는 '소나무와 낙엽송, 가문비나무, 은빛전나무'를 읽고 싶다." 역시 평소처럼 그는 고대 인도를 본질적으로 현대의 뉴잉글랜드와 전혀 다르지 않게 이해하려고 노력했다. 《마누법전》을 "아시아가 가진 두뇌의 단편적인 사고들"이라고 단정 짓기 보다는 "대단해 보이는 현대의 창작물들이 실은《마누법전》을 베낀 것에 불과하다"고 상상하기를 더 좋아했다.[3]

1840년 여름과 가을에 그가 읽은 책은 일관된 공통점을 갖고 있었는데, 《성경》 중심의 유대-기독교 세계관이 세상만사를 설명해주는 유일한 것이 아니며, 반드시 최선의 것도 아니라는 것이었다. 그가 그리스 철학의 도덕적 이상주의를 여전히 기독교 윤리처럼 적용 가능한 것으로 이해했듯이 《마누법전》 역시 문화의 근본이 되는 기록으로서 모세의 율법과 완벽하게 비견될 수 있는 것이었다. 가을에 그는 기번의 《자서전Autobiography》과 라일의 《지질학 개론Principles of Geology》을 읽고서 라일의 책을 아주 냉정하게 평했다. "인간이 오류를 범하는 존재라는 사실을 납득시키기란 무척 어렵다……화석이 유기체라는 사실을 입증하는 데는 100년의 세월이 걸렸고, 이로부터 150년이 더 지나서야 그것들이 아득한 옛날 노아 시대의 홍수를 가리키는 게 아님을 입증할 수 있었다." 아마도 1859년에 다윈의 《종의 기원Origin of Species》이 처음 출간되자 소로를 비롯한 콩코드 사람들이 이 책의 의미를 신선한 충격으로 받아들일 수 있었던 이유는 이미 오래 전부터 발전론 혹은 진화론이 서지적인 권위를 갖고 있다는 것을 알았기 때문이다. 그는 적어도 1840년 이후에는 오로지 기독교 세계관만 갖는 것의 한계와 맹점을 정확하게 인식하고 있었다.4

이해 여름과 가을 그는 독서를 통해 광활한 사상의 신세계를 탐험하고 측량하는 한편 글쓰기에서도 새로운 형식과 소재를 구하고 있었다. 그는 페르시우스에 관한 글과 시 "공감"이 〈다이얼〉에 실린 것을 보고 힘을 얻었는데, 에머슨의 지원은 반가웠지만 어떤 식으로 방향을 잡아야 할지에 대해서는 여전히 불확실했다. 그는 이해에 시는 거의 읽지 않았고, 그가 쓴 몇 편 안 되는 시도 단 한 편을 제외하고는, 그의 작품치고는 수작秀作이라고 할 수 없는 것들이었다. 뭔가 대놓고 불만을 드러내기 좋아하는 전통적이면서도 낭만적인 젊음 같은 게 엿보이는 정도였다. 탄식조의 시구詩句들은 공허하기만 하다. 그러다 보니 강렬하게 용기와 행동이라는 주제를 치고 나가는 그의 산문과 우습다고 할 만큼 대비된다. 3월에 쓴 시는 이렇게 시작한다. "벌써 20년 하고도 2년이 더 흘러갔건만 / 나의 내면은 여전히 가난할 뿐, 새들은 벌써 그들의 여름을 노래하고 있는데 / 나의 봄은 아직 시작도 하지 않았으니." 그리고 8월에는 여전히 아무 일도 하지 않으며 한가하게 지내면서 발칙하게도 자신이 전혀 영웅처럼 느껴지지 않는다고 썼다. "창백한 뺨과 움푹 들어간 눈으로 노래했던 시절이 있었지 / ……그럴 때 대체 어떤 영웅이 바다 건너로 나갈 수 있었겠는가 / 한갓 보잘것없는 이였다면 모를까." 이렇게 시작한 뒤 그는 불만을 자신에 대한 자책으로 쏟아낸다. 그러고는 "비난하는 듯한" 곡조를 듣고, 상상 속에서 거대한 "전투대형을 갖춘 군대"를 보고 씁쓸하게 결론짓는다. "나 홀로 있는 곳이 그저 좋았고, 덕분에 주위가 온통 전쟁을 벌이는 동안에도 나는 평화를 꿈꿨다." 이런 기분으로 한 편의 훌륭한 시를 생산해냈다. "그런 게 인생Sic Vita"이라는 제목을 붙인 이 시는 형식에 전혀 구애받지 않았고, 직설적이면서도 딱딱하지 않고 우아한 리듬이 특징적이다.

> 나라는 존재는 헛된 노력을
> 우연히 끈으로 한데 묶어놓은 꾸러미
> 이러 저리 바람에 흔들거리니, 그 매듭
> 너무 느슨해져 풀려버릴 것 같다
> 생각하건대
> 날씨가 더 온화해져야 하리.

에머슨이 정확히 간파했듯이 소로의 전기는—혹은 적어도 그것의 일부는—그의 시에 있다. 왜냐하면 그는 주위 사람들 전부가 산문에 빠져있을 때도 일관되게 시를 꿈꿨기 때문이다. 그가 1840년에 쓴 시들은 자신에 대한 의구심과 낙담을 드러내고 있는데, 그 무렵 산문과 심지어 일기에서는 이미 이 같은 것들을 극복하기로 결심했음에도 그렇다. 그는 여전히 "지고의 품격은……압운押韻에 있다"고 확신했고, 글로 쓴 제일 위대한 작품은 언제나 시가 될 것이라고 믿었다. 하지만 이 무렵에 쓴 시조차도 주로 고백하는 내용이었다. 그렇게 힘으로써 스스로 의욕을 깉고, 자신의 약점에 대한 실망감과 우려를 씻어내고자 한 것이다. 그의 산문은 이미 그가 충분히 덤벼볼 만한 형식이었다. 산문에 쓴 문장과 구절 하나하나는 그의 시에 나오는 어떤 것보다 나았다. 이 점은 일기를 보면 더욱 두드러진다. "인간의 훌륭한 행동은 열정의 산물이다." 혹은 "나는 거리를 바깥이 아니라 안으로 잰다. 갈비뼈가 있는 인간의 가슴 안에는 어느 누구의 일대기도 쓸 수 있을 만큼 충분한 공간과 경관이 있다." 소로는 시를 쓰면서는 어쩔 수 없이 자신의 감정과 바람을 드러냈다. 반면 그의 산문은 자신이 걷고자 하는 인생, 바야흐로 창조하고자 하는 인생을 향해 거침없이 나아갔다.[5]

8월 셋째 주를 전후해 그는 엘리자베스 시대의 로맨스와 대담함을 상징하는 월터 롤리 경의 인생과 작품에 대해 써나가기 시작했다. 소로는 롤리 경의 용기를 좋아했는데, 특히 법정에서 수세에 몰리거나 도전 받을 때의 용기에 찬사를 보냈다. 그의 군인다운 자기 확신, 그리고 작가와 전사의 특성을 모두 겸비한 탁월한 능력을 높이 평가했다. 그의 글은 인생 그자체, 특히 적극적으로 살지 않고서는 절대로 터득할 수 없는 대담함을 지녔다는 게 소로의 생각이었다. 그러나 막상 롤리 경에 관해 쓴 것은 짤막한 습작 몇 편이 전부였고, 이해에 그가 쓴 대표적인 산문은 〈더 서비스

The Service)라는 에세이였다. 앞서 소로는 에세이 〈용기에 관한 장〉을 몇 번이나 고치고 다시 썼는데, 에세이를 다 작성한 후에도 이 에세이에 관한 부연설명이 일기에 가득했을 정도다. 주제는 영웅주의에 관한 것이라 그 나름대로 훌륭한 것이었다. 그는 영웅주의를 자율적이고 용기 있으며 자유롭게 서 있는 독립된 개인을 의미하는 것이라고 이해했다. 어떤 시각에서 보자면 그것은 소로에게 중심이 되는 유일한 주제다. 그러나 그가 맨 처음 이 주제를 다룬 글은 에머슨의 영향이 너무 강했고 너무 추상적이었다. 게다가 꾸민 듯한 모호함과 파악하기 힘든 말들로 가득 차있었다. 그러다 보니 인생이라는 전쟁에 몸을 바치러 가는 신병 혹은 새로 입대한 군인의 어렴풋하지만 일반화된 모습을 이해하기 쉽게 묘사하기가 힘들었다. 페르세우스에 관한 글이 그랬듯이 이 에세이도 마치 격언처럼 많은 함의를 품고 있고 너무 비밀스러우며 따라가기가 정말로 어렵다. 결국 그가 쓰고자 했던 롤리 경에 관한 글은, 하나의 주제를 다루는 데는 추상적이고 모호한 생각보다는 실제로 존재했던 역사적 인물을 중심으로 하는 것이 더 나은 방식이라는 점을 알려준다. 그러나 군대가 아무리 강제적인 집단이고, 그의 글이 아무리 점잖은 스타일이라 해도 용기라고 하는 주제는 1840년 대부분의 기간 동안 소로를 사로잡았고 거의 붙잡아두었다는 점은 의심할 나위가 없다. 에머슨 역시 이해 가을 내내 똑같은 주제로 글을 쓰고 있었다. 훗날 〈자조론〉이라는 에세이로 발표될 작품이었다. 에머슨은 한편으로 조지 리플리로부터 공동체를 이뤄 살아가는 삶을 실험하는 데 창립회원이 되어달라는 제안을 받았는데, 이 요청을 수락할 것인지 여부를 놓고 평소와는 달리 무척 고심하며 시간을 보냈다.[6]

소로 역시 무언가의 사이에 낀 것 같은 느낌이었다. 가족이 있었고, 엘런 수얼이 있었고, 에머슨이 있었고, 올콧을 비롯한 여럿이 또 있었다. 그가 다른 이들에게 갚아야 할 게 있다면 자신에게 갚아야 할 것은 무엇인가? 그의 에세이는 용기의 필요성에 대해서는 단호하게, 겁쟁이에게는 경멸적으로 분노를 표한다. 스스로 도저히 없애버릴 수 없었던 잘못된 군인비유에도 불구하고 이 에세이 또한 자립에 관한 것인데, 표제로 베르길리우스의 문구("각자가 그 자신의 희망을 갖고 있다")를 인용하며, 수수께끼 같은 베다의 화려한 수사로 시작한다. "용감한 자는 창조주의 장자長子로, 의기양양하게 그의 유산으로 들어선다. 하지만 창조주가 그의 동생으로 만든 겁쟁이는 죽을 때까지 참고 기다리기만 한다."7

1840년 11월의 첫날 소로 집안의 나이 어린 아들이 용기를 내 엘런 수얼에게 프러포즈하는 편지를 썼다.

우리 사랑의 태양은 바다에서 해가 솟아오르듯 소리 없이 떠올랐을 것입니다. 그리고 우리 두 선원은 긴 낮이 영원히 지속되듯 열대 바다를 휘젓고 다니는 우리 자신을 발견했을 겁니다. 그대는 태양이 바다에서 어떻게 솟아오르는지 마치 절벽에서 본 것처럼 분명히 알고 있을 겁니다. 그대는 그 광경에 놀라지 않겠지요. 모든 것이, 그리고 그대가 바로 저 태양이 솟아오를 수 있도록 힘이 되어주고 있는 겁니다.

엘런은 아버지에게서 가르침을 받은 대로 11월 9일 소로에게 청혼을 거절하는 편지를 썼다. 편지가 도착한 11일경에 소로는 새로운 수준水準 측정기를 갖고 강 인근 지역을 측량하고 높이를 잰 뒤 이를 기록했다. 바로 이틀 전 그는 "바깥이 아니라 내 안의 거리를 재고 있다"고 썼다. 갑자기 모든 게 역전된 것이다. 바깥을 측량하는 것은 덜 고통스러웠다. 그의 일기는 고갈된 것처럼 보인다. 11월 후반부에는 일기에 아무것도 없다. 12월 1일 마가렛 풀러는 〈다이얼〉에 〈더 서비스〉를 싣지 않기로 결정했다는 편지를 썼다. 흥미롭게도 그는 이런 상실감과 실패의 징후를 이미 느끼고 있었다. 11월 7일에 쓴 일기를 보자. "그렇게도 밝은 낮의 결과가 이처럼 어두운 밤이 되리라고는 생각하지 않았다." 불과 얼마 전까지도 그는 "기쁨은 인생의 필요조건"이라고 확신했다. 그랬던 그가 엘런으로부터는 연인으로 거절당하고, 마가렛 풀러로부터는 필자로 거부당했다. 그는 낙담했을 것이다. 그래서 어쩌면 〈더 서비스〉의 중요한 비유가 더 적절하게 느껴졌을지 모른다. 인생은 끊임없는 전쟁이다. 그는 단지 두 번의 큰 전투에서 패배했을 뿐이다. 늘 그랬듯이 지금 필요한 것은 용기였다.[8]

20

그저 바라보는 것만으로도

에세이가 실리지 못했다는 사실은 소로의 자존심에 큰 상처를 입혔다. 아마도 작가라고 하는 자기 확신도 흔들렸을 것이다. 엘런 수얼을 잃은 것은 감정적으로 큰 타격이었다. 터놓고 이 문제를 토로하거나 표현할 마땅한 수단도 없었던 그로서는 마음에 더 깊고 심각한 상흔이 남았을 것이다. 그는 이전에 종종 그랬듯이 시로 돌아갈 수는 없었다. 어쩌면 그럴 수 있었을지도 모르지만 그렇게 하지 않았다. 그녀를 잃은 데 대해, 자신이 받은 부당함에 대해 보상이라도 하려는 듯 그는 사람들 세상에서 빼앗긴 감정적 지지를 얻기 위해 자연 세계를 향해 안이 아니라 바깥으로 돌아섰다. 보상 차원의 이 같은 방향 전환이 인간계界와의 완전한 결별은 아니었다. 12월 내내 그의 일기는 우정과 여성, 사회 같은 것들에 관해 아주 진솔하게 관찰한 이야기들로 가득 차있다. 그런데 이제 새로운 것을 더해서 쓰게 된 것이다. 바깥의 자연이 그의 감각에 호소하는 대로, 또 그것이 그의 감정에다 대고 주장하는 대로, 그는 자연을 절실하게 느끼고 이해했다. 이보다 더 중요한 것은 그것을 강렬하게 표현한 것이었다.

과도할 정도의 기쁨과 허기마저 느끼면서 그는 겨울 숲으로 긴 산책을 나갔다. 수달이 집을 옮겨간 발자취를 게걸스럽게 따라가보는가 하면, 옥수수 들판에서 솟아나는 어린 소나무들을 자세히 관찰하기도 했다. 모든 것이 경이로웠고 아름답게 와 닿았으며 기운이 솟구치게 했다. "들판에서는 빛과 그림자가 나의 음식이었다. 어쩌면 모든 나무들이 그리도 태양을 속삭이고 있는지……나무의 우듬지처럼 아름다운 것은 또 없다." 그는 언제나 야외를 좋아했고, 늘 그것에 의지하고 있다고 느꼈다. 대학생이었을 때나 졸업한 뒤에도 그는 매일같이 반드시 산책을 나갔다. 그것은 비로소 적절한 말을 찾아내기 시작한 그에게 육체적으로나 정서적으로 꼭 필요한 일이었다. "호수와 강이 없다면 나는 시들어 말라버릴 것이다." 그는 숲에서도 늘 호수를 찾았다. 말 그대로 "얼어붙을 것 같은 추위 속에서도 소나무의 솔방울과 바늘 같은 잎을 보면 기운이 샘솟는 것" 같았다.[1]

이해 12월 그는 아무도 지지해주지 않는다는 느낌에다 부당한 판결을 받았다는 실망감까지 모조리 한꺼번에 맛봐야 했다. 그럴수록 자연만이 그의 기분과 믿음을 되돌리는 데 어떤 식으로든 변함없이 힘이 되어주었다. 그는 이렇게 썼다. "홀로 자연과 함께 있을 때는 무수한 영향력들이 모든 면에서 나를 지지하고 힘을 준다는 느낌을 받는다." 자연이란 본래 정신이 바깥으로 드러난 것이며, 정신은 자연이 안으로 나타난 것이라는 셸링이나 에머슨식의 사고는 이제 새로운 호소력을 갖게 됐다. "9월 오후의 연무 속에서 본 호수 저 건너편은, 마치 회색 빛 안으로 뻗어있는 것처럼 내 안의 말할 수 없는 기분에 응답해주었다." 그의 마음속에는 이론만으로는 설명할 수 없는 자연이 있었다. 그가 마음에 두고, 또 응답하는 것은 푸른 세상 그 자체—나뭇잎, 날개, 잔물결, 갈대—였다. 그러나 자연 그 자체는 그것을 인식하는 정신 외에는 아무것도 의미하지 않고 아무것도 말해주지 않는다. 소로는 12월 중순에 아주 조심스럽게 썼다. "아름다움은 그것을 받아들이는 데 있다. 태양이 호수를 가로질러 숲으로 비쳐드는 것을 볼 때면 나는 그저 바라보는 것만으로도 한없이 부유하게 느껴진다." 자연은 사람으로부터 벗어나 있는 게 아니다. 자연은 우리가 받아들인 것을 반영하고 돌려줄 뿐이다. 우리 자신이 투영한 인간성을 자연은 우리에게 그대로 되돌려주는 것이다. 자연을 바라보니 평범하게 보였다면 그것은 자기 자신을 그렇게 본 것이다. 소로는 결론짓는다. "그러므로 숲은 언제든 인간에게 그의 품성을 내어줄 태세를 갖추고 있다. 그 무한한 자연의 넉넉함 속에서 나는 나 자신의 올바른 자세와 겸손함을, 때로는 나 자신의 용렬함을 본다."[2]

소로에게 자연은 늘 실제로 존재하고 만질 수 있는 것이었다. 그것은 또한 모든 면에서 언제든 읽을 수 있고 즐길 수 있는 텍스트였다. 심지어 멜빌의 이슈마엘(허먼 멜빌의 소설 《모비딕》을 풀어나가는 화자話者로, 에이허브 선장의 광기로 인해 포경선 피쿼드 호가 침몰하자 유일한 생존자로 살아남는다─옮긴이)을 그토록 놀라게 했던 순백색도 소로가 즐겼던 것이다. 12월 19일에는 이렇게 적었다. "호수의 얼음을 덮고 있는 이런 눈 이불은 쓰여지지 않은 공백이 아니라 읽혀지지 않은 공백이다. 모든 빛깔은 백색 안에 있다. 그것은 풀잎이나 하늘처럼 내 감각에 너무나도 깔끔한 음식이다."[3]

1840년이 저물어갈 무렵 소로가 읽은 또 다른 텍스트는 베르길리우스였다. 《농경시》에 쏟아졌던 한때의 대중적 찬사는 사라져버렸다. 드라이든 같았으면 아마도 《농경시》를 최고의 시인이 쓴 최고의 시라고 불렀을 것이다. 《아이네이스》에는 한 번도 큰 관심을 보인 적이 없었던 소로는 늘

《농경시》를 더 좋아했다. 그에게 《농경시》는 지구상에서 가장 위대한 시였다. 너무나 상세해서 종종 농업 지침서로 오해 받아왔을 정도로 《농경시》는 농업을 예찬하고 있는데, 소로가 왜 이 책을 사랑하는지는 금세 알 수 있다. 좋은 땅과 나쁜 땅은 어떻게 구별하는지, 쟁기 손잡이는 어떻게 만드는지(느릅나무 묘목을 원하는 모양으로 휘어서 원하는 두께로 자라도록 하라), 과실수의 접붙이기는 어떻게 하는지(나무줄기에서 새싹이 나오는 지점을 칼로 잘라내 접가지를 끼워 넣는다), 그리고 쟁기질과 김매기, 물 대기, 딱딱한 탈곡용 바닥 만들기, 포도나무를 심고 돌보기, 벌을 관리하기 등을 노래하고 있는데, 이 밖에도 그 세세한 내용은 헤아릴 수 없이 많다. 생기 넘칠 뿐만 아니라 구체적이고 일상적인 사례들이 풍요의 뿔처럼 나와 있고, 그것이 묘사하는 농업의 세계는 소로가 알고 있던 미국 농부의 세계와 너무나도 흡사했다. 이건 틀림없이 《아이네이스》의 세계보다 더 인식 가능한 세계였을 것이다.[4]

《농경시》는 위대한 노동요이기도 하다. 주피터는 황금시대에 종지부를 찍었고, 인간은 노동을 통해서만 얻을 수 있는 훌륭한 것들을 맛보기 위해 일을 해야 했다. 이 시가 진정으로 예찬하는 것은 이 땅 위에서 벌어지고 있는 전인류의 땀 흘리는 시간과 그렇게 해서 수확한 농작물이다. 베르길리우스는 노동을 믿었고, 노동이 가져다 주는 보상과 만족을 믿은 사실주의자였다. 베르길리우스의 농부는 열심히 일했고 세속의 일에 관심이 많았다. 자급자족했을 뿐만 아니라 수확에 만족했다. 노동에 대한 소로 자신의 자세는 사람들이 많이 알고 있는 금욕적인 프로테스탄트 노동윤리보다 베르길리우스의 노동윤리에 훨씬 더 가깝다. 베르길리우스는 다른 방식에서도 소로에게 유용했다. 《농경시》는 계절별로 구성돼 있는데, 문학 작품이 대지의 느낌을 전달하려면 얼마나 디테일하게 묘사해야 하는지에 관해 다른 어떤 작품보다 구구절절하게 보여주고 있다. 소로는 베르길리우스가 이룬 업적을 제대로 알고 있었다. "농사일을 아주 멋진 것으로 만들었다는 점은 정말 높이 평가해야 한다."[5]

이해 12월 에머슨은 곧 출범할 예정인 브룩팜 공동체에 참여해달라는 조지 리플리의 거듭된 요청에 늦게나마 "조금 미안한 마음까지 덧붙여" 거절하기로 했다. 마가렛 풀러는 이해 겨울 보스턴에서 또 한 번의 훌륭한 대담을 가졌다. 이번 대담은 신화에 관한 것이었다. 그러나 소로의 머릿속은 줄곧 월든 호수로 향하고 있었다. 12월 초 그는 "숲 저편에 있는 월든 호수에 대한 생각 덕분에 매일같이 해야 할 일을 앞에 두고도 내가 얼마나 유순해지고 부드러워졌는지 모른다"고 썼다. 12월 말에는 차 한 잔 마시듯 가벼운 마음으로 월든 호수를 이리저리 생각해보고는 간략하게 소개하는 글을 썼다. 제목이 "월든 호수의 전설"인 글의 서두 부분이라고 하면 딱 맞을 구절인데, 호손처럼 그럴듯한 이야기를 태연히 풀어내고 있다.

희미한 안개 속 언덕들 사이로, 마을보다 20피트쯤 높은 곳에 월든 호수가 있다. 월든 호수는 해마다 언덕과 나무들을 장식했던 나뭇잎들이 깊이 녹아 든 정수精髓가 표현된 것이다. 호수의 역사는 물결의 일렁임에서, 물가의 둥글어진 자갈에서, 그리고 호숫가에 자라난 소나무에서 읽을 수 있다.[6]

Henry David Thoreau
A Life of the Mind

3부

1841–1843
매사추세츠의 자연사

21

아무런 스타일도 없이 살아간다면

1841년 초까지 소로의 시는 〈다이얼〉에 어느 정도 일정한 편수로 실리고 있었다. 물론 마가렛 풀러는 그리 열의를 보이지 않았고, 에머슨 역시 젊은 친구가 쓴 시를 곧 냉정하게 대했다. 그러거나 말았거나 소로는 이제 스스로 어엿한 시인으로 여길 수 있었다. 산문은 그리 잘 나가는 편이 아니었다. 페르시우스에 관한 에세이가 출판된 게 벌써 작년 7월이었다. 그의 다른 산문 작품이 빛을 보는 데는 이로부터 2년이 더 흘러야 했다. 그가 1년 가까이 공을 들인 에세이 〈더 서비스〉의 게재가 거절당한 것은 좌절이었다. 하지만 한편으로는 얻은 것도 있었다. 이를 계기로 소로는 진지하게 자기가 쓴 글의 스타일을 돌아봤기 때문이다. 1841년 초 몇 달간의 일기를 보면 처음으로 이 주제를 상당히 폭넓게 다루고 있다. 별도의 노트를 마련해 자신이 읽은 구절들을 따로 옮겨 적기 시작한 것도 이즈음이다.[1]

일기는 소로 자신의 견해와 독창적인 생각을 적는 공간이었다. 그는 말하기를, 일기는 "나의 내면 깊숙이 숨어있는 제일 값진 재능을 바깥으로 드러내고자 하는 피나는 노력이 이루어지는 곳"이라고 했다. 다른 노트는 자신이 읽은 책에서 꼭 기억할 만한 내용을 적어두기 위한 것이었다. 가령 롤리 경이 말한 "완벽한 인간이 되기 위해서는 꼭 필요한 세 가지가 있으니, 타고난 본성과 적절한 훈육, 그리고 습관이다" 같은 것을 적었다. 〈런던 먼슬리 매거진London Monthly Magazine〉에서 읽은 것도 있다. "그러니 이 점을 알아두라, 참으로 초라한 공론가들이여……진심이 전제되지 않는 한 어떤 결론도 진정성이 없다는 것을." 주제와 표현 모두에 너무 민감했던 그는 1월에 쓴 일기에 깊은 사념이 담긴 글을 남겼다. "완벽한 문장은 지극히 드물다." 새로운 노트를 마련해두고, 일기를 더욱 폭넓게 활용한 것 외에도 소로는 앞서 썼던 일기에 담겨있는 내용 전부를, 아니 적어도 자신이 간직하고 싶었던—그래도 수백 페이지 분량에 이르는—것 전부를 돌아보고, 이를 새 노트에 다시 옮겨두었다. 적어도 기계적으로 보면 1월과 2월에 엄청난 양의 필사筆寫 작업을 했는데, 이 과정에서 그는 종종 글을 쓰는 과정 그 자체에 대해 곰곰이 생각해보곤 했다.[2]

그는 2월 초 몇 장의 은판 사진을 본 뒤 이제 막 태어난 사진 예술을 글쓰기에 견주어봤다. "외부에 있는 대상들은 얼마든지 널리 알릴 수 있지만 우리 내부에 있는 것을 바깥으로 드러내기는 쉽지 않다." 소로는 자신이 처음부터 견지해왔던 지론을 끝까지 버리지 않았는데, 글을 쓸 때는 독자가 필자의 느낌을 읽는 데 그쳐서는 안 되며 반드시 서술한 것을 볼수 있도록 해야 한다는 것이다. 그러나 아무리 정확하게 서술한다 해도 그 모습은 어떤 식으로든 내면의 경험과 관계돼 있어야 비로소 '의미 있는' 것일 수 있다. 2월 말에는 작가로서 자신의 약점에 대해 간략하게 평했다. "문장을 쓸 때 나는 마음의 빛깔을 놓친다." 외적이고 독립적이고 객관적이고 사실적인 세밀함은 그 자체로 충분치 않다. 소로는 이제 에머슨도 함께하는 바로 그 신념에 입각해 내면 세계와 바깥 세계 간의 관계를 명확히 하는 데 전력을 기울였다. 에머슨은 "인간과 자연 사이에는 모종의 관계가 있어서 물질에 있는 것이 무엇이든 그것은 마음에도 있다"고 썼다. 1월에 쓴 일기를 보면 소로 역시 이런 관계를 파악하기 위해 애썼음을 알 수 있다. 그는 작가의 시각에서 기본적인 충동은 마음에서 나온다는 점을 충분히 이해하고 있었을 것이다. "자연의 실상이 우리 내면에 있는 마음을 선행한다기 보다는 마음속 실상이 그와 유사한 자연의 실상을 반영한다고 하는 게 더 적절하다." 이렇게 서로 상응하는 사고가 자연 이론으로서 갖는 문제점이 무엇이든 그것은 작가가 글의 소재와 맺는 관계, 또 작가가 독자와 맺는 관계를 설명하는 데 아주 좋은 현실적 의미를 가져다 주었다. 에머슨 역시 《자연》의 '언어' 장에서 "자연 속의 특별한 실상은 마음속의 특별한 실상을 상징하는 것이다"라고 말했을 때 이 점을 의식했을 것이다. 에머슨에게도 말이란 자연 속의 실상을 나타내는 기호였다. 그런 점에서 그의 언어이론은 "말이란 기호의 기호"라고 할 수 있다. 달리 표현하자면 언어와 자연 모두 상징이라는 것이다.[3]

이 같은 초월적 가치관이 말이나 물질에 비해 정신이 우위에 있음을 의미한다 해도 소로는 결코 말 그 자체에 대한 관심의 끈을 놓지 않았다. 그는 언어를 사랑했고 말로 장난치기를 좋아했다. 그는 책을 놓아두는 선반 하나에 가득 찰 정도로 많은 사전을 갖고 있었는데, 미국 특유의 단어와 방언, 사어死語들의 어원과 유래, 발음을 설명한 사전들이었다. 그가 동음이의어 같은 것으로 말장난을 하는 데 보여준 열의와 천재성은 제임스 조이스를 연상시킬 정도다. 조이스처럼 소로도 언어를 분해하고 그것을 다시 조립함으로써 언어를 만들어내는 일에 열심이었다. 역설을 너무 좋아하다 보니 종종 에머슨을 화나게 하기도 했는데, 에머슨은 늘 자신이 기대했던 단어의 정반대 단어를 사용하는 소로의 트릭을 못마땅해 했다. 그는 겨울 숲 속의 하얀 어둠에 대해, 혹은 눈 덮인 나무의 가족 같은 온기에 대해 이야기했고, "가장 똑바로 선 사람은 몸을 완전히 기대고 있는 사람"이라고 말하기도 했다. 소로는 자신이 인간 본성 그 자체에 있는 역설적인 기질을 표현한 것이라고 주장할지 모른다. 하지만 이런 표현은 예측 가능한 괴팍함이나 매우 독특한 버릇, 혹은 대상을 뒤집어엎음으로써 단박에 성마른 판단을 하는 것과 아주 가깝다. 소로가 재치 있는 말장난pun으로 독자들을 사로잡는 솜씨는 이보다 더 재미있고 예측하기도 어렵다. 여기에는 느긋하면서도 명랑한 구석이 있다. 그는 눈 덮인 경치를 묘사하면서 '블랭크니스blancness'라고 하는가 하면, 'pansy(팬지, 삼색제비꽃)'를 'pensee(프랑스어로 pensée는 "생각하다"라는 뜻이다)'로 바꿔 쓰기도 하고, '영혼의 빛soular rays'에 대해 얘기하기도 한다. 단어의 철자와 발음을 이용해 자신이 주의를 기울인 것에 대해 이처럼 용의주도하게 보상을 받아내는 솜씨는 소로가 지닌 시인의 감각 덕분이다. "진정한 행복은 한 번도 찾아오지 않았다. 하지만 그것이야말로 모든 게 운은 아니라는 사실을 증명해주는 것이다." 가능한 의미들을 전부 한데 엮는 기술은 그에게 습관이 됐다. 덕분에 그가 쓴 최고의 작품들은 인유가 풍부하면서도 유머가 넘치는 문장을 갖출 수 있었다.[4]

그는 또 비유적 표현을 더욱 알차게 하고자 노력했다. 소로는 은유와 직유를 장식으로서가 아니라 자신의 개인적인 경험을 글에다 불어넣는 방식이라고 생각했다. 그는 2월에 쓴 일기에 이렇게 적었다. "꾸미지 않은 직유의 진실은 때로 경험만이 줄 수 있는 특별한 인상을 담아낸다." 이즈음 몇 달 사이 그의 문학적 이미지는 경제학으로 이어진다. 수입과 지출, 비용과 이익, 자본과 재산 같은 언어는 불황에 허덕이던 당시 몇 년째 피할 수 없는 용어였다. 소로는 이런 단어들을 살아가는 일에 대한 은유로 재미있게 사용했다. 그는 짐짓 무게를 잡고서 이렇게 썼다. "통상 자본이라고 하는 것과는 전혀 별개인, 정말로 꼭 필요한 자본은 바로 깨끗한 의식과 단호한 결의다."[5]

소로는 에머슨으로부터 많은 가르침을 받았고, 1841년 1월과 2월을 지나며 두 사람은 한층 더 가까워졌다. 그는 에머슨을 "마스터"라고 불렀다. 두 사람의 우정에 대해, 자신이 "최근 부쩍 성장한 것"에 대해 꾸밈없이 애정을 섞어 말했다. 소로는 에머슨이 쓴 최고의 작품들에서 읽을 수 있는 번뜩이는 경구警句들의 탁월함에 감동했다. 하지만 소로가 에머슨과 결정적으로 달랐던 점은 자신이 쓴 단어에 아주 높은 가치를 부여했다는 것이다. 에머슨의 경우 공정하게 말하자면 언어를 불신했고, 늘 언어가 생각이나 느낌을 제대로 담아내지 못한다고 생각했다. 반면 소로는 언어의 부족함에 대해 말한 적이 거의 없다. 그는 언어의 부족함보다는 언어의 이면에 있는 생각의 빈곤을 비판하곤 했다. 그는 말해야 할 것이 없을 때는 침묵했다. 에머슨이 그를 아무리 구슬리고 끌어들이려 애써도 소용이 없었다. 소로는 쉬지 않고 규칙적으로 글을 썼다. 그는 글이 갖는 품격에 대해 아무런 환상도 품지 않았다. 그는 일기에 솔직하게 털어놓았다. "매일같이 글을 쓰고는 있지만 그래도 좋은 글을 꼽아보자면 거의 쓴 게 없는 것 같다." 그는 "농부가 이야기하듯 그렇게 솜씨 있게" 글을 쓰고 싶어했다. 그는 "조금이라도 진실하게 자연을 얘기할 수 있는 사람은 극히 드물다"는 점을 너무 의식했다. 그러나 그는 훌륭한 스타일이 천부적인 것이라거나 혹은 저절로 생겨난다는 환상에는 구애 받지 않았다. 그는 온 힘을 다해 글을 쓰고자 했다.(이 점에서 에머슨은 모범 사례였고 큰 도움을 주었다.) 그는 결과로 평가 받고자 했다. 그는 조심스럽게 적었다. "글쓰기에서는 어떤 것도 운에 맡길 수 없다. 어떤 트릭도 용납되지 않는다. 그대가 쓸 수 있는 최고의 글이 바로 지금 그대가 보여줄 수 있는 최선의 모습이다." 아무런 스타일도 없이 살아간다면 글에서도 아무런 스타일을 찾아볼 수 없을 것이다.[6]

22

진실과 애정

1841년 겨울 소로는 그 어느 때보다 에머슨에게 완전히 푹 빠졌다. 이제 서른일곱 살이 된 에머슨은 초창기 경력의 정점에 서 있었다. 그는 대중적으로 성공한 강연자였고, 한 권의 저서를 출간한 데 이어 곧 한 권 더 내놓을 참이었다. 그의 강연은 뜨거운 논쟁을 불러일으켰고, 그의 명성은 빠르게 퍼져나갔다. 영국에서는 칼라일이 에머슨의 글을 괴테의 《빌헬름 마이스터》와 슐라이어마허의 《종교에 관한 연설Reden über die Religion》과 함께 "그리스도교의 틀에서 벗어나 인간의 신격화를 목표로 한 작품"으로 한데 묶는 작업에 기꺼이 참여하고 있었다. 에머슨은 칼라일에게 자신은 지금 "이 세상 최고의 우두머리 이교도"로 여겨지고 있다며 "아주 정확하다"고 기쁘게 덧붙였다. 무슨 일을 하든 늘 그 중심에 서는 에머슨은 칼라일의 책을 미국에서 출판하는 일을 주선했고, 존스베리 같은 젊은 시인의 성장을 도왔으며, 어느새 기성잡지의 반열에 올라 1월이면 통권 3호를 발간하게 되는 〈다이얼〉에 누구나 기고할 수 있도록 자극을 주었다. 그런가 하면 1841년 새해 벽두부터 자신이 쓴 《수필집Essays》 원고를 출판사에

보냈고, 그 후 두 달간은 교정쇄를 보는 데 전념해야 했다.[1]

알렉스 맥카프리라는 어린 소년이 에머슨 집에 들어와 살며 집안일을 거들고 있었다. 에머슨은 사실 하인 부리는 것을 달가워하지 않았다. 그는 집안의 허드렛일을 없애거나 개선하기 위해 노력했고, 자신도 상시적인 가사노동을 할 수 있게 집안일을 배우려 했다. 그는 더 작은 집을 가져야 한다고 말하기는 했지만 아무튼 당시 상황에서 그와 리디아는 집과 정원을 관리하는 데 도움이 필요했다. 그런 점에서 그리 많지 않은 숫자의 친구들이 함께 살면서 일을 공동으로 한다는 생각은 에머슨에게 매력적이었다. 마침 올콧이 그의 집에 들어와 함께 살 수도 있다는 얘기까지 나온 참이었다.[2]

이해 겨울 소로는 공적인 일에 그 어느 때보다 열심히 달려들었다. 그것은 콩코드에서 갈수록 활기를 더해가는 삶의 일부였다. 그와 존은 여전히 작은 아카데미를 운영하고 있었다. 하지만 신문에까지 자주 광고했는데도 입학생은 매우 적었다. 두 형제는 콩코드 라이시엄에도 적극적이었다. 둘은 1월 말 올콧도 참여했던 토론에서 "물리적인 저항"에 찬성하는 입장에 섰다. 일주일 뒤 소로는 티롤리안 무용단의 공연을 보러 갔고, 이로부터 하루나 이틀 뒤에는 호프데일(매사추세츠 주 멘던에 세운 유토피아 공동체) 설립자인 애딘 발루가 "비폭력 저항"에 대해 연설하는 것을 들었다. 사실 앞날을 내다보았다면 소로 입장에서도 학교는 평생 직장이 아니라고 생각했을 것이다. 그는 농장을 찾아보기 시작했고, 소규모 농지를 임대하는 것을 고려해보기도 했다. 그는 많은 시간을 들여 일기를 썼고, 산문과 시를 쓰는 데도 소홀하지 않았다. 게다가 여전히 자신의 근본은 시인이라고 생각했다. 이해 겨울 그는 벤 존슨과 콜리지를 읽었다. 그는 존슨을 한 치의 물러섬도 없는 도덕사상가로서 높이 평가했다. 콜리지 역시 존경했지만 "노수부의 노래The Ancient Mariner"를 쓴 시인으로서가 아니라 종교사상가이자 도덕주의자, 초월적 이상주의자로 존경한 것이었다. 헤지와 에머슨이 콜리지에게 깊이 감동한 것도 이런 점 때문이었고, 영어권에 독일이상주의를 해석해준 제일 중요한 인물이 바로 콜리지였다.[3]

이 시기에 소로가 읽은 책과 그가 쓴 글에는 에머슨의 흔적이 어김없이 묻어난다. 에머슨은 괴테의 《색채론Theory of Colors》을 읽고 곰곰이 생각해봤는데, 소로 역시 일기에서 하얀 빛과 색깔에 대해 반복해서 언급하고 있다.(괴테는 색이라는 현상의 본질적인 측면과 빛이 통과하고 흡수되는 매개체로서의 색의 기능, 그리고 우주의 칠흑 같은 공간이 어떻게 파란 하늘로 보이는지, 이런 것들에 흥미를 느꼈다.) 에머슨은 그가 쓴 에세이 〈역사〉와 〈자조론〉 〈사랑〉 〈우정〉의 교정쇄를 보고 있었다. 소로의 일기는 이와 유사한 글들로 가득 차 있다. 에머슨의 주제가 곧 소로의 주제가 된 것이다. 소로는 2월 초에 이렇게 썼다. "현재는 당연히 가져야 할 여러 권리를 한 번도 갖지 못한 것 같다. 지나온 과거가 전부 지금 이 순간에 기능한다. 그리하여 지금 현재의 우리가 있는 것이다." 다른 곳에서는 성실과 자립이 무엇인가에 대해 언급한다. "곤경에 처하고 험난한 상황에 직면했을 때 우리는 정말 진지하게 신에게 구원을 갈구한다. 신에 대한 믿음과 양심에 대한 이 같은 복종이 단지 자기 자신에게로 물러나는 것이며, 결국 스스로의 힘에 의지하는 것이라는 점을 떠올리면 뭔가 기분 좋은 전율마저 느끼게 된다." 1월과 2월에 그는 신뢰와 역사에 대해 무척 많이 썼지만 이 두 달 동안의 일기에서 압도적일 정도로 두드러졌던 주제는 우정이었다. 그가 쓴 글의 상당수는 마치 에머슨이 그 주제에 관해 쓴 에세이처럼 보이지만 우정에 대한 그의 생각("친구에게 필요한 것은 자신을 꼭 닮은 것이 아니라 자신에게 없는 것을 보완해주는 것이다. 친구 사이에는 반드시 거리를 두어야 한다.")은 이 즈음 두 남자 사이에 급속도로 깊어져 갔던 실제 우정이 있었기에 가능했다는 사실 역시 분명하다. 이해 겨울 에머슨에 대한 소로의 경외감은 말로 다 표현할 수 없을 정도였다. 그는 격하게 반대하고 재치 있게 응수하는 예의 말싸움 버릇을 완전히 버렸고, 스승과 제자 사이의 꾸밈없는 언어를 사용하는 데 만족했다. 그는 자신이 "최근 들어 부쩍 성장했다"고 언급했고, "나의 친구"가 제안한 훌륭한 것들을 얻기 위해 얼마나 "노력하고 애쓰는지" 이야기했다. 이 같은 존경심과 경외감, 그리고 소로가 어지간해서는 절대로 쓰지 않는 수식어까지 동원한 에머슨의 "위대함"을 솔직하고 기쁘게 인정한 이면에는 두 사람이 함께한 진정한 공감이 있었다. 2월 초에 소로는 경이로움을 느끼며 이렇게 적었다. "스승과 제자가 사랑 속에서 작업할 때 인간이 얼마나 대단한 작품을 만들어낼 수 있는지 세상사람들은 전혀 알지 못한다."[4]

2월 중순 콩코드에는 얼음장 같은 겨울날씨가 이어졌다. 11일부터 5일간 연속해서 수은주가 화씨 20도(섭씨 영하 7도)를 밑돌았다. 소로는 13일에 악성 기관지염으로 앓아 누웠는데, 그의 말처럼 증상이 정신에까지 미치지 않도록 하려고 애썼다. 에머슨은 실제로 앓아 눕지는 않았지만 이달 들어 여러모로 영 안 좋았다. 그는 교정쇄를 보는 자잘한 일들을 끔찍할 정도로 싫어했다. "문법이 맞는지, 스펠링과 구두법은 정확한지 일일이 확인해야 한다. 잘못된 비유는 손질하고 수사법도 바로잡아야 한다." 그로서는 지긋지긋한 일이었다. 에머슨의 아이들은 감기에 걸렸고, 메리 숙모는 심하게 아팠으며, 얼마 전에는 이모 한 분이 세상을 떠났다. 2월 말에 에머슨은 아직도 아픈 상태인 소로를 병문안 차 방문했다. 소로는 그야말로 말할 수 없이 감동했다. 그의 머릿속은 에머슨을 향한 생각뿐이었다. 에머슨의 "위대함"과 관대함에 대해, "사랑과 존경 사이에 있는 말하기 힘든 영역"에 대해, "정말로 사랑 밖에는 친구를 위로해줄 수 있는 것이 아무것도 없는지"에 대해 생각하고 또 생각했다. 그는 에머슨의 친구가 된 게 말할 수 없이 운이 좋았음을 실감했나. 뿐만 아니라 에머슨이 우정을 얼마나 고귀하게 여기는지 실제로 느껴봤고 잘 알고 있었다. 에머슨이 소로를 찾아준 적은 이전에도 여러 차례 있었지만 이번 방문은 각별했다. 에머슨의 방문은 "이 세상이 사랑하는 누군가가 나를 사랑해준다는 것을 알았을 때 전해져 오는 말할 수 없는 든든함과 벅찬 감정"을 소로에게 가져다 주었다. 그는 일기에 차분하게 썼다. "이 순간 인생은 여름철 바다처럼 잔잔해 보인다." 그는 에머슨의 학생이 되어 가르침을 받는 데 대단히 만족했다. 사실 그가 느끼는 감정은 그보다 훨씬 더한 것이었기 때문이다. 우정에 관한 에세이에서 에머슨은 친구 사이에는 반드시 가져야 할 중대한 요구사항이 두 가지 있다고 했다. 하나는 진실이다. 친구란 어떤 식으로든 거짓과 기만을 해서는 안 된다. 그것들이 더 편할 때조차도 말이다. 또 다른 요구사항은 애정이다. 에머슨은 그의 우정이 고귀하고 순수하기를 바랐지만 동시에 친구 사이의 실제 관계에서는 이 두 가지 감정이 반드시 있어야 한다고 느꼈고 또 주장했다. 에머슨은 소로에게 도움과 조언을 주었고, 그의 생각을 일러주었다. 또한 애정 어린 공감과 관심을 기울여주었고, 강력한 확신을 가진 작가의 전범典範까지 보여주었다. 소로는 진심을 담아 일기에 이 모든 것을 기록해두었다. 소로에게 에머슨의 우정은 "위대한 영혼으로부터 우러나온 사랑"이었다.[5]

아무튼 에머슨과 소로 둘 다 우정이란 어떠해야 하는가에 관해 좀 복잡한 생각을 갖고 있었던 셈이다. 두 사람이 요구한 대로라면 우정은 거의 손에 닿을 수 없는 것이었다. 그러나 동지애라고 하는 거의 불가능한 이상과 이 문제에 관한 온갖 이론화 작업에도 불구하고 우정은 추상적이지도 않고 문학적이지도 않고 순수하게 지적인 문제도 아니었다. 우정에 관한 생각의 이면에는 진정한 친구가 있었다. 글이란 삶에 뿌리를 둔 것이다. 어느 것이나 마찬가지지만 우정 역시 그것에 관해서 쓸 가치가 있는 유일한 글은 확고부동하게 인격에 초점을 맞춘 것이라야 했다. 에머슨이 다녀가고 이틀이 지나 소로는 자신의 친구가 지금 하고 있는 일들에 대해 언급하면서 이렇게 적었다. "그대가 쓸 수 있는 최고의 글이 바로 지금 그대가 보여줄 수 있는 최선의 모습이다. 모든 문장은 오랜 탐구의 결과다. 작가의 인격은 표지부터 맨 마지막 페이지까지 책 전체에서 읽힌다. 이것만큼은 작가도 절대로 교정을 볼 수 없다."[6]

23

브룩팜

1840년대 초 지식인 계층이 관심을 가졌던 사회 정치적 이슈들로는 영국
과 중국이 벌인 아편전쟁, 플로리다에서 벌어진 인디언과의 전투, 심각
한 경제난, 노동자 계층의 열악한 상황, 여권 신장 운동, 정부에 맞선 저
항 운동과 무저항 운동을 둘러싼 논쟁, 노예제 폐지 등을 들 수 있는데,
시대 분위기 상 조합운동으로 불렸던, 유토피아 사회주의자들이 추진한
신공동체 건설만큼 매혹적이고 희망적인 것은 없었다. 사회는 더 나은 노
선에 따라 새로이 재구축될 수 있을 것처럼 보였다. 사실 1840년대 세대
의 할아버지들 역시 프랑스 혁명과 미국 독립전쟁이 몰고 온 근본적인 사
회 재건에 참여하지 않았는가 말이다. 당시 가장 널리 알려졌던 유토피아
공동체 중 하나인 오나이다Oneida의 설립자이자 미국식 유토피아 공동체
를 처음으로 역사적 관점에서 바라본 존 험프리 노이스는 이 운동의 기
저에 흐르고 있던 중요성을 이해하고 있었다. 1860년대에 그는 이렇게 썼
다. "사회를 재건하겠다는 열망은 미국 민중의 끊이지 않는 내적 경험의
일부가 됐다."[1]

산업화에 대한 불만은 고조되고 있었다. 대서양을 사이에 둔 두 대륙에서 이미 위세를 떨치고 있던 마르크스와 엥겔스의 소식이 곧 들려올 터였다. 미국에서는 1840년대에만 40개 이상의 모델 공동체가 설립됐는데, 이런 현상은 유럽에서조차 찾아보기 힘들 정도였고, 당시 시대상의 일부라고도 할 수 있었다. 공동체 건설 운동의 추진력은 비폭력이라는 뿌리와 연관돼 있었다. 대부분의 설립자들은 기존 질서를 파괴하기 보다는 계승했다는 점에서 당연히 시도해봐야 할 공동체 건설에 흥미를 느꼈다. 따라서 미국의 유토피아 사회주의는 1848년 정신과 공통점이 많았다.

에머슨의 훌륭한 친구인 조지 리플리 목사는 마음을 단단히 먹고 교회를 떠나 새로운 공동체를 건설하겠다고 선언했다. 매사추세츠 주 뉴턴에 접해 있는 웨스트 록스베리에 160에이커 면적의 낙농목장을 조성한다는 계획이었다. 그는 곧바로 에머슨에게 브룩팜Brook Farm에 참여해줄 것을 강력히 요청했다. 리플리가 1840년 11월에 쓴 글을 보자.

우리의 목적은 지식 노동과 육체 노동 간의 결합을 지금보다 한 차원 더 자연스럽게 확보하자는 것이다. 정신 노동자와 육체 노동자를 가능한 한 같은 개인 안에서 결합하자는 것이다. 모두가 각자의 취향과 재능에 맞는 노동을 할 수 있도록 하고, 그들이 땀 흘린 결과물은 그들이 가져갈 수 있게 함으로써 최고의 정신적 자유를 보장하자는 것이다. 교육이 주는 혜택과 노동이 주는 이익을 모두에게 개방해 천한 노역 자체를 제거하자는 것이다. 그렇게 함으로써 서로서로의 관계는 경쟁적인 제도의 압박 아래서 맺는 것보다 훨씬 단순해질 것이며 전인적인 삶을 가능케 할 것이다. 우리는 바

로 이 같은 진보적이고 지적이며 교양 있는 개인들의 사회를 준비
하려는 것이다.

이 프로젝트는 에머슨에게 강하게 와 닿았다. 에머슨 자신의 생각에도
공동체주의의 숨은 색깔이 담겨 있었다.("이 우주에 공통된 정신은 각자의 본
성을 통해 개인에게 알려진다.") 게다가 리플리는 아주 가까운 친구이자 그를
위해 "필요할 경우 기꺼이 감옥에 가줄 만큼 대단한 인격자"였다. 리플리
는 에머슨에게 몇 번이나 요청했다. 그는 하버드 신학교 졸업식에서 에머
슨이 행한 연설로 인해 유니테리언 신도들이 강하게 반발했을 때에도 당
시 손꼽히는 사상가들이었던 스피노자와 슐라이어마허, 드웨테의 반열
에 에머슨을 올려놓고 지적으로 가장 존경 받을 만한 최고의 학자라며
변호한 적이 있었다. 에머슨은 진정으로 마음이 끌렸다. 리플리의 계획
은 아주 괜찮았다. 그 후 몇 달 동안 에머슨이 쓴 편지들을 보면 리플리
가 곧 발표할 취지선언문의 내용을 많이 담고 있다. 하지만 에머슨은 오
랜 갈등과 번민 끝에 거절하기로 결심했다. 자신의 생각과 글에서 밝힌
대로 모든 개혁은 개인들 각자의 개혁이 선행된 뒤 그 영역을 확대해 나
가야 하며, 공동체 설립으로 인해 개혁을 향한 자신의 동력을 잃고 싶지
않았기 때문이다. 1840년 12월 중순 에머슨은 마침내 브룩팜에 가지 않
겠다고 통보했다.[2]

1841년 3월 3일, 그러니까 실험이 실제로 시작되기 직전에 소로는 브룩
팜에 합류해달라는 초대를 받았다. 그는 공동체에 대해 이미 잘 알고 있
었다. 그리고 에머슨과는 아주 대조적으로 초대를 수락할 것인지 여부는
그에게 전혀 문제되지 않았다. 소로는 단 한 순간의 주저함도 없이 단칼

에 거절했다. 물론 현재 그가 처한 상황을 보자면 학교 운영은 실패했고, 다음에 무슨 일을 할지조차 알 수 없었다. 하지만 그는 신랄한 어조로 밝혀두었다. "이런 공동체에 대해 말하자면, 나는 천국에 가서 하숙을 하기보다는 차라리 지옥에 있는 독신자 숙소를 지키겠다." 그는 새 공동체가 그 방식에서 큰 하숙집처럼 될 것이라고 내다봤다.(훗날 정확하게 그렇게 됐다.) 소로 자신의 집이 보통 분위기 상으로나 실제로 숙모들에다 삼촌들, 방문객들, 단체 손님, 진짜 하숙생들까지 있는 하숙집이었기 때문에 리플리의 프로젝트는 그에게 전혀 새로워 보이지 않았다. 브룩팜을 하숙집에 비유한 것도 실은 지금 당장이라도 빠져나가고 싶은 자신의 하숙집을 염두에 둔 것이었다. 그는 리플리의 프로젝트를 일언지하로 거부하면서 이렇게 썼다. "하숙생은 집이 없다. 나는 하늘에서 내가 먹을 빵을 굽고 내가 입을 옷을 빨고 싶다. 무덤은 수많은 사람들이 한꺼번에 수용되는 유일한 하숙집이다. 지하공동묘지라면 함께 기거하면서도 아무 손해 없이 서로서로 기댈 수 있을 테니 말이다."[3]

　브룩팜의 첫 입주자로는 리플리와 그의 아내 소피아(《다이얼》에 여성의 역할에 관한 에세이를 발표했으나 그리 알려진 필자는 아니었다), 당시 거의 무명에 가까웠던 단편소설 작가 너새니얼 호손이 참여했는데, 이들은 때아닌 눈 폭풍이 거세게 몰아치던 1841년 4월 1일 입주해 생활하기 시작했다. 같은 날 콩코드에서는 소로 형제가 운영하던 아카데미가 문을 닫았다. 소로는 다음 몇 주간 장난 삼아 부동산을 소유해볼까 하는 생각도 해봤다. "내 이웃의 농장들을 자세히 살펴보고……땅 주인과 흥정하기도 했다." 비록 가진 것이라고는 거의 없고 자본도 없었지만 할로웰 부지를 살 뻔했고, 결국은 임시직으로 돌아갔다. 4월 어느 날에는 건실한 시민들이 어디서나 하는 소박한 일거리이자 "농부들 수입의 원천"이라고 불렀던 일당 75센트짜리 삽질 막노동을 하기도 했다. 그 무렵 브룩팜에서는 호손 역시 삽질을 했는데, 흙더미를 자신의 "금광"이라고 부르며 소로와 똑같은 농담을 즐겼다. 붙박이 농부 차림을 한 소로를 상상하기란 어렵다. 그렇다고 농부들이 즐겨 입는 벨트가 달린 푸른색 상의에 작은 유럽식 농부 모자로 얼굴을 가린 채 브룩팜 들판에서 다른 입주자들과 함께 작업하는 모습도 상상하기 힘들다. 하지만 그가 두 가지 가능성을 염두에 두었던 것은 틀림없다. 독립하고 싶은 마음은 굴뚝같았지만 자신을 옭아매는 책임에 발목을 잡히는 일도 결단코 피해야 했다. 이번에는 독립하고자 하는 갈망이 승리를 거뒀다. 그는 감정을 분명히 드러내며 이렇게 썼다. "순풍이 불어올 때나 별이 부를 때면 나는 유언장을 쓰지 않고도, 내 부동산을 정식으로 양도하지 않고도 이 경작지와 목초지를 떠날 수 있다." 그래서 그는 농장을 사지도 않았고, 그곳 거주자들이 애정을 담아 "벌통"이라고 부른 브룩팜 합숙소에 살러 가지도 않았던 것이다. 이런 공동체 삶이야말로 정확히 소로가 경계한 것이었다.[4]

한편으로 브룩팜이 농업과 토지 소유 관행을 개혁하는 데 진지한 노력을 기울였다는 점에서는 소로도 긍정적이었다. 브룩팜은 공동 자본의 회사였고, 각자 마음에 드는 여러 작업을 조금씩 하면서 하루치 일을 다양하게 할 수 있는 푸리에주의 구상을 갖고 있었다. 4월에 콩코드의 농장들을 둘러보면서 그는 고백하듯 털어놓았다. "어디를 가나 낡은 시스템이 너무 무겁고 단단하게 자리잡고 있는 걸 발견하고는 깜짝 놀랐다. 농장은 지력地力이 다 소진된 상태고, 그저 거기에 있을 뿐이다. 젊은이는 오래 묵은 땅을 사서 제대로 된 땅으로 만들어야 한다. 언제 어디서나 개혁에 반대하는 사람들이란 부엌에서 불 주변에 둘러앉아 차주전자 끓는 소리나 들으며 치즈껍질을 우적우적 씹어대는 나이든 처녀총각들이다." 그는 틀에 박힌 낡은 방식에 눈곱만큼도 환상을 갖지 않았을 뿐만 아니라 실은 그 이상이었다. 그는 적어도 이론상으로는 개혁가들과 몽상가들을 전적으로 지지했다. "모든 일의 질서를 오래 전에 처음 고안했던 정신은 틀림없이 공상가와 유토피아주의자들이었을 것이다." 그는 친구들과 사랑하는 사람들의 공동체에 대해 따뜻하게 말할 수 있었다. 그리고 이론상으로는 브룩팜 참여자들이 내세우는 공동체주의에 반대하지 않았다. 그는 자문해보기도 했다. "그렇다고 해서 이것이 재산 공동소유를 의미하는 것은 아니지 않은가?"5

4월 26일에 소로는 어디서 살아야 할 것인가라는 문제를 해결했다. 물론 무엇을 위해 살아야 할 것인가라는 문제를 해결한 것은 아니지만 일단 에머슨의 집에 들어가 살기로 한 것이다. 이 결정은 훌륭한 것으로 판명났고, 그렇게 해서 2년이나 이어졌는데, 에머슨의 집에서 거주한 기간은 그가 월든 호숫가에서 머물렀던 기간과 맞먹는다. 에머슨은 그 무렵 잦은 강연 여행으로 인해 집을 비우는 일이 많았고, 이 사이 집안일은 소로가 돌봤다. 하지만 소로는 고용인이라기 보다는 그 이상이었다. 그는 아주 특별한 지위에 있었다. 다른 많은 가족구성원보다 더 가까운 친구이자 새로 들어온 진정한 가족으로서 '고용인'이나 '하숙생'은 분명히 아니었다. 소로의 궁극적인 개혁 공동체 모델은 월든 호숫가에서 이루어질 것이었고, 여기에 참여할 수 있는 자격은 아주 엄격할 터였다. 아무튼 에머슨의 집으로 옮긴 것은 브룩팜으로 이주하는 것만큼 그렇게 극적인 것은 아니었고, 에머슨과 소로는 그들 자신의 세계와 눈앞의 공동체가 새로운 결정

에 의해 더 나아지고 더 개선되고 있다고 느꼈다. 에머슨은 칼라일에게 보
낸 편지에 이렇게 썼다. "당신의 독자이자 친구 하나가 지금 우리집에 살
고 있습니다. 앞으로 12개월은 살았으면 하는 게 제 바람인데, 언젠가 당
신도 자랑스러워 할 시인인 헨리 소로는 아름다운 음악성과 독창성을 두
루 갖춘 고아하면서도 남성다운 청년입니다. 우리 둘은 정원에서 매일같
이 일합니다. 저는 더 나아지고 있고 더 강해지고 있습니다."[6]

24

자기 개혁

🌿

직업적인 개혁가나 소위 조직화한 개혁을 추진한다는 사람들이 소로를 열 받게 하는 경우가 자주 있었는데, 그게 참 엉뚱한 것이었다. 소로를 향해 "시대에 저항하는 성마른 목소리의 상처 입은 인간"이라고 부르며 괴롭혔던 것이다. 당연히 소로는 터무니없어 했다. "너무 선량하게 이 세상을 대하는 사람을 나는 좋아하지 않는다." 물론 그는 독선적이라고 할 정도로 독선적인 자세를 경멸한 게 사실이다. 그러나 그건 본인 스스로도 용납하지 않는 기질이 자신에게서 드러나는 것을 보고 싶지 않았기 때문일 것이다. 왜냐하면 개혁가들에게 강하게 반발하기는 했지만 그가 젊은 시절부터 개혁과 혁신, 재건을 위한 시대의 목마름을 함께한 것은 확실하기 때문이다.[1]

노이스가 쓴《미국 사회주의사History of American Socialisms》는 1840년대의 공동체 운동에서 개혁을 이끈 추진력이 어떻게 진화했는지 잘 분석해 놓았다. 노이스는 미국과 영국 간의 1812년 전쟁 이후 "사회주의자들이 열광했던 노선이 종교적 부흥운동과 매우 유사하다"는 점에 주목하면서

19세기 초 퓨리턴 조합교회주의가 정통파와 유니테리언주의로 분열됐음을 강조한다. "정통파는 종교를 수호하기 위해, 유니테리언주의는 자유를 수호하기 위해 결성됐다. 정통파는 그 기능을 수행하면서 부흥운동 시스템을 완수했고, 유니테리언주의는 사회주의의 발전을 이루어냈다. 부흥주의자들이 내건 위대한 사상은 영혼의 재건이었다. 사회주의자들의 위대한 사상은 사회의 재건이었다." 두 추동력 모두 제도적 개혁을 수반했다. 한쪽에는 부흥운동이 있었고, 다른 한쪽에는 새로운 공동체, 즉 코뮌이 있었다. 이 둘은 자주 부딪쳐야 할 운명이었다.[2]

소로는 양쪽의 개혁 추동력에 충분히 공감할 만했고, 실제로 공감하기도 했다. 하지만 어느 쪽이든 그 제도적 형식에 얽매이지 않으려 했다. 그가 주목했던 것은 자신의 개혁이었다. 게다가 그것이 반드시 종교적인 문제라고 생각하지 않았다. 기독교의 문제라고 보지 않은 것은 물론이고, 그것이 꼭 사회적인 문제라고도 여기지 않았다. 그럼에도 불구하고 그는 개혁적인 열정을 가진 오랜 전통 여럿을 끌어냈다. 하나는 프로테스탄트였다. 소로에게 개혁 공동체는 월든 호숫가에서 단 한 명으로 이룬 것이었다. 이것은 어떤 모집단으로부터든 분열하려고 하는 프로테스탄트의 성향이 극단적으로 나타난 사례일 것이다. 개인의 개혁에 관심을 가졌던 소로는 자연히 그리스 윤리학파, 특히 스토아 사상가—자치와 자급자족을 갈구했던—로 이끌렸고, 이런 관심은 칸트류의 새로운 주관주의에 진지하게 몰입하는 단계로 이어졌다.

프로테스탄트와 스토아 사상, 칸트 철학이라는 세 가지 추진력을 바탕으로 소로는 자기 삶의 논리를 더욱 명확히 했고, 개인의 개혁을 추구할 수 있었으며, 독립된 개인으로서 자신의 운명을 발견하고 충족하는 데 깊

자기 개혁

이 빠져들 수 있었다. 물론 그의 가족과 학교, 친구들에 의지할수록 독립을 향한 갈망은 더 절실해졌다. 1월에 그는 이렇게 썼다. "어떤 식으로든 도움을 필요로 한다는 게 얼마나 괴로운 일인지 알도록 함으로써 우리는 그에게 최선의 도움을 제공할 수 있다." 각자의 삶에는 "표현할 수 없는 프라이버시"라는 게 있다는 것을 알고는 놀랐다고 그는 말한다. 엄격한 자기 경계 속에서 일기를 쓰며 소로는 끊임없이 스스로를 거의 불가능한 기준에 맞추려 애썼다. "단호하게, 그리고 믿음을 갖고 지금 당신 그대로가 돼라. 당신이 되고자 열망하는 것에 겸손해지라······인간이 인간에게 줄 수 있는 가장 고귀한 선물은 그 사람의 진실이다. 왜냐하면 그것은 그 사람의 고결함도 함께 품고 있기 때문이다."3

긴 겨울을 지나 1841년 봄까지 이어지는 기간 동안 그는 자아(소로가 자신의 고결함이라고 부르는 것이자 우리가 그의 정체성이라고 부르는 것)를 더 깊이 이해하기 위해 노력했다. 그러면서 그는 자신 안에 완강한 저항 기질이 있다는 걸 인정하게 됐다. 에머슨은 소로가 대화를 원활하게 해나가기 전에 반드시 무슨 식으로든 반대를 필요로 한다고 지적했다. "그는 오류를 드러내고 실수를 웃음거리로 만들기를 원했다." 사실 소로는 논쟁과 역설을 하면서 무척 즐거워했다. 그는 자신이 반대 입장이라는 것을 생생하게 느꼈고 이것을 즐겼다. 이해 6월 그는 이렇게 썼다. "저항은 때로 아주 유익하고 맛있는 유혹이다."4

그의 독특한 취향 역시 당시 지적 풍토의 일부였던 자아의 고결함에 대한 생각을 지지해주었다. 소로 자신의 개인주의는 점점 더 괜찮은 사고로 발전해갔다. 사회나 시대를 개혁하겠다고 출발하는 것은 문제를 잘못된 결론에서 시작하는 것이었다. 브룩팜에 처음 입주한 사람들이 새 시대를 향해 첫발을 내디딘 지 한 달이 조금 더 지났을 때 소로는 "황금시대를 향한 이런 한탄은 단지 황금인간에 대한 한탄일 뿐"이라고 갈파했다. 누구든 혼자서만 첫발을 내디딜 수 있다. 도전에 대한 그 자신의 대응은 더욱 명료해졌다. "나에게는 깨끗한 자리만 있으면 된다. 나는 어느 언덕의 남쪽 경사면에 오두막을 지을 것이며, 거기서 신들이 내게 주신 생명을 마음껏 누릴 것이다." 그런 기회가 언제 어떤 식으로 올지는 그도 몰랐다. 하지만 그의 내면에 있는 나침반 바늘은 언제나 일정한 방향을 가리키고 있었다. 자신의 오두막을 짓겠다는 코멘트 역시 넘치는 에너지와 명료함, 간결함을 보여준다. 유일한 길은 자기 혁신과 자기 재건, 자기 개혁이라는 확신이 그의 내부에서 조용히 커가도록 하는 것이었다. 이런 코멘트를 한 지 나흘 만에 그는 더욱 강한 의지를 밝혔다. "시간은 심장이 없다. 진정한 개혁은 아침이면 우리가 문도 열기 전에 얼마든지 할 수 있다. 그것은 어떤 격식도 요구하지 않는다. 이 세상의 개혁 가운데 3분의 2는 나 스스로 할 수 있다."[5]

에머슨의 집으로 옮긴 소로에게 딱 한 가지 아쉬운 점이 있다면 날이 갈수록 활동량을 늘려가던 그가 오히려 이전보다 독립적으로 생활하기가 더 어려워졌다는 것이다. 이사한 바로 첫 날 그는 일기에 "에머슨의 집에서"라고 썼는데, 마음 한구석에서는 여전히 저항의 불길이 일고 있었다. 어딘가에 의지하게 된 것에, 그리고 집안에서 꼼짝 못하게 된 데 그는 화가 나 있었다. 그는 선언했다. 문명인의 집은 "쉼터나 피난처가 아니라 본인 스스로 압박과 제약을 받는다고 느끼는 감옥"이라고 말이다. 그렇게 쓰기는 했지만 에머슨의 온화한 영향력은 그의 내부에 있던 최고의 것을 끌어냈다. 에머슨의 집에 정착하면서 그의 생각은 아메리칸 인디언을 그려나가기 시작했다. "인디언의 매력은 자연 속에서 자유롭게 살아가며 전혀 압박 받지 않는다는 점이다. 인디언은 자연의 거주자다. 자연의 손님이 아니다." 소로는 그러나 한동안 손님 신분으로 살아가야 했다.[6]

25

누가 더 나은 《베다》를 쓸 것인가?

🌿

소로가 정원에서 에머슨과 함께 화단을 가꾸고, 과수원에서 그에게 접붙이기하는 법을 가르쳐주는 사이 계절은 봄에서 여름으로 바뀌어갔다. 날은 길어졌고 평온했다. 소로는 시간만 나면 헛간으로 가 혼자만의 시간을 가졌다. 헛간은 큰 건물로 기분 좋은 냄새가 났는데, 집과 도로에서 훤히 들여다 보였지만 일상의 분주함에서 벗어나 책을 읽고 글을 쓰기에는 괜찮은 장소였다. 이해 여름 그가 읽은 책들 가운데 가장 주목할 만한 것은 윌리엄 존스 경이 번역한 고대 인도의 위대한 경전 《마누법전》이었다. 인도를 향한 소로의 뜨거운 관심이 다시금 새로워진 것은 에머슨이 인도 사상에 점점 더 흥미를 느꼈기 때문일 수 있다. 하지만 인도에 대한 관심은 소로가 에머슨보다 훨씬 더 깊었고, 본인 스스로도 인도에 대한 흥분에 불을 당기기에 충분했다. 이 책이 그를 사로잡은 것은 이번이 처음은 아니었다. 그는 한 해 전 여름에도 이 책을 읽었고 대단하다는 코멘트를 남겼다. 이제 자신의 일기를 되돌아보며 다시 활용한다든가 앞서 쓴 내용을 고쳐 쓰거나 옮겨 적는다거나 자신이 쓴 글을 평가하고 숙고해보고

추려내고 분류하는 일은 그에게 하나의 습관이 됐다. 그는 "메리맥 강 여행"을 되돌아봤다가 "용기 있는 인물"에 관한 주제로 옮겨가는가 하면, 친근한 책과 사상으로 갔다가 음악에 대한 비유로 돌아오는 일을 되풀이했다. 동시에 앞서 쓴 글의 맥락을 살피기도 하다가 그것들을 재구성하고 합치고 주제별로 천천히 앞으로 뒤로 옮겨보기도 하고, 앞서 이해했던 것을 다시 질문해보기도 했다. 그런가 하면 관심이 그저 스쳐 지나가는 게 아니라 계속해서 이어지는 데는 그 하나하나에 무슨 까닭이 있기 때문인지 캐보기도 했다.

소로가 《마누법전》이라고 부른 이 책의 원래 제목은 《힌두교 법제도; 인도인의 의무와 종교적, 공적 시스템을 구성한 콜루카의 주해에 따른 마누의 법령》이다. 18세기 말의 위대한 법학자이자 외국어에도 조예가 깊었던 존스 경은 워렌 하딩의 신임을 받아 영국령 인도의 법률을 제정하는 작업을 주도했는데, 이 책을 보자 곧바로 번역했다. 가능한 한 현대 법률의 기초를 고대 인도의, 널리 받아들여지는 힌두교 법 이론에 두고 싶었기 때문이다. 《마누법전》은 번역돼 출판되자 곧바로 《성경》만큼이나 존귀하고 《모세 5경Pentateuch》보다 오래된 경전으로, 동시에 유서 깊은 법률로 받아들여졌다. 존스는 '마누menu'라는 어휘가 '정신mind'과 '인간man'을 가리키는 인도-유럽어족의 어원에서 왔다고 지적했다. 그런 점에서 이것이야말로 위대한 또 하나의 고유한 율법이며, 서구 문명의 태동기에 바로 그 문명이 태어났던 곳을 돌아보게 하는 또 하나의 경전이었다. 게다가 헤브루 경전보다 더 오래됐고 시보다 더 앞서며 신화 그 자체만큼이나 오래된 신성한 법률, 즉 소로가 불렀던 대로 데르마 사스트라Dherma Sastra인 것이다. 존스가 선택한 버전은 콜루카라는 이름의 고대 주석가가 상세한 설명과 주해를 붙인 텍스트였다. 존스는 콜루카가 최종적으로 완성한 텍스트를 가리켜 "가장 간결하면서도 가장 빛나고, 전혀 과시하지 않으면서도 제일 많은 것을 알고 있으며, 가장 깊이 있으면서도 가장 인상이 좋고, 고대든 현대든 유럽이든 아시아든 어느 누가 주석을 단 것보다 완성도가 높다"고 찬사를 아끼지 않았다.[1]

이 책에 대한 소로의 반응은 존스만큼이나 우호적이었는데 좀 지나칠 정도였다. "힌두교 경전에서 인간이라는 개념은 매우 고귀하고 한계가 없다. 여기서 말하는 인간의 운명만큼 고상한 개념은 없다." 그는 반복적으로, 또 지속적으로 이 책에 감동했다. 그의 반응은 위대한 계시를 만났을 때의 그 강렬한 종교적 본성이 드러난 것이었다. 그는 동시대 사람들이 《성경》을 대하듯 인도 경전을 대했다. 그는 《마누법전》을 가리켜 이렇게 말했다. "이보다 더 장엄한 창조의 개념은 어디에도 없다." 소로에게는 《성경》 역시 어디에도 비할 수 없는 경전이었다. 그는 힌두교 경전이 자연법과 인간법 모두를 최상으로 표현했다고 이해했는데, 이건 강요된 것이 아니므로 자유롭게 자신의 견해를 밝혔다. "《마누법전》이라는 책 제목은 콜루카의 주석과 함께 마치 인도 들판을 거침없이 넘어서 들려오는 그런 묵직한 소리처럼 내게 다가왔다. 눈을 들어 저쪽 자작나무를, 물 속 태양을, 나무들의 그림자를 바라보았을 때 그것은 그 모든 것들의 법을 의미하는 것 같았다. 그것들은 그대와 나의 법이다."[2]

소로는 이 책이 그가 말한 "보수적인 양심"을 보여주는 사례임을 발견했다. 그는 《마누법전》에 나오는 "태곳적 전통은 초월적인 법률"이라는 구절을 인용하며 깊이 공감했다. 어쩌면 이건 젊은이가 입에 올리기에는 좀 이상한 표현이었고, 그것도 개혁을 향해 돌진하는 진보주의자에게는 더욱 그랬다. 그러나 소로가 직면한 풀기 힘든 모순은 따로 있었다. 사람들이 자연과 벗하며 살아가는 원시사회는 그 구성원들에게 반反개혁적이고 반혁신적인 강력한 보수주의를 요구한다는 것이다. 기술적 진보나 사회 개혁은 인간과 자연, 인간과 인간 간의 균형을 깨뜨릴 것이기 때문에 기존의 보수적인 관습법을 고수하는 것이 안정을 위해서뿐만 아니라 생존을 위해서도 요구되는 것이다.[3]

《마누법전》에 대한 소로의 뜨거운 반응은 그가 이 책을 얼마나 권위 있는 것으로 여기고 있는지 보여준다. 뿐만 아니라 그 권위를 말 그대로 "예언을 좇는" 동시대를 살아가는 이들이 부여한 《성경》의 권위와 의식적으로 비교하기도 한다. "지금 이 고대 경전을 가톨릭 비판론으로 활용하는 것은 어렵지 않다. 미래 세대 가운데는 기독교 비판론에 활용하는 경우도 있을 것이다. 중요한 것은 그 기저에 깔려있는 구도와 사상이지 제한적이고 부분적인 예언의 실현이 아니다."[4]

소로는 《마누법전》에서 새로운 사상을 얻어내지는 않았다. 소로에 대해 현대의 한 주석가가 지적한 말은 정확하다. "지식의 더 높은 영역에서는 어떠한 차용도 있을 수 없다. 우리가 갖고 있지 않은 것을 거기서 얻어낼 수는 없다." 그러나 소로는 자신에게 다시 투영된 수많은 생각들을 발견해냈다. 수천 년 된 유서 깊은 전통의 광채가 더해진 것들을 말이다. 그런 점에서 《마누법전》은 금욕과 물러남, 정화에 대한 소로의 관심을 확고한 믿음으로 이끌었다. 그는 이렇게 썼다. "힌두교의 금욕이야말로 신앙으로, 그것도 더욱 정제되고 더욱 고상한 호사豪奢로 나를 유혹한다." 그는 영혼이 윤회한다는 것이 '변신' 혹은 '변화'라는 자연의 기본 원칙에 대해 이야기하는 또 다른 방식이라는 점을 이해했다. 그가 《마누법전》에서 읽은 내용이다. "브라마 상태에서 식물 상태에 이르기까지의 모든 변신은 이 한없는 존재의 세상에서 끊임없이 일어난다. 세상은 항상 사멸을 향해 간다." 그는 《마누법전》에서 말하는 신의 개념, 즉 "신성한 영혼 속에 존재하는, 형체의 유무를 떠난 모든 자연"이라는 신의 개념에, 그리고 인간이란 이 신성한 영혼에 참여하는 것이라는 데 동의했다. 마누(힌두교 신화에서 절대존재로, 대홍수 이후 인류가 다시 번성할 수 있게 만든 시조이자 최초의 법전 편찬자로 전해진다—옮긴이)는 말한다. "그런 인간은 자신의 영혼을 통해 모든 피조물 안에 현존하는 최고의 영혼을 인지하며……마침내 최고의 핵심 속으로, 전지전능한 신 그 자체 속으로 흡수될 것이다."5

소로는 다른 책을 읽었을 때처럼 이 책을 읽고 마음속 깊이 확신했다. "누구나 그 자신이 지나온 삶의 역사에서 힌두교의 뿌리를 발견할 수 있다."《마누법전》은 여러 해에 걸쳐 그에게 '지혜의 서書'였다. 그는 서양인 대부분이 알지 못하던 시절 이 책을 접했다. 그러나 그는 궁극적으로 이 책의 독자 이상이 되기를 열망했다. 자신의 가장 원대한 야망, 그리고 블레이크나 휘트먼이 꿈꾼 야망은 바로 그런 텍스트를 쓰는 것이었다. 그는 궁금했다. "이처럼 소란스러운 시대가 더 이상 미래의 독자를 붙잡아둘 수 있을까?" 그는 자신의 시대를 과거와 비교하며 자문해봤다. "누가 더 나은 《베다》를 쓸 것인가?"6(《베다》는 고대 인도의 종교지식과 제례규정을 담고 있는 바라문교 사상의 근본 성전이며 가장 오래된 경전이다. '베다'란 '안다'를 뜻하는 고대 산스크리트어에서 온 말로 심오한 지식, 깊은 지혜를 의미한다. 대자연 현상을 신격화하고 찬미한 시가집 《리그베다》와 찬가집 《사마베다》, 제사를 모은 《야주르베다》, 복을 빌고 재앙을 쫓는 주사를 모은 《아타르바베다》를 합쳐 4베다라고 한다—옮긴이)

26

이제 시간이 됐다

🌿

소로는 친구에게 보낸 편지에 쓴 것처럼 1841년 9월까지 "에머슨과 아주 위태로운 풍요로움 속에서 지내고 있다"고 생각했다. 풍요로움의 의미는 명백하다. 에머슨에게서 전해지는 동지애와 책, 훌륭한 대화가 있었고 교우관계의 폭도 넓어졌다. 위태로움이란 흔들리는 독립성이었다. 그가 가진 목적과 의도를 감안할 때 그는 어느새 두 집안의 없어서는 안 될 존재가 됐다. 두 집에서 탈출하기 위해 그는 이따금 피리를 들고 강가로 나갔다. 그는 이해 리디아 에머슨의 언니 루시 잭슨 브라운과 편지를 주고받았다. 소로보다 열아홉 살 위인 이 여인은 소로의 집에서 몇 년간 하숙을 하기도 했다. 소로는 그녀에게 시를 써주었고, 그녀에게 보낸 편지는 두 사람 사이의 연령 차이에서 충분히 있을 법한 편안함과 온화함, 친밀함을 두루 담고 있었다.[1]

가을에는 아이제이아 윌리엄스라는 청년과 편지 왕래를 시작했다. 윌리엄스는 콩코드를 거쳐 서부로 갔는데, 초월주의의 의미를 파악하고 싶다며 소로에게 도움을 청하는 장문의 진심 어린 편지를 보내왔다. 소로가 추천한 서적 리스트는 아주 훌륭한 독서 목록이다. 바로 그 즈음 소로가 자신이 속해 있다고 확실하게 느끼는 쪽으로 어떻게 '이행'해갔는지 이해할 수 있기 때문이다. 그는 윌리엄스에게 에머슨의 《자연》과 《수필집》, 〈신학대학 연설문〉, 그리고 칼라일의 《영웅과 영웅 숭배론》을 읽으라고 권했다. 그는 또 《복음서에 관한 아이들과의 대화 기록Record of Conversations with Children on the Gospels》에 서문으로 붙여 나시 출간한, 올콧이 1836년에 쓴 25페이지짜리 선언문 〈인간 수양의 원칙과 가르침Doctrine and Discipline of Human Culture〉도 추천했다. 거의 알려지지 않은 이 글은 브론슨 올콧의 핵심 사상으로 진보적인 현대 기독교 교육이념을 밝히고 있다. "인간 수양은 자기 존재에 대한 진실한 사상을 드러내는 기술이자 인간을 완성시키는 기술이다." 그는 교육에 대한 자신의 개념이 예수와 함께 시작된다는 점을 명확히 했다. 그는 예수를 "본질적으로 우리와 같은 타입"이라고 여겼으며, 에머슨이 밝힌 바 있듯이 위인의 표상이라고도 생각했다. 그는 예수의 업적에 대해 이렇게 얘기했다. "휴머니티의 극치를 섬광처럼 보여주었으며……인간 내부에 있는 신성을 영광스럽게 드러냈다……그것은 신성의 귀중한 상징이며, 그 충만함 속에서 인간 본성은 환히 나타나는 것이다."[2]

그러나 이해 가을 소로가 전력을 기울인 쪽은 초월주의가 아니라 시였다. 그는 9월에 브라운 여사에게 "시의 바다 한가운데 있습니다"라고 썼다. 세 편의 시, "공감Sympathy"과 "인생이란 그런 것Sic Vita", "우정Friendship"이 〈다이얼〉에 연이어 한 편씩 실렸다. 계속해서 그는 더 많이 썼고, 산을 노래한 300행에 이르는 시 "개척자의 강인함으로 당신은 우뚝 서 있다With frontier strength ye stand your ground"를 마가렛 풀러에게 보냈다. 또 그 시절 최고의 비평가이자 편집자였던 루푸스 그리스월드와 편지를 주고받았는데, 소로 자신의 시를 그리스월드의 여러 시 선집 중 하나에 넣어줄 수 있는지 물어봤다. 이와는 별도로 그는 11월 말까지 본인이 직접 시 선집을 엮을 생각을 갖고 이 작업에 매달리기도 했다. 그는 에머슨이 평소 읽는 책들 가운데 한 권에서 뽑은 영시 여러 페이지를 옮겨 적었고, 에머슨은 "케임브리지에서 책을 사는 데 쓰라"며 소로에게 15달러를 빌려주기도 했다. 그는 선집에 넣을 시 목록을 작성했고, 초기 영시의 하버드 컬렉션을 통해 이 작업을 해나갔다. 그는 앵글로-색슨 시와 초서, 스코틀랜드의 초서 풍 시인, 그리고 밀턴에 이르기까지 사실상 출간돼 있는 거의 모든 시를 읽었다. 그는 시의 역사뿐만 아니라 다른 선집과 모음집도 읽었고, 개별 시인들의 시집도 섭렵했다. 12월 내내, 그리고 그 후로 수 년 동안 소로는 들쭉날쭉한 간격은 있었지만 말 그대로 초기 영시에 푹 빠져들었다. 선집의 수록 원칙이 어떠했는지는 말하기 어렵다. 의심할 나위 없이 그것은 소로 자신이 평생에 걸쳐 경외심을 느꼈던 덜 세련된 초기 운문의 힘찬 에너지와 관련됐을 것이다. 그러나 그는 "바싹 마른 먼지 덮인 책들을 살펴보는" 작업이 별 소득이 없음을 알게 됐다. 그는 "피할 수 없는 슬픔이 죄어오는 것"을 느꼈다. 그는 초기 영시가 전체적으로 볼 때 모범적인 사례가 아니라고 생각했다. 그는 색슨 시와 초서 이전 시대의 시를 들춰보면 볼수록 더욱더 "인간적이고 현명한" 초서에게 감탄하게 되는 자신을 만날 수 있었다.[3]

비록 그가 이 일에 부지런히 매달렸지만 (아마도 에머슨이 제안했을 텐데, 에머슨은 훗날 《파르나소스Parnassus》라는 제목의 선집을 출간했다), 또 의심할 바 없이 그 일이 보다 화려한 시작詩作에 도움을 준 것도 사실이지만, 이 일은 그가 진정으로 하고 싶었던 것이 아니었다. 그것은 《베다》를 쓰는 것과는 거리가 멀었다. "최고의 시라 해도 결국은 그저 자연의 단조롭고 속된 면이나 드러낼 뿐이다." 그가 하고 싶었던 일은 자신의 시를 쓰는 것이었다. "사람들이 콩코드라고 부를 그런 시를 쓰고 싶다." 그는 9월에 이렇게 적었다. 그리고 가을 내내, 이해 일기를 자세히 들춰보면 실은 4월부터 그는 내면에서 느끼는, 갈수록 커져가는 야생 사언에 대한 감정을 표현하려는 열망을 드러내고 있다. 이것은 서쪽을 향한 그의 갈망, 그리고 독립의 필요성과 함께하는 것이었다. 그는 "의문의 여지가 없는 간소한 삶의 방식"에 목말라했고 "태양과 직접 만나는 관계"를 간절히 원했다. 그는 윌리엄 브래드포드가 초창기 뉴잉글랜드를 묘사한 것에 경탄했다. 순례자는 말한다. "여름이 끝나가자 모든 게 햇볕에 탄 얼굴로 그 모습을 드러내고, 숲과 덤불로 가득 찬 시골은 야생과 원시의 빛깔을 보여준다." 그는 소나무의 "환상적인 야생성"에 대해 썼고, "사람의 발길이 닿지 않은 채 놀라우리만치 야생성을 간직하고 있는 대지"에 대해 적었다. 7월 중순 그는 브라운 여사에게 편지를 썼다. "저는 마치 날고기를 먹는 것처럼 하루하루 더 야생적으로 커가고 있습니다. 제가 길들여지고 있는 것처럼 보이지만 이건 단지 길들여질 수 없는 기질이 잠시 멈춘 것뿐입니다." 그의 위태로운 풍요로움과 짧은 휴지기는 그로 하여금 "어느 산기슭에서 먼 여름과 겨울을 자유로운 시선으로 바라보기를" 꿈꾸게 한다고 했다. 가을이 되면 기분이 더 깊이 가라앉을 뿐이다. 크리스마스이브에 그는 이런 글을 남겼다. "나는 하루빨리 호숫가로 가서 그곳에 살고 싶다. 갈대 숲에서 바람이 속삭이는 소리만 들을 수 있는 그곳으로 말이다." 그는 자신이 시간을 낭비하고 있다는, 그리고 제대로 살지 못하고 있다는 생각에 맞서기 위해서라도 보란 듯이 독립해야 한다는 점을 절실히 느끼고 있었다. "나의 인생이 그저 머물러 있는 것이라고는 더 이상 생각하고 싶지 않다." 그는 크리스마스이브에 쓴 글에 마지막으로 덧붙였다. "이제 시간이 됐다. 살아나가야겠다."[4]

27

비극

1842년 새해가 시작되자마자 비극이 덮쳐왔다. 소로의 형 존과 에머슨의 다섯 살짜리 아들 왈도가 갑작스럽게 세상을 떠나버린 것이다. 1월 첫날 존은 혁지革砥에 면도칼을 갈다 왼손 약지 끝을 살짝 베었다. 그는 대수롭지 않게 여기고 반창고만 발랐다. 그러나 8일 뒤 그는 새로 돌아난 피부가 "탈저脫疽에 걸린" 것을 발견했다. 1월 9일 아침에는 턱이 마비되는 고통이 엄습해왔다. 그날 밤 끔찍한 발작과 함께 파상풍이 시작됐다.(에머슨은 훗날 파상풍에 동반하는 경련에 대해 썼는데, 경련이 너무 심해 머리가 무릎에 닿을 정도로 굽었다고 했다.) 의사가 보스턴에서 왕진을 왔지만 전혀 손을 쓸 수 없다는 결론을 내렸을 뿐이다. 존은 자신이 죽어가고 있다는 사실을 평온하고 의연하게 받아들였다. 그것은 기독교도답고 스토아 학파다운 것이기도 했다. "하나님께서 주신 잔인데 그것을 마시지 않겠다는 것인가?" 소로는 형을 돌보기 위해 에머슨의 집에서 급히 돌아왔다. 그는 헌신적으로 정성을 다해 간호했다. 하지만 그가 할 수 있는 것은 없었다. 존은 아무런 도움도 줄 수 없는 소로의 팔에 하루 반 동안 안겨 있다 숨을 거뒀다.[1]

존의 갑작스런 죽음은 준비할 시간조차 거의 주지 않았다. 소로는 너무나 힘들어 했고, 그답게 감정을 꾹꾹 속으로 집어삼켰다. 가족들은 그가 맨 처음 보여준 낯선 침묵이 서서히 무심한 수동성으로 깊이 빠져드는 것을 곁에서 지켜봐야 했다. 심지어 자연에 대한 관심조차 사라져버렸다. 나중에 그가 편지에서 인정한 것처럼 "본래 성격까지 바뀌었을" 정도였다. 그러고는 믿을 수 없는 일이 벌어졌다. 1월 22일 그가 파상풍 증상으로 몸져누운 것이다. 가족과 친구들은 두려움에 휩싸였다. 그는 손을 베이지도 않았다. 그건 순전히 감정적으로 공감하는 반응이 신체적으로 비슷한 증상을 일으킨 것이었다. 다행히 1월 24일 아침 그의 증세는 호전됐다. 안도한 에머슨은 형 윌리엄에게 편지를 썼다. 그러나 바로 그날 밤 에머슨의 아들 왈도의 성홍렬이 심해졌고, 사흘 뒤 아버지의 사랑이자 자랑이었던 어린아이가 숨을 거뒀다. 조문을 왔던 사람들이 남긴 이야기라든가 왈도가 죽던 날과 다음날 에머슨이 쓴 편지를 종합하면 그는 자신의 슬픔을 즉각 쏟아냈던 것 같다. 소로는 하지 못했고, 할 수도 없었던 방식으로 그는 다른 사람들을 접견하면서 상실감을 분명히 드러내고 함께 나누었다. 부분적으로는 이런 이유로 에머슨은 처음의 슬픔과 충격으로부터 비교적 빨리 회복할 수 있었다. 물론 이때의 상실감은 평생 그를 떠나지 않았지만 말이다. 게다가 그는 강연 스케줄을 지켜야 했고, 일정이 정해진 뉴욕 여행도 반드시 다녀와야 했으며, 아내와 돌봐야 할 어린 두 딸까지 있었다. 소로는 이와 비슷한 책임이 없었다. 아무튼 그의 건강은 에머슨보다 훨씬 나빠졌다. 병이 오래 가는 바람에 한 달이나 누워있어야 했고, 몸이 너무 쇠약해져 바깥일을 전혀 하지 못할 정도였다.[2]

1월의 재난이 그에게 초래한 확연한 상처는 3월 초에도 겉으로 보기에는 여전히 깊었다. 무너져버린 몸 상태는 그가 받은 충격이 얼마나 심각했는지 알려준다. 그는 1월 9일부터 2월 20일까지 일기도 쓰지 않았다. 3월 초에 쓴 편지는 죽음을 철학적으로 수용할 것인지를 두고 번민하고 있음을 보여준다. 그것은 아무리 좋게 봐줘도 단순한 슬픔을 더 깊게 만들 수밖에 없었다. 루시 브라운에게 보낸 편지에서 그는 슬픔 그 자체에 대해 나소 장황하게 이야기했다. 그러나 특유의 역설을 섞어 복잡하게 써 나간 뒤 이렇게 결론지었다. "자연만이 영원히 슬퍼할 권리가 있습니다. 왜냐하면 자연만이 아무런 잘못도 없으니까요." 그가 형 존의 죽음을 상대한 방식은 주로 존을 이상화하는 것이었다. "저는 존을 다시는 보지 못할 겁니다. 그는 죽었으니까요. 하지만 다시 보았으면, 살아있다면 하고 바랄 수는 있습니다. 그건 다르니까요. 그는 위인으로서 부족한 점이 없었습니다." 반면 왈도의 죽음과 에머슨의 상실감에 대해서는 키츠가 죽음을 받아들인 방식처럼 대했다. 죽음을 자연스러운 대단원으로, 그러니까 정서적으로 풍요로우면서 존재가 갈망하는 상태로 받아들인 것이다. "저는 그 아이가 죽었다는 소식을 듣고도 놀라지 않았습니다. 그것은 일어날 수 있는 가장 자연스러운 사건 같았습니다. 그 아이의 아름다운 유기체가 그것을 요구했고, 자연은 그 요구에 조용히 굴복했습니다." 그는 에밀리 디킨슨을 연상시키는 문장으로 마무리했다. "어쩌면 이상했을지도 모릅니다. 그가 살아있다면 말입니다." 일주일 뒤 소로는 콩코드를 떠나 뉴욕에 머물고 있던 에머슨에게 좀더 사색에 잠긴 목소리로, 진심으로 위로하는 마음을 담아 이렇게 썼다. "죽음이란 그저 개인이나 집단이 느끼는 현상입니다. 이건 너무나도 분명합니다. 자연은 죽음을 인정하지 않으니까요. 자연은 새로운 모습을 한 자신을 발견합니다." 그는 3월 초에

세 번째 편지를 보냈는데, 이번에는 아이제이아 윌리엄스에게 쓴 것이다. 보다 철학적이고 여전히 강한 어조지만 세네카나 마르쿠스 아우렐리우스가 보여준 운명을 감수하는 용기로 자신의 상실감과 싸우고 있다. "살아가면서 이런 일을 겪지 않을 수는 없음을 절실히 느낍니다."[3]

죽음을 이런 식으로 수용함으로써 소로가 얼마나 깊은 내상內傷을 입었는지는 알 길이 없다. 그는 자신의 슬픔을 말로는 억누를 수 있었지만 영원히 부정할 수는 없었고, 그것은 어떤 식으로든 평생에 걸쳐 되살아났다. 아무튼 한없이 냉정한 용기가 필요했다. 그가 죽음의 천사를 과감히 껴안고, 죽음을 그저 우연이라고 대수롭지 않게 단정짓는 모습에는 적어도 약간의 허세가 묻어난다. 아이제이아 윌리엄스는 편지에서 다분히 의도적인 부드러운 어조로 썼다. "인간의 목적은 각자에 맞게 정해져 있습니다." 소로는 강렬한 어조로 답장을 보냈다. "비록 지금 몸은 쇠약해져 있지만 나는 강합니다. 만일 신이 나의 목적을 정해 두었다면—그분은 나 역시 만들었습니다—그리고 그분의 수단이 목적과 항상 일치하는 것이라면……나는 나의 운명입니다." 포스트-프로이트 시대라면 이렇게 단언한다 해도 그것이 어떤 사상의 힘을 확신하고 있어서가 아니라 자기 감정을 감추기 위해서라고 간주할 것이다. 소로의 경우에는 둘 다 맞다. 존과 왈도의 죽음에 직면해 소로는 강한 의지로 삶의 원칙을 확증함으로써 슬픔에 맞섰던 것이다. 그는 에머슨에게 쓴 편지에 이렇게 적었다. "죽음은 하나의 법칙이지 사건이 아닙니다. 그것은 삶만큼이나 일상적인 것입니다. 우리는 들판을 바라보며 어떤 꽃이나 풀잎이 곧 시들 것이라고 해서 슬퍼하지는 않습니다. 왜냐하면 그들에게 죽음의 법칙은 곧 새로운 생명의 법칙이니까요……인간이라는 초목에게도 그것은 함께합니다."[4]

변함없이 삶을 확증하는 이 같은 대응 방식은 쉽게 도달할 수도 없고 유지하기도 어렵다. 3월에 쓴 소로의 일기와 심지어 편지들을 보면 평상시와 달리 신에 대한—신이 주관하는 일과 신의 섭리에 대한—개성 없는 언사들로 가득 차있을 뿐만 아니라 절망적이고 푸념 섞인 토로가 두드러지게 나타나있다. "신께서는 왜 저를 당신의 위대한 계획에 포함시켰습니까?" 이런 것도 있다. "최고의 행동이라고 해봐야 얼마나 보잘것없는지." "내 인생이 늘 이처럼 비천하게 운명 지어졌다는 것 밖에 나는 아무것도 모른다." 그러나 편지의 지배적인 기조는 점차 스토아 풍의 강력한 대응이 우위를 차지한다. 그리고 확증과 함께 다소 기이한 메커니즘에 의해 힘찬 에너지가 부활한다. 3월 중순부터 이런 흐름이 나타나는데, 그의 일기 전반에 일련의 낯익은 주제들이 돌아오기 시작한 것이다. 초서, 롤리 경, 칼라일, 우정, 사랑, 음악, 글쓰기, 역사, 동양, 자연법, 이것들 거의 전부가 이전에 그의 레퍼토리였거나 지난 1월에 떨어뜨렸다가 다시 그 단서를 집어 들고 의미를 부여한 것들이었다.[5]

3월 28일에 그는 "과도한 에너지"가 흘러 넘치는 것을 느꼈다. 에머슨은 틀림없이 이것에 주목했을 것이다. 왜냐하면 보스턴에 있던 그는 매사추세츠의 동식물 및 자원에 관한 광범위한 과학적 조사를 접하자 4월 10일 소로에게 이것들을 해설하는 글을 〈다이얼〉에 기고하라고 했기 때문이다. 에머슨은 소로가 가진 숲과 강, 물고기들에 관한 남다른 시각을 인정하면서 이들 주제에 관해 적절한 표현으로 설명해달라고 했다. 이것이야말로 딱 맞는 일을 딱 맞는 시기에 맡긴 것이었다. 소로는 5월 초까지 한 달간 몰입한 뒤 일단 완성한 50~60페이지의 원고를 에머슨에게 검토해보라고 넘겨주었다. 에세이 〈매사추세츠의 자연사Natural History of Massachusetts〉는 1842년 7월에 나온 〈다이얼〉에 실렸는데, 그에게는 여러 모로 중요했고 중대한 진전이었다.[6]

소로에게는 매우 창조적인 6개월간의 대장정이 막 시작된 참이었다. 이 작업을 통해 소로는 자신만의 특별한 주제라는 중대한 이정표에 큰 발걸음을 내디딜 것이었다. 또한 〈다이얼〉의 필자에서 벗어나는 계기를 마련할 뿐만 아니라 에머슨과 차별되는 자신만의 고유한 스타일을 찾아갈 것이었다. 그의 개성적인 형식과 스타일, 둘 다 1842년의 남은 기간 동안 그 모습을 드러냈다. 그리고 인생을 소설보다 더 믿기 어렵게 만드는 작은 아이러니 하나가 등장한다. 형 존이 손가락을 베이기 이틀 전 소로는 일기에 자연사에 관한 책들이 사람의 건강에 대한 이해를 얼마나 되살려낼 수 있는가에 관해 썼다. 소로는 이제 새로운 에세이를 쓰기 위해 그날 일기를 다시 들춰봤다. 이 에세이를 완성시키는 것은 그해 봄의 잇단 사건에서 회복하는 것뿐만 아니라 자신의 진짜 기질, 그러니까 스스로 진정한 목소리라고 발견한 것을 생산적으로 분출하는 출발점이었다. 그가 자신을 발견한 것은 1월의 비극적인 상실로부터 빠르게 찾아왔다. 마치 존의 죽음이 소로를 자유롭게 해준 것만 같다. 그런 끔찍한 아픔이 그에게 미친 마지막 영향은 상실의 슬픔과는 극명하게 대조되는 것이었다. 그것은 계속해서 이어지는 자신의 삶을, 그리고 자기 만족에서 벗어나 더욱 분발케 해주는 활기찬 생명을 확인시켜준 것이었다.[7]

28

짧은 여행

에머슨이 〈매사추세츠의 자연사〉를 그리 대단하게 여기지 않았다는 사실은 소로가 어느새 자신만의 길로 들어섰으며, 글을 쓰는 방식에서도 에머슨과 뚜렷하게 갈라지기 시작했음을 시사한다. 그는 평생에 걸쳐 에머슨의 사상 몇 가지를 공유했지만 글의 형식이나 스타일, 개성적인 주제는 이제 자기 고유의 것이 되어가기 시작한다.

그런데 에머슨과는 반대로 이 에세이를 극찬한 이가 있었으니 바로 호손이었다. "그의 정신과 인격이 가득 담긴 이미지를 보여준다. 관찰이 무척 진솔하고 상세하며 과장이 없다. 자기가 본 것들을 글로 옮겼을 뿐만 아니라 정신까지 전해준다. 심지어 물가의 우거진 나무들이 호숫물에 비치는 것까지." 에머슨은 이해 봄 〈다이얼〉의 편집권을 인수했다. 그는 여전히 관심을 갖고 소로에게 시를 쓰라고 권했지만 7월호에 실린 것은 에세이 〈매사추세츠의 자연사〉였다. 소로는 이해 봄 바깥에서 몸을 쓰는 작업은 거의 하지 못했고, 집안에서 에머슨이 하는 편집 일을 도왔다. 1842년은 사건이 많은 해였다. 브룩팜은 순조롭게 잘 나갔다. 에머슨과 마가렛 풀러는 브룩팜에 들러 여러 날을 묵기도 했다. 에머슨은 뉴욕에서 개혁 성향의 신문 〈뉴욕 트리뷴〉의 영향력 있는 편집인인 호레이스 그릴리를 만났다. 푸리에의 사도使徒이자 개혁적인 사회주의자 그룹의 든든한 멤버였던 알버트 브리스베인도 만났다. 그리고 에머슨이 뉴욕 최고의 인재라고 생각한 신사적이며 통찰력 있는 스베덴보리 사상가 헨리 제임스 시니어도 만났다. 그릴리는 3월 1일부터 푸리에주의와 조합운동을 설파하는 칼럼을 매일 연재하기 시작했다. 브리스베인은 본인의 사상으로 가득 차 있었고, 그릴리와 함께 브룩팜에 무한한 관심을 기울이고 있었다. 시어도어 파커는 보스턴에서 3000명의 청중을 앞에 두고 정기적으로 연설할 정도로 유명 연사로서의 위세를 한껏 발휘하고 있었다. 뉴잉글랜드 서클은 확대 일로에 있었고 다른 중심지들과의 접촉도 이어졌다.[1]

콩코드로 돌아가보자면 〈다이얼〉의 편집인 교체를 계기로 프레더릭 헤지와 파커가 중심지로 한걸음 더 가까이 접근하게 됐다. 헤지는 콩코드를 둘러보고는 이곳으로 이주할 방법을 찾아봤다. 올콧은 자신을 따르면서 가르침도 원하는 사람들과 함께하기 위해 콩코드를 떠났다가 찰스 레인과 그의 아들 윌리엄, 그리고 헨리 가디너 라이트와 함께 이해 가을 돌아왔는데, 이들은 모두 개혁 농법과 채식주의, 고결한 플라톤식 대화법을 결합한 "프루트랜드Fruitlands"라는 또 다른 신세계 공동체에 대한 열정으로 가득 차 있었다. 이해 여름 호손이 세일럼 출신의 소피아 피바디와 결혼해 예전에 전투가 벌어졌던 들판 건너편 콩코드 강변의 올드맨스로 함께 이주해왔다. 호손이 얼마나 대단한 미남이었는가 하면, 길가던 사람이 멈춰 서서 그를 다시 한번 뚫어지게 쳐다볼 정도였다. 에머슨과 소로는 뭔가 우스운 어색함에서 벗어나기 위해 서로 격식에 맞는 호칭을 썼지만 호손과 소로는 전혀 달랐다. 두 사람은 서로에게 깊은 인상을 받았고 함께 산책을 하거나 잔잔한 강물 위에서 보트도 타면서 좋은 시간을 보냈다. 독서 클럽인 콩코드 아테네움이 이해 여름 시작됐다. 스물다섯 번째 생일을 막 지나자마자 소로는 마가렛의 동생인 리처드 풀러와 함께 우스터와 피치버그의 중간에 있는 와추셋 산으로 사흘간의 도보 여행을 떠났다. 둘은 베르길리우스의 《농경시》를 읽었고, 소로는 인도와 아메리칸 인디언들에 대해 이야기했다. 마가렛 풀러와 엘러리 채닝 두 사람은 8월에 에머슨의 집에서 몇 주 동안이나 머물렀다. 소로는 성과 없이 다른 일자리를 알아봤고, 계속해서 에머슨이 〈다이얼〉을 편집하는 일을 도와주었다. 에머슨은 올콧이 구상한 새로운 계획을 뒷받침하기 위한 저녁모임을 11월에 열었다. 브룩팜 참여자들이 대거 참석했다. 소로는 같은 달에 콩코드 라이시엄의 큐레이터로 선출됐다. 그는 마을사람들의 기억에 남을 만한 강연 계획—다음 4주 동안 하게 될 6회의 강연—을 짰다.

이런 온갖 외적인 분주함에도 불구하고 이해 여름과 가을에 걸쳐 소로는 놀랍도록 다양하고 가짓수도 많은 자신의 문학 프로젝트에 전력을 기울였다. 여기에는 에세이 〈시인The Poet〉을 쓰고 있던 에머슨이 용기를 불어넣은 영시에 관한 책도 있었다. 4월과 5월 초에 소로는 〈매사추세츠의 자연사〉를 썼다. 7월에는 와추셋 산으로 도보 여행을 다녀왔고, 오자마자 곧바로 에세이 한 편을 쓰기 시작했는데, 다음해 1월에 출간할 것이었다. 1842년의 어느 시점엔가 그는 《마누법전》에 관한 것이 대부분인 인도에 관한 노트를 베껴두는 작업을 했다. 그는 훗날 《일주일》로 출간될, 강을 여행한 글도 다시 쓰기 시작했다. 〈다이얼〉에 실을 아이스킬로스의 《결박 당한 프로메테우스》 번역도 12월 중순 전에 끝냈다. 앞서 10월에는 그의 시 여덟 편이 〈다이얼〉에 실렸다. 그는 에세이 〈겨울 산책A Winter Walk〉을 썼고, 다음해 2월에 있을 롤리 경에 관한 강연 원고도 썼다. 그야 말로 그 범위는 말할 것도 없고 참 대단한 양의 작업이었다. 중요한 프로 젝트만 여덟 개에 달했는데, 그 중 셋은 연말까지 끝냈고, 다른 셋은 다 음해 초에 마쳤다.[2]

1842년 4월 이후는 앞선 다섯 해의 작업이 마침내 결실을 맺기 시작 한 해였다. 〈매사추세츠의 자연사〉부터 〈와추셋 산 등반기A Walk to Wa- chusett〉를 거쳐 〈겨울 산책〉의 초벌 원고에 이르기까지 짧은 여행이 바탕 이 된 그의 글 형식은 빠르게 틀을 잡아갔다. 〈매사추세츠의 자연사〉는 원래 별로 주목 받지 못한 책들, 그러니까 T. W. 해리스의 《곤충에 관한 리포트A Report on the Insects》와 C. 듀이의 《초본개화식물에 관한 리포트 Report on the Herbaceous Flowering Plants》, D. H. 스토러의 《어류, 파충류, 조 류에 관한 리포트Reports on the Fishes, Reptiles and Birds》, A. A. 굴드의 《무척 추동물에 관한 리포트Report on the Invertebrata》, E. 에머슨의 《네발짐승에 관한 리포트A Report on the Quadrupeds》같은 책의 리뷰로 시작된 것이었다. 최종 완성된 리뷰 형식의 에세이는 당초의 기획 의도를 넘어섰다. 그 가 능성을 간파한 것은 다름아닌 에머슨의 눈이었다. 팩트와 디테일, 해박 한 지식과 나무에 관한 전문성이 에세이에 녹아 들어있고, 여기에는 자연 의 건강함, 삶의 첫째 필요조건으로서의 기쁨, 모든 생명이 지닌 계절 변 화의 사이클, 신비로운 자연의 방식, 그리고 이미 알려진 것뿐만 아니라 알려지지 않은 동물과 메사추세츠의 숨어있는 야생성 같은 주제들이 포 함돼 있다. 에세이의 끄트머리로 가면서 소로는 1837년에 읽었던 책과 그 시기에 쓴 일기를 돌아보며 마침내 자연의 이론에 도달한다. 그는 얼음결정과 이파리들이 "하나의 법칙에 의해 창조됐다"는 자신의 앞선 관찰을 다시금 확인한다. 그는 괴테를 떠올리면서 "식물의 성장은 모든 성장의 전형"이라고 언급한다. 그러고는 자신의 생각을 이어간다. "그러나 얼음결정이 만들어지는 법칙은 그 내용물이 단순할수록 더 명확하고, 그 과정도 더 짧고 순간적이다. 그런 점에서 자연의 범주 안에서 스스로 채워나가는 과정인 성장을 단지 좀 빠르기도 하고 더디기도 한 결정화의 과정이라고 생각하는 것은 편의적이기도 하면서 철학적이지 않은가?" 그의 관찰이 과학적 사실을 정말로 제대로 짚어내고 있는지 여부는 사실 전체적인 맥락에서 그리 중요하지 않다. 셸링의 《자연철학Naturphilosophie》과 현대물리학처럼 소로는 하나로 통일된 자연에 관심을 가졌다. 자연을 아우르는 모든 것의 근본 의미라고 할 수 있는 하나의 힘, 하나의 법칙, 하나의 물질 말이다. 에세이라는 형식은 이런 큰 주장을 담아내기에는 적당하지 않다. 아무튼 에세이는 순차적으로 곤충을 거쳐 조류로, 다음에는 네발짐승으로 이어진다. 일화적이고 개인적인 경험은 중요할 뿐만 아니라 에세이를 단단하고 친근하게 만들어준다. 그리고 거기에는 적어도 각각의 섹션을 계절별로 묶으려는 노력이 엿보인다.[3]

〈와추셋 산 등반기〉는 소로가 선호하는 짧은 형식의 가벼운 여행기에 바짝 다가선 작품이다. 이 글의 중심 테마로 가기 위해 소로는 일기를 처음 쓰기 시작한 5년 전까지 거슬러 올라간다. 소로가 이해 7월 리처드 풀러와 함께했던 나흘간의 도보 여행을 이야기하는 이 글은 짧은 여정 그 자체를 구체화하고 있는데, 와추셋 산으로 가서 산을 오르고 귀환하는 과정을 담아내고 있다. 풍겨오는 전체적인 인상은 일기와 흡사하다. 사실과 디테일한 묘사에 매우 세심하게 주의를 기울여 읽는 이로 하여금 전일정을 그대로 따라 할 수 있을 것처럼 느끼게 만든다. 이 에세이는 한마디로 시골풍경에 보내는 축전이다. 베르길리우스의 《농경시》의 정신이 어른거린다. 마치 소로가 전원작가라고 찬사를 아끼지 않았던 워즈워스가 그랬던 것처럼 말이다. 베르길리우스는 농장과 농부들의 변하지 않는 시골을 묘사했다. 소로는 그런 점에서 1837년에 자신이 이미 밝힌 것처럼 누구나 베르길리우스를 읽으며 모든 세대에 걸친 정체성을 떠올릴 수 있다는 생각을 더욱 설득력 있게 반복할 수 있는 것이다. 〈와추셋 산 등반기〉에서 새로운 것은 여행 과정을 명료하게 서술했다는 것과 편하게 읽을 수 있는 에세이에 부드럽고 친근한 목소리까지 담았다는 것인데, 이 두 가지 요소가 에세이를 축소판 여행서로 만들어주었다. 에세이는 소로가 자신이 받은 환대에 감사를 표하는 따뜻한 문장으로 끝을 맺지만, 이 글에 생명을 주는 것은 자연 경관과 에세이 전반에 담겨 있는 야생의 뚜렷한 숨결이다. 와추셋 산은 그를 손짓하고 그의 꿈을 사로잡는다. 이 짧은 에세이는 〈캐타딘Ktaadn〉이라는 위대한 작품을 예고하고 있다. 이 작품은 야생 자연에, 인간의 발길이 미치지 않은 산 정상에, 이 지구의 고유한 물질들에, 손끝 한번 닿지 않았고 꾸미지도 않은 대지에 초점을 맞출 것이다. 〈와추셋 산 등반기〉는 이제 겨우 시작에 불과하지만 처음으로 그의 가벼운 여행기가 그 모습을 드러낸 것이다.[4] 그는 다음 작품 〈겨울 산책〉을 10월부터 머릿속으로 구상하기 시작했다. 이 글은 그의 최고 작품 가운데 하나가 될 터였다.

29

자연의 대변인

🌿

이해 겨울 소로는 건강이 다시 나빠졌다. 강연 차 장기 여행 중이던 에머슨은 1월 중순 "헨리가 기관지염을 비롯한 병치레에서 벗어나 회복되었기를 기원한다"고 썼다. 소로는 자신의 처지를 일기에다 털어놨다. "나는 시든 잎처럼 시간과 영원 사이에 서 있는 한 다발의 병든 신경이다." 이건 단순한 수사나 자기 채찍질 이상인데, 마음을 완전히 놓아버리는 아주 드문 순간을 그가 덧붙인 것을 보면 더욱 그렇다. "나는 지금 좋아, 보통 때보다 더 건강한 것 같아, 그런데 이런 순간은 너무 잠깐이야." 그는 불평이나 해대는 그런 부류는 아니었지만 아무튼 만성적인 건강 악화에 시달렸던 것 같다. 그가 용기와 "용감한 인물"에 대해 끊임없이 이야기하는 것도 어느 면에서는 숱한 지병持病들에 맞서 자신의 정신을 지켜내기 위해 일종의 휘파람이라도 불어보려 한 것이라고 볼 수 있다. 에머슨은 건강해지겠다는 그의 결의를 높이 평가했고, 그를 "나의 용감한 헨리"라고 불러주었다. 그러나 좋지 않은 건강으로 인해 그도 때로는 허약한 육신을 향해 분노를 터뜨렸고 심한 자기 질책을 하기도 했다. 1월 말까지도 그는 전혀 나아지지 않았다. 그가 느낀 절망감은 브라운 여사에게 보낸 편지에 잘 드러나 있다. 편지는 자신의 현재 상태를 고백하면서 시작한다. "우리는 참으로 불쌍하고 병약한 존재입니다. 게다가 비참하다는 생각으로 괴로워하지요." 그러고는 스스로 인정한다. "대부분의 경우 저는 게으르고 능률도 떨어지는 데다 시간만 죽이는……위대한 공화국의 일원입니다."[1]

그의 건강이 호전됐다가 악화되기를 반복하다 보니 이해 겨울 그의 정신도 기분에 따라 크게 출렁거렸다. 에머슨은 2월 초에도 강연을 위해 여전히 뉴욕에 머물고 있었는데, 소로에게 〈다이얼〉의 다음 호와 관련해 편지를 썼다. 그는 (평소처럼) 그에게 여러 가지 수고를 해달라고 부탁하면서 여기에 덧붙여 찰스 레인이 보내온 글을 읽어보고 그것을 실을 것인지 말 것인지를 결정해달라고 했다. "자네가 읽고서 싣는 게 적당하다고 확실히 말할 수 있다면 그 원고는 내게 보내지 않아도 되네." 이처럼 자기를 신뢰해주다니, 소로는 그야말로 주체할 수 없는 반응을 보였다. 마치 호손이 《모비딕Moby Dick》을 너그럽게 읽어준 데 대한 멜빌의 그 유명한 반응(멜빌은 호손의 천재성에 대한 헌사와 함께 작품을 헌정했다-옮긴이)을 떠올리게 할 정도로 소로는 감사한 감정을 과도할 정도로 분출했다. 그가 에머슨에게 쓴 편지를 보자. "아주 사소한 것일지라도 어느 고귀한 분께서 분명한 믿음을 보여주실 때 제 존재의 저 말단에서조차 귀가 트이고 눈이 떠지는 것을 느낍니다. 이처럼 따뜻한 신뢰는 저를 산 채로 하늘로 데려갑니다……저는 더 이상 이 땅에 있지 않습니다." 물론 에머슨이 그를 정말로 신뢰하고 있으며, 그의 판단을 전적으로 믿어주고 있다는 사실은 두말할 필요 없이 소중했겠지만 그래도 그의 반응은 좀 과도해 보인다. 물러날 때라도 감정 분출을 하지 않으면 자기 감정을 어느 정도 통제한다고 생각해줄 텐데 말이다. "다른 사슬들은 끊어질지도 모릅니다. 그러나 아무리 어두운 밤에도, 아무리 멀리 떨어진 곳에서도, 저는 이 끈을 쫓아갈 것입니다."[2]

이렇게 해서 1월에 바닥까지 떨어졌던 그의 기분은 갑자기 2월 초에 그야말로 솟구치는 듯한 큰 변화를 맞았다. 덕분에 이해 겨울 그의 창작 에너지는 하나하나가 _그_를 서로 다른 방향으로 끌어당기는 일련의 프로젝트들로 흩어질 수 있었다. 1월에 나온 〈다이얼〉에는 그가 번역한《결박 당한 프로메테우스》와 함께《마누법전》에서 뽑아낸 내용이 실렸다. 〈다이얼〉에 실린 것을 빼고는 처음으로 세상에 선보인 글인 〈와추셋 산 등반기〉가 이해 1월 〈보스턴 문학선집Boston Miscellany of Literature〉에 발표됐다. 이런 와중에 2월 8일 콩코드 라이시엄에서 하기로 한 롤리 경에 관한 강연도 준비해 나갔다.

아이킬로스의《결박 당한 프로메테우스》번역은 처음부터 에머슨이 소로가 적임자라고 못박은 것이었다. 에머슨은 계속해서 소로에게 다른 그리스 문학작품의 번역 프로젝트를 적극 추진해보라고 용기를 북돋아주었다.《결박 당한 프로메테우스》번역은 아주 탁월하지는 않았어도 꽤 훌륭한 것이었다. 헤지로부터 대단하다는 평가를 받았는데, 동시대 작품인 엘리자베스 바렛 브라우닝의 번역본(1833년 초판, 1850년 개정판)에 버금가는 수작이었다. 소로는 초창기 시에 대한 그의 관심, 그러니까 여러 민족의 초기 문화와 함께했던 강력하면서도 에너지 넘치는 글에 상당한 관심을 갖고 있었다. 그가 반항적인 프로메테우스에게서 영웅이 주는 매력을 느낀 것은 괴테, 셸리, 마가렛 풀러, 엘리자베스 브라우닝, 그리고 낭만주의 시대의 다른 많은 작가들과 그 기조가 매우 유사하다. 프로메테우스는 고대 그리스 문화에서 영웅이자 상징으로서, 솔론과 오르페우스, 아폴로를 대체하는—적어도 동급의—존재였기 때문이다. 소로는 프로메테우스의 모습을 뭔가 독특하게 그려냈지만 그가 《메인 숲The Main Woods》의 첫 장이 될 〈캐타딘〉 에세이에서 결박 당한 프로메테우스의 이야기를 내면화하고 자기 나름대로 해석한 것은 이로부터 얼마 되지 않아서였다.[3]

소로는 산스크리트어를 읽을 줄 몰랐다. 그래서 《마누법전》 발췌록은 존스 번역본에서 그가 직접 추려내고 편집한 결과물이었다. 다가올 몇 달 간 그는 다른 위대한 민족 경전에서 비슷한 발췌록을 만들 것이었다. 의심할 바 없이 그는 《마누법전》을 시로, 또 지혜의 말씀으로 접근했지만 이것들이 신성한 글이라는 점에서 자신의 발췌록이 신학적인 면도 갖고 있음을 잘 알고 있었다. 이건 《구약성경》과 《신약성경》이 유일신에 관한 유일무이한 진실된 경전이라는 기독교 전제에 대한 명백한 도전이었다. 이해 말 소로는 에머슨에게 이렇게 썼다. "종교 세계가 서서히 그 옛날 경전을 산산조각 내고 있는데, 한편에서는 그보다 더 오래됐을 법한 책들의 변치 않는 유물을 바닷가에서 주워 모아 다시 천천히 엮는 일이 벌어지고 있다는 게 참 진기해 보이지 않습니까?"[4]

롤리 경에 관한 강연을 위해 소로는 낯익은 주제로 돌아갔다. 영웅 내지는 "용감한 인물"을 다시 붙잡은 것이다. 그의 생각을 롤리 경의 역사적인 모습에 집중함으로써 앞서 같은 주제로 파고들었던 에세이 〈더 서비스〉의 추상적이며 너무 복잡하다는 문제를 피할 수 있었다. 롤리 경에 관한 강연은 영웅적인 위인의 전기 혹은 존경 받는 인물의 전기적 스케치로는 처음으로 성공을 거둔 과감한 시도였다. 이것은 칼라일의 영웅, 에머슨의 위인, 풀러의 대표 여성으로 예시화된 새로운 플루타르크 풍의 삶이었다. 소로에게 이런 글은 그런대로 성공적인 장르가 될 터였다. 그는 실제로 그 후 수 년간 칼라일과 존 브라운, 조 폴리스, 알렉 시리언의 인물 스케치를 쓰며 자신이 살아가는 시대와 장소에 좀더 가까이 다가가려는 작업을 해나갔다. 롤리 경에 대한 소로의 찬사는 진심이었다. 그는 롤리 경의 용기와 이해심, 위트를 특히 좋아했다. 그는 페르시우스를 높이 평가했던 것처럼 자신의 전 생애가 바로 자신의 대표작인 시인이자 작가의 최고 사례로 롤리 경을 꼽았다. "그러나 그는 선단과 함대 대신, 대규모 기마병 대신 본인의 시를 썼다."[5]

이해 겨울 결실을 맺은 그의 모든 프로젝트들 가운데 〈와추셋 산 등반기〉는 그가 가야 할 길에 가장 근접한 것이었다. 비록 이때까지도 그는 이것을 인식하지 못한 것 같았지만 말이다. 그에게 〈매사추세츠의 자연사〉를 쓰라고 맨 처음 주문한 사람은 에머슨이었지만 막상 그 결과물에 대해 에머슨은 그리 신경 쓰지 않았다. 〈와추셋 산 등반기〉나 그 후속작인 〈겨울 산책〉에 대해서도 그랬다. 〈와추셋 산 등반기〉는 〈다이얼〉에 실리지도 않았다. 이보다 더 긴 그의 작품들도 탐험의 서사로 조금 각색되기는 했지만 기본적으로는 가벼운 여행과 야외활동에 기초한 것들이다. 주제와 분위기, 심지어 〈짧은 여행Excursions〉이라고 마지막에 붙인 제목은 하나같이 워즈워스를 연상케 하는데, 소로 역시 이를 통해 절도 있는 삶과 시인의 정신적 성장, 차원 높은 기쁨을 강조하고 있다. 영국에서 워즈워스는 병을 치유하고 건강하게 해주는 '자연이 가진 힘'의 위대한 대변인이었다. 미국에서는 소로가 바로 그런 대변인이었다.

소로는 자신의 앞날까지 분명하게 내다보지는 못했다. 이해 1월 그가 하던 일은 그 방향이 완전히 다른 것들이었다. 그는 시대도 제 각각인 여러 작가들의 작품을 번역하고 편집했으며, 영웅적 개인에 관한 관심을 계속 좇았으며, 자연 에세이라고 하는 형식을 완성해가는 중이었다. 한편으로는 잡지 편집과 강연에 할애하는 시간이 갈수록 많아졌다. 지난 10개월은 창작 역량이 폭발적으로 분출한 시기였다. 그는 자신이 시작했던 작업 대부분을 끝내가고 있다는 데 자부심을 가질 수 있었다. 이렇게 작업한 주요 결과물은 출판돼 빛을 보기 시작했다. 하지만 이런 성과에도 불구하고 그는 자기 자신에 대해, 본인의 재능에 대해, 그리고 자신의 일에 대해 확신을 가질 수 없었다. 소로는 이해 말 에머슨에게 보낸 편지에서 에머슨 부인이 더 나아지지 않아 유감이라고 썼다. "원래 운명의 여신들은 그들이 아프게 만든 사람에게 안부를 묻는다는데, 내가 무슨 병을 앓았는지는 한 번도 묻지 않았다는 사실을 부인도 아실까요?" 분명히 그는 자신을 아픈 사람이라고 여기지 않았고 뭔가를 하고자 결심했다. 그러나 작가로 살아가는 것과 관련해 아직껏 그가 풀지 못한 심각한 문제가 한 가지 있었다. 그것은 갈수록 더 많은 글을 썼고, 그 내용도 많이 나아졌고, 발표된 작품 수도 늘어나고 있었지만 지금까지 그가 글을 써서 번 돈은 한 푼도 없다는 것이었다.[6]

30

스태튼 아일랜드

𖠌

1843년 5월 초 소로는 에머슨의 집을 나왔다. 그리고 콩코드를 떠나 뉴욕의 스태튼 아일랜드로 갔다. 에머슨의 형 윌리엄의 집에서 아이들 가정교사로 일하기로 한 것이다. 소로가 지난 2년간 거주했던 곳을 떠나기로 마음먹은 것은 1월 초였다. 이 두 해는 소로에게 생산적이었고 중요했으며, 인생의 분기점이 된 시간이었다. 그는 무척 고마워하면서 에머슨에게 감사 편지를 썼다. "저는 근 2년간 선생님의 고용인이었지만 늘 자유롭게 살아왔습니다." 소로가 마음에 새긴 것은 에머슨과 리디아 두 사람의 "변함없는 친절"과 그런 마음씨를 타고난 자유로운 본성이었다. 소로는 자신이 이것을 마음에 새겨두었음을 에머슨도 알아주었으면 하고 바랐다.[1]

에머슨은 그 중요도에서 경중을 가릴 수 없는 여러 가지 일들을 그에게 해주었다. 에머슨의 집에서 생활한 2년 동안 영시와 인도 경전에 관한 소로의 관심은 한층 깊어졌다. 〈다이얼〉을 편집하는 일을 도우면서 그는 글쓰기와 출판 현장에서 일어나는 실무적인 부분들을 많이 배울 수 있었다. 청중을 대상으로 원고를 면밀하게 시험해보는 데 더할 나위 없이 도움이 되는 강연으로 돌아왔고, 마을 활동에 더 많이 관여하게 됐다. 편지를 더 알차게 쓰는 방식도 배웠는데, 자기 문제에 몰두하는 대신 상대에게 좀더 많은 것을 알려주는 것이었다. 에머슨의 집으로 들어갔을 때 그는 어렴풋이 작가의 삶을 동경하는 청년이었다. 그 집에서 나왔을 때 그는 문학을 하나의 직업으로 지향하는 노련하고 자신감 넘치는 다작多作의 작가로 빠르게 변신해가고 있었다. 에머슨의 집에 갔을 무렵 그가 쓴 최고의 글은 에머슨의 영향이 두드러진 에세이 〈페르시우스〉였다. 그가 떠났을 때는 자신의 개성이 물씬 풍겨나는 반면 에머슨의 흔적은 전혀 보이지 않는 첫 작품 〈겨울 산책〉을 쓰고 있었다. 형 존이 죽자 소로는 오히려 마음껏 글쓰기에 전념했는데, 어쩌면 그것이 자극제가 된 것인지도 몰랐다. 이제 하나가 아닌 두 사람의 인생을 똑똑히 기록해야 한다는 책임감을 느낀 것도 사실이었다. 소로가 에머슨을 모방하는 데서 홀가분하게 풀려난 것은 에머슨 덕분이었다. 에머슨은 소로가 그 무렵 쓰고 있던 최고 수준의 몇몇 작품들에 대해 성의껏 신경 써주지는 않았다. 하지만 이 정도의 소홀함은 서서히 커가고 있던 소로의 자신감을 오히려 더 강하게 해주었다. 그의 수련시절, 그러니까 타인의 판단에 의지하던 시기는 끝나가고 있었다. 소로가 1월에 에머슨에게 쓴 감사 편지는 그도 이것을 감지했음을 보여준다. 마치 그가 몇 달 뒤 풍자적이지도 않고 비꼬는 표현도 없는, 그로서는 극히 드문 감사의 고백을 하버드대학에 보냈듯이 말이다. 그는 와추셋 산으로 함께 도보여행을 했던 리처드 풀러에게 말하기를, 유익했던 대학시절 그가 배운 것은 "나 스스로를 표현하는 것"과 "우리 자신을 진실하게 대하는 것"이었다고 했다. 그런 점에서 그가 무척이나 부담스럽게 느꼈던 부채 의식은 이해할 수 있다. 그는 중대한 출발이라고 스스로 확실하게 생각해두었던 것을 준비했다. 그는 리처드 풀러에게 이렇게 썼다. "나는 콩코드를 떠나고자 합니다. 콩코드는 나의 로마고, 콩코드 시민은 내게 로마인입니다. 5월이면 뉴욕으로 가서 윌리엄 에머슨 씨 가족의 가정교사가 될 겁니다."[2]

그는 5월 초에 인생의 큰 발걸음을 내디뎠다. 이 여행에 대한 기록은 캐슬가든 근처 부두에 보드로 도착했다는 것 말고는 전혀 없다. 소로는 뉴욕의 무수한 인파와 빽빽이 들어선 건물들이 풍기는 완전히 도시적인 분위기에 충격을 받았다. 그는 시끌시끌하게 호객 행위를 하는 합승마차 몰이꾼들 사이에 내렸는데, 뉴욕의 첫 인상은 혼란스러움 그 자체였다. "핏발 선 얼굴만 드러내놓고 있는 더러운 코트와 엉망으로 흐트러진 머리들이 물결치듯 이리저리 휩쓸려가는 것 같았다." 몰이꾼들은 저마다 채찍 끝으로 앞을 가리키며 계속해서 소리를 질러대고 있었다.[3]

스태튼 아일랜드에 있는 윌리엄 에머슨의 집은 시골에 가까웠다. 시가지에서 7마일이나 떨어져 있었는데, 콩코드와 보스턴 간 거리의 절반에 달하는 거리였다. 집은 농장과 숲으로 둘러싸여 있었다. 소로는 첫 달에 네댓 차례 시내로 나갔는데, "거리의 얼굴들"과 "도시의 술렁거림"이 계속해서 그를 사로잡았다. 그는 에머슨에게 썼다. "군중은 뭐랄까 처음 접하는 것입니다. 저도 여기에 끼어들게 되겠지요. 그 잠재력을 따지자면 군중이 트리니티 교회나 증권거래소의 천 배는 될 겁니다." 그러고는 음울하게 한 마디 덧붙였다. "언젠가 군중이 도시를 휩쓸어버리고 마구 짓밟아버릴 것입니다." 뉴욕은 에너지로 넘쳐났고 빠르게 성장하고 있었다. 소로는 기록해두기를, 도로는 멀리 149번가까지 뻗어있는데, 배터리 공원에서 15번가까지는 길이 훌륭하게 닦여있다고 했다. 맨해튼은 벌써 도시화한 모습이 뚜렷했다. 소로는 부모님께 보낸 편지에서 이렇게 썼다. "온통 깨끗한 벽돌과 석재뿐이라 발자국 하나 보이지 않습니다."[4]

소로는 여전히 건강이 좋지 않았다. 병을 달고 다닌다고 할 정도였다. 도착하고 처음 2주 반 동안 기관지염을 동반한 심한 감기에 시달렸다. 새로운 환경에 적응하는 데도 애를 먹었다. 자질구레한 일들이 이어졌지만 그는 이마저 제대로 처리하는 데 힘들어했다. 6월 첫 주말쯤에는 많이 나아졌는데—적어도 부모님께는 좋아졌다고 편지에 썼다—하지만 불과 한 달 뒤 수면병이 엄습했다. 이 병은 소로의 외가인 존스 집안에서 유래한 가족력이었다. 소로는《월든》에서 외삼촌 찰리 던바가 "면도를 하다가 잠이 들었다"고 쓰기도 했다. 소로의 증상—수면발작증—은 그리 심하지 않았지만 자꾸 재발했고, 이 즈음은 수면병으로 인해 너무 졸려서 매일 저녁 무렵까지만 깨어있어도 대단하다고 여길 정도였다. 소로가 의식 있는 정신의 삶에 대한 비유로 자주 사용했던 '깨어있음'은 바로 이런 고통에다 예의 익살스러우면서도 가슴을 파고드는 특유의 솜씨가 더해져 만들어진 것이었다.[5]

평소처럼 그는 아주 엄격한 기준 아래 생활했고, 수면병에 굴하지 않고 문학 프로젝트들을 꾸준히 진행해나갔다. "사람들 대부분은 굶주린 존재로 살아간다. 자신 있게 날개를 펼치지만 기껏해야 참새 한 마리밖에 못 잡는 매처럼 말이다." 그러면서 자기 스스로 경고한다. "영국 르네상스 시기는 천재들이 가장 행복해 했던 순간이자 생명력으로 가득 차있던 시간이었다."[6]

이해에 그가 쓴 편지들은 이전 어느 때 쓴 것보다 이야깃거리도 풍부하고 소재도 다양하다. 그는 편지에 푹 빠져들었다. 몇몇 편지들은 감정이 넘쳐 흐르는 데다 너무 긴장돼 당시 시각으로는 과하다고 할 정도로 솔직했다. 그는 2월에 에머슨에게 보낸 감사 편지에 이렇게 썼다. "허공에다 구멍을 뚫을 만한 어떤 조류潮流가 있습니다." 스태튼 아일랜드에서 그는 누이와 가족들에게 애정이 넘치는 편지를 대놓고 썼는데, 콩코드에 대한 그리움을 전혀 숨기지 않았다. 게다가 리디아 에머슨에게는 연서戀書라고 해도 과언이 아닐 정도로 감정을 드러낸 편지를 쓰기도 했다. 소로는 뉴욕에 온 지 2주 만에 그녀에게 편지를 썼는데 처음에는 가족처럼 이야기를 적어나갔다. "제 생각에 당신은 꼭 제 누님 같습니다." 리디아는 답장을 했지만 지금 그 편지는 분실되고 없다. 그러나 이해 초 에머슨이 신뢰를 가득 담아 그에게 보냈던 편지가 그랬던 것처럼 리디아의 답장을 받자 소로는 진심으로 말로 표현할 수 없는 감사의 눈물을 흘렸다. "당신을 생각할 때마다 제 인생은 끊임없이 고양됩니다. 그것은 늘 지평선 위에 자리잡고 있는 무엇이 될 것입니다. 제가 저녁 별을 우러러 볼 때처럼 말입니다." 소로는 그 별이 비너스(금성)라는 것을 잘 알고 있었다. 리디아는 이해에 몸이 좋지 않는데―루시 브라운 역시 소로가 따뜻한 편지를 보냈을 때 몸이 좋지 않았다―소로가 그녀에게 보낸 편지에는 사모의 감정이 그야말로 흠뻑 배어 있었다. 의심할 바 없이 그는 그녀에게 사랑을 느꼈다. 에머슨과 마가렛 풀러라는 쌍둥이 같은 두 중심 인물을 둘러싼 친구와 동료들은 누군가를 사랑한다는 것을 대단히 높이 평가했고, 그것을 표현하는 것도 결코 숨기지 않으려 했다. 소로는 냉정하게 보이는 것보다는 감상적으로, 과도할 정도로 감성적으로 말하는 게 차라리 낫다고 생각했다. 그는 에머슨 가족에게 많은 신세를 졌고, 그들과 애정 어린 친밀한 관계를 맺어왔다. 그는 집을 떠나 향수병에 걸려 있었고, 리디아는 몸이 아팠다. 편지는 소로가 평소 숨겨왔던 강한 애정이 담긴 속마음을 많이 얘기하고 있지만 그렇다고 해서 그가 에머슨 부인과 "사랑에 빠졌다"는 것은 아니다.[7]

소로는 윌리엄 에머슨 가족에게서 친밀함을 느끼지 못했다. 집안에 지적인 삶 같은 건 없었다. 소로는 특히 그가 맡은 어린아이에게 마음이 끌리지 않았다. 스태튼 아일랜드는 그도 좋아했다. 콩코드보다 먼저 꽃이 피어났고, 유칼리나무와 튤립나무, 야생마늘 같은 식물을 보는 건 즐거운 일이었다. 그가 머문 동안 제일 좋았을 때는 바다를 "발견했을" 때였다. 그는 바다의 거침없는 포효를 시내에서 들려오는 시답잖은 웅성거림과 비교했다. 그리고 바닷가를 즐겨 산책했다. "그곳에는 모든 게 넉넉하게 큼지막하게 있다. 수초와 물과 모래. 게다가 죽은 물고기와 말과 돼지들까지 넘쳐날 정도로 지독한 냄새를 풍기고 있다." 도시 자체는 사람들이 너무 많아 싫어했지만 평소 생각을 바꿔서 도시가 살기에는 편하다는 생각도 해봤다. 하지만 오고 가기가 너무 어려운 곳이었다. 게다가 그가 여기에 온 이유는 대도시나 바닷가 혹은 스태튼 아일랜드를 보려고 했던 게 아니었다. 그렇다고 부잣집 도련님의 가정교사가 되려고 온 것도 아니었다. 소로가 뉴욕에 간 이유는 작가로서의 삶을 적극적으로 모색해보기 위함이었다.[8]

Henry David Thoreau
A Life of the Mind

4부

1843–1845
월든 호수로 가는 길

31

뉴욕의 문학적 풍경

소로가 계획했던 것은 원고료를 받으며 "글을 쓰는 일자리"를 구해 뉴욕에서 확실하게 자리잡는 것이었다. 윌리엄 에머슨의 집에 기거하면서 하숙의 대가로 가정교사 일을 하는 것은 어디까지나 이런 목적을 위한 방편이었다. 그는 건강이 호전되자마자 시내로 나가 자신의 글을 채택해줄 만한 출판사들을 찾아 다녔다. 〈다이얼〉에 글을 쓰고 편집을 도운 것은 유익한 경험이었지만 금전적인 수입은 전혀 없었다. 보스턴에서 나오는 정기간행물에 그의 글이 한 편 실리긴 했지만 이 역시 한 푼의 수입도 얻지 못했다. 에머슨을 비롯한 여러 친구들의 거센 독촉에도 불구하고 출판사 측이 소로에게 원고료를 지불하기로 한 약속을 비열하게도 무시했기 때문이다. 당시 뉴욕은 인구 30만 명 이상의 대도시로 규모 면에서 보스턴의 세 배가 넘었으니 당연히 기회는 훨씬 많았다. 소로가 희미하게나마 밝혀둔 구상은 "겨울이 오기 전에 얼마가 됐든 확실한 금액을 버는 것"이었다. 그는 뉴욕소사이어티 도서관과 상업거래소 도서관을 자주 찾았고, 국립디자인아카데미 미술관에도 들렀다. 그는 〈뉴미러The New Mirror〉와

〈브라더 조나단Brother Jonathan〉, 〈뉴월드The New World〉에 글을 보냈지만 에머슨에게 실망스러운 결과를 알릴 수밖에 없었다. "다들 원고료를 주지 않아도 되는 기고자로 넘쳐나고 있어 더 이상 해볼 도리가 없습니다. 〈니커보커The Knickerbocker〉는 너무 곤궁하고 그나마 〈레이디스 컴페니언 The Ladies' Companion〉 정도만 원고료를 줍니다." 그는 우울하게 결론지었다. "여기서 필자들이 원고료를 받으며 쓰는 글을 다 합쳐봐야 지금까지 내가 쓴 몇 편 안 되는 글보다도 적을 것입니다." 그는 심지어 집집마다 돌아다니며 〈아메리칸 어그리컬처리스트The American Agriculturist〉의 정기구독자를 확장하는 외판 일까지 해봤지만 이런 극단적인 방법마저 허사로 돌아갔다.[1]

흥미로운 사람들을 여럿 만난 의외의 소득도 있었다. 에머슨이 최근에 사귄 젊은 친구들인 길레스 왈도와 윌리엄 태펀은 소로에게 재미난 것도 보여주고 오락거리도 제공했다. 위대한 윌리엄 엘러리 채닝의 조카인 W. H. 채닝도 만났다. 당시 서른세 살이었던 채닝은 열렬한 사회주의 지지자로 한때 브룩팜 공동체에도 참여했는데, 사회주의자 잡지 〈프레젠트The Present〉를 창간해 9월부터 펴낼 참이었다. 소로가 보기에 채닝은 좀 망설여지는 인물이었다. "자기가 모든 걸 책임지겠다고 하면 그때서야 당신은 그 사람을 만나보는 게 좋을 것입니다." 미국 푸리에주의자인 알버트 브리스베인도 있었는데, 서른네 살 나이로 이미 두 권의 책 《인간의 사회적 운명The Social Destiny of Man》(1840)과 《조합운동Association》(1843)을 쓴 저자였다. 브리스베인은 한 해 전 에머슨의 철학에 감히 도전했었다. 소로는 그와 거리를 유지했고 신랄한 혹평을 날렸다. "지하창고에 살고 있는, 그것도 유효기간이 한참 지난 사람처럼 보인다." 당시 서른세 살 된 "가느다란

흰 머리칼"을 가진 호레이스 그릴리도 있었다. 에머슨은 그를 가리켜 "낙
천적인 기질과 자유로운 정신"을 가진 인물이라고 했다. 그릴리는 2년 전
〈뉴욕 트리뷴〉을 창간했다. 소로보다 불과 여섯 살 위였던 그릴리는 소로
의 작품을 널리 알리는 데 진심으로 발벗고 나서주었다. 소로는 그를 가
리켜 "진실로 유쾌한―일만 하는 그의 사무실에서도―따뜻한 마음씨의
소유자로 누구나 만나보고 싶어하는 뉴햄프셔 친구"라고 했다. 그릴리가
뉴욕에 온 건 1831년이었다. 그는 노예제 반대론자였고, 그 무렵에는 조
합운동, 즉 푸리에 사회주의자 코뮌이 그의 대의였다.[2]

무엇보다 최고의 인물은 헨리 제임스 시니어였다. 그는 당시 나이 서른
둘로 슬하에 두 아들이 있었는데, 돌이 갓 지난 윌리엄과 이해 4월에 태어
나 장래 소설가가 될 헨리였다. 제임스는 아직 스베덴보리주의로 전향하
지 않은 상태였고, 유럽에 가서 산 적도 없었지만 묵묵히 외길을 걷는 구
도자였다. 소로는 그와 세 시간 동안 대화를 나눈 뒤 이렇게 썼다. "이처
럼 진심으로 한없이 감사해하는 사람을 본 적이 없다. 그는 늘 새롭고 진
취적이며 미래지향적인 사람이다. 그 사람 덕분에 뉴욕이 낯설지 않았고
친숙해질 수 있었다."[3]

이들은 모두 소로보다 나이가 겨우 몇 살 위였다. 그리고 하나같이 유
복했다. 제임스는 집안에 재산이 많았고, 나머지는 정력적으로 글을 써
서 대중을 상대로 그것을 출판했다. 그들은 또한 철저한 사회개혁을 향
한 열정, 그리고 공동체의 모범 사례를 만들겠다는 이상을 갖고 있었다.
소로는 사실 뉴욕에서 그리 편한 기분이 아니었다. 우선 글을 써서 원고
료를 받으려 했던 계획은 성공하지 못했고, 관심이 가는 주위 사람들은
한결같이 자신이 제일 심각하게 유보해둔 문제에 헌신하고 있었다. 그럼

에도 불구하고, 아니 어쩌면 자신이 자리를 잘못 잡았거나 발걸음을 잘못 내디뎠다는 것을 알았기 때문에 그는 자기만의 공간에서 혼자 글쓰기를 지속할 수 있었다.

소로의 서간문은 한결 나아졌다. 가족과 에머슨 일가에게 편지를 보내면서 그가 처음 본 광경과 새로 사귄 친구들을 잘 묘사해야 할 필요가 있었기 때문이다. 그는 잠들지 않고 깨어 있을 때는 그리스어 번역에 몰두했는데, 이번에는 핀다르였다. 그는 자신의 영시 선집 프로젝트를 위해 쉬지 않고 책을 읽었다. 산문 쓰기에도 진지하게 매달렸지만 갈수록 어렵다는 사실을 인정해야 했다. 그는 4월에 쓴 일기에 이렇게 적었다. "훌륭한 산문을 쓰는 것은 운문을 쓰는 것보다 더 힘들다." 한여름에는 자신이 쓴 산문을 평가하면서 어떤 운율을 갖고 있느냐가 아니라 얼마나 구어口語로 쓰여졌느냐가 기준이 돼야 한다면서 에머슨에게 이렇게 말했다. "대화는 여러 겹으로 둘러싸야 합니다." 그러고는 설명을 이어갔다. 독자가 글의 진정한 아름다움을 충분히 감상하려면 적어도 세 번은 읽어야 할 정도로 신중히 써야 한다고 말이다. 이런 비교는 소로가 산문에 대해 나름대로 새로운 인식을 갖게 됐으며, 글을 잘 쓴다는 것의 어려움에 대해서도 현실적으로 판단하게 됐고, 또한 이런 것들을 긍정적으로 말할 수 있게 됐음을 보여준다. 그는 이제 산문이 자신을 표현하는 데 적합한 수단이라고 결정했다. 또한 미국식 관용구의 출현에 관심을 갖기 시작했다. 그는 새로운 단어, 가령 "diggings(광산)" 같은 말을 서부에서 찾아내고는, 이렇게 언급했다. "지금은 아주 원색적인 슬랭으로만 쓰이는 많은 단어들을 미래 세대는 진짜 미국 표준어로 아끼고 즐겨 사용하게 될 것이다."[4]

뉴욕에 발을 들여놓은 지 6주만에 그는 두 편의 에세이 〈되찾은 낙원

Paradise (to be) Regained〉과 〈겨울 산책〉을 완성했다. 앞의 것은 J. A. 에츨러가 자신의 유토피아 구상을 개관한 《노동 없이 자연과 기계의 힘만으로 우리 손에 넣을 수 있는 낙원The Paradise within the Reach of all Men, without Labor, by Powers of Nature and Machinery》을 리뷰한 것이다. 콩코드에서 그랬던 것처럼 뉴욕에서도 개혁주의자들에게 둘러싸여 있던 소로는 1842년에 개정판이 나온 에츨러의 이 책을 적절한 시점에 발견했는데, 사실 그의 리뷰는 뉴욕에 머문 8개월 동안 제대로 쓴 유일한 작품이었다. 에츨러의 열정은 온건함이나 신중함과는 한참 거리가 멀었고 서두부터 거침이 없었다. "앞으로 10년 안에 낙원을 만들 수단을 보여줄 것이라고 약속한다. 그곳에서는 인간이 살아가면서 바라는 모든 것을 아무런 노동이나 아무런 대가 없이 누구나 풍족하게 누릴 수 있을 것이다." 냉정한 사회적 분석은 에츨러의 강점이 아니었다. 그런 점에서 소로의 리뷰에는 불가피하게 반어적인 표현이 많이 들어갔다. 에츨러의 구상은 전적으로 기계와 일사불란한 집단 행위에 의지했다. 개인이 설 자리는 전혀 없었다. 그는 단호하게 선언했다. "개인 혼자의 사업으로는 어떤 위대한 성과도 만들어낼 수 없다." 당연히 소로는 여기에 반론를 제기했고, 에츨러를 향해 "인간에 대한 믿음이 부족하다"고 꾸짖었다. 그러나 에츨러의 책에는 소로의 상상력을 붙잡을 만한 구석이 있었다. 소로의 말에 따르면, 이 책은 그의 "사고를 확장시켜" 주었고 "기계적인 측면에서의 초월주의"를 보여주었다. 에츨러는 풍력과 조력潮力, 태양열 같은 재생 가능한 에너지의 목록을 작성하면서 시작한다. 가령 태양열을 활용한 "연소 거울"을 개발해 물을 끓이고 증기를 생산할 수 있다고 생각했다. 거대한 풍력발전기와 조력발전기도 곧 나올 것이라고 내다봤다. 한 걸음 더 나아가 양수발전기와 바닷물을 대규모로 탈염화하는 것, 그리고 거대한 기계로 땅을 옮기고 지층을 만드는 것도 상상했다. 그는 값싼 노동력 공급을 위해 과감히 대규모 이민을 받아들일 것을 촉구하고, 토지 불하와 철도 및 운하, 발전소 같은 대형 프로젝트를 위한 연방정부의 보조금 지출을 요구했다. 에츨러는 후속작으로 《기계화 시스템The Mechanical System》을 썼는데, 소로는 읽지 않았다. 이 책은 (풍력으로 운전하는) 중앙발전소에 연결돼 움직이는 "인공위성들"의 개략적인 모습을 담은 그림들로 가득 차있었다. 이 "인공위성들"은 샌프란시스코와 덴버에서 운행된 전차 시스템 원리와 아주 흡사한데, 수많은 전차들을 중앙발전소와 기계적으로 연결해 운행하는 것이었다.[5]

이건 사실 소로가 가진 생각과는 사실상 반대되는 것이었다. 그러나 소로는 에츨러의 기계적인 영민함은 물론 그가 풍력과 조력 같은 자연 에너지를 활용한 장치를 끈질기게 고안해낸 데 깊은 인상을 받았다. 소로는 동의했다. "의심할 바 없이 인간이 적절하게만 활용한다면 자연의 단순한 동력이 우리를 건강하게 해주고 낙원을 만들어줄 것이다. 인간의 기본 법칙들 역시 우리의 건강과 행복의 회복을 위해 지켜지기만을 기다리고 있다." 소로가 반대했던 에츨러의 앞뒤 가리지 않는 신념은 딱 하나, 값싼 동력과 거대 기계가 있는 신세계에서 개인은 아무것도 생각할 필요가 없고, 심지어 더 이상 일할 필요도 없다는 것이었다. 열정 없이 위대한 업적을 이룰 수 없다는 것은 두말할 필요도 없다. 여기에 하나 더, 소로는 그 어떤 것도 인간의 노동 없이는 이루어질 수 없다고 확신했다.[6]

32

겨울 산책

소로가 뉴욕에서 생활한 첫 달에 "아주 급하게" 내용을 정리한 〈겨울 산책〉은 성숙기의 사실상 첫 작품이다. 그는 앞서 일기에 쓴 것들을 일부 가져왔지만 에세이는 기본적으로 늦은 봄과 초여름에 쓰여졌다. 이 글은 그의 절실했던 경험뿐만 아니라 잊을 수 없는 몇 가지 기억의 강렬함까지 전해준다. 글은 조용히 시작한다. 독자는 자연히 귀 기울이게 된다. "바람이 블라인드를 통해 부드럽게 살랑거린다. 아니 깃털처럼 가볍게 창문에 부딪쳐댄다. 이따금 여름날 미풍처럼 밤새 낙엽을 휘감아 올리며 한숨을 내쉬기도 한다." 키츠의 "성아그네스 전야Eve of St. Agnes"를 연상시키는 에세이의 서두는 자연의 소리에 집중하면서 음성학적인 소리를 조심스럽게 두운頭韻으로 처리하고 있다. "들쥐는 풀밭 아래 안락한 굴에서 잠자고, 올빼미는 늪지대 한가운데 있는 속이 빈 나무에 앉아 있고, 토끼와 다람쥐, 여우는 다들 자기 집안에 틀어박혀 있다." 자연 관찰과 함께 서두를 시작한 소로는 마무리는 신화로 한다. "그러나 지구가 잠에 빠져 있는 이 사이에도 대기는 살아있어서 어느 북쪽 지방의 케레스가 자신이 지배하는 온 들판에 은빛 알곡을 흩뿌리듯 깃털 같은 눈송이가 내려온다." 소로가 나중에 이해했던 것처럼 자연에 딱 들어맞는 언어를 갈망하는 작가라면 반드시 사실을 신화와 연결할 줄 알아야 한다.[1]

이 에세이는 소로가 표현 하나하나에 세심하게 주의를 기울인 덕분에 수준 높게 매우 잘 다듬어져 있다. "강물은 마을 뒤편으로 흘러가고, 우리는 야생에 더 가까운 새로운 시각으로 모든 것을 본다." 이런 문장도 있다. "그것은 대지의 바깥이며 경계다." 또 있다. "누구도 탐험해보지 못한 눈보라의 장엄함이 여행자의 정신을 지켜준다." 소로 특유의 역설도 상당히 많다. 그는 묻는다. "숲이 없는, 그러니까 자연의 도시가 없는 인간의 삶은 어떤 것일까?" 그러고는 이야기한다. "볼품없는 나무꾼의 오두막……이런 곳이 문명화된 공공장소다." 그런가 하면 눈이 "창문턱 위에 목화송이처럼, 솜털처럼 포근하게 내려앉는다"고 묘사하기도 한다.[2]

소로가 〈겨울 산책〉 원고를 보내오자 에머슨은 두 페이지 이상을 편집했다. 그는 소로에게 쓴 편지에서 그의 독특한 버릇에 반대한다고 밝혔는데, 이건 처음 있는 일도 아니었다. 에머슨은 자신의 말처럼 단순한 트릭을 좋아하지 않았다. 가령 이런 것들 말이다. "타오르듯 추운 곳, 고독한 대중, '길들여진'(소로가 좋아하는 단어다) 야생성, 숲에 있을 때는 도시를 경멸하지만 숲이란 도시나 군대 같은 것과 비교할 때 더 고귀해진다." 소로는 에머슨이 "마음대로 편집한" 것을 순순히 받아들였다. 훗날 편집자가 아주 사소한 음운 하나만 바꿔도 거세게 반발하는 것으로 악명을 떨치게 될 필자치고는 의외로 품격 있는 대응이었다. 당연히 그는 에머슨이 옳다고 생각했을 것이다. 자신의 역설이 예측할 수 없을 정도로 너무 과도하며, 독자를 짜증나게 하는 수사적인 장치라는 지적 말이다. 그러나 정반대의 표현과 예기치 않은 반전은 소로의 사고와 위트를 이끄는 것이었고, 그의 글에서 빠져서는 안 될 요소였다. 〈겨울 산책〉은 그저 '포근한 눈'이나 '문명화된 숲'처럼 말장난이나 하는 글이 아니다. 소로는 이 글에서 문명인의 건강과 행복에 숲이 필수적이라고 단언한다. 그러면서 자연의 강력한 생명력이 잠들어 있는 것처럼 보일 때조차 그것을 찬미한다. "자연에는 절대로 꺼지지 않는, 어떤 추위도 시킬 수 없는 비밀의 불이 잠자고 있다. 그것이 마침내 거대한 눈 더미를 녹이는 것이다. 그것은 1월에는 좀 더 두텁게, 7월에는 좀더 얇게 땅속에 묻혀 있다. 가장 추운 날에도 그 불은 어딘가로 흘러가고, 그러면 나무 주위의 눈 더미가 모두 녹는 것이다."[3]

〈겨울 산책〉은 가벼운 여행을 다룬 소로의 에세이 가운데 계절에 초점을 맞춘 첫 번째 작품이다. 여기서는 그만이 가질 수 있는 온갖 관심사들이 하나로 모아지는데, 그것을 지배하는 것은 바로 눈앞에서 순식간에 모든 것을 보여주는 자연 경관이다. 에세이에서는 종교적인 내용도 눈에 띄지만 히브리 성서보다는 자연을 향한 저마다의 신앙이 더 낫다고 끝맺는다. 한 명의 보통사람으로 나무꾼을 설명하는 대목에서는 희미하게나마 사회적인 목소리를 내기도 한다. 소로는 이 에세이를 통해 이야기를 풀어가는 기술을 새로이 마스터했음을 보여주는데, 이건 그가 쓴 최고 작품에 상당한 무게와 친근감까지 더해주는 것이다. 이 에세이를 읽는 독자는 마치 소로가 앞에서 직접 말하고 있는 것처럼 느끼게 된다. 소로가 자신의 화자를 살아있는 존재로, 동시에 우리가 신뢰하는 정확한 리포터로 만들어내기 때문이다. 그것은 또한 소로가 독자에게 자신과 산책을 함께하는 동료라는 역할을 부여하기 때문이기도 하다. 소로의 글을 보면 실제로 그와 함께 산책하는 사람이 언급되는 경우는 거의 없지만 산책을 하는 동안 독자를 배제하는 경우는 없다. 심지어 전혀 편안하지 않은 곳에서도 소로 특유의 '우리'를 통해 리스크와 통찰을 공유하도록 초대받는 것은 독자다.

차갑고 모진 바람이 온갖 역병을 몰아내버린다. 미덕을 지니지 않은 모든 것은 바람을 견뎌내지 못한다. 그리하여 우리는 산 정상처럼 춥고 황량한 곳에서 만나는 모든 것들이 지닌 그 불굴의 의지, 그 청교도적인 강인함을 존경하는 것이다. 그 외의 것들은 전부 자기 집을 찾아간 것 같다. 그리고 아직도 바깥에 나와 있는 것은 우주의 본래 뼈대의 일부임이 틀림없다.[4]

적어도 이 시점에서 보자면 소로가 당초 의도했던 뉴욕 체류 목적은 대부분 실패로 돌아갔다. 그는 윌리엄 에머슨 가족과 함께 사는 것을 따분하게 여겼다. 뉴욕의 문학 세계를 뚫고 들어가는 것도 무산됐다. 그러나 긍정적인 면에서 보자면 그릴리는 그에게 훌륭한 친구이자 지지자가 되어주었다. 빛나는 에세이 〈겨울 산책〉을 쓰는 데 집중할 수 있었고, 자신의 마음이 진정 콩코드에 있다는 것도 확인했다. 이전부터도 뉴욕을 떠나고 싶은 마음은 계속해서 품고 있었지만 지금은 돌아가고 싶다는 심정 그 이상이었다. 뉴욕에서의 경험은 고향에 대한 그리움을 되찾게 해주었고, 자신의 일에 대해서도 새로운 현실감을 심어주었다. 8월에 그는 어머니에게 편지를 썼다.

잠들지 않고 깬 상태로 있는 것이 지금 제게는 첫째가는 덕목입니다. 아주 드문 경우를 제외하고는 글을 쓰고 책을 읽는다는 게 불가능할 정도입니다. 그러나 간단히 말하자면 저는 이전보다 강해졌습니다. 두 발로 전세계를 일주할 수도 있습니다. 그리고 때로는 이런 생각도 해봅니다. 지금 잘할 수 없는 것을 하려고 애쓰는 대신 '지금 할 수 있는' 것들을 일단 해보는 게 더 나을 것이라고 말입니다.

10월 말 일기에 그는 자신의 뉴욕 체류에 관한 짧은 글을 남겼는데, 여기서 그는 이 기간을 유익한 실패라고 느끼고 있음을 확실하게 밝히고 있다.

지금 이런 상태로는 젊음의 꿈들이 결코 실현되지 않으리라는 것을 알 정도의 나이는 됐다. 나는 시간의 눈꺼풀 아래를 바라보며 내가 이루지 못한 완벽함을 명료하게 이해하고자 생각에 잠긴다. 실은 그것이야말로 나에게 허락된 그 다음으로 큰 행복이 아닐까 한다.[5]

33

철도가 들어오다

헨리 아담스는 《헨리 아담스의 교육론The Education of Henry Adams》에서
1840년대에 "보스턴과 알바니를 잇는 철도의 개통, 리버풀과 보스턴 간
커나드 증기선 항로의 등장, 그리고 헨리 클레이와 제임스 K. 포그가 대
통령 후보로 지명됐다는 뉴스가 볼티모어에서 워싱턴으로 전신 메시지
로 전송되면서" 18세기의 보스턴은 종말을 고했다고 썼다. 18세기 콩코
드 역시 비슷한 시기에 비슷한 이유로 종말을 고했다. 소로는 스태튼 아
일랜드에 머물고 있던 1843년 추수감사절 때 콩코드를 다녀간 적이 있지
만 12월 17일에는 그쪽 생활을 완전히 정리하고 집으로 들어왔다. 다시 찾
은 콩코드는 눈에 띄게 빠른 속도로 변해가고 있었다. 가장 두드러진 변
화는 철로가 모습을 드러낸 데서 감지할 수 있었다. 철도는 사실 다른 많
은 변화의 신호탄이었다.[1]

매사추세츠는 1840년대에 전체적으로 34.8% 성장했다. 보스턴은 1840
년에 대서양을 항해하는 커나드 증기선의 미국 쪽 기착지가 됐고, 그 후
몇 년간 항구도시로서 전성기를 구가했다. 1843년에는 대규모 곡물 창고

가 처음 들어섰다. 높은 성장세에도 불구하고 힘든 시기였다. 소로가 대학을 졸업한 1837년부터 스태튼 아일랜드에서 콩코드로 돌아온 1843년까지 6년간 밀의 도매가격은 부셸 당 1달러77센트에서 98센트로 떨어졌다. 양모는 파운드 당 42센트에서 30센트로 하락했다. 도매물가지수는 1835년을 100으로 했을 때 1837년에 115까지 상승했다가 1843년에는 75까지 떨어졌다. 목수 같은 숙련 노동자는 1843년에도 1837년에 받았던 것과 동일한 1달러25센트의 일당을 받았으나 미숙련 노동자(가령 이리 운하에서 일하는 노무자)는 1837년에 88센트였던 하루치 임금이 1843년에는 75센트로 쪼그라들었다.[2]

소로가 스태튼 아일랜드로 떠나온 1843년 4월에 반가운 소식이 들려왔다. "콩코드를 통과해 보스턴과 피치버그를 잇는 철도가 곧 완공될 것"이라는 뉴스였다. 그러나 철도는 콩코드에 은총이자 저주였다. 앞서 보스턴과 로웰을 잇는 철도가 1836년에 개통되자 이 노선이 콩코드를 통과하지 않았음에도 불구하고 미들섹스 운하의 교통량이 크게 줄었고, 해상 운송이 증가하기를 고대했던 콩코드의 희망은 물거품이 돼버렸다. 1843년의 운하 교통량은 로웰 노선 개통 이전보다 3분의 2나 줄어들었는데, 이로 인해 운하가 급격한 쇠퇴기로 접어들어 더 이상 수리비용조차 댈 수 없는 지경에 이르렀다. 급기야 얼마 뒤에는 운하 사용 면허를 개정해 운하를 보스턴의 불어나는 인구를 겨냥한 수로로 바꾸자는 청원까지 등장했다. 피치버그 철도는 1842년에 부지 매입을 시작해 1843년에는 월섬까지 철로 부설을 완료한 데 이어 콩코드까지 예비노선을 잇는 데도 성공했다. 이즈음 에머슨이 소로에게 보낸 편지를 보면 당시 광경이 잘 묘사돼 있다. "마을은 아일랜드 이민자들로 북적대고, 경위의經緯儀와 빨간 깃발을 든

엔지니어들이 막대를 보며 역에서 역까지의 거리가 몇 피트 몇 인치인지 외쳐대는 소리로 가득하다네." 에머슨은 9월에 보낸 편지에서 기차가 다닐 지상 18피트 높이의 철둑이 매일 역을 향해 33피트씩 전진해가고 있다고 적었다. 작업 속도는 빨랐다. 물론 모든 작업은 고된 노동으로 이루어졌고, 에슬러가 말한 신세계의 기계를 활용한 방식은 아니었다. 1000명의 아일랜드 노동자들이 이 프로젝트에 동원됐는데, 하루 16시간을 일하고 60센트, 심지어 50센트를 받았다. 에머슨이 보기에 이건 노예를 부리는 것이나 다름없었다. 그는 "불쌍한 아일랜드 노동자들"을 동정하는 마을의 자선활동에 주목하기도 했지만 비인간적인 경제의 전횡 앞에 무력할 수밖에 없었다. "동일한 노동력을 갖춘 새로운 예비군이 매일같이 쏟아져 들어오고 있는데 그들을 구원할 무슨 방법이 있을 수 있겠는가? 결국 이런 상황은 노동자들의 임금을 총각 하나 겨우 먹고 살 정도까지 끌어내릴 것이고, 가족 딸린 사내들은 다 쫓겨나고 말 것이다." 철도는 경제학적인 가르침이기도 했다. 1844년 6월 콩코드에 기적소리가 처음 울렸을 때 보스턴까지 가는 운임은 50센트로 철도노동자의 하루치 임금이었는데, 이건 역마차 요금에 비해 3분의 1이나 저렴한 것이었다. 소요시간도 역마차가 네 시간 걸린 데 비해 기차는 한 시간밖에 걸리지 않았다.[3]

에머슨은 정확히 앞날을 내다봤다. 철도의 등장은 모든 것을 변화시킬 것이라고 말이다. 특히 콩코드가 보스턴에 너무 가까워짐으로써 그가 누리고 있는 평화와 고요를 앗아갈 것이었다. 그는 콩코드에 더 머물러 있어봐야 희망이 없을 경우 이주하는 것도 고려했다. 그러나 철도 건설이 한창이던 1843년 여름에도 엘러리 채닝에 따르면 에머슨이 살던 마을 끄트머리는 여전히 매우 조용했다. 에머슨이 아끼던 또 한 명의 시인으로 얼마 전 시집도 한 권 출간한 채닝은 이해 봄 콩코드로 이주해왔다. 소로는 채닝이 한 해 55달러에 임대한, 에머슨의 집 정원에 접한 케임브리지 유료도로 변의 작은 붉은색 농가를 수리하는 것을 도와주었다. 채닝이 보기에 멀리 도로 바깥으로는 하루 종일 마차 네 대가 오가고 "다른 마을이 또 있다는 것을 상기시켜주는 짐 보따리를 든 인디언 둘"이 지나갈 뿐이었다. 아무튼 더 이상 여유로울 수 없는 풍경이었다. 채닝은 이렇게 표현했다. "오래된 세계가 졸음에 겨워 혀를 축 늘어뜨리고 있다."[4]

그러나 월든 호수가 있는 마을의 다른 쪽 끝은 결코 평온하지 못했다. 신규 철도 노선이 호수에 바짝 붙어서 통과하는 바람에 호수 한쪽이 기차가 지나가는 높은 철둑이 돼버렸다. 호숫가 어디서든 새로운 기찻길을 볼 수 있을 정도였다. 콩코드와 월든은 그런 점에서 훨씬 더 가까워졌고, 바깥세계와 더 단단하게 연결된 것은 '분명'했다. 이것 하나만으로도 18세기 콩코드가 종말을 고했다고 충분히 말할 수 있다. 만일 구세계가 케임브리지 유료도로 너머에서 혀를 축 늘어뜨리고 있는 것처럼 채닝의 눈에 비쳐졌다면 월든 호숫가에서는 산업자본주의가 몰고 온 신세계의 소리들, 그러니까 맨 처음의 삽질 소리에 이어 해머 소리, 다음에는 증기엔진 소리가 호수 표면에 퍼져나가는 것을 들을 수 있었을 것이다.

34

문명인의 내면

소로에게 1843년 가을은 한바탕 회오리바람이었다. 9월에는 어떻게든 뉴욕에서 자신의 글로 자리를 잡아보려고 마지막까지 최선을 다했지만 성과는 없었다. 그리고 이어진 두 달 동안 그는 불안정하게 흔들렸고 마음은 점점 더 콩코드를 향했다. 뉴욕에서 느낀 소외감과 당혹스러움은 계속 커져갔지만, 아니 어쩌면 오히려 그 때문에 이해 가을 그가 쓴 글은 양적으로는 그리 많지 않아도 내면 깊숙이 들어가 창작의 샘물을 퍼 올린 것들이었다. 9월 29일자 일기를 보면 "봄의 첫 참새"를 처음으로 쓴 대목이 나오는데, 이 내용은 훗날 《월든》의 그 유명한 구절로 발전해갈 것이었다. 〈겨울 산책〉이 초여름에 쓰여진 것처럼 봄 소식을 묘사한 이 글도 가을이 다가올 무렵 쓰여졌다. 그렇다고 해서 역설적인 것은 아니다. 소로의 수작秀作들은 워즈워스의 글처럼 명상에 잠겨 예전 느낌을 다시 떠올린 것들이 많고, 기쁘게 계절을 맞이하는 그의 즉흥적인 반응은 한동안 상상력을 통해 걸러져 내면의 계절과 하나가 될 때 비로소 표현됐다. 그리고 해가 갈수록 소로가 계절에 대해 느끼는 감정에서 회상 내지는 기

대가 두드러진다. 봄이 지나가면 곧바로 다시 봄이 찾아오기를 고대하기 시작하는 식이었다.[1]

봄 소식을 묘사한 그 멋진 구절이 막상 자연 그 자체가 아니라 음악을, 그것도 다름아닌 인간이 만든 음악을 생각하면서 시작한다는 게 흥미롭다. "잠시 뮤직박스를 감으며 중세시대의 막혔던 샘물이 터지듯 선율이 폭발하기를 기다린다. 음악은 신비롭게도 과거와 인연이 닿아있다. 모든 시대는 저마다의 선율을 갖고 있다. 그것은 내 기억을 깨워내 색깔을 입힌다." 그리고 다른 아무런 변화도 없는데 불쑥 이런 문장이 나온다. "봄을 알리는 첫 참새. 그 어느 때보다 젊은 희망과 함께 한 해가 시작되고 있다. 은방울을 굴리는 것 같은 참새의 지저귐이 황량한 저습지 너머로 처음 들려온다."[2]

소로는 《월든》의 첫 번째 초고를 이로부터 여러 해가 지나서야 시험적으로 쓰게 되지만 그 아이디어와 이미지, 주요 구절들은 이미 그의 머릿속에 들어 있었다. 다시 말해 이것들은 최종적으로 책이라는 형식 안에 담겨 출판되기 전부터 존재했고 책의 본질에도 영향을 미쳤다. 소로가 글을 쓰는 방식은 시인의 방식이었다. 처음에는 편지봉투의 뒷면이나 종이 조각에다 쓴, 그것도 산책 중에 적은 짧은 메모와 느낌, 문장들로 시작한다. 그리고는 나중에 자기 방으로 돌아와 일기와 노트, 때로는 편지에다 자신이 기록한 것들을 늘려서 썼다. 그런 다음에도 계속해서 강연 원고나 에세이에 그것들을 넣기도 하고, 몇 년 된 내용들을 비슷한 주제로 다시 엮기도 했다. 이런 식으로 갈수록 더 복잡해지고 분량도 불어난 작가의 재료창고에서 그때그때 필요한 내용을 찾아볼 수 있도록 그는 색인까지 추가했다. 몇 줄짜리 메모에서 시작해 일기 혹은 노트, 강연 원고, 에세이로 넘어가는 것은 소로 나름의 발전 패턴이었다. 그는 한 번에 한 구절, 혹은 하나의 이미지나 문장을 갖고 작업했기 때문에 여기에는 일기와 노트 단계에서 표현을 다듬는 상당히 창조적인 노동이 수반됐다.

그는 이해 가을 《일주일》로 귀결될 내용들로 돌아왔다. 이 무렵 일기와 그가 "롱북Long Book"이라고 이름 붙인 노트를 보면 도보 여행을 묘사한 두 단락이 나오는데, 다름아닌 형과 함께 보트를 놓아둔 채 화이트 산맥으로 떠난 부분이다. 이건 훗날 《일주일》에서 하나의 섹션이 됐지만, 이해 가을까지 그는 여행의 이 부분을 어떤 식으로 처리할지 마음을 정하지 못했던 것 같다. 롱북에서 그는 "나뭇잎으로 불리게 될 서사시"의 아이디어를 짜보려고 했는가 하면(야심만만한 이 구상은 소로가 아니라 휘트먼이 완성한다) 오랫동안 관심을 가져왔던 얼음결정과 잎맥의 유사성을 다시 관찰해보기도 했는데, 이번에는 "주전자에 핀 흰곰팡이가 완벽한 잎의 형상을 띠고 있는 것"을 발견했다. 그는 일기에 같은 내용을 반복해서 쓴 경우에도 다른 데 써둔 것은 그대로 놔두었다. 메리맥 강이 페미게와셋으로 합류하는 곳까지 강을 따라 올라간 부분을 간략하게 설명한 뒤 그는 갑자기 멈추고서는 의아해한다. "반드시 독자를 염두에 두어야 하나……이토록 험난한 지대를 지나면서까지."[3]

〈겨울 산책〉이 이해 10월 〈다이얼〉에 발표됐다. 소로는 에머슨의 원고 수정에 반발하기는커녕 진심으로 고마워했던 것 같다. 소로가 쓴 원고 가운데 일부는 전혀 수정되지 않고 살아남았는데, 에머슨이 그냥 놔두었다는 것은 그만큼 훌륭한 글이었다는 반증이기도 했다. 특히 소로가 앞서 쓴 〈랜드로드The Landlord〉와 비교해보면 더욱 그랬다. 나이든 친절한 양키 여관주인에 관한 찰스 램 풍의 낯익은 에세이인 〈랜드로드〉는 이해

10월 〈데모크래틱 리뷰Democratic Review〉에 발표됐는데, 인쇄물로 출간된 소로의 글 가운데는 개성이 제일 부족한 작품이다. 11월에는 역시 수정됐음에 틀림없는, 그러나 그 내용이 아니라 스타일 면에서 수정된 에슬러에 관한 리뷰가 발표됐다.[4]

소로는 11월에 가족과 함께 추수감사절을 보내기 위해 콩코드에 돌아왔는데, 이때 앞서 원고를 써둔 "호메로스, 오시안, 초서"에 관한 강연을 했다. 바로 직전 몇 달간 소로는 영시를 읽었지만 전혀 만족스럽지 않았다. 다행히 주목할 만한 딱 한 명의 예외적인 시인이 있었으니 프란시스 퀼스였다. 그의 작품에는 소로도 매혹될 수밖에 없었다. 반면 드러몬드는 "강렬함과 끈끈함이라고는 거의 없이 실없는 소리만 늘어놓는 사람"이었다. 또 스펜서는 서사시 《페어리퀸The Fairie Queene》에 "고색창연한 스타일"을 쓰지 않는 게 차라리 나아보였다. 마블은 부분적으로는 좋았지만 경박하고 좀스럽기까지 하다고 생각했다. 다만 말로우는 "위대한 시인의 많은 자질"을 갖고 있었다. 그는 편지에서 "끔찍한 광채를 던지는 대단한 영국 시인들을 섭렵했다"고 썼다. 그리고 강연할 시점이 다가오자 이들보다 앞선 초기 시인들과 그 시대로 돌아갔다. 그는 호메로스가 "마치 자연이 이야기하는 것처럼" 너무나도 자연스럽다고 높이 평가하면서 이것은 호메로스가 꾸밈이 없고 시대를 초월하기 때문이라고 했다. 소로는 그 이후의 시인들에 대해 "호메로스의 비유적 표현들을 베낀 것에 지나지 않는다"고 지적하면서 호메로스의 작품들은 "인간 정신의 최초이자 최후의 생산물"이라고 주장했다.[5]

그는 오시안을 호메로스와 비견되는 시인이라고 봤다. 그는 이해 가을에야 오시안을 제대로 알게 됐는데, 곧바로 오시안의 작품에 푹 빠져들었다. 제임스 맥퍼슨이 번역한 오시안의 시에 소로가 (혹은 괴테나 맥퍼슨이) 얼마나 찬사를 아끼지 않았는지는 정말 놀라울 정도다. 오시안의 시가 진짜로 그가 쓴 것이든 아니든 간에 맥퍼슨이 번역한 작품은 맥퍼슨 자신보다 더 위대한 많은 작가들에게 유익하게 읽혔다. 소로를 비롯한 많은 작가들이 오시안에게서 본 것은 원시적이지만 고상한 세계였고, 더러움이나 잔혹함, 파괴적이고 비열한 정신이 없는 원초적인 강인함이었으며, 영웅적 의지가 있는 사회의 가능성이었다. 오시안은 홉스는 반박하고 루소는 인정한다. 오시안의 시는 호메로스와 동급의 북유럽 고유의 시로, 북유럽 문학의 기초를 다진 시로 읽힌다. 그런 점에서 오시안은 우리 마음속에 자리잡고 있는 베오울프의 위상을 소로의 마음에서 차지한다. "오시안의 영웅들이 보여준 이 단순하고 강인한 삶과 비교할 때 문명화된 우리 역사는 쇠퇴의 연대기이자 유행의 연대기며, 한낱 사치스러운 예술에 불과하다." 소로는 오시안이 가르쳐준 것을 멋진 한 구절로 요약했다. "문명인의 내면에서 여전히 명예로운 자리를 차지하고 있는 것은 야생성이다. 우리는 푸른 눈에 노란 머리칼을 한 색슨족이며, 호리호리한 몸집에 짙은 머리칼을 한 노르만족이다."[6]

그러나 강연—종간終刊을 앞둔 〈다이얼〉에 이 원고가 실릴 터였다—은 더 오래 전의 장엄했던 시대를 향한 이런 열망의 기록들에 그치지 않았다. 그는 초서에게로 옮겨가 앞서 다루었던 두 시인들보다 더 긴 분량으로 이야기하며, 그를 영시의 기초를 다진 시인이라고 했다. 호메로스와 대조적으로 초서는 더 이상 신성한 음유시인이나 영웅적인 시인이 아니었다. "문 앞에 서서 노래를 불러주고 영웅적인 행동을 찬양하고자 하는 그런 영웅은 없지만 대신 우리는 시의 기술을 개척한 친근한 느낌의 영국인을 갖게 됐다."

비록 초서를 영웅적인 위치에 올려놓지는 않았지만 소로는 그가 위대한 휴머니티로 훨씬 더 많은 것을 이루어냈다고 말한다. "어떤 지혜도 휴머니티를 대신할 수는 없다. 우리는 '이것'을 초서에게서 발견한다." 날 것 그대로의 원시성과 황량함, 적막함을 좋아하는 소로의 취향은 이제 초서의 위트와 부드러움, 탁월한 감각, 그리고 "정말로 신실하고 감성적인 성격"에 대한 잔잔하지만 더욱 성숙해진 찬사를 통해 균형을 맞춘다. 소로는 초서의 시에서 느껴지는, 문명화된 뭔가 특별한 것들에 경탄하고 감동을 받는다. 원래부터 그가 좋아했던 원시성과 갈수록 높이 평가하게 되는 진실로 문명화된 것, 이 두 가지는 강연에서 실제로 맞물리지는 않는다. 명백해 보이는 문제지만 이를 풀지 않고 넘어가는 대신 주제는 분명하게 드러낸다. 문명화된 인간도 그 내면에 야생성을 고귀한 것으로 간직할 수 있다. 그러나 인간이 진실로 완전해지기 위해서는 문명과 야생, 둘 다 꼭 필요한 것이다.[7]

35

더 먼 인도를 탐험해야

🌿

소로에게 1844년은 시작부터 순조롭지 않았다. 게다가 날이 갈수록 사정은 더 나빠졌다. 에머슨 집안 사람들과 2년반 넘게 생활한 뒤 이제 가족과 함께 지내기 위해 콩코드의 메인 스트리트에 있는 파크먼 하우스로 돌아온 터였다. 그의 작가 인생은 일단 멈춰버린 상태였다. 대신 아버지가 하는 연필 만드는 사업을 돕는 데 많은 시간을 썼다. 어느 쪽 일을 하든 잘못된 것은 아니지만 어느새 스물일곱 살이 되어가는 그로서는 해결하지 못한 두 가지 큰 문제를 안고 있었다. 어디서 살 것이며, 작가로서 생계는 어떻게 꾸려갈 것인가? 1844년 초 두 가지 문제에 대한 답은 일단 집에서 가족과 지내는 것 같았다.

1월에 보스턴에서는 대규모 사회주의자 집회가 열렸다. 푸리에주의로 무장한 개혁 정신은 여전히 고조되고 있었고, 새로운 공동체는 기록적인 비율로 건설되고 있었다. 이것이 시대 정신이기는 했지만 소로는 거기에 동참할 생각이 전혀 없었다. 에머슨은 2월에 "젊은 미국인The Young American"을 주제로 강연했다. 이해 겨울 에머슨과 소로는 이야기를 나누었지만 둘 사이의 견해 차이는 더욱 뚜렷해졌다. 에머슨은 강연에서 자신이 느끼는 흥분을 이렇게 표현했다. "문집 따위를 읽는 데서 얻는 그런 것이 아니라 내 생각에다 불길을 그려 넣고, 마음이 저도 모르게 동요하고 격동하는" 감정의 절박함이라고 말이다. 실제로 자기 앞에 있는 청중을 상대로 강연하는 것은 "나 자신의 모든 것을 완전하고 호소력 있게 표현하고자 하는 욕망"을 불러일으킨다고 에머슨은 말했다. 그러면서 그의 멋진 아포리즘 하나를 내놓았다. "예술이란 창작자가 자신의 작품을 향해 가는 길이다."[1]

소로에게는 이런 생각이 전혀 없었다. 강연자와 청중의 관계가 "자연스럽다"고 생각하지도 않았고, 그저 "좀 낯설게 느껴지는 기술"이라고 보았을 뿐이다. 분명히 그는 강연자로 나설 생각이 없었다. 지금 당장 자신이 해야 할 작업은 이런 기술과 관련된 것이 아니라 연필 제작과 관련된 것이었다. 그는 열심히 일했다. 생산공정과 완제품을 개선하는 새로운 방법을 고안해내기도 했다. 문제는 그가 한 번에 한 가지 일만 할 수 있다는 것이었다. 물론 저녁시간은 마음대로 공부할 수 있었지만 그는 에머슨에게 이렇게 말했다. "만일 누군가가 낮에 흑연 자르는 기계를 발명했다면 저녁과 밤에는 기계에 쓸 바퀴를 발명할 겁니다." 이건 소로와 에머슨의 또한 가지 다른 점이었다. 에머슨은 해야 할 또 다른 일이 있을 때만 자신이 지금 해야 하는 그 일을 잘할 수 있다고 말했다. 월터 스콧처럼 그는 오로지 또 다른 글을 쓰는 것을 피하기 위해 '그 글'을 썼다.[2]

1843년에서 1844년으로 넘어가는 겨울 동안 소로의 일기에는 긴 공백이 있다. 그리고 나서 4월에 〈다이얼〉이 종간을 선언했다. 이 잡지는 그가 글을 발표한 가장 큰 매체였다. 사실 그가 〈다이얼〉이 아닌 다른 매체에 발표한 작품은 〈와추셋 산 등반기〉와 〈랜드로드〉 그리고 〈되찾은 낙원〉까지 해서 몇 편 되지 않았다.

아이작 헤커라는 젊은이가 소로 집에 들어와 살게 된 것도 4월이었다. 헤커는 더 나은 삶을 모색하기 위해 브룩팜에 이어 프루트랜드 공동체에도 참여했던 청년이었다. 활동가 기질을 가진 헤커는 곧 소로에게 외국 여행을 생각해보게 했다. 유럽으로 진짜 여행을 떠나는 것이었다. 그러나 유럽 여행의 가능성을 진지하게 따져보기도 전에 소로는 참담한 재앙으로 끝나버리고만 아주 짧은 여행을 하게 된다. 1844년 4월의 마지막 날 소로는 노 젓는 배를 타고 서드베리 강 상류가 끝나는 지점을 탐사하러 떠났다. 그와 함께 한 에드워드 S. 호어는 당시 하버드대학 4학년생으로 아버지는 콩코드의 유지였다. 둘은 물고기를 무척 많이 잡았고, 그걸 요리하기 위해 페어헤이븐 베이의 물가에 있는 오래된 소나무 그루터기 안에 불을 피웠다. 그건 불을 붙이기에 정말 최악의 자리였다. 숲은 말라있었고, 불길은 그루터기의 목질 부분에서 통제할 수 없을 지경으로 순식간에 퍼져나갔다. 산불은 300에이커의 숲을 잿더미로 만들고 나서야 겨우 잡혔다. 마을사람들이 보인 반응은 충분히 상상할 수 있는 것이었다. 소로 역시 분하고 억울했다. 그가 제정신을 차리고 일기에 이날 사건에 대해 쓸 수 있게 된 것은 이로부터 6년이나 지나서였다. 물론 때로는 불길이 번지며 불꽃이 바람에 날려 소나기처럼 쏟아지는 꿈을 꾸기도 했고, 그런 꿈을 에세이 〈캐타딘〉에 쓰기도 했지만 말이다.[3]

이해에 더 이상의 재난은 없었다. 하지만 여러 달이 정처 없이 방향을 잡지 못한 채 전혀 만족스럽지 않게 흘러갔다. 5월에 엘러리 채닝이 뉴욕으로 이사했는데, 콩코드에 정착하겠다고 이주해온 지 1년도 채 안 돼 떠나간 것이었다. 6월에는 보스턴과 콩코드를 잇는 첫 기차가 기적소리를 울리기 시작했고, 아이작 헤커도 콩코드 생활을 정리하고 뉴욕으로 갔다.(이해 5월 뉴욕에서는 시인이자 신문 편집인인 윌리엄 쿨렌 브라이언트가 뉴욕시 한복판에 500에이커 규모의 공원을 조성하자고 제안했다.) 7월에 소로는 도보 여행을 떠났다. 그의 계획은 버크셔에 있는 새들백 산자락에서 채닝을 만나 캣스킬 산맥으로 가는 것이었다. 그는 모내드녹 산을 지나는 길에 보내드녹 산과 새들백(지금은 그레이록)을 올랐다. 그러고 나서 채닝을 만나 함께 허드슨 강까지 서쪽으로 걸어간 뒤 보트를 타고 허드슨 강을 따라 캣스킬 산맥까지 내려갔다. 비록 소로가 이 여행의 끝부분을 기록해두었고, 또 《일주일》에 산을 오른 대목을 몇 페이지 적어두긴 했지만, 아무튼 이 도보 여행은 소로에게 가장 비생산적인 여행 중 하나였다. 그는 8월에 헤커에게 보낸 편지에서 이 여행이 그에게 "약간 기분 풀이가 됐다"고 하면서 그의 호기심을 한껏 자극하기도 했다. "바깥세상에서 모험을 하고 나서는 환멸을 안고 돌아오지만 그 다음에는 늘 선택된 사람들만이 들어가는 내밀한 사원에서의 삶에 대한 새로운 믿음으로 돌아갑니다." 일반적으로 소로에게 가장 극적이면서도 문학적으로도 결실이 많았던 여행은 항상 동부나 북쪽 지역으로, 산이나 바다로 가는 것이었다. 서쪽이나 남쪽으로의 여행, 내륙 지역에서의 모험은 기억할 만한 성과를 거두지 못했다.[4]

캣스킬 산맥에서 돌아온 뒤 소로는 정식으로 헤커의 초대를 받았다. "유럽으로 길을 떠나 거기서 우리 마음이 내킬 때 걷고 일하고, 필요하면 걸식도 하자"고 말이다. 소로도 마음이 끌렸다. 그는 헤커에게 말하기를 "바깥세상을 향한 마음과 내면세계를 향한 마음 사이에 결정적인 균열이 일어나고 있다"고 했다. 그는 결국 헤커에게 장문의 편지를 썼는데, 상당히 주저하면서 완곡하게 거절하는 내용이었다. 헤커의 떠나자는 제안, 그리고 어쩔 수 없이 그것을 거절해야 했던 심정, 이 두 가지는 그에게 뭔가 정리할 필요를 느끼게 했을 것이다. 그는 먼저 내면세계를 탐험해야 했다. 그는 헤커에게 썼다. "사실 나는 '더 먼 인도'를 탐험하는 것을 무작정 미뤄둘 수는 없습니다. 당신도 알다시피 그곳은 다른 길과 다른 여행수단으로만 닿을 수 있는 곳입니다."[5]

36

힘차게 종을 울려대다

🌿

소로가 버크셔와 캣스킬 산맥을 여행하고 돌아온 시점은 마침 에머슨이 노예제 폐지 운동에 대해 스스로 전향했다고 공개적으로 밝혔을 때였다. 1844년 8월 1일 소로의 어머니 신시아를 비롯한 많은 사람들의 거듭된 요청에 따라 에머슨은 13개 마을에서 모인 대표단을 상대로 콩코드에서 강론했다. 이날 그가 한 "영국령 서인도 제도에서의 노예 해방에 관한 연설"은 영국이 마침내 자국의 모든 식민지에서 노예제를 폐지한 '1834년 법률' 제정 10주년을 기념하는 것이었다. 연설은 힘찼고 박력이 넘쳤다. 에머슨은 영국의 노예제 폐지 운동이 지나온 역사와 수많은 사건들, 이름과 날짜까지 완벽하게 담아낸 극적인 이야기로 시작했다. 그는 영국이 국내에서 노예제를 불법화한 1772년의 법원 판결부터 1807년의 노예무역 금지, 그리고 1834년 8월 1일에 제정된 노예제 폐지 법률에 이르기까지 일련의 진행과정을 추적했는데, 특히 1834년 법률이 제정된 날을 가리켜 "이성과 광명의 날이며, 허망하게만 들리던 윤리적 관점에 역사적 사실로 강력한 확증을 부여한 날"이라고 했다. 지금은 거의 읽히지 않지만 이날 연설문의 두드러진 스타일은 노예제 폐지를 윤리적인 일반화에서 확고한 정치적 사실로 이행시켜야 한다는 점을 강조한 것이었다. 연설문은 역사적인 에세이이자 직설적이고 집요하며 구체적인 사실과 날짜들로 가득 차있다. 에머슨은 미국인을 영국인과 비교하면서 바람직하지 않다고 했을 뿐만 아니라 예리하게도 영국 사업가들이 서인도 제도의 모든 노예를 잠재적인 고객으로 보았다는 다분히 경제적인 주장을 내놓기도 했다. 에머슨의 목적은 단순히 부처에게 설법을 하거나 도덕군자입네 하며 잘난체하려는 것이 아니라 설득하고 확신을 심어주려는 것이었다.[1]

이것은 에머슨이 공식석상에서 밝힌 새로운 공약이었고, 초월주의자의 영역이 확대돼가고 있으며 갈수록 공적인 것이 되어간다는 신호였다. 그들은 더 이상 보스턴이나 뉴욕 혹은 코뮌에 모여있는 소규모 지식인 집단이 아니었다. 실제 실험을 통해, 또 저작과 출판을 통해 자신들의 신념을 시험하는 데 더욱 힘을 쏟고 있었다. 에머슨으로서는 자신의 에너지를 연구실보다 더 큰 세상으로 옮겨놓은 셈인데, 이 같은 이행은 이날의 진실되고 설득력 있었던 노예제 반대 연설과 콩코드의 엘리트들을 중심으로 1844년 초가을에 만들어진 그의 새로운 월요 저녁모임 간의 극적인 대조에서 엿볼 수 있다. 이날 연설은 대성공을 거두었다. 반면 월요 저녁모임은 세 차례 어색한 만남 끝에 완전히 실패로 돌아갔다.[2]

적극적인 노예제 폐지 운동으로의 입장 전환은 모두가 에머슨에게 바라고 기다려왔던 것이었다. 소로 역시 강한 자극을 받았다. 제1교구교회의 교회지기가 이날 모임을 알리는 타종打鐘을 거부했는데, 그러자 소로가 "교회로 달려가 두 손으로 힘차게 밧줄을 잡고서는 에머슨의 연설을 들으려는 군중이 다 모여들 때까지 신이 나서 종을 울려댔다." 나중에 그

는 연설 내용을 정리해 출판하는 일도 도왔다.[3]

무척이나 분주한 가을이었다. 노예제 폐지 연설이 인쇄돼 출판된(9월 9일) 다음날 소로의 아버지는 지금은 벨크냅 스트리트가 된 텍사스 스트리트의 부지를 매입했고, 소로는 그곳에 집을 짓기 시작했다. 이건 가족 소유로는 물론이고 새로 지은 집으로도 처음이었다. 앞서 살았던 집은 전부 임차한 것이었다. 소로는 지하창고를 팠고 바닥에 돌을 깔았다. 이해 가을 아버지와 함께 일하는 데 많은 시간을 썼지만 덕분에 집을 어떻게 짓는지 배울 수 있었다. 가족을 위해 할 수 있는 일이라면 당연히 자신을 위해서도 할 수 있을 터였다.

그는 또 자신의 책을 만드는 작업도 시작하고 있었다. 소로는 그 무렵 주요 초월주의자 가운데 책을 한 권도 내지 않은 거의 유일한 인물이었다. 그는 메리맥 강을 여행하는 중에 썼던 기록과 메모들을 전부 별도의 노트(롱북)에 베껴놓았고, 1844년 가을까지 그 내용을 적어도 세 번은 처음부터 끝까지 완독했다. 주제별이 아니라 날짜순이라는 원칙은 롱북에서 처음 등장했는데, 여기에 들어갈 내용은 계속해서 그 양이 불어났다. 책이 최종 출간됐을 때를 고려한 수많은 '모델' 중 하나는 1844년 6월 첫 주에 나온 마가렛 풀러의 최근작 《호숫가에서 지낸 여름Summer on the Lakes》이었다.[4]

10월 초에 에머슨은 월든 호숫가의 방목지를 매입했다. 에머슨은 마을 친구들과 함께 그 땅을 둘러보러 갔는데, 친구들은 방목지에 인접한 소나무들이 서 있는 곳 없이는 뭔가 부족하다고 입을 모았다. 에머슨은 소나무 식림지도 사들였다. 그는 칼라일에게 이렇게 썼다. "요즘 같은 날 여유가 좀 있다면 내가 쓸 오두막이나 나무 높이쯤 되는 작은 탑을 지어 결코 사라지지 않을 아름다움의 한가운데서 낮이고 밤이고 지내고 싶군요."5

에세이를 묶은 에머슨의 두 번째 책이 10월 중순에 출간됐다. 이 책은 위대한 에세이 〈시인〉—소로에게도 중요한 에세이였다—으로 시작하는데, 소로는 10월 14일 책을 받아보자 〈노예 해방에 관한 연설〉이 훨씬 더 흥미롭게 느껴졌다. 이날 보스턴에서는 허먼 멜빌이라는 젊은 선원이 4년간의 방랑에서 막 돌아와 해군공창에서 임금을 수령했다. 반노예제 운동의 흥분도 있었고, 집을 짓는 와중에 《일주일》의 초고는 계속해서 그 양이 불어나는 등 이해 가을은 소로에게 약속과 흥분으로 가득 찬 시간이었다. 피츠필드의 윌리엄 밀러와 그의 추종자들에게 1844년 10월 22일은 이 세상 종말의 날이었다. 종말의 시간이 다가오자 밀러 집단은 언덕 꼭대기에 올라 이날을 위해 지어놓은 지붕 없는 교회 안에서 기다렸다. 콩코드에서도 농사를 그만두는 사람이 나왔고, 일자리를 다른 사람에게 넘겨주는 경우도 있었다. 10월 18일에 달걀 한 꾸러미는 18센트에 팔렸고, 칠면조 한 마리는 1달러였다. 동요하는 밀러 집단의 눈앞에서 10월 23일 동이 텄다. 달걀은 여전히 한 꾸러미에 18센트였고, 칠면조는 한 마리에 여전히 1달러에 팔렸다.6

37

자유를 향한 실험

🌿

"1845년 3월이 끝나갈 무렵 나는 빌린 도끼 한 자루를 들고 월든 호숫가 숲 속으로 들어갔다. 미리 봐둔 호숫가 집터와 가까운 곳이었다. 나는 집 지을 재목으로 쓰기 위해 한창때의 곧게 쭉 뻗은 백송나무 몇 그루를 잘라내기 시작했다. 무슨 일이든 아무것도 빌리지 않고 시작하기란 어려운 법이다." 월든 호수는 콩코드 중심가로부터 정남正南 방향으로 약간 동쪽에 있다. 읍내 기차역에서 호수 북단까지는 기찻길을 따라가는 게 제일 가까운데 1.25마일 거리다. 월든 호수는 제법 큰 편으로 표면적이 61에이커에 이른다. 호수의 동쪽 끝에서 서쪽 끝까지는 반 마일이고, 기찻길과 월든 도로가 양쪽 끝에 나란히 놓여져 있다. 호수 둘레를 한 바퀴 다 돌려면 1.75마일은 걸어야 한다. 당시 이 지역은 전체적으로 지금보다 숲이 울창하지 않았다. 기차가 다니는 철둑이 호수의 남서쪽 일부를 잘라냈고, 호수 북쪽의 나무 그루터기로 가득한 11에이커의 목초지를 관통했지만 이 지역은 여전히 사랑스러운 곳이었다. 물론 지금처럼 아름답지는 않았겠지만 말이다.[1]

소로는 월든 호수를 산에 있는 호수와 비교하길 좋아했는데 나름 객관적으로 비교했다. 월든 호수는 깊고 맑으며, 육지와 맞닿은 경계선은 깨끗하고 날렵하게 재단돼 있다. 호수 주변은 다른 콩코드 지역처럼 고도가 낮은 지면이 습지를 둘러싸고 있는 게 아니라 높은 지형이 호수를 감싸고 있어 물가에서 오르막 경사가 이어진다. 당시 호수를 둘러싼 지역은 나무가 많았지만 지금처럼 낙엽수가 거의 전부를 차지하고 있는 게 아니라 백송이 주류였다. 에머슨은 언젠가 칼라일에게 월든 호수를 이야기하면서 "우리 마을 최고의 자랑거리"라고 찬사를 아끼지 않았다.[2]

앞서 1844년 9월 말에 에머슨은 월든 호숫가에 닿아 있는 북쪽 11에이커의 들판을 에이커 당 8달러10센트를 주고 매입했다. 곧 이어 인접한 나무가 빽빽이 심어져 있는 호숫가 식림지 "3에이커 내지 4에이커"도 125달러를 주고 구입했다. 월든 호수는 소로의 유년시절 기억에 또렷이 남아있는 곳이었다. 《월든》의 '콩밭' 장에서 그는 이렇게 말한다. "지금도 생생하게 기억하는데, 네 살이 되던 해 보스턴에서 이곳 고향 마을로 이사올 때 바로 이 숲과 들판을 지나 월든 호수에도 들렀다." 그는 월든 호수를 사랑했고 자주 찾았다. 에머슨 역시 그랬는데 "매일같이 뭔가 할 일이 있는 것처럼 그곳에 들렀다"고 했다. 소로는 오래 전부터 월든 호숫가에 오두막을 짓고 살아보겠다는 생각을 품어왔지만 그런 구상이 현실적으로 가능해진 것은 에머슨이 토지를 매입하고 소로 본인이 집 짓는 기술을 터득한 1844년 가을이 되어서였다.[3]

소로는 1845년 3월 초 결심을 굳히고, 다른 사람들에게 자신의 계획을 말하기도 했다. 채닝은 3월 5일 뉴욕에서 이렇게 답했다. "내가 언젠가 '브라이어스Briars'라는 이름을 붙여주었던 그 들판이야말로 당신에게 딱 맞는 지상의 유일한 곳입니다. 곧장 거기로 가서 당신 손으로 오두막을 짓고, 살아있는 당신 자신을 남김없이 집어삼키는 대장정을 시작하십시오."

땅은 에머슨 소유였고 도끼 역시 남의 것이었지만 그곳으로 간 사람은 소로였다. 또한 그와 채닝이 간파한 대로 이 실험은 단순히 거주지를 옮기는 것 이상이라는 점을 분명히 한 것도 소로 자신이었다. 그러니까 이 일은 처음부터 중대한 경험이었고 새로운 시작이었다.[4]

소로가 월든 숲으로 이주한 것은 내적인 신념과 특유의 추진력이 없었다면 실현 불가능한 것이었다. 하지만 조지 엘리엇이 지적했듯이 개인의 어떠한 행동도 사회적인 맥락 없이는 설명할 수 없다. 소로의 월든 실험 역시 예외가 아니어서 그 기저에는 당시의 시대 상황에 대한 저항이 상당 부분 깔려 있었다. 한 개인의 실험이었지만 적어도 세 가지의 뚜렷한 사회적 배경을 갖고 있었던 것이다.

뉴욕에 본부를 둔 전국개혁연합National Reform Association이 바로 이 즈음 1845년 봄에 호레이스 그릴리의 지도 아래 열심히 싸웠던 이슈가 있다. 서부 확장 정책에 따라 추가로 늘어난 막대한 연방정부 토지를 어떻게 분배할 것인가를 둘러싸고 갈수록 뜨거워지는 논쟁이었다. 당시 한 가지 방안은 연방정부 토지를 원하는 사람이면 누구에게든 4분의 1구역(160에이커)씩 무상으로 나눠주자는 것이었다. 그릴리와 그의 지지자들은 훗날 '1862년 홈스테드법'으로 귀결될 이 방안이 투기만 부추겨 종국에는 부자들이 다른 사람들의 토지를 사들일 것이고, 결과적으로 한때 정부 토지였던 광대한 지역이 부자들의 땅이 될 것이라고 내다봤다. 그릴리의 전국개혁연합은 정부의 신규 토지를 투기꾼들의 손아귀에서 빼앗아 농민들 각자에게 주기를 원했다. 전국개혁연합은 1845년 5월 5일 뉴욕에서 대규모 집회를 가졌다. 전국개혁연합이 내세운 기본 전제는 이 단체의 간사를 맡고 있던 앨반 E. 보베이의 말에 잘 드러나 있다. "한 인간에게 살아갈 권리가 주어졌다면 그 당연한 귀결로 그가 살아가는 데 필요한 기본요소들에 대한 권리, 이 땅과 공기와 물에 대한 권리도 함께 주어졌다는 점을 곧 누구나 알게 될 것입니다." 전국개혁연합은 정부 토지를 무상 분배가 아닌 개인 대상의 유상 매각으로 나눠주되 채무로 인한 강제 몰수를 원천 금지하고, 지금은 물론 나중에라도 4분의 1구역 이상은 어느 누구도 취득하지 못하도록 할 것을 제안했다. 이 같은 제안은 토지를 소농들에게 주도록 하는 것이자 19세기 말에서 20세기까지 이어졌던 대농장과 기업농 붐을 사실상 차단하려는 것이었는데, 자급 농업이라는 제퍼슨식 이상을 구체화한 것이기도 했다. 이 무렵 작은 농장을 한번 사보려고 시도해봤던 소로는 새삼 토지 개혁의 필요성을 절감했고, 대규모 상업농장이 아닌 소규모 자급 농민 쪽에 더 공감했음은 자명한 일이었다.[5]

소로가 월든 호숫가에 가서 살기로 한 두 번째 배경은 브룩팜과 호프데일, 프루트랜드 같은 유토피아 공동체가 제기한 문제에 자기 신념이 확고한 개인으로서 그 답을 하기 위해서였다. 이들 공동체와 이후 우후죽순처럼 생겨난 여타 유토피아 공동체—1843년에서 1845년 사이에만 33개의 새로운 유토피아 공동체가 생겨났다—의 설립자들과 마찬가지로 소로 역시 미국 사회가 가진 비교우위에 대해, 또 공장식 생산방식과 의식주 공급 과정에서 만연한 낭비와 사치에 대해 문제점을 지적하고 있었다. 그런 점에서 소로가 월든 호숫가에 터를 잡은 것은 궁극적인 개혁 공동체를 가능한 한 가장 간결한 구성단위, 다름아닌 자기 자신으로 줄인 것이었다.

세 번째 배경은 명백하게 정치적인 것이다. 1845년 3월 1일 타일러 대통령은 텍사스 병합법에 서명했는데, 이 같은 조치는 멕시코와의 전쟁을 의미했다. 멕시코는 이미 미국의 텍사스 병합을 선전포고로 간주할 것이라고 밝혀둔 상황이었다. 텍사스 병합은 이로부터 이틀 후 이뤄진 플로리다의 미합중국 편입 승인과 함께 노예주(당시 흑인 노예제를 합법화하고 있던 주)에 결정적인 승리로 받아들여졌다. 이처럼 분위기가 뜨겁게 달아오른 가운데 이로부터 불과 일주일 만에 웬델 필립스가 강연을 하러 콩코드에 왔다. 필립스는 열정적이며 확신에 찬 달변의 노예제 폐지론자로 콩코드에서 그를 연사로 초청하자 격렬한 반발이 일기도 했다. 콩코드 라이시엄의 보수적인 집행위원들이 필립스 초청에 항의하며 사임하자 승리를 거둔 노예제 폐지론자들이 선출한 에머슨과 소로, 새뮤얼 배럿이 그 자리를 대신했다.

필립스는 3월 11일에 열린 콩코드 라이시엄 강연에서 텍사스 병합을 비판하는 한편 임박한 전쟁에 대해 열변을 토했다. 그의 강연은 소로의 마음을 흔들어놓기에 충분했다. 그는 필립스를 스펜서의 적십자기사단Red Cross Knight에 견주었고, 바로 다음날 〈리버레이터Liberator〉에 보낸 장문의 편지에 연설 내용을 빼곡히 적었다. 소로의 글은 3월 28일자로 나온 잡지에 실렸다. 필립스가 거론한 문제 중 하나는 프레더릭 더글러스라는 젊은 해방노예에 관한 것이었다. 더글러스는 그 무렵 강연자로 활동하기 시작한 참이었는데, 자신이 살아온 이야기를 책으로 펴내겠다는 계획을 밝히고 있었다. 필립스는 더글러스가 침묵을 강요 받고 있다는 데 분노하며, 그가 절대로 타협해서는 안 된다고 주장했다. 소로 역시 같은 생각이었다.[6]

월든 호숫가로 간 것은 소로에게 해방이었고 자유를 향한 실험이었다.

소로가 《월든》에서 자기 자신에 대해 설명한 내용을 보면 흥미롭게도 더글러스가 자신의 해방에 대해 설명한 것과 아주 흡사하다. 더글러스의 책은 필립스의 콩코드 강연이 있고 나서 세 달 뒤, 그러니까 소로가 월든 호숫가로 들어가기 직전인 1845년 6월에 출간돼 널리 읽히기 시작했다.

38

의도적으로 살기 위해

소로가 도끼로 찍어 쓰러뜨린 키 큰 백송나무들은 길이가 15피트, 폭이 10피트인 방 한 칸짜리 작은 오두막의 재목감으로 다듬어졌다. 5월 초에 드먼드 호스머와 몇몇 친구들이 와서 오두막의 기둥을 세우는 작업을 해주었다. 소로는 판잣집 한 채를 사서 그 집 판자로 오두막의 지붕을 덮고 벽을 댔다. 호숫가 북쪽에 자리잡은 오두막은 기찻길과 도로의 중간쯤에서 호수를 바라보는 방향으로 지어졌는데, 집 뒤편의 철로까지는 500야드쯤 떨어져 있었다. 오두막을 짓고 있던 5월 초에 소로는 말 한 마리를 빌려 11에이커의 들판 가운데 2에이커 반을 갈아 밭이랑을 만들었다. 원래 울창한 숲이었던 이 들판은 15년 전에 나무를 전부 베어내 온통 그루터기뿐이었는데, 소로가 땅을 갈면서 이를 파내 나중에 땔감으로 썼다. 6월 초에는 2에이커 반에 걸친 밭이랑 대부분에 강낭콩을 심고 옥수수와 감자도 어느 정도 심었다.

　월든으로의 이주는 모든 점에서 상징적이고 의미심장하다. 호숫가로 이사한 것 자체가 마을과 가족으로부터 자유로워지는 것이었고, 오두막을 지었다는 것은 자기가 거주할 곳을 스스로 마련할 능력이 있음을 보여준 것이었다. 콩밭을 가꾼 것 역시 혼자 힘으로 먹을 것을 구할 수 있음을 증명한 것이라고 할 수 있다. 이 밖에도 얼마든지 있다. 《월든》의 '콩밭' 장에서 소로는 "문학적 표현과 비유를 위해서라도, 언젠가 우화 작가로 활동하기 위해" 밭에서 일했다고 적었다. 북서항로Northwest Passage 개척을 목표로 마지막 항해에 나선 영국 해군 제독 존 프랭클린 경이 에레버스 호와 데러 호를 이끌고 런던 바로 밑의 템스 강변 그린히스 항을 떠난 지 꼭 6주 만인 1845년 7월 4일 헨리 소로는 월든 호숫가에 들어가 살기 시작했다.[1]

그가 월든으로 간 데는 여러 이유가 있었다. 우선 그는 오래 전부터 독립해서 혼자 힘으로 살아보려 했다. 이해 7월로 그는 스물여덟 살이 됐지만, 지금까지는 집과 대학에서, 아니면 에머슨의 집에서 산 게 전부였다. 돈도 없었고 고정된 일자리도 없다 보니 자기 집을 마련하기도 막막했다. 그런 점에서 뒤늦게나마 월든 호숫가로 가게 된 것은 그에게 한 줄기 빛이나 다름없었다. 더구나 개인의 자유를 맛본다는 것은 곧 자신의 인생 경험을 통해 노예제라는 당대의 이슈를 이해하고, 여기서 주관적인 상관성을 캐냄으로써 정신의 해방으로 이어나갈 수 있는 것이었다. 소로는 자신이 애써 찾으려 한 것이 무엇인가에 대해 호숫가로 이주하고 이틀 뒤 일기에 이렇게 적었다. "그것은 이 지상의 땅덩어리보다 훨씬 더 큰 인간의 사고와 상상 속에 있는 서인도 제도에서 자기를 해방시키는 것이다. 단 한 사람이라도 해방된 가슴과 지성을 지니고 있다면 수백만 노예의 족쇄를 깨부술 수 있다."[2]

월든에서 그가 시도한 실험은 작은 규모의 사회 개혁이기도 했다. 브룩팜이나 프루트랜드(1843년에 월든 호수 인근 페어헤이븐에 거의 들어설 뻔했다)가 의미하고 찾으려는 것을 집단으로서가 아니라 한 개인으로서 보여주고자 한 노력이었다. 이 사람은 더 나은 사회와 농업의 개혁을 꿈꾸며, 개인이 더 많은 자유를 누릴 수 있도록 집을 한층 더 간소하게 꾸려나갈 것이었다.[3]

월든으로의 이주가 그리 대단히 모험적인 것은 아니었다. 그 무렵 시도됐던 모험들, 가령 엘러리 채닝이 일리노이 대평원에서 살았던 것이나 허먼 멜빌이 4년 동안 바다를 항해한 것이나, 존 프랭클린 경이 그해 여름 그린란드에서 배핀 만灣의 북극권 바다를 관통해 태평양으로 가려 했던 비극적인 분투나, 1846년 일리노이 주 노부를 떠나 유타로 향했던 몰몬교도들의 서부 이주나, 아니면 1846년 7월의 마지막 날 포트브릿지를 떠나 캘리포니아를 향한 여정에서 수없이 많은 산맥을 넘어야 했던 도너 무리 같은 집단 혹은 존 찰스 프리몬트의 캘리포니아 탐사와 비교하면 특히 그랬다. 소로도 자신이 하는 일이 야생 자연에 맞서는 것이 아니라 일종의 상징적인 뒷마당 실험을 위해 적당한 환경을 조성하는 것이라는 점을 잘 알고 있었다. 7월 16일자 일기에서 소로는 "원시적이고 개척자적인 삶을 살아가는 데는 뭔가 좋은 점이 있을 것이라고 상상한다"고 적은 다음 분명하게 덧붙였다. "비록 문명의 한가운데 있다 할지라도 말이다." 그런 점에서 자신이 하고 있는 일이 누구나 어디서든 할 수 있는 것이라는 점은 처음부터 자명했다. 이 일을 위해 사회로부터 도피할 필요는 없었다. 소로의 모험에서 도피나 은둔 따위는 털끝만큼도 찾아볼 수 없다. 소로는 이 일이 한 걸음 전진하는 것이고, 자유롭게 살아가는 것이며, 새로이 시작하는 것이라고 생각했다. 《월든》의 두 번째 장에서 밝히고 있듯이 그

는 이 일이 삶에서 무엇이 진실된 것이고 중요한 것인지를 깨닫기 위한 작업이라고 여겼다.[4]

《월든》을 감싸고 있는 또 하나의 주제는 꼭 필요한 일을 한다는 것이다. "내가 숲 속으로 들어간 이유는 인생을 의도적으로 살아보기 위해서였다. 오로지 인생의 본질적인 사실들만을 상대한 다음, 삶이 가르쳐주는 내용을 내가 배울 수 있는지 알아보고, 그리하여 죽음을 맞이했을 때 내가 헛된 삶을 살았구나 하고 후회하는 일이 없도록 하기 위해서였다." 간소하게 간소하게 이런 바람과 실제로 사람들이 꼭 필요로 하는 주택과 음식, 의복, 가구가 얼마나 많은지, 아니 얼마나 적은지를 경험을 통해 알아보겠다는 의도가 이 책의 핵심 주제 가운데 하나다. 이런 목적은 소로가 호숫가로 이주하자마자 곧바로 마음속에 뚜렷이 새겨두었다는 점도 반드시 기억해야 한다. 빛도 잘 들어오고 공기도 잘 통하는 오두막에 들어온 지 사흘째 되던 날 소로는 일기에 이렇게 적었다. "그리스 예술작품이 만들어졌음 직한 바로 그 빛과 기운 속에서 인생의 사실들을 만나보고 싶다. 생생한 사실들, 신들이 우리에게 보여주고자 한 현상과 실제를 직접 대면해보고 싶은 것이다. 그래서 이리로 온 것이다. 인생! 산다는 게 뭔지, 산다는 게 뭘 하는 건지 누가 알겠는가?"[5]

소로는 진지하면서도 고상한 여러 이유를 갖고 월든 호숫가로 들어갔다. 그는 삶의 의미를 찾아 나섰던 것이다. 굳이 덧붙이자면 글쓰기에 집중할 수 있게끔 간소한 생활 환경을 찾아보고자 했던 것이다.

39

강렬한 삶의 기록

소로가 월든 호숫가에서 지낸 2년 2개월간의 경험은 교육받은 미국인이라면 누구나 마음속으로 아름답게 그려보는 영원한 표상이 되었다. 이 기간이 그의 인생에서 절정기였음은 부인할 수 없다. 소로 본인이 호숫가에 들어갔을 당시 그렇게 생각했을 만한 충분한 이유도 있다. 건강은 최상의 상태였고, 비상할 정도로 활력이 넘쳤으며, 자신을 둘러싼 것들에 개방적이었다. 오두막에서 지낸 동안 그의 생활은 자유와 만족을 누릴 만큼 간소했고, 저작著作이라는 관점에서 보자면 놀라우리만치 생산적이었다. 그는 월든 호숫가에 머물며 12부셸의 콩과 18부셸의 감자 외에도 "완두콩과 풋옥수수에다" 폭넓은 분야에 걸쳐 여러 주제들을 다룬 빼어난 원고들을 생산해냈는데, 그의 인생을 통틀어도 이런 기간은 없었다. 26개월 동안 그는 《일주일》의 1차 초고와 2차 초고, 《월든》의 1차 초고, 월든 호숫가에서의 생활을 정리한 강연 원고, 칼라일에 관한 강연용 에세이, 3개 장으로 이루어진 《메인 숲》의 첫 장인 〈캐타딘〉 에세이를 완성했다. 그야말로 믿기지 않는 작업량이다. 이 가운데서도 《일주일》과 《월든》,

그리고 《메인 숲》의 첫 장은 다양한 스타일의 산문체로 쓰여진 데다 개인적으로 성숙해가면서 의식도 강렬했던 시기를 기록하고 있다. 애수에 젖은 목가적인 분위기가 물씬 풍기는 《일주일》에서 시작해 자연과 조화를 이루며 살아가는 인간을 보여주는 《월든》을 지나 〈캐타딘〉에서 원시 자연의 황량함과 무방비상태로 맞닥트리는 것이다. 소로는 언제가 이렇게 적어두었다. "흥미로운 것이라고 해서 아무 때나 그걸 일기에 쓴다는 건 쉽지 않다. 왜냐하면 그걸 쓴다는 건 전혀 흥미로운 일이 아니기 때문이다." 하지만 월든 호숫가에 머무는 동안 소로는 비상할 정도로 강렬하게 하루하루를 살아가고자 했고, 그런 삶을 꾸준히 기록하는 데 최선을 다했다. 더욱 중요한 것은 그 기록을 문학적으로 어떤 틀에 담아야 적당할 것인가를 깊이 고민했다는 점이다. 소로가 생전에 하나의 주제를 갖고 수미일관首尾一貫하게 써내려 간 책을 출간한 것은 딱 두 권뿐이다. 그리고 그 두 권 다 월든 호숫가에 있는 동안 골격을 갖춘 것이다.[1]

소로가 형 존과 함께 콩코드 강과 메리맥 강을 다녀온 여행에 대해 이런저런 내용들을 짜맞추고 살을 붙이고 재구성하는 작업에 처음으로 진지하게 매달린 것은 1842년 8월과 9월로 거슬러 올라간다. 형이 세상을 떠난 지 반 년이 지난 시점으로, 상실의 충격이 불러온 문재文才의 분출에 힘입어 소로는 롱북을 쓰기 시작했다. 이렇게 시작한 롱북 노트의 처음 177페이지는 《일주일》의 개략적인 비망록과 1차 초고의 절반쯤 되는 내용이다. 이로부터 3년이 지나 소로가 월든 호숫가에 들어와 붙잡은 제일 중요한 작업이 바로 이 책의 보다 진전된 1차 초고를 쓰는 것이었다. 이 작업은 1845년 가을에 마쳤다. 이보다 더 길어진, 훗날 출간본의 토대가 되는 2차 초고는 1846년에서 1847년으로 넘어가는 겨울과 봄 사이에 쓰여졌다. 책이 점차 모양을 갖춰감에 따라 책의 성격도 변했다. 맨 처음 1842년 버전이 우정을 주제로 형제가 함께한 항해를 이야기했다면, 1845년의 1차 초고는 여행 자체에 대해 보다 자세히 설명했고, 우정이라는 주제 외에 자연의 법칙, 그리고 인간의 삶과 자연 간의 조화라는 두 가지 주제를 새로 넣었다. 1847년 봄까지 작업한 2차 초고에서는 이미 〈다이얼〉에 발표했던 여러 작품들을 포함해 상당한 양의 문학적 내용들을 추가했다. 그럼으로써 문학 그 자체를 주제로 한, 시인이 자기 자신과 자연을 어떻게 표현할 것인가 하는 문제가 더해졌는데, 이에 따라 앞서의 초점이 부분적으로 희석되고 중요성도 떨어졌다.[2]

소로가 1차 초고 작업을 할 때 책을 만드는 데 걸림돌이 됐던 요소 중 하나는 여행 자체에 대한 자세한 기록이 부족하다는 점이었다. 그의 기억력은 대단히 뛰어났고, 책을 보면 생생한 묘사가 꽤 많이 나오지만 자세한 기록의 결핍은 결국 책을 완성해갈수록 점점 더 시와 에세이, 명상을 삽입하게 된 하나의 이유가 된 것 같다. 소로는 다음 번 여행부터는—이듬해 메인 숲으로 떠났다—그 자리에서 무척 많은 양의 메모를 남겼고, 돌아오는 즉시 현장감이 살아있는 기록을 재빨리 정리해 두었다.

《일주일》의 또 한 가지 문제점은 그 형식 내지는 구조였다. 소로는 형식을 미리 정해두지 않았다. 문학적으로 보자면 《일주일》은 소로가 준비해 둔 내용에서 서서히 발전해나간 것이다. 《월든》의 경우처럼 이 역시 콜리지 풍의 유기적인 형식으로 구상한 한 예다. 사과나무의 나뭇가지에서 사과가 자라듯 발전해나간 것이지 옹기장이의 돌림판 위에 놓인 그릇처럼 그렇게 커나간 것이 아니다. 이 책은 강을 여행하는 내용을 다룬 미국의 허다한 책들 가운데 제일 처음 나온 책이며, 강을 단지 물의 흐름이나 시간의 흐름이 아니라 의식 그 자체의 흐름으로 본 책으로도 처음이다. 《일주일》은 해클루트의《항해Voyages》같은 옛날 방식의 연대기와 섀턱의《콩코드사History of Concord》같은 새로운 형식의 연대기, 그리고 토머스 L. 맥케니의《호수로의 여행, 그리고 치페웨이 인디언의 특성과 관습에 관한 스케치Sketches of a Tour to the Lakes, of the Character and Customs of the Chippeway Indians》같은 당대의 여행기와 탐험기에서 도움을 얻기도 했다.[3]

《일주일》의 1차 초고는 하루하루 여행하면서 만나게 되는 주변 경관을 날짜순으로 설명하면서 이를 보충하는 해설과 관찰을 추가해 부연하고 있는데, 이런 해설과 관찰은 결국 버튼의《우울증의 해부Anatomy of Melancholy》에 버금가는 '우정의 해부'라고 할 만큼 방대한 양의 잡설로 커나가게 된다.

소로는 2주 동안의 여행을 1주일로 압축했다. 이를 위해 어쩔 수 없이 자신과 형 존이 육지를 여행한 중간 부분을 잘라내고, 첫 번째 목요일과 두 번째 목요일을 합쳤다. 또한 책의 각 장을 요일 별로 하루씩 구성함으로써 그 전체적인 얼개를 17세기 시인 기욤 드 바르타스가 천지창조를 다룬 신성한 작품《일주일Week》의 현대적이며 세속적인 버전에 가깝게 했다고 할 수 있다.

《일주일》은 또한 그 시기에 나온 여러 책들과 그 정신을 공유하고 있다. 《일주일》은 1835년에 출간된 롱펠로의《해외로: 바다를 넘어선 순례Outre-Mer: A Pilgrimage Beyond the Sea》의 미국판이라고 할 수 있다. 롱펠로는 이 책을 "프랑스와 스페인, 독일, 이탈리아에 대한 일종의 스케치북으로, 풍경 묘사와 특징에 대한 스케치, 매너와 전통을 알려주는 이야기들, 더 이상 특별할 것 없는 이야기들이 들어있다"고 설명했다. 롱펠로는《해외로》에 자신이 앞서 발표했던 "오래된 로맨스 이야기들"을 삽입했고, 소로 역시 《일주일》에 자신이 이미 발표했던 에세이 〈페르시우스〉와 〈호메로스, 오시안, 초서〉를 비롯해 많은 글들을 부분부분 끼워 넣었다.[4]

《일주일》은 독특한 어조와 소재라는 면에서 마가렛 풀러가 1844년에 발표한 《호숫가에서 지낸 여름》과 유사하다. 관찰자의 시선으로 느긋하게 구어체로 풀어 쓴, 산문과 운문이 섞인 여행담인 이 책은 유럽에서 볼 수 있는 어떤 경관보다 빼어난 나이아가라 폭포의 아름다움을 이야기하면서 동시에 인디언에 대한 깊은 관심을 담아냈다.

그렇다 해도 《일주일》과 비교해볼 수 있는 책들(워즈워스의 《산책Excursion》과 길버트 화이트의 《셀본의 자연사Natural History of Selbourne》는 빠뜨려서는 안 된다) 가운데 가장 중요한 것은 괴테의 《이탈리아 기행》인데, 소로가 《일주일》에서 책제목을 언급하며 꽤 길게 소개한 유일한 책이다. 괴테 특유의 다채로우면서도 객관적인 시각과 스스로 성숙해졌음을 느낄 수 있는 문장들, 가벼운 서간체와 함께 때로는 대화를 그대로 풀어놓기도 하는 형식, 식물의 변형 규칙에 관한 그 대단한 발견에 이르기까지 《이탈리아 기행》은 수 년 전에 이미 소로에게 깊은 인상을 남긴 바 있었다. 그리고 1845년 가을, 그는 다시 한번 《이탈리아 기행》에 감화를 받아 장문의 여행기를 써 나간 것이다.[5]

40

자연과 가장 가까이 교감할 때

🌿

"경이로운 이번 여행을 하는 목적은……내가 보는 것들에서 나 자신을 발견하기 위함이다." 괴테는 《이탈리아 기행》의 서두에서 이렇게 썼다. 소로가 형과 함께 여행을 떠나면서 가졌던 목적 역시 그랬는지 여부와는 관계없이 1845년 시점으로 돌아와 월든 호숫가에서 긴긴 가을날 《일주일》을 쓰면서 그가 찾고자 했던 것은 틀림없이 괴테와 같았을 것이다. 그가 《일주일》을 쓰기 위해 모아둔 꽤 많은 분량의 재료, 그러니까 일기 여기저기 흩어져 있던 짧은 글들, 숱한 주제를 향해 쏟아냈던 통찰들, 그리고 지난 몇 년간 써왔던 시와 에세이들까지 다 아우르는 방대한 기록을 하나로 엮을 수 있다는 생각 자체가 무모한 것이었다. 적어도 그것들을 생산해낸 그의 삶이 그 전부를 묶어내는 하나의 형식을 갖고 있지 않다면 말이다. 소로가 《일주일》에서 탐색하고자 했던 것은 자신이 파악한 자연 법칙이 시냇물과 얼음결정, 나뭇잎을 지배하는 법칙과 무척 흡사하다는 점이었다. 만일 예술의 유기체 이론에 따라 그 논리적 귀결을 도출해낸다면 그 결과로 문학 형식이 뒤따를 것이며, 그 형식은 작가의 성격에 따라 새

로이 만들어질 것이다.[1]

"팔레르모의 시민정원을 산책하는 동안 번개 치듯 뇌리를 때리는 것이 있었다. 우리가 통상 잎이라고 부르는 식물의 기관 속에는 성장하면서 온갖 형상으로 자신을 숨기거나 드러낼 수 있는 진짜 프로테우스가 있다. 그렇다. 식물은 처음부터 끝까지 잎일 뿐이다." 괴테는 《이탈리아 기행》에서 이렇게 회상하고는 한 걸음 더 나아간다. "이와 똑같은 법칙이 살아있는 모든 유기체에 적용될 수 있다."[2]

소로는 초고를 쓰면서 이 점을 그대로 받아들였다. 그는 이렇게 적었다. "식물이 성장하는 과정에서 어떤 힘을 받았든 그대로 남아있는 것은 하나도 없다. 끊임없이 새로운 잎들을 만들어내고 쉬지 않고 이런 과정을 반복하는 게 바로 자연이 하는 일이다. 자연은 잎을 만들어내는 거대한 공장이다. 잎은 자연의 중단 없는 암호다. 그것은 들판의 풀잎이기도 하고……참나무 위에서 펄럭이기도 하고, 항아리 모양으로 솟아오르기도 하고, 동물과 식물과 광물 속에서, 물방울과 얼음결정 속에서, 단조롭게 혹은 가지각색으로, 선명하게 혹은 탈색한 빛깔로, 잎은 이 우주 경제에서 그야말로 엄청난 역할을 하고 있는 것이다." 그러면 이것이 작가에게 의미하는 바는 무엇인가? 소로는 자신뿐만 아니라 월트 휘트먼에게도 진실이 된 결론을 곧장 도출해낸다. "타소가 자신의 서사시 《해방된 예루살렘Delivery of Jerusalem》의 마지막 주제로 선택한 것에 대해 콜리지가 어떤 생각을 가졌든, 누구나 잎이라는 서사시를 쓸 수 있다고 한 그의 비평은 옳다."[3]

《일주일》의 1차 초고를 관통하는 몇 가지 주제를 찾을 수 있다. 하나는 잎의 법칙이고, 또 그것을 어디서나 선명하게 표현하고 있다는 것이다. 그리고 인간의 본성 및 개개인의 성격과 자연 간의 관계들을 발견하게 된다. 초고의 앞부분에서 소로는 콩코드 강에 사는 물고기들의 종류를 소개하는데, 호메로스 식으로 이름을 나열한다거나 휘트먼 식으로 하나씩 쌓아나가는 게 아니라 허먼 멜빌이 《모비딕》에서 고래를 구분 지은 것처럼 분류학상의 순서에 따라 설명한다. 강꼬치고기와 메기, 뱀장어, 연어, 샤드, 청어를 설명하는 와중에 소로는 불쑥 이렇게 외친다. "자연 법칙은 어떤 절대군주보다도 강력하다. 하지만 그럼에도 불구하고 매일매일의 우리 삶에 그리 일방적이지만은 않고 여름날에는 우리가 마음 놓고 쉴 수 있게까지 해주지 않는가."[4]

좀더 가서 셋째 날에는 자연 법칙에 대한 보다 구체적인 논의가 이어지는데, 자연 법칙이 원래 시간이 흘러도 변치 않는다고 암시하면서 시작한다. 사람이 살고 있는 강둑 너머 지역을 벗어난 먼 곳에서도 자연 법칙은 늘 있어왔다. "그곳에는 《구약Hebrew Scriptures》과 《법의 정신Esprit des lois》을 복종하는 자들이 살고 있었다." 소로는 이런 생각을 이어가면서 넌지시 말한다.

제일 단단한 물질도 제일 유연한 강물과 똑같은 법칙에 복종한다. 나무란 결국 줄기를 타고 대기로부터 흘러 들어와 대지로 흘러가 버리는 수액과 목질 섬유의 강이고, 뿌리 쪽에서 보자면 지상을 향해 그 흐름이 위로 올라가는 강이다. 하늘에는 별들로 이루어진 강이 흐르고 은하수가 있다. 지구의 내부에는 광물이 흐르는 강이 있고, 그 표면에는 바위가 흘러간다. 우리의 생각 역시 흐르고 순환한다. 사계절도 그렇게 흘러 한 해가 되는 것이다.

잎사귀가 어디에나 있듯 강물도 도처에 있다. 강물의 법칙은 어디든 통한다. 물의 흐름과 생각의 흐름은 유사하다. 그런 점에서 마음의 풍경에 대한 힌트를 지질학에서 얻을 수 있다. 셋째 날인 월요일 장에서 소로는 동양과 아라비아, 인도에서 소재를 가져오기 시작하는데, 시대를 가릴 것 없이 공통된 자연의 모습, 즉 자연 법칙에 집중함으로써 에미슨이 그랬던 것처럼 역사를 비연대기 순으로 배열한다. 소로는 고대 신학을 집어 들지만 저 뒤에 놓아버린다. 그에게 관심사는 오로지 잎사귀의 새로운 상징론만 있을 뿐이다. 구원의 역사를 다루는 오래된 기독교 신학은 그에게 관심사가 아니다. 소로가 구원에 관심을 갖는 이유는 그것이 지금 영국과 유럽 대륙의 낭만주의에 친숙한 '자연의 구원'이라는 보다 새로운 사상이 되었기 때문이다.[5]

여섯째 날에 자연 법칙에 관한 또 한 번의 긴 서술이 이어지는데, 이 내용은 인간의 법칙 및 도덕과 명백하게 연결돼 있다. 소로는 이야기한다. "자연 법칙―중력, 열, 빛, 물방울, 가뭄―을 눈여겨보려면 전체를 다 봐야 한다. 무관심하고 부주의한 관찰자에게는 그것이 단지 과학적 현상일 뿐이겠지만 영혼이 깨어있는 자에게는 사실이자 행동―가장 순수한 품행―혹은 신성한 삶의 양식이다." 충분히 그럴만하다. 그래도 이것이 구체적으로 어떤 의미인지 물어볼 필요는 있다. 소로의 답변은 한 페이지 뒤에 나온다. 그는 사실 수집이라는 면을 강조하면서 《월든》 출간 후 그의 마지막 몇 해를 다 쏟아 부을 거창한 프로젝트를 잠깐 소개하기도 한다.

사실은 반드시 개인적으로 직접 파악해야 한다. 사실을 수집하는

사람은 완벽한 자연 유기체를 갖는 반면……철학자는 완벽한 지
적 유기체를 갖는다―그러나 시에서는 이 둘이 아름답게 어우러진
다―시인이 아무리 유약하다 하더라도 신비롭게 균형을 이루고―
둘의 결과를 활용할 수 있으며―철학의 광범위한 추론조차 정당
화할 수 있는 것이다―씨앗과 줄기, 꽃을―그리고 아직 열매를 확
실히 이해하지 못했다면 말이다.[6]

일곱째 날이자 마지막 날인 금요일에는 집으로 가는 여행이 소개되는
데, 가을날(소로가 《일주일》의 초고를 쓰고 있던 바로 그 계절이다)의 아름다운 묘
사가 나오고, 역사나 기독교 신앙과는 배치되는 의미에서 소로 자신과 자
연 간의 관계에 관한 마지막 장문의 서술이 이어진다. "자연과 가장 가까
이 교감할 때 내 삶의 위대한 비밀을 제일 잘 이해할 수 있다. 오늘의 자연
에는 고대의 자연에서는 떠올릴 수 없던 현실감과 건강함이 있다. 다른 사
람에게는 종교인 것이 나에게는 자연의 사랑이다." 이 구절을 통해 소로
가 이제 그런 삶이 어떤 것인지 이해했음을 알 수 있다. 하지만 그는 여전
히 조심스럽다. 우리 누구도 자연 속에서 이처럼 완벽한 삶을 살아갈 수
있다고는 생각할 수 없다고 적극적으로 설명하지 못하는 것이다. "이런 사
람이 있을까? 동쪽이든 서쪽이든, 포도덩굴이 원을 그리며 올라가고 느
릅나무가 상쾌한 그늘을 드리우는 곳에서 자연의 삶을 누리는 그런 사람.
이런 삶이 있을까? 자연과 똑같이 간소하고 진실되게 살아가는 삶, 그리
고 자연의 광채와 자연의 아름다움과 조화를 이루는 삶."[7]

《일주일》을 쓰는 동안 처음부터 끝까지 그를 이끌었던 법칙은, 바로 그
시점에 그를 월든 호숫가로 데려왔고, 다름아닌 그곳에 그를 살도록 했고,

자연의 품 안에서 새로운 삶을 살아가도록 했을 뿐만 아니라 그 삶에 대해 분명하게 말할 수 있도록 한 바로 그 법칙이었다.

5부

1846–1849
문학의 길

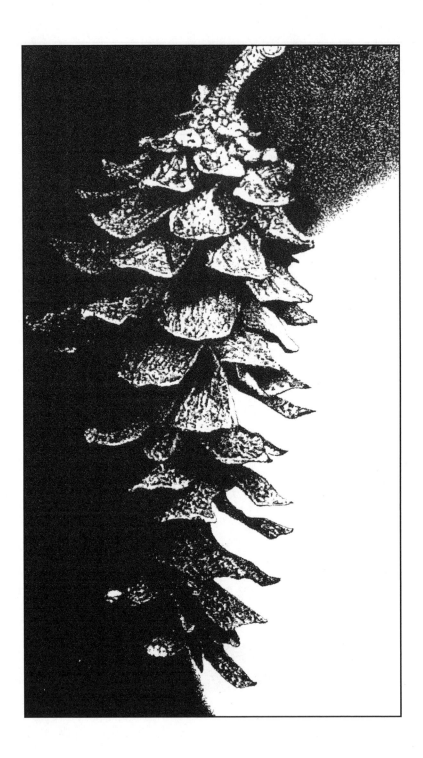

41

우리 모두가 위대한 인물이 아닌가?

🌿

1846년 2월 초 소로는 토머스 칼라일의 작품을 주제로 공개 강연을 했다. 자신의 인생에 일찌감치 깊은 영향을 미쳤던 한 인물을 결산하는 작업이 자 그가 마지막으로 쓴 전통적인 비평 원고였다. 칼라일은 당시 50세 나이로 올리버 크롬웰에 관한 대작을 막 끝마친 상태였다. 이 작품은 크롬웰 본인의 편지와 강연이 절반을 차지하고, 나머지 절반은 칼라일의 "해명" 으로 이뤄졌다. 칼라일에게 크롬웰은 "청교도 혁명의 정신"이었고, 영국 청교도주의는 "마지막 영웅주의"였다. 칼라일은 크롬웰이 지지자와 반대 자 모두에게 부당한 대우를 받아왔다며 분노에 가득 차 이렇게 묻는다. "그렇다면 인간의 글이라는 게 고작 영웅주의를 매장하는 기술이란 말인 가?" 칼라일은 말하기를, 그리스인은 그들 고유의 《일리아스》를 가졌으 나 영국인이 만들어낸 것이라고는 《귀족 사전Collins' Peerage》뿐이라고 했 다. 그러면서 이를 바로잡기 위한 방안으로 《크롬웰리아스Cromwelliad》(아 킬레우스를 주인공으로 한 대서사시 《일리아스》처럼 크롬웰을 영웅으로 그린 장편 서 사로 칼라일이 가공으로 붙인 제목-옮긴이)라는 방대한 기록물이 필요하다고

제시했다.[1]

칼라일은 에머슨과 꾸준히 편지를 주고받았다. 에머슨은 칼라일의 미국 대리인으로 다양한 출판업자들과 접촉했는데, 칼라일은 이들을 "돈에 굶주린 비열한 하이에나들"이라고 불렀다. 에머슨도 실은 자신이 벌인 프로젝트와 강연, 그리고 훗날 《위인이란 무엇인가Representative Men》로 출간할 에세이 작업에 무척이나 바쁜 형편이었다. 1845년 12월 중순 칼라일의 《크롬웰Cromwell》이 콩코드에 들어왔다. 소로는 이 기회에 자기 생각으로는 "콜리지가 떠난 이후 홀로 영국의 약속을 지켜온 인물"을 본격적으로 탐구해보겠다고 마음먹었다.[2]

그는 칼라일의 스타일부터 연구하기 시작했는데, 당연히 모호함과 신비주의, 독일식 매너리즘이라는 부당한 공격에 맞섰다. 나이든 독자들에게 칼라일은 "더 이상 불가해할 수가 없을 정도"였지만 소로는 칼라일의 스타일이 젊은이를 위한 스타일이라고 말했다. 그는 칼라일이 모든 방법을 동원해 인쇄술이 따라주는 수준에서 최대한 명료하게 표현하려 한 점을 높이 사면서 이렇게 덧붙였다. "다른 작가들 같으면 강조 표시를 하거나 이탤릭체로 썼을 법한 그런 단어 하나 없이 그토록 많은 지면을 채워나가면서도 감정이 풍부하고 자연스러우며 꼭 필요한 내용만 담아낸 것을 보면 신기할 따름이다." 칼라일의 스타일에 대한 소로의 결론은 "우리가 익히 아는 화려한 산문 스타일"이라는 것인데, 사실 이런 찬사는 스스로 간결함과 자연스러움을 추구했던 인물이 할 법한 순수한 찬사는 아니었다. 그런 점에서 소로의 이 같은 판단은 이제 더 이상 따르고 싶어하지 않는 인물이 된 칼라일에게 공정해졌음을 보여준다. 자신의 스타일과 칼라일의 스타일 사이에 어느 정도 거리를 둠으로써 소로는 어느새 자신의 발전에 큰 역할을 했던 칼라일 사상에 대해서도 냉정하게 평가할 수 있게 된 것이다. 소로의 에세이를 보면 칼라일이 쓴 거의 모든 저작물을 그가 잘 이해하고 있다는 걸 알 수 있다. 하지만 그가 집중했던 것은 《크롬웰》이었고, 그 중에서도 《영웅과 영웅 숭배론》 권卷이었다. 소로에게는 이것이야말로 칼라일의 다른 모든 작품들을 다 아우르는 "원초적이면서도 독창적인" 잭이었기 때문이다.[3]

소로는 칼라일처럼 생각하는 부분이 여전히 그에게 많이 남아있다는 것을 알고 있었다. 가령 영웅주의와 영웅적인 노력이라는 문제가 대단히 중요하다는 주장을 굽히지 않는다는 것이다. 칼라일은 말하기를, "세계란 인류가 이 세상에서 이룬 것들의 역사며, 치열하게 싸워온 위대한 인물들의 역사가 그 위에 펼쳐진다"고 했다. 소로 역시 같은 생각이었는데, 칼라일보다도 오히려 더 강경했다. "자연은 여전히 신성하고……영웅은 여전히 숭배할 만하다." 소로는 칼라일의 생각을 무척 좋아했다. 그의 말을 들어보자. "고대 스칸디나비아의 영웅들이 보여준 건강한 활력을 소유했으며, 넘치는 순수함을 지닌 지칠 줄 모르는 강철 같은 작가로, 그가 답할 때는 마치 자신이 가진 쇠몽둥이로 한 번 치면 그 움푹 패인 곳이 곧바로 지상의 계곡이 되고 마는 토르 같다."[4]

소로는 자연을 신처럼 경배할 수 있다는 칼라일의 주장에 늘 공감했다. 칼라일의 이런 글처럼 말이다.

어린아이 같은 순수함과 진지한 인간의 깊이를 다같이 품고 있던, 그리하여 세상만물에 대해 단지 과학적인 이름을 부여했다고 해서 그가 할 일을 다 했다고는 생각하지 않았던 이 세계의 젊은 세대들은 틀림없이 두려움과 경외심을 갖고서 만물을 똑바로 응시했을 것이다. 그들은 인간과 자연에 깃든 신성함을 더 편안하게 느꼈다. 그들은 올바른 정신으로 자연을 경배할 수 있었고, 자연에 있는 그 무엇보다 인간을 더 숭배할 수 있었다.[5]

여기서 마지막 구절은 칼라일이 말하는 위대한 인물이라는 개념에 대해 소로가 중대한 문제를 제기하게 된 단서를 알려준다. 칼라일의 생생한 표현과 설득력, 그리고 우상숭배든 아니면 다른 어떤 종교든 아무튼 "우리가 그곳에 있다면 그것을 믿게끔 만들었을" 만큼 우리에게 믿음을 심어주는 탁월한 능력을 바탕으로 칼라일은 내심 영웅 혹은 위대한 인물은 우리보다 더 나은 존재라는 것이 중요한 점이라고 느꼈다. 그래서 주저하지 않고 이렇게 말한 것이다. "자기 자신보다 더 높은 존재를 향한 존경의 느낌보다 더 고상한 것은 우리들 가슴속에 존재하지 않는다." 칼라일에게 영웅 숭배는 "마음에서 우러나오는 것이며, 무릎 꿇고 찬양하는 것이며, 순종하는 것이며, 열렬히 불타오르는 것이며, 한도 끝도 없는 것이다." 영웅과 영웅 숭배에 대한 칼라일의 이 같은 인식이 갖고 있는 문제점은 이것이 바깥으로 드러난 것을 중심으로 할 뿐만 아니라 비민주적이고 외면적이고 역사적이라는 점, 그리고 그 큰 부분이 역사 속 인물인 오딘이나 마호메트, 크롬웰 같은 행동하는 인물들에게서 끌어왔다는 점이다. 소로가 보기에 에머슨은 이와는 반대로 여러 면에서 더 훌륭해 보이는 '존경할 만한' 리스트를 갖고 있었는데, 에머슨은 플라톤과 셰익스피어, 괴테 같은 사상의 영웅들을 다루었기 때문이다.[6]

그러나 칼라일과 에머슨 모두 논의 대상에서 빠뜨린 게 있다. 두 사람다 예수를 다루지 않았고, "말없는 현실의 영웅들"도 다루지 않았으며, 무엇보다 주목할 점은 "곧 노동자로 불리게 될, 당대의 인간"을 논의하지 않았다는 것이다. 소로는 이렇게 주장했다. "분명한 사실은 누구도 아직 노동자의 입장에서 말하지 않았다는 것이다."[7]

소로는 칼라일과의 연대를 풀어버린다. 칼라일이 말하는 영웅은 우리보나 너 나은 존재들이기 때문이다. 소로는 또한 에머슨에게서도 부족한 점을 발견한다. 그가 말하는 위인이란—비록 그들이 인류 전체의 특징을 대표하거나 상징한다 하더라도—여전히 바깥으로 드러난 것 위주고 역사적인 인물들이기 때문이다. 소로에게 (그 다음으로는 휘트먼에게) 바쁘게 돌아가는 이 19세기에 어떻게 하면 주도적으로 영웅적인 삶을 살아갈 수 있느냐 하는 문제는 바깥으로 드러난 영웅이 아니라 내적으로 성찰하는 영웅을 필요로 한다. 외면적인 영웅주의가 아니라 내면적인 영웅주의, 역사적 맥락에서가 아니라 현재에 초점을 맞춘 시각이 요구되는 것이다. 소로는 묻는다. "우리 모두가 위대한 인물이 아닌가?" 그러므로 19세기의 영웅은 스스로를 대표하는 사람, 평범한 개인 노동자, 모두 함께 어울릴 수 있는 사람이어야 한다.[8]

칼라일은 에머슨에게 이런 편지를 보냈다. "당신께서 미국의 영웅을 한 사람 선정해주었으면 합니다……그리고 그 사람의 역사도 함께 전해주십시오." 에머슨은 미국의 영웅을 선정하지 않았다. 그러나 소로는 그렇게 했다. 사람들로부터 존경 받는 에머슨 같은 주위 인사들로부터 떨어져 나와 느긋하게 혼자서 제 할 일을 했던 소로는 다음 책에서 자신을 미국의 영웅으로 등장시켰다. 그러나 이제부터 그는 "영웅적인"이라든가 "영웅주의" 같은 말을 함부로 쓰려 하지 않는다. 칼라일이 "영웅적인 행동"이라고 불렀고, 훗날 니체가 "디오니시안 정신"이라고 이야기할 19세기 미국의 경험은 바로 그가 "자연 그대로의 야생"이라고 깨달았던, 그렇게 이름 붙였고, 찬미했던 것이라는 게 더욱 분명해졌기 때문이다.[9]

42

새로운 아담 스미스

🌿

1845년 가을 소로의 삶이 갑자기 허전해졌다. 콩코드의 공기도 횅해졌다. 너새니얼 호손이 10월 초 세일럼 세관에 새 일자리를 구해 떠나버렸기 때문이다. 어디를 가나 경제 문제가 고개를 들이밀고 있었다. 불황이 계속해서 무겁게 짓누르는 가운데 설상가상으로 아일랜드의 감자 흉작이 몰고 온 대기근이라는 끔찍한 뉴스까지 전해졌다. 11월 초에는 1820년대 '뉴 하모니New Harmony' 운동을 주창했던 로버트 오웬이 콩코드에 왔다. 경제 개혁을 요구하는 목소리는 늘 있어왔지만 그의 등장은 경제 개혁이 여전히 중대한 이슈라는 점을 상기시켜주는 사건이었다.

11월과 12월에 소로는 오두막 안쪽 벽에 회반죽을 발랐는데, 이 바람에 여러 날을 콩코드의 집에서 가족들과 함께 지냈다. 이해 가을 그의 마음은 돈과 자본, 경제적인 필수품 같은 주제에 쏠려 있었다. 가을에서 겨울로 계절이 바뀌자 소로는 《일주일》 집필 작업을 일단 접고, 훗날 《월든》이 될 원고의 첫 번째 초고를 쓰기 시작했다. 《월든》 서두 부분은 소로 나름의 가정 경제에 관한 정보로 가득 차있는데, 호숫가에 들어와 처음 8개월간을 지낸 경험을 하나하나 구체적으로 기술하면서도 요점만 담았다. 이야기는 매우 유쾌한 편이다. 통상적인 자본조차 없이 이런 일을 시작했다느니, 자신은 늘 엄격한 사업 습관을 지키기 위해 애쓰고 있다느니 하는 식의 농담도 있다. 너무 정확하다 못해 좀 지나칠 정도로 꼼꼼하게 적어놓은 회계 기록을 보면《월든》의 서두 부분이 벤저민 프랭클린과 그의 작품《부자가 되는 길The Way to Wealth》의 패러디로 읽힐 수도 있겠다는 생각이 금방 든다. 그러나 여기서 풍자는 소로가 진짜로 관심을 기울였던 것에 비하면 부차적인 것이었다. 그의 마음속에는 프랭클린 말고도 다른 이름이 여럿 있었다. 호숫가에 살면서 그가 지출한 비용을 보면 요즘 우리 시각으로는 우스울 정도로 적은 금액이지만 당시 기준으로는 합리적인 것이었다. 그의 계산을 들여다 보자. 월든 호숫가에 집을 짓고 여덟 달을 사는 데 들어간 비용이 대략 60달러라고 했는데, 그가 날품팔이 노동을 해서, 또 수확한 농산물을 판매해서 올린 수입이 40달러였다. 그 무렵 매사추세츠 주에서 보통수준의 농업 노동자가 기대할 수 있는 연간 수입이 120달러에서 140달러였고, 미시간 주의 경우에는 50달러에서 120달러 정도였다. 소로가 제시한 수치가 알려주는 사실은, 일용직 근로자의 반 년치 내지는 1년치 급여, 혹은 당시 대학 기숙사 1년치 임대료면 그럭저럭 지낼 만한 집 한 채를 장만할 수 있다는 것이다.(지금도 그렇다. 대학 기숙사 1년치 임대료면 중고 이동식 주택 한 채를 살 수 있다.)[1]

경제 문제에 관한 소로의 관심이 어느 정도인가는《월든》에서 '경제'라고 이름 붙인 장章이 서두부터 가장 길게 자리잡고 있으며, 제일 먼저 다룬 주제가 경제라는 사실에서 짐작할 수 있을 것이다. 프랭클린을 풍자하는 가벼운 펀치와 터무니없을 정도로 시시콜콜한 것("호맥분 1.0475달러")까지 기록한 데서 읽을 수 있는 유머, 비즈니스 용어를 반어적으로 사용한 것("천상의 황제와 교역했다")을 넘어 소로는 매일같이 이루어지는 일상의 경제에 관심을 가졌을 뿐만 아니라 주위 세계를 눈에 띄게 변모시키고 있는 경제적 관념에 대해서도 주목했다.

《월든》의 첫 장은 경제에 관한 사려 깊고 박식한 명상록이라고 할 수 있나. 그런 점에서 신경제학에 대한, 특히 아담 스미스를 향한 응답이라고 생각하고 읽으면 많은 것을 얻을 수 있다. 소로는 아담 스미스가 말한 국가의 부富에는 관심이 없었다. 국가를 구성하는 개인들의 부에도 관심이 없었다. 그러나 그는 아담 스미스의 저서를—세이와 리카도의 저서도—잘 알고 있었고, 첫 장의 많은 부분에서 스미스 식의 개념과 용어를 차용해 개인의 경우에 적용했다.

소로는 스미스의 기본 전제, 그러니까 부의 진정한 기초는 금이나 은이 아니라 생산적인 노동이라는 점에서는 견해가 같았다. 널리 알려진 스미스의 책은 이렇게 시작한다.

한 나라의 국민이 해마다 하는 노동은 그 나라 국민이 해마다 소비하는 모든 생활필수품과 편의품을 공급하는 자원의 근원이며, 그 생활필수품과 편의품은 그 노동으로 직접 생산한 것이거나 그 생산물을 주고 다른 나라에서 구입한 것이다.

소로가 제기하는 주요 문제들의 상당수가 스미스의 기본 용어들로 전개된다. 《월든》의 많은 부분은 과연 생활필수품이 무엇이며, 편의품은 무엇이고, 각자는 얼마나 많은 노동을 해야 하며, 사람들은 얼마나 많이 생산하고 소비해야 하는가에 대한 물음이다. 어떤 것의 원가는 "그것과 교환하는 데 필요한 단기적이거나 장기적인, 내가 인생이라고 부르는 것의 총량"이라는 게 소로의 생각이다. 이건 "모든 것의 진짜 원가는 그것을 취득하고자 하는 사람이 그것을 취득하기 위해 쏟은 땀과 수고"라고 한 스미스의 문장과 사실상 동일하다. 소로와 스미스 둘 다 빚지는 것을 달가워하지 않았다. 라틴어로 '타인의 돈'을 뜻하는 'aes alienum'에 일시적으로 얽매이든 큰 대가를 치르며 얽매이든 똑같이 비난했다. 무엇보다도 소로는 스미스가 맨 처음부터 강조한 노동가치설에 동의했다. "노동이야말로 모든 상품의 가치를 언제든 평가하고 비교할 수 있는 궁극적이고 유일무이한 기준이다. 그것이 진짜 가격이며, 돈으로 표시된 것은 명목상 가격일 뿐이다."2

그러나 사람 사는 경제학에 대한 소로의 탐구가 아담 스미스의 분석과 틈이 벌어지기 시작하는 것은 '진정한' 부는 무엇인가에 대한 정의, 혹은 노동의 분업이 과연 바람직한가 같은 문제들에 관해서였다. 스미스의 말을 들어보자. "누가 부유한가 혹은 가난한가는 그가 우리 삶의 생활필수품과 편의품, 오락거리를 얼마나 많이 가질 수 있는 여유가 있는가에 달려 있다." 반면 소로는 이것은 단지 돈을 벌고 쓰는 것, 생산하고 소비하는 것의 끊임없는 순환에 불과하다고 본다. 그가 설파하는 주장을 들어보자. "어떤 사람이 부유한가는 그 사람이 없이 지낼 수 있는 것의 양에 달려 있다." 이 같은 유머 섞인 표현의 이면에는 진정한 행복을 만들어 내는 게 무엇인가에 대한 스미스와의 현격한 견해 차이가 있다. 그리고 이 결정적인 문제는 스미스가 말하는 노동의 분업으로 이어진다. 스미스는 이렇게 썼다. "개량된 사회라면 어디든 농부는 일반적으로 농부일 뿐이며, 제조업자 역시 제조업자일 뿐 아무것도 아니다. 그러므로 노동의 분업이 철저하게 이루어진 다음에는 자신의 노동으로 자기에게 공급할 수 있는 생활필수품과 편의품, 오락거리는 미미할 정도로 적어진다. 그것들의 훨씬 더 많은 부분은 반드시 다른 사람들의 노동으로부터 얻어지는 것이어야 한다."[3]

스미스는 당연히 이 같은 분업을 긍정적으로 보았는데, 전문화는 생산성을 높여주기 때문이다. 그러나 바로 이 점이야말로 소로가—그 이전에 에머슨도 마찬가지였다—분명하게 선을 그은 대목이다. 이런 분업으로부터 비인간화와 소외가 나오기 때문이다. 에머슨은 뱃사람이 단지 배의 밧줄 신세가 돼버렸다고 비판했다. 소로가 월든 호숫가에서 행한 모든 실험은 노동의 분업이 개인에게 이익이 된다는 도그마에 맞선 저항이었다. 아담 스미스는 귀가 솔깃해지는 감상적인 이야기를 들려준다. 바늘 만드는 작업을 18개 공정으로 나눠 한 사람은 철선을 늘리고, 다른 사람은 그것을 곧게 쭉 펴고, 또 다른 사람은 그것을 자르고 하는 식으로 분업해서 작업하면 얼마나 많은 바늘을 만들어낼 수 있는지 말이다. 소로는 그러나 이런 식의 작업은 오로지 "스스로 자신의 모든 것을 감독할 때만, 즉 한번에 조타수와 선장이 돼야 하고, 선주인 동시에 보험업자가 돼야만" 용인될 수 있다고 말한다.[4]

《월든》은 과도한 물질적 축적에 대해, 또 공장식 대량생산 방식에 대해 비판적이다. 철도 같은 시설에 대해서도 그것을 만드느라 많은 사람들이 일하지만 막상 타는 사람은 그리 많지 않다고 비판한다. 이런 주장의 이면에는 소로가 아담 스미스에게 동의하지 않는 가장 중요한 점이 있다. 스미스는 소비의 최대화를 바람직하게 여겼던 반면 소로는 소비를 최소화하고 간소화하기를 바랐다. 소로는 사람들이 얼마나 많이 소비할 수 있는가가 아니라 얼마나 적게 소비할 수 있는가에 초점을 맞췄다. 그는 생산에 대해서도 이와 똑같은 시각을 가졌다. 소로는 두 번째 해에 생산을 더 늘리는 대신 더 적은 양의 콩을 심었다. 그는 '경제' 장을 마무리하면서 진정으로 자유로운 나무라고 불리는 유일한 나무, 사이프러스에 대한 이야기를 들려준다. 사이프러스는 아무것도 생산하지 않고, 따라서 벌고 쓰는 식의 강제적인 무한반복 순환에서 자유롭기 때문이다.

교리입문서에서는 "인간의 제일 중요한 목적은 무엇인가?"라는 질문에 "신을 영광스럽게 하고 신으로부터 영원한 기쁨을 얻는 것"이라고 답한다. 소로가 보기에 이것은 "좀 성급하게 내린 결론"이다. 그러나 아담 스미스가 썼고, 장 밥티스트 세이가 《정치경제학 입문Catechism of Political Economy》에서 기술한 '부의 복음'이 제시한 답은 이보다 하나도 더 낫지 않다. 인간의 제일 중요한 목적이 생산하고 소비하는 것이라는 결론 역시 너무나 성급하다는 건 자명해 보였다.[5]

43

1846년 봄, 월든

소로는 국가의 부를 다루는 경제학에는 비판적이었지만 개인이 경제 주체가 되는 경제학은 열심히 탐구했다. 월든에서 그가 했던 실험은 처음부터 자신에게 꼭 필요한 생활필수품이 무엇인가를 알아내려는 노력이었다. 그는 생산을 늘리고 욕구를 증폭시키기 보다 자신의 물질적 욕망을 단순화하고자 애썼다. 그렇게 함으로써 그것을 충족시키는 데 필요한 노동을 최소화하려는 것이었다. 그가 조심스럽게 지적하는 것이지만 간소한 삶은 어디서나 살아갈 수 있으며, 야외에 나가 스스로 그 실험을 해본다면 더욱 극적이고 만족스러운 결과를 얻을 수 있다. 월든 숲은 그에게 "소나무가 자라는 곳"이었다. 그가 이곳으로 간 것은 하나의 실험이었다. 자신의 경제적, 철학적 생각들을 실제 삶에서 테스트해본 것이다. 그는 이렇게 썼다. "철학자가 된다는 것은……한갓 심오한 사색을 하는 것도 아니고, 학파를 만드는 것도 아니다……소박한 삶, 독립적인 삶, 관용과 신뢰의 삶을 살아가는 것이다."[1]

소로에게 그런 삶이란 자연 안에서 살아가는 것이다. 기차역 근처도 아니고, 우체국 근처도 아니고, 술집 근처도 아니고, 바로 "우리 삶의 원천"
에 가까이 있어야 하는 것이다. 그가 보기로는 보스턴과 마찬가지로 콩코
드에서도 저변에 깔린 경향은 도시인의 삶을 살아가는 것이었다. 그가 생
각하기에 "콩코드에 거주하는 사람치고 자연 안에서 살아가는 사람은 한
명도 없는" 것 같다. 그리고 도시가 그의 생각을 자연으로부터 벗어나게
하듯이 독서도, 까딱 방심하는 순간 그를 삶의 현장에서 끌어내 먼 역사
속 과거로 향하게 했다. 소로는 어느 날 호숫가 오두막에서 《초승달과 십
자가The Crescent and the Cross》라는 책을 읽다가 불쑥 부아가 치밀었다. "내
에너지를, 미국을, 오늘을, 이 사람이 엉터리로 기억해낸 게을러터진 이
야기에 바치다니, 내가 아픈 건가, 아니면 게으른 건가?" 그리고 "소름 끼
치는 폐허들"이나 다름없는 거대한 유적을 떠올리며 묻는다. "오늘날 그
시대의 '정신'은 어딜 가서 찾겠는가?" 그는 '나의'를 강조하며 이렇게 단언
한다. "이것이 '나의' 거석巨石 유적이다. 여기 내 주위의 이름 없는 나무와
덤불들은 매일 아침 새롭게 조각돼 자라난다."2

경제, 철학, 역사를 비롯한 모든 것이 오늘 현재로 이어지고, 절대불변
이면서 늘 변화무쌍한 자연 안에 사는 단일한 존재로 이어진다. 이론은
자기 하고 싶은 대로 빠져든다. 헨리 제임스가 말하기를, 진정한 예술가
는 아무것도 놓치지 않는 사람이라고 했다. 제임스는 사회적인 삶의 미묘
한 차이를 빠뜨리지 않았다. 그런 점에서 소로는 자연 안에서 거의 아무
것도 놓치지 않은 유일한 미국인이었다.

문가에 앉아 바깥을 내다본다. 시선을 낮춰 호숫가의 경계선을 바라보
면 물 색깔이 깊은 곳은 초록빛, 얕은 곳은 푸른빛으로 비친다. 워즈워스
와 영국의 위대한 자연시인을 떠올리며 소로는 새삼 깨닫는다. "이곳이야

말로 미국인의 레이크컨트리다." 그곳은 온통 소나무들이었는데 겨울에
는 특히 그랬다. 하지만 참나무와 물레나물, 옻나무, 히코리나무도 오두
막 주위에 있었다. 옻나무가 있었던 걸 보면 소로가 살던 시절에는 지금보
다 호수 쪽 시야가 좀더 탁 트였을 것으로 짐작된다. 그리고 사계절 내내
새들이 찾아왔다. 갈색앵무새를 비롯해 두세 마리씩 날아오는 들비둘기,
딱새와 갈색제비가 있었다. 3월 중순 무렵에는 노래참새와 검은새가 돌
아왔고, 3월 말이 되면 울새가 찾아왔으며, 거위와 오리들이 어두운 호숫
가 위로 낮게 날아다녔다. 나무꾼 친구로 캐나다 사람인 시리언이 '메제
젠스'라고 부른 박새도 있었고, 개똥지빠귀와 되새도 있었다. 물고기 사
냥을 위해 다이빙하는 물수리도 가끔 볼 수 있었고, 되강오리가 거칠게
"와" 하며 소란스럽게 우는 소리가 들려오기도 했다. 여름이 되면 밤기차
의 기적소리가 잠잠해진 다음 쏙독새가 저녁 일곱 시 반부터 30분간 울
어댔고, 사위가 조용해진 한밤중에는 우울한 올빼미들이 "곡을 하는 여
인네들처럼" 울기 시작했는데 "어둡고 눈물 나는 음악"이라는 면에서 호
수의 파수꾼이 아닌가 하는 생각이 들게 했다.[3]

　월든에서 지내는 삶이 한없이 간소하고 자연스러울 수 있지만 거기에
는 단순한 패턴에 절대로 굴복하지 않는 원초적인 측면이 있는 것도 틀림
없는 사실이다. 호숫가에서 살기 시작한 지 얼마 안 됐을 때 그는 이전에
는 한 번도 가져보지 않았던, 자기 자신 안에 기본적으로 갈라지고 분화
된 뭔가가 있다는 느낌이 들었다. 그는 깨달았다. "내 안에 신비한 영적 삶
으로 인도하는 본능과 함께 또 다른 것, 즉 원시적이고 야생의 삶을 원하
는 본능을 발견했다." 위대한 현대 물리학자가 말하기를, 모든 것은 가능
한 한 간소하게, 더 이상 간소화할 수 없도록 만들어져야 한다고 했다. 관

조하는 영적 삶에 대한 욕구와 활동하는 육체적 존재로서의 충동 사이의 모순을 소로는 결코 "해결하지" 못했다. 사실 그의 위대함은 이 같은 두 가지 욕망을 공평하게 다루려는 부단한 노력에서 나온 것이다. 그는 이렇게 물은 것일 수 있다. "왜 힘든 삶을 살려고 하지 않는가?" 그는 이렇게 주장한 것일 수 있다. 숲으로 들어온 것은 "인생을 의도적으로 살아보기 위해, 오로지 인생의 본질적인 사실들만 상대하고 싶어서"라고 말이다. 그러나 그는 자신이 지금 거주하고 있는 곳이 실제로 야생 자연이라거나 원시적인 곳이라고 스스로 기만할 사람이 아니다. 그는 원시적인 삶을 살아갈 수도 있었겠지만, 그렇다 해도 그것은 어디까지나 뒷마당 실험으로 행해질 것이었다. 월든 호숫가에서의 생활이 가치 있는 이유는 그것이 실험적이고 대표성을 띠고 있는 데다 상징성도 있기 때문이다. "나는 원시적이고 개척자다운 삶을 살아가는 게 좀 이점이 있다고 생각한다. 비록 세속의 문명 한가운데서일지라도 말이다." 그는 자신의 일기에 이렇게 적었고, 그 후 몇 년 동안 일정한 간격을 두고 이런 생각을 드러냈다. 소로가 이보다 더 확실하게 자신의 목적을 밝힌 경우도 없다. 그가 말하는 원시적이고 개척자다운 삶에서 무엇보다 중요한 것은 삶을 향한 내적이고 개인적인 자세다. 개척자라면 몸으로 부딪쳐야 할 원시적인 조건은 요구하지 않는 것이다. 소로의 친구 채닝은 일리노이의 대평원에서 말 그대로 원시적인 삶을 살아봤다. 그러나 아무런 소득도 없었고, 그 덕분에 얻은 문학적 성과물도 없었다. 중요한 것은 이 문제를 어떻게 바라보느냐가 아니라 이 문제에서 무엇을 깨닫느냐다.[4]

월든 호숫가에서의 삶은 일면 매우 복합적이었던 게 사실이다. 그는 아침이면 습관에 따라 독서와 글쓰기를 했고, 오후에는 꽤 오랫동안 산책을 나갔다. 사색적이고 지적인 생활을 해나가면서 동시에 야생에 가까운 숲 속에서 살아가는 생활을 영위했다. 그는 한 권의 책을 집필했고, 한편으로는 또 한 권의 책을 쓰기 위한 재료들을 모아나갔다. 많은 사람들이 간과하는 것이지만《일주일》에서는 사회적인 주제들을 향한 분명한 목소리를 읽을 수 있다. 우정과 신개척지로의 이주 문제, 인디언들의 삶, 동양의 법률 등을 말하고 있는 것이다. 반면《월든》을 쓰기 위해 따로 마련해둔 재료는 이보다 훨씬 더 개인적이었다. 《월든》을 쓰기 전에 작가로서 풀어야 할 숙제는 자연 자체를 어떤 식으로 표현할 것인가 하는 문제였다. 그러니까 녹색 자연의 세계로 다룰 것이냐, 아니면 내면의 세계로, 야생 자연으로, 자연 그 자체로 다룰 것이냐 하는 문제였다.

소로는 이제 월든 호숫가에서 전력을 다해 이 문제와 싸우기 시작했다. 호메로스의 시대에는 신화가 자연의 언어였다. 신화의 소재는 자연이었다. 호메로스의 시대에 그것이 진실이었다면 지금도 여전히 진실이라야 했다. 풀어야 할 의문은 자연에 대한 현대적 비전을 표현할 현대의 신화를 어떻게 만들 것이냐는 문제였다. 《일주일》에서 그는 이 문제를 진지하게 논의했다. 마침내《월든》을 시작할 준비가 됐을 때 그는 현대의 신화를 논의하는 데 그치지 않고 그것을 만들어보고자 했다.[5]

44

위대한 깨어남

1846년 3월 초 소로는 월든 호숫가에서 지낸 기간 동안의 회계를 결산하고 일상의 경제학을 마무리했다. 3월 3일에는 브룩팜에서 미처 다 짓지도 못한 새 본관 건물이 불에 타버렸다. 이로써 세상을 개혁해보겠다는 꿈 같은 실험은 사실상 막을 내렸다. 3월 중순이 되자 소로는 노래참새와 검은새를 볼 수 있었지만 호수에 언 얼음은 여전히 30센티미터 두께로 남아있었다. 봄비가 내리기 시작해 비가 그친 3월 26일에야 얼음이 다 녹았고, 울새의 첫 울음소리도 들려왔다. 날씨가 바뀌면서 봄이 찾아왔다. 소로가 적었듯이 그것은 더 이상 한 계절의 끝이 아니라 한 계절의 시작이었다.[1]

이제 그의 곁에는 《일주일》의 초고가 있었다. 칼라일에 관한 원고는 아직 손질 중이었는데 강연용 원고에서 에세이로 바꾸고 있었다. 그러나 무엇보다 중요한 것은 이해 봄부터 《월든》의 재료들을 모아나가기 시작했다는 점이다. 2월에 있었던 칼라일에 관한 강연에서, 마을사람 하나가 그에게 월든 호숫가에서 어떻게 살아가고 있는지 물어왔다. 맨 처음 그가 답하려고 했던 것은 경제에 관한 내용이었다. 하지만 이제 그보다 훨씬 더 많은 것들이 여러 권의 노트에 쌓여 있었다. 이 시기에 쓴 그의 노트들을 보면 경제에 대한 관심 외에도 '독서' 장과 '소리' 장, '방문객' 장의 단초들을 발견할 수 있다. 나무꾼 친구 시리언에 관한 이야기도 많이 들어있고, 게다가 이해 4월에는 위대한 둘째 장 '나는 어디서 살았고, 무엇을 위해 살았는가'의 중심이 될 내용도 쓰여졌다.

4월 중순 소로는 자기만의 그리스로 돌아왔다. 새들의 날갯짓과 봄의 도착을 노래한 아나크레온과 알카이오스, 호메로스를 읽으며, 미美의 숭배와 봄 사이의 연관성에 주목했다. 그는 또 그리스의 어린아이들이 어떻게 해서 제비를 "귀여운 노랫소리로 봄을 알리는 전령"으로 맞이했는지 살펴보았다. 이제 소로가 다시 밭일을 고민해야 할 시기가 됐다. 그리고 다시 한 번 그리스의 전례가 그의 눈앞에 나타났다. 소로는 농사일이 신성한 기술이라야 한다고 생각했다. 그건 어디까지나 그리스식이었다. 밭을 가는 황소는 "농부와 함께 일하는 믿음직한 동맹"이었고 신성한 존재였다. 따라서 제물로 봉헌하거나 신께 바친 다음에야 비로소 도살할 수 있었다. 그러나 요즘 농부들은 오로지 더 큰 농장과 더 많은 수확에만 신경 쓴다.[2]

역사책을 읽다가 마음을 사로잡는 내용이 있으면 무조건 현재와 관련시키려 애쓰는 게 어느새 습관이 됐다. 소로는 그리스에 관한 노트를 다 쓰고 난 다음날 뉴잉글랜드에서 맞는 단순한 아침 경험에서 고대 그리스의 생명력 넘치는 정신을 발견하는, 그로서는 가장 행복한 연상을 했다. 4월 18일 그는 이렇게 적었다. "아침은 모두에게 이상적인 삶을 일깨워주어야 한다. 그래야 그리스인의 삶을 깨달을 수 있다. 그때 비로소 우리는 오로라를 본다. 아침은 영웅의 시대를 다시 불러온다." 아침에는 무엇이든 가능한 것처럼 보이기 때문에 영웅적인 것이고, 우리의 의지도 다시 살아난다. "인간이 의식적인 노력을 통해 자신의 삶을 향상시키려는 의심할 수 없는 능력보다 더 힘을 북돋아주는 것을 나는 알지 못한다." 아침은 우리를 다시 회복시키고, 다시 새로워지게 하고, 다시 소생시키기 때문에 영웅적이다. "나의 경험에서 모든 기억할 만한 사건들은 아침 시간에 일어났다." 이런 연상은 《월든》 둘째 장의 핵심이자 열쇠다. 실제로 아침이 신체가 깨어나는 시간이듯 소로는 아침을 깨어남을 위한 하나의 상징으로 만들었다. 소로는 신화를 그리스인들이 자연에 있는 것들을 표현하기 위해 사용한 언어라고 이해했다. 그는 이제 오로라의 신화가 표현했던 것을 느끼고 표현하기 위해 애쓰는데, 신화의 고전적 형태보다는 현상과 그것의 중요성에 관심을 기울인다. 소로는 아침을 의도적으로 확장해 아침에 대한 생각과 아침에 대한 신화를 불러낸다. "시계가 가리키는 것, 혹은 인간의 태도와 노동이 중요한 게 아니다. 아침은 내가 깨어나는 시간이고, 새벽은 내 안에 있는 것이다."3

노트에 간단히 적어둔 메모에서 출발해 앞서 인용한 4월의 기록들을 포함한 《월든》 1차 초고로 가면서, 또 둘째 장을 쓴 2차 초고로 가면서 소로는 깨어남에 관한 부분을 계속 확장하고 발전시켜나갔다. 가장 긴 첫째 장은 경제에 관한 것이었다. 그보다 훨씬 짧은 둘째 장에서는 심상心象을 강조했다. 둘째 장을 시작하면서는 같은 단어를 반복해서 사용한다. 첫째 장에서는 고전파 경제학(소로에게는 현대경제학이겠지만)이 정의하고 있는 보통사람들의 삶에 대해 비판한다. 그러고는 다음 장에서 그 대안으로 긍정적인 프로그램을 제안하는데, 자신이 어떻게 살아왔는가가 아니라 어디서 무엇을 위해 살았는지 설명한다. 첫째 장은 물질적인 것에 관한 내용이 압도적이다. 둘째 장은 독자들에게 물질적인 것에서 눈을 돌려 진실로 존재하는 것을 바라보라고 요구한다. 소로가 주문하는 깨어남은 정신적인 것이며, 어쩌면 초자연적인 깨어남일 수도 있다. 그러나 그 어떤 주문보다도 효과적이다. 왜냐하면 우리 몸이 실제로 새로워지는 아침의 기운이 인도해주기 때문이고, 우리에게 환상에서 깨어나 진실을 보라고 주문하기 때문이다. 진실이란 우리가 "어디에서나 일상적으로, 습관적으로 영위하는 매일매일의 삶"을 잠시 멈추는 것이 아니다. 소로는 그것이야말로 환상이라고 단언한다.

> 사람들은 진실이 멀리 어딘가에 있다고 생각한다. 우주의 외곽 어딘가에, 가장 멀리 있는 별 너머에, 아담 이전에 혹은 최후의 인간 다음에 있다고 생각한다……그러나 이 모든 시간과 장소와 사건들은 지금, 그리고 여기에 있는 것이다. 신이라는 존재도 지금 이 순간 가장 높은 곳에 자리하고 있다…… 우리는 우리를 둘러싸고 있는 진실을 끊임없이 호흡하고 그것에 흠뻑 적셔져야만 비로소 숭고하고 고결한 것을 이해할 수 있다.

오늘을 잡으라는, 오로지 현재 안에서 살라는 이 같은 주문은 둘째 장의 중요한 포인트이자 한마디로 《월든》의 중심축이다. 서두를 장식하는 첫 장은 경제적 환상을 넘어서는 데 초점을 맞춘다. 둘째 장은 우리를 깨워내 다음에 이어질 장들의 주제를 이루는 진실을 향하도록 한다. 깨어남의 경험은 결정적이다. 소로의 언어는 다시 새로워질 것을, 다시 활기를 찾을 것을, 그리고 새롭게 정화할 것을 강조한다. 중요한 점은 그가 구원이라는 언어를 사용하지도 않았고 제시하지도 않았다는 것이다. 그가 구하고자 하는 깨어남은 그리스적인 것이다. 기독교적인 것이 아니다. 청교도적인 것은 더더욱 아니다. 캘빈주의자들이 말하는 재생再生에 대한 어떤 암시도 의도하지 않을 뿐만 아니라 용납하지도 않는다. 깨어남이라는 단어는 넓은 의미에서 종교적인 경험이다. 이 말은 힌두교와 중국의 종교, 그리고 무엇보다 그리스의 종교를 가리키며, 기독교는 확실하게 배제한다.

나는 그리스인들처럼 새벽의 여신 오로라를 진실로 숭배하고 있다. 나는 아침 일찍 일어나 호수에서 몸을 씻었다. 이것은 하나의 종교적 행사였으며, 내가 했던 최고의 일 가운데 하나였다. 중국 탕왕의 욕조에는 이런 말이 새겨져 있었다고 한다. "날마다 그대 자신을 완전히 새롭게 하라. 날이면 날마다 새롭게 하고 영원히 새롭게 하라." 나는 이 말을 충분히 이해할 수 있다.

둘째 장은 소로의 위대한 깨어남을 기록하고 있다. 그러나 그것은 매일 매일 다시 새로워지는 깨어남이지 구원을 위한 각성은 아니다.[4]

45

1846년 여름, 시민 불복종

소로의 일기나 《월든》을 통해서는 거의 아무것도 알 수 없지만 호숫가 실험의 한 부분이었던 농사짓기에서 그는 큰 타격을 입었다. 1846년 6월 12일 때아닌 서리가 내리는 바람에 밭에 심은 콩과 토마토, 호박, 옥수수, 감자가 다 죽어버린 것이다. 하지만 그는 다른 할 일이 많았다. 칼라일에 관한 에세이를 마무리해 호레이스 그릴리에게 보냈고, 서부에서 전해져오는 존 찰스 프레몽의 모험담도 빠뜨리지 않고 챙겼다. 힌두교 경전도 많이 읽었는데 특히 《바가바드기타》(장편 서사시 《마하바라타》의 한 부분으로 "거룩한 자의 노래"라는 의미다. 두 형제 가문이 왕국을 지배하기 위해 싸움을 벌이려 할 때 비슈누의 화신인 크리슈나가 아르주나에게 깨우침을 주는 내용이다–옮긴이)를 열심히 읽었다. 그가 호숫가에서 산 지도 어느새 1년이 됐다. 브룩팜 공동체는 본관 공동주택이 화재로 전소된 뒤 사실상 해체됐지만 내부 혁신을 어떻게 할 것인지는 아직 결론짓지 못한 상태였다. 에머슨의 집은 놀랍게도 마스턴 굿윈 부인의 단독 경영 아래 하숙집으로 바뀌어 에머슨과 리디아 부부는 이제 하숙생이 돼버렸다. 하숙집으로 임대해준 18개월간의 계약

기간 중 많을 때는 16명에서 18명의 하숙생이 살았다. 에머슨 역시 소로와 비슷한 이유로 오두막이 있는 곳의 호수 건너편 언덕바지에 집을 한 채 지을 생각을 했는데 바로 이즈음이었다.[1]

7월 12일 소로는 스물아홉 살이 됐다. 이로부터 2주도 채 지나지 않은 7월 23일 혹은 24일에 그는 마을에 갔다가 인두세人頭稅를 내지 않았다는 이유로 체포돼 유치장에서 하룻밤을 보냈다. 이름이 알려지지 않은 누군가가 세금을 내주었고, 그는 아침에 풀려났다. 소로의 인생에서 단일 사건으로는 가장 널리 알려진 이날 일을 둘러싸고 온갖 전설 같은 얘기가 만들어졌다. 에머슨이 유치장에서 소로를 만났다는 이야기는 지금도 회자되고 있지만 근거는 없다. 그러니까 에머슨이 유치장으로 소로를 찾아와 그 안에서 뭘 하고 있느냐고 묻자 소로가 거꾸로 "선생님은 그 바깥에서 뭘 하고 계십니까?" 하고 되물었다는 것이다. 하지만 이 에피소드를 비롯해 다른 여러 이야기들이 실은 이 사건의 유명세 덕에 나온 것이다. 그 이후 이 사건은 소로가 쓴 글 가운데 가장 널리 읽히고 가르쳐지는 에세이가 됐고, 또한 양심의 중요성에 관한 서구 세계의 위대한 선언문 가운데 하나가 됐으니 말이다.[2]

유치장에서 하룻밤을 지내게 된 직접적인 원인을 에세이에서 밝힌 것은 역시 소로다운 점이었다. 소로의 글은 하나같이 있는 그대로의 사실과 신랄한 문장으로 묘사한 구체적이고 개인적인 경험을 통해 가려져 있는 것들을 비춰내고 무엇이 올바른가를 짚어나가는데, 이 또한 소로만의 특징이다. 에세이의 첫째 이슈가 당시 가장 뜨거운 이슈였다는 점도 소로답다고 할 수 있다. 처음에는 "시민 정부에 대한 저항Resistance to Civil Government"이라고 이름 붙였던 이 에세이 〈시민 불복종Civil Disobedience〉

이 더욱 감동적인 이유는 1830년대와 1840년대에 뜨거운 논쟁거리였고, 수많은 토론과 글에서 다뤘던—지금도 계속되고 있는—이슈에 대해 참신한 시각을 제공하기 때문이다. 레이몬드 아담스는 기본적으로 국가보다 개인을 우선시하는 소로의 시각이, 에머슨이 에세이 〈정치론Politics〉에서 전개했던 것과 얼마나 비슷한지 지적했다. 그러고는 팔리의 책《도덕철학 및 정치철학 원론The Principles of Moral and Political Philosophy》제6권 3상 '시민 정부에 대한 복종 의무 상세설명'에 대해, 그리고 노예제 폐지 운동과 연계해 윌리엄 로이드 개리슨과 애딘 발루가 참여했던 '비폭력' 개혁 운동에 대해 소로의 에세이가 어떤 식으로 대응하고 있는지 설명했다.[3]

비폭력Non-Resistance이란 무력에 대항해 무력으로 저항하지 않는다는 사상이다. 이것은 개리슨이 1830년대 초 주간지 〈리버레이터〉를 창간한 이래 그가 내세운 강령 중 하나였는데, 비폭력 이슈는 소로가 대학을 졸업할 무렵 다시 전면에 등장했다. 1837년 11월 7일 일리노이 주 알톤에서 노예제 폐지론자인 일라이자 러브조이가 권총을 손에 쥔 채 노예제 폐지를 주장하는 유인물을 지키다 성난 폭도들에게 살해당하자 개리슨은 12월에 〈리버레이터〉의 새 강령을 발표한 것이다. 개리슨은 여기서 즉각적인 노예 해방 같은 당연한 요구는, 무력에 무력으로 맞서는 것에 반대해서는 안 된다는 새로운 선언과 함께해야 한다고 주장했다. 이런 입장은 노예제 폐지론자들을 분열시켰고, 결국 평화운동이 노예 해방 이슈보다 더 중요하다고 여기는 사람들로 하여금 독자 노선을 걷게 했다. 1838년 9월 보스턴에서 열린 평화집회에서는 개리슨이 쓴 〈감정선언서Declaration of Sentiments〉가 발표됐는데, 지금도 비폭력 운동의 대표적인 문서로 손꼽힌다. 개리슨은 "우리의 나라는 전세계"라며 이렇게 이어갔다.

우리의 국민은 모든 인류입니다. 우리는 전세계의 모든 대지를 사랑하듯 그렇게 우리가 태어난 땅을 사랑합니다. 미국 시민의 이익과 권리, 자유가 전인류의 이익과 권리, 자유보다 더 소중할 수는 없습니다……우리는 그것이 공격을 위한 것이든 방어를 위한 것이든 모든 전쟁에 대항해서뿐만 아니라 대비하기 위해서라도 우리의 분명한 입장을 기록해둬야 합니다.

개리슨은 이제 관점을 국가에서 개인으로 옮겨간다. "한 나라가 외부의 적들로부터 자신을 방어할 권한 혹은 침입자를 응징할 권한을 가지고 있지 않다면 어떤 개인도 자기를 방어하고 침입자를 응징할 그런 권리를 가질 수 없을 것입니다."[4]

개리슨은 자신의 비폭력 운동과 노예제 폐지 운동을 몇 해 동안 어렵지만 효과적으로 균형 있게 추진해나갔다. 그러나 애딘 발루에게 비폭력은 무엇보다 중요한 이슈였다. 새로운 공동체 호프데일의 설립을 주도했던 발루에게 비폭력의 실천은 평화 원칙을 대표하는 것이었다. 발루는 평화운동의 분리를 이끌었다. 1839년 9월 새로 조직한 비폭력 단체의 첫 번째 연례 모임에서 연설한 것도 그였다.

콩코드에서 비폭력 이슈에 대한 관심이 최고조에 이른 것은 콩코드 라이시엄에서 "무력을 동원해 저항하는 게 과연 적절한가"라는 주제의 토론이 잇달아 열렸던 1841년 1월이었다. 올콧은 두 차례 모두 부정적인 입장이었는데, 두 번째 토론에서 소로 형제는 올콧에 맞서 물리력을 동원한 저항을 옹호하는 주장을 펼쳤다. 2월 초 발루가 콩코드에 와서 강연했다. 비폭력은 1840년대 내내 아주 뜨거운 이슈였다. 1846년 발루는 《기독교도의 비폭력Christian Non-Resistance》이라는 제목의 책을 썼는데, 1848년 1월에 찰스 허드슨이 〈크리스찬 이그제미너〉에 이 책의 리뷰를 기고했다. 이 주제에 관해 소로가 처음으로 강연한 바로 그 달이었다.

다음해인 1849년 엘리자베스 피바디기 창간한 〈애세틱 페이퍼스Aesthetic Papers〉에 게재된 소로의 에세이 제목은 〈시민 정부에 대한 저항〉이었는데, 비폭력 정신을 좀 독특하게 담아낸 제목이었다. 소로는 '불순종'과 '비협조'라는 말을 사용했다. 그는 정부로부터 '물러날' 것을, 공직에서 '사퇴할' 것을, 전쟁과 노예제를 지지하는 데 쓰이는 세금의 납부를 '거부할' 것을 주장했다. 에세이에서 그는 무력을 동원한 저항을 옹호하지도 않았고 언급하지도 않았다. 그는 나중에 《월든》에서도 무력 저항을 반대할 때만 그런 구절을 사용했다. 그는 물론 무력을 동원한 저항을 찬성하는 쪽의 입장도 잘 알고 있었다. 그래서 훗날 존 브라운 사건으로 온 나라가 뜨거워졌을 때 그는 폭력과 무력을 동원한 저항에 지지 입장을 밝히기도 했다.[5]

〈시민 불복종〉은 노예제 폐지론과 평화주의를 동시에 보여준, 개리슨 식의 훌륭한 본보기였다. 에세이의 골자는 반전과 반노예제다. 이론을 내세워 개인의 권리를 방어하는 내용도 아니고, 자전적 기록물이라고도 할 수 없다. 서두를 장식하는 것은 멕시코 전쟁(1845년 미국의 텍사스 병합이 도화선이 돼 1846년 5월 전쟁이 시작됐다. 1848년 2월 미국의 승리로 전쟁은 끝나고 멕시코는 미국에 캘리포니아와 뉴멕시코 지역을 넘겨주었다–옮긴이)이다. 소로는 이 전쟁과 군대를 희화화한다. 이 전쟁에 동원된 군인들은 더 이상 삶이라는 전투에 징집된, 스토아 사상가들이 말하는 병사가 아니다. 더 이상 영웅도, 용기의 상징도 아니다. 한갓 "사리분별 못하는 일부 권력자들에게 봉사하는 기계"일 뿐이다. 소로는 또한 더 이상 미국 정부를 자치정부나 대표성을 가진 민주정부라고 보지 않는다. 그저 "한 사람의 권력자가 자기 의지에 따라 휘두르는" 장치일 뿐이다. 여기서 소로가 말하는 정부의 개념은 발루의 생각, 즉 정부란 "사람들에게 절대권위를 행사하는 사람의 의지"라는 것과 일맥상통한다.[6]

소로는 자신이 "무정부주의자"가 아니라고 주장하면서도, 이를 현실적으로, 또 합리적으로 이야기하는 데는 상당히 힘들어한다. 그러나 에세이에서는 현재의 미국 정부와 관계를 끊겠다는 아주 강한 의지를 보여준다. 이것은 개리슨이 쓴 글에 나오는 도덕적 절대주의다. 소로에 따르면 팔리는 "시민의 모든 의무를 적정성으로 바꾸었다." 소로는 이렇게 덧붙인다. "팔리는 적정성의 원칙이 적용되지 않는 경우를 결코 생각해보지 않은 것 같다." 소로는 자신이 무슨 말을 하는지 일말의 의구심도 남겨두지 않는다. "내가 만약 물에 빠져 허우적거리는 사람한테서 부당하게 널빤지 하나를 빼앗았다면 비록 내가 물에 빠져 죽는 한이 있더라도 그 사람에게 널빤지를 돌려주어야 한다……우리 국민은 노예 소유를 그만두어야 한다. 멕시코와의 전쟁도 중단해야 한다. 그것이 국민으로서 큰 대가를 치르더라도 말이다." 이것이야말로 소로가 진정으로 철저한 개혁주의자임을 보여주는 대목이다. 소로는 이렇게 나무란다. "개혁의 가장 심각한 장애물"은 노예제와 전쟁을 개인적으로는 동의하지 않으면서도 여전히 정부를 지지하는 자유주의자들이라고 말이다. "원칙에서 나온 행동이야말로……진정으로 혁명적이다." 그는 이런 견해를 밝히면서 개리슨처럼 타협을 용납하지 않고 자신의 주장을 관철시키고자 했다. "부당한 법이 존재한다. 그런데 그것에 복종하면서 만족할 것인가, 아니면 그것을 바로 잡기 위해 노력하면서 바뀔 때까지 그것을 지킬 것인가, 아니면 지금 당장 그것을 물리칠 것인가?" 그가 유치장에 갇힌 것은 마지막 방안을 택한 것이었고, 그 당연한 결과였다. "부당하게 사람을 감옥에 가두는 정부 아래서 정당한 사람이 있어야 할 진실한 장소 또한 감옥이다."7

개리슨과 소로의 결정적인 차이는 기본 입장에 있는 게 아니라 그런 입장을 구하기 위한 최후의 기반이 무엇이냐에 있었다. 소로는 논리와 수사에서 자신의 초점을 종교가 아닌 양심으로 바꾼다. 그건 하나님의 법이 아니라 양심이다. 법률과 규범, 교회법을 존중하는 것이 아니라 인간의 권리를 존중하는 것이다. 물론 에세이가 기독교 윤리가 갖고 있는 경향—유교 윤리의 경향과 균형을 이룬 게 분명하지만—을 띠고 있고, 훗날 이런 경향은 소로가 쓴 존 브라운에 관한 글에서 다시 나타나지만 말이다. 그러나 소로가 펼치는 주장의 첫째 목표는 성경과 헌법을 넘어 개인의 양심에 도달하는 것이다. 에세이는 도덕적으로도 확실하고 스타일에서도 명료하다는 점에서 제퍼슨식이다. 이 에세이는 개인의 양심이야말로 도덕적 권위와 정치적 합법성의 궁극적 원천이라는 점을 확고하게 새긴 기념비의 하나로 남아 있다.

이 에세이는 1849년에야 정식 출간됐다. 또 그 중요한 뿌리는 1830년대 말과 1840년대 초에 두고 있다. 그러나 이 에세이는 1845년과 1846년의 사건들에서, 텍사스 병합에서, 멕시코 전쟁에서, 뜨겁게 달아오른 노예제 폐지론에서, 1846년 7월의 하룻밤 투옥에서 직접적으로 생겨난 것이다. 이런 이슈들에 관해 소로는 자신의 시대에 아주 정확하게 조응했다. 버나드 드 보토가 《결단의 시기The Year of Decision》에서 밝혔듯이 말이다. "남북전쟁은 이미 1846년 8월에서 12월 사이에 시작된 것이다."[8]

46

노스트윈 호수와 캐타딘

1846년 한여름, 소로가 월든 호숫가에 살기 시작한 지도 어느덧 1년이 지났다. 그사이 소로는 개인적으로 비할 데 없는 자유를 누렸고 마음껏 글을 썼다. 호숫가 오두막은 자신만의 본거지이자 보금자리 역할을 했다. 유치장에서 하룻밤을 보내고 일주일이 지난 8월 1일 그는 오두막에서 서인도 제도 노예 해방을 기념하는 반노예제 단체의 연례 모임을 주최했는데, 미국에서는 여전히 노예 해방을 축하할 수 없는 현실을 상기시키는 행사이기도 했다. 8월 말에 그는 2주 일정으로 메인 숲을 여행하기 위해 월든을 떠났다.

그는 기차를 타고 보스턴까지 가서 포틀랜드행 기차로 갈아탄 뒤 그곳에서 야간 증기선에 올라 뱅거로 향했다. 그에게는 이번이 두 번째 바다 여행이었다. 메인 주의 경사가 완만한 대리석 해안가를 따라 늘어선 상록수 숲은 지금보다는 덜 울창했지만 그래도 케이프코드의 백사장 해안이나 민가가 줄지어 있는 보스턴 지역과는 확연히 달랐다. 그 무렵 메인 주 연안은 그저 목재와 땔감을 운반하는 데 사용되는 상업용 간선망일 뿐이었다. 마운트 데저트를 비롯해 어느 곳에도 여름철 여행객이 찾아오지 않았다. 당시 해안가에는 통상 사람들이 상상하는 그 어떤 것도 없었다. 그러니 소로처럼 뛰어난 관찰자조차 아무런 감상을 품지 않고 어떤 인상도 남기지 않았다는 게 충분히 납득할 만하다. 그가 해안선을 본 시간이 거의 밤이었고, 증기선의 소음과 속도로 인해 여행이 그야말로 비현실적으로 느껴질 만큼 몽환적인 상태로 빠져들었던 것도 감안해야 한다. 그러나 소로가 뱃사람 체질이 아니었던 것 역시 사실이다. 뉴잉글랜드의 많은 청년들이 바다를 바라보며 자신의 미래와 진로를 생각할 때 소로는 내륙에서 동부가 아닌 서부를 바라보며, 실비아 프레이스의 표현처럼 "차가운 소금이 흘러나오는 대서양의 언덕" 대신 강과 산, 호수, 숲을 보며 자랐다. 몇 해 뒤 바다를 마주하고서 바다가 가르치는 것이 무엇인지 알고 싶어졌을 때 그는 멜빌이나 다나처럼 드넓은 대양이 아닌 케이프코드 바닷가를 찾아갔다.[1]

증기선을 타고 뱅거에 도착한 뒤 소로는 사촌 조지 대처와 목재 사업을 하는 두 명의 뱅거 현지인과 함께 합승마차를 타고 북쪽으로 달려 도로가 연결돼 있는 가장 먼 곳인 마타왐키그에 닿았다. 소로 일행은 곧바로 배토라고 불리는 바닥이 평평한 강배를 타고 페놉스콧 강을 저어나갔다. 캐타딘 산까지는 크고 작은 호수와 시내가 이어져 있었는데, 그들은 마타왐키그로부터 강 상류로 25마일을 올라와 노스트윈 호수로 들어섰다. 소로에게 그곳은 진정한 야생 자연이 시작되는 곳이었다. 그는 이곳을 달빛 아래서 처음 보았다. 오두막도 없었고 길도 없었다. "원시 그대로의, 뚫고 지나갈 수 없을 정도로 완벽한 숲으로 둘러싸여 모험자들에게 비로소 처음 그 모습을 드러냈다." 그는 이렇게 덧붙였다. "거기서는 내가 지금까지

한 번도 맛보지 못한 야생 자연의 독특한 향미가 풍겨났다." 20세기 말까지도 노스트윈 호수는 사소한 예외는 있지만 소로가 찾았던 날처럼 사랑스럽고 오염되지 않은 채로 남아 있다.[2]

소다헝크의 괸물에 강배를 두고 일행은 도보로 캐타딘 산을 향했다. 시기적으로 벌레가 많이 사라진 늦여름을 여행 시점으로 잡은 것은 여러모로 주의를 기울인 결과였지만, 그렇다고는 해도 이 구간은 오래된 나무들이 밀림같이 얽혀 있는 데다 길조차 없는 가문비나무 숲을 지나가야 해 무척이나 힘들었고 지치게 만들었다. 소로는 결국 동료들과 헤어져 혼자서 산을 올랐다. 마침내 캐타딘 산 정상에 도착하자 소로는 그곳이 매우 추운 데다 바람이 심하게 불고 안개마저 가득한 완전히 원시적인 곳이라는 것을 알게 됐다. 캐타딘 산 등반은 이번 여행에서, 또 이후 소로의 여행 기록에서 한결같이 제일 중심이 되는 경험이었다. 자연이 얼마나 광대하고 황량하며 인간에게 무심한지 소로는 가슴 깊이 절감할 수 있었다. 온통 바위투성이인 정상에서 구름과 함께 휘몰아치는 바람을 맞으며 그는 코카서스의 바위에 쇠사슬로 묶여있던 프로메테우스 같은 느낌을 받았다고 적었다. 그 위에서 자연은 인간에게 전혀 친절을 베풀 필요가 없었다. 이런 발견이야말로 소로에게 차가운 코카서스 산맥의 현현顯現과도 같았던 것이다.

소로는 다시 한번 아주 간결한 메모를 몇 페이지 남겼다. "나무 오르기 —급류—캠핑 그라운드—동료들과 헤어짐—급류 거슬러 오르기—전나무 —호수들—바위들—구름들—아프고 지치다—캠프—녹색 물고기—밤에 불 피우다—협곡을 꾸불꾸불 나아가다." 앞서 그가 다녀온 메리맥 강 여행과 눈에 띄게 대조되는 것은 이번에는 노트에 재빨리 적어둔 다음 (계속

이어지는 일들을 잊지 않기 위해서였지 자신의 경험을 의도적으로 정형화하려 했던 것은 아닌 것 같다) 날짜순으로 기록한 100페이지에 달하는 여행기로 옮겼다는 것이다. 이 여행기는 그가 맨 처음 의도했던 주제로 쓴 두 편의 원고 중 첫 번째 초고의 서두를 장식한다.[3]

바로 그 초고는 노스트윈 호수에서 출발하는데, 소로는 마침내 '여기'라고 느낀다. 그는 문명을 떠나 진정한 야생 자연, 사람이 살았던 적이 없는 곳으로 들어가게 된 것이다. 노스트윈 호수는 소로가 살았던 곳, 그러니까 전원 분위기를 물씬 풍기며 농사도 짓고 민가도 있으며 호숫가에 있는 나무까지 베어낸 월든 호수와는 극명하게 대비되는 곳이었다. 그의 말을 들어보자. "지금까지 상상만 해왔던, 완전히 격리된 채 숲 속에 외따로 있는 호수를 실제로 보기는 처음이다." 이런 극명한 대비는 그의 마음속에 그대로 남았고, 그는 두 편의 원고에 그것을 고스란히 담아냈다. 노스트윈 호수에 대해 그는 이렇게 썼다. "사람이 전혀 살지 않았던 지방을 떠올리기는 어렵다. 우리는 어디서나 아득히 먼 저쪽에 사람들이 살고 있을 거라고 당연하게 생각한다. 하지만 그곳이 야생 자연이든 도시 한복판이든, 광대하고 거칠고 황량한 자연을 한 번이라도 보지 못했다면 아직 자연을 보지 못한 것이다."[4]

〈캐타딘〉의 중심에 있는 문제는 원시주의와 야생 자연, 그리고 인간과 야생 자연 간의 관계다. 소로가 초기에 관심을 쏟았던 영웅과 영웅주의는 이런 맥락에서 나온 것이고, 큰 틀에서 보면 여기에 포함되는 것이다. 전통적인 영웅은 그가 사회와 맺은 교훈이 될 만한 관계에 의해 정의된다. 야생 자연의 인간은 그와 자연, 즉 외부 자연이자 녹색 세계와의 관계에 의해 정의된다. 《일주일》에서는, 그가 떠났던 대부분의 초기 여행처럼 인간은 자신을 안내해주고 보호해주는 친절하고 자비로운 자연과 조화를 이루며 살아간다. 그러나 캐타딘 산에서는 다르다. 소로는 이렇게 말한다. "이것이 바로 태초에 만들어진, '내추라natura'라고 하는 고대의 그 악마 같은 자연이다. 아니, 우리가 그것을 무엇이라고 부르든……강력하고 거대한, 두려우면서도 아름다운, 영원히 길들여지지 않는 원시 자연이다." 어떤 면에서는, 어쩌면 자연에 대한 이런 시각은 그가 잎서 자연을 너그럽고 전원 분위기의 문명화된 것으로 보았던 것과 모순되는 것 같다. 그러나 실제로는 모순이 아니다. 캐타딘이 소로에게 가르쳐준 것은, 인간은 자연의 한 부분일 뿐 인간이 자연의 주인일 수 없다는 점이다. 자연은 골짜기에서 인간에게 미소 지어줄 수 있다. 그러나 이와 똑같이 인간이 환영 받지 못하는 장소도 있다. 한마디로 한계가 있는 것이다. 인간은 자연의 중요한 한 부분이지만 그렇다 해도 한 부분에 불과할 뿐이다. 인간이 전부는 아니다. 자연은 인간을 지원해주고 먹여 살린다. 하지만 인간이 한계를 존중하고 인정할 때만 그렇다.

소로는 원시주의가 제기하는 문제점과 매력에 늘 관심을 가져왔다. 그러나 지금까지 그의 경험은 인류학자들이 말하는 "가벼운 원시주의," 즉 남태평양에 떠있는 섬에서 (우리가 상상하는 그대로) 어렵지도 않고 그리 많은 노력을 필요로 하지도 않는 원시적인 생활을 해나가는 데 더 가까웠다. 소로는 캐타딘에 관한 글을 쓰는 동안 멜빌의 처녀작인 《타이피Typee》를 읽고 깊은 인상을 받았는데, 당시 문학잡지치고 이 작품의 리뷰를 싣지 않거나 주목하지 않은 데는 하나도 없었다. 당시 갓 출간된 《타이피》는 서구 백인들이 매력적이라고 생각하는 '남태평양 섬에서의 원시주의'를 이슈로 삼아 여기에 초점을 맞췄다. 소로는 실제로 〈캐타딘〉 초고에서

《타이피》에 관한 논쟁을 꽤 많이 소개했는데, 사실 초고에서 논쟁거리를 이야기한 것으로는 유일한 글이었다. 이와 비교할 때 메인 숲에서의 삶은 "버거운 원시주의," 즉 자연에 맞서 격렬하고 육체적인 노력이 많이 요구되는 것이었다.(《타이피》는 멜빌이 남태평양 마르케사스 제도에서 식인종이지만 선입견과는 달리 친절했던 원주민 타이피족과 생활했던 경험을 바탕으로 쓴 소설로, 주어진 환경 안에서 잘 살아가고 있는 타이피족을 개종시키려는 선교사들을 향해 날선 비판을 담아냈다—옮긴이)

소로는 마르케사스 제도가 멜빌에게 그랬던 것보다 노스트윈 호수와 캐타딘 산이 그에게 더 야생 자연에 가까웠다고 생각했다. 물론 차이가 있다고 해서 우리가 느끼는 기본적인 유사성마저 지워버리지는 못한다. 소로와 멜빌에게 주된 관심사는 문명화된 인간과 원시 자연 세계 간의 대결이었고, 인간과 자연 양쪽의 시각으로 그것을 보는 것이었다. 문명화된 인간과 자연 간의 관계라는 이 주제는 〈캐타딘〉의 첫 번째 버전을 하나로 묶어주는 핵심 주제였다. 훗날 《메인 숲》의 한 장으로 출간된 최종 버전에서는 북미 인디언을 두드러지게 강조하고 있는데, 이건 나중에 원시 자연의 인간이 자연과 어떤 관계를 맺는가라는 주제로 초점을 옮기면서 그렇게 된 것이다.[5]

〈캐타딘〉의 초고 서두에서 소로가 곧 이어 다룬 주제는 신화에 관한 것이다. 소로는 신화가 역사를 각색한 것이자 세계 언어를 향한 접근이라고 이야기했다. 그래서 자신이 경험한 자연을 표현하는 방식으로 신화를 찾은 것이다. 우리는 소로가 캐타딘 산에서 겪은 경험을 프로메테우스 신화와 비교하는 것을 보아도 전혀 놀라지 않는다. 이제 비로소 소로는 이해한 것이다. 누구든 새로운 신화를 창작하고자 애쓸 것이 아니라 옛 신화에서 표현한 경험에 자신의 경험을 맞추고자 노력해야 한다. 또한 시간에 의해 검증된 의미를 담고 있고 그것을 전달해주는 능력까지 지닌 신화에 작은 것 하나라도 보태려는 노력이 필요하다. 물론 자신의 글이 신화의 외피라고 할 수 있는 고전적 장식물에 그치지 않고 신화의 본질인 내적 경험을 불러일으키기를 원하겠지만 말이다.[6]

47

월든, 두 번째 해

월든 호숫가에서 산 지 꼬박 1년이 지나고 둘째 해를 맞은 소로는 지난해부터 폭발하기 시작해 상당히 오랫동안 이어지고 있는 뜨거운 창작열을 어떻게든 지속시키고자 애썼다. 그가 호숫가에서 지낸 기간은 대학 졸업 후 그의 인생에서 하루하루의 행적을 추적하기가 제일 난해한 시기인데, 이 기간에 쓴 노트들이 엄밀히 말해 일기라고 할 수 없는 데다 날짜순으로 기록돼 있지도 않기 때문이다. 물론 그가 2년간 꾸준한 노력을 요하는 책의 초고를 쓰고 원고의 틀을 잡는 것 같은 보다 긴 작업에 매달려 있었다는 점을 염두에 둬야 한다. 그로서는 가장 중요한 프로젝트들을 엄청난 분량으로 완성해가고 있는 상태였고, 그러다 보니 이와 별도로 아침부터 밤까지의 매일매일의 생활을 기록할 만한 여력이나 의지가 남아 있지 않았을지 모른다.

1846년 가을, 그러니까 메인 숲 여행에서 돌아온 직후 그는 100페이지에 이르는 〈캐타딘〉 원고를 썼다. 그리고 아마도 이해 가을 어느 시점에 〈시민 불복종〉을 쓰기 시작했을 것이다. 두 원고를 함께 보면 소로가 다소 극단적인, 어떤 면에서는 과격하다고 할 만한 시각을 갖게 됐음을 알 수 있다. 그가 자주 써왔던 은유적인 표현이나 반어법을 활용한 서술 방식을 덜 쓰는 대신 분명하면서도 강렬한 어조로 확신에 찬 문장을 써나간 것이다. 〈시민 불복종〉은 개인의 양심이 정치적 삶의 궁극적 기반이라고 주장한다. 〈캐타딘〉에서는 이 같은 주장과 균형을 이루는 논점을 제시하는데, 개인이든 집단이든 인간의 삶은 자연에서 결코 최상의 자리에 있지 않으며, 단지 자연의 한 부분, 잘 봐주면 중요한 한 부분일 뿐이라는 것이다. 사회 문제에서 극단적 개인주의는 개인이 자연에서 갖는 한계를 체감함으로써 완화될 수 있다. 이것은 소로에게 매우 중요한 깨달음이었다. 이 깨달음은 1847년으로 넘어가는 겨울과 봄에《일주일》의 상당히 많은 양의 2차 초고를 힘들게 작업하는 동안, 또 1847년 2월 "내가 살아온 역사The History of Myself"의 강연 준비를 하는 동안, 그리고 그해 여름《월든》의 1차 초고를 쓰는 동안 그가 계속해서 지녀왔던 것이다.《월든》의 첫 번째 버전을 보면 마지막 4페이지를 앞두고 결론을 이야기하기 시작하는데, 그 후 수 년간 이 결론은 스타일 면에서 미미한 변화가 있었을 뿐 그대로 이어졌다.

모든 것을 배우고 탐구하는 데 진지하게 노력함과 동시에 모든 것이 신비로우며 탐구할 수 없다는 점을 알아야 한다. 저 대지와 바다가 한없이 사납고 측량할 수 없으며 깊이조차 가늠할 수 없다는 것도 알아야 한다. 우리는 결코 자연을 충분히 알 수 없다. 지치지 않는 활력과 끝없는 광활함, 난파선과 살아 있는 나무들과 죽어버린 나무들이 있는 해안, 번개를 내리치는 구름, 3주간이나 계속되다 끝내 홍수를 만들어내고야 마는 거센 빗줄기, 우리는 이런 것들을 보며 새로워져야 한다. 자신의 한계 너머를 직시할 필요가 있다. 우리가 한 번도 가보지 못한 어딘가에서 어떤 생명이 한가로이 풀을 뜯어먹고 있는 것을 똑똑히 바라볼 필요가 있다.

1847년 초가을 월든 호숫가를 떠날 준비가 되었을 때 그는 지난 1년간을 돌아볼 수 있었을 것이다. 100페이지에 달하는 〈캐타딘〉과 117페이지에 이르는 《월든》의 1차 초고, 꽤나 묵직한 분량으로 완성된 《일주일》의 2차 초고, 그밖에 다른 짧은 원고들, 그리고 그것들을 써왔던 시간을 말이다. 적어도 그의 에너지에는 어떤 한계도 없었던 것 같다.[1]

이 모든 글을 썼던 1847년에는 과학에 대한 관심도 한층 깊어졌다. 그는 한 편지에 이런 글을 남겼다. "예전만큼 그렇게 세심하게 새들을 관찰하고 있지 않습니다." 그러나 이건 그가 물고기들을 더 주의 깊게 관찰했기 때문일 뿐이다. 제임스 엘리어트 캐봇은 이해 하버드대학의 루이 아가시 교수 실험실에 어류와 다른 야생동물의 표본을 보내오는 명단에 소로를 등재했다. 그 무렵 미국에 온 지 얼마 안 된 아가시는 나이 마흔의 스위스인 자연과학자로 이미 세계적으로 유명한 어류학자였다. 소로는 아가시가 이전까지 전혀 몰랐던 몇 가지 표본을 찾아냈다. 이해 겨울 일군의 사람들이 월든 호수에서 상업적으로 얼음을 채취해가는 것을 본 소로는 수온 변화에 관심을 갖게 됐고, 그가 하게 될 수많은 통계적 연구의 신호탄으로 여러 호수의 수온을 측정했다. 그는 천문학에도 새로이 관심을 갖게 됐는데, 콩코드에 사는 페레즈 블러드의 85배율 망원경으로 천체를 관찰하러 에머슨과 함께 그의 집에 가기도 했다.(갈릴레오가 달 표면의 분화구를 식별할 때 사용한 망원경은 32배율이었다. 블러드의 망원경은 달의 "어두운 부분에 있는 산맥 돌출부에 비친 태양빛까지" 보여주었다.) 당시 하버드대학은 2000배율의 망원경을 보유하고 있었다. 하버드는 그 무렵 수학과 화학을 비롯한 자연과학 분야에 주목했는데, 아가시를 곧바로 교수로 임용한 것도 그 일환이었다. 소로는 이 일에 대해 "대학의 본질적 특성을 일깨우고 되찾은 것으로, 비로소 시대를 따라잡기 시작했다"는 견해를 밝혔다. 이 말은 소로 자신에게도 해당하는 것이었다. 아가시가 어류 분류나 빙하 작용 분야에서 권위자로 인정받고 있는 것에 비해 소로는 어떤 전공 분야에서도 과학자가 된 적은 한 번도 없다. 하지만 그는 항상 과학에 개방된 자세를 가졌고, 사물을 이해하는 과학의 기본 방식을 흔쾌히 받아들였다. 그는 이 무렵 일기에 이렇게 적었다. "이 세계의 법칙을 발견하지 못한 사람들이 설 자리는 이 세상에 없다." 분류학과 통계학, 천문학에 대한 소로의 커져가는 관심도 그가 갖고 있는 초월주의와 이상주의자의 면모에 걸림돌이 되지는 않았다. 물질에 대한 그의 관심은 정신에 대한 관심과 건강한 균형 관계를 유지했고, 사실을 추구하는 그의 열정은 의미와 신화에 대한 관심으로 상쇄됐다. "모든 문제는 진지하게 생각하는 일을 즐겁게 해준다." 그가 천문학을 좋아했던 이유는 그것이 "물리학의 한 분야로 선지자와 시인의 간절한 바람에 응답해주고, 우리가 가진 두 눈만으로도 더 많은 것을 볼 수 있게 해주기" 때문이었다. 천문학이 시와 연계되듯 역사는 신화와 연계된다. "신화는 고대의 역사 혹은 전기다. 오늘날에도 기억할 만한 가장 오래된 역사가 신화가 된다. 그것은 역사가 최후의 순간에 맺은 열매다. 신화가 전해주는 이야기는 거짓된 것이 아니라 역사에서 꼭 필요한 부분만 담아낸 것이다."[2]

그의 빡빡한 글쓰기 스케줄과 새로이 갖게 된 과학에 대한 관심으로 인해 이해에는 평소처럼 책을 읽는 데 그리 많은 시간을 할애할 수 없었다. 하지만 그는 호메로스와 오비디우스, 아나크레온을 다시 읽었고, 샤토브리앙의 몇몇 작품과 《바가바드기타》도 재독했으며, 서부에서 전해져 오는 프레몽의 모험기를 정독했다. 새 책을 읽은 것은 거의 없었으나 독서에 관한 글을 썼다. 《월든》의 셋째 장인 '독서'의 맨 처음 버전이 바로 이해에 쓰여진 것이다.[3]

한 해 내내 집중해서 생산해낸 문학적 성과물과 관련한 압박도 있었다. 원고를 책으로 출간한다는 일은 늘 어려운 문제지만 이때는 특히 그랬다. 한편에서는 에머슨이 그에게 《일주일》을 출판하라고 재촉했고, 다른 한편에서는 평소 도움을 주기는 하지만 상대를 좀 열 받게 하기도 하는 성격의 그릴리가 책은 염두에 두지 말고 전기 성격의 글을 쓰는 데 집중하라고 채근했다. 그릴리는 앞서 소로의 칼라일에 관한 에세이가 잡지에 실리는 데 큰 역할을 했지만 지금은 사정이 어려워져 원고료 지급에 곤란을 겪고 있는 형편이었다. 에머슨 역시 말과는 달리 《일주일》을 내줄 출판업자를 하나도 구해주지 못했다. 1847년 가을 소로가 월든 호숫가를 떠났을 때 《일주일》은 출판사로부터 네 차례나 퇴짜를 맞은 상태였다. 이건 소로의 자신감을 크게 흔들어놓았다. 이해 여름 그는 서른 살이 됐다. 대학을 졸업한 지도 10년이나 됐다. 총각으로 혼자 살면서 그는 이제 자기만의 방식을 공고히 하게 됐다. 굳이 위트로 포장하지 않고도 자신을 헐뜯는 사람들을 화나게 할 수 있었고, 계속 부아가 치솟도록 할 수 있는 고도의 신랄한 방어책을 갖추어 나갔다. 하버드 졸업생을 대상으로 한 설문조사에 그가 답한 것을 보면 아주 빈틈없이 장황하게 설명하는 행간에

가시처럼 톡 쏘는 것들이 있다는 걸 알 수 있다. 그는 추신에 이렇게 덧붙였다. "동문들이 나를 자선의 대상으로 생각하지 말았으면 합니다. 그리고 동문들 가운데 누구라도 금전적인 도움을 필요로 한다면 알려주기 바랍니다. 나는 그 사람에게 기꺼이 돈보다 더 가치 있는 몇 가지 조언을 해드릴 용의가 있습니다."[4]

9월 6일 소로는 월든 호수를 떠났다. 한 달도 채 안 돼 그는 에머슨의 집으로 다시 들어갔는데, 에머슨은 두 번째 유럽 여행을 위해 집을 떠난 상태였다. 그는 자신이 호숫가에 들어올 때만큼 훌륭한 이유가 있어서 호숫가를 떠났으며, 앞으로 살아가야 할 숱한 삶이 있다고 아주 밝게 이야기했다. 그러나 그가 호숫가를 떠난 가장 그럴듯한 이유는 리디아 에머슨이 초대했기 때문이다. 남편이 유럽에 가 있는 동안 집안일을 도와주며 겨울을 함께 지내달라고 부탁한 것이다. 소로 역시 자신이 다음에 무엇을 할지 전혀 확신이 없었다. 에머슨은 그에게 미시간의 토지측량팀 일자리를 권하기도 했다. 그가 하버드 졸업 10주년 동문 설문조사에 답한 내용을 보면 당혹스러움이 꽤 묻어나고 상당한 불안감도 읽을 수 있다. 지난 봄 그는 서신을 주고받던 상대에게 지금 자신은 긴 여행을 하고 있을 때의 심정이라고 털어놓았다.[5]

48

블레이크에게 보낸 편지

🌿

"나는 절망의 송가頌歌를 부르려는 것이 아니라 아침에 자신의 횃대 위에 올라선 수탉 숀티클리어처럼 호기롭게 큰소리로 외쳐보려는 것이다. 그 것이 비록 나의 이웃들을 깨우는 데 그치더라도 말이다." 지금은 유명해 진 이 구절을 《월든》의 점점 불어나고 있는 초고에 써넣기 전 소로는 일 기에 짧은 산문체로 절망의 송가를 적어두었다. "나는 내가 저지른 무수 한 실패 사례들과 함께 나 자신에 관한 슬픈 이야기를 들려줄 수 있고, 그 야말로 도랑물처럼 초라하게 흘러갈 수도 있다." 그리고 월든 호숫가를 떠 난 지 몇 주 후 그가 쓴 하버드 동문회의 설문조사 답신을 보면 고집스러 운 어조의 좀 애잔한 목소리가 드러난다. "당신의 직업이 무엇이냐?"는 질문에 답하면서 그는 이렇게 썼다. "내가 하는 일이 진짜로 직업인지 혹 은 사업인지도 모르겠고, 무엇이 직업이 아닌지도 모르겠습니다. 나는 미 처 제대로 배우지도 못했고, 그렇지만 늘 먼저 실제로 써먹어 본 다음 공 부해왔습니다."[1]

이 즈음인 10월 5일 그는 에머슨의 집으로 다시 들어갔다. 그는 유쾌해

지려고 애썼지만 이해 가을 그의 기분은 전반적으로 가라앉아 있었다. 그는 채닝, 올컷과 어울려 산책을 나갔다. 또 정체불명의, 추측하건대 완전히 부적격인, 에머슨의 집에 하숙하고 있던 미스 푸어드라는 여성에게서 바라지도 않던 청혼을 받고는 기겁하기도 했다. 그는 "겨울은 공부하는 시기"라고 선언하고는, 에머슨의 집 꼭대기 층에 있는 작은 방의 초록색 책상에 앉아 캐타딘 산을 주제로 한 원고와 개인이 정부에 대해 가져야 할 관계를 주제로 한 원고, 그리고 우정을 주제로 한 강연 원고를 준비하는 데 많은 시간을 할애했다.[2]

자기 자신에게 만족하지 못한 영혼은 다른 사람에게서 똑같은 조건을 찾아낸다. 어느 가련한 스베덴보리 신봉자를 향해 그는 이렇게 말했다. "생각이 너무 거창해 제정신이 아닌 것 같다." 방문 강연자 중 한 명이었던 H. N. 허드슨에 대해서는 이런 견해를 밝혔다. "가슴속에 어두운 그늘을 담고 있다." 11월 중순 에머슨에게 쓴 편지에는 이런 구절이 나온다 "이 세상은 우유를 짜내기 어려운 암소 같습니다. 삶이 그리 쉽게 다가오지 않는군요."[3]

멀리 떠나있는 에머슨에게 보낸 소로의 편지는 화제거리로 가득했을 뿐만 아니라 가족처럼 친밀했고, 자신의 기분과 느낌을 있는 그대로 털어놓았으며, 에머슨을 향한 따뜻하고 존경하는 마음이 담겨 있었다. 이때까지 소로가 제일 잘 쓴 편지는 에머슨에게 보낸 것들이었다. 하지만 그것들은 위대한 작가들의 편지가 대개 그렇듯이 그리 감동적이지는 않았다. 소로는 그걸 알았고 친구와 지인들에게 솔직히 털어놓았다. "나는 살아오면서 편지를 거의 쓰지 않은 것 같아." 그러나 1848년 3월 중순 그는 눈이 번쩍 뜨이는 편지를 한 통 받았는데, 올해 서른두 살 된 우스터 사람으로 예전에 한 번 만난 적 있는 해리슨 그레이 오티스 블레이크가 보낸 것이었다. 블레이크는 1840년에 〈다이얼〉에 실린 스토아 시인 페르시우스에 관한 글을 읽고 또 읽으며, 소로가 그에게 남긴 "잊혀지지 않는 인상"을 상기했다. 블레이크의 편지는 대부분의 독자들이 소로의 삶에서 핵심적인 의미라고 여기는 바로 그것의 정곡을 찌른다. 블레이크는 이렇게 썼다.

지난번 콩코드에 갔을 때 당신은 문명으로부터 멀리 떠나 있는 것에 대해 말했습니다. 나는 당신에게 친구들과의 모임이 그립지 않느냐고 물었지요. 당신의 대답은 간결했습니다. "아니요, 그런 건 전혀 느끼지 않습니다." 나는 아직도 그 대답을 똑똑히 기억합니다. 그것은 내적인 자산의 깊이, 세속과의 완전한 결별, 그리고 이 세상에서 평정과 평온을 유지하는 것처럼 내가 도저히 가질 수 없는 것들입니다……내가 만일 당신 인생의 중요성을 올바르게 이해했다면 이것입니다. 당신은 자신을 사회로부터, 또 제도와 관습과 전통의 마법으로부터 분리시켰고, 신과 함께하는 새로우면서도 간소한 삶을 이끌어가려는 것입니다. 당신은 낡은 틀 안에서 생명을 호흡하는 대신 외면적으로든 내면적으로든 새로운 삶을 살아가려는 것입니다……지금 이 순간 당신이 알려주고 싶은 대로 말해주십시오……당신은 스스로 행동을 절제하기에, 당신의 영혼을 활짝 열어 무언가로 존재하기에, 나는 당신을 존경합니다. 소란스럽고 천박하기만한 배우들로 가득한 세상 한가운데서 한 걸음 물러나 이렇게 말할 수 있다면 참 고귀한 것입니다. "나는 그저 '존재할' 것입니다."[4]

아쉽게도 지금은 제대로 평가받지 못하고 있지만 그가 블레이크에게 수 년 동안 걸쳐 보낸 일련의 주목할 만한 철학적 편지들 가운데 맨 처음 것은 바로 이 같은 정면 공격이 단초를 제공한 것이었다. 소로의 첫 편지는 자신이 이해하고 있는 그대로 여행에 대한 은유의 가장 사려 깊은 분석으로 시작한다. 블레이크가 은둔과 절제, 그리고 세속과의 결별을 강조하면서 던졌던 도전에 조금 옆으로 물러난 것이다. "나는 외면을 향한 삶과 내면을 향한 삶이 서로 조응한다고 믿습니다." 그는 이렇게 썼지만 초월주의의 이런 진부한 문구에 이어지는 문장은 조화에 대한 낙관적인 결론이 아니라 그것의 냉정한 관찰이다.

누군가 더 고귀한 삶을 살아가는 데 성공한다 하더라도 다른 사람들은 그것을 모를 수 있습니다. 둘 사이의 거리와 차이는 하나입니다. 진정한 삶을 살고자 하는 것은 먼 나라로 여행을 떠나는 것입니다. 낯선 환경과 처음 만나는 사람들에 둘러싸인 자기 자신을 서서히 발견해 나가는 것이지요. 그리고 지나간 것들이 우리를 둘러싸고 있는 한, 진정한 의미에서 새 삶을 살아가는 것이 아니며, 더 나은 삶을 살아가는 것도 아니라는 것을 나는 잘 알고 있습니다.

편지는 소로비언들에게는 절대적이라고 할 수 있는 "단순함을 믿습니다"라는 신조를 담고 있다. 그리고 소로비언들이 추구하는 것이 무엇인지 그 핵심을 읽을 수 있다.

보통의 경우 속아넘어가지 않는 많은 사람들을 알고 있습니다. 이들은 허튼 소리를 믿지 않고, 자기 돈은 정확히 계산하며, 그걸 어떻게 투자해야 하는지도 알고, 신중하며 유식하다는 말도 듣습니다. 그러나 이들은 인생의 상당 부분을 책상 앞에 앉아 은행 출납 직원 같은 일을 하며 보내다 끝내 빛이 바래고 녹이 슬어 사라져 버릴 것입니다. 만일 이들이 무언가를 알고 있다 해도 이 세상에서 그걸 갖고 뭘 하겠습니까?

편지는 문학과 인생 간의 관계에 대한 그의 신념을 드러낸다. 서두부터 자명한 이치를 들이대며 그는 말한다. "말로 표현될 수 있는 것이 과연 삶에서도 표현될 수 있을까요?" 직설적이면서도 송곳 같은 그의 말 한 마디 한 마디에 기본적인 충고가 들어 있다. "그대가 사랑하는 일을 하십시오. 그대 자신의 뼈가 어떤지 알아낸 다음 그것을 씹고, 그것을 묻고, 그것을 다시 꺼내 한 번 더 씹으십시오. 너무 도덕적으로 행동하지는 마십시오. 그렇게 함으로써 그대는 인생의 상당 부분을 스스로 속이고 있는지도 모릅니다. 도덕성보다 더 높은 것을 목표로 삼으십시오. '단지' 좋은 사람이 되지 말고, 어떤 것에 좋은 사람이 되십시오." 한 가지 문제에서 그는 블레이크를 바로잡아주었다. "나는 사회와 자연, 신에 대해 어떤 의도도 갖고 있지 않습니다. 나는 단지 지금의 나일 뿐입니다." 이 편지와 이로부터 불과 5주 뒤인 5월 2일에 쓰여진 다음 편지 역시 자연에 대한 그의 기본 시각을 재확인해준다. "자연은 우리 마음에 주는 것 그대로 우리 몸에도 줍니다. 자연이 우리 상상력에 자양분을 주듯이 우리 몸도 먹여 살립니다." 블레이크에게 보낸 편지 대부분은 그야말로 자기 자신의 마음을 알고 있는 사람이 쓴 것이다. 새로이 찾은 마음의 평정과 특유의 솔직함, 지금까지 볼 수 없던 직설적인 표현이 담겨 있다. 이 편지들은 있는 그대로의 자신을 드러냈다는 점에서, 또 반어법도 적고 유희적인 표현도 거의 없다는 면에서 소로의 글 가운데 가장 특징적이다. 사실 이 편지들은 일반독자를 대상으로 해서 쓴 것이 아니라 친밀한 영혼이자 성직자의 길을 가기로 한 수도자에게 쓴 것이다.[5]

소로가 세상을 떠난 1862년에 조지 롱이 번역한 《마르쿠스 아우렐리우스의 명상록Meditation of Marcus Aurelius》이 출간됐다. 알다시피 기억할 만한 구절이 수없이 담겨 있는 인상 깊은 책이다. 이 번역본은 특히 광범위한 영어권 대중들에게 마르쿠스 아우렐리우스를 소개한 중요한 책으로, 또 고대 스토아 사상에 대한 관심을 폭넓게 되살려내는 데 기폭제 역할을 한 책으로 알려져 있다. 이로부터 1년 뒤에는 매튜 아놀드가 마르쿠스 아우렐리우스에 관한 통찰력 있는 에세이를 발표했고, 다시 1년 뒤인 1864년에는 티크노어 앤 필즈에서 《명상록》의 미국판을 출간해 그 중 한 권을 에머슨에게 보내주었다. 지금도 그렇지만 《명상록》은 마음을 사로잡는 작은 책이다. 에머슨이 얼마 뒤 소로의 편지들을 정리해 한 권의 책으로 엮게 됐을 때 마음속으로는 조지 롱이 번역한 《명상록》을 전범으로 떠올렸을 것이며, 이와 비슷한 책을 만들겠다고 다짐했으리라고 생각하는 것도 무리는 아닐 듯싶다.

49

스토아 철학, 하나의 법칙

✦

그렇게 해서 나온, 그러니까 블레이크에게 보낸 편지를 중심으로 에머슨이 엮은 책에는 《여러 사람들에게 보낸 편지Letters to Various Persons》라는 제목이 붙었고, 여기에는 소로의 미국판 스토아 철학이 담겼지만 결국 아무도 주목하지 않은 대작이 됐다. 초월주의자들에게 스토아 철학은 단순히 틀에 박힌 사고방식이 아니라 보다 강력한 사상 체계를 의미한다. 스토아 철학은 선禪 사상처럼 철학적인 강령과 일단의 인식을 체계화한 것이고, 역시 선 사상과 마찬가지로 실은 그 이상이다. 일면 종교의 성격을 띠기도 하지만 스토아 철학은 끊이지 않고 계속해서 피어나는 특별한 매력을 지닌, 살아가는 방식이다.

스토아 철학이 나오게 된 계기는 그리스 도시국가의 붕괴였다. 도덕적 행위에 권위 있는 이유를 제공해왔고 궁극적으로 그것을 정당화해주었던 폴리스에 대한 그리스인의 의지 기반이 무너진 것이었다. 인간이 어떻게 살아가야 하는가에 대한 확실한 답을 더 이상 폴리스에서 구할 수 없게 되자, 또 사회를 예전처럼 믿을 수도 없게 되자 최초의 스토아 사상가인 제논은 그 답을 찾기 위해 마지막 남은 신뢰할 수 있는 유일한 원천인 자연으로 눈을 돌린 것이다. 이렇게 국가도, 신도, 사회도 아닌 자연으로 눈을 돌린 것이야말로 스토아 사고방식의 핵심이다.[1]

제논에서 시작해 그보다 더 유명한 스토아 사상가들인 키케로, 세네카, 에픽테토스, 마르쿠스 아우렐리우스에 이르기까지 스토아 철학이 던지는 물음의 중심에는 도덕적 삶을 확고하게 지지하기 위한 탐구가 자리 잡고 있는데, 그것은 인식론이 아닌 윤리다. 가장 중대하고도 주된 물음은 무엇을 알 수 있는가가 아니라 어떻게 살아가야 하는가였다. 그리고 제논에서 마르쿠스 아우렐리우스에 이르기까지 공통된 목표는, 누구나 지위나 환경에 상관없이 자신의 타고난 재능 안에서 개인의 행복을 위한 수단과 도덕적 행동을 위한 기초를 발견함으로써 그 물음에 답하는 것이었다.

스토아 사상에는 크게 세 부분이 있다. 물리학과 논리학, 윤리학인데, 스토아 사상이 가진 최대 강점은 모든 것을 윤리학의 아래에 둔다는 것이다. 제논은 먼 훗날 윌리엄 제임스가 견지했던 것처럼 이론적인 질문은 그것이 도덕적 삶에 중요한 것이 아니라면 아무런 가치도 없다는 입장을 고수했다. 이것이야말로 스토아 학파의 절대로 흔들리지 않는 실천적 측면인데, 모든 것은 우리가 실제로 누리는 매일매일의 삶에 그것이 구체적인 연관성을 갖고 있느냐의 여부에 따라 판단된다는 것이다. 그리고 진정한 도덕성은 지식, 특히 과학이라고 불리게 될 자연 세계에 대한 지식 없이는 불가능하다고 스토아 학파는 주장했다.[2]

스토아 학파는 이 세상의 모든 사물은 하나의 본질적인 물질이 현시한 것이라고 하는, 헤라클레이토스가 처음 주창한 사상에서 출발했다.

마르쿠스 아우렐리우스는 말한다. "우주를 생각할 때면 언제나 이 우주가 단일한 물질과 단일한 영혼을 가진 하나의 살아있는 유기체임을 명심하라." 여기서 스토아 학파의 기본이 되는 핵심 인식이 도출된다. "무수한 자연 현상을 관장하는 하나의 법칙이 존재하며, 따라서 이 법칙은 인간의 행동도 관장한다."3

스토아 학파는 무엇보다도 인간과 자연에는 하나의 법칙이 존재한다는 입장이기 때문에 인간에게 적용되는 법칙을 배우기 위해서는 당연히 자연을 공부해야 한다. "자연과 조화를 이루는 것이라면 어떤 행동이든 어떤 말이든 할 수 있다. 그것이 당신의 권리다." 마르쿠스 아우렐리우스의 말은 이어진다. "혹시나 있을 비난이나 세평 따위로 인해 그만두지 말라……당신을 비난하는 사람들은 그들 나름의 이유를 갖고 있을 것이고, 그들을 부추기는 충동도 있을 것이다. 괜히 그들을 쳐다보느라 당신의 시선을 흩뜨리지 말고 곧바로 직진하라. 그리고 자신의 본성과 이 세상의 본성을 (그리고 하나가 되는 이 둘의 길을) 따르라." 마르쿠스 아우렐리우스는 그의 가장 극단적이고 자극적인 견해 가운데 하나를 밝힌다. "자연은 누구에게나 견딜 수 있는 만큼만 고통을 준다."4

스토아 철학은 종교적인 속성도 갖고 있다. 이 우주는 원자들과 텅 빈 공간으로 이루어져 있다고 주장하는 에피쿠로스 학파와는 대조적으로 스토아 학파는, 신은 창조된 모든 물질 안에 내재하고 있으며, 물질들의 바깥에는 어떤 것도 존재하지 않는다고 주장한다. 일반적으로 스토아 학파라고 하면 떠오르는, 쌀쌀맞게 윗입술을 움직거리는 냉랭한 표정의 현자賢者와는 대조적으로 스토아 학파의 저작 가운데는 기쁨과 열락을 만끽하는 느낌을 적은 것이 많다. 마르쿠스 아우렐리우스는 말한다. "오, 세계여 나는 그대가 만드는 위대한 조화의 모든 가락에 조응합니다. 그것이 그대에게 맞는다면 나에게는 그 무엇도 빠르지 않고 아무것도 늦지 않습니다. 오, 자연이여 그대의 계절이 수확하는 모든 것은 내게 열매입니다. 모든 것은 그대에게서 나오고, 그대 안에 있고, 그대에게로 향합니다."[5]

무엇보다 중요한 것은 개인에 대한, 그리고 각 개인이 가진 의지의 영역에 대한 스토아 학파의 주장이다. 마르쿠스 아우렐리우스가 자기 자신에게 적은 비망록(통상《명상록》으로 불리는 책)을 보면 반복적으로 나타나는 이런 구절을 만날 수 있다. "고독이 사라져버린다 해도 나는 늘 운명의 여신으로부터 총애를 받고 있다. 운명의 여신이 총애하는 자는 운명이 준 훌륭한 재능을 자기 자신에게 수여한 사람이기 때문이다." 이런 것도 있다. "그대가 마음대로 할 수 있는 것을 갖고 말할 수 있는 것은 무엇인가? 그것으로 할 수 있는 것은 무엇인가? 그것이 무엇이든 그것을 하라. 그대는 그것을 말하고 행할 힘이 있다. 그대가 자유로운 행위자가 아니라고 억지로 꾸미려 들지 말라."[6]

소로는 마르쿠스 아우렐리우스를 한 번도 언급하지 않았다. 에머슨은 이 로마 황제에게 깊은 관심을 갖고 있었지만 소로는 읽어보지도 않은 것 같다. 게다가 그가 다른 스토아 철학자들, 가령 키케로와 세네카, 페르시우스의 저작을 읽었음에도 불구하고, 또 그의 초기 일기에 "스토아 철학자 제논은 정확히 내가 지금 이 세계와 맺고 있는 것과 똑같은 관계를 세계와 맺고 있었다"라고 시작하는 제논에 관한 글귀를 남겼음에도 불구하고, 그리고 소로 내면에 그리스와 로마의 스토아 철학자들의 이런저런 흔적들이 있다 해도, 아무튼 그의 스토아 사상은 어떤 계기나 방식에 의해 파생된 것이 아니었다. 자주 이야기되듯이 그는 다른 사람들이 단지 꿈이나 꾸는 것을 실제로 살아보는 데 천재적인 재능을 갖고 있었다. 엘러리 채닝이 말한 대로 소로의 스토아 사상은 "에픽테토스로부터 배운 것이 아닌," 그 누구로부터도 배운 것이 아닌 천부적인 것이었는지도 모른다. 그러나 그것이 어디로부터 왔든 (그리고 왜 고전을 배제해야 하는가?) 평소소로가 지녀왔던 개인적 에너지의 중심에는 틀림없이 어떤 중요한 스토아 철학의 인식론이 들어있었을 것이다. 그의 생각은 강력한 윤리적 중심을 갖고 있었다. 그는 젊은 시절과 말년에 모두, 자신과 같은 보통사람의 본성 속에서 도덕적 삶을 지지하는 강력한 토대를 찾고자 했다. 그의 물음은 늘 실제적인 것이었다. 나에게 주어진 매일매일의 삶을 어떻게 하면 최선을 다해 살아갈 수 있을까? 그리고 소로는 아마도 지난 200년을 통틀어 우리의 도덕성을 위해서는 국가가 아니라, 신이 아니라, 사회가 아니라, 자연을 향해 눈을 돌려야 한다고 설파한 가장 위대한 웅변가일 것이다. 또한 자기 신뢰, 자기 존중, 자기 의지 식으로 다양하게 일컬어지는 변치 않는 스토아 철학의 원칙을 몸소 보여준 가장 매력적인 미국인의 '전형'으로—에머슨은 가장 위대한 지지자로—우뚝 서 있다. 그런 점에서 소로의 인생은, 자연을 관장하는 법칙은 똑같이 인간도 관장한다는 스토아사상의 실제적이고 구체적인 의미를 실현하고자 기나긴 세월에 걸쳐 부단히 시도한 도전이었다고 할 수 있다.[7]

50

아폴로니안 비전

‹

블레이크는 소로에게 기본적인 질문부터 던졌다. 그의 철학에 "슬픔의 교의"는 없는지 물은 것이다. 소로는 약간 자책하듯이 답했다. 딱 꼬집어서 슬픔이 무엇인지 알지 못하며, 그 자리에는 후회와 분노만 있을 것이라고 말이다. 괴테가 그랬던 것처럼 그는 이런 아픔을 시를 쓰며 달랬다. 상실의 고통과 병고의 시련, 심한 좌절감, 여기에 가까운 사람들의 잇단 죽음까지 겪었고, 때로는 자신의 건강까지 해칠 정도로 이런 아픔에 격렬하게 반응했던 사람이 실제로 슬픔을 전혀 몰랐다고 말하는 것은 좀 우습다. 물론 그는 알고 있었다. 그에게 진짜 물음은 그것을 어떻게 넘어서느냐였다. 니체가 그리스인에 대해 말했던 것은 소로에게도 똑같이 해당된다. 니체는《비극의 탄생The Birth of Tragedy》에서 이렇게 갈파했다.

그리스인들은 존재의 공포와 두려움을 강렬하게 의식하고 있었다. 그래도 이왕 살아가기로 한 이상 그들은 공포와 두려움 앞에 올림피아 신들의 빛나는 환상을 두기로 했다……아폴로니안의 미에 대한 욕구는 태초의 티탄으로 이루어진 공포의 위계로부터 올림피아 신으로 이루어진 열락의 위계로 아주 천천히 발전해나갔던 것이다. 마치 장미꽃이 가시덤불에서 튀어나오듯.[1]

블레이크의 물음에 대한 소로의 최종 답변 역시 똑같은 맥락이다. "나에게 단 하나 완전한 경험은 나의 비전이었습니다. 아마도 나에게는 느끼는 것보다 보는 것이 더 완전무결한 것 같습니다." 이것은 소로의 성숙한 비전이 기본적으로 아폴로니안 정신을 상기시키는 결정적인 구절이다. 월터 오토는 아폴로니안 정신에 관해 재기 번뜩이는 통찰을 보여준다.

디오니시안은 본래 취해 있는 것을 간절히 원하고, 그러므로 거리감이란 게 없다. 반면 아폴로니안은 명료함과 건강함을 간절히 원하고, 따라서 거리감이 있다. 이 단어가 주는 첫인상은 뭔가 부정적이지만 그 안에 함축하고 있는 것은 무엇보다 긍정적으로 지각하는 자세다. 아폴로니안은 너무 가까이 있는 것은 무엇이든 거부한다. 이런저런 것들에 얽혀 들거나 녹아드는 것, 마찬가지로 영혼의 합일이나 신비한 도취, 환각에 빠진 눈동자가 그렇다. 그는 영혼이 아니라 정신을 원한다……그의 혼이 담긴 감각은 사람의 주의를, 그 사람의 자아와 영혼의 저 깊은 내면으로 향하게 하는 것이 아니라 개인을 넘어선 것, 변화할 수 없는 것, 영원한 형식을 향하게 한다……아폴로니안은 비할 데 없는 자유로, 또한 예술뿐만 아니라 최후에는 과학까지도 생산해내도록 운명 지워진 진정한 그리스 정신으로, 그리하여 존재와 세계가 서로 마주보는 맑은 눈의 지각을 가진 영혼이 되어 우리를 맞는다. 그것은 세계와 존재를 표현 양식으로, 해방을 향한 갈망과 욕구로부터 똑같이 자유로운 눈으로 바라볼 수 있게 한다.[2]

소로는 실제로 자신을 아폴로와 동일시했고, 그가 아폴로니안이라고 이해했던 그런 종교적 가치들을 공유했다. 그의 삶은 예수보다 아폴로를 닮고자 한 것이었다. 소로가 "대통령 자리에 앉아 있는 제임스 K. 포크"를 향해 빈정대듯 표현한 것처럼 "당신의 얼굴에 비친 아폴로의 빛"이라고 하면 좀 우습게 들리겠지만, 아무튼 소로는 아폴로니안 정신에 대해 무척 많은 것을 알고 있었다. 비록 그가 월터 오토나 니체는 알지 못했지만 빅토리아 시대의 단순함이나 불핀치의 사소함보다는 훨씬 수준 높은 것을 알고 있었다. 그는 호메로스와 소위 말하는 호메로스식 찬가에 대한 철저한 지식을 갖고 있었고, 당시의 교육 이념이었던 도리스식 그리스 사상과 가치, 문화에 대한 권위 있는 해설서인 K. O. 뮐러의 《도리안사람들The Dorians》도 잘 알고 있었다. 아폴로를 다룬 150페이지에 걸친 이 책에서 소로는 자신이 가장 좋아하는 신화 속의 또 다른 자아, 즉 속죄에 대한 준비로 다루어지는 '아드페티스에게 봉사하는 아폴로'의 모습을 발견했을 것이다. 그는 또한 자신의 매혹적인 시 "스모크Smoke"에서 명확하게 드러낸 속죄와 정화에 대한 강조를 보았을 것이다. 그는 아폴로가 농업의 수호신이자 숲의 연인이라는 것을, 동시에 파괴자 혹은 사나운 매가 될 수도 있는 기쁨과 열락의 신이라는 것을 알게 됐을 것이다. 소로에게 한 해가 봄부터 시작하듯 아폴로니안에게도 한 해는 봄부터 시작된다. 소로는 뮐러에게서 자연 질서의 사상을 대표하는 신으로 진지하게 받아들여지는 아폴로를 발견했을 것이다. 자연 질서의 사상이란 "사물의 핵심은 그들의 크기와 비율, 그들의 시스템과 규칙성에 들어있다는 생각, 그리고 모든 것은 조화와 균형에 의해서만 존재하며, 세계 그 자체는 그런 모든 속성(질서 있는 세계)의 결합체라는 생각"을 말한다.[3]

1847년 3월에 소로를 만난 E. P. 휘플은 소로를 가리켜 "다른 사람들이 종교를 경험했다고 얘기하는 것처럼 자연을 경험한 사람"이라고 말했다. 이건 소로에게 딱 들어맞는 말이다. 달리 표현하자면 그의 종교는 현대 기독교라기 보다는 올림푸스 신 혹은 그리스 종교에 더 가깝다. 소로에게서 늘 약간 거리감이 느껴지고, 그가 뭔가 다르게, 결코 완전히 다가설 수 없는 것처럼 여겨지는 한 가지 이유는 그가 아폴로니안의 정신을 마음속 깊이 간직하고 있었기 때문이다. 오토가 기술한 그리스인들과 마찬가지로 소로는 "이 세상 모든 것을 가능한 한 가장 강력한 현실감각을 갖고 이해했고, 그럼에도 불구하고—아니 바로 그 이유 때문에—그것들 안에서 신적 존재의 신비한 특징들을 인식했다." 그는 이 세상으로부터 인간을 구원하고자 애쓰는 종교, 인간을 이 세상 위로 끌어올리려 하는 종교에는 아무런 관심도 없었다. 그는 무아지경의 황홀이 아니라 맑고 투명한 정신을, 은총이 아니라 지식을 찾고자 했다. 또한 그리스인들과 마찬가지로 그는 "도덕적 판단을 위한 동기를 의지가 아니라 인식에서 찾으려" 했다. 오토는 그 이유를 이렇게 설명한다.

세계를 바라보는 고대 그리스인의 시각에 담긴 객관성을 이해하는 사람이라면, 안이 아니라 바깥을 향한 그 정신을 따를 수 있는 사람이라면, 영혼의 신화 대신 이 세계의 신화를 따를 수 있는 사

람이라면, 의지와 감정보다는 지각 위에 놓여 있는 중요한 일관성
을 발견할 수 있을 것이다.[4]

아폴로가 소로에게 무엇을 의미했는지 알 수 있는 열쇠는 소로 자신이
그토록 높게 평가했던 그리스인들처럼, 건강함을 현대인들이 법률을 이
해하듯이 인식했다는 점을 이해하는 것이다. 아폴로의 모습은 명료한 정
신, 지각, 자립을 건강하게 표현한 것이다. 쇼펜하우어는 이를 적절하게
묘사했다. "거대한 파도의 물마루가 휘몰아치는, 가늠할 수 없는 광포한
바다 위에서 당장이라도 부서져버릴 듯한 한조각 노에 의지한 채 작은 배
에 앉아 있듯 이 세계의 맹렬한 고통 한 가운데서도 인간은 개인화의 원
칙에 의지해 평정을 유지한 채 조용히 앉아 있다." 니체는 여기에 이렇게
덧붙였다. "아폴로 신 그 자체를 개인화의 원칙이라는 신비로운 이미지로
받아들일 수 있다." 우리가 소로에게서 발견하는 경외감은, 신적인 것이
란 기적이나 신비, 마법, 초자연적인 것이 아니라 자연세계, 즉 에머슨이
"모든 범위의 자연적 형태들"이라고 한 것 안에서 발견된다는 그의 아폴
로니안 인식에 바탕을 둔다. 기독교인들이 구원되기를 갈망하고, 디오니
시안이 취해버리기를 갈망하는 곳에서 아폴로니안은 알고자 하고 보고
자 하고 지각하고자 열망한다. "나의 경험에서 가장 영광스러운 사실은
내가 한 것 혹은 내가 하고 싶은 것이 아니라 찰나의 순간에 내가 품었던
생각과 비전, 꿈이다." 그는 《일주일》에서 이렇게 쓰고는 덧붙였다. "하나
의 진실한 비전을 위해서라면 나는 이 세상의 모든 부와 영웅들이 남긴
모든 위업을 기꺼이 다 바칠 수 있다. 그러나 기껏해야 지상의 연필 제조업
자인 내가 어떻게 신들과 대화할 수 있겠는가, 제정신이라면?"[5]

51

《콩코드 강과 메리맥 강에서 보낸 일주일》

 ‌ ‌

어떤 책이든 그것을 출판하는 것은 쓰는 일에 비해 그리 큰 문제가 아니라고, 소로는 그렇게 호기롭게 주장하고는 있었으나 책을 펴낸다는 것은 무척 골치 아픈 일이었다. 호숫가에서 했던 작업 가운데 그나마 제일 수월했던 게 〈캐타딘〉이었고, 그 다음으로 순조로웠던 것이 《월든》이었으며, 가장 힘들고 어려웠던 게 《일주일》이었다. 소로가 호숫가 오두막을 떠나 에머슨의 집으로 들어간 1847년 가을 그는 에머슨에게 솔직히 말했다. 《일주일》을 출판사 네 곳에 보냈으나 다들 자비 출판이 아니면 출간할 의사가 없다고 했다고 말이다.[1]

 블레이크와 서신 교환을 시작할 즈음인 1848년 3월 말 소로는 〈캐타딘〉 원고를 그릴리에게 보냈다. 앞서 칼라일에 관한 에세이를 실어주었던 그릴리는 〈캐타딘〉 원고가 잡지에 싣기에는 너무 길다고 생각했지만 일단 받아주기로 하고, 편지에 이런 내용을 적어 보냈다. "이 원고를 더 좋은 조건으로 다른 곳에 넘기지 못한다 하더라도 내가 이 원고를 채택해 꼭 원고료를 보내도록 하겠습니다." 소로는 5월 중순 그릴리의 노력에 진정으로 감사한다는 뜻을 전했는데, 이 편지에는 더할 나위 없이 진실되게 자신을 묘사한 장문의 구절이 들어있다. 그 첫 문장은 밥벌이를 주제로 한 보석 같은 글귀다. "지난 5년간 나는 오로지 육체노동만으로 밥벌이를 해 왔습니다." 그릴리는 이미 소로의 자급자족 실험에 깊이 공감하고 있던 터라 이런 내용에 즉각 감동했고, 곧바로 〈트리뷴〉에 그의 원고를 소개하며 자립해서 살아가는 미국인의 전범이라고 했다. 뉴욕에 있던 편집자의 고군분투 덕분에 〈캐타딘〉은 1848년 7월 〈사르탄스 유니온 매거진Sartain's Union Magazine〉에 첫 회분이 게재됐고, 11월까지 모두 5회에 걸쳐 실렸다.[2]

에머슨은 7월 말에 집으로 돌아왔다. 소로는 채닝과 함께 뉴햄프셔 주 남부의 언캐너눅 산과 고프스타운, 혹셋, 햄스테드, 플레이스토우를 나흘간 걸어서 여행했다. 11월에는 올콧이 보스턴으로 갔다. 호손의 요청으로 소로는 세일럼에서 "뉴잉글랜드에서의 학교생활과 생계"라는 주제로 강연했다. 그는 이해 겨울 콩코드에서 두 번 더 강연했는데, 하나는 세일럼에서 했던 것이고, 다른 하나는 "강낭콩과 월든 호수"를 주제로 한 것이었다. 그러나 1848년 가을과 1849년으로 넘어가는 겨울에 걸쳐 그가 주로 했던 일은 《일주일》을 더 보충하고 새로 정리하는 것, 그리고 《월든》의 2차, 3차 초고를 쓰는 것이었다. 《월든》은 여전히 비교적 적은 분량으로 〈캐타딘〉과 비슷한 수준이었지만 이제 꽤 잘 다듬어진 상태가 됐다.[3]

1849년 2월 소로는 《일주일》 원고를 출판사에 다시 보내 조금은 다급한 입장에서 협상을 벌였다. 또 이 기회에 출판사들을 상대로 《월든》 초고의 출간을 타진해보는 게 좋겠다고 생각했다. 좀 화나는 일이기는 했지만 티크노어 앤 컴퍼니가 《월든》은 출판사 비용으로 출간할 의사가 있으나 《일주일》은 소로의 자비 출판이 아니면 출간할 수 없다고 알려왔다.

《일주일》을 포기하고 싶지 않았던 소로는 조건이 조금 더 나은 편이었던 먼로 출판사와 협의했다. 그쪽에서는 책이 팔리지 않을 경우에만 소로가 출판 비용을 보전하는 것을 출간 조건으로 내걸었다. 소로는 이 조건을 받아들였고, 3월 중순 무렵에는 교정쇄를 보느라 바빴다. 원래 그의 형 존을 추억하려는 뜻에서 기획했던 이 책이 마침내 세상 빛을 보려고 하자 이번에는 또 한 명의 소중한 가족인 누나 헬렌이 몸져누웠다. 불과 서른여섯 나이의 그녀는 평생 한 번도 건강한 적이 없었고, 한동안 결핵을 앓기도 했었다. 1848년 겨울 그녀의 병세는 절망적일 정도로 악화됐고, 1849년 2월에 이르자 소로는 그녀와 영원히 헤어질 것을 걱정해야 했다.[4]

5월 중순 〈시민 불복종〉이 엘리자베스 피바디가 창간해 단명으로 끝나버린 〈에세틱 페이퍼스〉에 실렸다. 그리고 5월 30일 기나긴 기다림 끝에 소로의 첫 번째 책이 마침내 세상 빛을 봤다. 책이 나오기 4일 전에 벌써 그는 출판사에서 작가에게 주는 증정본을 받기 위해 보스턴으로 달려간 상태였다. 그는 이 중 한 권을 브론슨 올콧에게 주었는데, 올콧은 이 책이 "미국을 대표하는 책이며, 내 서가에 있는 에머슨의 에세이 옆자리에 세워둘 만하다"고 평가했다. 그를 신뢰하는 그릴리가 편집하는 〈트리뷴〉 1면에 이 책을 소개하는 첫 서평 기사가 실렸다. 이 리뷰는 그릴리 자신이 썼을 수도 있지만, 브룩팜의 설립자로 자신의 꿈이 무산된 뒤 뉴욕에서 글을 쓰며 생활하고 있던 조지 리플리 목사가 쓴 것일 수도 있다.[5]

아무튼 6월 13일자에 실린 〈트리뷴〉의 서평 기사는 기본적으로 공정한 것이었다. 책에서 자연을 관찰한 부분은 높게 평가했고, 시보다는 산문이 더 좋다고 하면서 이런 지적을 남겼다. "거의 모든 페이지마다 진실한 시로 가득 차있다. 물론 좀 어정쩡하게 시도된 빈약한 시구들은 예외가 되겠지만 말이다." 리뷰는 소로가 작업한 다양한 작품들을 소개한 뒤 그의 범신론에 초점을 맞췄다. 종교를 바라보는 소로의 나름 차분한 아폴로니안 시각을 이해해줄 수도, 참아낼 수도 없었던 필자는 "기독교 신앙에 대한 번지수를 잘못 짚은 범신론자의 공격"이라고 평했다. 실은 3년 전에 나온 멜빌의 첫 번째 책도 이와 유사한 측면이 있었고 그때도 비슷한 내접을 받았었다. 다른 점이 있다면 멜빌의 경우 기독교 신앙 자체를 겨냥했던 게 아니라 선교사를 타깃으로 했다는 점이었다. 리뷰는 비록 찬사 일색은 아니었지만 적어도 《일주일》에 대한 관심을 높여주었고 책의 판매에도 도움이 됐다.[6]

〈트리뷴〉에 리뷰가 실린 다음날인 6월 14일 헬렌 소로가 세상을 떠났다. 장례식은 집에서 치러졌고, 마지막 순서로 소로가 자리에서 일어나 뮤직박스를 틀었다. 음악이 끝날 때까지 다들 말없이 앉아 있었다. 《일주일》의 출간 과정에는 그 출발점과 종착점 모두 가까운 가족의 죽음이 함께 했지만 책 어디에서도 죽음은 눈에 띄지 않는다. 오히려 이 책을 보면 소로가 가족과 아주 친밀했음을 알 수 있다는 견해가 많다. 가족과 그토록 가까웠기에 이런 점도 이해할 수 있는 것이다. 형 존의 죽음이 소로로 하여금 스스로 독립된 인격체로 설 수 있도록 그를 풀어준 것과 마찬가지로 7년 후 찾아온 헬렌의 죽음은—비록 몇 년까지는 아니지만 몇 개월 정도는 앞서 예상할 수 있었다는 점에서—소로가 월든 호숫가를 떠나고 출판사로부터 잇달아 출간 거절 통보를 받으면서 좌표가 조금 흔들릴 때 그것을 바로잡아 주었던 것 같다. 헬렌이 세상을 떠나자 소로도 자신의 본분을 비로소 받아들이고 이를 대외적으로 알리게 된 것 같다. 이제 소로 집안의 네 자녀 중 둘이 저 세상으로 갔고, 그는 자신의 인생을 더욱 값지게 만듦으로써 형과 누나의 죽음에 어느 정도나마 보답하고 싶었을 것이다. 소로는 7월 말 블레이크에게 보낸 편지에 이렇게 썼다. "우리는 하나의 방향에서 한 가지 목표를 향해 아주 빠르게 무조건 행동해야 합니다. 그 어떤 악덕도 쫓아오지 못하도록 말입니다. 혜성의 중심은 밝게 빛나는 별에 다름 아닙니다." 그리고 1849년 9월 그는 하버드대학 총장인 자레드 스파크스에게 편지를 띄워 하버드 도서관의 특별 도서대출권을 부탁했다. 앞서 그가 동문회 조사 당시 회답했던 문장과는 극히 대조적으로 그의 어조는 이제 생계를 꾸려가야 하는 다소 신경질 나는 주제에 대해서조차 확고했고 결의에 차있었다. 평소답지 않게 특별히 강조 표시까지 해가며 그는 스파크스 총장에게 이렇게 썼다. "저는 문학의 길을 가기로 했습니다."7

6부

1849~1851
표범의 언어

52

케이프코드의 난파선과 구원

🌿

1849년 10월 9일 소로는 채닝과 함께 일주일 일정으로 케이프코드 여행을 떠났다. 그가 얘기한 대로 "지금까지 보아왔던 바다보다 더 멋진, 끝없이 펼쳐진 대양을" 기대하면서 말이다. 케이프로 발을 내딛기 전부터 그는 바다와 해안뿐만 아니라 초창기 뉴잉글랜드와 그곳의 캘빈주의에 대해 나름 훌륭한 시각을 갖고 있었다. 믿음이라는 주제에 관해 추방자 분위기의 유머로 가득한 《케이프코드》는 소로가 구원을 탐구한, 다시 말해 구원이 가능하다면 인간이 어떻게 구원받을 수 있는지를 깊이 파고든 책이다.[1]

이 여행 자체가 그랬으니 어쩔 수 없지만 이야기는 충격적인 재난과 함께 시작된다. 보스턴에 닿자 들려온 소식은 전날 도착했어야 할 프로빈스타운의 증기선이 거센 폭풍우로 인해 아직 도착하지 않았다는 것이었다. 거리 곳곳에서 "사망! 코해셋에서 145명 실종"이라고 적힌 전단을 목격한 우리는 일단 코해셋으로 가기로 결정했다.

아일랜드 골웨이에서 이민자들을 가득 태운 쌍돛대 범선 세인트존 호는 그램퍼스 근해의 암초에 좌초된 뒤 온통 바위투성이인 매사추세츠 해안을 휩쓴 강풍에 산산조각 나버리고 말았는데, 소로와 채닝이 보스턴에 도착한 것은 사고 발생 이틀 후였다. 두 사람이 왔을 때도 파도는 여전히 높았고, 시신이 계속해서 바닷가로 밀려오고 있었다. 소로는 이 장면을 아주 생생하면서도 냉정하게 묘사했는데, 100년 뒤 로버트 로웰이 이 구절을 거의 손도 대지 않고 자신의 대표작 《낸터킷의 퀘이커 묘지Quaker Graveyard in Nantucket》 서두에 갖다 썼을 정도다. 소로의 눈을 따라가보자.

대리석처럼 굳은 다리와 헝클어진 머리들이 부풀어오를 대로 부푼 옷가지들과 함께 여기저기 널려 있었다. 물에 빠져 죽은 한 소녀의 퉁퉁 부어 엉망이 된 흙빛 몸뚱어리가 보였는데—아마도 어느 미국인 가정에서 일할 생각으로 이민선을 탔다가 사고를 당한 것 같다—목 주위에 달린 끈이 살짝 몸 뒤로 숨겨져 있는 누더기 옷을 그대로 걸치고 있었다. 바위에 부딪쳤는지 물고기에게 물어 뜯겼는지 상처투성이의 시신이 웅크린 채 있는 게 보였다. 뼈와 근육이 다 드러난 몸통은 핏기라고는 찾아볼 수 없이 그저 붉은색과 흰색뿐이었고, 뭔가를 응시하듯 크게 뜬 두 눈은 광채를 잃은 죽은 빛깔로, 마치 모래에 푹 파묻힌 좌초한 선박의 선실 창문 같아 보였다.[2]

《케이프코드》는 〈캐타딘〉이 끝나는 지점에서 출발한다. 바로 자연의 가장 원시적인 측면, 그러니까 인간의 삶에 무관심하기도 하고 적대적이기도 한 자연에서 시작하는 것이다. 이 몸뚱어리의 "주인들은 콜럼버스와 청교도 개척자들처럼 신세계로 오는 중이었지만" 그들 모두 죽음을 맞았다. 난파선 부분은 이 책의 나머지 부분이 답하고자 애쓰는 문제를 제기한다. 그 같은 재난에서 과연 구원이란 무엇인가? 소로는 세 가지 다른 시각을 품어본다. 우선 기독교 시각은 이렇다. 몸뚱어리는 죽지만 영혼은 구원받는다. 다음으로 자연의 관점이 있다. "이것이 자연의 법칙이라면" 그리고 "이 불쌍한 사람들의 몸뚱어리를 산산조각 내는 것이 오늘의 질서"며 그저 바람과 파도의 자연적 결과라면 "도대체 왜 두려움과 슬픔으로 시간을 낭비하는 것인가?" 그러나 세 번째 시각이 있으니, 그것은 한 인간이 살아가는 목적을 그의 육신의 운명과 분리시키는 것이다. "한 인간의 정당한 목적이 그램퍼스의 암초에 부딪쳐 부서질 수는 없다." 난파선에 관한 이야기는 냉정하면서도 길게 이어진 결론 부분에 다다르는데, 소로는 여기서 이 책 전체를 관통하는 주제를 밝혀둔다. "지치지도 않고 한계도 없는 대양"은 캐타딘 산의 정상보다도 인간을 따뜻이 맞이할 생각이 전혀 없다. 대양은 유럽을 향해 뻗어있는 광대한 야생 자연이다. 하지만 이 책이 진짜로 초점을 맞추고 있는 것은 대양이 아니라 바닷가와 해변, 백사장, 바다와 육지 사이의 중간지대, 소로가 야생을 발견하고 낯설게 느끼는, 그러니까 밀턴의 카오스(그 역시 〈캐타딘〉에서 불러냈던 카오스다)에 필적할 만하며, T. S. 엘리엇이 〈메마른 구원Dry Salvages〉에서 땅의 경계라고 예견했던 곳이다. 그곳은 "오로지 비정상적인 창조물만이 살 수 있는" 지역이다. 바닷가는 "일종의 중립지대"다. "야생의, 잡초가 무성한 곳이고,

눈을 즐겁게 해주는 것이라고는 하나도 없다." 이것이 "벌거벗은 자연이며, 쓸데없이 인간을 향해 일말의 고려조차 하지 않는 자연이다." 이 모든 것은 멜빌 풍의 익살에서부터 《전도서Ecclesiastes》의 가슴 에이는 슬픈 작별에 이르기까지 다양한 산문에서 드러나고 기록돼 있다. "나는 보았다"는 표현이 계속해서 반복적으로 나오는데, 처음 장면과 몇몇 특별한 장면은 묵시록 같은 엄숙한 분위기마저 풍긴다. 난파선 잔해에서는 심지어 비장한 아름다움까지 느껴진다. 소로는 그래서 숭고함은 그 뿌리를 두려움에 두고 있다는 데 동의한다고 적고 있다. 단순히 이론이 그렇다는 게 아니라 실제로 이걸 보라는 것이다.[3]

소로는 케이프의 황량함과 황폐함, 처참한 모습을 짚어가며, 난파선은 어딜 가나 다르지 않을 것이라고 주장한다. 모든 것이 바다로 돌아갈 시간이 됐다. 케이프코드 운하가 만들어지기 전 한때 고등어 선단을 이루던 100척의 범선을 보던 그 시절로, 보스턴과 그 남쪽 곶岬 사이의 모든 배들이 위험에 노출된 바깥쪽 선로를 따라가야 했던 그때로 말이다. 난파선 잔해들은 케이프 사람들이 일상의 삶을 이루는 일부분이며, 소로가 경제적인 측면을 브로델식의 시각으로 소상하게 적어놓았듯이 그 경제를 구원하는 부분이었다.

세 번째 장에서 소로는 초기 선교사에서 현대적인 캠프 모임에 이르기까지 케이프의 종교적인 삶에 대해 꽤 긴 분량의 재미난 이야기를 들려준다. 언뜻 주제에서 벗어난 것처럼 보이지만 처음부터 끝까지 다 읽고 나면 신학적인 구원을 풍자한 관찰이었구나 하고 깨닫게 된다. 소로는 캘빈주의를 숭고함("두려움의 교의로서, 장엄하고 감동적인 웅변 스타일이 만들어내는 자연스러운 생산물")과 연결 짓지만 그것이 신학적으로 사소한 것까지 시시콜

콜 따지는 것은 조롱하듯 이야기한다. "여행자들의 증언에 따르면, 그래서 멀리 동양에서는 소위 샐딘이라고 하는 악마를 숭배하는 예지디스들과 다른 이들 사이에 교리상의 논점들에 관한 뜨거운 논쟁이 끝없이 벌어지고 있다고 한다." 마침내 소로는 연로한 목사의 메시지를 거부한다. 그들은 "자기들 세대에서는 최고의 인물들"이었을지 모르나 소로는 더 이상 그들이 말하는 '기쁜 소식'을 듣고 있을 수 없다. 그쪽에는 구원이란 없기 때문이다.[4]

네 번째 장에서는 백사장으로 돌아가 《케이프코드》 전반부를 마무리하고 나머지 이야기의 패턴을 새로 만들어나가는데, 이 역시 백사장을 벗어나지는 못한다. 우리는 한 번 더 어둡고 폭풍우 치는 바다를 보고, "원시의 대양"을 보고, "난파선의 잔해와 유목流木을 찾아 다니는 구조대원들의 모습"을 보고, 거칠고 참을성 많고 "너무 엄숙해서 웃을 수도 없고, 너무 강해서 울 수도 없는, 게다가 대합조개만큼이나 무관심한" 구조대원들을 대면한다. 그리고 이 장은 난파선 선원들의 대피소로 사용되고 있는, 바닷가를 따라 띄엄띄엄 들어선 자선숙소 같은 복지관에 대한 꽤나 유쾌한 환상곡으로 끝맺는다. 소로는 대피소 하나를 추방자의 익살극 어조로, 마치 옹이구멍으로 안을 들여다보듯 아주 자세하면서도 어둡게 묘사한다. 세속적인 구원을 위해 매우 실용적으로 지어진 이들 복지관조차 우울해 보일 뿐만 아니라 본래 목적에도 잘 맞지 않는 것 같다. 소로는 그 안을 들여다 보고서야 말문을 연다. "성냥이나 짚, 목초 같은 것도 주지 않고, 우리가 보는 한에서는 (따로 규정이 있는) 긴 의자조차 갖추지 않았다. 사실 이건 우리 내면의 가장 소중한 것이 난파당한 모습이었다." 영혼을 구원한다는 기독교의 약속은 더 이상 믿을 수 없을 뿐만 아니라 육신을 구원한다는 현대 자선단체의 실제 수단들도 아무 소용 없다. 구원이란 없다. 오로지 구조만 있을 뿐이다. 이 책의 최종적인 진실, 즉 케이프코드를 지배하는 질서에 대한 생각은 훗날 또 다른 난파선의 잔해가 흩어져 있는 바닷가를 다시 여행하면서 본 장면, 그러니까 최후의 지배는 죽음에 있다고 선언하는 장면에서 표현된다. "그 시신은 바닷가를 소유했고 지배했다. 살아있는 자 누구도 소유하거나 지배할 수 없었던 그 바닷가를, 그것에 상응하는 특별한 존엄함이라는 이름으로."5

53

힌두교 이상주의

꽃

소로는 1848년 7월 말 에머슨이 유럽에서 돌아오자 텍사스 스트리트에 있는 집으로 들어와 가족과 함께 살았다. 그가 하고 싶어한 일이자 그의 진정한 직업은 물론 책을 읽고 글을 쓰는 것이었지만 외견상 그의 밥벌이 수단은 연필 만드는 일과 점점 늘어만 가는 측량 일이었다. 1849년 가을 에는 측량 일만 적어두는 노트를 별도로 기록하기 시작했다. 같은 시기 그의 아버지는 콩코드 시내의 메인 스트리트 73번지에 있는 주택을 한 채 매입했고, 겨울까지 소로는 그 집을 새로 단장하는 일을 했다. 그러나 측량 일에다 연필 만드는 일, 여기에 목수일까지 더해지면서 갈수록 더 많은 시간을 빼앗기게 되자 마치 이에 대한 보상이라도 얻으려는 듯 힌두교 사상을 다시 파고들기 시작했다. 어느 시점인가, 아마도 1849년 가을 즈음일 텐데, 그는 제임스 엘리엇 캐봇과 시어도어 파커가 편집해 새로 발간한 잡지 〈매사추세츠 쿼터리Massachusetts Quarterly〉 4호에 실린 캐봇의 글 〈고대 힌두 철학The Philosophy of the Ancient Hindoos〉을 읽고 주요 구절을 옮겨 적었다.

캐봇은 소로에게 평생지기였고 훗날 에머슨의 전기도 썼다. 젊은 시절 그는 건축에 관심을 가졌고 루이 아가시의 조수로 일하기도 했다. 1844년에는 칸트에 관한 천재성이 번뜩이는 글을 써서 〈다이얼〉 종간호에 권두 기사로 싣기도 했다. 그가 1848년에 쓴 힌두이즘, 다른 이름으로는 그가 의미심장하게 부른 "힌두교 이상주의Hindoo Idealism"에 관한 글은 동시대 학자들에게 큰 반향을 일으켰는데, 특히 H. H. 윌슨의 주목을 받았다. 캐봇의 글은 이 세계의 광범위한 범신론적 관념("신의 품 안에 있는 모든 것은 하나며 동일한 것"이라는)을 강조하면서 힌두교 사상의 요체를 "순수하며 추상화된 사고에 이를 때까지 모든 실체를 줄이는 것"이라고 했다. 캐봇은 힌두교 이상주의와 칸트 및 특히 피히테의 이상주의 간의 유사성을 보여주고자 많은 노력을 기울였다. 달리 말하자면 캐봇은 힌두교 사상을 초월적 이상주의의 대표 버전으로, 그러니까 초월적 이상주의가 다른 문화에서 기원해 다른 언어로 표현된 것이라고 이해했다. 그러나 캐봇은 중요한 차이도 지적했다. 서구 사상이 대립의 언어(사유와 존재, 정신과 본성)로 작동하는 곳에서 동양 사상은 사고를 더 우선시한다는 것이다.

힌두교인은 실체를 순수한 사유라고 생각하려는 경향이 있다. 그들에게 최고의 실체는 정신이다. 물질의 모든 흔적이 제거된 정신, 즉 추상화된 영혼이다. 우리에게 가장 중요한 신학적 도그마는 신이 존재한다는 것이다. 그러나 힌두교인에게 신에 대한 최고의 설명은 육화肉化를 허용하지 않는 단 하나의 영혼이라는 것이며, 신에게 존재란 그 스스로 즐기는 환상적인 현시顯示일 뿐이다. 여기서 신은 순전히 내향적인 것이다. 그 자신과 동등하며 균질한, 즉

순수하게 추상화된 사유인 것이다.[1]

캐봇은 소로로 하여금 이상주의의 중심 개념을 확증해줄 수 있는 강력한 근거로 힌두이즘을 탐구해보도록 새로이 동기를 부여해주었다. 이것은 1850년 겨울과 봄에 소로가 힌두교 관련 서적을 폭넓게 읽음으로써 자신이 박물학자이자 측량사며, 동세학자지만 결코 초월주의자의 면모를 벗어 던진 것은 아니라는 점을 확실히 보여주었다는 점에서 중요하다. 그 결과 실용성을 더 추구하게 됐고 과학과 기계에 대한 관심도 커갔지만 이로 인해 그의 성격이 바뀐 것이 아니라 오히려 그에 상응해서 이상주의 사상과 윤리에 대한 관심이 새롭게 눈을 떴다.

이와 동시에 그는 체계적인 독서를 하기 시작했다. 뭔가 친근하게 느껴지고 예전부터 마음에 두고 있던 것들을 찾아보기 시작한 것이다. 그는 후기 경전인 《마누법전》을 오랫동안 곁에 두고 있었다. 1849년 9월이 되자 그는 위대한 서사시 《마하바라타Mahabarata》를 읽기 시작했고, 1839년 파리에서 출간된 가르생 드 타시의 《힌두교와 힌두스탄 문학사Histoire de la littérature Hindui et Hindoustani》를 개략적으로 읽었다. 1850년 1월에는 힌두교 사상의 핵심 개요라 할 수 있는 《비슈누푸라나Vishnu Purana》를 비롯한 힌두교 사상의 대표적인 초기 텍스트들을 읽었는데, 당시 그가 읽은 《비슈누푸라나》는 H. H. 윌슨의 빼어난 1840년판 번역본으로, 이 책은 본고장 인도에서도 권위를 인정받고 있을 뿐만 아니라 지금도 서점에서 팔리고 있다. 소로는 또 《삼키야카리카Samkhya Karika》(혹은 《이크바라크르스나Icvara Krsna》) 뿐만 아니라 칼리다사의 대표작 《운명의 고리The Fatal Ring》(혹은 《사콘탈라Sacontala》)를 존스의 번역본으로 읽었다. 1850년 4월에는 더 앞선 시대의 베다 문학 작품인 《삼마베다Sama Veda》를 스티븐슨의 번역본으로 읽었고, 네 권의 《우파니샤드Upanishad》를 포함한 초기 베다 작품들도 라모헌 로이가 선정해 번역한 선집으로 읽었다. 로이는 동시대의 인도 종교 사상사이자 개혁가로 1816년 이래 베단타와 우파니샤드의 고대 철학적 일신론을 되살리고자 노력한 인물이다. 그의 작품은 뉴잉글랜드의 유니테리언 교파 안에서 오랫동안 널리 읽혔고, 에머슨의 생각과도 유사한 점이 많았다.[2]

소로가 처음으로 가졌던 힌두교 사상에 대한 관심은 《마누법전》에 집중돼 있었고, 그것을 중심으로 우주의 질서와 세계의 법칙이라는 개념들을 맴돌았다고 할 수 있다. 그런데 이제 그의 시각이 조금 달라졌다. 어느 정도는 철학적 이상주의에 관심을 두었으나 개인의 자유를 향한 실천적 진로로 힌두교 사상을 보기 시작했다는 점이 무엇보다 중요하다. 《바가바드기타》에서 그를 괴롭힌 핵심적인 문제는—그리고 이것은 그가 《일주일》의 마지막 버전에서 다뤘던 문제기도 하다—크리슈나가 아르주나에게 싸울 수 있는 충분한 이유를 실제로는 주지 않은 것 같다는 점이었다. 소로는 퉁명하게 "아르주나는 그래도 확신했을지 모르나 독자들은 그렇지 않다"고 적었다. 이 같은 우려 섞인 의문은 계속됐고, 1849년부터 1850년까지 이어진 그의 광범위한 힌두교 독서의 두 가지 지배적인 모티브는 물러남(무저항 운동에서도 주창했던 행동의 자제)과 해방이 됐다.[3]

베다에서 그는 일종의 힌두교 스토아 사상을 이끌어낸다. "감정을 제어하고 육신의 외부 감각을 통제하는 것, 그리고 훌륭한 행동들이야말로 우리의 마음이 신을 닮아가는 데 필수불가결한 것이라고 베다가 분명하게 밝혔다." 《하리반사Harivansa》에서 그는 '일곱 브라만의 윤회'로 불리는 장문의 글을 번역했는데, 그가 다른 노트에 적어둔 것을 보면 "최후의 해탈을 어떻게 얻는지"가 여기서 흥미로웠다고 한다. 《삼키야카리카》에서 그는 에픽테토스가 했을 법한 관찰과 함께 시작한다. "물음은……삶의 고통을 제거하는 수단들을 찾지만" 전혀 다른 것으로 빠져든다. "진실한 방식은 특별히 '차별화된 지식,' 즉 함이 아니라 앎으로 이루어져 있다. 함은 부분적이고 일방적인 반면 앎은 세계적이고 중심석이다. 당신이 이해하는 것이 곧 당신이다. 이해하지도 못하고 행동하는 것은 당신에게 아무런 도움도 되지 않는다."[4]

그가 가장 많이 이끌던 《비슈누푸라나》에서는 캐봇의 글에서 뽑은 몇 구절 외에 텍스트 자체에서 30페이지가 넘는 분량을 발췌했다. 그는 또 앞서 블레이크가 "슬픔의 독트린"을 물었을 때 밝혔던 것과 거의 유사하게 "인간은 살아가는 한 온갖 괴로움에 휩쓸리게 된다"는 인식을 갖기 시작한다. 그와 동시에 가볍게 해방으로 넘어간다. "진실로 자유로워지면 이것과 저것을 구별하는 지식은 사라진다. 묻는 대상의 본질을 이해하는 능력을 갖게 되면 그것과 지고至高의 정신 간의 구별도 사라진다. 구별이란 진정한 지식이 없기 때문에 생기는 것이다." 소로는 또 《비슈누푸라나》를 통해 현실적으로 중요한 도덕적 통찰을 얻었다. "우리가 자발적으로 행하는 의무는 족쇄가 아니다. 지식이란 우리를 진정으로 자유롭게 해주는 것이다. 자발적으로 행하는 것이 아닌 다른 모든 의무는 우리가 지치기 전까지만 유효하다. 우리를 자유롭게 해주지 못하는 지식은 한갓 기술자의 재주일 뿐이다." 소로가 추구했던, 분주한 활동에서 한 발 물러나 있는 것은 사회에 등을 돌리는 부정적 욕망이라기 보다는 개인의 자유를 향한 긍정적 욕망이다. 제일 큰 목표는 언제나 진정한 자유다. 그것은 스토아 사상이 목표로 하는 자기 다스림이 가져다 주는 것 이상으로 우리 내부에서 희열이 솟아나게 한다. 소로가 《비슈누푸라나》에서 뽑아낸 마지막 글귀가 진정한 깨달음을 위한 그 자신의 결정적 비유라는 사실은 결코 우연이 아니다. "모든 지성은 아침과 함께 깨어난다."[5]

54

계절의 경이로움

이해 봄 콩코드의 강과 호수 수위는 예년보다 높았다. 소로의 기분도 그랬다. 그는 5월 중순 측량 작업을 하러 헤이버힐에 갔고, 6월 말에는 다시 케이프코드로 향했다. 이번에는 혼자서 간 것인데, 바깥쪽 해안에 집중하면서 프로빈스타운에서 채텀까지 왕복했고, 특히 하이랜드 등대에서 많은 시간을 보냈다. 여행하는 동안 가슴은 탁 트였고 마음도 여유로웠다. 목표를 향해 질주하는 특유의 추진력도 좀 누그러뜨렸다. 그는 이렇게 적었다. "정해진 목표나 목적의식 없이 하루하루 살아가는 것도 현명한 일이다." 과거를 돌아보며, 또 지나온 삶을 찬찬히 뜯어보면서 그는 이제 실수로 숲을 태워버렸던 일을 떠올리고 처음으로 그 문제에 정면으로 맞서보기도 했다. 7월이면 그의 나이 기껏 서른셋이고, 그는 본디 과거를 회고하는 것에 반대하는 입장이다. 하지만 그래도 지금은 충분히 편안하게 그렇게 할 수 있다. "나의 상상력, 나의 사랑과 존경, 경외하는 마음, 그리고 초자연적인 것에 대한 나의 감각까지, 젊은 시절에 대한 기억만큼 이것들을 흥분시키는 것도 없다."[1]

그러나 이해 봄 그를 지배했던 것은 회고조의 기분이 아니었다. 그는 미소 지으며 만족스러운 현재 안에서 진취적인 감각으로 충만해 생명력 넘치는 시간을 보냈다. "인간이란 초목의 푸르름과 함께 그 자신의 봄도 갖는 게 아닐까?" 그는 관찰을 통해 우리가 평소 아는 것보다 훨씬 더 많은 계절이 있음을 알아냈고 초록으로 물들어가는 시골 풍경에 세심한 주의를 기울였다. 가령 봄과 여름 사이인 6월 1일을 전후로 풀잎이 초록빛으로 변하고 소들이 목초지로 가는 계절이 오는 것이다. 그의 글은 봄을 맞이하는 격렬함으로 가득 차있다. "히코리나무의 새싹에서 풍겨오는 약간 기분 좋은 향기에 취해 있다." 그의 외침에는 낙관과 희망이 담겨 있다. "개똥지빠귀의 노랫소리가 들려오는 이곳이야말로 달콤한 야생의 세계다."[2]

그는 벌써 10년 넘게 일기를 써왔지만 이해 봄에는 더욱 규칙적으로 일기를 써나갔다. 일기는 자연 현상에 대한 상세한 묘사로 가득 차있는데, 적어도 아직까지는 철학적인 내용에서 사실적인 내용으로 뚜렷하게 옮겨가지는 않았다. 이 즈음부터 일기에 기록한 분량이 갈수록 늘어나고, 또 시간 순서에 따라 이어지고 있지만 그 내용은 엄밀한 의미에서 일기라고 할 수 없고, 그의 삶을 완벽하게 설명해준다고 보기도 어렵다. 소로는 일기 외에도 다른 많은 글들을 꾸준히 쓰고 있었다. 블레이크에게 보낸 편지는 여러 면에서 시를 이은 내면의 자선전이라고 할 수 있는데, 실제 세계와 눈에 드러나는 세계, 존재하는 것과 행동하는 것 같은 문제들이 주조를 이룬다. 반면 그의 "문학 노트Literary Notebook"와 그 뒤를 이은 여러 노트는 철학 분야의 광범위한 독서를 반영하고 있다. 사실 이해 봄 그의 삶은 그 이전 어느 때보다도 조화롭고 완전해 보였다. 그는 케이프코드의 모든 면에 관해 아주 깊이 읽었는데, 여행을 통해 얻은 일차적인 인상들을 그가 읽은 내용들로 균형을 맞추었다. 그의 일기는 여러 일화들과 함께 다시 풍성해지기 시작했다. 마을에 불이 난 이야기가 있는가 하면, "하나의 작은 늪이 지켜주는 다양한 종류의 생명들"에 관한 긴 이야기도 있고, 메기를 잡는 거북이에 관한 이야기("거북이는 메기가 헤엄쳐 올 때까지 기다리려는 듯 진흙에 눈만 빼꼼히 내놓고는 몸을 파묻은 채 숙은 늣이 있었다.")에나 새로운 목소리와 주인공들을 탐색하는 이야기("그렇게 해서 나는 진흙이 가득한 얕은 웅덩이에서 물 튀기는 소리를 들었다.")까지 다양했다.[3]

소로는 자신의 소우주 안에서 벌어지는 디테일한 자연 현상들을 다채로운 방식으로 기록하는 일을 하는 동시에 상상할 수 있는 아주 광대한 주제들에 관한 여러 권의 새 책들, 그러니까《비슈누푸라나》를 비롯해 알렉산더 폰 훔볼트의《자연의 여러 모습들Aspects of Nature》과 그의 대표작 《코스모스Kosmos》, 제목만으로도 너무나 매혹적인 콜리지의《삶에 관한 보다 포괄적인 이론 형성을 위한 힌트들Hints toward the Formation of a More Comprehensive Theory of Life》등을 폭넓게 읽어갔다. '힌두교 신화와 전통의 시스템'이라는 부제가 붙은《비슈누푸라나》는 우주의 창조와 파괴, 재창조를 포함한 방대한 내용을 담고 있다. 소로는 훔볼트의 매력적이면서도 생명력 넘치는 저서《자연의 여러 모습들》을 읽고 나서 물질 세계에 관한 다섯 권 분량의 개론서로 새로이 번역된《코스모스》로 넘어갔다. 소로는 이렇게 적어두었다. "훔볼트는 이 책에서 자연을 내부의 힘에 의해 움직이고 내부의 힘이 생명을 불어넣은 하나의 거대한 전체로 보여주려 했다." 19세기의 가장 야심에 찬 성과물 가운데 하나인《코스모스》는 물리적인 땅과 하늘뿐만 아니라 먼 옛날부터 인간이 자연에 느꼈던 흥미를 역사적으로 깊이 있게 개관하고 있다. 이 책의 제2권 1부는 '자연 연구의 동기들'이라는 제목이 붙어 있는데, 첫 장에서 "상이한 시대에 따라, 또 서로 다른 종족간에 자연을 눈 여겨보는 데서 얻어지는 흥분의 차이"를 다루고 있다. 소로는 여기서 신성함을 느끼는 우리 감각의 자연적 기원에 관해 아리스토텔레스가 상상력을 동원해 사실적으로 그려내고 있는, 잃어버린 작품에 나오는 한 구절을 옮겨 놓았다.

> 만일 지구의 저 깊은 곳에 조각과 회화, 게다가 행운아들이 소유하고 있는 모든 것들에 둘러싸여 풍족하게 살아가는 존재가 있다면, 그리고 만일 그런 존재가 신들의 영지와 권력의 흥망성쇠를 받아들여야 한다면, 그리하여 그들이 숨겨진 거주지로부터 우리가 사는 지표면으로 불려 나와야 한다면, 갑자기 땅과 바다와 먼 하늘을 바라봐야 한다면, 또한 구름들이 얼마나 드넓게 펼쳐져 있는지, 바람이 얼마나 강하게 부는지 알게 된다면, 태양의 위대함과 아름다움과 광채에 감탄해야 한다면, 마지막으로 밤이 이 땅을 어둠으로 감쌀 때 별이 총총한 하늘과 달이 찼다가 기울었다 하는 모습과 영원히 정해져 있는 변함 없는 진로를 따라 별이 뜨고 지는 것을 응시한다면, 그들은 진실로 외칠 것이다. "신은 있다. 이 위대한 것들은 바로 그의 작품이다."

소로 자신이 이해 봄 느꼈던 경이로움을 글로 묘사한다면 이와 똑같았을 것이다.[4]

《비슈누푸라나》와《코스모스》를 열심히 탐구하는 사이 그는 콜리지가 쓴《생명의 이론Theory of Life》에 관해 여러 페이지에 걸쳐 메모를 남겼는데 이런 내용이다. "콜리지는 생명을 개별화의 원칙이라고 정의했다. 그것의 '가장 일반적인 법칙'은 '양극성'이다……그래서 우리는 생명을 접합으로, 혹은 정과 반의 결합으로 생각하는 것이다." 이해 봄 소로는 독서에 전념했다. 아리스토텔레스가 책에서 제시한 경이로움에 대한 느낌은 소로가 자연 자체에서 발견한 경이로움에 대한 느낌과 똑같았고, 이해 봄 그가 몰두했던 작업과 독서의 핵심은 개별화의 원칙이라고 부를 수 있을 것이다. 우주론과 우주에 관한 개관은 개별화된 사실들을 아주 자세하게 탐구한 결과가 축적돼야 비로소 의미가 있다. 소로는 한편으로 생명의 숭고한 이론으로 개별화의 원칙에 주목했다. 다른 한편으로는 5월이면 숲에서 새로 돋아나는 잎사귀에 감탄했다. 그는 잎사귀를 개별화하면서 이렇게 덧붙였다. "때는 바야흐로 잎사귀들이 쥐의 귀처럼 커지려고 하는 계절이구나."5

55

엘리자베스 호 참사

봄은 소로에게 새로운 다짐과 기쁨, 에너지의 재충전, 사고의 확장, 그리고 "직접 만든 신성함 같은 것"이라고 부른 정서적으로 행복하고 희망에 찬 기분을 가져다 주었다. 그러나 그런 기분은 7월의 어느 날 뉴욕에서 전해져 온 끔찍한 뉴스로 인해 순식간에 바뀌었다. 마가렛 풀러가 파이어 아일랜드에서 배가 난파하는 바람에 익사했다는 소식이었다. 소로는 에머슨의 부탁에 따라 사고 현장으로 달려가 그녀의 시신과 유고遺稿를 찾는 참담한 작업을 도왔다.[1]

마르케스 오솔리와 결혼한 지 얼마 되지 않은 마가렛은 이탈리아의 1848년 혁명이 실패로 돌아간 뒤 이탈리아에서 그녀의 남편과 갓 태어난 아들을 데리고 집으로 돌아오는 중이었다. 그녀는 1848년 혁명에서 적극적인 역할을 했고 그에 관한 책도 집필했는데, 아직 출간되지 않은 이 책의 초고는 그녀가 갖고 있었다. 엘리자베스 호는 530톤급의 튼튼한 범선으로, 건조된 지 불과 5년밖에 되지 않았고, 대리석을 비롯한 각종 화물을 싣고 있었다. 이 배는 선장이 지브롤터에서 발진 천연두에 걸려 사망하는 바람에 1등항해사인 H. P. 뱅스의 예기치 못한 지휘 아래 운항하던 중이었다. 7월 18일에 이 배는 강한 남동풍을 맞으며 버뮤다와 뉴저지 해안 사이를 항해하고 있었다. 그러다 19일 새벽 2시 30분 바람이 더 거세지자 엘리자베스 호는 조심조심 항해하기 시작했다. 뱅스는 바다의 수심을 재 보았고, 깊이가 126피트인 것을 확인하자 모든 게 다 잘 됐다고 안심했다. 그가 판단하기로는 엘리자베스 호가 지금은 애틀랜틱시티로 부르는 뉴저지 해안 근처, 그러니까 케이프메이와 바르데가트 사이의 어딘가에 있다고 봤다. 그래서 배를 북쪽으로 향하게 했고, 전방 60~70마일은 너른 바다가 있을 것이라고 판단했다. 그러나 이건 혼자 생각이었다. 그는 왜 일단 닻을 내리고 동이 틀 때까지 기다려볼 생각은 털끝만큼도 하지 못했던 것일까? 어둠 속에서 항해하면서, 그것도 바람이 점점 더 거세지는 상황에서 그는 어찌 그리도 자기 판단에 확신할 수 있었던 것일까? 불빛이 보이자 그것이 뉴욕 항으로 들어가는 입구 남쪽의 네이브싱크 고지대에 있는 등대라고 생각했을지도 모른다. 그런데 사실 그가 본 것은 해안으로부터 4분의 1마일에 걸쳐 길게 모래톱이 낮게 깔려 있는 파이어 아일랜드의 불빛이었고, 배는 뉴욕 만 아래쪽 입구를 향해 북동 방향으로 가고 있었다. 아마도 그는 폭풍우로 인해 뉴욕 만 쪽으로 밀려가더라도 샌디후크 뒤쪽으로 피난처를 찾을 수 있을 것이라고 생각한 것 같다. 이유야 어떻든 뱅스는 배를 멈추지 않았다. 그 결과 새벽 3시 30분 엘리자베스 호는 파이어 아일랜드 등대의 5마일 동쪽 해안 모래톱에 정면으로 부딪쳤고, 그 충격으로 승객들은 잠자고 있던 침대에서 튕겨져 나갔다.

곧이어 거센 파도가 엘리자베스 호의 고물 쪽을 때리면서 배를 휘감았고 뱃전을 모래톱으로 몰아붙였다. 뱃전이 부서지면서 받침대에 묶여있던 150톤의 거대한 카라라 대리석이 풀려 배의 측면으로 쏟아져 나왔다. 어쨌든 이런 바다의 요동 속에서도 배와 승객들은 살아남아 있었고, 동이 트자 배가 해안으로부터 불과 수백 야드밖에 떨어져 있지 않다는 것을 알게 됐다. 광풍은 계속 됐고, 아침이 되자 그 위력은 더욱 거세졌다. 강한 바람과 빗줄기가 구조 작업을 방해했다. 그래서 구조는 시작부터 지체됐다. 12시 정오에서 낮 1시 사이 해안경비대의 구명보트와 밧줄 발사기가 도착했다. 다섯 발이 발사됐지만 강한 바람으로 인해 밧줄은 엘리자베스 호까지 절반에도 미치지 못했고, 구명보트도 높은 파도를 뚫지 못했다. 강풍이 너무나도 심했기 때문에 통상적인 구조 수단은 소용이 없었다. 이날 바람은 거의 허리케인급이었다. 뉴욕 신문들은 나무가 뿌리째 뽑히고, 굴뚝이 넘어지고, 보트들이 정박해 있던 선착장에서 침몰해 해안으로 밀려나갔다고 보도했다.

엘리자베스 호에서 몇 명의 선원과 승객 한 명이 나무판자를 안고 바다에 뛰어들었다. 선장대행인 뱅스와 선장의 부인, 몇몇 선원만이 살아서 해안에 도착했다. 아침 내내 난파선에 갇혀있던 승객들은 배에서 바닷가 쪽으로 씻겨 내려간 구조물품을 청소부들이 주워 모으는 광경을 지켜볼 수 있었다. 마가렛 풀러 오솔리는 가족과 떨어지는 것을 거부했다. 아마도 두 살 난 아들 니노가 파도 속에서 살아날 가능성이 없다고 생각한 것 같다. 사람들이 그녀에게 해안으로 가도록 설득했더라도 소용없었을 것이다. 마침내 오후 3시가 다 됐을 무렵 산더미 같은 큰 파도가 덮치면서 무지막지한 바닷물이 뱃전에 부딪치자 엘리자베스 호는 부서지기 시작했다. 이런 와중에 한 선원이 니노를 품에 안고서 해변을 향해 헤엄쳐 나갔다. 그러나 안타깝게도 뜻을 이루지 못했다. 둘의 시신은 몇 분 뒤 해안으로 밀려왔다. 체온은 여전히 따뜻했다. 마가렛과 그녀의 남편은 최후의 순간 배 밖으로 탈출했지만 두 사람의 시신은 끝내 발견되지 않았다.[2]

마가렛의 사고 소식은 3일 뒤인 7월 22일 월요일 밤에야 콩코드에 전해졌다. 에머슨은 그릴리에게 곧바로 답신을 띄워 자신이 생각하는 최선의 조치를 취하겠다고 했다. "소로를 보내 우리 쪽 일을 전부 챙기도록 하겠으며, 닌파 사고 현장의 모든 정보를 수집해 가능하다면 마가렛의 유고와 다른 유류품도 구해보도록 하겠습니다."(베이야드 테일러 기자는 사고 하루 뒤 현장에 갔다. 그의 기사에 따르면, 일요일에 이미 해변에는 1000명에 이르는 많은 사람들이 왔는데, 난파선 잔해들인 돛대와 판자, 각종 상자와 상품들의 조각이 바닷가 3~4마일에 걸쳐 흩어져 있었다고 한다.) 소로는 23일 콩코드를 떠나 24일 수요일 아침 9시발 롱아일랜드행 기차를 타기 위해 뉴욕에 도착했다. 사고 발생 5일 뒤에야 현장에 도착한 소로는 남아있는 게 거의 없다는 것을 알았다. 다른 여러 사람들이 이미 다녀갔는데, 그 중에는 아서 풀러, 엘러리 채닝, W. H. 채닝, 그리고 동생 호레이스가 이번 사고로 실종된 찰스 섬너 주니어 등도 있었다. 소로는 도착한 이튿날 아침, 생존자들이 전부 수용된 스미스 오크스 합숙소에서 에머슨에게 편지를 보냈는데, 여기서 그는 순식간에 주워 모은 이런저런 이야기들을 떨리는 목소리로 전하고 있다.

새벽 4시 10분 배가 모래톱에 충돌하자 승객들은 대부분 잠옷차림으로 서둘러 앞 갑판으로 나왔지만 곧바로 바닷물이 쏟아져 들어왔습니다. 그들은 꼼짝없이 거기 있어야 했습니다. 승객들은 앞 갑판에, 선원들은 그들이 할 수 있는 일을 하기 위해 그 위에 있었습니다. 파도가 칠 때마다 앞 갑판의 지붕이 들어올려졌고 안으로

물이 밀려들어왔습니다. 생존자 한 명이 맨 처음 해안에 닿은 것은 아침 9시였습니다. 많은 사람이 아침 9시부터 정오까지 해안에 도착했습니다. 오후 3시 30분쯤 밀물이 몰려오기 시작할 때는 이미 배가 완전히 부서진 상황이었고, 승객들은 앞 갑판에 나와 있었습니다. 마가렛은 남편과 아들을 잃은 상태에서 손을 무릎에 댄 채 돛대에 등을 기대고 앉아 있었을 텐데, 집채만한 파도가 밀어닥쳐 그녀를 집어삼켰을 겁니다.[3]

마가렛과 오솔리, 호레이스 섬너, 그리고 선원 한 명 등 모두 네 명의 시신은 끝내 발견되지 않았다. 니노는 땅에 묻혔다. 부서진 책상과 별로 중요하지 않은 서류들, 몇 권의 책이 스미스 오크스 합숙소에 있던 비품의 전부였다. 그러나 패초그에서 온 잔해 수집상들은 꽤 많은 것을 건졌고, 소로는 보트 한 척을 빌려 "광고 같은 것이라도" 하러 갈 생각을 했다. 보트 여행이 소로에게 남긴 것이라고는 훗날 안개 낀 얕은 바다에서 아무 생각 없이, 그러나 너무나도 정확하게 배를 몰았던 술 취한 네덜란드인에 관한 디킨스 풍의 스케치 외에는 아무것도 없다. 소로는 결국 해변으로 돌아왔다. 옷가지 몇 벌이 더 발견됐는데, 오솔리의 코트도 그 중 하나였다. 소로는 여기서 단추 하나를 떼어냈다. 금요일에 "사람 뼈의 일부분"이 해변에서 발견됐다는 보도가 나왔다. 토요일 아침 일찍 소로는 그것을 보러 갔다. 소로는 이틀 뒤 동생의 시신을 아직 찾지 못한 찰스 섬너 주니어에게 보낸 편지에서, 더 이상 남아 있는 것은 거의 없으며 "다른 많은 사람들도 그렇게 생각하겠지만 자신의 해부학 지식으로는 그 뼈가 남자의 것인지 여자의 것인지조차 확실히 알 수 없었다"고 적었다. 소로는 혹시 시신

일부라도 발견할 수 있을까 해서 일요일 이른 아침에 이제는 텅 빈 해변을 걸었는데, 그에게 최후의 진한 인상으로 남은 것은 이 순간이었다. 그는 일기에 이때의 인상을 기록했고 훗날 《케이프코드》에도 썼다.

혹시나 하는 마음으로 모래밭을 샅샅이 살펴보면서 아주 작은 뼛조각이라도 있나 하고 찾아보았다. 그러나 백사장은 그야말로 고운 모래밭뿐이었고 아무것도 없었다……반 마일 거리를 돌아다닌 끝에 겨우 찾아낸 게 처음에는 그리 중요하지 않아 보이는 지팡이 같은 길쭉한 조각이었다. 부러진 돛대 같은 물체가 모래 속에 파묻힌 채로 눈에 띈 것이었다……뭔가 말하기 어려운 상태로 있는 잔해들이 더러 있었다. 그것은 해안 전체에 조금의 불균형도 주지 않는 주변 광경에 의해 육안으로, 아니 마음의 눈에 비춰봐도 전혀 이상하게 보이지 않았다……그것은 마치 한 세대가 그곳에 기념비를 세우느라 애쓴 것처럼 보이는 너무나도 평평한 모래밭의 일부였다……그것은 해변을 지배했다. 그 죽은 시신은 살아있는 그 누구도 할 수 없었던, 해변을 소유했던 것이다.[4]

이로부터 한 해 전 코해셋의 바위투성이 해안에서 세인트존 호의 잔해와 시신들을 목격한 데 이어 이번에는 난파된 엘리자베스 호로부터 5마일이나 떨어진 곳에서 처참한 유해를 보기까지 소로는 최근 바닷가에서 무수한 죽음과 맞닥뜨려야 했다. 남은 잔해들은 연민의 정을 자아내는 것들이었지만—몇몇 뼛조각들, 옷가지 몇 벌, 단추, 약간의 서류와 책들—정말로 눈물을 흘리게 하는 것은 아무것도 없었다. 일주일 뒤 소로는 블레이크에게 쓴 편지에 이렇게 적었다. "우리의 생각들이 우리 삶에 신기원을 이룹니다. 다른 것들은 우리가 여기 있는 동안 그저 불어오는 바람이 적어둔 한낱 일기에 불과합니다."[5]

56

백만 가지 콩코드 이야기

엘리자베스 호 난파 현장에서 사고 수습을 하는 것은 가슴 아픈 일이었다. 하지만 아무리 슬퍼도 냉정하게 처리하는 것은 소로 자신의 스토아 철학을 시험하고 이상주의를 검증하는 것이었다. 소로는 전혀 흔들리지 않았다. 그것은 그로 하여금 다시 죽음의 진실에 맞서도록 밀어붙였다. 비록 형 존이 세상을 떠났을 때는 하지 못했지만 이번에는 그도 자신의 글에서 죽음의 진실과 직접적으로 화해했다. 그러나 에머슨에게 아들 왈도의 죽음과 관련한 글을 썼을 때 드러났던 것과 똑같은, 긴장되고 역설적이고 예민한 언급이 그의 일기와 《케이프코드》 첫 장, 그리고 난파선 사고 이후 블레이크에게 보낸 편지에 나타난다. 그는 물론 자신의 입장이 어떠해야 하는지 알고 있었다. 하지만 자신의 죽음이든 다른 누구의 죽음이든 감정적으로는 죽음을 받아들일 수 없었다. 그는 일기에 이렇게 적었다. "실제로는 죽음을 많이 생각하지 않는다. 그건 우리가 오랫동안 함께 해온 것이니까. 그렇지만 그 안에는 깨끗하지 않은 것이 우글거릴 것 같아 왠지 메스껍게 느껴진다." 그러나 그는 블레이크에게 편지를 보내면서는 이런 야릇하면서도 예민한 반응을 마지막 순간 손보았다. 편지는 조용히 시작된다. "실제 사건들에 대해 사람들은 각각의 사건들이 보여주는 현저함에 주목하지만, 그럼에도 불구하고 나는 실제 사건들이 상상력이 만들어내는 것보다도 현실적이지 않다는 걸 발견합니다." 그는 계속해서 자신이 "언젠가 바닷가에서 떼어낸 마르케스 오솔리의 코트에 붙어있던 단추"에 대해 이야기한다. 단추는 해변에서 발견된 뼛조각들처럼 깨끗하고, 피한 방울 없으며, 감정도 없고, 아무 의미도 없는 단지 작은 물체였다. "들어올리자 그것이 빛을 가립니다. 실제 단추니까요. 그렇지만 그것에 연결됐던 생명은 내게 아무런 실체도 있어 보이지 않고, 내 가장 희미한 꿈보다도 관심을 끌지 못합니다." 앞서 인용했듯이, 생각을 제외한 모든 것은 그저 바람처럼 전혀 중요하지 않다는 그의 결론은 더 높고 더 앞선 정신의 실체를 재확인한다.[1]

사실 그가 블레이크에게 난파선에 관해 직접 이야기한 것은 그게 전부다. 하지만 편지의 본론이 계속 이어지고, 그것은 이제 아무런 의미도 없는, 죽은 이의 뼛조각이나 단추에서 이끌어낸 현실적인 결론을 구성한다. 죽음으로부터 삶과 일에 대한 관심이 새로워진다. "나 자신에게 말합니다. 스스로 좋다고 인정하는 그런 일을 좀더 많이 하라고 말입니다." 새뮤얼 존슨은 "당신이 아프지 않을 때 행복을 누리라"고 말했다. 소로는 자신의 마음이 이와 똑같다는 것을 보여준다. "건강을 위하듯 그대 자신을 잘 살피십시오." 자신의 생각을 갖고, 자신의 의심을 품으라. "사람들이 그대 생각과 맞지 않는다고 해서 의심을 품지는 마십시오." 죽음은 소로에게 새로운 명령으로 삶을 주었다. "그대를 위해 아무도 해줄 수 없는 것을 하십시오. 다른 일을 하는 데 시간을 낭비하지 마십시오." 죽음은 또한 소로로 하여금 더욱 폭넓게 경험하고 더욱 깊이 살 필요가 있음을 일깨워주었다. "나는 너른 바다에서, 머나먼 야생 자연에서, 백만 가지의 콩코드 이야기를 발견했을 때 너무나 기뻤습니다." 그는 감격에 겨워하며 이렇게 덧붙였다. "사실 그것들을 발견하지 않았더라면 길을 잃었을 것입니다."[2]

난파선은 지금부터 소로에게 중요한 은유의 대상이 된다. 그것은 《케이프코드》를 여는 열쇠가 되고 특별한 방식으로 다루어진다. 엘리자베스 호 난파 현장을 묘사한 기자 중에는 베이야드 테일러가 있었다. 스물다섯 살에 이미 노련한 여행자가 되어 〈트리뷴〉의 여행전문기자로 활동하던 그는 우리가 기대하는 것을 전해주었고, 바다와 난파선, 난파선 잔해까지 어떻게든 조사하려고 애쓰는 보험업자들을 부각시켰다. 그는 해변에 흩어져 있는 화물과 온갖 잡동사니를 자세히 써나가면서, 이 엄청난 재난을 보려고 몰려든 군중들의 모습을 거대한 캔버스 위에 그려냈다.

실크와 레그혼 리본, 모자들, 모직 천, 기름, 아몬드, 그리고 배에 실려 있던 다른 물건들은 육지에 닿자마자 순식간에 사라져버렸다. 일요일에 벌써 여기에는 라커웨이로부터 몬탁에 이르는 인근 해안 지역에서 온 1000명 가까운 사람들이 모여들었는데, 그들 중 절반 이상은 값이 나가 보이는 것이면 무엇이든 몰래 숨겨서 가져갔다.

테일러의 설명은 생생하고 유용하고 점잖지만 그 강조점은 몰려든 군중과 어질러진 물건들에 있고, 중심이 되는 사건을 드러내놓고 상세하게 비추고 있다. 소로의 손에서는 정반대다. 단추와 몇 점의 뼈에 초점을 맞춤으로써 그는 공개된 장면 전체를 지워버리고, 거대한 텅 빈 공간의 한가운데서 길을 잃은 채 홀로 외로이 떨어져 있다는 느낌을 자아낸다. 삶에서와 마찬가지로 죽음에서도 개별화의 원칙이 지배한다. 훗날 일기에서, 그다음에는 《케이프코드》 원고에서, 이 장면을 다시 불러내 바닷가를 지배한 육신으로 마무리했던 것처럼 말이다.[3]

홀로 떨어져 있다는 느낌, 아무런 도움도 받을 수 없는 운명, 황량하기만 한 죽음의 공허감은 소로의 모든 저작 가운데 《케이프코드》에 가장 진하게 배어있다. 그는 이 책에서 인간에게 냉정하며 우호적이지도 않은 자연뿐만 아니라 삶 그 자체의 중단에 대해서도 정면으로 맞서고 있는데, 이 점은 심지어 《메인 숲》보다도 더 강렬하다. 죽음이라는 엄연한 현실, 그리고 구원과 해방이라는 헛된 환상에 맞서고자 하는 소로의 바람이 가족 구성원이나 가까운 친구, 혹은 그가 사랑했던 사람의 죽음이 아니라 마가렛 풀러의 죽음에 의해 드러났다는 게 아이러니하다. 그는 그녀가 살아있는 동안 단 한 번도 그녀에게서 따뜻한 감정을 느껴보지 못했다. 그러나 그녀의 죽음은 그가 본 광경을 영원히 각인시켰다. 콩코드로 돌아온 뒤 얼마 지나지 않아 그는 이렇게 적었다. "붉은 저녁놀이 영광스럽게 타오르는 이 밤, 거무스름한 구름 떼가 함께 빛나고……노란색이 엷게 감도는 하늘에는 장밋빛 구름들이 희미한 물고기 형상으로 퍼져나간다. 핏빛으로 물든 하늘이여."[4]

57

캐나다 여행

🌿

소로는 9월 말까지도 여전히 난파당한 엘리자베스 호를 돌아보고 있었다. 그리고 T. S. 엘리엇이 언젠가 "대가를 지불하지 못하는 여행 / 그 무게를 가늠할 수 없는 여행"이라고 특징지었던 여행을 떠올려보았다. 소로는 "노간주나무 열매와 쓰디쓴 아몬드를 실어 나르기 위해 레그혼과 뉴욕 사이의 바다를 항해하는 위험을 무릅쓸 필요는 전혀 없다"고 밝혔다. 그러나 일주일도 채 안 돼 그와 채닝, 그리고 1500명의 미국인들이 왕복 7달러의 특별 여행경비만 내는 조건으로 7일간의 캐나다 여행을 떠났다. 이들의 일정은 먼저 기차로 버몬트 주 벌링턴으로 간 다음 증기선을 타고 샹플랭 호수를 건너 뉴욕 주 플랫스버그에 도착한 뒤 거기서 다시 기차를 타고 몬트리올에 들렀다가 증기선으로 퀘벡까지 가서 돌아오는 것이었는데, 중간에 세인트 안 드 보프르와 몽모랑시 폭포를 여행하게 돼 있었다.[1]

그들은 예정대로 출발했지만 풍광은 소로가 계속해서 불만을 늘어놓을 만큼 끔찍했다. 물론 이번에는 그의 은유도 뱃사람 특유의 그런 것이 아니라 육군식이었지만 말이다. 아메리카담쟁이 이파리들은 피를 흘리는 것처럼 보였다. "상처에서 뿜어져 나온 피를 멈추는 게 이상할 정도로 나무가 피로 물들어 있었다. 바야흐로 피로 물든 가을이 왔고, 인디언 전쟁이 숲 전체에서 벌어졌다." 이번 여행에서 자신이 본 것에 대해 소로가 설명한 것은 전반적으로 빈약한 데다 감동적이지도 않고 불만이 섞여 있다. 샹플랭 호수에서 그는 "갈매기처럼 생긴 범선 몇 척"을 보았지만 "그건 별로 이야깃거리도 되지 않는 나뭇잎들의 풍경 같다"고 덧붙였다. 진실을 말하자면, 아무튼 처음부터 그에게는 여행이 어떤 것을 주어야 하는가에 대해 고정관념이 좀 있었다. "캐나다에 가서 얻은 것이라고는 감기가 고작이었다." 당연히 이건 맞는 말이었지만 그로서는 추가로 덧붙여야 했던 게 있다. 결과적으로 이번 캐나다 여행 덕분에 북아메리카 역사를 큰 틀에서 새로운 관점을 갖고 바라보게 됐다는 것이다.[2]

어쨌거나 그가 본 이곳 사람들은 무뚝뚝하고 진취성도 없었다. 여행자들은 마땅히 할 것도 없었고 불편해했다. 캐나다 여행이 만족스럽지 못했던 주된 이유는 많은 시간을 도시에서 보내야 했기 때문인데, 이번 여행은 유독 심했다. 시골과 비슷하게 도시도 군대와 교회를 상징하는 적색과 흑색으로 뒤덮여 있었다. 어디를 가나 수녀와 사제, 군인들이 눈에 띄었다. 도시 풍경은 거대한 석조건물로 된 교회와 요새가 지배하고 있었다. "온갖 종류의 거대한 석조건축물들이, 그것이 세워져 있는 모습에서, 또 세워질 때의 그 영향력을 갖고 우리 마음을 자유롭게 하기 보다는 무겁게 한다." 그는 이야기의 끝에 가서야, 처음에는 몬트리올에 있는 노트르담 대성당의 신성한 분위기에 감동했었다고 썼다.("종교나 사상을 갖고 있는 사람이라면 신성해질 분위기였다.") 소로는 반反가톨릭이라기 보다는 반교권 입장이었고, 《케이프코드》에서 청교도주의를 논할 때나 《일주일》에서 기독교를 대할 때에 비해 여기서 가톨릭을 대하는 목소리가 더 강한 것은 아니었다. 그가 정말로 권위적이라고 생각하는 것은 캐나다의 고루한 기관들이었다. "거칠고 정돈되지 않은 모습의 캐나다가 미국보다 더 오래된 나라라는 인상을 주는데, 이것이야말로 그 나라 기관들이 오래됐기 때문이 아니라면 무슨 이유 때문이겠는가?" 아무튼 이번 여행은 소로로서는 평생 유일하게 미국 영토를 벗어나 유람한 것이었는데, 그는 캐나다의 둔중한 모습과 뉴잉글랜드의 자유로운 모습을 대비시켜 본다. 그렇게 해서 프랜시스 파크먼의 기념비적인 역작 《북아메리카의 프랑스와 영국France and England in North America》이 나오기도 전에 그 주요 주제들을 미리 보여주는 것이다. 조금 놀랍게도 그는 고향에서 하는 방식을 더 선호한다며 숨겨진 애국심을 드러낸다. 이건 편협한 지역주의가 아니다. 매튜 아놀드가 밝혔듯이, 편협한 지역주의란 자신의 일이 어떤 기준에 의해 판단되는지조차 모르는 것이기 때문이다. 그것은 그의 몸에 밴 옹고집에 가까웠다. 고향에서는 자신의 프랑스 혈통을 떠들어댈 수 있다. 하지만 프랑스령 캐나다에서는 철저히 양키인 것이다.[3]

〈양키가 본 캐나다A Yankee in Canada〉는 그가 여행에서 돌아온 뒤 강의용으로 정리해 5개 장으로 나눠 엮은 90페이지 분량의 글인데 독자가 느끼기에는 뭔가 갇혀 있고 억눌려 있는 듯한 인상을 준다. 이야기는 뉴햄프셔 주에 있는 킨의 대로에서 시작해 점점 범위를 좁혀가다 담벽과 군인에 대한 긴 논의로 어둡게 빠져드는 네 번째 장에서 무거운 정점에 도달한다. 이야기는 마지막에 가서야 겨우 생기를 찾는다. 소로가 "캐나다에서 가장 흥미로웠던 대상"이라고 했던 위대한 세인트로렌스 강에 관한 감동적인 설명이 이어지면서 독자들은 비로소 구원 받은 느낌과 함께 개방감을 얻게 되는 것이다. 소로의 말에 따르면, 이 강은 "지구상에서 가장 다채로운 강"으로, 하구에 이르면 강폭이 거의 100마일에 이를 정도여서 배가 다닐 수 있는 강어귀로는 세계에서 가장 크고, 지구 표면의 담수 가운데 절반이 이곳을 통해 흘러나간다고 한다. 이 강은 북미 대륙으로 향하는 가장 멋진 입구로 프랑스인이 대부분이었던 최초의 발견자들이 아메리카 땅으로 들어간 통로였다. "지금까지 익히 보아온 것처럼, 만일 이 강이 뉴욕이 서 있는 그 바다로 흘러갔다면 과연 이 대륙의 역사는 어떻게 됐을지 어느 누가 말할 수 있을까?"[4]

소로는 아마도 영국인이 더 효과적인 '식민지 개척자들'이었겠지만, 자신은 북아메리카의 프랑스인과 스페인인 '발견자들'에게 더 공감한다고 결론짓는다. 《양키가 본 캐나다》를 《케이프코드》의 마지막 부분과 연결시켜주는 것이 바로 이런 소로의 관점이다. 두 책은 캐나다 여행을 다녀온 뒤 비슷한 시기에 쓰여졌는데, 소로가 1850년 10월 말에서 11월 중순 사이 하버드 도서관에서 빌린 카르티에의 《캐나다를 발견한 항해Voyages de découverte au Canada》와 샹플랭의 《새로운 프랑스로의 항해Voyages de la Nouvelle Fraunce》 및 《샹플랭의 항해Voyages du Sieur de Champlain》, 레스카보의 《새로운 프랑스의 역사Histoire de la Nouvelle-Fraunce》 등 여행 이후에 한 폭넓은 독서가 큰 도움을 주었다. 그는 그러면서 좀 퉁명스럽게 얘기한다. "영어로 된 문헌 중에는 1604년부터 1608년까지 지금의 뉴잉글랜드 해안 지역을 탐험한 프랑스 쪽 이야기만큼 적절하게 혹은 올바르게 기술한 것을 발견할 수 없다." 그는 자신이 "청교도 도착 이전의 뉴잉글랜드 역사"라고 부른 것을 추적하면서, 흔히들 존 스미스가 뉴잉글랜드라는 이름을 붙였다고 하지만 사실 스미스는 그곳 지명을 다시 붙인 것에 불과하다고 지적했다. 그곳은 오랫동안 뉴프랑스였다. 카르티에는 한참 거슬러 올라가 1535년에 몬트리올에 왔는데, 이는 플라이머스 호가 닿기 85년 전이었다. 프랑스의 북미 대륙 해안 탐험은 광범위하게 이루어졌고, 그들이 제작한 지도, 특히 샹플랭의 지도는 아주 탁월해서 영국인들이 거주하고 나서 한참이 지난 뒤에도 뱃사람들 사이에 인기가 높았다. 실은 지금도 프랑스식 지명으로 불리는 해안 지역이 많은데, 오뜨 섬과 쁘씨마난, 마운트데저트가 그 중 일부다. 1607년에 노바스코시아에서 우연히 마주친 프랑스인 낚싯배 선장은 40년 동안 매년 한 번씩 프랑스에서 이곳으로 낚시 여행을 온다고 말하기도 했다. 해안가를 따라 어업 기지가 곳곳에 들어섰고, 카스틴과 세인트크로와, 포트로열(지금의 아나폴리스, 노바스코시아)에는 영구 정착지가 자리잡았다. 소로는 결론짓기를, 간단히 말해 "뉴잉글랜드의 영국인 역사는 그곳이 뉴프랑스에서 벗어난 뒤 비로소 시작된다"고 했다. 파크먼의 저작이 나왔음에도 불구하고 지금도 뉴잉글랜드에서는 어느 정도 정설로 받아들여지고 있는, 북미 대륙에서 백인의 역사는 청교도와 함께 시작됐다는 시각에 소로는 과감히 도전했다. 소로의 참신한 관점은 아마도 자신의 조상에 대한 약간의 자부심과 함께 프랑스가 더 앞섰다는 주장에 힘을 싣는다. 이스라엘 사람들이 스스로 신의 사자使者라고 여겼듯이 영국 청교도들이 스스로 선민選民이라고 생각했다면, 소로는 식민지화에 앞서 발견이 있었으며, 영국에 앞서 프랑스가 있었다며 영국 청교도들의 역사관을 솜씨 좋게 무너뜨렸을 것이다.[5]

58

인디언, 그 첫 번째

🌿

소로는 평생에 걸쳐 아메리칸 인디언들에게 매혹돼 있었는데, 그가 정확히 언제부터 그렇게 됐는지는 (여러 권의 노트를 동시에, 그것도 날짜마저 적지 않고 쓰는 그의 습관으로 인해) 여전히 의문으로 남아 있지만 다행히 그가 가졌던 관심의 큰 줄기는 최근 들어 훨씬 분명해졌다.[1]

그는 대학을 떠날 때 이미 형에게 조금은 우스꽝스러운 '인디언' 편지를 보낸 적이 있었고, 화살촉을 발견해내는 비상한 능력도 오래 전에 터득해 놓고 있었다. 이런 점을 감안하면 그가 젊은 시절부터 당당한 사냥꾼이라는 이상형을 보여주는 '붉은 사람'의 영웅다운 모습에 벌써 기분 좋은 흥미를 느꼈음을 알 수 있다. 그러나 이런 초기의 관심이 '야생주의'라고 하는 당시 널리 퍼졌던 선입관에 의해 상당한 영향을 받았다 하더라도 소로에게는 인디언과 공감하는 강력한 정체성이 있었다. 소로는 처음부터 인디언 같은 사람이 되고 싶었고, 인디언의 가치라고 이해한 것에 높은 가치를 두겠다고 결심한 상태였다.[2]

월든 호숫가에서 생활하던 1845~1846년에 쓴 《일주일》 1차 초고에는 인디언에 관한 내용이 상당히 많은데, 대부분 미국이 식민지였던 시절 그려진 인디언에 관한 기록으로, 소로의 시대에는 이미 사라진 인디언들이었다. 소로는 백인 농부들에 의해 쫓겨난 인디언 사냥꾼들에 대해 이야기한다. 그의 말투는 아픔을 공감하면서도 다분히 감상적이다. 요점은 인디언이 사라져가고 있다는 것이다. 사실 이것은 더 이상 힘든 결정을 요구하는 당면한 문제는 아니었다. 일관된 주제 역시 괜찮은 느낌을 주는 자비롭고 경건한 안개로 덮어버릴 수 있는 것이었다.

1846년에 다녀온 캐타딘 산 여행에서 그는 살아있는 인디언 몇몇을 짧게나마 만났다. 반쯤 동화된, 이미 영락零落한 인디언들이었다. 루이스 넵튠이라는 인디언 가이드는 흥청거리는 술자리에 가버리는 바람에 제대로 보지도 못했다. 소로의 〈캐타딘〉 1차 초고는 이런 상황을 상세하게 기록하고 있지만 인디언에 대한 설명은 거의 없다. 〈캐타딘〉은 야생 자연에 관한 것이고, 문명 대 야생에 관한 것이지만 인디언의 모습은 첫 번째 버전 원고에서는 겨우 스칠 정도로만 나온다. 그는 원시 그대로의 숲 가장자리에 있는 노스트윈 호수 옆에 만든 캠프에 누워 빛나는 여름 밤하늘을 바라보며 누군가에 의해 발견된 토착 원주민이 아니라 먼 옛날 대륙의 최초 발견자를 떠올렸다.[3]

그러나 소로는 〈캐타딘〉의 1차 초고를 완성해 나가는 동시에 멜빌의 《타이피Typee》에 나오는 원시주의자들이라는 주제를 읽고 여기에 답하는 한편, 이보다 더욱 중요한 것으로 샤토브리앙의 《파리에서 예루살렘까지의 여정Itinerary from Paris to Jerusalem》을 따라 조심스럽게 자신의 길을 모색해 나갔다.(이 책은 《르네René》와 《아탈라Atala》보다 더 잘 쓰여졌고 덜 감상적이며, 그 시절에는 지금보다 훨씬 널리 읽혀졌다.) 《타이피》에서는 원시주의가, 남태

평양 섬주민들이 실제로 어떻게 살아가느냐 보다는 현대 유럽인들이 생
각하는 섬주민들의 생활방식을 이야기하는 것이라는 점을 분명히 하는
데, 왜냐하면 유럽인들 자신이 인류 초기의 단순한 삶을 갈망했기 때문이
다. 원시주의는 '미개한' 상태를 문명과 대비하기 때문에 원시주의자들은
자기 나름의 고유한 방식으로 문명화한 토착 원주민들을 쉽게 보지 못한
다. 멜빌의 책은 이런 관점에 관해 독자 스스로 의식하도록 해주었다. 샤
토브리앙의《파리에서 예루살렘까지의 여정》은 작가가 직접 썼듯이 앞서
그가 여행했고, 또 이야기했던 미국 여행기와 균형을 맞추고 보충하기 위
해 쓰여진 것이었다. 샤토브리앙은 그의 방향을 동쪽으로 잡으면서 동양
의 원주민과 서양의 원주민을 대비시켰고, 아랍인과 아메리칸 인디언도
자주 비교했는데, 늘—이건 당연히 샤토브리앙의 터무니없는 편견이다—
인디언을 더 좋아했다.

　　인디언은 당당하고 독립적이다……인디언의 뿌리는 거대 문명국
　　들과 아무런 연관도 없다. 인디언의 조상은 그 이름을 제국의 어
　　떤 연대기에도 남겨놓지 않았다……미국인들은 아직 문명 단계에
　　도달하지 못한 사람들은 전부 미개인이라고 주장한다. 반면 아랍
　　에서 문명화된 인간은 자연 그대로의 단계로 돌아간 사람을 가리
　　킨다.

　　샤토브리앙이 말하고자 하는 요지는 너무 광범위하다. 다만 여기서 요
점은 유럽인 여행자와 아메리칸 인디언의 대비가 아니라 비유럽인을 바라
보는 유럽인의 시각인데, 소로의 글을 보면 그 역시 이 점을 놓치지 않았

음을 알 수 있다. 샤토브리앙은 처음부터 끝까지 민족 중심이다. 그는 아랍인을 폄하하는데, 그 이유는 그가 두려워하고 혐오하기도 하는 유럽인의 기질―퇴폐성―을 체화했기 때문이다. 반면 아메리칸 인디언은 그가 높이 평가하는 기질을 내면에 갖고 있다며 대단하다고 말한다. 이런 입장의 핵심은 앙리 보데가 제공했는데, 보데의 저서 《지상의 낙원Paradise on Earth》은 이런 문제 전반을 가장 잘 다룬 책이다.

> 19세기 사회적 공상주의자들은 (산업혁명에 따른) 신기술과 신경제에 기초한 사회구조에 저항할 수 있었고, 개혁을 위한 슬로건을 채택할 수도 있었다. 하지만 그들이 내세운 슬로건이나 그들의 저항과 슬픔 가운데 어떤 부분도 이미 손상된 유럽을 향해 다른 세계의 덕목을 찬양하려는 의도를 가진 것으로는 보이지 않았다.[4]

소로는 백인이 지배하는 19세기 미국의 진로에 대해 점점 더 만족할 수 없었고, 그럴수록 보데가 말했던 대로 지금 당장 아무도 할 수 없는 것을 하고자 하는 의지가 더욱 강해졌다. 그것은 아메리칸 인디언을 자신의 개념으로 이해하는 것이었고, 비록 시간은 지났지만 인디언에게 가치 있을 뿐만 아니라 인디언 스스로 가치 있다고 여기는 비유럽인 고유의 덕목이자 불쌍한 백인들에게 절실히 필요한 덕목을 인디언의 관점에서 이해하는 것이었다.

1848년 초에 작업을 마친 《일주일》의 개정된 버전과 〈캐타딘〉의 완성된 버전에서는 지적으로 한 차원 높아진 원시주의를 발견할 수 있다. 여기서는 특별히 '인디언'―여전히 일반화한 표현이다―을 필립 구라가 말한 그대로 "미국인들이 삶의 핵심 가치를 지켜가는 데 꼭 필요한 덕목들의 중요한 예를 제공하는" 대표 종족이라고 주장하는 새로운 구절도 볼 수 있다. 이제 소로는 〈캐타딘〉을 마무리하면서 그가 본 인디언에 대한 위대한 종결부를 추가한다.

가문비나무 뿌리로 엮은 나무껍질 배 위에서 서나무로 만든 노를 저으며 그는 물 위를 날 듯 나아간다. 그는 내게 안개처럼 어렴풋이 보이는데, 나무껍질 카누와 배토 사이에 놓여 있는 영겁의 시간에 의해 희미해진 것 같다. 그는 통나무로 된 집은 아예 짓지 않고, 동물 가죽으로 이은 인디언 오두막만 짓고 산다. 그는 뜨거운 빵과 달콤한 케이크는 전혀 먹지 않고, 사향쥐와 무스의 살코기, 곰의 지방덩어리만 먹는다. 그는 밀리노켓으로 거슬러 올라가 (1846년에 루이스 넵튠이 바로 이 계곡에서 실종됐을 정도로 아주 멀다) 내 시야에서 사라진다. 멀리 있는 안개 낀 구름이 등 뒤에서 휙 지나가더니 신기루처럼 없어져버린다. 그렇게 그는 자신의 운명을 향해 나아간다. 붉은 얼굴의 인간으로 살아갈 그 운명을 향해.[5]

59

인디언, 그 두 번째

캐나다 여행을 계기로 소로의 아메리칸 인디언에 대한 관심은 새로운 전기를 맞는다. 1850년 가을 캐나다에서 돌아온 뒤 신대륙 발견 초창기의 항해에 관한 독서에 푹 빠져든 것이다. 단순히 '독서'라고 말한다면 그건 잘못된 인상을 줄 수 있다. 체계를 갖춘 학문적 연구에 더 가까웠기 때문이다. 그는 먼저 초기 캐나다 역사와 관련해 입수 가능한 작품들의 목록을 작성했고, 그 다음에는 모두 26권의 책에서 주요 내용을 발췌하는 작업을 해나갔다. 판본별로 내용이 다를 경우 일일이 대조했고, 빌려온 책은 꼼꼼히 옮겨 적었으며, 루머는 사실과 분리했다. 해안 지역의 새로 발견된 지형에 붙여진 이름들의 유래를 추적하기 위해 입수 가능한 지도들을 전부 비교했다. 이름하여 "캐나디안 노트Canadian Notebook"는 1850년 가을에 시작했는데, 이걸 보면 그야말로 왕성한 잡식성 독서의 결과물을 만날 수 있다. 워버튼의 《호켈레가Hochelega》, 부케테의 《남부 캐나다 지형 설명Topographical Description of Lower Canada》과 《북아메리카의 영국 영토British Dominions in North America》, 카르티에의 《캐나다를 발견한 항해》,

장 알폰스의 《베테랑Routier》, 드 라 포터리의 《아메리카 여행기Voyages de l'Amerique》, 로베르발의 《항해기Voyage》, 레스카보의 《새로운 프랑스의 역사》를 비롯해 많은 책들이 여기에 수록돼 있다.[1]

캐나다의 발견과 탐사라는 주제에 푹 빠져들면서 그는 자연히 북아메리카 해안 지역을 향했던 초기 항해에 대해서도 흥미를 갖게 됐는데, 이런 관심은 〈양키가 본 캐나다〉뿐만 아니라 《케이프코드》의 마지막 장에서도 잘 표현돼 있다. 맨 처음 신대륙을 발견한 유럽인들에 대한 이런 궁금증은 곧바로 '발견한 자'와 '발견된 자' 간의 대결이라는 주제를 불러냈다. 그리하여 "캐나디안 노트"를 보면 소로의 캐나다에 대한 관심이 "북아메리카 대륙의 초기 역사"에 대한 관심으로 옮겨가고 있음을 알 수 있다. 소로 자신의 표현에 따르자면, 이는 아메리칸 인디언의 본래 모습이 점점 더 중요한 알맹이가 되어간다는 것이다. 소로는 캐나다와 관련된 책들을 계속해서 학문적으로 탐구해갔다. 그러다 1850년 가을에는 아주 진지하게 인디언에 관한 책과 글들을 읽고 주요 내용을 발췌하기 시작했다. 이렇게 작성된 그의 "인디언 북스The Indian Books"(현재 모건 도서관에 있는 그의 노트에는 '인디언에 관한 것이 대부분인 발췌록Extracts mostly concerning the Indians'이란 제목이 붙어 있는데, 소로는 그냥 "인디언 북스"라고 불렀다)는 최종적으로 11권의 노트로 이루어졌는데, 270곳 이상의 출처에서 골라 뽑은 내용들로 꽉 차있다. 가히 어마어마한 양의 작업이었지만 그는 이런 식으로 사실 하나하나를 디테일하게 파악함으로써 비로소 제대로 된 시각을 가질 수 있었다.[2]

그는 먼저 '세련된 미개인Noble Savage'을 다룬, 이미 잘 알려져 있고, 또 너무나도 당연한 작품들은 피하려고 했다. 샤토브리앙과 루소, 부강비

예는 그래서 보이지 않는다. 시와 소설은 대부분 무시했고, 방문자와 여행자, 탐험가, 선교사들이 직접 쓴 1차 기록물을 선호했다. 그 자신의 논점은 이제 각각의 편견을 충분히 이해해줄 만큼 유연하게 다듬어졌다. 두 번째로는 시기적으로 늦은 기록들이 실은 대부분 앞선 기록들을 토대로 하고 있으며, 1630년부터 1690년까지 해마다 연대기로 기록해둔 《예수회 보고서Jesuit Relations》의 방대한 사료를 포함한 최초의 기록들이 대체로 누구도 사용하지 않은 출처일 뿐만 아니라 보다 가치 있는 사료라는 것도 점차 알아갔다. 이런 점을 감안하면 놀랍지도 않지만 아무튼 마지막으로, 그가 입수한 정보의 질과 그의 세련된 논점은 당대 최고의 작품과 비견할 수 있을 정도였다. 이 시기에 최고로 꼽혔던 작품으로는 1851~1857년에 출간된 헨리 스쿨크래프트의 기념비적인 저작 《북아메리카 인디언 부족들에 관한 정보Information regarding the Indian Tribes of North America》, 1851년에 출간된 에프레임 G. 스퀴어의 《아메리카의 뱀 문양과 숭배The Serpent Symbol and the Worship of the Reciprocal Principles of Nature in America》, 1848년에 출간된 스퀴어와 데이비스의 《미시시피 계곡의 고대 기념물Ancient Monuments of the Mississippi Valley》, 그리고 무엇보다 당대의 위대한 작가 루이스 헨리 모건의 저작으로 인디언에 대한 소로의 관심이 불타오르던 즈음인 1851년에 처음 출간된 《이로쿼이 동맹League of the Iroquois》을 들 수 있다. 존 웨들리 파월은 소로가 읽은 모건의 책을 일컬어 "인디언 부족에 관한 최초의 과학적 설명"이라고 했으며, 이 책은 지금도 여전히 "이들 옛사람에 관한 최고의 교양도서"로 손꼽힌다. 모건은 훗날 가족 구조에 관한 책으로도 유명해졌고, 엥겔스와 마르크시즘에 미친 영향으로도 잘 알려졌는데, 본인의 연구는 거의 전적으로 직접 관찰에만 한정했다. 물론 그 역시 《예수회 보고서》 같은 기록에 대해서는 그 가치를 인정했다. 그러면서도 그는 이런 기록들을 부분적으로밖에는 알지 못한다고 말했다. 소로의 작품은 대부분 이미 쓰여진 과거의 자료들에 기초하고 있지만, 그런 이유 때문에 모건의 작품보다 질적으로 낮다고는 할 수 없다. 오히려 그것을 보완해준다. 비록 두 사람의 방식은 달랐지만 목표와 공감하는 바는 비슷했다. 모건이 쓴 다음 글은 소로 역시 쉽게 썼을 것이다. "문명은 점진적일 뿐만 아니라 공격적이다……인디언의 제도는 그들의 토지 보유를 꼼꼼하지 않은 조건으로 느슨하게 얽어 맨 반면 문명인의 제도는 그가 가진 최우선 재산에서 자신을 절대로 쫓아내지 못하게 하는 조건을 달아 그것을 꽉 붙잡을 수 있게 해주었다."[3]

1850년 가을 소로의 방대한 "인디언 북스 프로젝트"는 또 하나의 동력을 얻게 된다. 그해 가을 인디언 한 무리가 와서 콩코드 강을 따라 텐트를 치고 야영한 것이다. 소로는 그곳으로 가서 그들과 만났고, 이때 적은 그의 노트는 이전의 것들과 다른 향기를 풍긴다. 여기에는 일반화라든가 백인과의 비교 같은 것도 거의 없다. 노트에 쓴 내용은 대부분 단순한 관찰들인데, 무스가죽으로 만든 카누와 요리 방식, 동물을 잡는 덫의 구조 등에 관한 것들이다. 소로는 덧붙여 이렇게 적어두었다. 인디언의 관점을 기록하는 것, 그리고 현실 세계에서 살아가는 인디언을 이해하는 것이야말로 무엇보다 중요하다고 말이다.[4]

60

표범의 지식

이해 가을 인디언에 대한 소로의 탐구열은 더욱 학구적이고 보다 객관적으로, 한층 현상적으로 발전해갔다. 이와 동시에 맨 처음 인디언에 관심을 갖게 된 단초端初인 야생의 본질을 자기 안에서 재발견하고 인식하는 전혀 다른 방향으로 나아가고 있었다. 가을 산책은 그를 야생사과와 야생잡초, 야생 고양이, 야생 사향뒤쥐, 야생의 인간들에게 다가가게 해주었지만 그는 점점 더 야생의 자연 그 자체, 자신이 이름 붙인 그대로 "야생"에 흥미를 느꼈다. 1850년 가을과 겨울, 그리고 1851년 초 몇 달 동안 그의 일기는 이런 주제에 관한 생각들을 기록하고 있는데, 그는 이 내용들을 모아 1851년 4월 처음으로 "야생The Wild"이라는 제목으로 강연했다. 이것은 소로가 아주 좋아한 강연이었다. 그래서 여러 차례 강연을 계속했는데, 나중에는 그 일부분을 따로 떼어내 "산책Walking"이라는 제목으로 강연했다. 이들 두 강연 원고는 종국에는 다시 합쳐져 1862년에 〈산책Walking〉으로 출간됐다.

《월든》이 소로의 중심이 되는 책이듯 〈산책〉은 그의 중심이 되는 에세이다. 이 에세이만이 지닌 독특한 개성은 한마디로 야생이고, 지금도 여전히 소로비언들의 성격이라고 간주되는 많은 것들을 보여준다. 누구나 소로에게서 이 같은 야생의 본질을 느낀다. 그는 때로 우드척을 잡아 날 것으로 먹고 싶은 충동을 느낀다고 고백한다. 몬큐어 콘웨이의 말처럼 소로는 호손의 소설《대리석의 목양신The Marble Faun》에 나오는, 목신牧神의 귀를 한 야생의 청년 도나텔로의 원형이었을지도 모른다. 채닝은 소로가 "자신이 갈망했던 야생"에 도달했는지 궁금해했다. 에머슨은 그에게서 야생성을 보았고 그것을 걱정했다.

헨리 소로는 방랑시인을 유혹해 '거대한 동굴과 메마른 사막'으로 데려가서는 한갓 포도나무 넝쿨과 잔가지만 손에 남겨주는 숲의 신과 같았다. 마을에서 숲으로 첫걸음을 내디딜 때는 너무나도 매혹적이지만 마지막에는 광기와 욕망만 남는다.

사람의 성격을 정확히 간파하는 에머슨이지만 이번에는 틀렸다. 그는 소로의 내면에 있는 특별한 기질을 이해할 수 없었고 공감할 능력도 없었다. 아마도 이것 역시 두 사람 사이에 차츰 커져간 어두운 그림자의 하나였을 것이다.[1]

소로는 이해 가을 다른 문제에 접근하듯이 이 주제에 다가갔는데, 발견을 목표로 한 여행기와 항해기에서 끌어낸 언어를 사용했다. 그 결과로 나온 에세이는 여행의 궁극적인 형태, 즉 신성한 여행 혹은 십자군이다. 그가 회복하고자 했던 신성한 땅은 그의 내면에 반드시 있어야 하는 원시의 야생이다. 소로는 말한다. "우리는 역사를 깨닫기 위해 동쪽으로 간다······우리는 미래를 향해 서쪽으로 간다." 미쇼와 훔볼트, 기요, 헤드, 부폰, 린네를 인용하면서 소로는 서부에 있는 신세계의 발견을 더 중요한, 또 다른 발견을 향한 거대한 여행의 은유로 돌린다. "내가 말하는 서부는 야생의 또 다른 이름일 뿐이다." 그가 이 같은 성격에 최고의 가치를 둔 것은 분명하다. "내가 말하고자 하는 바는 야생 자연 안에서 세계가 보존된다는 것이다." 이것이야말로 소로의 자연보전 윤리며, 그의 뒤를 이어 등장한 미국의 모든 자연보전 윤리를 아우르는 것이기도 하다. 그러나 우리가 이 윤리를 어떻게 이해할 것인가는 소로가 화두로 던진 "야생"에서 무엇을 떠올리느냐에 달려있다.[2]

에세이는 일련의 정의와 함께 시작된다. "나는 자연에 대해, 그러니까 단순히 일상에서의 자유와 문화에 대비되는 완전한 자유와 야생성에 대해 한 마디 하고 싶다." 그는 일반 시민들이 누리는 자유가 아니라 완전한 자유에 관심을 갖는다. 그리고 야생성을 시민 사회의 문화, 혹은 문명 세계의 반대 의미로 이해한다. 이와 동시에 에로스가 차지하고 있다고 여겨지는 야생은 문명 세계를 구축하는 에너지의 궁극적 원천이다. 소로는 주장한다. "늑대의 젖을 빨았다는 로물루스와 레무스의 이야기는 의미 없는 이야기가 아니다. 탁월한 국가로 성장한 모든 나라의 시조들은 그들의 영양분과 활력을 비슷한 야생의 원천에서 얻었다." 그는 자신이 야생에 높은 도덕적 가치를 부여하고 있다는 것을 보여주기 위해, 그래서 야생 자연을 두려워하는 오랜 전통으로부터 가능한 한 자신을 분명하게 분리시키기 위해 애쓴다. 그는 벤 존슨의 시 구절을 살짝 바꾼다. "야생적인 것은 선善과 얼마나 가까운가." 그러고는 단호하게 이야기한다. "야생이란 다름아닌 생명이다. 가장 야생적인 것이 가장 생명력 넘치는 것이다."[3]

그의 말처럼 큰 성공은 거두지 못했지만 그는 문학에서 야생성에 대한 적당한 표현을 구해보려고 애썼다. 그는 "가장 야생적인 인간의 가장 야생적인 꿈"이 진실임을 인정한다. 그러고는 이렇게 마무리한다. "건강한 사람들과 연인들이 만나는 장엄한 야생 자연……선한 것은 야생이고 모두 자유롭다." 그는 이것이 무엇을 의미하는지 확실히 마무리한다. 야생은 우리 바깥에 있거나 낯선 것이 아니라 "우리 모두가 내면에 야생의 야만성을 갖고 있으며," 이런 야생성을 지닌 진정한 지식은 보통의 지식이 아니라 표범의 지식, 즉 '빈틈없는 임기응변의 지식gramatica parda'이다. 진실로 야생의 이 같은 성질과 조응할 때 비로소 우리는 통상 지식이라고 불리는 것 너머로 갈 수 있다. "우리가 얻을 수 있는 최고의 것은 지식이 아니라 지혜에 공감하는 것이다." 그것을 얻을 때 우리는 더 이상 노예가 아니다. 자유롭게 살아갈 수 있는 것이다. 우리 내면의 야생성을 이해하고 공감하기 위해, 그리고 그것에 따라 행동하기 위해 노력하면 자연히 해방을 향해 나아가게 된다. 이것이 에세이의 정수精髓이자 진정한 의미다.[4]

소로의 이런 생각은 18세기 나폴리 사람 비코의 견해와 유사하다. 비코는 야생성이 "완성된 인간성이 나타나는 모든 형태의 원초적이고 필수적인 단계"라고 주장했다. 하지만 소로가 여기서 가져온 것은 아니다. 루소 역시 "야생의 인간은 우리 모두의 내부에 존재한다"는 것을 깨달았다. 물론 지오프리 심콕스가 주장한 것처럼 루소에게는 야생의 인간을 재발견한다는 것이 "인간과 사회를 이해하는 데 꼭 필요한 감각의 영역을 발견하고 재건하는 것"이었지만 말이다. 소로는 야생의 인간을 회복한다는 것이 우리에게 꼭 필요한 자유를 회복하는 것임을 분명하게 밝혔다. 하지만 이 점을 지적하는 것 또한 중요하다. 우리 내부의 야생성을 인식한다는 것은 소로에게도, 그의 가장 깊숙한 자아에 도사리고 있는 감정적이고 지적인 의식을 회복하도록 활기를 불어넣고 기운을 북돋우는 효과가 있다는 것이다. 야생성의 재발견은 야생의 지식, 즉 빈틈없는 임기응변의 지식을 통해 인간과 그의 가장 생명력 넘치는 자아 사이의 접촉을 회복함으로써 소외와 맞서는 과정이다.[5]

소로는 위대한 근본주의자다. 그리고 헤이든 화이트가 마르크스와 프로이트, 니체에 대해 주장했던 것은 소로에게도 똑같이 적용될 수 있다. 화이트의 말을 들어보자. "구원이라는 문제는 '인간적인' 생명력이 '창조적으로' 나타난 모습을 다시 자세히 들여다봄으로써만 그 해결책을 찾을 수 있는 '인간적인' 문제다. 그러므로 각자는 역사 이전에 존재했던, 즉 사회적 단계와 관계없이 존재했던 최초의 인간, 문명화되기 이전의 인간, 야생성을 가진 인간이 어떠했을지 상상하기 위해 가능한 한 원시시대로 되돌아가야 하는 것이다." 이것이 바로 〈산책〉이 현세적인 에세이로 꼽히는 이유다. 야생에 대한 소로의 믿음은 기독교 신조를 패러디한 것이다. "나는 숲을 믿고, 초원을 믿고, 옥수수가 자라는 밤을 믿는다." 게다가 이것은 "보다 새로운 성서"와 "지금 이 순간에 따르는 복음서"가 왜 필요한가에 대한 이유다. 또한 진짜 "위대한 깨달음"은 캘빈주의자들이 말하는 부활이 아니라 우리 내부에 있는 야생의 자유로움을 기필코 재발견해내는 것이라고 주장하며 이 에세이를 마무리하는 이유이기도 하다.[6]

〈산책〉은 눈뜸과 깨달음이라는 이미지와 함께, 그리고 세속의 인상파 화가들이 그렸을 법한 풍경화와 함께 끝을 맺는다. "그리하여 우리는 성지를 향해 걸어간다. 어느 날 태양이 지금까지 그랬던 것보다 더 밝게 빛나고, 우리의 마음과 가슴을 우연히 비추고, 가을날 강둑에서 느끼는 것처럼 따뜻하고 온화하게 황금빛으로 비추는 위대한 깨달음의 빛으로 우리의 온 생명에 불을 붙일 때까지 우리는 그렇게 걸어갈 것이다."7

61

기술적 보수주의

🌿

《월든》의 맨 처음 초고를 보면 소로는 철도와 공장을 비롯해 소위 현대식 개량을 전혀 인정하지 않고 있다. 이후 수 년간 소로는 《월든》의 문장들을 다듬었지만 기본 시각은 바꾸지 않았다. 제조공장에 대해서는 이렇게 말한다. "사람이 의복을 얻을 수 있는 제일 나은 방식이 공장 시스템이라는 것을 나는 믿을 수 없다." 철도에 대해서는 이런 식이다. "모든 인류가 탈 수 있도록 전세계에 철도를 건설하는 것은 지구 표면 전체를 평평하게 만드는 것이나 다름없다." 그러나 때로는 다르게 느끼기도 했다. 그는 기차 소리와 멀리 보이는 기차 연기는 풍경에 흥취를 더할 수 있고, 전신선이 바람에 흔들리는 소리는 그것을 만든 엔지니어는 꿈도 꾸지 못했을, 산업화 시대의 '바람의 신'이 하프를 켜며 메시지를 주고받는 소리 같다며 매혹되기도 했다. 그러나 현대화와 그 영향에 대한 그의 태도는 회의적이었고 심지어 적대적이기까지 했다. 물론 그가 기계를 다룰 줄 몰라서, 손재주가 없어서 그랬던 것은 아니다.[1]

그는 무엇이든 그것의 실용적이고 수학적이고 기계적인 측면을 다루는 데는 타고난 재능이 있었다. 기구를 다루는 데도 뛰어났다. 가령 리디아 에머슨이 주일 예배용 장갑을 넣어둘 수 있도록 그녀의 의자 아랫부분에다 서랍을 만들어 주었고, 그녀가 키우는 닭들이 정원을 망치지 못하게 발톱 덮개를 고안하기도 했으며, 강을 여행할 때 운반하기 쉽도록 바퀴가 달린 짐배를 재빨리 조립하기도 했다. 그는 에츨러가 만든, 공상과학소설에나 나올 법한 거대한 강풍기에 저항감도 느꼈지만 큰 인상을 받았고, 망원경에 깊은 흥미를 가졌으며, 현대 과학장비에 새로이 관심을 갖게 한 1840년대 하버드대학의 실습교육 강화 조치를 높이 평가했다. 그는 콩코드에서 유능한 측량사로 알려졌고, 노련함과 정확성 덕분에 여기저기서 서로 일을 맡기려 했다.

1840년대 말에는 강물의 수위를 비롯한 여러 데이터를 수집하기 시작했다. 이는 상상력이 부족해져서가 아니라 오히려 통계수치를 갖고 어떤 식으로 일반화하는 것이 가능할지 알아볼 정도로 충분한 상상력을 가졌기 때문이다. 그는 훗날 콩코드의 자연 현상과 씨앗의 확산을 연구했는데, 이 역시 매우 디테일하면서도 신중하게 집계한 여러 권의 통계 데이터가 있었기에 가능했던 것이다. 그는 대학 졸업 후 가족이 꾸려가던 흑연 연마 및 연필 제조사업에 참여하면서 여러 건의 발명과 공정 개선을 통해 탁월한 솜씨를 발휘했다. 그의 전기를 쓴 월터 하딩이 최선을 다해 보여주려고 했듯이 말이다. 당시 소로는 보다 매끄러운 흑연을 만들기 위해 쇠귀나무 왁스와 아교, 경랍을 혼합하던 전통적인 방식 대신 고품질의 바바리안 진흙을 흑연과 섞는 방식을 발명해냈다. 품질이 더 좋을 뿐만 아니라 더 균질한 흑연을 생산해내기 위해 혁신적인 연마 공장을 설계해 짓기도 했다. 그는 흑연과 진흙 혼합물을 빻는 방법을 새로 개발했고, 이어서 흑연 하나하나를 재단하는 톱을 고안했으며, 그 다음에는 아예 톱으로 자를 필요가 없도록 흑연을 적당한 크기로 빻는 아이디어를 내놓았다. 마지막으로는 흑연을 연필에 넣을 수 있도록 나무에 구멍을 뚫는 방법을 발명했는데, 그 이전까지는 나무를 절반으로 잘라낸 다음 흑연을 넣고 다시 아교로 붙이는 방식을 사용했었다. 이 같은 그의 천재성 덕분에 소로 집안에서 만든 연필은 미국 최고의 연필로 자리잡을 수 있었나. 아마도 그가 장기적으로 사업에 전념했다면 이런 탁월함을 바탕으로 대성공을 거둘 수 있었을 것이다. 그가 기계화에 따른 '결과물'을 어떻게 생각했든 그는 기계에 대해, 새로운 발명에 대해 어떤 직감 같은 것이 있었던 게 분명하다.[2]

1851년 1월 1일 매사추세츠 주 클린턴에서 (케이프코드에 관한) 강연을 해달라는 요청을 받은 소로는 그 참에 클린턴에 있는 대규모 면직공장을 방문하기로 했다. 당시 이런 공장은 어디에나 있었다. 1850년에 뉴잉글랜드에는 섬유공장만 896개에 달했고, 제조업은 계속해서 성장하는 추세였다. 콩코드에도 인근 도시들처럼 공장이 있었다. 메리맥 강 주변은 소로가 강을 따라 여행했던 1838년에 이미 공장들이 줄지어 들어서 있었다. 공장들은 "기계화된 발전의 선봉"이었다. 큰 틀로 보면 그것들은 "그 나라가 기술을 얼마나 잘 수용하고 있는지" 말해준다고 할 수 있었다. 기계는 인간을 불필요한 허드렛일과 고된 노동으로부터 해방시켜 준다는 믿음을 심어줬다. 기계의 윙윙거리는 소리는 엄청난 양의 물이 떨어지는 수력발전기의 굉음과 어우러져 "인간과 자연의 성공적인 합일을 기뻐하며 부르는 승리의 찬가" 같았다.[3]

클린턴에 있는 랭카스터 깅엄 공장은 특히 인상적인 곳이었다. 내슈아 강을 배후로 해서 콩코드의 서쪽, 아이어의 남쪽에 자리잡은 이 공장의 메인룸은 1과 8분의 7에이커에 달하는 면적에, 소로가 적어두기로는 300~400마력짜리 수력발전기 동력으로 돌아가는 578개의 직기가 들어차 있었다. 또 수력발전기를 돌릴 수 없는 갈수기에 쓸 수 있도록 200마력짜리 증기엔진도 갖추고 있었다.(이건 지금 우리가 생각하는 것보다 훨씬 큰 동력이다. 비교 기준을 삼자면, "공장 하나를 돌리는 동력"은 "25입방피트의 물이 초당 30피트 높이에서 떨어지는 동력으로, 대략 60마력 정도"로 정의하는데, 당시 계산으로 랭카스터 킹엄 공장의 발전기는 한 층이 길이 150피트에 너비 40피트인 5층짜리 공장 건물에 꽉 들어찬 기계를 전부 돌리기에 충분했을 정도로 규모가 컸다.)[4]

공장 근로자들은 대부분 여성이었다. 소로는 공장이 돌아가는 모든 과정을 반어법 하나 없이 깔끔한 문체로 묘사했다.

> 엄청나게 많은 얼레에서 날실이 나와 실린더로 들어가고, 갖가지 색깔의 실들이 적절하게 섞여서 정렬된다. 그러고는 손으로 날실 끝을 직기에 달린 끌채에 매단다. 직공은 자기가 받은 숫자만큼의 적색과 청색, 녹색 실이 이어져 나온 것을 확인하고는 끌채를 통해 실을 끌어낸다.

어떤 단어를 그것의 어원에 딱 맞춰서 쓸 수 있을 때면 늘 즐거워하듯이 소로는 기쁨에 겨워 이렇게 기록했다. "그러고는 씨실이 들어가고, 천이 만들어지는 것이다!!"[5]

소로의 냉정한 설명은 거의 비슷한 시기에 멜빌이 《숙녀들의 타르타로스The Tartarus of Maids》에서 매사추세츠 서부의 제지공장을 묘사한 것과

극적으로 대비된다. 멜빌은 공장에서 종이를 만드는 과정을 아이를 낳는 과정에 빗대 삶의 기계화를 신랄하게 풍자했다. 멜빌에게 공장은 소설 속의 상징이고, 기계는 여성이 묶이는 재생산 기계를 대표했다. 반대로 소로는 자신이 본 것을, 그리고 기계에서 받은 인상을 사실적으로 알렸다. 에머슨은 영국을 다시금 여행하면서 앞으로 공장이 발전해나갈 모습에 큰 인상을 받았지만 동시에 공장이 직공들에게 미치는 영향에 대해 우려하기도 했다. 셰필드에 있는 조셉 로저스의 칼 만드는 공장에서 에머슨은 이런 말을 들었다. "좋은 강철을 만드는 데는 어떤 요행도 없습니다. 직공들에게는 한 치의 실수도 용납되지 않습니다. 백 개가 됐든 천 개가 됐든 모든 칼날이 다 훌륭합니다." 그러나 그는 다르게 생각했다.

> 기계는 자신을 다루는 사람들에게 너무 과중한 것이 틀림없다. 광산, 제련소, 공장, 양조장, 철도, 증기펌프, 증기농기구, 제식훈련, 경찰훈련, 법원규칙, 상점규칙, 이런 것들이 전부 운영되려면 인간의 모든 행동과 습관에 기계적인 규칙성이 부여돼야 한다. 끔찍한 기계가 땅과 공기와 남자와 여자를 소유하고, 심지어 생각조차 자유롭게 하지 못하게 한다.[6]

필립 슬레이터는 미국의 가장 불행한 유산은 기술적 근본주의와 사회적 보수주의의 결합이라고 주장했다. 모든 점을 감안할 때 소로는 그 정반대 쪽을 대표한다. 특히 노예제 문제에서는 사회적 리버럴리즘을 실천했으면서도 동시에 일상의 삶에 미치는 기술 변화의 영향은 끝까지 불신했다. 그는 새로운 기계에 대해 세세한 것들까지 충분히 알았고, 기계에 대한 이해는 끝내 과도한 기계화를 거부하는 당연한 귀결로 이어졌다. 그리고 공장의 단점을 보았지만 공장에서 배울 줄도 알았다. 그는 클린턴을 방문하고 돌아와 며칠 뒤 이렇게 적었다. "기술은 우리에게 천 가지 교훈을 가르쳐준다. 단 1야드의 천도 열과 성을 다해 피륙을 짜는 과정 없이는 만들어낼 수 없다." 이 말은 천을 짜는 것만큼이나 글을 쓰는 데도 진리다.[7]

62

신화와 야생성

에세이 〈산책〉은 세 개의 큰 주제를 갖고 있는데, 셋 다 1851년 2월 제자리를 잡은 것이다. 세 가지 주제는 산책, 야생성, 신화다. 산책하는 사람은 야생성을 경험하기에 제일 적합한 사람이다. 신화는 그런 경험의 가장 만족스러운 표현이다. 소로의 야생은 야만성이나 잔인함과는 다른 의미다. 그것은 두 가지 면에서 원초적인 폭력과 구분된다. 첫째, 그것은 전사戰士보다는 산책가나 시인이 더 쉽게 구할 수 있다. 둘째, 그것은 전투보다는 신화에서 더 잘 표현될 수 있다. 이런 이유로 소로는 이렇게 지적하는 것이다. "기사도 정신과 영웅적 정신은 한때 기사나 말을 탄 기수의 전유물이었으나 오늘날 19세기에는 산책하는 사람에게 있는 것 같다." 그리고 〈산책〉에서 산책하는 사람이 구하려고 하는 야생성은 예루살렘의 포위 공격이 아니라 신화에서 그 최고의 쓰임새를 발견한다는 점을 그는 분명히 했다. 마지막의 이 같은 통찰은 1851년 1월 중순에 쓴 일기에서도 드러나는데, 이것은 문학에서 신화의 기능과 본질이 무엇인가에 대한 그의 성숙한 시각을 잘 나타낸다.[1]

《일주일》을 보면 맨 처음 초고부터 최종 버전에 이르기까지 신화에 대한 소로의 이해가 시간이 지남에 따라 진화하기는 했지만 초기 역사 내지는 초기 신학의 범주를 벗어나지 못했음을 알 수 있다. 《일주일》의 '일요일' 장에서 그는 "어떤 수준에서 보자면 신화는 단지 가장 오래된 역사이자 전기"라고 하고는 몇 페이지 지나 이렇게 덧붙인다. "오래된 신화집에 추가할 이 시대의 반드시 기억해야 할 것 하나가 있으니, 그것은 기독교 이야기다." 신화는 또 하나의 문학 형식으로서 오늘을 살아가는 시인이 창조를 위해 마땅히 바랄 수 있는 것이기도 하다. "시인이라면 순수한 신화 몇 편쯤은 쓸 수 있다."2

1848년에, 그리고 〈캐타딘〉을 다시 쓰면서 신화에 대한 소로의 시각은 약간 변했다. 〈캐타딘〉에서 신화는 역사나 전기가 아니라 자연 그 자체를 표현한다. 방금 잡힌 메기의 사랑스러운 빛깔을 응시하면서 그것들이 살아 숨쉬는 동안 어떻게 예쁜 꽃처럼 반짝반짝 빛날 수 있는지 신비로워했다. 더구나 이 메기들이 어두운 숲 속에 있는 빛깔조차 알아볼 수 없는 강물에서 오랫동안 보이지 않게 헤엄쳐 다녔는데도 말이다. 그는 신기해하며 고개를 끄덕인다. "덕분에 나는 프로테우스의 전설을 전해주는 신화의 진실을 더 잘 이해할 수 있었다." 다른 형상을 취할 수 있는 프로테우스의 변신 능력에 관한 신화는 살아있는 물고기가 죽으면서 빛깔이 미묘하게 변하는 현상을 이야기 형식으로 표현하는 방식이었다. 신화는 자연 현상에다 우리가 말로 옮길 수 있는 이야기 형식을 가져다 준다. 〈캐타딘〉에서 또 하나 주목할 것은 티탄족인 프로메테우스에 대한 언급과 캐타딘 산에서 소로 자신이 겪은 경험을 코카서스 바위에서 프로메테우스가 겪은 경험에 개략적이나마 비유한 것이었다. 유사점은 아주 가볍게 언급될 뿐이었지만 이제 〈산책〉에서는 너무나도 분명하고 명시적으로 구체화된다. 신화란 그저 자연이 문학으로 드러난 형태가 아니라는 것이다. 소로가 야생이라고 부르는 자연의 특별한 면, 그것을 담아낸 문학 형식이 곧 신화라는 것이다.[3]

이처럼 소로가 이전에 썼던 글을 살짝 일별하기만 해도 알 수 있듯 그는 처음부터 신화를 하나의 문학 형식으로 이해했다. 변화한 것은 문학 형식으로 표현될 수 있는 것이 정확히 무엇인가에 대한 그의 인식이었다. 1851년 겨울 그는 산책과 야생에 관한 자신의 아이디어를 갖고 작업하면서 지금 자신이 무척 흥미를 느끼고 있는 야생성에 대한 표현을 사람들은 어디서 구하고 있는지 생각해봤다. 그는 신화라고 하는 주제로 돌아갔다. "영국 문학은 음유시인 시절부터 호반시인과 초서, 스펜서, 셰익스피어, 밀턴에 이르기까지 진정 참신한 기운은 호흡하지 못했다. 바로 그런 점에서 야생의 가락도 뽑아내지 못했다." 그가 생각하기에 영국 문학은 대체로 길들여졌고 문명화됐다. 그래서 우리에게 "야생의 동물들이 언제 멸종했는지는 알려주지만 야생의 인간이 언제 사라졌는지는 알려주지 못한다." 그는 한 걸음 더 나아가 "야생 자연에 대한 이 같은 갈망을 적절히 표현하는 어떤 시도 떠올릴 수 없다"고 단언한다. 더욱 흥미로운 것은 바로 이 지점에서 소로의 마음이 한 번에 두 방향으로 뛴다는 사실이다. 그는 앞을 내다보았다. 그래서 야생을, 그리고 우리 안에 있는 야생을 다시 만나기 위해서는 "미국이 절실하게 필요하다"고 말한다. 그러면서 시에 앞서 신화를 돌아보았던 것이다. 오비디우스를 다시 읽으며 그는 상당히 많은 메모를 남긴 다음 이렇게 결론지었다. "그리스 신화의 뿌리에 담겨 있는 자연은 영국 문학에 비해 얼마나 풍성한가." 그 다음 문장에서 그는 미국으로 돌아온다. "신화에 영감을 불어넣었던 자연은 여전히 무성하게 자란다. 신화는 구세계가 그 토양이 소진되기 전에 품었던 씨앗이다. 서부(야생이라고 하는 옛 카테고리의 특별한 미국식 버전이다)는 지금 자신의 신화를 동부의 이야기에 더할 준비를 하고 있다."4

만일 야생에 대한 최고의 표현이 고대 신화집에서 발견된다면 오늘날 작가는 남아있는 야생의 감각이라도 표현하기 위해 고대 신화에 상응하는 현대 문학작품을 뒤져야 한다. 신화에 대한 소로의 관심은 이처럼 특정한 문제에 초점을 맞추게 되는데, 그것은 문학의 허구적 요소에 대해 그가 느끼는 관심의 뿌리이기도 하다. 그리스 신화와 힌두교 신화를 읽으며 적어둔 글을 보면 어느새 스토리텔링 기술로서 신화에 집중하기 시작했음을 알 수 있다. 그는 일곱 명의 브라만이 윤회를 하는 장편 서사를 번역하는데, 이는 윤회라고 하는 추상화된 개념을 어떻게 구체적이고 줄거리가 있는 형식으로 만들 수 있는지 탐구하기 위해서였다.(물론 번역 그 자체가 문학적 변신 혹은 윤회의 한 방식이라고 할 수 있다.) 이전에도 종종 그랬듯이 이제 소로는 오비디우스의 간결하면서도 경쾌하게 옮겨가는, 대담할 정도로 상세하게 묘사된 변신을 공부한다. 파에톤의 누이 램페티에가 갑자기 나무뿌리에 붙잡힌다. "그녀와 누이들은 나무로 변해가고, 그들은 변신한 나뭇가지를 부러뜨리지 말아달라고 어머니에게 헛되이 간청한다." 소로는 비로소 분명한 사실을 알게 됐다. 신화의 진정한 주제는 그가 생각했던 대로 야생성이 궁극적으로 세계를 지켜낸다는 것이라는 점을 말이다. 그는 마침내 신화를 현대 문학의 형식으로 바라볼 수 있게 됐다.5

그는 에세이와 일기를 쓰면서 점점 더 오늘의 경험을 현대의 신화 형식으로 투시하는 방법들을 찾기 시작했다. 우선 자신의 경험을 우화로, 신화 형식의 우화로 만들어봤다. 그렇게 "숲은 그대로 놔둔 채 울타리만 태워버리고 시작하려는 사람"을 상상으로 그려보면서 그는 자신의 변신과 윤회를 시도해본다.

반쯤 타버린 울타리가 보인다. 울타리 끝은 들판 중간쯤에서 사라지고, 세속적인 구두쇠는 측량사와 함께 자기 땅의 경계를 찾으려 한다. 무심한 하늘이 그의 주위를 내려다 보고 있다. 그는 자기 주변의 천사들은 보지 못한 채 들판 중간에 있는 오래된 말뚝구멍만 찾으려 한다. 나는 다시 둘러본다. 그가 늪 같은 지옥의 습지 한가운데서 악마들에게 둘러싸여 서 있는 모습이 보인다. 그는 의심할 필요 없이 자기 땅의 경계 주변에서, 말뚝이 있던 자리에서 세 개의 작은 돌들을 발견해냈다. 그리고 좀더 가까이 다가가 보니 마왕이 그의 측량사였음을 알게 됐다.[6]

이것은 오비디우스나 《하리반사》보다는 버니언이나 호손과 더 비슷하다. 하지만 소로가 무엇을 의도하는지는 알 수 있다. 그는 우리 내부의 원초적인 야생성에 의해 만들어진 많은 변화들을 이해하고는 여기에 이야기 형식, 그러니까 사실상 허구적인 형식을 더하려 애쓰고 있는 것이다. 게다가 그는 우리가 얻은 것뿐만 아니라 잃은 것에서도 신화를 만들어낸다.

7부

1851~1852
새로운 책, 새로운 세계

63

사과 이름 짓기

아담 스미스는 분업이 제대로 이뤄지지 않은 세상을 무척 안타깝게 여겼는데, 이런 이유 때문이었다. 그가 보기에 한 사람이 여러 가지 일을 할 경우 그 사람은 "한 종류의 작업에서 다른 작업으로 손을 옮기는 과정에서 이리저리 돌아다니게 되는 게 보통"이며, 결과적으로 철저한 업무 습관을 습득하지 못할 뿐만 아니라 "어슬렁거리기나 하고 게으른 습관이나 부주의한 작업 태도를 갖게 된다"는 것이다. 소로는 아담 스미스의 이런 시각을 정면으로 반박한다. 그는 이리저리 돌아다니는 것이야말로 인간이 가질 수 있는 지고한 태도이자 제일 고상한 모습이라고 그 의미를 완전히 바꿔버린다. 심지어 '이리저리 돌아다닌다sauter'는 단어가 '성지sainte terre'에서 유래했다며 조금 의심스러운 '민간' 어원을 꾸며서 제시하는가 하면, 이리저리 돌아다니는 사람을 십자군으로 만들어버리기도 한다. 소로의 〈산책〉은 너무 진지하고 다소 거친 측면이 있으나 재미난 구석도 있고 아주 단순하면서도 현세적인 의미를 담고 있는데, 그 밑바탕은 콩코드 읍내와 그 주위를 셀 수 없이 산책했던 소로의 시골생활이라고 할 수 있다.[1]

그는 이해 1월에 "케이프코드"와 "월든 숲에서의 삶"을 주제로 강연했고, 4월과 5월에는 "산책"과 "야생"이라는 제목으로 강연했다. 5월 초에는 원래 치아를 전부 뽑고 의치를 해 넣었다. 소로답게 그는 이 일과 관련해서는 거의 아무것도 말하지 않았다. 따로 기록한 것은 더더욱 없었는데, 신기한 마취제(보스턴에서 활동하던 W. T. G. 모튼 박사가 1846년 9월 치아를 뽑을 때 처음 사용했다)의 효과를 기술한 게 전부다. 그는 말하기를, 마취를 할 때는 "지금까지 여행했던 것보다 더 큰 공간"으로 빠져드는 것 같은 느낌이 들지만, 다시 잘 생각해보니 명상을 통해 황홀해질 수 있는 사람이라면 마취제가 필요하지 않을 것이라고 했다.[2]

아니면 산책을 통해 황홀해졌을 수도 있었을 것이다. 그는 특히 5월이 되면 때로는 낮에, 때로는 밤에, 어떤 때는 달빛 아래서도 산책을 즐겼는데, 계절의 변화를 감지하는 예민한 주의력이 있었던 데다 나무들을 보는 눈이 한결 달라지기 때문이었다. 5월 10일에는 이해 첫 도요새를 보았고, 12일에는 개똥지빠귀와 쌀먹이새를 처음 만났다. 나이가 들어가면서 계절들—특히 봄과 여름—이 좀더 앞서서 성큼성큼 다가오기를 더욱 간절히 바라게 됐고, 한층 다듬어진 세밀한 관찰력은 계절의 도착을 알리는, 그가 기다렸던 신호를 가져다 주었다. 매번 새로운 계절의 전령은 일찍 도착했다. 12월에 맨 처음 만나는 따뜻한 날은 그에게 봄을 알려주는 것 같았다. 봄의 한가운데서 그는 갑자기 여름이 도래했음을 알아내기도 했다. 이해 5월 18일은 풍경 안으로 불쑥 "새로운 생명과 새로운 빛이 녹아들었고," 그것은 "겨우 하루의 여름날이 여름을 불러온" 것처럼 보였다.[3]

그는 5월에 나무에 관한 책들을 읽었는데, 눈부신 채색화로 가득한 미쇼의 《북아메리카 식물지North American Sylvae》와 "19세기 미국 자연사의 잊혀진 즐거움 가운데 하나"로 불리는 G. B. 에머슨의 《매사추세츠의⋯⋯ 나무와 덤불에 관한 보고서Report on the trees and shrubs⋯⋯of Massachusetts》 등이었다. 그는 산책길에 있는 모든 나무들의 이름을 알아내고자 했고, 각각의 나무들마다 각기 다른 쓰임새에 적합하다는 사실을 밝혀내면 무척 기뻐했다. 개아카시아나무는 나무로 된 배의 갑판을 고정시키는 나무못으로 쓰는 데 딱 맞았다. 흑회나무는 노를 만드는 데, 흰삼나무는 지붕널 만드는 데, 검은가문비나무는 서까래 만드는 데, 백회나무는 갈퀴자루 만드는 데, 모커넛히코리나무는 갈퀴이빨 만드는 데 그만이었다. 미국측백나무로 만든 울타리는 60년이 돼도 끄떡없었다. 그는 자연과 조화를 이루며 살아가는 인간의 가능성이 새로워짐을 느꼈다. 그는 이해 봄 젊은 휘트먼처럼 들리는 놀라운 외침을 터뜨린다. "인간이 자연의 한 존재라는 사실이야말로 가장 신성하고 가장 놀라운 것이라고 생각한다."4

소로가 산책에서 얻은 즐거움 가운데 최고는 뉴잉글랜드의 야생사과였다. 늦가을과 겨울 내내 그는 "이 지방에 자생하는 야생의 과실, 내가 어렸을 때부터 살아있었고, 내가 죽기 전까지 계속해서 살아있을 나이 든 나무의 열매"를 땄다. 유럽과 미국에서는 접붙이기를 통해 야생사과를 개량했는데, 상당수가 사과술을 담그는 데 쓰이는 다양한 종류의 사과열매를 생산해냈다. 냉장고가 없던 시절 사과술은 포도주나 맥주처럼 곡물이나 과실의 영양분을 겨울에도 섭취할 수 있도록 썩지 않게 보존하는 또 하나의 방식이었다. 단순히 음료로만 생각한다면 사과술은 지금의 와인 자리를 차지할 것이다. 당시 사과 품종의 숫자는 요즘 포도 품종보다 훨씬 다양했고, 소로의 강연장에 나온 청중은 이제 몇 가지 품종밖에 남아있지 않은 사과의 다채로운 이름들을 통해 상당히 많은 야생사과들

을 알게 됐을 것이다.[5]

1850년대 미국에는 적어도 1000가지 품종의 다양한 사과가 있었다. 게다가 1870년까지 재배된 사과 품종은 이것의 4배에 달했던 것으로 추정된다. 1851년에 소로는 기온 변화와 함께 식탁용 사과를 위한 접붙이기로 인해 주로 사과술을 만드는 데 쓰였던 상큼한 맛이 일품인 야생의 뉴잉글랜드산 사과가 절멸되지나 않을까 걱정했다. 재배용 사과나 식탁용 사과는 고상하고 화려하고 번지르르한 이름을 갖고 있지만 야생사과는 그런 식으로 그들의 순결을 잃어본 적이 없었다. 소로는 제임스 조이스식의 말장난을 늘어놓으며 이해 5월 자신이 발견한 야생의 재배되지 않은 사과들에게 이름을 지어주었다. 그는 어떤 야생사과에는 린네식으로 진지함과 우아함을 지닌 라틴어 이름을, 또 마을사람들이 먹는 평범한 식용 사과에는 멋진 양키 이름을 붙여주었다. 이름이 본질을 나타내는 것은 아니라는 점을 그는 잘 알고 있었다. 그도 인정했듯이 이름 그 자체는 대개 "보스나 트레이처럼 아무 의미 없이" 붙여졌다. 그러나 명백한 사실은 야생사과를 작명하면서 일부러 모든 제한을 없애버렸다는 점이다. 게다가 린네는 보기 흉하고 독성을 지닌 식물에 자기 적들의 이름을 붙였었다. 하지만 린네보다는 천성적으로 유쾌한 편인 소로는 달랐다. 그 사람의 글에 취해버리거나 사상을 가져오고 싶을 만큼 고귀한 정신의 소유자를 자신의 야생사과 이름에 붙인 것이다.[6]

그는 또 어떤 야생사과는 블루제이애플로, 다른 것은 우드델애플로 부를 수 있다고 생각했다. 이런 식으로 그가 이름 붙인 야생사과들로는 트루안츠애플, 웨이사이드애플, 뷰티오브디에어, 와인오브뉴잉글랜드, 콩코드애플, 손터러스애플, 아사벳애플, 더레일로드애플, 옛 헛간 구멍에서 자라는 애플 등이 있었다. 심지어 야생사과 이름을 찾는 데 전혀 어려움을 느끼지 않도록 "아무데서나 자라나 우리가 어린 시절 맛보았던 야생사과"도 있었고, 마지막으로 고양이 이름처럼 "어떤 카탈로그에도 나와있지 않은 특별한 사과"도 있었다.[7]

64

헨리 소로의 네 가지 세계

소로의 삶에서 만날 수 있는 허다한 역설 가운데 가장 인상적인 것을 꼽자면 아마도 평생 고향을 떠나지 않은 제일 유명한 미국인이자 콩코드의 "코딱지만한 땅"을 지켰던 인물이 자신을 여행자로 여겼다는 사실일 것이다. 물론 무엇이 중요한가를 따지면 그가 옳았다. 역설과 마찬가지로 여행역시 그의 외적인 삶뿐만 아니라 내적인 삶에도 꼭 필요한 것이었다. 게다가 여행은 그가 남긴 글 대부분의 주요 내용과 골격을 이루는 부분이었고, 월든 호수와 콩코드 마을이라는 두 축을 중심으로 바퀴살처럼 나갔다가 돌아오는 가벼운 산책 역시 그에게는 여행이었다. 사실 소로는 하나가 아니라 네 개의 다른 세계를 여행했다. 그 각각은 콩코드를 중심으로 동심원을 그리듯 하나씩 커나갔고, 저마다의 방식대로 만들어진 가이드북을 갖고 있었다.[1]

소로가 여행한 네 개의 세계 가운데 첫 번째는 콩코드, 바로 그곳이었다. 그는 튼튼한 신발을 신고 빳빳한 회색바지를 입고서 "큰 보폭의 인디언 걸음걸이"로 콩코드에서 길이 나 있는 모든 방향으로 멀리까지 산책했다. 에머슨이 적어놓은 대로 그는 "채집한 식물을 눌러두는 데 요긴한 낡은 음악책 한 권을 갖고 다녔고, 주머니에는 일기장과 연필, 새를 관찰할 때 쓸 작은 망원경, 현미경, 잭나이프와 삼끈이 들어 있었다." 동네산책을 위한 가이드북은 많았고 다양했는데, 이해 여름 그가 읽은 것 중에는 비글로우의 《약용 식물Medical Botany》과 미쇼의 《북아메리카 식물지》가 있었다. 콩코드와 그 수변 지역은 소로가 느끼기에도 결코 완벽하게 이해하지 못할 세계를 형성하고 있었다. 그는 〈산책〉에서 자신이 관찰한 것을 이렇게 썼다. "반경 10마일 범위 안에서, 혹은 오후 한나절 산책에서 볼 수 있는 경치와 인간이 한평생 동안 볼 수 있는 풍경, 이 둘 사이에는 어떤 조화가 숨어있다."2

콩코드의 마술적인 권역을 넘어서는 두 번째 세계는 북아메리카라는 더 큰 세계였다. 그는 기차로, 보트로, 도보로 이동하며 여행했는데, 한 손에는 우산을 들었고, 담쟁이덩굴로 묶은 수수한 갈색 꾸러미에는 여분의 옷을 넣어 갖고 다녔다. 이런 차림으로 그는 메인 숲과 캐나다, 케이프코드, 뉴욕, 롱아일랜드, 허드슨 리버 밸리를 여행했고, 세상을 떠나기 얼마 전에는 미네소타까지 다녀왔다. 그는 어디를 가든 여행을 전후해 가이드북과 역사책, 회고록, 그리고 무엇보다 탐험가와 여행자, 박물학자들이 쓴 글을 읽었다. 그는 캐나다에 관한 책만 수십 권을 읽고 연구했으며, 케이프코드와 관련해서 본 책도 수십 권 이상이었다. 그는 또 자신이 한 번도 가본 적 없는 북아메리카의 여러 지역을 둘러본 여행서적도 읽었다. 가령 1851년 6월에는 F. A. 미쇼의 《앨러개니 산맥 여행기Voyage à l'ouest des Monts Alleghanys》를 읽었다. 아마도 이 책의 훌륭한 영어 번역본이 있다는 것을 몰랐을 수도 있지만 그의 불어 실력은 수준급이어서 굳이 번역본이 있는지 여부를 따질 필요가 없었을 것이다. 아무튼 미쇼는 필라델피아에서 서쪽을 향해 출발해 서스케하나 강과 오하이오 강 유역의 몇몇 지역을 여행한 다음 켄터키와 테네시 주를 관통해 다시 블루릿지를 거쳐 사우스캐롤라이나 주 찰스턴에서 여행을 마쳤다. 어떤 면에서는 미쇼를 비롯해 미국을 여행한 다른 여행자들(캄, 라일, 홀, 루이스와 클라크)의 책을 읽은 것은 소로가 자신의 북아메리카 여행을 문학적으로 확장한 것이라고 볼 수 있다. 게다가 이런 책은 소로가 세상을 돌아다니는 여행자로서 다음 세계로 넘어갈 수 있도록 교량 역할을 해주었다.

북아메리카 여행은 소로에게 '부분적으로' 책을 통한 것이었다. 반면 그의 세계 여행은 '전적으로' 책을 통해서 이루어졌다. 소로는 상상력을 동원해 여행하긴 했지만 마냥 상상하기만 하는 여행에는 결코 빠져들지 않았다. 존 크리스티가 잘 보여주었듯이, 그는 책을 읽으며 전세계를 가볼 수 있었다. 그는 남북아메리카와 아프리카, 아시아, 북극지방과 태평양을 다녀온 여행서적을 몇 년 동안이나 닥치는 대로 읽었다. 이즈음 그가 읽은 책은 레이야드가 쓴 (고대 앗시리아의 도시) 니네베의 발견에 관한 것이었는데, 중동의 "악마"를 숭배하는 예지디스에 관해 레이야드가 쓴 내용 중일부가 《케이프코드》에 나오기도 한다. 1851년 6월에는 여행서적 한 권을 무척이나 주의를 기울여 읽었다. 다른 어떤 책보다 그에게 큰 충격을 준 이 책은 찰스 다윈의 《한 박물학자의 세계 일주기Voyage of a Naturalist Round the World》였다.

소로가 여행한 네 번째 세계는 사상의 세계, 즉 멜빌이 《마디Mardi》에서 말한 정신의 세계였다. 특별하면서도 장엄한 신기원을 이루는 책들, 그러니까 한 권 한 권이 사상의 세계 전체를 소개하는 책들, 가령 《마누법전》

이나 훔볼트의 《코스모스》, 린네의 《식물철학Philosophia Botanica》 같은 책들이 불러오는 세계였다. 소로에게 사상의 세계는 다른 세 가지 세계를 향한 객관성의 확장인 동시에 주관적 유추였다. 사상의 세계는 그의 영역을 넓혀주었고, 정처 없이 계속 맴도는 것을 막아주었다. 또한 글을 쓸 때의 중요한 은유와 구조적인 원칙, 사상 속에서의 모험, 내면의 탐험을 위한 여행, 아메리카의 먼 바닷가를 형상화한 지아를 그에게 심어주었다. 그는 7월 초 일기에 이렇게 썼다. "여행자! 나는 그 칭호를 사랑한다. 여행자는 그처럼 존경 받는 존재다. 그의 직업은 우리 삶에서 최고의 상징이다. ……에서 시작해 ……로 가는. 그건 우리 모두의 역사다."[3]

그래서 소로는 콩코드 읍내를, 또 인근을 돌아다녔고, 북아메리카를 부분적으로 둘러봤으며, 자연 세계와 사상의 세계를 관통해 여행했다. 그것은 전부 콩코드에서 나왔고, 대부분 콩코드에 있는 것이었다. 그가 "나는 콩코드에서 꽤나 많이 여행했다"고 말했을 때, 그 의미는 사실 반어적인 것이 아니라 더할 나위 없는 간결함 그 자체였던 것이다.[4]

65

소로와 다윈, 《비글 호 항해기》

소로는 1851년 6월 지금은 다윈의 《비글 호 항해기》로 알려진 이야기에 흠뻑 빠져들었는데, 그의 여행서적 읽기와 지적 모험이 얼마나 사이 좋게 함께했는가를 보여주는 사례 가운데 하나였다. 다윈은 1831년 12월 27일 영국을 출발해 5년간의 긴 항해에 나섰다. 맨 처음 케이프버드 군도에 들렀고, 이어서 갈라파고스처럼 육지에서 꽤 멀리 떨어진 섬들을 포함해 남아메리카 해안 지역을 조사하러 갔다가 마침내는 태평양을 횡단하고 호주를 거쳐 귀국했다. 이 여행은 다윈의 평생에 걸친 작업의 바탕이 되었다. 다윈이 귀국한 다음 해이자 소로가 대학을 졸업한 해인 1837년 7월 다윈은 "종種들의 변화에 관한 첫 번째 노트first note-book on transmutation of Species"를 쓰기 시작했다. 그는 이렇게 적었다. "작년 3월에 기록해두었던 남아메리카의 화석들과 갈라파고스 제도에 사는 종들의 특성으로부터 얼마나 큰 충격을 받았는지 모른다. 내가 가진 생각은 바로 이런 사실들에서 (특히 후자에서) 비롯됐다." 1838년에 다윈은 맬서스의 《인구론An Essay on the Principle of Population》을 읽었고, 자연선택론(종에서 일어나는 더 적합한 변이는 보존되는 경향이 있는 반면 적합하지 않은 변이는 생존경쟁에서 사멸하고 만다는 이론)을 떠올렸다. 다윈은 영국 군함 어드벤처 호와 비글 호를 타고 떠났던 탐사 여행을 정리해 세 권의 책을 펴냈는데, 서른 살이 된 1839년에 마지막 세 번째 권인《비글 호 항해기》가 출간됐다. 소로는 이 책을 1846년 뉴욕에서 나온 판본으로 읽었다. 소로가 발췌해놓은 메모들을 보면, 다윈의 너무나도 디테일한 관찰 기술과 자연의 '변화'를 내혹적으로 바라보는 시선, 심지어 그의 글 쓰는 스타일은 물론 절반은 여행기로, 절반은 박물학자의 일기로 돼 있는 책의 구성에 이르기까지 다윈의 다양한 관심사와 선견지명 있는 특별한 공감 능력을 꼼꼼하게 살펴보고 있다.[1]

그는 다윈이 육지에서 수백 마일이나 떨어져 있는 배에 내려앉은 고운 흙먼지에 대해 설명하는 대목에서 충격을 받았다. 이 흙먼지에는 민물에 사는 원생동물만 해도 무수하게 많은 종이 들어있었다. 씨앗의 확산에 대해 소로가 관심을 가졌던 것이 물론 다윈의 책을 읽으면서 시작된 것은 아니지만 그래도 이 책을 읽은 덕분에 다시 힘을 얻고 방향을 재정립한 것은 사실이다. 다윈은 섬에서 섬으로 이동하면서 종의 분포에 관한 문제, 그러니까 정확히 어디서 무엇이 자라는가 하는 문제에 가장 주의를 기울였다. 소로는 다윈의 증명을 메모하고 인용하면서, 다윈이 낭만적인 선입관을 깨뜨리는 것을 보는 순간에 특히 주목했다. 소로는 다윈이 어떻게 세인트폴 바위에서 "단 하나의 식물도, 심지어 이끼 하나도 발견하지 못했는지" 그 과정을 그대로 옮겨 적었다. "우람한 종려나무를 비롯한 고상한 열대식물들, 그 다음에는 새들, 마지막으로 인간"식으로 시작되는 생명의 발전 단계에 대한 "자주 반복되는 설명" 대신 다윈은 "조류와 흙 먹는 벌레, 기생곤충, 거미류"가 사실 맨 처음 거주자였음을 발견했다. 소로는 다윈이 적어둔 것을 계속해서 읽었다. "종자번식은 발아發芽나 휘묻이, 접붙이기를 통한 번식보다 더 독자적인 개체를 낳는다." 그는 다윈이 갈라파고스 제도를 탐구하면서 느꼈던 흥미로움을 적어두었다. "새로운 새들과 새로운 파충류, 새로운 조개류, 새로운 곤충들, 새로운 식물들, 그리고 또 내 눈앞에 이런 것들을 생생하게 가져다 준 파타고니아의 온대성 대초원이나 칠레 북부의 뜨겁고 건조한 사막 같은……헤아릴 수 없이 많은 조밀한 구조물들에 둘러싸여 있다." 소로는 이들 섬이 제도 그 자체로 독특한 식물군과 동물군을 갖고 있을 뿐만 아니라 각각의 섬들 하나하나에, 심지어 한눈에 보이는 몇몇 섬들 각각에 특유한 종들을 갖고 있다는 점을 알아낸 다윈의 관찰력에 감탄했다. 소로는 다윈의 초창기 항해 기록을 워낙 자세히 읽어서 1859년에 《종의 기원》이 출간되자 어려움 없이 곧바로 이해할 수 있었다.[2]

다윈을 매력적으로 만든 건 단지 그의 아이디어만이 아니었다. 다윈은 글을 잘 썼을 뿐만 아니라 겸손하게 썼다. 그는 하버드대학에서 꽤나 분란을 일으켰던 거만한 아가시처럼 자신을 "과학자"라고 소개하지 않았고, 그저 "자연사를 좋아하는 사람"이라고만 했다. 《비글 호 항해기》는 다윈이 자신의 일과 여행에서 얻은 기쁨과 희열을 기록하는 것으로 시작했다. 다윈은 소로처럼 기이하고 신비한 소리를 잘 듣는 귀를 가졌다. 그리고 그의 글은 소로의 일기에서 발견되는 것과 매우 유사하게 이런저런 여행 이야기를 하다가 불쑥 아주 디테일하게 묘사하는 대목이 자주 눈에 띈다. 소로가 나름대로 성숙한 감각으로 주요 세부 묘사를 얼마나 정확히 할 것인가를 정한 기준도 어느 정도는 다윈에게 빚진 것이다. 가령 다윈은 개미의 행진을 묘사하면서 현장감이 살아있는 정확한 관찰에다 본능적으로 터득한 생생한 스토리텔링 기술을 결합하는 방식을 보여주고 있다.

어느 날 바히아에서 있었던 일이다. 수많은 거미와 바퀴벌레, 온갖 종류의 곤충들에다 아무것도 없는 땅바닥을 난리법석을 피우며 질주하는 몇 마리 도마뱀이 눈에 들어왔다. 그것들의 약간 뒤쪽을 보니 나무이파리와 줄기가 시커멓게 변해 있었다. 새카만 개미무리가 대열을 나눠 오래된 벽을 타고 내려오더니 아무것도 없는 맨 땅바닥을 건너갔다. 개미무리는 이런 방식으로 많은 곤충들을 꼼짝없이 포위해버렸다. 이어서 불쌍한 작은 생명체들이 죽음의 포위망에서 탈출하려 몸부림치는 모습은 참으로 대단한 광경이었다.

다윈은 개미무리 대열이 지나가는 길에 돌멩이를 하나 갖다 놓고 지켜봤다. 개미들은 그 돌멩이를 우회하기는커녕 막무가내로 공격해댔다. "사자처럼 용맹한 작은 전사들은 위협에 굴복한다는 생각에 경멸을 표한 것이었다."[3]

이 이야기를 비롯해 말벌과 거미가 벌인 결투를 묘사한 글은 소로가 개미들의 전투 장면을 묘사한 것(《월든》 초고에 이 대목이 추가된 것은 1852년 1월로 거슬러 올라간다)과 너무나 흡사해 우연이라고 생각하기 힘들 정도다. 다윈의 세밀한 관찰력과 생생하게 묘사하는, 잘 훈련된 기술은 소로에게 뭔가 새로운 것을 보여주었다기 보다는 자신이 뭘 하고 있는지 새삼 확인시켜주었고 더 강화해주었다. 그러나 그가 다윈의 정신과 글에서 뭔가 교감하는 것을 발견하고 그것이 의미하는 것을 찾아냈다는 점은 의문의 여지가 없다. 그는 심지어 다윈이 5년이라는 기간 동안 똑같은 곳을 되풀이해서 방문하고, 똑같은 여행코스를 반복해서 지나갔으면서도 어쩌면 그리도 훌륭한 글로, 게다가 전혀 혼란스럽지 않게 일목요연한 이야기로 압축해낼 수 있었는지 주목했을지 모른다. 다윈은 이렇게 썼다. "쓸데없는 반복을 피하기 위해 동일한 지역에 대해 언급한 내 일기의 해당 부분들을, 그곳을 방문한 순서에 구애 받지 않고 뽑아낼 것이다." 소로가 월든 숲에서 지낸 2년 2개월간의 기간과 그 뒤로 수 년간 수도 없이 반복해서 같은 지역을 산책했던 것의 결과물을 마침내 하나의 계절 순환으로 묶은 것도 이와 비슷하게 이야기 순서를 잡은 것이다.

다윈은 소로보다 가진 게 훨씬 많았다. 이 영국 박물학자는 "유럽인들이 지금까지 자기나라에서 보았던 그 어떤 장엄함도 완벽하게 뛰어넘을 정도로 모든 색조가" 화려하게 채색된 풍경들을 묘사했다. 그는 석영모래에 번개가 내리쳐 만들어진 기이한 유리 "튜브"를 신중하게 기술했는데, 이 기이하면서도 신비한―그리고 자연적인―지질 현상에 대한 묘사는 소로가 어느 봄날 얼었던 모래둑이 녹는 것을 묘사한 대목과 유사하다. 무엇보다 다윈은 모든 것이 변할 수 있다는 것에 깊은 인상을 받았다. 소로는 다윈의 코멘트를 그대로 옮겨 적었다. "그 무엇도, 심지어 불어오는 바람조차도 이 지구의 지표면만큼 그렇게 불안정하지 않다는 사실을 지질학자는 매일같이 마음속 깊이 새겨두어야 한다." 몇 해 전 대학을 졸업할 즈음 소로는 한 박물학자의 견습생으로 활동한 적이 있었는데, 그때 괴테를 통해 '보는 눈'을 날카롭게 다듬었고 보는 법을 체득할 수 있었다. 이제 그의 관찰력과 집중력은 다윈 덕분에 더욱 강해졌고 힘을 얻었다. 형태를 가진 것의 변화와 개체화, 변신, 윤회, 이 모든 것은 그 자체로 성장했다는 것이 아니라 스스로 성장해가고 있다는 것을 의미한다. 이것이 바로 자연의 저 밑바탕에 깔려있는 위대한 진실이다.[4]

66

실천적인 초월주의

❦

콜리지처럼 소로도 손에서 책을 놓는 법이 없는 독서광이었다. 한 권의 책이 또 한 권의 책을 이끌었고, 그렇게 읽은 책들이 또 다른 책들을 안내했다. 그는 이제 하버드대학 도서관과 에머슨의 서재뿐만 아니라 보스턴 자연사협회 도서관에도 드나들었다. 방향이 전혀 다른 여러 분야에서 다양한 주제별로 엄선한 책들을 동시에 읽으며 주요 내용을 노트에 옮겨 적었다. 그가 다윈을 읽은 것은 이런 독서 방식의 좋은 사례였다. 그는 《비글 호 항해기》를 읽으면서 코르체부에와 쿡의 항해기를 떠올렸고, 아자라와 헤드, 헌의 항해기가 보고 싶다고 썼다. 존 크리스티가 보여주듯이, 다윈이 《항해기》에서 언급한 19권의 여행서적 가운데 소로가 읽은 것은 9권이었는데, 이 가운데 8권은 다윈을 접한 후에 읽은 것이었다. 여기에는 헌과 헤드, 백, 파크, 루이스와 클라크, 부폰, 훔볼트, 추디의 책이 포함돼 있다. 소로는 자신을 사로잡는 책을 만날 때마다 어김없이 이런 과정을 반복했다.[1]

이해 여름 그는 여행서적과 자연사 책들이 가득한 바다에서 헤엄치다시피 했는데, 여기에 덧붙여 자신만의 여행도 소박하게 다녀왔다. 7월 말에 기차 편으로 보스턴으로 간 다음 배를 타고 헐로 갔고, 그러고는 낸터킷과 코해셋(거의 2년 전 세인트존 호가 난파한 곳이다), 덕스버리, 시추에이트, 마쉬필드를 거쳐 플라이머스까지 도보여행을 했다. 덕스버리에서는 47톤짜리 고등어잡이 범선을 타고 3마일 떨어진 클라크 섬까지 갔는데, 비록 어부들의 고기잡이 과정을 명확하게 묘사하지는 않았지만 (그들은 항구를 떠나자마자 고기잡이를 시작했다) 때로 그저 앉아 있기만 한 채로 조류를 기다려야 하는 그들의 생활에 소로는 처음부터 공감하지 않았다. 그는 준비만 되면 곧바로 나가고 싶어했다. 그는 지금까지 육지 생활에 맞춰 살아왔고, 그래서 늘 바다의 리듬에서 이탈하곤 했다. 이런 경우 그가 할 수 있는 말은 기껏해야 "고등어잡이 배를 타고 나가 새로운 경험을 했다"는 게 전부겠지만, 이번에는 앞서 샹플랭 호수에 갔을 때보다는 조금 더 많은 글을 남겼다.[2]

고등어잡이는 애초부터 글쓰기 계획에 들어있지 않았고, 그와 관련된 것을 읽으려 하지도 않았다. 물론 다른 측면에서 보자면 이해 여름 그의 독서와 산책은 순조롭게 풀려나갔다. 그는 6월에 다윈을 읽은 뒤 박물학자들과 역시 그 밑바탕은 박물학자라고 할 수 있는 여행자들에게 관심을 돌렸다. 8월에는 바트람의 《노스캐롤라이나와 사우스캐롤라이나 일주여행Travels through North and South Carolina》을 읽었고, 아가시와 굴드가 쓴 《동물학 개론Principles of Zoology》, 퀴비에의 《동물의 왕국The Animal Kingdom》, 피터 캄이 1748~1751년에 다녀온 여행 기록을 담아낸 세 권짜리 《북아메리카로의 여행Travels into North America》(부제: 이 지역의 자연사와 플랜테이션 및 농업 전반에 관한 환경적인 설명 함께 수록)도 읽었다. 9월에는 카토의

《농사론De Re Rustica》을 읽었다.

이 모든 독서의 공통분모는 여행이라기 보다는 자연사다. 다윈을 읽으며 어느 정도 활기를 찾았던 소로는 이들 책에 나오는 세세한 묘사들을 좋아했다. 그러다 보니 자신이 붙잡은 책에서 수많은 인용구를 발췌했고, 그의 주변에 있는 것들을 디테일하게 묘사한 것들로 일기를 채웠다. 그의 글을 보자. "식물의 다른 부분뿐만 아니라 이파리를 묘사하는 식물학 언어는 얼마나 풍부하고 얼마나 정확한가!" 그는 또 이렇게 덧붙였다. "식물학은 그 용어의 정확성만 갖고도, 그 용어와 그 시스템의 가치를 배우는 것만으로도 충분히 공부할 만하다." 하루 세 시간 반의 산책은 매일 9페이지 분량의 쓸 거리를 생산해냈다. 특별히 이야깃거리가 많았던 어떤 날은 13페이지 이상을 쓰기도 했다. 때로는 세부적인 묘사에 푹 빠져버리기도 했는데, 이해 여름 그는 이것이 문제가 아닌지 심각하게 고민하기도 했다. 8월 중순쯤 그가 정기적으로 치러야 했던 우울한 자기 점검의 순간에 쓴 글을 보라.

내 지식의 성격이 해가 갈수록 점점 더 지엽적으로, 과학적으로 흘러간다는 게 두렵다. 그것은 하늘만큼이나 넓은 시각을 벗어 던지고 대신 현미경으로 보듯 시야를 좁히는 것이다. 나는 전체가 아니고, 전체의 그림자도 아닌 국지적인 것만 들여다 본다. 몇몇 부분들을 세어보고는 "알아냈어"라고 말한다.[3]

소로는 틀림없이 자신이 사소하고 자잘한 것들에 빠져드는 게 두려웠을 것이다. 그가 흥미를 느꼈던 섬세한 관찰에 대한 관심 역시 틀림없이 이 순간 더 커지고 있었을 것이다. 그러나 그를 초조하게 만들었던, 아무 것도 생산해내지 못했다는 생각이 아직 그를 덮쳐오지 않았다는 것은 확실하다. 물론 그는 그것이 문제라는 점을 명확하게 적시하고 있지만 한편으로는 1851년 내내, 또 그 이후 한동안 그는 조화롭고 생산적인 균형감각 속에서 현실에 맞는 최상의 방법을 붙잡을 수 있었다.

이로부터 얼마 전인 5월에, 그러니까 한창 힌두교 경전에 대해 생각하고 있을 무렵 그는 이런 글을 남겼다. "도덕철학자에게는 자연철학자의 훈련이 필요하다. 자연을 연구하는 것에 단련된 사람은 인류를 연구하는 데 대단히 유리하다." 6월 초에 그는 또 다른 방식으로 돌진했다.

나의 실제성을 최후까지 신뢰할 수 있는 건 아니다. 확실한 것은 내가 최상의 부분에 발을 올려놓고는 있지만 피상적인 상식이라고 하는, 남들이 다져놓은 길로 손쉬운 목표를 향하다가는 쫓기고 밀려 그만 핸들을 놓쳐 버리고 만다는 것이다. 이제 비로소 나는 초월주의자가 되고, 내 가슴이 어디에 있는지 겨우 보기 시작한다.

7월에 그는 마을 현안을 처리하는 업무뿐만 아니라 아가시와 굴드, 퀴비에의 데이터를 분류하는 일에 꼼짝없이 붙잡혀 "사소한 것들에 끼어드는 버릇"을 탓하곤 했다. 그는 새뮤얼 존슨식의 강렬한 문장으로 이렇게 적었다. "뭔가를 쓸데없이 기억한다는 게 나쁘다는 기억은 참 끈덕지게도 따라다닌다." 헤이우드브룩 폭포가 페어헤이븐 호수로 떨어지는 광경을 지켜보면서 그는 생각에 잠겼다. 아니 생각하려고 했다. "내 안에 있는, 지금도 흐르고 있는 내 혈관 속의 순수한 폭포에 대해." 그는 마음의

경계를 조사하고, 그것들을 측량하는 것 역시 "나 자신을 찾아가는 것"이라고 말했다.[4]

서른네 번째 생일을 맞아 그는 좌절감과 함께 "조금도 확장되지 않은" 느낌이 들었다. 그러니까 "순간순간마다 마치 내가 이 세상에 없는 것 같은, 이상과 실제 간의 괴리"를 느꼈던 것이다. 물론 이건 좀 과장되게 표현한 것이다. 비록 그가 여름 내내 이리저리 오락가락하기는 했지만 8월에는 균형을 찾았다. 적어도 균형을 찾을 가능성이 있다는 희망에 눈을 떴다. 그의 비유들은 모두 알찼고 풍요로웠다. "사람들 대부분은 지성이 메말라 있다. 그들은 개발하려고도 하지 않고 개발되지도 않는다." 이해 여름 그는 실제와 이상 간의 관계를 아주 멋지게 요약했다.

정신이 대자연과 굳게 결합함으로써 지성은 결실을 맺고 상상력은 생명을 얻는다. 우리가 죽어서 저 큰길처럼 메말랐을 때 건강하게 살찌워진 어떤 감각은 대자연과 교감하며 모종의 관계를 맺도록 해줄 것이다. 하늘에 떠다니는 풍요로운 꽃가루 알갱이 몇 개가 머리 위에 떨어지고, 갑자기 하늘이 하나의 무지개 되어 음악과 향기와 독특한 풍미로 가득할 것이다.

글의 기조는 예언적이다. 소로는 또 한 번 위대한 창조의 국면으로 막 들어가려는 참이다. 《월든》 초고의 전면적인 개정과 개편 작업을 이제 시작하려는 것이다. 지난 3년간의 독서와 여행은 전부 여기에 녹아 들어가겠지만 그것을 서두르게 한 촉매이자 자극제로 작용한 힘은, 그러니까 초고를 더욱 살찌운 원동력은 팩트와 아이디어, 세부적인 것과 이상적인 것

사이의 창조적 균형이었다.[5]

현실에 바탕을 둔 소로의 초월주의는 칼라일의 초자연주의를 독특하게 미국식으로 변용한 버전이다. 그가 읽은 다윈과 캄, 바트람의 여행기와 자세한 설명들은 힌두교 경전의 높은 이상주의와 독일 이상주의, 밀턴에 의해 균형을 이룬다. 이와 비슷하게 그의 일상생활도 실제와 이상이 조화롭게 균형을 이룰 수 있었다. 자신이 가야 힐 큰길을 고수했던 8월 말에 그는 다시 썼다. "나는 비일상적인 것─허리케인과 지진 같은 것─을 던져버리고 일상의 것들을 기술한다. 이것들이야말로 무엇보다 매혹적이며 진정한 시의 주제다."[6]

67

이곳이 나의 고향, 내가 태어난 땅이다

🌿

소로에게 1851년 가을은 살아가면서 만나는 다양한 실타래들, 그러니까 사회적이고 개인적인, 또 육체적이고 지적인 실타래들이 완전히 풀리지는 않았지만 다같이 긴밀히 어우러진 시기였다. 9월 말에 그는 도망노예 헨리 윌리엄스가 자신의 생부生父이기도 한 노예주인으로부터 탈출해 캐나다로 빠져나갈 수 있게 도와주었다. 그는 이해 가을 강으로 자주 나갔는데, 때로는 꽤 오랫동안 강가를 산책하며 강물을 따라 걸었고, 때로는 혼자서 아니면 채닝과 함께 노를 저어가며 배를 타기도 했다. 그는 채닝의 "우아하지만 제멋대로 지은" 시를 듣고는 마음에 들지 않아 혀를 끌끌 찼고, 채닝이 자신의 잘못된 문법을 억지로라도 고칠 수 있도록 라틴어로 시를 써야 한다고 생각했다. 그는 이해 가을 에머슨을 이따금 만났다. 두 사람 사이에는 존경과 애정이 있었지만 소로가 보기에 두 사람에게는 우정에 부담을 주는 너무 큰 자부심이 있었다. 그는 또 에머슨의 고모이자 "내가 아는 한 가장 위트 넘치고 쾌활한 여성"이라고 평했던 메리 무디 에머슨과 자주 시간을 보냈는데, 두 사람의 대화는 대단히 유익했고, 특히 시와 철학에 관한 대화가 그랬다. 이해 가을은 어떤 면에서 사교적인 계절이었지만 다른 면에서도 매우 알찬 시기였다. 12월 12일자 일기를 보면 그는 이해 가을 20일에서 30일이나 측량 일을 하는 데 썼다고 적었다.[1]

일거리가 많아졌다는 것은 결국 10월과 11월에는 일기의 양이 적어졌음을 의미했다. 그렇기는 해도 이 시기의 일기 역시 그 내용 면에서 꽉 차 있고, 자기 내면과 자신의 일을 지세히 뜯어보며 말없이 생각에 잠긴 소로의 모습이 잘 드러나 있다. 이해 가을에 쓴 글을 읽어보면, 내적인 역량과 자원이 한데 모여 저 밑의 지하수면에서 언제든 퍼낼 수 있도록 떠오르고 있다는 것을 느낄 수 있다. 그는 9월 초에 이렇게 썼다. "나는 '몇 가지' 글 쓰는 일에는 비상한 각오로 임하고 있지만 막상 내가 선택할 수 있는 일은 아무것도 없다. 나는 굳은 결심으로 명상이나 하려는 게 아니라 어떤 식으로든 표현하려는 것이다. 육체적으로나 지적으로 모두 긴장된다. 이건 그저 음악이 아니라 내 몸에 닿는 선율에 따라 행진하는 것이다." 이해 가을은 모든 것이 자기 자신을 느끼게 해주고 정체성을 재확인시켜 준 것 같다. 그에게 최고의 주제이자 가장 개성적인 주제가 새로운 경험과 독서 덕분에 다시 환히 드러나고 생기를 되찾은 것이다.[2]

그는 이해 가을 《농사론》으로도 불리는 카토의 《농업론De Agri Cultura》을 읽었다. 올콧에게서 8월 11일 빌려와 9월 2일까지 읽은 《농업전서Rei Rusticae》에는 카토의 이 책 외에도 바로와 콜럼멜라, 팔라디우스의 책도 들어있었다. 《농사론》은 라틴어로 된 작품으로는 현존하는 제일 오래된 것인데, 농사에 관한 현장 매뉴얼로서 기술적으로 디테일한 내용들과 함께 각종 정보들로 가득 차있다.("만일 네 개의 양조용 큰 통을 서로 마주보는 형태로 압착실을 만들고자 한다면 양조용 큰 통들은 이런 식으로 배치해야 한다……기둥들을 장부 구멍을 포함해 2피트 두께에 9피트 높이로 해서 단단히 고정시키는 것이다.") 소로는 로마인들에게 농업 국가의 원시적 단순성을 되살려주고자 했던 이 개혁가를 보자 한눈에 반해버렸다. 보통사람들을 위해 싸웠던 이 전사는 그리스 문화를 로마로 들여오는 것에 반대했다. 또 지금은 전하지 않지만 그는 제2차 포에니 전쟁을 이야기하면서 "카르타고 군대의 가장 용맹했던 코끼리 '시리안'을 칭송하는 노래를 즐겨 불렀던" 양쪽 편 귀족들 모두의 이름을 남겼다. 농사에 관한 책을 시작하면서 그는 로마법은 은행가보다 도둑을 더 아끼는데, 그 이유는 도둑의 경우 피해자에게 두 배만 갚아주면 되지만 이자를 받고 돈을 빌려준 은행가에게는 피해자에게 네 배를 갚아주도록 강제하고 있기 때문이라고 지적했다. 《농사론》은 농업경제에 관해 서술한 긴 섹션과 함께 시작한다. 그러고는 계절별로 해야 할 농사일을 날짜에 맞춰 설명한다. 크게 보면 《월든》은 이 패턴을 따랐다. 소로는 카토가 훗날 베르길리우스가 《농경시》에서 그랬던 것처럼 동서고금을 막론하고 농촌 생활에서 볼 수 있는 활기찬 생명력을 로마 농업에 가져다 주었다고 생각했다. 그는 특히 카토가 자신의 주제에 접근하는, 힘이 넘칠 정도로 직설적이고 사실적인 방식과 간결하게 압축하는 엄격한 스타일에 매료됐다. 카토가 남긴 글 가운데 "rem tene, verba sequentur"("확실히 파악하라, 말은 저절로 따라올 것이다")는 소로의 모토가 되기에 충분했다. 그는 카토의 문장 "patrem familias vendacem, non emacem esse oportet"(한 집안의 가장은 파는 습관을 가져야지 사는 습관을 가져서는 안 된다)에는 절로 고개를 끄덕였다. "이런 라틴어 접미사는 농부와 가장이라면 당연히 파는 사람이 돼야지 사는 쪽이 되어서는 안 된다는 논점을 내가 아는 그 어떤 영어 표현보다 갈망하듯 고집스럽게 표현하고 있다." 단어들이 어떻게 주어진 역할을 하는가에 관한 소로의 가장 사려 깊고도 구체적인 생각은 라틴어로 된 책을 읽은 데서 비롯됐다. 그는 카토를 번역하면서 몇 번이나 무릎을 쳤다. "접미사 'cious'는 아가리로 잡을 수 있는 것이면 뭐든 게걸스럽게 긁어 모으는 초식동물의 입술처럼 단어에 힘을 더해 주는데, 'tenacious' 같은 단어에서 앞의 절반은 풀을 붙잡고 있는 아가리를 표현하고, 뒤의 절반은 그것을 긁어 모으는 입술을 표현한다." 소로는 힘이 넘치면서도 내용이 충실하고 농밀하며 동시에 군더더기 하나 없는 카토의 라틴어 스타일과 똑같은 영어 스타일로 쓰기를 소원했다. 소로는 카토에게서 젊은 시절 베르길리우스를 읽은 이래 알고 있던 것을 다시 발견했다. 훌륭한 스타일에 필요한 요소들은 시골생활의 기본 요소들이 변하지 않는 것 이상으로 시대가 변해도 잘 변하지 않는다. 카토의 산문은 마치 그의 조언이 요즘 농부의 달력에서 나왔다고 해도 과언이 아닐 정도로 오늘날에도 충분한 경쟁력을 갖고 있다. "Sterquilinium magnum stude ut habeas." 소로는 이것을 "거대한 똥 더미를 가질 수 있도록 힘쓰라"로 번역했다. 그리고 이렇게 덧붙였다. "그대의 똥을 주의 깊게 보관하라. 그것을 옮길 때는 깨끗이 작업하고 깔끔하게 끝내라. 가을날에 그것을 옮기라……매년 가을 우리 들판에서 행해지는 광경이 떠오른다."[3]

세대를 관통하는 지식 하나하나와 정체성을 인식함으로써 소로는 자신의 정체성을 더욱 강하게 만들 수 있었다. 이해 가을이 깊어가는 동안 그가 행복과 기쁨, 결의에 대해 가졌던 감정은 작가로서의 사명감이 새로워짐에 따라, 또 창작 자산의 양이 늘어감에 따라 꾸준히 커져갔다. 그는 야생을 바라보는 시각도 바꾸었다. 야생이란 인간이 맨 처음 가진 독립된 성격이자 문명화된 삶의 소금 같은 것이라고 했는데, "야생의 시각에서 보면 한층 넓어지는 자연 속의 특별한 우아함과 고상함"을 강조하게 된 것이다. 그렇지만 그는 무뚝뚝하게 인정했다. "병에 걸리는 것은 개인의 사건도 아니고, 세대의 사건도 아닌 삶 그 자체의 사건이다. 어떤 형태로 든, 또 어느 정도로든 그것은 영원히 삶의 조건 중 하나다." 말은 이렇게 했지만 실은 굽히지 않는 그의 결의는 더욱 커질 뿐이었다. 그는 이해 가 을 다시 말했다. "삶은 전쟁이고 투쟁이다." 그는 재차 싸울 준비가 돼 있 었다. 《월든》 이후 그의 삶을 지배하게 될 프로젝트의 첫 번째 희미한 불 빛은 이해 가을 나타났다. "아마도 한 해의 역사는 풀잎의 역사, 혹은 나 뭇잎 하나의 역사가 될 수도 있을 것이다." 전신선을 떨리게 하는 바람은 기이한 선율이 되어 심금을 울리고, 별을 향한 나방의 갈망을 그의 마음 속에 불어넣는다. "목표는 멀리 있다는 것을, 높이 있다는 것을, 그리고 그것을 붙잡기 위해 그대 삶의 모든 땀방울을 바칠 만한 가치가 있음을 명심하라." 바람이 전해준 노래는 그에게 그렇게 들린 것이다.[4]

지금 하는 일에 열중하는 것이야말로 그에게 가장 소중한 것이었고, "끔찍한 비평과 달콤한 찬사를 넘어 그 위에" 올라서게 해주었다. 그는 사 실들을 "단순하고 적절하게" 표현하는 방법을 찾아내려 애썼다. 자신이 쓴 대부분의 문장들이 그저 상대적일 뿐이며 "특별한 관습이나 기존의 제도들만 언급하고 있다"고 지적하면서, 그래도 더 나아지길 바랐다. "어 떤 사실이든 진실되고 완전하게 서술한다면 그것은 상식이라는 종교에서 벗어나 신화적이고 세계적인 중요성을 획득한다……그대 자신을 표현하 지 말고 그것을 표현하라." 10월 초에 산책을 나갔다가 데니스힐에서 인디 언이 사용하던 둥근 끌을 발견했다. 그는 그것을 주워 들고는 하얀 도토 리를 몇 개 먹어보려 했다. 사소하지만 이런 식의 영적인 이끌림을 통해 그는 "최초의 인간과 다시 연결되는 것"을 감지했다. 이해에는 콩코드에 겨울이 일찍 찾아와 10월 초에 이미 꽤 추워졌으나 11월 초 잠깐 추위가 물러났다. "나는 축복받았다는 것을 느낀다. 나는 내 삶을 사랑한다. 자연의 모든 것에 마음이 끌린다." 소로는 일기에 이렇게 쓰고는 며칠 뒤 다시 한번 자신의 시민권을 선언했다. 채닝과 함께 도보로 웨일랜드에 있는 롱호수까지 간 소로는 점심을 먹으려고 물가에 앉았다. 그리고는 이런 글을 남겼다. "반갑게 나를 불러 누워보라고 말하는 이 모래는 다가올 수천 년 동안 인류의 뼈를 간직하기에 그만이다. 이것이 나의 집이고 고향 땅이다. 나는 뉴잉글랜드 사람이다."[5]

68

해 짧은 겨울날들

🌿

그는 지금까지 자기만의 방식에서 그야말로 한치의 어긋남도 없었다. 매일 아침 그의 방에서 책을 읽고 글을 썼고, 매일 오후 산책을 나갔다. 이런 일정에서 약간이라도 어긋나면 그것 자체로 주의를 불러일으켰다. 영웅의 시대를 다시 불러오는 아침시간을 다 바쳐 몰두했던 작업은 그의 마음을 다 빼앗는 것이 되었다. 겨울은 원래 안으로 향하는 계절이다. 그러다보니 지적 목표를 향한 충동을 더욱 자극했다. 1851년에서 1852년으로 넘어가는 겨울에 그는 여성을 주제로 한 엘리자베스 오크스 스미스의 강연을 들었고, 모하메드에 관한 T. W. 히긴슨의 강연과 토네이도에 관한 블라시우스 교수의 강연, 그리고 친구 채닝이 사회를 주제로 한 강연을 들었다. 소로 자신도 1월 초에 링컨과 콩코드에서 캐나다를 주제로 강연했다. 그는 그릴리가 매주 발행하는 〈트리뷴〉을 받아봤고, 신문을 향해 불평을 늘어놓기는 했지만 대개의 경우 꼼꼼히 읽었다. 그는 또 이해 겨울 새뮤얼 레잉이 쓴 《노르웨이 국왕 연대기Chronicle of the Kings of Norway》를 읽었는데, 토레르 셀, 토레르 훈트, 토레르 더 로우 같은 이름을 발견할 때마다 무척 기뻐했다. 그는 여전히 라혼탄의 《항해기Voyages》에서 캐나다가 지나온 날들을 읽었지만, 이해 겨울 그가 제일 많이 읽은 것은 식물학에 관한 것이었다. 그는 메리 무디 에머슨에게 자신이 쓴 초고들을 읽어주었고, 에머슨과는 좀 서먹서먹하고 유쾌하지도 않고 가끔씩 화도 내며 논쟁하는 관계를 유지했지만 까탈스러운 그의 일기에 적힌 내용 대부분은 두 사람의 관계가 기껏해야 그가 바랐던 이상적인 것은 아니라는 불평 정도였다. 그는 "선배들로부터 아직 가치 있는 충고, 심지어 진지한 충고 한마디 들어본 적 없다"고 좀 경솔하면서도 부당하게 말할 수 있었지만, 그래도 에머슨을 예지능력 있는 현자로 활용하기도 했다. 에머슨이 출간한 작품의 아무 페이지나 무작위로 펼쳐서는 눈이 가는 첫 번째 문장을 읽고 그날의 운을 가늠하는 '에머슨책 운세보기'는 좋은 예였다.

산책을 나가면 그는 석양에 특히 관심을 가졌는데, 노을이 지는 저녁 하늘이 시시각각 변화하며 보여주는 그 화려한 장관의 빛깔과 형상을 언어로 포착하려 애썼다. 12월 20일에는 페어헤이븐 언덕을 올랐다. 밑을 내려다 보니 "저 아래 소나무 숲 상공을 선회하고 있는 큰 매 한 마리"가 눈에 들어왔다. 그는 그 무렵 사람들이 빼놓지 않고 읽고 있던 새로운 쌍돛대 범선 '아메리카 호'와 그것을 비교했다. 당시 아메리카 호는 대회에 참가하기 위해 영국으로 막 출항했는데, 와이트 섬을 한 바퀴 도는 53마일 경주에서 다른 경쟁자들을 전부 제쳤다. 아메리카 호는 새로운 디자인의 범선이었다. 유선형 라인과 구름 같은 갑판—현대의 아메리카 컵 경주용 배들보다도 길이는 두 배에 달했고, 세 배나 많은 돛을 달고 있었다—은 보는 이의 심장이 두근거릴 정도로 아름답고 우아했으며, 마치 매가 하늘을 날듯 바다를 항해하도록 만든 현대인의 멋진 작품 가운데 하나였다. 소로에게 매는 "더 크게 더 크게 원을 그리며, 혹은 더 작게 더 작게 원을 그리며 하늘 높이 솟아올랐다가 천천히 내려오는 사념思念의 상징"이었다. 남성이든 여성이든 그는 교우관계에 "어려움"을 느꼈고, 스스로 썰렁하다고 느끼곤 했는데("나는 천성적으로 돌덩어리 같다") 이해 겨울 자신이 어떻게 매와 백송과 관계를 맺고 있는지 생각해 보았다. "살아있든 살아있지 않든 자연은 우리와 관계를 맺고 있다." 그러고는 이렇게 선언했다. "한 그루 소나무는 친구만큼이나 중요하고 기념할 만하다." 12월 30일에 그는 두 명의 인부가 마을에 있는 지름 4피트에 높이 105피트의 90년 된 키 큰 소나무 한 그루를 베어내는 것을 목격했다. 그는 자신의 감정을 극도로 상세하게 기술했다. 하지만 그 광경은 소로 자신이 베어져 쓰러지는 것에 대한 상징이 아니라 그 주위의 다른 사람들이 다 쓰러지고 자기 혼자 남은 것을 상징하는 것이었다. "소나무처럼 인간도 그렇게 서 있다. 그의 주변이 깨끗이 치워지는 것이다. 언덕 위에 있던 친구들은 이제 없다. 외로운 여행자는 위를 올려다 본다. 그의 친구들은 이제 다 사라졌는데 왜 자기만 남았는지 의아해 하면서."[1]

겨울이 되면 늘 콩코드 주변 숲 여기저기서 벌채 작업이 진행된다. 1851~52년 겨울 월든 호수에는 벌목꾼들이 다시 나타났고, 소로는 변해버릴 풍경을 떠올리면서 《월든》 초고로 힘차게 돌아갔다. 그는 1849년 이후로는 《월든》 원고를 수미일관한 방식으로 다듬는 작업을 하지 않은 상태였다. 그저 시간이 날 때마다 조금씩 작업해왔을 뿐이다. 1851년에는 힌두교에 관한 언급을 여럿 삽입한 것 같다. 그 사이 쓴 일기에서 《월든》 초고로 옮겨간 구절과 사건들도 몇 개 있다. 그러나 1852년 1월 소로는 4차 초고를 쓰기 시작했고, 이제 2년 반 후에 있을 출간 때까지 거의 중단

없이 계속해서 초고 작업을 해나갈 것이었다. 그가《월든》초고로 돌아올 수 있는 계기를 마련해 주었고, 또 이번에는 단순히 월든 호숫가에서의 삶을 고치고 다듬는 정도가 아니라 완전히 새로운 형태로 바꾸도록 한 것은 1851년 겨울의 경험이었는데, 월든 호수 가까이 있는 철둑의 깊게 깎여나간 제방에서 녹아 내리던 진흙더미를 본 것이었다.[2]

　그는 어떻게 태양빛이 한겨울에도 제방을 녹일 수 있으며, 식탄이나 산호처럼 보이는 걸쭉한 물방울들로 폭발하듯 둑을 쏟아져 내려오는 모래와 진흙 계곡을 흘려 보낼 수 있는지 오래 전부터 매혹돼 있었다. 이해 겨울 비슷한 광경이 완전히 새로운 빛으로 소로에게 비처졌으니, 다름아닌 그가 푹 빠져있던 식물학 서적들 덕분이었다.

69

광물은 갑자기 튀어나오고

그가 다윈의 책을 읽은 것은 1851년 6월이었다. 그는 8월까지 힘닿는 대로 최대한 많은 박물학자들의 책을 읽었다. 캄과 퀴비에, 아가시, 굴드를 읽었다. 11월에는 다시 뒤로 돌아가 작업하면서 이미 몸에 밴 방식대로 자연사 분야를 체계적으로 파악하기 위해 애썼다. 이 시점에서 그는 동물학이나 지질학보다 식물학에 더 관심이 많았지만 이들 셋 가운데 어느 것 하나도 완전히 눈을 떼는 경우는 없었다. 그는 라우던의 《식물백과사전 Encyclopaedia of Plants》을 읽었고, 린네 이후의 현대식물학을 읽어나가기 시작했다. 그러고는 스토버의 《린네의 일생Life of Linnaeus》을 읽었는데, 이 책을 통해 린네 이전 시대의 식물학 역사에 관한 개념을 얻을 수 있었다. 스토버와 풀테나이가 쓴 《린네 저작 개관General View of the Writing of Linnaeus》 역시 그 즈음 읽은 것인데, 이 책은 린네를 모든 주제의 중심 인물로 확실하게 자리매김했다. 그는 린네가 식물들에게 이름을 부여한 명명자이자 현대적이며 과학적인 아담이란 점에서, 게다가 시스템을 사용해 지식을 확장한 사람이란 점에서 흥미를 느꼈다. 그는 린네가 자연에 시스템을 부여한 것인지, 아니면 자연에 있는 시스템의 암호를 해독한 것인지 판단할 수 없었다. 린네의 작품은 그에게 자연의 "사전" 같았고, 존 린드리를 비롯한 다른 저자들의 경쟁적인 '자연' 시스템은 자연의 "문법" 같았다. 식물학은 신화처럼 그에게 자연의 언어를 제공해주었다. 일기를 보면 그가 "식물학의 문법"이라고 부르자고 주장한 것, 그러니까 얼었던 것이 녹으며 균열이 생기는 "문법"을 이해하려는 끈질긴 탐구심을 읽을 수 있다. 1851년 12월의 마지막 날 그는 깊게 깎여나간 제방에 있는 모래 이파리를 다시 보러 갔다. 며칠 전 모래와 진흙이 흘러 내렸던 계곡들은 곳곳에 "완벽한 표범 발자국"을 남겨 놓았다. "이것들은 지구 표면뿐만 아니라 지구 내부에도 어떤 움직임이 있다는 것을 의미한다. 그것은 살아있고 또 성장한다……내가 발을 딛고 있는 지구는 죽어버린, 생명력 없는 거대한 덩어리가 아니다. 그것은 살아있는 몸뚱어리며 하나의 정신이고 유기체다." 그것은 "성장해나가는 원칙과 유사한 기저의 생명력"을 보여준다. 그것은 "봄에 내리는……서리"였다.[1]

대학 졸업 직후 괴테를 읽은 이래 소로는 얼음결정이 이파리를 얼마나 흉내내는 것 같은지 늘 흥미를 느끼고 있었다. 철로가 놓인 뒤에는 제방에서 흘러내리는 모래가 기이한 식물 형상을 취하는 것을 지켜봤다. 모래 이파리 현상은 《월든》의 마지막 버전에서 소로가 관찰한 중요하고도 독창적인 현상이자 꽃이 만발한 푸르른 봄날보다 앞선 갑자기 튀어나온 대지의 상징이 될 것이었다. "유기체가 아닌 것은 하나도 없다"는 이런 통찰은 린네한테서 가져온 것이 아니었다. 반 년 넘게 린네를 열심히 공부한 뒤인 2월에 소로가 마침내 린네의 핵심 작품인 《식물학 백과사전》을 본격적으로 읽기 시작하면서 스스로 강력한 확증으로 찾아낸 것이었다. 그는 이 책을 읽으며 놀라움과 동시에 기쁨을 느꼈는데 "화초 연구자들을 읽는 데 너무 많은 시간을 허비한 것"을 한탄했을 정도다. "만일 식물학에 관한 책을 읽으려 한다면 과학의 아버지에게 가라. 즉시 린네를 읽어라……그 책 덕분에 세상에 나온 수백 권의 지침서들보다 그 책이 훨씬 더 간결하고 이해하기도 쉽고 더 많은 내용을 담고 있다."2

소로가 공부하며 주석까지 적어두었던 책의 첫 페이지에서 린네는 제1원칙과 함께 시작한다. 그는 지구상의 모든 것을 원소와 자연물질로 나눈다. 원소는 물리 쪽에 맡기고, 자연과학은 자연의 물질을 연구하는 것이라고 선언한다. 자연물질은 모두가 자연의 세 가지 영역, 즉 광물, 식물, 동물 가운데 하나다. 광물은 발생한다.(존재를 드러내고 갑자기 튀어나온다.) 식물은 발생하고 살아간다. 동물은 발생하고 살아가고 느끼고 혹은 생각한다. 린네는 또렷한 라틴어로 이렇게 말한다. "lapidae crescunt, vegetabile crescunt et vivunt, animali crescunt vivunt et sentinut." 이 가운데 소로가 놓칠 수 없는 말은 'cresco'에서 파생한 'crescunt'인데, 존재를 드러내다, 갑자기 튀어나오다, 발생하다, 이런 뜻이다. 영어로는 'creo,' 즉 창조하다와 동격이다. 린네와 똑같은 방식으로 이 단어를 쓴 사람은 아리스토텔레스나 특별한 교육자가 아니라 루크레티우스와 키케로였는데, 지구는 살아있으며 생명이 없는 게 아니라는 의미로 사용했다. 소로는《월든》마지막 버전의 위대한 '봄' 장에서 이렇게 말한다. "이 모래이파리를 특별하게 만드는 것은 갑자기 튀어나와 존재를 드러낸다는 것이다……이것이 봄이다." 라피데 크레스꾼트Lapidae crescunt.

지구는 그저 죽은 역사의 파편이 아니다. 책갈피처럼 지층 위에 또 지층이 쌓이고, 주로 지질학자와 골동품상의 연구대상이 되는 그런 게 아니다. 지구는 꽃과 열매보다 먼저 나오는 나무이파리처럼 살아있는 시다. 화석의 지구가 아니라 살아 숨쉬는 지구다. 이 거대한 기저의 생명에 비하면 모든 동물과 식물의 삶은 한갓 기생적인 것일 뿐이다.[3]

이것은 《월든》의 핵심 사상이자 자연보전 윤리의 주춧돌이다. 책의 가장 중요한 테마로 활용하기에 충분한 이 같은 통찰에 힘입어 1852년 2월이 지나고 불과 몇 달만에 《월든》의 재구성 작업에 착수하게 됐던 것 같다. 그가 린네에게 뭔가 빚졌다는 데는 의심의 여지가 없지만 이제 린네와는 확연히 다른 방향으로 옮겨가고 있다. "인간이 만든 (즉, 린네식의) 시스템에 의해 우리는 식물들의 이름을 배우고, 자연이 빚어낸 시스템(린드리의 경쟁적인 자연 시스템과 다윈이 궁극적으로 《종의 기원》에 담아낸 견해를 결합한 것)에 의해 식물들이 다른 식물들과 맺는 관계를 배운다. 그러나 식물과 인간의 관계는 여전히 배워야 할 것으로 남아 있다. 시인이 우리에게 더 많은 역할을 해주는 것은 이 부분이다." 여행은 넘칠 정도로 많이 다녀왔지만 그것은 주로 내적 발견을 위한 비유로 쓰였다. 소로는 이해 겨울 그의 진정한 주제가 고향에 있음을, 이 대지에 가까이 있음을 확신했다. "나는 하나의 농장이 자연 상태에서 가장 기름진 경작지의 단계로 옮겨가는 역사(혹은 시)가 예루살렘의 포위 공격보다 현대 서사시의 진정한 주제로 더 적합하다고 생각한다."[4]

그가 《월든》 원고를 다시 쓰고 다듬는 동안에도 다른 프로젝트들이 그의 앞에 어른거렸다. 그에게는 어느새 주요 내용을 따로따로 발췌해둔 여러 권의 노트가 있었는데, 자연사에 관한 것 하나, 인도를 포함한 시에 관한 것 하나, 아메리칸 인디언과 관련된 것 하나, 여기에다 하루도 빼놓지 않고 쓰고 있는 일기가 있었다. 그 와중에도 캐나다와 관련된 강연 원고를 다듬었고, 1852년 1월 말에는 처음으로 일기를 사적인 기록이나 다른 작품을 쓸 때 꺼내 쓸 수 있는 원천으로서 보다는 그 자체를 하나의 작품으로, 콩코드에서의 삶을 기록한 출판 가능한 연대기로 받아들였다.[5]

70

실패한 것들의 목록

《월든》은 소로에게 인생 증명이었다. 손쉬운 묵인이 아니라 나이가 들수록 점점 커져가는 상실감과 아쉬움, 퇴보하는 것에 맞서 끊임없이 투쟁해야 했던 한 남자가 스스로 체득한 확인이었다. 수탉이 홰를 쳐서 때를 알리는 것을 선택한 이유는 그것을 대신할 다른 소리가 없어서가 아니었다.

> 만일 내가 자만심이 강해서 나 자신을 다른 사람 위에 올려놓고 그들이 자리한 데를 내려다 보며 홰를 친다고 생각하는 사람이 있다면 그들에게 말하겠다. 그들뿐만 아니라 나 자신에 관해서도 슬픈 이야기를 들려줄 수 있다고 말이다……내가 겪은 무수한 실패의 목록을 보여줌으로써 그들에게 용기를 불어넣어줄 수도 있고 도랑처럼 겸손하게 흘러갈 수도 있다.

실패와 상실이라는 주제는 《월든》의 맨 처음 초고부터 있었다. 그 주제는 소로의 의미심장한, 잘 알려진 우화에 담겨 있다.

나는 오래 전에 사냥개 한 마리를—그리고 멧비둘기 한 마리와 구렁말 한 필을—잃어버렸는데, 지금도 그 행방을 쫓고 있다. 나는 많은 여행자에게 그것들에 관한 이야기를, 그러니까 그것들이 갔던 길과 뭐라고 불러야 그것들이 답을 하는지 얘기해주었다. 나는 사냥개 소리와 말 발굽 소리를 들었으며, 심지어 구름 뒤로 사라져가는 비둘기를 보았다는 사람을 한두 명 만났는데, 그들은 마치 자기들이 기르던 짐승을 잃어버린 것처럼 그것들을 찾으려 안달하는 것 같았다.

소로가 만약 문학에 취향이 있는 독자들로부터 이 말의 의미가 무엇이냐는 질문을 받았다면 이런 식으로 대답했을 것이다. "우리 모두 뭔가 잃어버린 게 있다고 생각합니다." 그는 자기 인생의 많은 부분을 그런 것들을 찾는 데 썼다. 하지만 그토록 애써 찾았다 해도 자신이 발견한 것에 항상 만족하지는 않았다. "그대 반평생 동안 헛되이 구했던 것, 어느 날 문득 충만함을 느끼니 가족 모두가 저녁을 함께 하는 것입니다. 그대는 꿈처럼 그것을 구했고, 그것을 발견하자마자 그대는 그것의 먹이가 돼 버렸습니다." 그가 블레이크에게 콩코드의 백만 가지 이야깃거리를 발견한 것에 대해 말하면서 이 한마디를 덧붙인 것은 역시 그다운 방식이었다. "사실 그것들을 발견하지 않았더라면 길을 잃었을 겁니다."[1]

소로는 1851년 중에, 그리고 1852년 처음 몇 달 동안 점점 더 자신의 잃어버린, 거의 기록되지 않은 젊은 시절을 회고했다. 뉴잉글랜드의 이제는 아무도 다니지 않아 무성한 풀만 가득한 옛 시골길을 걷다 보면 오래 전에 버려진 농장의 텅 빈 지하실 구덩이들이 패여 있는 것을 보게 된다. 그럴 때면 잃어버린 아메리카가 아니라 잃어버린 청춘에 대한 강한 향수에 사로잡힌다. 1851년 7월에 그는 "오래되고 꾸불꾸불하고 메마르고 인적도 없는 그 길들을" 그리워하는 자신을 발견한다. 그는 생각에 잠긴다. 거기를 걸을 수 있었으니까, 그리고 "지금의 나를 있게 한 잃어버린 아이를 되찾을 수 있기에" 그리워하는 것일지 모른다. 그는 아직 서른다섯 살이 채 되지 않았지만 자신이 꽤 나이를 먹었다고 느꼈다. 그는 그것이 나이가 들수록 아침에 대해서는 더 적게 말하고, 저녁에 대해서는 더 많이 말할 수밖에 없는 "전조"라고 이해했다. 때로는 거의 공포에 사로잡혀 앞날을 응시하기도 했다. 1852년 3월의 마지막 날, 그는 원래 마음먹었던 대로 일찍 일어나지 못했다. 그러자 그는 침울하게 썼다. "아마도 우리는 더 이상 계절의 혁명에 공감하지 못할 때까지 나이를 먹고 또 먹는가 보다. 그러고도 우리의 겨울은 결코 끝나지 않는다."[2]

이것이 실은 무슨 일이든 너무 엄격하게 의식해서 세세한 것들까지 과도할 정도로 잔소리를 늘어놓는 그의 버릇이라는 점을 감안한다 할지라도 일기를 보면 이처럼 애처롭기도 하고 자기연민에 사로잡힌, 차마 흘려버릴 수 없는 구절들이 꽤 나온다. 그는 《월든》의 네 번째 버전을 다시 쓰고 확장하는 작업을 시작하면서 뭔가 어두운 진실을, 거의 '멜빌류'라고 할 수 있는 진실을 받아들인다고 썼다. "아무도 매우 편하거나 건강하지는 않지만 누구나 건강이 보통이고 질병은 예외라고 믿듯이" 그것은 특별하고 중요하다고 말이다. 또한 사람들이 기본 상식을 인정하고 진실을 직시해야 하는데, 그것은 "결국 건강이 아니라 질병이 세상을 살아가는 우리네 삶에서 '보통'이라는" 사실이다. 이슬비 내리는 축축한 가을날 그는 산책을 나간다. 그리고 나뭇잎이 죽어가는 것과 한 해가 저물어가는 것을 지켜보며 가을은 비극이라고 말한다. 그는 왜 "폭풍우의 울부짖음"에 기뻐하느냐고 자문하면서, 그것이 "날씨 좋은 날의 사소한 삶의 조각들을 쓸어가 버리고, 인생에 최소한의 비극적 관심만 주기 때문"이라고 생각한다.(앞서 엘런 수얼이 "바다의 울부짖음"이라는 구절을 쓴 적이 있다.) 질병과 비극은 둘 다 소로에게 모종의 그림자를 드리우는 것이었다. 그는 1846년 이래, 그리고 캐타딘 산을 오른 이래 자연에는 인간을 냉정하게 대하는 측면이 있음을 인정했다. 게다가 자연의 또 다른 어두운 면이 갈수록 커져갔고 더 절박하게 와 닿았다. 그는 1852년 10월에 이렇게 썼다.

인디언의 정신구조는 백인의 그것과 정반대인 것 같다. 인디언은 자연의 다른 측면에 익숙하다. 그는 자신의 인생을 여름이 아니라 겨울로 잰다. 한 해 두 해는 태양력이 아니라 월력의 특별한 숫자로 이루어져 있다. 한 달 두 달은 낮으로 세지 않고 밤으로 헤아린다. 인디언은 자연의 어두운 면을 잡는 반면 백인은 환한 면만 잡는다.

악은 선이 없는 것이라든가 악의 바탕은 긍정적인 것이 아니라 부정적이라는 시각을 소로는 더 이상 받아들일 수 없었다. 1853년 1월 마을 인근에 있는 제분공장이 폭발했다. 소로는 사고 발생 40분만에 현장에 도착했다. 시신은 그때까지도 여기저기 흩어져 있었다. "맨 몸뚱어리에 시커멓게 변해버린, 사지와 내장 같은 게 어지러이 있었고, 몸통 저 멀리에 머리가 있었다. 다리는 다 벗겨졌고, 머리칼은 금새 부스러질 것처럼 타버렸다." 아마도 세인트존 호와 엘리자베스 호의 참혹했던 광경을 연상시켰을 이날 현장을 지켜보며 그는 "인간의 삶이 무조건 순결한 것은 아니며" 자연에는 이를 응징하는 힘이 있다고 생각했을지 모른다. 하지만 서쪽에서 불어온 바람이 그의 뺨을 부드럽게 쓰다듬자 "행복한 석양이 다가오는 것이라는 생각이 들었다." 이런 걸 떠올리면 자연의 밑바탕에는 하나의 통합된, 하나로 통합하는 힘이 있다는 생각이 도저히 들지 않았다. 그는 묻는다. "두 개의 힘이 있는 건 아닌가?"[3]

그러나 인간의 삶에서 순결함을 잃어버렸다고 느낀 것보다 소로에게 더 아팠던 것은 그의 감수성에 미친 영향이었다. 시간이 지날수록 그는 점점 더 차갑게 메말라 가는 것 같았고 시적 영감도 고갈돼갔다. 1852년 2월 "녹은 눈이 얼어 굳어버린 땅을 지나 딱딱하게 얼어버린 강과 호수를 걸으며" 그는 인생이 "맨 밑바닥 수준까지 쪼그라든 것"을 보았다고 느꼈다. 그리고 "내 가슴속에도 이와 비슷한 얼어붙은 땅이 있음"을 절감했다. 이와 관련해 그를 가장 괴롭힌 것이 무엇인가는 일기의 이 대목 몇 줄 앞에 나온다. "내 시적 영감의 선율은 요즘, 아니 최근 들어 겨울새의 울음소리만큼이나 찾아보기 어려워졌다." 한 달 뒤인 3월에 다시 한번 나무를 베어낸 월든 호숫가를 걸으며 그는 적었다. "젊은 시절에 걸었던 숲은 지금 잘려나가고 없다. 이제 노래를 멈춰야 할 때가 아닌가?"[4]

겨울은 이런 동질성을 단순히 지적으로 용인하는 것을 넘어서 그에게 해마다 일종의 죽음을 가져다 주었다. 에너지가 소진하고 쇠퇴한다는 느낌에 감정적으로 빠져들었던 것이다. 1851년에서 1852년으로 넘어가는 겨울은 이런 면에서 그 어느 해보다 우울했다. 물론 3월이 올 것이고, 이해의 봄날도 춘분과 함께 불쑥 찾아올 것이다. 해가 지나면 소로는 문학적으로 다시 태어날 것이었다. 1852년 3월 12일 그를 그토록 감동시켰던 녹아 흘러내리는 제방을 지켜보며 그는 봄날을 새롭게 해주는 특유의 논리에 사로잡혔다. "자연은 본래의 활력을 잃지 않았고, 이것을 바라보는 사람도 잃지 않았다."[5]

엄밀히 말하자면 그의 시적 영감은 거의 다 말라버렸다. 하지만 그의 산문은 시간이 지날수록 단련을 통해 더욱 강해졌고 단단해졌다. 그는 더 이상 상실이나 절망, 후회를 무시하지 않았고 가볍게 여기지도 않았다. 오히려 그것들을 노래로, 실은 산문으로 된 노래지만, 아무튼 노래로 만들어냈다. 《월든》의 작가는 롱펠로, 프로스트, 엘리엇과 어깨를 함께하는 상실을 노래한 위대한 시인 중 한 명이었다. 그러나 그의 노래는 견딜 수 있는 상실을 담아낸 것이었고, 어떻게 해야 그 아래로 떨어지지 않는지 들려준 것이었다.

71

윌리엄 길핀

4월 13일에는 1피트의 눈이 내렸고 뒤이어 흠뻑 젖은 봄날이 이어졌는데, 사람들 말로는 63년만의 일이었다. 비는 내렸다 하면 며칠씩 계속되다 겨우 그쳤다. "한 달 내내 맑게 갠 날이 이틀 연속 이어졌던 적이 거의 없었다." 우산을 부서뜨릴 만한 폭풍우가 북동쪽에서 몰려와 5일 동안이나 계속되기도 했다. 콩코드의 강 수위도 높아져 걸어서는 어떤 다리도 건널 수 없었다. 소로의 건강은 4월에는 괜찮았지만 5월 중순이 되자 갑자기 나빠져 계절의 변화를 가까이에서 지켜보는 데 영향을 받는다고 한숨짓곤 했다. 4월에는 바깥으로 나간 경우가 많았는데, 온몸이 흠뻑 젖은 채 초원을 지켜보며 "콩코드 정신의 기운"을 느낀다고 했다. 채닝과도 야외에 함께 나가 많은 시간을 보냈다. 그는 《월든》 초고에 쓴 내용을 토대로 몇 차례 강연하기도 했고, 올콧이 그에게 "실바니아"(Sylvania, 라틴어로 식물지를 뜻한다-옮긴이)라고 이름 붙여준 책을 만드는 작업도 해나갔다. 4월은 결실이 많은 달이어서 소로는 이달에만 일기를 인쇄된 페이지로 120페이지나 썼다. 자신이 얼마나 풍요로운지, 또 어떻게 해서 그리도 결실로 넘쳐나는지에 대해, 그는 1년 뒤 일기에서 정확히 표현했다.

자연을 자신의 삶을 묘사하는 비유와 상징의 원재료로 가장 잘 활
용하는 사람이 제일 부유한 사람이다. 만일 금빛버드나무로 만든
문이 감동을 준다면 그건 지금 내가 체험하고 있는 경험과 약속의
아름다움 덕분이다. 만일 내가 생명으로 가득 차있고, 표현조차
하지 못하는 경험으로 넘쳐난다면, 비로소 자연은 시로 가득한 나
의 언어가 될 것이다.

소로는 창조적 작가일 뿐만 아니라 창조적인 독서가이기도 했다. 이해
에 읽은 책들은 그의 내면에 있는 것을 표현하는 언어로 자연을 활용하
는 새로운 방식을 제공해주었다. 린네는 제일 작은 식물의 세세한 것들을
어떤 식으로 이름 짓는지, 또 매우 미세한 차이를 어떤 식으로 구별해내
는지 보여주었다. 4월에는 픽처레스크한 묘사로 유명한 영국의 여행작가
윌리엄 길핀의 책을 처음 만났다. 소로는 길핀의 책에서 발견한 모든 것
을 공부했다. 길핀에 대한 뜨거운 관심은 4월부터 시작돼 《월든》이 출간
될 때까지 꾸준히 이어졌다. 린네가 소로에게 나무이파리의 저마다 다른
부분을 가리키는 언어를 주었다고 한다면, 길핀은 소로에게 풍경을 묘사
하는 단단하면서도 완벽한 언어를 보여주었다.[1]

윌리엄 길핀 목사(1724~1804)는 아름다운 묘사와 대비되는 픽처레스크
한(picturesque, 그림 같지만 눈앞에 보이는 것처럼 생생하다는 의미-옮긴이) 묘사의
대가로 그때와 마찬가지로 지금도 유명하다. 아름다운 대상은 그 상태 그
대로 눈을 즐겁게 해주는 반면 픽처레스크한 대상은 회화를 통해 묘사될

수 있는 어떤 속성을 통해 즐거움을 준다고 길핀은 말했다. 길핀은 "아름 다운 것the beautiful"과 "픽처레스크한 것the picturesque" 간의 가장 본질적인 차이점은 "거친" 혹은 "꾸밈없는" 것이라고 주장했다. 아름다운 것은 세련 되고 완성돼 있으며 잘 정돈돼 있는 반면 픽처레스크한 것은 거칠고 불규 칙하다. "픽처레스크한 눈은 기교를 싫어하고 오로지 자연에서만 기쁨을 얻는다……기교는 규칙성을 수반하는데, 이는 세련된 것의 다른 이름이 기도 하다. 자연의 이미지는 불규칙성을 수반하는데, 이는 거친 것의 다 른 이름이다."[2]

길핀은 이론가이자 예리한 관찰자에 훌륭한 작가였다. 그는 영국 제 도諸島 전역을 여행하고서 자신이 본 것을 책에 직접 그림까지 그려 묘사 한 다음 시리즈로 펴냈다. 그는 당대의 다른 어떤 영국 작가 못지않게 풍 경을 생생하게 묘사하는 능력이 있었다. 그의 글은 다른 사람들이 자연 은 물론 자연을 대표하는 것들을 볼 수 있게 이끌어주었고, 그들이 본 것 을 스케치화뿐만 아니라 언어로도 옮길 수 있도록 도와주었다. 소로가 맨 처음 읽은 길핀의 책은 《숲의 풍경Forest Scenery》이었다. 길핀은 여기서 19세기 미국의 상당수 풍경화가들이 모방했던, 화폭 앞쪽으로 죽은 나무 의 일부를 배치하는 살바토르 로사의 습관에 대해 이렇게 말했다. "저물 어가는 광채의 이처럼 화려한 자취는 감히 풋내기는 닿을 수 없는 감동 적인 스타일로 상상력에 말을 건다. 그것들은 그 장엄한 착상을 풍경에다 이식한 폭풍우와 번개의 번쩍임, 다른 사건의 역사까지 기록하고 있다." 길핀 자신의 스타일은 늘 생동감이 넘쳤고 박력이 있었다. 그가 낙엽송 을 묘사한 글을 보자. "알프스 농부가 낙엽송을 쓰러뜨리면 곧바로 절벽 과 절벽 사이의 심연 같은 공간인 크게 벌어진 틈으로 비스듬히 낙하한다. 그것이 떨어지는 저 한참 아래로는 포효하는 큰 폭포가 만들어낸 운무가 솟아오르고 있을 뿐이다."[3]

길핀은 무엇보다 세밀한 관찰자였다. 화가로, 이론가로 기억되고는 있지만, 그는 시인이자 작가였고, 풍경을 시각적으로 표현하는 데, 아니 그 이상으로 풍경의 언어화에 관심을 가졌다. 그는 《픽처레스크한 미에 관한 세 편의 에세이Three Essays on Picturesque Beauty》(소로가 길핀에게 처음 관심을 가진 뒤 1년 반이 지난 1853년 11월에 읽은 책이다)에서 이렇게 말했다. "언어는 빛과 마찬가지로 매개체다. 진정한 철학적 스타일이란 북쪽으로 난 창에서 비추는 빛처럼 대상들을 명료하게, 그 자체에는 아무런 관심도 요구하지 않으면서 뚜렷하게 드러내준다." 길핀은 우리가 화폭에 스케치를 할 수 없다 하더라도 "그래도 자연이 주는 강렬한 인상은 우리로 하여금 예술작품을 판단할 수 있게 해준다"며 "자연은 그 원형"이라고 말한다.[4]

길핀은 그의 책을 놀라울 정도로 상세한 묘사로 가득 채운다. 괴테류의 객관적이고 외적인 자연이 물론 제일 중요하다. 하지만 그는 여기에 덧붙여 자연이 어떻게 상징으로 사용될 수 있는지도 의식했다. 가령 《숲의 풍경》 제1권에 나오는 구절을 보자.

창가에 무심히 앉아 바로 앞에서 자라고 있는 키 큰 아카시아에게 눈길을 보내고 있으면 이것이야말로 한 나라가 지방 단위로, 마을 단위로, 가족 단위로 쪼개져 있음을 적절히 보여주는 게 아닌가 하는 생각이 든다······그것을 바라보며 앉아 있으면 무수한 노란 이파리들이······위대한 어머니의 품 안으로 계속해서 떨어져 내린다. 이것은 자연적 쇠퇴의 표상이고, 생명의 유한성이 가장 명확하게 드러나는 풍경이다……가지들 중에는 완전히 시들어버린 게 하나 있다. 이파리들은 말라서 오그라진 채 그대로 매달려 있다. 이것은 기근의 표상이다. 생명의 영양분은 멈춰버렸다. 방금 전까지도 존재는 부양되고 있었다. 갑자기 모든 형태가 메말라 버리고 오그라들어 버렸다.[5]

풍경을 정확히 표현하고 해석한 길핀의 유산은 학문 분야는 아니더라도 미국적 상상력에 지대한 영향을 미쳤다. 길핀의《숲의 풍경》과 우브데일 프라이스의《픽처레스크한 것에 대하여On the Picturesque》는 F. I. 옴스테드가 극찬한 책인데, 그의 찬사를 들어보자. "내 예술적 견해로 감히 판단하건대 지금까지 나온 어떤 출판물보다 대단하다. 내가 가르치는 학생들이 연구실로 들어온다면 나는 곧바로 이 책들을 쥐어주며 법학도가 윌리엄 블랙스톤의 책을 읽듯 진지하게 이 책들을 읽어야 한다고 말해줄 것이다." 풍경에 대한 길핀의 비전은 옴스테드에게 밑바탕이 되었다. 따라서 뉴욕의 센트럴 파크에서 밀워키의 라이온스헤드 파크에 이르기까지 옴스테드가 계획했던, 자연에 있으면 즐거워진다는 현대인다운 논리가 나올 수 있었던 미국의 공원들에서 여전히 길핀의 비전을 볼 수 있다. 길핀은 또한 풍경화 분야에서 허드슨 리버 화파의 태두인 토머스 콜에게 큰 영향을 미쳤고, 위대한 루미니즘 화가이자 미국 회화계의 '터너'라고 할 수 있는 그의 제자 프레더릭 처치에게도 지대한 영향을 미쳤다. 길핀은 그런 점에서 옴스테드를 통해 미국의 경관 디자인에, 콜과 처치를 통해 미국의 풍경화에, 그리고 소로를 통해 미국의 자연을 소재로 한 글에 결정적인 영향을 미쳤다고 할 수 있다.[6]

72

풍경의 명료한 묘사

소로가 풍경을 글로 표현하는 데 관심을 갖게 된 게 물론 길핀의 책을 읽으면서 시작된 것은 아니다. 그는 적어도 대학 졸업 이래로, 특히 괴테의 풍경 묘사에 일찌감치 주석을 단 이래로 풍경을 글로 표현하는 작업에 열심이었다. 그러다 〈겨울 산책〉 이후에 쓰인 글들을 보면 점점 더 풍경에 많은 관심을 기울이고 있다. 그것은 오랫동안 이어져온 중요한 몰입이었고, 그가 1852년에 길핀의 작품으로부터 얼마나 큰 영향을 받았는지 알려주는 것이기도 하다. 길핀은 소로가 이미 들어선 길을 좀더 깊숙이 들어갔다. 그가 보여준 전례는 소로의 영역을 확장해주었고, 색채의 범위를 넓혀주었으며, 그의 비전을 더 날카롭게 다듬어주었다. 소로는 훗날 길핀이 모럴리스트로서의 면모는 너무 적고, 오로지 예술가의 눈으로만 본다고 느꼈다. 하지만 이건 어디까지나 나중 일이고, 더구나 온건한 편이다. 그런 점에서 소로가 《월든》의 결정적인 개편 작업을 막 시작할 즈음 그를 해방시켜준 길핀의 천재적인 표현 기법이 미친 그 엄청난 영향을 흐리게 할 수는 없다.

소로가 오랫동안 풍경을 묘사하지 않고 지냈던 경우는 없지만 늘 성공했다고는 말할 수 없다. 가령 1851년 9월 24일에 쓴 글을 보면 대부분의 기준에서 틀림없이 실패한 풍경 묘사인데, 길핀한테서 배웠을 법한 언어로 표현하고 있다. "놉스콧과 나쇼바처럼 너무 가까이 있는 언덕은 맑은 대기 속에서 푸른 하늘을 다 잃어버린 채 평이하게 대지로 흘러 든다. 그렇다 하더리도 내게 깨끗함을 달라. 비록 저 하늘이 그 대가를 치르기 위해 더 멀리 가버린다 해도 말이다." 1851년 3월 4일에는 "겨울의 짧은 날을 어떻게 그려내야 할지"에 대해 말하고는, 다음 날 축축하게 젖은 날을 그려보려고 한다. "안개 낀 오후, 그러나 날은 따뜻하고 금방이라도 비가 내릴 것 같다. 월든 호숫가에 서서 바라보니 동쪽 물가는 텅 비어있다. 4분의 1마일 거리에서 언덕 위를 올라가는 사람들이 이날 안개 속에서 흥미를 끄는 유일한 대상인데, 신기루의 효과를 보여주는 것 같다." 이 글을 쓰고 2주 뒤 그는 하버드대학 도서관에서 길핀의 《숲의 풍경》을 대출했고, 그가 기쁨에 넘쳐서 쓴 댓글은 이 책을 보자마자 느꼈던 애정을 반영한다. "길핀이 잡목 숲과 계곡 등등에 대해 말한 것은 산책자가 거니는 여기저기 다른 장소들이 효과적으로 분류될 수 있으며 저마다 많은 것을 말해줄 수 있음을 시사한다." 린네처럼 길핀도 그에게 하나의 시스템을 주었지만, 더 중요한 것은 그가 본 것에 대해 뭔가를 말할 수 있는 기법을 주었다는 점이다. 소로는 4월 1일 일기 첫 장을 이렇게 시작한다. "길핀은 가벼운 안개가 낀 대상을 가리켜 '더 가까이 멀리 있는 것'이라고 했는데, 매우 잘 표현한 것이다." 그는 앞서 《일주일》에 대해 품었던 희망을 연상시키는 말로 이 책을 추켜올리며 "숲 속 빈터의 나무처럼 온화하고 절도 있고 우아하고 여유 있음"을 발견한다. 그러고는 다시 한번 그것이 어떻게 풍경을 언어로 옮겨놓는지 적어두었다. "잡목 숲에서 불어온 다소 차가운 바람이 문법적으로도 딱 맞는 우아한 문장으로 바뀌었다."[1]

소로는 4월 내내 길핀을 읽었고, 매일같이 길핀을 언급하거나 그를 모방한 게 분명한 글을 썼다. 길핀이 소로에게 미친 영향은 두 가지였다. 길핀은 소로에게 특별한 인상과 형상을 그려낼 수 있는 언어를 주었고, 사람들은 대개 기대한 것만 본다는 의미에서 그 인상과 형상을 묘사함으로써 그것들을 보게 만들었다. 길핀은 소로에게 더 많은 것을 기대하도록 가르쳤다. 길핀은 빛과 원경遠景, 안개, 아지랑이, 그리고 날씨에 따라 나타나는 여러 가지 효과들, 또 서로 다른 나무들의 특징을 새로운 방법으로 묘사할 수 있게 해주었다. 길핀의 책에는 훌륭한 채색 삽화가 수없이 담겨 있었는데, 소로는 여기에 각별한 주의을 기울였고, 자신이 이미 공부했다고 생각한 시각예술에서 중요한 내용들을 더 배울 수 있었다. 소로는 스스로 더 많이 스케치하기 시작했고, 덕분에 그의 내면에 있던 시인이 되살아났다. 그는 참나무를 "강인함의 극치"라며 인격화했고, 백송나무는 "내 인생의 표상"이라고 묘사했으며, 파랑새가 어떻게 "자기 등에 하늘을 매고 다니는지" 관찰했다.[2]

소로는 길핀에게서 "눈이 지닌 감각의 목적들"이 무엇인지 발견했다. 물론 이 가운데 색채에 대한 감각만큼 그렇게 새롭고 유용한 것도 없었다. 길핀은 모든 저서에 담채화풍의 수채화를 그려 넣었는데 단색화가 많았다. 그는 끊임없이 풍경에 있는, 그리고 풍경을 보여주는 것들의 색채에 대해 썼다. 1854년 1월 8일 소로는 길핀의《풍경 스케치 기술Art of Sketching Landscape》에서 한 대목을 발췌했다.

인디아 잉크로 당신이 생각했던 대로 스케치를 끝냈다면 이제 좀 더 가벼운 수평의 색깔로 전체를 물들이라. 그것은 어쩌면 아침의 장밋빛 색조일 수도 있고, 좀더 불그스레한 저녁 빛깔일지도 모른다. 아니면 노란색에 가까울 수도 있고, 회색 빛을 띨지도 모른다……이런 색조를 당신의 '전체 그림'에 엷게 칠함으로써 조화의 기초를 놓을 수 있는 것이다.

그러나 소로는 길핀의 작품을 처음 접한 다음에도 색채와 관련된 더 많은 작업을 일기를 쓰면서 해나갔다. 1852년 4월 1일에 쓴 글을 보자. "지금 이 순간 숲을 지배하는 빛깔은, 상록수를 제외하고는 황갈색이다. 경우에 따라 다르지만 대지보다 약간 더 붉거나 회색 빛인데, 다름아닌 시든 나뭇잎과 가지의 빛깔이다. 그러면 이제 숲이 얼마나 빨리 새로운 빛깔을 얻게 되는지 지켜보자."[3]

17일 뒤 그는 자신이 "안드로메다 현상"이라고 부른 것을 처음 목격했다. 4월 중순에 보았던 키 작은 안드로메다 관목무리가 대부분의 각도에서 보니 나뭇잎에서 반사된 빛들이 내는, 회색이 가미된 갈색처럼 보였다. 그러나 태양의 반대편에서 나뭇잎을 통해 비치는 빛으로 보니, 비록 그것이 똑같은 빛 아래서 같은 시간, 같은 날, 같은 장소에 있었음에도 불구하고 전체가 "매혹적이면서도 따뜻한, 내가 '인디언'이라고 부른 붉은 빛깔, 그러니까 다 익어서 원숙해진 갈색으로 물든 색깔로 빛나는 것 같았다." 그는 반복해서 그것을 묘사했다. 대부분의 각도에서 나뭇잎들은 "반점이 있는 밝은, 혹은 회색 빛깔의 면"을 보여주었지만, 빛이 나뭇잎을 통해서 비치자 "대성당의 창을 뛰어넘는, 따뜻하고 농밀한 붉은 색조"를 띠었다.

그는 계속해서 지켜봤다. "지난 사흘 동안 가장 즐거웠던 것은 안드로메다 현상의 발견이었다." 소로는 4월의 숲을 이전에도 여러 차례 산책한 적이 있었고, 이런 현상을 혹시 보았을지는 몰라도 아무튼 이런 글을 쓴 적은 없었다. 이번 경우나 또 다음 2년간 그가 보여줄 여러 사례를 보면 윌리엄 길핀의 글은 고향 숲에서 찾아볼 수 있는, 소진되지 않고 늘 새로이 솟아오르는 것을 그에게 선사했다.[4]

소로가 1849년 이후 2년 반의 공백을 지나 다시 《월든》을 새로 고쳐 쓰고 외연을 넓히기 시작했을 때 그에게 제일 중요했을 뿐만 아니라 영감을 주었던 책은, 비록 그가 《월든》을 문학작품으로 만들기는 했지만, 아무튼 문학 책이 아니었다. 다윈, 카토, 린네, 길핀은 모두 이 지구와 그 생산물에 몰입했고 거기에 초점을 맞췄다는 공통점이 있다. 다윈은 종의 분포와 차이에, 카토는 19세기 농부의 핸드북에 버금가는 훌륭한 농사 지침서에, 린네는 식물의 상세한 분류와 디테일한 부분들에, 길핀은 풍경을 구성하는 요소 하나하나를 더 넓은 시야로 보고 묘사하는 데 집중했다. 소로는 이제 자연 속의 인간을 주제로 한 《월든》의 후반부 작업을 본격화했고, 이들은 바로 이 시점에서 그의 앞에 나타난 위대한 작가들이었다.

소로는 수많은 미국인들에게 자연을 어떻게 보아야 하는지 가르쳐주었다. 다윈과 카토, 린네, 길핀은 소로의 스승들이었다. 이들을 비롯한 여러 사람의 도움을 받아, 전혀 다른 것들을 하나로 엮어내는 그 자신의 천재적인 능력 덕분에, 그는 당시에는 거의 쓰지 않았던 세상을 보는 방식을 창조해냈다. 그것은 에너지의 원천이기도 하며 풍경이기도 한 자연의 두 가지 개념을 하나로 합친 것이었다. 소로는 빈센트 스컬리가 묘사했듯이 "대지는 풍경이 아니라 이 세계를 지배하는 에너지를 물리적으로 체화한 진정한 힘"이라고 한 고대 그리스의 전통을 되살려냈다. 상식적으로는 누구나 스컬리의 이 말에 동의할 것이다. "신들이 마침내 이 땅에서 완전히 사라져버리기 시작하고, 많은 인간들이 자연과 결별해 살아가기 시작할 때—즉, 현대의 출발 시점에—비로소 풍경화와 픽처레스크한 건축, 풍경 묘사가……예술의 매혹적인 주제가 되었고," 대지에 대한 그리스 풍의 시각은 사그라져버렸다. 이런 두 가지 견해가 동시에 개진된다는 것이야말로 소로가《월든》에서 이룬 탁월한 업적 가운데 하나다. 자연에 대한 소로의 시각이 매력적인 한 가지 이유는, 자연을 힘과 에너지, 과정으로 보는 것과 '동시에' 풍경과 경관, 장면, 그림으로도 보기 때문이다.[5]

73

순결은 인간의 꽃

비에 푹 젖었던 1852년 4월부터 여름에 이르기까지 소로는 자신의 모든
에너지를 《월든》 4차 초고에 쏟아 부었다. 하지만 무척 힘든 나날이었다.
어려우면서도 소중한 우정 때문이었다. 에머슨은 그가 친구도 없이 홀로
산책하는 건 잘못이라고 지적하며 그를 "차가운 지적 회의주의자"라고 불
렀다. 소로는 이것이 부당하다고 생각했지만 아무튼 상처를 받았고, 특
유의 외골수다운 글을 쓰면서 아픔을 달랬다. 그는 일기에서 '만일' 그것
이 사실이라면 차라리 에머슨의 "저주"가 "내 인생의 그 같은 원천을 시들
게 하고 말라버리게 하기를" 기도할 것이라고 썼다. 리어 왕이 느꼈을 법
한 이런 분노와 쓰라림은 전혀 감지하지 못한 채 그릴리는 뉴욕에서 소로
에게 용기를 북돋워주는 유쾌한 글귀를 보내주었다. 덧붙여 소로가 앞서
쓴 칼라일에 관한 에세이를 모델로 해서 "에머슨, 그의 작품과 방식"에 관
한 에세이를 써달라고 특별히 청탁했다. 이 요청이 들어온 것은 그야말로
최악의 시점이었다. 소로는 거절했다. 그는 변함없이 채닝과 산책했고, 혼
잣말로 채닝의 무례함에 대해 불평해댔다. 환영할 만한 일도 있었다. 호

손 일가가 5월 중순 콩코드로 돌아온 것이었다. 소로가 그해 여름 누이 소피아와 블레이크에게 보낸 편지들은 유달리 정열적이고 사적인 내용으로 가득 차있다. 그의 마음은 감정적인 문제에 기울어져 있었다. 이 시기 중에, 아마도 9월 중에 소로는 블레이크에게 "사랑"과 "순결과 관능"에 관한 에세이의 초고들을 보냈던 것 같다.[1]

소로하면 띠오르는 것 가운데 이 두 가지 주제만큼 기리가 멀어 보이는 것도 상상하기 어렵다. N. C. 와이어스는 이런 말을 한 적이 있다. "소로야말로 내가 할 수 있는 거의 모든 것의 원천이라고 생각했는데, 남녀간의 연애 문제만큼은 예외였다. 바로 이 점에서 그는 예수가 그랬던 것처럼 경험 부족으로 인해 완전히 맹탕이었다." 이 문제를 다른 방식으로 바라본 최근의 한 작가는 이렇게 주장했다. "소로와 멜빌, 휘트먼은 여성과 아이들이 아니라 주로 남성에 대해 썼을 뿐만 아니라 경제적으로나 생태적으로 중요한 활동을 하고 있는 남자들에 대해 썼다. 빅토리아 시대의 관습을 다룰 때는 몇몇 예외는 있었지만 그들을 풍자하거나 형식상 전통적인 모델을 모방하는 식이었다." 그러나 그의 경험 부족과 당시 일고 있던 여성적인 대중문화를 다루려 하지 않았던 성향, 여기에 더해 결혼은 바보 같은 짓이며 감상적인 것이라고 강조한 글들을 볼 때 그는 자신이 사랑과 성애性愛 모두에 대해 뭔가 말해야 한다고 느꼈던 것 같다. 그는 이 두 편의 에세이를 1846년부터 붙잡고 있었는데, 힌두교 고전《사콘탈라》같은 책을 읽고 써둔 독서노트를 보면 사랑과 관련된 내용들을 모으고 있었음을 알 수 있다. 일기에서도 종종 성애라는 주제를 언급하고 있다. 그러니까 "사랑"과 "순결과 관능"에 관한 에세이로 살아남은 원고는 그가 단숨에 해치운 것이 아니라 다른 글들과 마찬가지로 수없이 가다듬고 고쳐 쓰

고 다시 또 고쳐 쓴 것이다.[2]

앞선 제목인 "사랑과 우정"을 통해 알 수 있는 것처럼 에세이 〈사랑〉은 그가 맨 처음에 다뤘던 진지한 주제들 가운데 하나의 소산이었다. 소로는 우정과 마찬가지로 사랑에도 오로지 가장 높은 기준만 갖고 있었는데, 기가 막힌다기 보다는 차라리 불가능한 기준이었다. 친구나 연인을 향해 그는 "신"이라든가 "여신"이라고 썼다. 그의 언어는 불가능한 것을 요구할 때처럼 대명사를 사용한 경건한 표현으로 미끄러져갔다. "나는 그대가 아무것도 듣지 않고도 모든 것을 알기를 요구한다. 나는 그녀에게 말해야만 할 것이 하나 있었기에 내 사랑과 헤어졌다. 그녀는 내게 '의문'을 품었다." 만일 이것이 엘런 수얼과의 관계에 관한 코멘트라면 그가 끝내 품을 수 없었던 여성은 여기서 그가 품으려 하지 않았던 여성이 된다.[3]

물론 앞뒤가 바뀐 자기정당화를 수반하지만 그는 결혼에 관해 매력을 느끼지 못하면서도 그래도 솔직히 의문은 품고 있었다. "시적인 우정이 얼마나 드문가를 생각할 때 그리도 많은 사람들이 결혼한다는 게 놀랍다……대개 결혼의 밑바탕에는 훌륭한 감각보다는 훌륭한 본성이 더 많으니까." 이 에세이는 서두부터 마가렛 풀러를 소환한다. "남자들은 일반적으로 현명한 것 같고, 여자들은 사랑스럽다." 그러나 "각자가 현명하고 동시에 사랑스럽지 않다면 현명함도 사랑도 있을 수 없다." 에세이의 모든 단점, 그러니까 감성적인 언어와 과도한 이상화, 일관성도 없고 확신하지도 못하는 부연설명에도 불구하고, 감상에 젖은 위선적인 말투를 피하고자 하는 바람은 참신하게 다가온다. "에세이 〈사랑과 우정〉에서……제일 먼저 상처받는 것은 가슴이 아니라 상상력이다……비교하자면 우리는 가슴을 향한 공격은 어떤 것이든 용서해줄 수 있지만 상상력을 향한 공격은 용서하지 못한다."[4]

소로는 블레이크에게 에세이를 별도로 첨부해서 보냈는데, 〈사랑〉에 대해 말하면서, 쓰기는 했지만 아직 완성된 것은 아니라는 말 외에는 아무것도 얘기하지 않았다. 그러나 그는 "남성이 갖고 있는 일반 조건들에 대해 내가 얼마나 이야기하고 있는지도 모르면서, 아니 나의 특별한 결점을 내가 얼마나 까발리고 있는지도 모르면서, 순결과 관능에 대한 생각들을 수줍음과 부끄러움과 함께" 보낸다고 했다. 물론 그 시대에는 어떤 글에서도 성이라는 주제를 드러내놓고 다루려 하지 않았다. 호손은 《주홍글자The Scarlet Letter》(1850)가 '프랑스 소설'이 그런 것처럼 성에 근접했다는 이유로 프랑스 소설을 미국에 풀어놓았다는 비난에 시달려야 했다. 이로부터 몇 년 지나지 않아 휘트먼이 드러내놓고 성을 시의 주제로 만들 것이었지만, 멜빌의 《피에르Pierre》가 나온 1852년까지도 여전히 과묵한 분위기가 지배하고 있었다. 소로는 뭔가 문제를 느꼈고, 그래서 에세이를 시작하면서 불만을 터뜨렸던 것이다. 그것이 비록 "모두의 생각을 사로잡고 있다 해도" 사람들은 그가 혐오하는 천한 언어를 제외하고는 아예 "그것에 대해 침묵하는 데" 동의해왔다고 말이다. "순결한 사회"에서는 성이라는 주제가 "자연스럽게, 그리고 단순하게 다뤄질 것"이라고 그는 생각했다. 그 자신은 그런 것을 전혀 다루지 않았다. 여기서는 물론 그의 다른 글 어디에서도 성을 명시적으로 다룬 대목은 없다. 게다가 그는 이 주제를 공개적으로 다루려 하면서도 개인적으로 그것을 피했다. 어떤 면에서는 모순되지만 일기에 자신의 "차가움"에 대해 반복해서 지적하면서도 동물적 온기라든가 뜨거움 같은 것에 대해서는 의구심을 가졌다.[5]

블레이크에게 보낸 에세이에서 그는 순결을 "뭔가 긍정적인 것"이라고 높이 평가했다. 그는 처녀성을 꽃이라고 불렀다. 그리고 이 에세이의 나머지 부분에서는 물론 바로 이해 여름 처음 쓴《월든》의 한 대목에서도 성을 멋진 식물학 언어로 표현했다. "순결은 인간의 꽃이다." 그는 꽃을 따는 것에 대한 통상의 성적 비유에 대해서는 어떤 의심도 품지 않고《월든》에서 이렇게 말한 것이다. 에세이의 후반부를 지배하는 과감한 식물학적 비유와 린네 풍의 언급은 우연이 아니며 역설보다도 훨씬 더한 것이다. 사실 이 에세이와《월든》에서 성이라는 주제를 다루게 된 계기는 그가 어떤 사건이나 기대에 어긋났던 일을 겪었기 때문이라기 보다는 이해에 새로이 린네에 관심을 갖게 된 것과 연관이 있다. 린네의 위대한 업적인 신분류학의 밑바탕은 모든 식물은 성적 특성을 갖고 있다는 발견이었다. 그 이전까지는 극히 몇몇 식물에서만 성이 모종의 역할을 한다고 생각해왔다. 그의 유명한 분류 시스템은 꽃들이 저마다 갖고 있는 눈에 띄는 성적 특성의 차이에 기초하고 있다. 소로는 린네와 그의 제자들이 쓴 작품을 상당히 많이 읽었고, 그래서 순결에 관한 에세이 한가운데서 이런 구절을 발견할 수 있었던 것이다. "린네가 편집한《식물의 매력Amoenitates Botanicae》을 보면 J. 빌버그가 관찰한 이야기가 나오는데, 동물의 왕국에서는 본능적으로 부끄러운 듯 대부분 숨기고 있는 생식기관이 식물의 왕국에서는 모두가 볼 수 있도록 훤히 드러내놓고 있다는 것이다." 이것은 식물의 성이 꽃처럼 그 자체로 표현된다는 것을 말하는 것이다. 이 에세이에서는 그리 성공을 거두지 못했지만 소로가 무엇을 구하려는 것인지는 분명하다. 인간의 순결 내지는 금욕을 역설적으로 식물의 개화와 유사한 인간의 개화로 다루고자 한 것이다.[6]

순결, 혹은 그가 자주 표현했던 대로 순수에 대한 소로의 관심을 이해하는 방식이 하나 더 있다. 명석한 현대 인류학자인 메리 더글러스는 세속의 사회에서 자연이 신을 대신한 이후에도 특별한 옛 의식에 대한 관심이 지속돼 왔으며 종종 새로운 형태를 갖추어왔다고 주장한다. "선언의 순수, 의식의 순수, 성의 순수에 집중하곤 했던 격렬한 감정은 이제 자연 환경의 순수에 초점을 맞추고 있는 것 같다." 린네가 성적 계통을 따라 식물의 왕국을 재서열화한 것과 소로가 인간의 성에 자연의 시각을 연관시키려 한 초보적이며 원시적인 노력에서 우리는 신이라는 오래된 종교로부터 자연이라는 새로운 종교로 이동해가는 결정적인 순간을 목격한다. 자연은 신성하며 자연을 오염시키는 것은 신을 더럽히는 것이라는 현대인의 시각은 바로 여기서 출발하는 것이다.[7]

74

관찰의 해

🌿

소로는 오래 전부터 그래왔던 것처럼 1852년 7월 12일에도 오전 내내 독서와 글쓰기를 하고, 오후 2시쯤 산책을 하러 밖으로 나갔다. 그는 신발을 벗어 들고 아사벳 강의 "부드럽고 푹신푹신한 진흙"을 휘청거리며 맨발로 걸어서 건넜다. 석양 무렵에는 두 번째 산책을 나갔다. 두 번 다 노트를 가지고 갔는데, 자기가 본 것을 주의 깊게 자세히 적었다. 이날은 그의 서른다섯 번째 생일이었다. 그렇다고 중년의 위기 같은 것을 느낀 건 아니지만 뭔가 불확실한 느낌 내지는 아픔 같은 게 와 닿았다. 7월 7일에 그는 아쉬움을 토로했다. "작년보다 나이가 더 들었다. 시간은 더 짧아지고, 남은 날들은 점점 적어진다." 7월 14일에는 잃어버린 젊음을 떠올리는 듯한 구절이 다시 나타난다. "젊음은 달로 가는, 아니 우연히 지상의 궁전이나 사원으로 가는 다리를 만들기 위해 자신의 재료를 모은다. 그러나 중년의 인간은 기껏해야 자신의 재료로 헛간이나 만들겠다고 결론짓는다." 의심할 바 없이 우리 대부분에게 이 말은 진실이다. 그러나 소로에게는 지금 자신이 비난하고 있는 헛간이 다름아닌 《월든》이었다는 점을

기억해야 한다.[1]

그는 6월 말에 과학을 향해 다시 불만을 터뜨린다. 너무 많이 단정짓고, 가정으로 가득 차 있으며, 핵심이 되는 진실을 알려주는 데 차라리 미신보다도 도움이 안 된다는 것이다. 그는 이때 모턴의 《크라니아 아메리카나 Crania Americana》를 읽고 있었는데, "사람의 두뇌가 가진 능력을 알아낸다며 두개골에 하얀 겨자씨를" 가득 채워 인간을 측정하려고 했던 모턴의 방식을 경멸했다. 여동생 소피아에게 보낸 편지에는 이렇게 썼다. "나는 이제 슬픈 과학도가 되었단다." 하지만 바로 이렇게 말한 사람이 다름아닌 이해 봄과 여름 내내 린네와 길핀을 읽는 데 푹 빠져 있었고, 린네로부터 배운 분류 시스템의 유용성에서 중요한 가르침을 끌어낸 그 사람이라는 점을 기억해야 한다. 게다가 소로가 자연을 정밀하게 관찰할 수 있었던 것은 린네로부터 시작해 그의 시대에 이르기까지의 식물학자들이 보여준 세밀한 관찰로부터 많은 도움을 얻었기 때문이다.[2]

7월 21일에는 이와 똑같은 역설적인 기분에 사로잡혀 블레이크에게 편지를 썼는데, "요즘 말도 안 될 정도로 너무 편안해서 편지조차 쓰지 못하고 있다"느니, 자신의 삶이 "거의 전부 바깥을 향하고 있다"며 불평을 해댔다. 한편으로는 일주일 전 여동생에게 보낸 편지에서 자신을 이렇게 묘사하기도 했다. "불어오는 어떤 바람도 음악소리를 들려주지 못하는 요즘 전신줄처럼 나는 게을러터지고 무뎌졌어. 코끼리나 거대한 마스토돈을 쫓기는커녕 상상력조차 키워주지 못하는 그저 몇 마리 우스꽝스러운 쥐새끼를 잡았을 뿐이야." 그러나 같은 날인 7월 13일자 일기에서는 산책 중에 발견한 잘 익은 허클베리를 소재로 다뤘는데, 지금까지 기술하지 않았던 변종들을 맛깔스런 설명으로 기록했다. 이날 일기의 맨 처음 문장은 거의 숨도 쉬지 않고 적어놓은 것이다. "일기란 그대의 모든 기쁨과 희열을 기록하고 담아내는 책이다."[3]

이해 여름 그에게 정말로 중요했던 것은 이런 불만이 아니었다. 과도할 정도로 긴장해서 문맥을 벗어날 때도 있었지만 아무튼 새로운 열의를 갖고 일기에 주목한 것이다. 물론 《월든》을 전면 개편하는 작업에서 한시도 손을 떼지 않았고, 린네와 길핀의 책을 더 많이 읽었으며, 미국에서 출간된 동물학과 파충류학에 관한 책들에다 뇌에 관한 모턴의 작품, 여기에 카버와 드레이크의 여행서적과 심지어 스쿨크래프트가 쓴 인디언에 관한 책까지 읽었지만 소로는 이해 여름 '일기'로 무엇을 할 수 있는지 곰곰이 아이디어를 엮어보았고, 이것은 아주 중대한 프로젝트의 한 축을 형성했다.[4]

일기는 원래 에머슨의 제안으로 시작한 것이었고, 소로는 여전히 에머슨과 교류하고 있었다. 에머슨이 그를 차가운 회의주의자라고 불렀을 때 소로는 일기에 이런 글을 쓰며 응수했다. 만일 그것이 사실이라면 일기가 더 이상 "즐거움도, 생명도" 열매 맺지 못하기를 바란다고 말이다. 정말로 에머슨이 준 것이라면 그가 도로 뺏어갈 수 있을지 모른다. 그러나 일기는 소로에게 늘 소중한 것이었다. 그리고 이제 그것은 다른 프로젝트를 위한 원재료로서뿐만 아니라 그 자체로 하나의 프로젝트가 되었다. 그는 "매일같이 달라지는 초원의 모습"을 그것이 "콩코드 정신의 기조"를 반영하듯이 포착하고자 애썼다. 그는 비로소 처음으로 보았다고 말한다. 한 해는 하나의 원이라고 말이다. 이해부터 그는 콩코드의 모든 나무와 꽃, 식물들의 성장 과정을 잎이 나고 꽃이 피는 시기에 대한 자세한 설명과 함께 체계화한 목록으로 만드는 작업을 시작했다. 그는 새들을 비롯해 강물 및 호수의 수위와 날씨 같은 콩코드의 자연이 보여주는 모든 현상을 꼼꼼하게 추적하기 시작했다. 소로가 마을에 있는 모든 식물의 전숲 성장 과정을 추적하는 장대한 프로젝트를 진지하게 체계를 갖춰 시작한 것도 바로 이해였다. 이 프로젝트는 1860년과 1861년에 정점에 이르게 되는데, 그 즈음 그는 큰 종이에 그린 거대한 차트의 맨 위에 1852년부터 1860년까지 월별로 (마지막 몇 날은 1861년) 써놓고, 왼쪽에는 위에서 아래로 월별 날짜를 적어놓았다. 그렇게 해서 1860년과 1861년 중에 모든 빈칸을 채워 넣었고, 이를 통해 7년에서 8년간 해마다 일어난 계절의 순환 과정에서 매달 매일 무슨 일이 벌어졌는지 추적해 나갈 수 있었다. 그가 이 차트를 그려낸 것은 1860년이 되어서였지만 1852년에 이미 이 같은 프로젝트를 충분히 시도해볼 수 있는 노트들을 만들어 나가기 시작한 것이다. 7월 초에 그가 말했듯이 1852년은 사실 "관찰의 해"였다.[5]

그는 얼마 뒤 이렇게 적었다. "한 해는 하루하루의 연속일 뿐이다. 매일매일 나에게는 어떤 직무가 맡겨진다. 그것을 다 합치면 한 해의 역사가 될 것이다." 그는 아주 조심스럽게 말한다. "자연은 단 하루도 허투루 보내지 않는다." 그는 모든 것을 주의 깊게 살폈다. 9월에는 이렇게 썼다. "나는 내 감각이 전혀 쉬지 못하고 끊임없는 긴장으로 고통스러워할 정도로 주의를 기울이는 습관이 있다." 이해 여름 일기는 꽉 차있다. 문장들은 살아 숨쉬고 반짝반짝 빛난다. 산문으로 된 카덴차(협주곡이나 독주곡의 악장 혹은 전곡이 끝나기 직전 독주자나 독창자가 마지막 부분을 화려한 기교로 끝마치는 것-옮긴이)가 눈에 띄는가 하면, 열의를 다해 집중해서 관찰한 현상을 짤막하게 정리한 글 수십 편을 발견할 수 있다. 그의 삶은 내적인 집중과 외적인 흥분을 갖고 있었고, 이것들은 그가 자주 불만을 터뜨렸던 것과는 달리 서로 잘 물려서 돌아갔다. 8월 말에 그는 이렇게 썼다.

나는 지금 늘 같은 생각들과 판에 박힌 사고 속에 파묻혀 살아간
다. 그러다 보니 이 지구상에 '바깥'이라는 게 있다는 것도 잊었고,
그것을 붙잡는 순간 깜짝 놀라게 된다……대기 중에는 기운이 나
게 하는 뭔가가 있는데, 내가 특별히 감지할 수 있는 것은 지표면
위에서 불어오는 진짜 바람이다. 나는 눈앞을 살펴보고는 창가로
와서 신선한 공기를 느끼고 호흡한다. 그것은 가장 내밀한 경험만
큼이나 영광스러운 사실이다. 왜 우리는 그토록 바깥을 폄훼해 왔
는가? 건강한 감각으로 지표면을 가만히 만져보기만 하면 항상 기
적 같은 반응을 느낄 수 있다.[6]

이런 세밀한 관찰과 주의를 기울이는 습관은 그가 한 해 내내 린네와 길
핀을 읽은 덕분에 한층 강해진 것이었다. 예술인으로서의 시인이나 과학
자는 그에게 똑같이 마음에 들었고, 자신의 최고 작업은 둘 모두를 함께
하는 것이었다. 그는 7월 중순에 이렇게 적었다. "시인은 누구나 과학의
경계에서 전율한다." 알프레드 노스 화이트헤드가 말했듯이 과학자라면
반드시 "구체적인 사실들에 대한 뜨거운 관심과 추상화한 보편성을 향한
헌신을 똑같이 가져야" 하는데 소로가 그랬다. 이 시기부터 그의 글은 화
이트헤드가 말한 "진정으로 과학적인 정신, 즉 크건 작건 '모든' 것은 자연
질서 전체를 지배하는 일반 원칙이 드러난 것이라고 직관적으로 이해하
는" 수준에 이른다. 그리고 이제 그의 최고 작품에서 박물학자의 눈과 시
인의 눈을 결합시킬 수 있게 됐다. 일반적인 법칙들이 자연의 구석구석까

지 지배한다는 것을 알았으니 당연히 이것도 알고 있었을 것이다. "모든 자연 현상은 경이로움과 두려움을 느끼는 눈으로 보아야 한다. 자연을 조금이라도 제대로 보려면 인간적인 견지에서 보아야 한다. 자연 풍경은 마치 내 고향과 연관된 것처럼 따뜻한 애정을 갖고 보아야 하는 것이다." 그러므로 자연은 객관적인 동시에 주관적이다. 이해 여름 자연은 우정마저 좋아하는 것 같있다. 빙금 인용한 구절은 이렇게 이어진다. "자연의 연인이 자연을 가장 소중하게 여긴다. 자연의 연인은 한 인간에게도 참으로 멋진 연인이다. 그러나 친구가 없다면 자연이 다 무슨 소용이란 말인가?"7

75

시골생활

식물 채집은 19세기 중반 미국에서 흔히 볼 수 있는 취미였다. 소로가 식물 채집에 최선을 다해 매달린 것은 사실이지만 친구들이나 친척들 역시 정도는 달라도 식물 채집에 열심이었다. 채닝이 갑자기 관심을 보이자 에머슨도 무척 기뻐했는데, 에머슨 본인은 8월 12일 브리스터 샘 근처에서 산호뿌리를 발견했다고 보고했다. 8월 18일에는 엘리자베스 호어가 화이트 산맥으로 여행을 다녀오는 길에 이끼류와 여러 종류의 베리 덤불을 가져왔다. 9월 22일에 소로는 여동생 소피아가 콩코드에서 자기도 처음 보는 3종의 식물(윤생의 큰방울새난초, 오색연령초, 관생의 은방울꽃무리)을 발견했다고 적었다. 그는 식물 분류학상의 디테일한 내용이나 경쟁 시스템간의 아주 작은 차이는 주의 깊게 관찰했지만 역사를 거슬러 올라가는 작업에는 그리 애착을 갖지 않았고 주의를 기울이지도 않았다. 가령 올콧이 자기 조상의 혈통을 추적하는 데 새삼 관심을 쏟자 소로는 그저 코웃음을 쳤을 뿐이다.[1]

이해 8월과 9월은 소로에게 가장 활동적이고 사교적인 달이었다. 올콧은 8월 9일과 10일 읍내에 있었다. 소로와 에머슨의 관계는 호전돼 가는 중이었다. 8월 말로 향하면서 날씨는 가을의 문턱으로 접어들었고, 그는 몇 해 전 형 존과 함께 했던 것처럼 강으로 나가 노를 저었다. 9월 첫 주가 끝나갈 무렵 그와 채닝은 모내드녹 산으로 여행을 다녀왔는데, 그곳에서 둘은 앞선 세대부터 전해져 오는 이야기를 들었다. 산 정상 부근에 어지럽게 널려 있던 뿌리째 뽑힌 나무들이 늑대들의 은신처였는데, 어느 날 큰 산불로 전부 잿더미가 돼 버렸다는 것이다. 9월의 마지막 날에는 꿀벌 사냥을 나갔고, 복잡한 과정 하나하나를 생생하게 묘사해두었다.[2]

오델 셰퍼드가 1927년에 소로의 일기에서 주요 문장만 뽑아 수록한 책을 만들면서 관찰했듯이 1852년은 일기 쓰기가 절정을 맞은 해였다. 《월든》은 개정 작업을 거듭할수록 계속해서 불어났고, 오래 묵힌 프로젝트들 여럿은 이미 출간해도 무방할 수준에 도달했으며, 새로운 프로젝트들도 막 착수한 상태였다. 이야기를 풀어나가는 노력 역시 새로운 열의를 더해갔다. 일기 또한 소설이 아닌 우화, 그러니까 시골생활의 스케치 내지는 짧은 소품에 점점 더 관심을 쏟고 있음을 보여준다. 그에게는 우물을 만들 때 어떻게 돌을 쌓는지, 큰 느릅나무의 치수를 어떻게 재는지, 야생 꿀벌이 집을 짓는 속이 빈 나무를 어떻게 알아내는지, 호수에서 얼음을 어떻게 잘라내는지, 이런 것들을 늘 아주 세밀한 부분까지 들여다 볼 줄 아는 눈이 있었다. 이해 1월의 일기에는 어느 겨울날 아침 동사한 채 발견된 마을의 술주정꾼 빌 휠러에게 그가 개인 자격으로 바치는 송덕문頌德文을 써놓았는데, 한 사람의 생애를 무척 감동적으로 전해주는 내용이다. 소로의 일기에서 이런 이야기들만 모아도 책 한 권은 넉넉하게 만들 수 있다. 물론 그 중에서도 백미는 상당수가 동물에 관한 것이거나 사람과 동

물 간의 우연한 조우를 소재로 한 것이다. 그는 동물들과 사이 좋게 지내는 비상한 재주가 있었다.[3]

그가 솔로몬 왕의 반지를 지니고 있어서 동물들과 대화할 수 있는 것 같다고 했을 정도다. 그는 언덕 위로 발이 푹푹 빠지는 눈밭을 헤치며 난해한 원형 자취를 쫓아 여우를 추적한 이야기를 들려주기도 했다.(훗날 그는 순전히 냄새만으로 여우가 지나간 흔적을 찾아낼 수 있었다!) 그는 거북이와 메기가 벌인 한판 싸움을 흥미진진하게 묘사했고, 우드척과 "대화"를 나눈 일에 대해서도 썼다. 개구리를 보려고 하루 종일 늪에 들어가 서 있었던 경우도 자주 있었고, 쥐와 새들은 그의 손안에 있는 먹이를 먹으러 다가왔다. 그는 고양이를 지켜보는 것을 좋아했다. 1861년에 쓴 마지막 일기에서 그는 새끼고양이가 난생 처음 걷는 법을 익히는 것이라든가 으르렁거리기, 할퀴기, 야옹 소리를 내며 우는 법을 배우는 것까지 생생하게 묘사하고 있다. 앞서 그는 집에서 기르던 '민'이라는 몰타고양이가 추운 겨울날 닷새 동안이나 밖에서 돌아다니다 2월의 어느 날 집으로 돌아왔다고 했다. "집에서 해주는 최상의 음식으로 영양을 보충하고……완벽한 보호 아래 죽은 듯이 푹 자고 난" 다음 이 고양이는 "스토브 밑의 원래 자기 자리"로 돌아와서는 "또 어떤 소동을 일으킬지 궁리했다." 그런가 하면 월든 호수로 날아오는, 어지간해서는 잡히지 않는 되강오리가 물 밖으로 불쑥 솟아오르기를 고대하며 기다렸던 이야기도 들려준다. "하늘은 구름으로 뒤덮여 있었고 물결은 너무 잔잔해 되강오리의 소리를 듣지 않고도 그 녀석이 물 밖으로 튀어나오는 것을 알 수 있었다. 되강오리의 하얀 털과 대기의 정적, 고요한 물결이 전부 그 녀석에게 불리하게 작용한 것이다." 그렇기는 해도 소로는 되강오리 근처에조차 접근할 수 없었다. "되강오리는 적어도 50로드쯤 떨어져서 마치 되강오리의 신에게 도움을 요청하듯 지상에선 들을 수 없는 길게 늘어지는 큰 웃음소리를 냈고, 곧바로 동쪽에서 바람이 불어와 호수 표면에 잔물결을 일으키자 대기 전체는 안개비로 가득 찼다."[4]

잃어버린 새끼고양이에 관한 이야기, 그리고 우리에서 도망친 돼지를 잡느라 콩코드 거리를 땀 흘리며 뛰어다녔던 일화도 재미나다. 이웃 프랫에 관한 얘기도 있다. 그가 제비 한 마리를 총으로 쏘아 맞추자 곧바로 믿기 힘든 일이 벌어진 것이다. "두 번째 제비가 뒤에서 날아오더니 밑에 떨어져 있는 제비를 있는 힘껏 쳐댔는데, 몇 번이나 땅으로 내려와 총에 맞은 제비를 공중으로 던져대기를 반복하더니 마침내 두 마리 다 시야에서 사라져버렸다." 소로의 다른 이야기들처럼 이것 역시 그가 직접 본 것은 아니고 들은 내용이었다. 소로가 들려주는 이야기들 가운데 수작을 꼽는다면 상당수가 미노에게서 나온 것들이다. 일기를 통틀어 가장 생동감 넘치는 이야기 중 하나는 미노가 어렸을 적에 미친개가 나타났을 때의 일화다. 미노의 상세한 회고와 소로의 생기 넘치는 이야기는 똑같이 인상적이다.

그가 맨 처음 떠올린 건 두 남자가 긴 막대기를 들고 이상한 개를 찌르는 장면이었다. 그리 크지 않은 몸집에 작은 반점이 있는 이 개는 인근의 (오래 전 벤 프레스콧 저택 근처에 있던) 헛간 아래서 하룻밤을 보낼 참이었는데, 공격을 받자 으르렁대며 장대를 물어댔다. 두 남자는 위험을 무릅써가며 막대기로 찔러댔지만 이 개가 미친개인지는 몰랐다. 마침내 두 사람은 개를 한쪽으로 몰아냈고, 미친개는 길로 뛰쳐나갔다.

미노는 개를 따라가며 예의주시했다. 그러다 이 개가 칠면조의 머리를 물어뜯자 미노는 "미친개"라고 외쳐댔다.

이어서 미노는 해리 후퍼가 소떼를 몰고 길을 내려오는 걸 보았다. 다급하게 개가 미쳤으니 조심하라고 소리쳤다. 그러나 길 한가운데 있던 후퍼는 두 팔을 크게 벌리기만 했다. 움츠리고 있던 개는 무방비상태로 있던 후퍼의 가슴을 향해 덤벼들더니 목을 타고 넘어갔는데 다행히 물리지는 않았다. 물론 엄청나게 놀라기는 했지만 말이다. 미노가 다가가 그에게 말했다. "왜 그래, 너 미쳤어? 해리, 그 개가 물었다면 너는 죽을 수도 있었다고."5

여기서 포인트는 세밀한 관찰이 아니다. 그가 직접 본 것도 아니니 더욱 그렇다. 핵심은 이야기를 풀어나가는 방식이다. 언어는 명료하고 절제돼 있으며 구어체로 이뤄져 있다. 이야기의 기세를 가로막는 것은 하나도 없다. 우리는 이야기가 진실임을, 과장되지 않았음을 믿는다. 왜냐하면 화자의 매우 객관적이고 사실적인 묘사를 신뢰하기 때문이다. 《월든》에서도 전편에 걸쳐 이와 비슷한 일화나 소품, 삽화가 나오지만, 반쯤 길들여진 쥐 이야기나 개미들의 전투 이야기, 심지어 어느 봄날 유유히 하늘 위를 날며 저 아래 지상에 있는 모든 것들을 외롭게 만드는 그 놀라운 매 이야기조차 일기에 나오는 백미 중의 백미로 손꼽히는 이야기들에 비하면 투명한 기운이나 재미난 구석이 좀 떨어진다. 미친개에 관한 일화나 도망친 돼지 이야기는 물론이고 미노에게서 들은 이 다람쥐와 개 이야기 역시 더 이상 손질할 데가 없을 정도다.

미노가 베이커 씨 집에서 살 때 B에게는 다람쥐를 잘 쫓기로 유명한 라이온이라는 개 한 마리가 있었다. 회색다람쥐가 무척 많아서 때로는 집을 가로질러 달리곤 했다. 오래 전 양식의 집이었는데, 뒤편으로 한 층 정도는 기울어져 있었고, 지붕에서 땅바닥까지 계단이 이어져 있었다. 하루는 회색다람쥐 한 마리가 달려가자 라이온이 계단을 뛰어 올라가며 그것을 쫓아 집을 가로질러 질주했다. 그러더니 미처 멈추지 못하고 정면으로 떨어져 한쪽 발을 삐었다. 그런데 다람쥐는 어느 쪽 발도 다치지 않았다.[6]

만약 그렇게 부를 수만 있다면 소로의 '행동 사실주의'는 당연히 일기에 한정되지 않는다. 물론 일기야말로 그가 이런 식으로 글을 쓸 수 있게 해준 완벽한 훈련장이었지만 말이다. 일기와 비교해 《월든》은 그 자체로 더욱 밀도있고 신뢰할 수 있는 책이다. 《월든》은 투명한 이야기체의 산문이지만 그 안에 들어있는 재미나고 웃음짓게 만드는 이야기들은 휘트먼이 말한 대로 "그 단단함과 영웅주의," 즉 시골생활의 평범한 일상을 축하하는 동시에 한층 중요한 것으로 끌어올렸기 때문이다.

8부

1852~1854
월든, 생명 있는 것의 승리

76

콜럼버스 이전의 역사

소로의 창작열은 1852년 한 해 내내 최고조에 달해 있었다. 그가 붙잡고 있던 프로젝트는 하나같이 큰 것들이었다. 3월에 그는 그릴리에게 〈양키가 본 캐나다〉 초고를 보냈다. 11월에는 〈퍼트넘Putnam's〉 편집자인 조지 윌리엄 커티스에게 《케이프코드》 초고의 절반 정도인 100페이지를 보냈다. 1852년 일기는 훗날 인쇄된 분량으로 700페이지가 넘었는데, 그 자체가 이해의 대형 프로젝트로서 콩코드북Book of Concord, 혹은 캘린더, 콩코드의 1년이라고 할 수 있었다. 식물학 서적을 읽은 덕분에 그는 관찰하고 글을 쓰는 데 두루 유용한, 자연의 질서라는 시스템을 활용할 수 있는 고도의 감각을 터득했다. 그는 대상을 구체적으로 묘사한 글을 써나가는 한편으로 스토리텔링 작업도 꾸준히 해나갔다. 그럴수록 관찰하고 창작하는 과정에 대한 자의식이 더욱 강해졌고, 그런 자의식을 분명하게 표현했다. "내 일부가 어딘가에서 나를 비평하는 것을 의식한다. 그러나 그건 진짜 내가 아니다. 경험을 공유하지 않은 채 지적이나 할 뿐인 구경꾼이다." 이것은 T. S. 엘리엇이 "자기 어깨 너머로 지켜보는 누군가"라고 말한

자의식 강한 시인과 흡사한 인식이다.[1]

일기에는 이해에 관찰한 세세한 것들이 하나도 빠짐없이 담겨 있는데, 마치 막대자석 주위에 쇳조각이 모이듯 각각의 주제 주위로 세밀한 관찰 결과가 모여들기 시작했다. 이해에 그는 유난히 꽃에 주의를 기울였고, 어떤 꽃들은 어떻게 늦가을까지도 계속해서 피어나는지 기록했다. 11월 23일에야 그는 마침내 개화 시즌이 완전히 끝났음을 인정할 터였다. 그는 또 씨앗에 더 많은 관심을 갖게 됐고, 씨앗이 뿌려지는 과정에도 흥미를 느꼈다. 12월의 마지막 날 그는 장문의 글을 남겼는데, 밤송이가 어떻게 해서 자신을 둘러싸고 있는 두꺼운 잎의 도움을 받아 스스로 종자를 퍼뜨려나가는지 설명한 것이었다. 1852년은 말하자면 아직 정식으로 공표하지는 않았지만 "씨앗의 확산The Dispersion of Seeds"이라는 거대한 프로젝트를 심은 해였다.[2]

소로는 또 이해에 《월든》의 4차 초고를 썼다. 앞선 원고보다 67페이지 분량이 늘어났는데, 둘째 장 '나는 어디서 살았고, 무엇을 위해 살았는가'의 시작 부분을 완전히 새로 썼고, 작가의 상상력을 강조한 내용을 보강했다. 이 밖에도 '소리들' 장과 '고독' 장, '방문객들' 장, '호수들' 장의 주요 대목, 그리고 '보다 높은 법칙들' 장에서 관능을 다룬 부분을 새로 썼고, "봄이 온 것이 마치 혼돈에서 우주가 창조되고 황금 시대가 실현된 것 같이 느껴졌다"고 이야기하는 '봄' 장의 오비디우스 섹션도 새로 추가했다. 특히 이번 개정 작업에서 주목할 만한 것은 '소리' 장에 나오는 키 작은 벚나무와 큰 부엉이를 상세히 설명하는 대목처럼 식물학이나 동물학에서 다룰 법한 세부 묘사가 많이 덧붙여졌다는 점이다.[3]

이 특별한 해에 그가 이루어낸 것은 이게 전부가 아니었다. 린네와 이블린, 길핀, 그리고 다른 여행가들과 박물학자들의 글을 자신의 "자연사 발췌록"에 옮겨놓았을 뿐만 아니라 "내가 쓴 콜럼버스 이전의 역사"라고 부른 프로젝트를 위해 책을 읽고 인디언에 관한 것들을 적어두는 노트에 그 내용들을 모아두었다. 소로가 정확히 어느 시점에 이 프로젝트를 기획했는지는 지금도 판단하기 어렵다. "인디언 노트" 첫째 권의 맨 마지막 페이지에서는 자신의 프로젝트를 여러 권으로 출간된 탐험가 스쿨크래프트의 《북아메리카 인디언 부족사History of the Indian Tribes of North America》와 비교하기도 했다. 같은 페이지에서 그는 자신이 이름 붙인 프로젝트 "내가 쓴 콜럼버스 이전의 역사" 바로 아랫줄에다 "육지와 사람들을 처음 만났을 때의 장면"이라고 써두었다. 그는 1853년 12월 과학 발전을 위한 모임Association for Advancement of Science에 보낸 질의서에서 자신이 특별히 관심을 두고 있는 것은 "문명인들과 접촉하기 이전의 알곤퀸 인디언들의 풍속과 전통"이라고 적었다. 다른 한편으로 그는 신세계의 동식물상에 큰 관심을 가졌던 것으로 보인다. 여기저기 적어둔 그의 코멘트와 그가 선정한 표제 리스트, 몇 년 동안 읽은 것들을 토대로 판단하건대, 그는 프랜시스 파크먼의 《북아메리카의 프랑스와 영국France and England in North America》 혹은 새뮤얼 엘리엇 모리슨의 《유럽인의 아메리카 발견European Discovery of America》 같이 상세한 내용과 식견을 갖춘 한 권의 책을 염두에 두었던 것 같다. 물론 소로가 주목했던 것은 북아메리카를 발견한 유럽인보다는 유럽인들이 북아메리카에서 발견한 것이었지만 말이다. 소로는 이 프로젝트를 위해 열 권의 노트를 빽빽하게 채웠지만 이 주제와 관련해 시험적으로라도 초고를 써보거나 강연을 시도한 적은 없다. 그러나 그가 초기 북아메리카와 그곳에 살았던 원주민들에 관한 글을 쓰지 않았고, 또 거창한 프로젝트를 실행에 옮길 계획조차 하지 않았다 해도 그 주제는 그를 사로잡았고, 〈양키가 본 캐나다〉 초고와 《케이프코드》, 《메인 숲》의 뒷부분, 《월든》의 후반부 초고들 같은 다른 프로젝트에 다양한 방식으로 흘러 들어갔다.[4]

그런 점에서 초기 북아메리카의 풍경과 그 원주민들에 대해 가졌던 정서적인 일체감이 어떤 식으로든 그의 작품을 상당히 물들였다는 점에서 인디언에 관해 공부한 내용 가운데 허투루 낭비된 부분은 거의 없다고 할 수 있다. 심지어 방대한 분량의 《예수회 보고서》를 전부 읽는 것처럼 스스로 부과한 북아메리카 '프로젝트'라는, 어마어마한 양에다 재미없고 건조해 보이는 연구 작업조차 그에게는 흥미로운 방식으로, 때로는 전혀 예기치 못했던 방식으로 보상해주었다.

77

예수회 보고서

소로는 1852년 10월 《예수회 보고서》를 읽기 시작했다. 예수회는 1632년 부터 1672년까지 캐나다 인디언들을 상대로 선교하면서 있었던 일들을 보고서로 작성해 퀘벡에 있는 선임신부가 프랑스 본국으로 보냈는데, 프랑스에서 이 보고서를 출판한 것이다. 40권 분량의 이 보고서는 당시 널리 읽혀졌고 뜨거운 논쟁을 불러일으켰지만 지금도 캐나다 초기 역사의 중요한 사료로 꼽힌다. 캐나다 역사책치고 이 보고서에 나온 내용을 언급하지 않은 경우는 극히 드물다고 할 정도다. 소로는 오래 전부터 이 보고서를 알고 있었다. 소로는 캐나다의 초기 역사가 샤르부아의 작품을 곁에 두고 읽어왔는데 이렇게 말했다. "어떤 역사가도 이 보고서에 정통하지 않고서는 이 나라의 첫 거주자들이 살았던 상황을 충분히 조사했다고 말할 수 없다." 그러니까 소로가 왜 이 보고서를 읽고 싶어했는지는 쉽게 이해할 수 있는 것이다. 물론 왜 그냥 대충 보는 데 그치지 않았는지, 왜 그 것을 소중하게 간직했는지, 왜 마지막까지 33권의 보고서를 다 읽고 나서 주요 내용을 발췌했는지, 이런 것들은 별개의 문제다.[1]

소로가 1852년 10월 하버드대학 도서관에서 대출해온 첫 두 권은 폴 르쥔 신부가 쓴 것이었다. 1633년 《보고서》는 216페이지, 1634년 《보고서》는 342페이지에 달했다. 책은 인디언들의 행복한 생활에 진심으로 관심을 가진 한 관찰자가 글의 스타일에 주의를 기울여서 쓴 것으로, 세세한 부분들을 사실적으로 기술한 살아 숨쉬는 내용이다. 선교사의 시각을 성급하게 비하하거나 비난하려 들지만 않는다면 이 특별한 예수회 선교사들을 향한 루이스 모건의 찬사를 읽어보는 것도 유용할 것이다.

영국인은 인디언들의 정신적인 행복을 완전히 무시한 반면 프랑스인은 그들 내면에 기독교 정신을 퍼뜨리기 위해 부단히 노력했다. 예수회 선교사들이 견뎌낸 궁핍과 고난, 이들이 인디언들과 소통하기 위해 노력하면서 보여준 열정과 헌신은 기독교 역사에서도 비길 데 없는 것이다. 이들은 아무런 보호도 받지 않은 채 혼자서 아메리카 대륙의 숲 속을 지났고, 집도 없이 의복도 거의 없이 야생의 한가운데서 살았다……이로쿼이족과 프랑스 예수회의 교류는 인디언들의 역사에서 가장 즐거웠던 부분일 것이다.

《보고서》 중에서도 특히 르쥔이 쓴 것들은 매혹적이고 재미나며 독자를 사로잡는다. 예수회가 가장 관심을 기울였던 부분은 사실상 인디언들만 갖고 있는 것, 그러니까 그들의 풍속과 관습, 습성, 언어, 의복, 행복, 신앙, 역사였다. 초기 뉴잉글랜드와 비교할 만한 것은 눈을 씻고 찾아봐도 없다. 르쥔은 단순한 일기 형식에 날짜순으로 쓴 보고서에다 그가 어디서 살았고, 무엇을 보았는지 기술했다. 40년이 넘는 기간 동안 한 지역

을 심층적으로 다뤘다는 점에서 《보고서》 전체는 궁극적으로 여행서이기도 하다.[2]

르죈 신부는 1633년도 《보고서》의 처음 몇 페이지를 쓰고는 곧바로 인디언들이 뱀장어를 어떻게 말리는지 아주 자세히 적었다. "이 작업은 처음부터 끝까지 여자들이 한다. 내장을 제거한 뒤 매우 조심스럽게 씻어내고는 배를 가른다. 그런 다음 배가 아닌 등이 위로 올라오도록 해서 장대에 매달아 오두막 바깥에서 말린 뒤 걸어놓고 훈제한다."(소로는 《보고서》를 불어로 된 원서로 읽었다.) 신부 앞에서 뱀장어 한 마리가 잘 구워지고, 신부는 계속해서 이렇게 썼다. "아이들과 함께 뱀장어를 먹다가 한 아이한테 물을 좀 가져다 달라고 부탁했다. 그 아이는 나무껍질로 만든 접시 같은 데다 물을 담아서 가져왔다. 구운 장어를 맨손으로 만졌던 이 어린 소년은 기름기가 잔뜩 껴 손이 미끌미끌해지자 머리카락이 냅킨인 양 손을 문댔고, 다른 아이들은 개를 붙잡아 손을 문지르기도 했다." 르죈은 인디언들과의 문화적 차이를 전부 기록했지만 그는 늘 배우려 했지 얕잡아 본 적은 결코 없었다. 그는 불어로 아주 생생하고 정확하게 적어나갔다. "기름은……이들에게 설탕이다. 딸기나 나무딸기를 먹을 때 기름을 함께 한다고 들었다. 이들에게 최고의 식사는 지방이나 기름이었다. 마치 우리가 사과를 베어먹듯이 딱딱한 하얀 기름덩어리를 한 조각씩 베어먹었는데, 이건 그야말로 사치였다."[3]

르죈은 모든 것을 이런 식으로, 그러니까 "우아하면서도 어른 키만하고 삼나무로 얇게 만든 전투용 방패"라고 묘사한다. 나무껍질로 만든 접시로 (뜨거운 돌을 이용해) 어떻게 요리하는지, 눈 덮인 가파른 경사지를 어떻게 내려가며(실은 구르다시피 해서 내려가는데, 나이든 사람은 썰매에 태워 먼저 내려 보낸다) 얼음을 어떻게 건너가는지, 무두질하지 않은 (따라서 방수가 되지 않는) 엘크 가죽으로 어떻게 신발을 만드는지, 남녀 사이에 일이 어떻게 배분되며 남자들은 "여자 일거리"를 피하려고 얼마나 애쓰는지, 젊은이는 노인을 어떻게 대하는지, 현지의 예수회 본부가 얼마나 추웠으면 그가 글을 쓸 때 잉크 통에 있는 잉크가 다 얼어버릴 정도였는지, 이 밖에도 온갖 깨알 같은 일들을 천 가지도 넘게 기록했다. 한 인디언은 르죈에게 "프랑스 범선이 해안에 나타난 것을 처음 보았을 때" 인디언들이 얼마나 놀랐는지 자기 할머니가 이야기해줄 때 무척이나 재미있었다고 들려주었다. "인디언들은 프랑스 범선이 움직이는 섬이라고 생각했다. 게다가 배를 움직이는 거대한 돛을 뭐라고 불러야 할지 몰랐다. 이들은 갑판 위에 수많은 사람들이 있는 것을 보자 완전히 기겁했다." 나중에는 프랑스인들이 자기네가 가져온 음식을 먹는 것을 보았는데, 인디언들은 "프랑스인들이 피를 마시고 나뭇조각을 먹는다"고 했다. "이건 와인을 마시고 비스킷을 먹는 걸 보고 그렇게 말한 것이었다."[4]

르죈은 인디언 언어를 배우려는 신부들의 노력을 자주 얘기했다. 신부들은 문법책과 사전을 만들었고, 인디언 교사들과 솜씨 좋게 협상했다. 그들은 선교하는 데 꼭 필요한 첫 단계로 여겼던 토착어를 배우기 위해 인디언 마을에 있던 겨울철 거주지에서 인디언들과 함께 생활하기도 했다. 예수회는 처음부터 인디언들이 불어를 사용하도록 만들기 보다는 기독교 정신을 인디언 언어로 번역하는 데 훨씬 더 공을 들였다.

《보고서》는 지금 읽어도 무척 흥미진진하다. 곳곳에서 드러나는 신부들의 선교 정신은 생각보다 그렇게 거슬리지 않는데, 소로는 재미나게 적어두었다. 10월 15일자 일기에는 이런 코멘트를 남겼다. "르죈 신부는 매

순간 그의 신을 갖고 불쌍한 인디언들을 얼마나 힘들게 했는지.(인디언들은 틀림없이 그가 가진 그저 한 가지 생각일 뿐이라고 여겼을 것이다.)" 그러나 예수회의 진정성에는 의문의 여지가 없다. 소로 역시 이렇게 적었다. "그들이 불손한 동기를 가졌다고 의심할 수는 없다. 그랬다면 하찮은 관찰자나 추론가도 될 수 없었을 것이다. 신부들은 성공을 확신했다. 왜냐하면 그들은 이미 그 대가를 치렀기 때문이다."[5]

종국에는 신부들 자신과 그들이 매년 쓴 《보고서》 자체가 그들이 다루었던 인디언 문제들만큼이나 소로에게 흥미롭게 와 닿았을 것이다. 그런 점에서 《보고서》는 소로 자신이 쓴 많은 글들과 유사하다고 할 수 있다. 《보고서》는 가벼운 여행과 상세한 관찰로 가득한, 시간대별로 기록한 일기 형식이다. 《보고서》는 문명화된 삶과 원시의 삶 사이의 경계지대에 집중하고 있는데, 후자 쪽에 공감하면서도 전자 쪽에 더 큰 신뢰를 두고 있다. 소로가 수 년간 파고들었을 정도로 《보고서》에 흥미를 느낀 것은 전혀 이상한 일이 아니다. 왜냐하면 형식이나 목적이라는 면에서 그도 뭔가 비슷한 일을 하고 있었기 때문이다. 사실 그가 쓴 책들도 그 자신이 메인 숲과 케이프코드, 월든 호수로 선교를 나간 보고서였다고 할 수 있으니 말이다.

78

범신론

🌿

1852년에서 1853년으로 넘어가는 겨울은 예년에 비해 적설량이 매우 적었다. 땅은 겨우내 거의 말라 있었다. 소로는 12월 후반과 1월, 2월에 걸쳐 측량 일로 무척 바빴다. 2월 말 일기에서 그는 지난 76일간 하루에 1달러씩 벌었다고 토로했다. 《일주일》을 출간하면서 진 빚을 갚기 위해 무척 열심히 일했지만, 남에게 고용돼 노동하는 것은 본인 스스로 의미 없다고 느꼈다. 1월 21일 그는 기운이 완전히 소진됐다. 아무것도 즐겁지 않았다. 그랬기 때문인지 과학적 사실에다 대고 으르렁거리기도 했는데, 태양이 지구로부터 9500만 마일이나 떨어져 있다는 걸 떠올리며 이렇게 말했다. "그 거리를 걸어본 적이 없으니 그건 내게 아무런 인상도 주지 못한다. 그걸 믿으라는 말도 내 귀엔 들리지 않는다." 이달 들어 자신이 "썩어버린 인간관계"라고 부른 것에 대해서도 우울하게 느꼈다. 그는 일기에 "죽은 이의 무덤을 깊이 파고 들어가는 꿈을 꿨다"고 적고는 "죽음은 나와 함께 있으며 생명은 멀리 있다"고 불평했다. 겨울이면 눈과 추위가 찾아왔고, 수정 같은 서리를 어디서나 볼 수 있었으며, 겨울 특유의 소리와 풍경을 즐길 수 있었지만 그래도 긴 겨울 동안 낮은 짧기만 했고 기분도 가라앉았다. 그는 간절히, 거의 미칠 지경으로 봄이 오기를 고대했다. 심지어 이해에는 가을에서 겨울로 접어드는 시기에 일기도 고갈돼 버렸다. 다행히 그가 다시 봄의 징후를 찾아 다니기 시작하면서 비로소 조금씩 활기가 돌기 시작했다. 그는 11월 중순에도 여전히 매달려 있는 톱풀과 쑥국화, 키 큰미나리아재비를 꼼꼼히 기록하며 꽃피는 계절과 마지못해 작별해야 했다. 12월 1일에는 비에 젖은 따스한 겨울의 부드러운 붉은색과 갈색을 보았는데, 한겨울이 시작되기 3주 전에 이미 "봄을 준비하는 씨눈의 형태"를 관찰했다. 1월 7일에는 꽃차례를 열어보고는 "노란 꽃밥이 이처럼 독특하게 봄을 약속하고 있는 것을 보고 깜짝 놀랐다"고 적었다. 1월이 다가기 전에 그는 낙관하는 기분으로 "오후의 뭔가 봄 같은 기운"을 기록했고, "이제 저마다 눈에 띄게 잎들을 입고 있는" 식물의 리스트를 작성했으며, "개울 바닥에서 새로 돋아난 초록의 물냉이"를 발견했다.[1]

이해 겨울 그를 더욱 낙담하게 만든 것은 집필 과정이 아무리 순조롭다 할지라도 출판하기까지 여전히 큰 고비가 있다는 사실이었다. 《일주일》의 출판 비용은 아직 갚아나가고 있었다. 1853년 1월에는 〈퍼트넘〉에 기고한 캐나다 관련 글을 상의조차 없이 검열하고 편집한 것에 대해 문제를 제기했다. 어지간해서는 화를 내지 않는 성격의 그릴리는 변함없이 소로의 작품을 뉴욕에서 후원해주고 있었는데, 이번 건만큼은 소로에게 좀 까칠한 내용의 편지를 보냈다. 그릴리는 캐나다 관련 글을 익명으로 게재한다면 "그것을 (일종의) 사설로 만들어 버릴 수 있다는 점에서" 실수라고 생각한다며 이렇게 덧붙였다. "그러나 '만일' 그렇게 한다 해도 바로 그 명백한 이단(당신의 그 오만한 범신론 같은)을 제거하는 게 필요하다는 점을 당신은 이해하지 못하겠습니까?" 이 구절은 한마디로 치명적이었다. 소로는 '범신론'이라는 말을 상처받은 자존심을 보여주는 데 사용하기 시작했다. 그는 그릴리에게 편지를 썼다. 도움에 감사한다는 인사말에 이어 성미 급하게도, 자기는 그 문제를 어떤 식으로 피해갈 수 있는지 모르겠다고 적었다. "나는 태생적으로 범신론자기 때문입니다. 만약 그것이 나의 이름이 된다면 그렇게 행동할 겁니다."[2]

어느새 그는 태어나서 서른다섯 번째 겨울을 보내고 있었다. 지금《월든》의 4차 초고를 끝내고 5차 초고로 넘어가는 잠깐의 휴지기에 그가 생각하고 있던 것은 과연 무엇이었을까? 그는 꼬리표를 붙여가며 과도하게 단순화하는 것을 달가워하지 않았고, 그래서 굳이 꼬리표를 붙일 때는 아주 신중하게, 약간 역설적인 의미로 사용했다. 그러나 어떤 꼬리표들에는 정확한 구석이 있다는 점도 인정했다. 3월 초 과학 발전을 위한 모임에서 질의서를 보내오자 "물론 내가 회원들 누구보다 자연과 친하기는 하지만" 아무튼 모임의 기준에 진정으로 적합하지는 않다고 느낀다며 이렇게 답했다. "모임이 보다 높은 법칙을 다루는 것을 과학으로 인정하지 않는다는 점에서……사실은 이렇습니다. 나는 신비주의자며 초월주의자에 자연철학자입니다." 그는 또한 에머슨이나 피히터에게 광의로 적용되는 것처럼 자신도 학자로 여겼다. 측량사가 아닌 학자라면 마땅히 자신의 의지나 상상력에 반하지 않으면서 "내 인생의 앞에 놓여 있고, 내 인생에 이바지하는" 것들만 해야 한다고 늘 상기했다.[3]

2월 말 블레이크에게 쓴 편지를 보면 자신이 '새로운' 믿음을 전혀 갖고 있지 않다는 점을 너무 의식한 것 같다.

내가 앗시리아에서 양치기였을 때 별들이 나를 지켜본 것처럼 지금 별들은 나를 뉴잉글랜드 사람으로 바라봅니다. 그대가 서 있는 산이 더 높을수록 해마다 그대의 시야는 더 적게 변할 겁니다……
나는 딱 한 번 '정신적' 탄생을 경험했습니다.(제가 쓴 용어를 너그럽게 봐주시기 바랍니다.) 그리고 이제 비가 오든 눈이 내리든, 웃든 울든, 내 기준에 한참 못 미치든 말든, 대통령으로 피어스가 당선되든 스콧이 당선되든, 번개의 섬광은 더 이상 번쩍이지 않을 것이며, 가끔씩이라도 신비롭고 오랫동안 이어지는 새로운 빛이 내게 나타날 것입니다.[4]

그는 '범신론자'라는 꼬리표에 화를 냈지만 그릴리는 그것을 악의적인 의미로 쓴 게 아니었을 뿐만 아니라 그 말이 꼭 부정확한 것도 아니었다. 소로는 보통의 상식적인 기준으로 볼 때 결코 기독교도가 아니었다. 본인 스스로도 예루살렘으로 가느니 차라리 러틀랜드(매사추세츠 주 우스터 카운티에 있는 마을 이름—옮긴이)로 걸어갈 것이라는 점을 인정하기도 했다. 그는 분명히 말했다. "신은 불타는 덤불에서 모세 앞에 모습을 드러냈듯이 지금의 얼어붙은 덤불에서도 (그는 이 글을 얼음폭풍이 몰아친 직후인 1월 초에 썼다) 산책자 앞에 나타날 것이다." 자연을 사랑하는 그의 마음은 많은 부분 전통적인 종교 용어를 뺀 채로 표현됐지만 그래도 종교적인 느낌은 그대로 살아있다. 그는 1월에 이렇게 썼다. "내가 자연을 사랑하는 한 가지 이유는 자연이 인간이 아니기 '때문'이다. 인간의 어떤 제도도 자연을 통제하거나 자연을 공격할 수 없다. 그곳은 다른 권리가 지배하고 있다……인간은 나를 억누르지만 자연은 나를 자유롭게 한다. 인간은 나로 하여금 자꾸만 다른 세계를 꿈꾸게 한다. 자연은 이 세상에 만족하게 해준다."5

그가 늘 종교 용어를 피했던 것은 아니다. 이해 1월 초 미나리아재비의 겨울눈을 관찰하고는 누가 봐도 종교적인 색채가 묻어나는 언어로—그러나 여전히 기독교 용어는 아니다—묘사했다. "거기서 그것은 참을성 있게 앉아 있다. 아니, 편히 쉬고 있다. 이 세계가 아직 보지 못한 봄에 대해 얼마나 믿음으로 가득하고, 얼마나 잘 알고 있는지, 그것의 약속과 예언은 봉오리처럼 생긴 돔이 꼭대기에 있는 동방의 사원과 비슷한 모양이다."6

소로는 어느 시대나 다른 시대만큼 좋다고 믿었다. 마찬가지로 각자의 인생은 모든 인생의 축도며, 콩코드에서의 그의 삶은 모든 인류의 상징이라고 생각했다. 이것이 그의 진정한 종교였고 내밀한 믿음이었다. 그의 신조나 고백이 아니라 일상의 삶과 평상시의 행동에 가장 가까운 원칙이자 더 새로운 계약이었고, 그가 〈산책〉에서 말한 것처럼 지금 이 순간의 복음이었다. 그는 1월 말에 이렇게 적었다. "이따금, 여름에도 겨울에도, 세상이 특별히 새롭게 시작되는 아침이 있다……나는 그런 아침을 창조의 아침이라고 부른다……모세의 창조 그 너머로 우리를 데려가는 아침……인간이 다시 태어나는 아침, 인간은 그 아침에 생명의 씨앗을 얻는다. 그것은 이제 널리 퍼져있는 내 종교의 일부가 돼야 한다." 만일 범신론자가 자연을 숭배하는 사람이라면, 자연은 생명이고, 생명은 이 세상 만물에 깃들어 있으므로 소로는 범신론자다.7

3월 말의 어느 날 클램셸 힐로 산책을 나갔다가 잔디를 뒤집어 보니 "아름다운 서리 결정체가 매우 드문 형태로 맺혀 있는" 것을 처음 봤다. 더 자세히 들여다 보자 그건 서리가 아니라 풀 뿌리의 작고 가느다란 털에 매달려 있는 "거의 보이지 않게 방울 진 맑고 수정 같은 이슬"이라는 것을 알게 됐다. 그는 이렇게 썼다. "절반은 보이지 않는다. 잔디밭과 어둠 속에서 이루어지는 과정은, 그러니까 시든 풀 위로 푸른 잎사귀가 단 하나도 나타나기 전에 풀 뿌리의 아주 가느다란 털에서 화학적으로, 또 기계적으로 이루어지는 과정은, 그것을 적절하게 묘사할 수만 있다면 다른 모든 계시를 대체할 것이다."[8]

79

미국

소로가 미국에 대해 가졌던 생각은 자연을 향한 그의 자세에 비해 좀 복잡하다. 이건 부분적으로 자연보다는 미국에 대해 생각하는 빈도가 적었고 생각의 깊이도 얕았기 때문이라고 할 수 있다. 그는 미국 정부와 미국의 성격, 가치에 대해 모순적이지는 않았지만 양면적인 태도를 갖고 있었다. 그건 이슈에 따라 달랐다. 그는 미국인의 삶이 보여주는 다양한 측면들 사이에서 신중하게 판단했다. 〈시민 불복종〉의 분노한 젊은이는 자신이 반대하고자 하는 것은 미국 '정부'라는 점을 조심스럽지만 분명하게 반복해서 지적한다. "해군기지를 찾아가 보라. 그리고 미국 정부가 만들어낼 수 있는 인간인 병사들을 보라." 더욱 특정하자면 그는 미국 정부가 노예 문제에 대해 취하고 있는 입장을 인정하지 않았다. "한 인간이 오늘날 이 같은 미국 정부를 향해 어떻게 행동해야 할까? 나는 답한다. 수치심 없이는 이런 정부와 함께할 수 없다고 말이다. 나는 '노예의' 정부이기도 한 이 정치 조직체를 '나의' 정부로 단 한 순간도 인정할 수 없다." 그러나 미국 정부를 거부하는 것이 미국의 모든 것을 거부하는 것은 아니다. 소로가 보기에 자유로운 나라를 유지하고, 서부에 정착하고, 사람들을 교육시켜온 것은 정부가 아니었다. 그는 이와 정반대라고 믿는다. "미국인들의 타고난 성격이 지금까지 이뤄낸 모든 것을 가능케 했다." 그렇기 때문에 소로는 같은 에세이에서 미국의 국내외 정책에 대해 강력하게 비판할 수 있었던 것이고, 이와 동시에 미국 국민과 미국 사상에 대해서는 따뜻하게 호응해줄 수 있었던 것이다.[1]

〈산책〉은 미국 사상에 대한 그의 가장 분명하고도 폭넓은 논의를 담고 있는데, 그는 서점운동西漸運動, westward movement이 보여준 특별한 모습에서 미국 사상의 예를 발견한다. "산책을 위해 집을 나서면······나침반 바늘은······늘 서쪽과 남남서쪽 사이를 가리킨다······나는 동쪽 방향으로는 억지로 가지만 서쪽 방향으로는 자유로이 간다······이쪽 편에는 도시가 있고, 저쪽 편에는 야생 자연이 있다. 원하는 곳에서 살도록 한다면, 나는 도시를 떠나 야생 자연으로 물러날 것이다." 이것은 그 자신에게만 해당되는 진실이 아니다. "만일 이와 비슷한 것이 사람들의 지배적인 성향이라고 믿지 않았다면 나는 이 사실을 그토록 강조하지 않았을 것이다. 나는 오리건을 향해 걸어가야 한다. 유럽을 향한 걸음이 아니다. 그 길은 이 나라가 가고 있는 방향이며, 인류가 동쪽에서 서쪽으로 나아가고 있다고도 말할 수 있을 것이다." 〈산책〉은 서점운동의 정신을 똑똑히 밝힌 고전이다. 소로는 말한다. "동쪽을 향해 가는 것은 역사를 이해하고 예술과 문학을 연구하기 위함이며 인류가 걸어왔던 발자국을 거슬러 올라가는 것이다. 반면 서쪽을 향해 가는 것은 진취적인 모험 정신을 품고 미래로 나가는 것이다."[2]

그러나 소로가 서부에 대해 갖고 있는 생각이 서쪽을 향한 문명의 행진이나 "문명의 이동"을 확인하는 것은 아니다. 소로에게 서부는 오히려 그 정반대다. 그것은 우리 내부의 야생성을 인식하고 그에 따라 행동하는 추진력이다. 그런 점에서 서부라는 이름으로 미국을 찬양하고 서부의 자연경관이 보여주는 아름다움을 자세히 묘사하는 것은 서부가 가진 의미에 대한 그의 위대한 재정의로 마무리된다. "내가 말하는 서부는 야생 자연의 또 다른 이름일 뿐이다. 이 세계는 야생 자연 안에서만 보전된다는 것을 말하고 싶다."3

소로가 미국을 높이 평가하는 또 다른 이유는—이 에세이에서 때로는 뻔한 애국적 공치사로 잘못 받아들여질 수도 있다—미국 안에서 살아가고 있는 지금 이 순간을, 그리고 자신의 현재 위치를 조금이라도 깎아 내릴 이유가 없기 때문이다. "만일 미국의 하늘이 끝없이 더 높아 보이고, 별들이 더 밝게 빛난다면, 그것은 언젠가 미국인들의 철학과 시와 종교가 지고의 수준까지 솟아오를 것임을 상징하는 것이라고 나는 믿는다." 그는 이렇게 운을 떼고는 그 이유를 풀어놓는다. "낙원의 아담이 이 나라의 미개척지에서 살아가고 있는 사람들보다 더 나은 환경에서 살았다고 생각한다면 참으로 부끄러운 일일 것이다."4

소로는 자존심이 워낙 강해서 자신과 가족, 친구들을 다 아우르는 미국을 대놓고 공공연하게 비난하는 자신을 용납할 수 없었다. 그럼에도 불구하고 그는 수사와 진실 사이의 간격을 보는 날카로운 눈을 가졌고, 굳이 정치 이슈로 한정하지도 않았다. 한 예로 1852년 1월 27일자 일기에 있는 다소 길고 쓸쓸한 분위기의 산문으로 된 비가悲歌를 보자. 그는 "액턴을 향해 서쪽으로 난 평원"을 지켜보며, 마치 프랑스의 황폐해진 시골을 바라보던 헨리 5세처럼 입을 연다. "평온하고 착 가라앉은 곳, 가슴 졸이며 영원히 생명이 이어지는 퇴색한 시골, 주간지가 배달되는 우체국으로부터도 너무 멀리 떨어져 있고 갓 결혼한 신부조차도 외로워서 살 수 없는 곳, 젊은이는 사교모임을 위해 말을 타고 나가지 않으면 안 되는 곳이다." 이건 우리가 훗날 사라 오른 주잇과 윌킨스 프리먼 같은 뉴잉글랜드의 토속 작가에게서 보게 되는 전혀 낭만적이지 않은 시골 정경이다. 바로 이런 시골 풍경을 소로가 저음으로 묘사한 것이다.

> 농부의 아들 가운데 누구도 농부가 되려 하지 않고, 사과나무는 말라 죽고, 버려진 지하실 구덩이가 집보다 더 많고, 울타리는 이끼에 덮여 있고, 나이든 처녀는 가진 것 몽땅 팔아 치우고 읍내로 이사 가려 하고, 이렇게 20년을 헛되이 기다려왔건만 집안의 방 한 칸조차 마무리하지 못한 채, 안이건 밖이건 회반죽도 바르지 못하고 칠도 못하고, 인디언들이 오래 전에 버려둬 지금은 농장마저 쓸모 없게 된 땅, 한때 숲이었던 곳은 지금 밭이 되었고, 밭과 목초지였던 곳은……세상에 거기 서서 이런 것들을 보면 이곳이 그 활기와 진취성으로 유명한 희망찬 젊은 미국이라는 것을, 더구나 이곳이 가장 많은 주민이 살고 있는 양키 지역이라는 것을, 어떻게 이해해야 할까.5

소로는 애국적 수사를 인정하지 않았는데, 청교도에서 유래한 것도 마찬가지였다. 그는 결단코 구원의 언어를 거부했다. ("사상이 표현되는 한, 갈등이 훤히 드러나는 한, 우리는 누가 구원해주기를 바라지 않는다." 그가 1852년 4월 15일자 일기에 쓴 문장이다.) 미국의 영토 확장주의를 정당화한 "명백한 운명manifest destiny"이라는 말도 소로는 거부했다. 그는 1853년 2월 블레이크에게 보낸 편지에 이렇게 썼다.

이 나라의 모든 사업은 더 높은 곳을 향하지 않고 오로지 서쪽으로만, 오리건과 캘리포니아, 일본을 향해서만 갑니다. 그곳까지 걸어서 가든 기차를 타고 가든 아무 관심도 없습니다. 그것은 머릿속으로 그려볼 것도 아니고 감정적으로 살펴볼 일도 아닙니다. 그 안에는 굳이 목숨을 바칠 것도 없고, 도전할 만한 것도 하나 없습니다……아니, 그들은 '명백한 운명'을 따라 그들의 길을 가는 것인지 모르겠지만, 나는 그것이 나의 명백한 운명이라고 믿지 않습니다.6

소로가 시민권과 연대의식, 그리고 고향 땅에 대한 애국적 열정마저 전부 거부한 것이 아니다. 그러나 그는 항상 물었다. 시민이라는 것이 정확히 무엇이냐고 말이다. 그는 자신의 정체성을 이해하고 있으면서도 자신이 미국인이라는 사실을 그다지 많이, 자주 주장하지 않았다. 헨리 제임스가 자신은 영국이나 미국 시민이기에 앞서 제임스 가문 사람이라고 말했듯이 소로 역시 자기 가문 사람이었고, 콩코드라는 마을과 뉴잉글랜드의, 그리고 자연의 주민이었다. 이 모든 게 한데 합쳐져서 그를 미국인으로 만들었지만 그것들 하나하나는 그 자체로 추상화된 거대한 미국보다 우위에 있었다.

80

골든 게이츠

소로는 1월과 2월의 상당 부분을 생활비를 벌기 위해 강연이 아니라 측량 일을 하느라 보내야 했다. 1월에는 〈퍼트넘〉에 〈양키가 본 캐나다〉가 월간 연재물로 실리기 시작했다. 소로는 이 연재를 3월에 세 번째 연재물이 실린 뒤 중단해버렸다. 봄이 다가오자 그는 바닥이 평평한 새 보트에 칠을 했고, 언덕을 달리듯 급히 내려가더라도 문제가 없도록 신발을 부식시켰다. 또 양키다운 기지를 창의적으로 활용해보기도 했는데, 신발끈이 자꾸 풀어지는 문제를 해결한 것이다. 전말은 이렇다. 그는 산책을 나갈 때마다 매번 신발끈을 묶고 또 묶어야 했다. 신발끈이 얼마나 자주 풀렸는지, '신발 매듭의 지속 시간'이 직선 거리를 재는 단위가 될 수 있다며 채닝과 함께 그 거리를 가늠해봤을 정도였다. 그는 '남아메리카의 수탕나귀 가죽' 같은 특이한 재료로 만든 신발끈을 써보기도 했다. 세계무역박람회에 왜 더 나은 상품이 나오지 않는지 의아하게 여겼고, 그 자신이 앞서 연필을 만들 때 그랬던 것처럼 표준 신발끈을 새로이 디자인해 보기도 했다. 그러던 어느 날 그가 통상 써왔던 "두 개의 단순한 매듭을 똑같은 방식으로 하나 위에 다른 하나를 묶는 것"을 반대로 해봤다. 그렇게 해서 헨리 데이비드 소로는 1853년 7월 '맞매듭'을 다시 발명해냈다. 그가 이 방법을 알리자마자 사람들이 그 자리에서 그의 진짜 문제를 일러주었다. 그동안 그가 써왔던 방식은 당시 제일 손쉬운 '세로 매기'였는데, 이게 원래 잘 풀린다는 얘기였다.[1]

4월에는 측량 일을 더 많이 했다. 늘 도움을 주는 편이었던 에머슨은 채닝에게 100달러를 줄 테니 《시골 산책Country Walking》이라는 제목으로 그들 세 사람의 작품 선집을 편집해달라고 주문했다. 소로는 채닝과, 그리고 소피아와 당일치기 여행을 다녀왔다. 올콧과도 시간을 보냈고, 에머슨과 다시 대화를 나누기 위해 애써보기도 했다. 이 시기가 사교적인 봄이었다면, 그는 자신의 삶을 대표하는 중요한 것을 재확인할 수 있었다. 5월 말에 그는 "내 인생의 어떤 사건들이 실제보다 얼마나 더 우화적인지" 적었고, 그런 것들이 "나의 독자적인 철학과 조화를 이루고 있다"는 데 흡족해 했다. 그는 심지어 아담 스미스를 넘어서 부富에 대해 자기 나름으로 참신하게 정의해보고자 했다. 그것은 헨리 제임스가 나중에 하게 될 "자기 상상력의 요구를 만족시켜줄 수 있는 사람을 나는 부자라고 부르겠다"는 말을 예견한 것이었다. 소로는 사실 이보다 더 구체화해서, 부란 예술가나 작가의 표현 능력과 같다고 했다. "자기 인생을 묘사하는 비유와 상징의 원재료로 자연을 가장 잘 활용하는 사람이 제일 부유하다." 그가 자연에서 무엇을 보았다는 것은, 이전부터 마음속에 품고 있던 것을 묘사할 수 있는 언어를 얻은 것에 다름 아니었다. 콩코드에서 또 다시 맞이한 이해 봄은 그런 점에서 소로가 정신적으로 새로이 도약한 시기였다.[2]

자연을 대하듯 책을 대했던 그에게 독서는 새로운 사실을 알려주기 보다는 그가 이미 생각했던 것이나 작업 중인 것을 한층 강화시켜주는 역할을 했다. 그는 스스로 어떤 것을 탐색하기 시작한 '다음' 그것들을 책에서 발견했다. 소로는 몇 해 뒤 이런 과정을 되돌아보며 이렇게 적었다.

> 사람은 물리적으로든 지적으로든 도덕적으로든 자신이 받기로 돼
> 있는 것만 받는다……우리는 이미 반쯤 알고 있는 것만 듣고 이해
> 한다. 만일 전혀 관심이 가지 않는 것이 있다면, 내 생각의 방향과
> 어긋나는 것이 있다면, 경험이나 특별한 재능에 따라 판단컨대 전
> 혀 내 주의를 끌지 못하는 것이 있다면, 그것이 제아무리 고상하
> 고 특출하다 하더라도 말로 떠들어댄들 듣지 못할 것이고 글로 쓴
> 다 한들 읽지 못할 것이다. 설사 그것을 읽는다 해도 그것은 우리
> 를 붙잡지 못한다. 그러므로 누구든 죽을 때까지 자신이 듣고 읽
> 고 관찰하고 여행하는 모든 것에서 '자신의 흔적을 쫓는' 것이다.
> (이 비유는 사냥에서 가져왔다.)

이건 소로가 자신의 독서와 글쓰기 간의 복잡한 동력에 대해 쓴 가장 예리한 코멘트다. 그는 하나의 길을 따라가기 시작하면 그 다음부터 다른 사람들의 이야기에서 똑같은 길을 의식하게 됐고 곧바로 어느 곳에서나 그것을 발견할 수 있었다. 독서는 자신의 생각과 표현을 확인시켜주었고, 새로운 사례나 참신한 구절, 때로는 완전히 처음 보는 견해를 제공했다. 따라서 그가 책을 읽으며 발췌한 것들은 그가 쓴 글의 다음 번 초고에 녹아 들어가거나 영향을 주었다. 소로의 독서는 수동적이라기 보다는 능동적이었고, 발견을 위한 것이라기 보다는 확인을 위한 것이었으며, 기존의

관심사를 북돋아주면서 동시에 앞서의 통찰을 확고히 해주는 것이었다.[3]

예를 들어보자. 1853년 1월 그는 1851년에 영국에서 처음 출간돼 언어에 관한 표준 텍스트가 된 리처드 트렌치의 《단어 연구On the Study of Words》를 집어 들었다. 트렌치는 훗날 《옥스퍼드 영어사전Oxford English Dictionary》이 발간되는 데 최초의 계기를 제공한 인물이었다. 소로는 언어와 관련된 책을 워낙 많이 읽다 보니 자연히 트렌치의 책을 붙잡았을지도 모르고, 어쩌면 트렌치가 자신의 주장 중 많은 부분을 "언어는 화석이 된 시"라고 이야기하는 "사랑 받는 미국 작가"의 관찰에 기초하고 있어서 그의 책을 읽었을 수도 있다. 트렌치는 에머슨의 뒤를 이어, 또 이를 더 확대해 언어란 화석이 된 윤리이자 화석이 된 역사이기도 하다고 주장했다. 에머슨처럼 트렌치도 추상적으로 퇴보해버린 단어들의 '잃어버린 구체성'을 회복시키는 것을 즐겼다. 가령 그는 '헐다dilapidate'라는 단어에 "돌을 하나씩 떼어내 집이나 궁전을 무너뜨리는 것"이라는 의미를 다시 붙였다. 시에라네바다에 쓰이는 것 같은 '시에라Sierra'는 거칠고 울퉁불퉁한 산맥의 이름이며 "톱"을 의미한다고 지적하기도 했다. 트렌치는 소로에게 'villagers'나 'civilians'처럼 'pagans'를 'pagani'와 연결해서 생각하도록 가르쳐주었다. 소로는 또 'rivals'가 같은 강물의 둑을 따라 거주하고 있는 주민들을 의미한다는 것도 배웠다. 그러나 소로가 트렌치에게 흠뻑 빠져든 이유는, 그가 이전부터 흥미를 느끼고 있던 말들을 트렌치가 다루는 방식 때문이었다. 이런 식이다. "우리가 가슴 벅찬 기쁨을 표현할 때 사용하는 단어들을 서너 개 생각해보자. 'transport,' 'rapture,' 'ravishment,' 'ecstasy,' 이들 단어 가운데 'transport'는 우리를 데려가는 것이고, 'rapture'나 'ravishment'는 우리를 자기 자신의 바깥으로, 혹은 그 위로 잡아채는 것이며,

'ecstasy'는 이와 거의 똑같지만 그리스어에서 유래한 것이다."[4]

소로의 응답은 즉각적이었고, 에머슨의 《자연》에 나오는 그 유명한 투명한 눈동자를 표현한 구절을 연상하게 하는 것이다. "이것이야말로 내가 원하는 단어들이다. 이건 음악의 효과다. 넋을 잃은 채 나 자신도 잊어버린다. 이것은 진실로 시적인 단어들이다. 나는 가슴 벅차고 고양되고 확장된다. 산에 올라선 기분이다." 소로는 언어에 관한 찰스 크라이처의 작품을 읽고 그랬던 것처럼 트렌치에게서도 언어는 본디 자연과 관련돼 있다는, 그 자신과 에머슨이 오랫동안 간직해왔던 믿음을 확인하는 짜릿함을 느꼈다. 소로가 1852년 말부터 진지하게 읽기 시작했던 크라이처는, 언어의 밑바탕에 깔려 있는 통일성은 생리적인 것이며, 모든 언어는 단 몇 개의 기본 소리로 구성돼 있고, 기본 음운이라고 할 수 있는 이들 소리는 인간과 정신, 자연이 만날 때 나오는 필연적인 산물이라고 주장했다. 이런 기본 소리들은 모든 언어에 앞서며 그것들은 나중에 정교하게 만들어진다. 그러므로 다양한 언어들은 모든 인간에게 공통된 말소리에서 유래한 것이며, 모든 시대 모든 사람들이 가진 단순성을 다시 한번 보여준다. 트렌치와 크라이처는 '구어'를 강조함으로써 소로에게—필립 구라의 표현처럼—"가장 내면의 핵심 언어로 자연 세계를 어떻게 투영할지" 제시해주었다. 소리는 언어의 열쇠다. 이 같은 통찰은, 소로가 《월든》의 다음 번 초고 작업에서 '소리들' 장과 '봄' 장을 비롯해 많은 부분을 다시 쓰도록 함으로써 놀라운 결실을 맺었다.[5]

그는 또 트렌치를 읽고서 야생과 의지에는 뚜렷한 관련성이 있음을 발견했다. "트렌치는 말하기를 야생의 인간은 의지 있는 인간이라고 했다. 자신이 의도하거나 바라는 것을 행하는 의지의 인간은 희망의 인간이며 미래 시제의 인간이다. 왜냐하면 자신의 목적을 좀처럼 버리지 않는 사람은 의지가 있을 뿐만 아니라 일관성이 있고 인내력도 강하기 때문이다." 그로서는 보기 드물게 역설적인 반전 없이 오로지 밝은 측면만 얘기하는데, 캘빈주의가 19세기에 남긴 진정한 유산은 의지의 문제에 주의를 집중할 수 있게 한 것이라고 지적한다. "성자들이 보여주는 견인불발堅忍不拔의 정신은 긍정적인 야생성이지 수동적인 바람이 아니다." 트렌치는 에머슨처럼 언어에 관심을 가졌고, 특정한 단어를 자기 나름대로 다룰 줄 알았다. 이런 트렌치의 방식은 소로가 글을 쓰는 데 반영됐다. 하지만 그것은 자연 관찰과 마찬가지로 독서 역시 그가 이미 가지고 있던 비전을 늘려주었다는 것을 의미할 뿐이다.[6]

81

《월든》 다섯 번째 초고

🌿

1853년 7월 초 호손은 영국 리버풀로 떠났다. 대학동창이자 지난해 대통령에 당선된 프랭클린 피어스의 선거용 자서전을 써주었는데, 그 보상으로 리버풀 주재 미국 영사에 임명된 것이다. 호손은 아내 소피아와 함께 처음 콩코드에 왔을 때만 해도 무명 작가였다. 어느덧 49세가 된 그는 유명해졌을 뿐만 아니라 최근 몇 년간 작가로서의 명성은 더욱 높아졌다. 1850년에서 1853년 사이 호손은 《주홍글자》와 《일곱 박공의 집The House of the Seven Gables》, 《브라이스데일 로맨스The Blithdale Romance》 외에도 여섯 권의 책을 더 출간했다. 소로는 이해 7월 서른여섯 살이 됐지만 결코 끝나지 않을 운명처럼 보이는 초고를 붙잡고 여전히 씨름하고 있었다. 7월은 그에게 친교의 달이었다. 그는 에머슨을 더 자주 만났다. 채닝과, 또 소피아와 더 자주 산책하고 야외로 나갔다. 에머슨을 만나러 콩코드에 왔던 몬큐어 콘웨이는 우연히 자신보다 하루 먼저 콩코드에 온 도망 노예를 돌봐주던 소로를 목격했다.[1]

소로는 대부분의 시간을 글을 쓰고 책을 읽는 데 썼다. 한여름에는 아침과 저녁 시간을 전부 독서와 글쓰기, 그리고 그의 표현대로 "원고를 정리하는" 초고 개정 작업을 하며 보냈다. 그는 적어도 네 가지 큰 프로젝트를 동시에 진행했다. 그러다 보니 정리해야 할 것들이 산더미처럼 많았다. 제일 먼저, 그리고 가장 압박을 받은 게 바로 《월든》 초고들이었는데, 앞서 써둔 초고를 하나 정리하면 곧바로 또 하나의 초고를 다시 써나갔다. 《월든》 5차 초고는 112페이지에 달하는 새로운 내용이 추가돼 1853년에 쓰여졌다. 《월든》 6차 초고는 119페이지의 새 내용이 추가됐고, 1853년 말에 쓰기 시작해 그해 겨울 끝냈다. 《월든》 7차 초고는 46페이지의 새 내용이 추가돼 1854년 초에 쓰여졌는데, 현재 남아 있지 않아 알 수 없는 마지막 한 편의 깨끗이 정서한 초고, 그러니까 출판사에 보낸 분량 미상의 최종 정서본을 쓸 시간은 아직 남아 있었다. 책은 1854년 8월에 출간됐다. 숨돌릴 새 없이 이어진 《월든》 초고 개정 작업 외에도 소로는 새로운 관찰들을 기록해 나갔다. 대부분 자연을 관찰한 것인데, 일기에만 매달 평균 50페이지 분량을 기록했다. 그는 또 아메리칸 인디언의 역사와 전통을 꾸준히 공부해나갔고 주요 내용을 '인디언 노트'에 적어두었다. 자연사에 관해 읽은 내용들도 '주로 자연사에 관한 발췌록'이라고 이름 붙인 노트에 적어놓았다.[2]

1852년에 끝낸 《월든》 4차 초고는 '경제' 장을 비롯해 이미 썼던 초고에 나오는 앞부분 장들에 좀더 깊이 있는 내용을 더했고, 자연을 관찰한 대목도 더 확충하고 보강했다. 《월든》 5차 초고는 큰 획을 긋는 개정 작업이었다. 앞서 썼던 내용에 추가한 것은 그리 많지 않지만 책의 후반부를 확장함으로써 계절의 순환을 마무리하고 사계절의 균형을 맞추는 데 집중했다. 5차 초고에서는 특히 숲 속에서 지낸 삶을 설명하면서 나름 사회적

의미를 부여했다. 게다가 각 장의 서두에 제목을 붙여 별도의 장으로 쪼갠 것도 5차 초고가 처음이다.[3]

소로는 앞부분에 나오는 장에다 인디언과 에스키모, 예수회 선교사들에 관한 언급을 추가했다. 캐나다인 나뭇꾼 시리언에 관해 써둔 대목도 고쳤다. 그는 '호수들' 장에 의미 있는 내용을 추가했고, 이 장을 가을에 배치함으로써 사계절의 모양새를 좀더 다듬었다. '호수들' 장에는 호수 표면의 묘사를 비롯해 빛의 조화라든가 다양한 빛깔들에 관해 그가 쓴 최고의 문장들이 들어있다.(1853년 5월 초의 일기 또한 빛깔들에 매우 민감하다.) 이 해에 그가 쓴 호수에 관한 묘사는 쿠퍼가 《사슴 학살자The Deer slayer》에서 글리머글래스(뉴욕 주에 있는 오세코 호수)를 묘사한 것을 연상시킨다. 쿠퍼가 그랬던 것처럼 소로도 풍경이 담고 있는 평온한 순수를 강조한다.

9월인가 10월의 어느 날 월든 호수는 그야말로 완벽한 숲의 거울이다. 호수를 두르고 있는 돌멩이들은 내 눈에 보석보다도 더 귀하게 보인다. 지구 표면에 있는 것들 가운데 호수처럼 그렇게 아름답고, 그렇게 순수하고, 동시에 그렇게 큰 것은 아마도 없을 것이다. 천상의 물. 그것은 울타리가 필요 없다. 수많은 민족들이 오고 갔지만 호수를 더럽히지는 못했다.[4]

'더 높은 법칙들' 장에다 소로는 우드척을 잡아 날 것으로 먹어 치우고 싶은 순간적 충동을 느꼈다는 유명한 고백을 포함해 야생에 관한 내용을 추가했다. 사냥과 낚시에 관한 견해를 담은 내용도 새로 넣었다. '이웃의 동물들' 장에서는 원래 있던 개미 전쟁 이야기에다 자고새와 되강오리, 오리 이야기를 덧붙였다. '집에 불 때기' 장에도 중요한 내용을 추가했는데, 가을과 불꽃과 땔감에 관한 많은 이야기들이 들어갔다.

사계절을 갖춘 완벽한 한 해를 만들어내기 위해 특정한 계절에 살을 붙인 것 외에도 아주 중요하게 추가한 내용이 있었으니 사회 문제에 관한 것이었다. 카토 잉그람과 질파, 브리스터와 펜다 프리먼에 관한 이야기는 월든 호수 주변이 콩코드의 흑인 거주지였다는 사실을 환기시켜준다. 이들은 책에서 주목할 만한 인물들은 아니지만 그렇다고 해서 익명으로 처리되지도 않았다. 1853년 5월 말 소로는 앞서 1851년에 헨리 메이휴가 펴낸 《런던의 노동자 계층과 빈민층London Labor and the London Poor》을 읽었다. 메이휴가 "일을 '하려는' 사람들과 일을 '할 수 없는' 사람들, 그리고 일을 '하려고 하지 않는' 사람들의 상황과 수입에 관한 백과사전"이라고 말한 이 책에서 드러낸 기조는 강렬하고도 분노에 찬 것이었다. 그는 높은 위치에 있는 사람들에게 깨달음을 주기 위해 이 책을 썼다고 했다. "엄청난 부와 대단한 지식이라는 면에서 '세계 제1의 도시,' 그 한복판에서 비참하게 무시당하며 악의 수렁에 빠져 살아가는 사람들, 진짜 조금도 과장하지 않고 우리에게 국가적인 수치인 이 사람들의 생활 여건을 개선하는 데 스스로 분발해서 나서도록" 하기 위해 집필했다는 것이다. 메이휴는 책의 많은 부분에서 무수한 빈민층이 살아가는 일상의 삶을 놀랍도록 생생하게, 동시에 통계수치까지 동원해 숨막힐 정도로 상세하게 묘사했다. 가령 거리의 사람들을 린네식의 엄격한 분류 방식에 따라 "여섯 가지 독특한 장르 내지는 부류"로 구분했는데, 노점상, 구걸하는 사람, 넝마주이, 거리의 연기자와 예술인과 쇼맨, 거리의 장인이나 행상, 거리의 날품팔이였다. 무엇이든 분류하고 명확히 기록하고자 했던 그는 촘촘하게 인쇄된 수백 페이지에 이르는 책에서 일상의 삶을 살아가는 사람들을 소환했다.

이들 뒤에 넝마주이가 있다. 이들은 앞서 얘기한 것처럼 말 그대로 그들의 삶을 "주워담는다." "순수한" 수집인들도 있다. 이들은 개똥을 모아 살아간다. 시가의 끄트머리를 줍는 사람들은 "하드 업hard-ups"이라고 불리는데, 홈통에 버려진 시가 쓰레기 조각들을 모아 말린 다음 극빈층과 제일 밑바닥사람들에게 그걸 담배랍시고 판다. 부랑아들, 하수구 사냥꾼들, 무덤에서 뼈까지 파내는 사람들도 있다.

메이휴는 거리에서 살아가는 사람들 하나하나를 조심스럽게 묘사한다. 소로가 그들의 정체성을 전부 파악할 수 있었는지는 궁금하다. 당시 콩코드에는 그런 계층이 아예 존재하지 않았지만 이들과 가장 인접한 사람들, 그러니까 흑인이나 마을의 술주정뱅이, 쓸모 없는 사람들, 철도 건설 노동자로 미국에 들어왔다가 그 후 버려진 아일랜드인들은 소로의 책에서 빠져나갈 수 없었다. 하지만 그들은 대개 조용한 절망의 삶을 살아가는 것으로 보이는, '마을' 장에서 하나의 집단으로 취급되는 대다수 잘사는 주민보다는 더 공감 받는 존재로 다뤄졌다.[5]

《월든》 5차 초고에서 소로는 친구들에게 바치는 우아하면서도 감동적인 헌사를 추가했는데, 특히 채닝에게는 "가장 멀리서 내 오두막을 찾아온 시인"이라고 했고, 올콧에게는 "마지막 남은 철학자 중 한 명"이라고 썼다.[6]

82

친구들

🌿

《월든》에는 '우정'에 관한 장이 없다. 물론 '방문객들'을 다룬 장은 있지만 말이다. 소로는 사람들을 대하는 자세가 거만하고 쌀쌀맞고 회의적이고 무례하고 숨으려는 것 같다는 비난을 받아왔다. 그러나 우정은 특별한 방식으로 그에게 활력소로 작용했다. 그것은 그가 맨 처음 잡은 주제들 가운데 하나였고, 15년간 일기에서 빼놓지 않은 주제이기도 했다. 그가 콩코드의 부유한 주민들과 자신을 찾아온 교회 사람들을 차갑게 대한 건 사실이다. 하지만 가족과는 물론 다양한 어린이 모임(그가 마을과 관련된 온 갖 것들을 모르는 게 없다 보니 아이들은 콩코드를 만든 사람이 소로 선생님이라고 여겼을 정도로 감동하곤 했다), 블레이크와 리켓슨을 비롯한 몇 안 되는 제자 그룹, 그가 돈을 마련해주었던 아일랜드사람들, 도망치는 것을 도와주었던 흑인 노예들과는 끈끈한 연대의식을 가진 네트워크를 형성하고 있었다. 그는 호손과 그릴리와의 우정뿐만 아니라 프랫과 미노, 멜빈 같은 친구들과의 우정에도 높은 가치를 두었다. 특히 그는 자신과 같은 정신을 지녔으며, 초월주의에 충실했고, 동료 작가이자 특이한 산책자였던 몇몇 사람들과 특별한 연대를 맺고 있었는데, 올콧과 채닝, 그리고 에머슨이었다.

소로를 포함한 이들 네 사람은 이해에 새로운 프로젝트가 계기가 되어 하나의 그룹으로 더욱 가까워졌다. 1853년 4월 에머슨은 연중 끊이지 않고 돈에 시달리던 채닝에게 그의 연간 수입의 4분의 1에 달하는 금액인 100달러를 주겠다며 《시골 산책》으로 불리게 될 책 한 권을 준비하라고 제안했다. 이 책에는 "콩코드와 그 지역을 무대로 한 내화와 산책이 실릴 것이고, 에머슨과 소로, 채닝, 올콧이 기록자이자 대화자로 참여할 것"이었다. 채닝은 7월 1일 에머슨이 원하는 만큼은 안 됐지만 그 일부를, 아마도 맨 처음 이 책을 만들자는 아이디어를 냈을 올콧에게 읽어줄 수 있었다. 그리고 10월 1일 채닝은 이 책을 완성했다.[1]

그러나 다른 측면에서 보자면 10월은 채닝에게 재앙이었다. 그는 누가 봐도 변덕스럽고 무례한 성격에다 나쁜 남편에 형편없는 아버지였는데, 저녁식사 자리에서 걷잡을 수 없이 화를 내는가 하면 아내 엘렌에게 상스러운 욕설을 퍼붓곤 했다. 10월 초에 엘렌이 아이들을 데리고 채닝을 떠나기로 결심했다. 병든 강아지뿐인 집에 홀로 남겨진 채닝은 절망감에 사로잡혀 자기연민에 훌쩍거렸다. 그는 일기에 이렇게 썼다. "나 자신을 잡아 찢는 생각뿐이다. 이런 생각을 쫓아버릴 수만 있다면 살아갈 수 있겠지. 강아지는 조용하다. 개는 아마도 죽게 되겠지만 그냥 가만 놔둘 것이다. 내일 만약 눈이 멈춘다면 우유를 좀……산책할 수 있을 것이라고는 생각하지 말자……눈보라가 심해지고 더 어두워진다." 채닝은 1850년 이래 소로의 집 바로 길 건너편에 살았다. 그는 여러 해 동안 소로와 거의 매일 산책을 함께한 친구였다. 소로는 그의 상스러운 표현을 묵인해주는 것만큼 그의 엉망이 된 집안 문제까지 용서해주지는 않았지만 그래도 두 사람은 매우 가까운 편이었다. 채닝은 훗날 소로의 전기를 썼는데 "소로의 최고 원칙은 모든 것들, 사상들, 시대들에 대한 믿음이었다"고 말할 정도로 그를 잘 알고 있었다. 두 사람은 산책을 좋아했지만 둘 다 글쓰기 외에는 일정한 직업을 가져본 적이 없었다. 두 사람 다 무엇보다 작가가 되기를 원했다. 채닝의 전기 작가가 생각하기로는, 이 시절 두 사람 사이에 진정으로 깊은 연대를 형성해준 것은 마을사람들에게 둘 다 실패자로, 그러니까 무책임한 게으름뱅이에 가족에게는 골칫거리요, 마을에는 아무 자랑거리도 되지 못하는 인물로 받아들여졌다는 점이었다.[2]

채닝은 이때까지 세 권의 시집과 한 권의 산문집을 냈으나 에머슨의 찬사에도 불구하고 어느 것도 잘 팔리지 않았다. 소로 역시 한 권의 책을 출간했으나 팔리지 않은 재고도서(《일주일》의 초판본 1000권 중 706권)가 이해 10월 그에게 돌아왔다. 물론 그는 이 일에 대해 농담까지 했지만("나는 거의 900권에 이르는 장서를 보유하게 됐는데, 이 중 700권 이상이 내 손으로 쓴 것이다.") 실패에 대한 동병상련은 매우 강했을 것이 틀림없다. 소로는 《월든》 초고를 다시 쓰는 작업을 하면서 자신이 월든 호숫가에서 지내던 시절 채닝과 감동적으로 해후했던 일을 떠올렸다. 비록 지금은 길 건너편에서 혼자 울적해하고 있지만 그때 채닝은 무척이나 행복해했던 것을 회상하며 그 장면을 '전에 살던 사람들, 겨울의 방문객들' 장에 집어넣었다. "엄청난 눈과 심한 눈보라를 뚫고 가장 멀리서 나의 오두막을 찾아온 사람은 시인이었다. 농부도, 사냥꾼도, 군인도, 기자도, 심지어 철학자도 무서워하겠지만 어떤 것도 시인은 제지할 수 없으니, 그는 순수한 사랑에 이끌려 행동하기 때문이다."[3]

올콧은 《월든》에서 소로가 찬사를 보낸 두 번째 친구다. 두 사람의 우정 또한 오랫동안 이어져왔다. 두 사람은 종국에는 완전히 다른 사고를 갖게 됐지만(올콧은 인간이 자연 어디에나 그의 흔적을 새겨야 한다고 믿었지만 소로는 그 반대였다) 그들에게는 시골에서 자란 사람들만이 갖는 애정과 오래 묵은 고상한 품격 같은 게 있었다. 소로는 올콧을 가리켜 "살아있는 모든 것에 믿음을 가진 사람"이라고 평했고, 올콧은 소로를 가리켜 "단단한 성격에 건강하고 유익하며 소금 같은, 영원히 함께할 사람이자 너무 자주 오지도, 너무 오래 머물러 있지도 않는 친구"라고 했다. 올콧은 굳이 지적인 동의를 해줄 필요가 없는 소로를 너그럽고 자상한 아버지처럼 대했다. 아직도 많은 부분이 출간되지 않은 올콧의 일기를 보면 자신의 딸 루이자의 이름이 널리 알려지는 것만큼이나 소로의 명성이 높아지는 것에 큰 관심을 갖고 기뻐했다고 그의 전기 작가 오델 셰퍼드는 말한다. 올콧은 그러나 아내에게는 몽상가이자 가망 없고 실패한 가장에다 골칫거리였으며, 생활력이라고는 눈곱만큼도 없는 인물이었다. 그런 올콧이기에 더욱 소로가 마음이 곧고 고결하게 보였을 것이다. "삶을 대하는 그의 태도는 다른 사람들이 익숙하게 여기는 것을 늘 한 단계 더 높게 바라본다는 것이다. 시대가 아무리 변해도 끝까지 실망하지 않을 마지막 사람이다."[4]

에머슨과의 우정은 소로에게 가장 중요하면서도 복잡하고, 시간이 흐를수록 마음이 무거워지는 것이었다. 1853년에 들어와 두 사람의 관계는 한동안 서먹했는데 때로는 아주 심각할 정도였다. 소로는 5월 24일자 일기에서 이렇게 불평했다. "R. W. E.와 말했고, 아니 말하려고 애썼다. 시간만 날렸다. 내 정체성마저 잃을 지경이었다. 그는 바람에다 대고 내가 알고 있는 것을 얘기했는데, 그도 그럴 것이 그는 아무런 견해 차이도 없는 터무니없는 반대 의견을 전제로 하고 있었기 때문이다. 그러니 나로서는 그를 반대하고 있는 누군가가 된 나를 애써 상상하며 시간을 허비해야 했던 것이다." 에머슨은 소로가 고지식하고 모순되며 늘 비판적이고 항상 반대만 한다고 생각했다. 더 심각한 것은 소로가 야심이 부족해 제국을 쳐부수는 대신 콩이나 부수고 있고, 기술자 집단을 이끌기는커녕 허클베리를 따러 가는 아이들이나 데리고 다닌다고 여겼다는 점이다. 에머슨은 1851년에 이렇게 썼다. "그가 이곳 읍내에서 그저 그런 인간이라는 사실은 용서받을 수 없는 잘못이라고 생각한다. 그는 라이시엄이나 다른 모임에서 강연하고 있지만 다른 사람들 역시 강연한다. 그의 강연은 아무런 감동도 주지 못하고 잊혀지고 만다." 에머슨은 소로에게 점점 더 커져가는, 닿을 수 없는 고립된 감정과 외로움이 있음을 느꼈고 이것과 싸우고자 했다. 1851년 10월의 어느 날 소로와 나눈 저녁 대화에 관해 그는 이렇게 적었다. "우리는 다시 또 시작했다. 거의 슬픔이라고 할 수 있는 영원한 외로움에 대해……우리가 아는 사람들 모두 얼마나 정서적으로 고독하며 고립돼 있는가!"5

소로는 에머슨의 일기에 수도 없이 등장한다. 에머슨은 말년에 소로가 자신의 가장 가까운 벗이었다고 언급했다. 심지어 알츠하이머 병에 걸려 기억은 무너지고 겨우 위트만 남았을 때조차도 ("우산"을 떠올리지 못할 때면 "그거, 방문객들이 가져가는 거 있잖아"라고 말하곤 했다) 애정은 기억보다 오래 갔다. "나와 가장 친했던 그 친구 이름이 뭐였지?" 그는 이렇게 물을 수밖에 없었다. 에머슨은 또 소로에 관한 짤막한 소고小考 가운데 최고의 글을 썼지만 소로는 에머슨에게 그런 일을 해줄 수 없었다. 아마도 소로는 에머슨이 채닝이나 올콧과는 달리 자신의 좋은 의견을 '필요'로 하지 않는다고 느꼈던 것 같다. 채닝의 부인과 아이들이 떠나기 며칠 전인 1853년 11

월 에머슨이 모친상을 당하자 소로는 장례식과 관련한 대소사를 도와주었는데, 얼마 후 일기에 적은 글에서 이 점을 인정하고 있다. "만일 누군가와 말다툼을 벌이게 된다면 그건 아마도 그 사람이 우리에게 아무것도 아닌 것을 필요로 하는 바람에 실망했기 때문일 것이다." 소로는 지금 붙잡고 있는 《월든》 초고에서 채닝과 올콧을 향한 빛나는 찬사를 보내고 나서 이렇게 쓰고 있다. "내가 오래도록 기억할 만한 '훌륭한 시간'을 함께한 또 한 사람이 있었다. 마을에 있는 그의 집에서 그런 시간을 가졌고, 때로는 그가 나를 찾아오기도 했다." 소로가 여기서 말하지 않은 것, 말하려 하지 않은 것을 감안할 때 이건 《월든》에서 가장 슬픈 문장이다. 어쩌면 이것은 《리어 왕》에 나오는 막내딸 코델리아의 너무나도 단순한 진실일 수도 있지만 소로의 인생에서 가장 중요했던 우정이 정식으로 출간된 책 안에서 더 이상 아무런 시도도 없이 무미한 문장 속에 묻혀버린 것이다.[6]

이것과 버금갈 정도로 슬픈—더 이상 간결한 단어가 없다—것이 있다. 비록 소로가 아무리 존중 받고, 심지어 사랑 받았다 하더라도 그는 가장 가까운 사람들에게조차 심각할 정도로 잘못 이해된 경우가 자주 있었다는 사실이다. 에머슨은 소로가 글을 쓰고 독서하는 것에 전혀 관여하지 않게 됐는데, 새로운 《베다》를 만들겠다는 인물이 너무나도 야심이 없어 보였기 때문이다. 소피아는 그가 《일주일》에서 구하고자 했던 것을 전혀 이해할 수 없었고, 그래서 "그 내용 가운데 일부는 매우 불경스럽게 들린다"고 말했다. 채닝 역시 한번은 이렇게 털어놓았다. "그가 자신의 삶을 통해 무엇을 알려주고자 하는지 도저히 이해할 수 없었다."[7]

83

체선쿡

소로는 완성도를 최대한 높여 《월든》을 마무리하려고 했지만 그의 마지막 동력은 이해 가을 또 다른 이벤트로 인해 중단됐다. 1853년 9월 후반 메인 주의 야생 지대를 두 번째로 여행한 것이었다. 9월 13일 보스턴을 출발한 증기선은 '외곽' 루트, 즉 해안선을 벗어나 육지를 볼 수 없을 정도로 멀리 나가 몬헤간 섬을 향하는 항로를 따라 운항했는데, 이 섬은 원래 긴 항해 끝에 페놉스콧 만으로 들어가는 입구에서 처음 만나는 육지였다. 소로와 동승한 승객들은 동이 트기 직전 섬을 볼 수 있었다. 뱅거에 도착한 소로는 사촌 조지 대처와 인디언 벌목꾼 조 아이테온과 합류했고, 이들은 무스헤드 호수와 캐타딘 산의 사이에 있지만 좀더 북쪽에 자리잡은 체선쿡 호수를 향해 페놉스콧 강을 따라 올라갔다. 대처는 무스를 사냥하고 싶어했고, 소로는 인디언의 생활 방식을 속속들이 알고 싶어했다. 그들은 카누를 마차 지붕 위에 실은 채 멀리 무스헤드 호수까지 간 다음 증기선으로 호수를 건너 호수 북쪽 끝에 있는 숲으로 들어갔다.

그들은 무스 한 마리를 잡았다. 소로는 이 짐승의 죽은 몸뚱어리를 가져와서 가죽을 벗기고 도살하는 전과정을, 그야말로 유혈이 낭자하고 처참하기 이를 데 없는 "비극적인" 일을 자세히 적어두었다. 그들은 꽤 많은 지역을 여행했다. 소로는 어디서나 볼 수 있는 대규모 사냥의 증거를 눈여겨본 것 외에도 새로 익힌 식물학 지식으로 숲을 묘사했다. 그는 숲을 소재로, 특히 그가 사랑했던 스트로브잣나무에 대해 애정이 듬뿍 담긴 감동적인 글을 몇 편 썼고, 자신의 능력이 닿는 데까지 인디언 언어를 배우기 위해 많은 시간과 노력을 쏟았다. 문득 이번 여행의 백미라고 할 만한 순간이 찾아왔으니, 어둠 속에 누워 인디언들이 "변치 않은 인디언 언어"로 얘기하는 것을 들은 것이었다. "그건 순전히 야생의 원시 아메리카의 소리였으며……한마디도 이해할 수 없었다." 인디언이 자기 언어를 지키는 한 아메리카 대륙을 백인이 지배하는 것은 여전히 미완이라는 것을 그는 새삼 확인했고, 이 사실이 무척 기쁘게 느껴졌다. 소로는 콩코드로 돌아오자마자 12월 중순에 있을 무스 사냥에 관한 강연을 위해 노트에 써둔 것을 정리하느라 시간을 보냈다. 나중에 어느 정도 분량이 되자 그는 "무스, 소나무, 인디언The Moose, the Pine Tree, and the Indian"에 관한 글이라고 이름 붙였다.[1]

소로가 인디언에 관한 책을 끝내 쓰지 않은 것은 참으로 아쉬움이 남는다. 그 책이 쓰여졌다면 아메리칸 인디언에 대해 더 많이 공감하면서 더 많은 것을 알려주는 내용이었을 텐데 말이다. "잔인한 운명이 위대한 한 작품세계를 강탈해갔다"고 알버트 카이저는 1928년에 썼다. 소로가 한 번은 콜럼버스 이전의 북아메리카 역사에 대해, 또 한 번은 "백인과 접촉하기 이전 알곤퀸 인디언의 풍속과 관습"에 대해 글을 쓰려고 했던 것은 사실이다. 또 그가 여러 해에 걸쳐 작업한, 주로 발췌한 내용과 코멘트가 섞인 인디언 노트를 2800페이지에 달하는 분량으로 11권이나 정리해 두었던 것 역시 사실이다. 그러나 그가 1850년대 초부터 역사 연구에 힘껏 매달리기는 했지만 역사를 일목요연하게 풀어나가는 것은 그의 장기가 아니었다. 소로 자신도 이 점을 깨달았던 게 틀림없다. 적어도 알려진 바로는 그가 이런 프로젝트의 초고조차 시도해본 적이 없기 때문이다.[2]

다른 요인들도 그가 이 주제를 다루기가 어려웠다는 데 무게를 싣는다. 무엇보다 시간을 앞서갈 수 없었다. 결정적으로 중요한 적어도 세 작품이 —공감을 자아내고 많은 것을 알려주면서도 흥미를 끄는 작품들이—소로가 이 주제에 집중했던 시기에 나왔다. 스콰이어와 데이비스의 《미시시피 계곡의 고대 기념비들Ancient Monuments of the Mississippi Valley》(1848)과 스쿨크래프트의 대작 《미국의 인디언 부족사History of the Indian Tribes of the United States》(1851~1857), 그리고 모건의 《이로쿼이 동맹League of the Iroquois》(1851)이 그것이었다. 스퀴어와 데이비스의 책은 당시 새로이 간행된 '지식을 향한 스미소니언 공헌' 시리즈의 첫째 권이었다. 그때나 지금이나 여전히 제대로 된 평가를 받지 못하고 있지만 이 책은 아메리카 대륙 중서부에 있는 인디언 고분들이 보여주는 놀라운 형상들과 함께 각종 예술 및 기술적 작품들을 담고 있다. 이것들은 여러 면에서 영국에 있는 스톤헤지나 에이버리와 비교될 뿐만 아니라 최근 조사 결과 에이버리 건설자들과 정확히 일치하는 문화적 진화의 단계에 있던 사람들에 의해 비슷한 이유로 건설된 것으로 밝혀지고 있다. 만일 소로가 인디언에 관한 책을 쓰고자 했다 해도 이런 저술보다 더 나은 책을 남길 수 있었으리라고 장담할 만한 근거는 없다. 아마도 소로 자신의 지식이 궁극적으로 도달했을 결론이 바로 이들 저작이었을 테니 말이다.[3]

소로는 월든 호숫가에 머무는 동안 메인 주를 처음 여행했는데, 그때 캐타딘 산을 올랐었다. 이번에는 《월든》 초고 작업을 하는 중에 두 번째로 캐타딘 산을 향해 여행을 떠난 것이었다. 물론 여행 시점을 잡은 것은 우연이었고, 사촌인 조지 대처의 일정을 고려한 것이었다. 그러나 메인 숲으로 떠난 이 두 번의 여행은 《월든》이 지니고 있는 보다 세련되고 길들여진 문명 세계에 신선한 야생의 감각을 불어넣어주었는데, 이건 매우 중요한 점이었다.

소로의 두 번째 여행 이야기는 첫 번째에 비해 훨씬 단조롭다. 〈체선쿡〉은 〈캐타딘〉의 일부에서 보이는, 아이스킬로스를 연상시키고 프로메테우스를 떠오르게 하는 분위기 대신 자주 인용되는 《예수회 보고서》처럼 전혀 꾸미지 않은 대화체의 풍미를 담고 있어 쉽게 읽힌다. 〈캐타딘〉의 중심에 감도는 정서는 무아경이다. 산 정상에서 원시 자연과 맞닥뜨리자 말문을 열지 못하고 그저 황홀하게 조우하는 것이다. 〈체선쿡〉의 중심에서 느껴지는 이와 비견되는 감정은 무스를 죽이고 가죽을 벗겨내는 것이다. 〈캐타딘〉은 진정한 야생의 발견을 알린다. 반면 〈체선쿡〉은 야생과 문명 간의 복잡한 관계를 차분하면서도 균형 잡힌 표현으로 설명한다. 만일 그것이 조금이라도 공격받는다면 문명의 방향에서일 것이다.

소로는 원시 소나무 숲에 무한한 애정을 가졌던 게 틀림없다. "야생의 숲은 축축하고 덩굴투성이에다 쓰러지고 죽어버린 나무들이 헤아릴 수 없이 많았다. 지표면은 어디나 푹신푹신하고 습기를 가득 머금고 있었다." 소로는 멀리서 두 벌목꾼과 캠프를 발견하고는 목재를 찾아 다니는 두 사람의 외롭고도 모험적인 삶을 무척 궁금해했다. 소로는 그답지 않게 희망을 잔뜩 담아 이렇게 적었다. "그때 이래로 나는 종종 그들과 함께 했었더라면 어땠을까 하고 생각한다." 그러나 그가 진짜 간절히 바랐던 것은 야생의 '삶'이 아니라 야생에서의 에피소드, 혹은 안식년 같은 것이었다. "나는 숲에서 낚시와 사냥을 하면서 만족스러울 정도로 혼자 힘으로 생활하면서 1년은 살아갈 수 있다." 그는 이제 문명의 자유를 영원히 누리며 살기를 바라지는 않지만 반대로 숲에서 2주일을 지내고 나자 기꺼이 거기서 물러나고자 한다. "우리가 살아가는, 잔잔하지만 다양한 풍경 속으로 돌아오니 마음이 놓인다. 영원한 거주지로는 내가 보기에 이곳과 야생 자연을 비교할 수 없을 것 같다. 물론 야생 자연이야 모든 문명을 낳은 원천이자 배경이고 그 원재료로서 꼭 필요하지만 말이다." 〈체선쿡〉은 자연보전운동의 창립선언문이라고 할 수 있다. 특히 두드러진 것은 야생 자연의 가치를 문명의 반대로서가 아니라 문명의 원재료로서—단순히 상품의 의미가 아닌 더 큰 의미로—냉정하면서도 분명하게 선언했다는 점이다. 〈체선쿡〉에서 "국가적인 보호"를 요구하며 함께 제안한 자연보전 윤리는 문명에 적대적이지 않다. 이것은 인간 사회에 대한 혐오나 인간 사회에서 탈출하고픈 바람에 의해 튀어나온 것이 아니라 진정한 문명은 언제나 야생 자연의 정신을 가끔씩 주입 받아야 한다는 생각에서 영감을 얻은 것이다. "시인은 체력을 위해, 또 아름다움을 위해 이따금 나무꾼의 발자국과 인디언의 길을 따라 여행해야 한다. 그리고 야생 자연의 깊숙한 곳에서 무스가 목을 축이며 기운을 북돋우는 신선한 샘에서 물을 마셔봐야 한다."4

멜빌의 《타이피》가 〈캐타딘〉의 맨 처음 초고에서 소로가 가졌던 원시주의에 대한 관심과 부분적으로 같은 맥락이었듯이 길핀의 《영국 서부 지역의……관찰Observations……on the Western Parts of England》과 이블린의 《식물지》는 〈체선쿡〉과 마찬가지로 다시 나무를 심고 보전하도록 관심을 불러일으키는 데 중요한 역할을 했다. 《식물지, 혹은 숲 속의 나무와 목재에 관한 이야기Sylva, or a Discourse of Forest Trees and the Propagation of Timber》(1664년 초판, 1679년 3판 출간)는 주목 받지는 못했지만 영국 문학이 낳은 대지에 관한 또 한 편의 걸작이다. 이블린은 찰스 2세 복위 사건의 일지를 쓴 사람 가운데 한 명이자 새뮤얼 핍스를 너욱 돋보이게 만들어준 인물 정도로만 알려져 있지만, 사실 그는 《땅, 대지에 관한 철학적 에세이, 포모나(과수의 여신)······사과술과 관련된 과실나무에 관해Terra, a Philosophical Essay of Earth, Pomona······Concerning Fruit Trees in Relations to Cider》와 《정원사의 달력Kalendarium Hortense or the Gardners Almanac》을 썼으며, 소로는 이 책들을 잘 알고 있었다. 《식물지》는 숲의 아름다움뿐만 아니라 숲의 유용성에 대한 이블린의 관심을 보여준다. 그의 책은 국방(해군) 측면에서 숲이 얼마나 유용한지 논의하는 데서 시작해 옛날에는 얼마나 많은 사람들이 숲을 신성시했는지 고찰하는 것에 이르기까지 아주 광범위하다. 그는 처음부터 숲이 널리 퍼져나가는 것에 관심을 기울였다. 그가 씨앗과 씨앗의 확산을 그토록 강조한 것은 틀림없이 소로의 정곡을 찔러 그 역시 똑같은 주제에 피나는 노력을 기울이게 했을 것이다. 이블린은 이따금 공리주의자의 입장에서나 할 수 있는 주장을 펼치기도 했는데, 가령 목재는 건물을 짓는 데 꼭 필요하다는 식이었다. 그러나 그는 동시에 자신의 목소리가 닿는 곳 어디서든 숲을 걱정했다. 이블린은 "나무를 '쓰러뜨리고 베어내' 버리는" 통상의 활동뿐만 아니라 "보다 신중했던 우리 조상들이 그대로 남겨두었던 그 훌륭한 '숲'과 많은 '나무들'을 말 그대로 완전히 '절멸시키고 파괴하고 끝장내버리는' 것"에 대놓고 분노했다. 소로는 《식물지》의 내용을 발췌해 적으면서, 씨앗의 확산과 숲의 보전, 그리고 자신의 주제를 향한 이블린의 불타는 애정에 특히 집중했다. "이블린은 마치 옛날 드루이드교의 사제 같다. 《식물지》는 그의 인생에서 가장 중요한 지향점이기도 한 나무들의 영광을 기리고 나무들을 보며 한없이 기뻐하는 새로운 의미의 기도서다." 이블린의 기조는 〈체선쿡〉에 매우 강하게 나타난다. 나무에 관해 소로가 쓴 최고의 문장들이 모여 있는 이 책을 보면 소로의 자연보전 윤리가 실은 이블린이 17세기에 가졌던 열의에서 나온 것이거나 이와 거의 똑같다는 생각이 든다.[5]

영국의 왕들과 그들의 공원을 인용하면서 소로는 묻는다. 왜 우리는 국립보전지역을 갖지 못하느냐고 말이다. "우리의 숲은……영감의 원천이자 진정한 휴식공간이 아닌가?" 〈체선쿡〉은 야생 자연을 보전하자는 최초의 외침이자 가장 건전하면서도 균형 잡힌 호소문이다. 사실 공원을 문명과 자연을 연결하는 하나의 표상이라고 생각한 점에 있어서 소로는 그 시대의 일부였다고 할 수 있다. 1853년 5월에 뉴욕은 드넓은 센트럴파크 조성 계획을 공식화했고, 1857년에는 F. L. 옴스테드와 칼버트 보스가 "그린스워드" 플랜으로 디자인 경연대회에서 우승했는데, 두 사람의 공원을 뒷받침해준 동기는 《월든》의 동기와 상당히 유사하다. 둘 다 "비록 도시 한가운데서 살아간다 하더라도" 원시적이고 개척자다운 삶의 가치에 호소했고, 또 그렇게 호소하기 위해 기획한 것이었다. 소로의 책이나 센트럴파크나 둘 다 도시인들에게 자연을 삶의 영원한 일부로 만들 수 있다는 남북전쟁 이전에 품었던 낙관적 가능성의 마지막 표현 가운데 하나였다.[6]

〈체선쿡〉은 그 자체로 균형 잡힌 글이기도 했지만, 다가올 《월든》 초고의 마지막 개정 작업에도 영향을 미쳐 최종 버전을 더욱 절제되고 균형 있게 다듬을 수 있게 해주었다. 야생 자연이 주는 광대한 느낌이 문명에 대한 확고한 이해 및 수용과 똑같은 무게로 와 닿은 것은 그의 인생에서 바로 이 시점이었다.

> 아마도 우리 자신의 숲과 들판은—적어도 허클베리를 두고 다투지 않아도 될 만큼 숲으로 둘러싸인 마을에서는—원시의 습지가 여기저기 흩어져 있으되 너무 많이 산재해 있지는 않을 텐데, 그런 숲과 들판이야말로 완벽한 공원이자 잡목 숲이요 정원이고 나무 그늘이고 산책로며 훌륭한 조망이자 풍경일 것이다. 그것들은 우리가 인간으로서 갖고 있는 예술성과 세련됨의 자연스러운 결과물이며, 각각의 마을이 소유한 공유지이자 낙원이다. 이에 비하면 온갖 공을 들여 치장하고 의도적으로 돈을 들여 건설한 공원과 정원은 하찮은 모조품에 불과하다.7

소로의 이상주의는 이 사이 그의 박물학자로서의 사실주의와, 그리고 사실에 대한 존중과 나란히 병행해 나갔다. 물론 이번에는 자연에 대한 그의 관심이 더욱 커져가는 사회 문제에 대한 관심과 함께했지만 말이다. 〈체선쿡〉이 쓰여지고 《월든》의 최종 버전을 탈고한 시점은 소로의 인생에서 제일 균형 잡힌 순간이었다. 그 순간까지도 조화를 이루지 못한 단 한 가지는 일에 대한 강박이었다. 블레이크에게 보낸 12월 19일자 편지에서는 아주 강렬한 어조로 거의 이것만 얘기하고 있다. "집을 짓는 사향뒤쥐처럼 우리는 아주 작은 것 하나를 위해서도 거대한 행동의 덩어리를 쌓아 올려야 합니다." 그의 편지는 중간중간 강조하기 위해 끊기는데, 제멋대로 터뜨리는 분노로 인해 블레이크는 틀림없이 당황했을 것이다. "일하라—일하라—일하라!……한 인간이 하루를 무아지경에 빠져 보내든 낙담과 절망으로 보내든 그는 그걸 보여주기 위해 무슨 일이라도 해야 합니다……그대의 진지한 노력과 부단한 노력으로 그대의 실패를 비극적인 것으로 만드십시오……일하라—일하라—일하라!" 블레이크에게 그렇게 하라고 괴롭힌 것처럼 그 자신도 그렇게 했다. 새로운 에너지와 아주 약간의 절망과 함께 자신을 《월든》에 던진 것이다.[8]

84

《월든》 여섯 번째 초고

🌿

1853년 12월의 마지막 날들은 소로가 기억하기에 최악의 눈보라가 몰아친 날들이었다. 강한 바람으로 인해 눈이 거의 수평으로 휘몰아쳤다. 어디를 가는 것 자체가 불가능했고 눈보라가 멈추자 눈이 2피트나 쌓였다. 새해가 되면서 눈이 녹았으나 내렸던 비까지 다시 얼어붙어 어딜 가나 빙판이었다. 눈을 연구한다는 게 아무리 애써도 쉬운 일이 아니라는 걸 소로는 새삼 절감했지만 얼음의 겉표면과 서리, 얼음결정들은 언제나 그를 매혹시켰다. 이달에는 꽤 많은 시간을 집안에서 책을 읽고 글을 쓰며 보냈다. 그는 《예수회 보고서》와 존 조슬린의 《뉴잉글랜드로의 두 번에 걸친 항해Account of two Voyages to New England》를 숙독했고, 픽처레스크한 묘사를 다룬 작품도 열심히 읽었다. 길핀의 《픽처레스크한 것에 관한 세 편의 에세이》를 읽자마자 길핀이 말하는 모든 것을 풀 수 있는 "열쇠"를 발견했고, 우버데일 프라이스의 《픽처레스크한 것에 관한 에세이들》도 읽었다.[1]

그는 카토의 《농경론》으로 다시 돌아가기도 했다. 서른여섯 살이 된 소로는, 누구든 36세가 되어서야 비로소 집을 짓기 시작해야 한다고 한 카토의 조언에 주목했고 이 말에 수긍했다. 카토를 읽고 나서는 로마의 다른 농경 작가인 바로와 콜럼멜라로 갔다. 바로는 특히 이해 1월에 그가 주목한 저자였다. 카이사르와 동시대 인물로 폼페이 지지자였던 바로는 공적인 분야에서 다채로운 삶을 살았고, 비록 그의 작품 대부분이 전해지지 않고 있으나 로마인들에게 가장 많이 공부한 인물로 추앙 받았다. 바로가 80세 때 쓴 《농산물Rerum Rusticarum》은 그가 집필한 것으로 알려진 74편의 작품 가운데 하나다. 바로는 소로가 카토에게서 발견하고 좋아했듯이 디테일한 것들에 각별한 관심을 쏟았다. 그는 카토와 마찬가지로 엄격하고 고지식했으며, 농부의 상식을 지녔고, 매일매일의 일상을 변함없이 현장에서 대했다. 바로가 소로에게 특별했던 이유는, 그가 카토에게서 발견할 수 있는 점들 외에도 언어에 유별난 관심을 보인 데다 단어의 어원 추측을 좋아했기 때문이다. 그는 spes(희망)에서 spica(곡식의 이삭)를 이끌어냈고, veho(운반하다)에서 villa(빌라)를 연상했는데, "빌라는 물건들이 운반되는 장소기 때문"이라고 했다.[2]

1월 중순에 소로는 아우구스트 황제 시대 작가들보다 "청동기 시대 작가들"이 얼마나 더 멋진지 적어두었다. 후세의 사치스러운 문화로 치장한 완벽함보다는 원기왕성하고 다소 거친 초창기를 선호한 것은 그에게 새로운 일이 아니었다. 하지만 그런 취향은 갈수록 강해졌고, 특히 이달에 확실하게 드러냈다. 서사시 작가보다는 농경 작가를 더 좋아했고, 《예수회 보고서》를 그 이후의 더 세련된 역사 기록물보다 선호했으며, 주로 자연을 소재로 글을 쓴 길핀과 프라이스를 주로 자연에 기초한 예술에 대해 쓴 러스킨보다 더 아꼈던 것은 소로라면 충분히 예상할 수 있는 일이었다. 그는 자신이 현재 하고 있는 일이 언젠가는 청동기 시대의 책들처럼, 그러니까 활력이 넘치고 자연이 살아있고 시골 분위기가 물씬 풍기는 저 작들처럼 시대를 뛰어넘는 고전으로 남게 되기를 틀림없이 바랐을 것이다. 그는 1월의 일기에 이렇게 썼다. "나는 시골사람이 될 것이다."[3]

그러나 겨울의 진짜 작업은 1853년 말에 시작해 1854년 초, 아마도 1월에 끝났을 《월든》 6차 초고를 쓰는 것이었다. 마지막으로 이뤄진 대대적인 개정 작업이었다. 119페이지 분량이 추가됐고, 전체 내용을 각 장 별로 나눠 최종 출간본과 흡사한 모양새를 갖추었다. 둘째 장에서 "상상력 imagination"을 강조하는 대목이 새로 추가됐는데, 절망과 절망적으로 서두르는 것을 피하라는 충고로 쓰였다. '고독' 장도 다시 썼는데, 야생의 풍경과 가을비를 강조했다. 이블린의 책에서 인용한 구절도 새로 넣었고, 신성한 부름으로 여겨지는 농부의 밭일에 대한 언급도 덧붙였다. 체선쿡을 여행하며 겪은 일을, 처음에는 '육식'이라는 제목을 붙였다가 나중에 '더 높은 법칙'으로 바꾼 장에서 사냥과 낚시를 거부한다는 대목에 새로 반영했다. '동물 이웃들' 장에 개와 고양이를 비롯해 더 많은 동물 이야기를 추가했고, '집에 불 때기' 장에서는 그가 꿈꾸는 "도금되지 않은 진정한 황금시대"에 대해 썼다. 샌리 교수가 말했듯이 《월든》 6차 초고 가운데 3분의 2는 앞서 썼던 '이전의 거주자와 겨울의 방문객' 장과 '겨울의 동물들' 장, '겨울의 호수' 장, '봄' 장의 내용을 완전히 뜯어고치고, '결론' 장의 초고를 처음으로 쓴 것"이라고 할 수 있다. 《월든》 5차 초고의 상당 부분은 가을에다 적절한 비중을 실어주려고 애썼는데, 이번 6차 초고는 사계절의 균형을 맞추기 위해 겨울을 대폭 늘리고 더욱 강조했다.[4]

《월든》은 한 해 사계절을 따라간다. 소로의 초고 개정 작업은 이 같은 구조에 얼마나 세심한 주의를 기울이고 있는지 보여주지만 이와 동시에 그는 책의 다른 통합된 측면을 강조하는 작업도 병행했다. 가령 상상력이라는 개념이라든가 신성함에 대한 느낌, 일과 노동에 대한 생각, 아름다운 자연 풍경과 무자비한 자연의 힘이라는 이중적인 개념, '더 높은 법칙' 장에서 드러나는 초월주의적인 관심사, 그리고 '결론' 장의 실제적이고도 윤리적인 명령 같은 것이다. 《월든》이 계절의 순환에 기초하고 있지만 오로지 그쪽 면만 주목해서 바라보는 것은 잘못이다. 무엇보다 계절을 따라가면서 책을 만드는 것 자체가 새로운 발상이 아니기 때문이다. 소로가 최근에 읽은 책만 봐도 계절이 이야기의 큰 틀을 구성하는 다양한 방식을 제공해주었다. 바로는 농장에서 이루어지는 주요 작업의 현장 일정을 짜나가려 시도하는 과정에서 하나가 아니라 두 가지 계절 구조를 알게 됐다. 그러니까 처음에는 한 해를 익숙한 사계절, 즉 태양력에 따른 봄, 여름, 가을, 겨울로 나누고, 계절의 경계를 춘분과 추분으로 삼았다. 각각의 계절은 두 부분으로 더 세분화했고, 한 해의 시작은 2월 7일이었다. 바로의 두 번째 구상은 태양의 순환에 덜 매달린다. 그것은 여섯 개의 계절로 구성되는데, 준비하는 시기, 씨 뿌리는 시기, 경작하는 시기, 수확하는 시기, 저장하는 시기, 소비하는 시기였다. 이 두 번째 구상은 좀더 주관적이고, 한 해를 인간의 필요에 따라 재단하는 데 더 비중을 두었다. 바로의 이런 구상이 실제로 보여주는 것은 계절의 진짜 개념이란, 그것이 네 개가 됐든 여섯 개, 열두 개, 혹은 옛날 중국에서 그랬던 것처럼 스물네 개가 됐든, 결국은 인간이 자연에 투영한 것이라는 점이다.[5]

콜럼멜라 역시 그의 책의 중요한 부분을 농업에 할애하고 있는데, 거의 하루하루 단위로 매일 해야 할 작업들을 기록한 달력이 주요 내용이다.

그는 1년을 1월 13일과 2월 첫째 주 사이의 기간, 즉 "한겨울과 서풍이 불어오기 시작하는 시점의 중간"에 시작한다. 카토나 바로와 마찬가지로 콜럼멜라도 현장 중심의 유용한 책을 펴내는 것을 목표로 했다.

1월 1일이 지나자마자 다닥냉이를 심는 게 좋을 것이다. 2월에는 무타(강한 향기가 나는 약새용 풀—옮긴이)를 심는데, 씨앗을 뿌려도 되고 모종을 심어도 된다. 또 아스파라거스를 심고, 다시 양파와 부추의 씨앗을 뿌린다. 만약 봄과 여름에 수확하고 싶다면 무와 순무의 씨앗을 심어야 한다……보통의 마늘과 아프리카마늘은 이 계절에 뿌릴 수 있는 마지막 종자들이다.[6]

이블린이 정원사의 달력을 준비한 것은 17세기였다. 정원사에게 매달 과수원과 텃밭정원에서 무엇을 해야 할지 알려주었는데 1월부터 시작했다. 소로는 이블린의 달력이 익숙했다. 그는 또한 린네가 꽃들마다 언제 만발하는지 그 시기를 정확히 예측하고서, "농촌에서 시기별로 필요한 작업을 언제 수행할지 시간표로 활용할 수 있도록"《꽃 달력Calendarium Florae》을 준비했다는 것을 알고 있었다. 소로는 18세기의 수많은 달력들도 잘 알고 있었다.《샐본의 자연사The Natural History of Selbourne》마지막 문단에서 길버트 화이트는 이렇게 썼다. "지금 하고 있는 일을 처음 손에 잡았을 때 나는《1년 12개월의 자연사Annus-Historico-Naturalis》에 추가할 것을 제안했다." 그가 그렇게 하지 않은 한 가지 이유는 워링턴의 에이켄이라는 사람이 이미 "이런 종류의 뭔가"를 했기 때문이다. 에이켄의 글은 훗날 화이트의 논문《자연사의 구석구석을 관찰한 박물학자의 달력

Naturalist's Calendar with Observations in Various Branches of Natural History》(1795)
에도 발췌돼 실렸다. 그리고 화이트가 그의 책을 출간하기 전 데인스 배링턴이 주기적으로 나타나는 자연현상을 관찰하는 데 쓸 수 있는 양식을 소개했는데, 이 양식에는 "기상에 관해 읽을 것을 적어두는 칸과 나뭇잎, 꽃, 곤충, 새들의 출현과 사라짐을 기입하는 칸"이 있었다. 이런 빈칸으로 채워진 배링턴의 책은 매년 출간됐고, 화이트는 이를 잘 활용했다. 소로는 상세한 내용을 기록할 수 있는 바로 이런 종류의 달력(지금은 생물기후학이라고 한다)에 죽을 때까지 푹 빠져 있었는데, 콩코드의 자연현상을 기록한 달력을 만들고자 했던 그의 땀과 노력은 이처럼 전통 있고 틀을 잘 갖춘 박물학자의 달력이라는 빛을 통해 봐야 한다.[7]

아무튼 《월든》은 뼈대를 갖추어갔다. 사계절에 세심한 주의를 기울이지 않고서는 자연현상을 제대로 관찰한 책을 쓴다는 것은 불가능한 일이다. 《월든》은 아마도 자연이 들려주는 한 해의 이야기를 담아낸 가장 매력 넘치는 책일 것이다. 그러나 소로에게는 이것과 똑같은 무게로 압박하는 또 다른 걱정거리가 있었으니, 그것은 《월든》이 그저 또 하나의 '박물학자의 달력'이 아니라는 확신을 갖는 것이었다. 《월든》은 자연 관찰을 담은 이전의 어떤 책과도 다르다. 아마도 가장 비슷한 것을 고르자면 길버트 화이트의 《샐본의 자연사》일 텐데, 그 무렵 소로가 제일 좋아하는 책이었다.[8]

화이트는 소로보다 거의 100년 앞선 1720년에 태어났다. 그의 이름을 후세에 남긴 책은 격변의 해였던 1789년에 나왔다. 화이트는 레이와 린네를 공부했고, 그들로부터 자연 연구는 살아있는 것들에 대한 연구라는 점을 배웠다. 소로처럼 화이트도 고향을 떠나지 않았다. 그는 영국을 단한 차례도 떠난 적이 없었고, 남부와 중부의 시골지방을 여행했을 뿐이다. 그는 인생 대부분을 샐본과 그 주위에서 보냈다. 서간문 형식으로 쓰여진 그의 책은 끈질기면서도 명료한 관찰들로 꽉 차있다. 책을 만든 편집자 중 한 명은 그에 대해 이렇게 말했다. "자연이 흥미로우니 화이트도 흥미로운 것이다." 화이트는 향토사를 쓰는 데도 관심이 많았는데, 향토사에는 옛 유적들뿐만 아니라 자연이 빚어낸 생산물과 자연에서 벌어진 일들을 전부 포함시켜야 한다고 생각했다. 그의 책은 활기가 넘치고 지방색이 강하며 전력을 기울인 세밀한 관찰 덕분에 여전히 신선하게 다가온다. 이 책은 유명하지만 《월든》과는 모든 면에서 다르다. 화이트에게는 관찰과 사실은 있지만 관찰자는 없다. 독자들이 화이트 본인에 대해서는 거의 감지하지 못하는 것이다. 그는 모든 것에 호기심을 가진 사람이었지만 그건 인격화되지 않은 호기심이었다. 《샐본의 자연사》를 보면 세밀한 관찰 결과를 단순히 전달만 하는 데는 한계가 있음을 알 수 있다. 이와는 대조적으로 《월든》을 보면 어느 페이지에서든 관찰자 소로를 강하게 느낄 수 있다. 화이트가 처음부터 끝까지 객관적이었고, 또 《프렐류드The Prelude》의 워즈워스가 거의 전적으로 주관적이었다면, 《월든》의 소로는 두 가지 시각을 다 갖고 있다. 우리로 하여금 관찰 대상뿐만 아니라 관찰자도 분명하게 감지할 수 있게 한 것이다.[9]

소로는 이것을 하나의 목표로 완벽하게 인식하고 있었다. 소로가 1월 말에 쓴 일기를 보면 겨울이기에 얻을 수 있는 것에 대해 매우 상세하게 써놓았는데, 이건 아마도 바로가 한 해를 주관적으로 나눈 것에 영향을 받았기 때문일 것이다. 이날 일기는 이렇게 시작한다. "사계절과 각 계절의 열매들은 인간을 위해 존재하는 것이다." 4월에도 그의 마음은 여전히 같은 주제를 떠올린다. "나는 단순한 현상에는 흥미가 없다. 그것이 그저 인간 존재의 경험을 더하는 정도라면 행성의 폭발이라 할지라도 마찬가지다." 5월 초에도 이와 동일한 통찰로 돌아가는데, 《월든》에 깔려 있는 기본 시각을 재차 명확히 하고, 그것을 앞서의 자연사 지식과 구분 짓는다.

순수한 '객관적' 관찰 같은 것은 있을 수 없다. 당신의 관찰이 흥미를 끌려면, 즉 중요한 것이 되려면 '주관적'이라야 한다. 어느 분야의 작가든 그가 쓸 수 있는 것을 다 합쳐봐야 결국 인간 경험의 일부에 불과할 것이다. 시인이든 철학자든 과학자든 말이다. 가장 과학적인 사람이란 가장 생생하게 살아있는 사람, 바로 자신의 삶이 이 세상 최대의 사건인 사람이다. 단순히 바깥 사물을 인식하는 감각은 아무 소용도 없다. 당신이 어디를 여행하고, 얼마나 멀리 여행하는지가 중요한 게 아니라, 실은 더 멀리 갈수록 더 나쁘다고 할 수 있는데, 진짜 중요한 것은 당신이 얼마나 생생하게 살아가는가 하는 것이다.[10]

《월든》의 계절 구조에 대해 너무 많이 이야기하다 보면 자연의 계절 순환을 궁극의 지혜로 받아들이라는 게 이 책의 메시지라고 쉽게 단정지을 수 있다. 그런 시각은 당연히 객관적이지만 고루하고 편협한 것인데, 소로가 진정으로 바라는 것도 아니고 가르치고자 하는 것도 아니다. 《월든》은 계절과 함께 시작되지 않는다. 한 개인의 매일매일의 삶을 이루는 아주 구체적인 경제에 관해 과도할 정도로 길게 서술한 '경제' 장으로 시작한다. 책은 계절과 함께 끝나지도 않는다. 돌직구 같은 뜨거운 도전과 함께 끝난다. 사계절이 끊임없이 순환하는 냉혹한 법칙으로 스스로 물러나는 것이 아니라, 각 개인으로 하여금 이전에 살았던 사람들보다 더욱 전인적으로 살아가도록 용기를 불어넣는 것이다. 《월든》의 '결론' 장만큼 그렇게 힘이 솟구치고 가슴 벅차게 하는 글도 없다. 에머슨도 휘트먼도 완전한 삶을 살 수 있는 용기를 가지라는 주문을 이보다 더 훌륭하게, 더 신중하게 순비한 글을 쓰지는 못했다. 《월든》은 자연에 굴복하라는 메시지도 아니고, 개인을 공동체 위에 놓으려는 안간힘도 아니다. 자연은 우리에게 자연을 넘어서라고, 그 너머로 발을 디디라고 가르친다. 《월든》의 결론은 그래서 모든 이에게 지금 어디에 있든, 혼자서 살든 군중 속에서 살든, 숲에서 살든 도시에서 살든, 상상력이 명령하는 바에 따라 삶을 살아가라는, 자신이 꿈꿔왔던 인생을 살 수 있는 용기를 가지라는 주문인 것이다.

85

생명 있는 것의 승리

계절이 겨울에서 봄으로 한 발 한 발 나아감에 따라 소로는 새 생명이 돌아왔음을, 솟구쳐 오르는 생명의 승리를 온몸으로 느꼈다. 1월은 "헤쳐 나가기 가장 힘든 달"이며, 완벽한 겨울은 1월 한 달뿐이라는 생각이 들었다. "12월은 아직 가을이다. 겨울 같은 11월도 마찬가지다. 2월은 봄에 속하고, 눈 내리는 3월도 그렇다." 그러나 미노의 말처럼, 또 미노 자신이 그랬던 것처럼 소로 역시 다시 한번 "겨우내 힘든 시기를 견뎌내야" 했다. 2월의 처음 며칠은 따뜻했고 눈이 녹는 날들이었다. 햇볕은 철길 둑에서 모래이파리가 흘러내렸을 정도로 대단했다. 모래와 진흙을 품은, 이상하게 흥분을 자아내는 끈적한 흐름이 바깥으로 흘러내리며 꽃처럼 피어나자 소로는 한 번 더 진정한 봄이 왔음을 알아차렸다. "이것은 땅에서 터져 나오는 서리다. 이것이 봄이다. 마치 신화가 문학작품이나 시보다 앞서듯 초록빛의 꽃이 피어나는 봄보다 이것이 앞서는 것이다." 모래이파리는 그에게 봄을 향한 최고의 비유였다. 대지는 문자 그대로 솟구쳐 나오고 스스로를 바깥으로 표현한다. 수정 같은 결정이 그를 사로잡았다. 괴테가 관찰했듯이 결정이 만들어지는 과정은 잎의 형성 과정을 유추하게 만드는데, 이것이야말로 그의 제일 오래된 흥미거리 중 하나였고, 그 매력을 잃은 적이 단 한 번도 없었다. 시간이 지날수록 모랫둑이 봄의 진정한 의미를 알려주는 열쇠라는 게 더 분명해지는 것 같았고 더 흥분됐다. "라피데 크레스꾼트."[1]

《월든》6차 초고와 마지막 버전—2월에 완성된 것으로 보이는 7차 초고—에 추가된 가장 중요한 내용 중 하나는 '봄' 장에 나오는, 모랫둑에 대한 묘사를 극적으로 확장한 것이다. 현상 그 자체는 2월 2일에 일어났다. 그는 일기에 이렇게 썼다. "모래이파리라니! 그것은 자연이 여전히 청춘이라는 사실을, 신화에서도 잘 묘사하지 못하는 이 찬란한 사실을, 바로 이 흙이 당신이나 나 역시 만들어낼 수 있다는 사실을 확신케 해준다. 그것은 사방으로 그 갓난아이 같은 손가락을 쭉 뻗어 내민다. 새로운 머리칼이 그 딱딱한 이마에서 갑자기 튀어나온다." 여기서 진짜 요점은, 그리고 린네의 시각에서 본 모든 것은, 그가 자연사 분야에서 새로 읽고 연구한 것 전부가 합쳐진 힘은 바로 이 문장의 이면에 있는 표현의 간결함에 들어있다. "생명이 없는 것이란 없다. 그러므로 이 지구는 그저 죽은 역사의 조각이 아니라, 책의 페이지들처럼 지층 위에 지층이 포개져 있는 것이 아니라, 박물관과 골동품 가게의 전시품이 아니라, 나무 이파리들 같은 살아있는 시다. 화석이 된 땅덩어리가 아니라 살아있는 표본인 것이다."[2]

소로가 1837년 가을에 일기를 쓰기 시작하면서 제일 처음 적어둔 내용 가운데 하나는 괴테의 《이탈리아 기행》을 흥미진진하게 읽었다는 것인데, 식물의 기본단위로서 이파리가 갖고 있는 중요성을 괴테가 마침내 환히 깨닫는 순간 그 감동은 절정에 이른다. 통찰의 핵심은 자연의 모든 과정에 내재하면서 이를 알려주는 특별한 법칙이다. 얼마 뒤 소로는 나뭇잎과 얼음결정 사이의 유사성에 깜짝 놀랐다. 1837년 11월 말의 어느 날 아침 세상이 온통 흰서리로 두텁게 덮인 것을 보고 그는 경탄한다. "기막힌 얼음이파리……놀라울 따름이다. (서리로 된) 저 유령 같은 이파리들이 우리 눈에는 영롱한 초록빛으로 비치는데, 이게 다 똑같은 법칙이 만들어낸 창조물이다."3

사물을 바라보는 이런 시각을 소로는 끝까지 잃지 않았다. 법칙은 어디에나 있다는 생각은 해가 갈수록 강해지기만 했다. 1854년 늦은 봄 그는 자주 묻곤 했다. "시내가 강물을 발견하는 법칙과 새가 철 따라 이동하는 본능과 인간이 배를 조종해 지구를 항해하는 지식, 이것들간의 차이를 과연 누가 구분하겠는가?" 2월과 3월에 철길 둑에서 흘러내리는 모래를 보자 그건 마치 나뭇잎의 법칙을 따르는 것 같았다. "당신은 바로 그 모래에서 식물의 이파리가 품은 바람을 발견할 것이다……원자들은 이미 법칙을 배웠다……그러므로 대지가 내부에서 열심히 일한 끝에 이파리가 되어 스스로를 바깥으로 표현하는 것은 전혀 놀라운 게 아니다. 돌출한 이파리는 여기서 그 전형을 보여준다. 대지는 법칙으로 충만해 있다."4

이것은 자연에 대한 위대한 긍정이자 포용이며, "자연은 유기체"라는 원칙을 '향한' 분명한 선택이다. 또한 화이트헤드가 말한 대로 봄에 의해 가장 잘 상징화된, 무질서에 맞서는 생명력일 뿐만 아니라 역사를 넘어서는 자연의 선택이며 역사라는 후렴구에 대한 명백한 거부다. 그는 고대 도시 니베아를 발견한 레이야드의 이야기를 읽었던 1853년 12월에 이렇게 썼다. "오래오래 전 도시가 있던 자리에 또 다시 세워진 도시에서, 한 도시의 폐허 위에 또 한 번 다른 도시의 온갖 것들을 쌓는 곳에서 제발 나를 데려가 달라. 살아있는 것들의 집터가 죽은 자들의 무덤 속에 있고, 땅은 창백해지고 저주받았다." 《월든》의 '봄' 장은 그 중심에 진흙과 모래가 흘러내리는 철길 둑을 보여주는 유쾌한 설명이 있다. 소로는 궁극적으로 화석에 대한 이파리의 승리를, 역사적 서사시에 대한 자연적 사실의 승리를, 죽음에 대한 생명의 승리를 말하고자 한 것이다.[5]

이해 2월 첫 주부터 소로의 기분은 거의 탈진할 정도로 높은 흥분 단계에 있었고 한 달 내내 이런 기조를 유지했다. 2월의 날씨는 무척 변덕스러웠다. 눈보라와 강렬한 추위가 이어지다 "독특하게 부드럽고 맑은" 온화한 날들이 계속됐다. 그는 "도저히 함께하기 힘든 날씨가 내리 사흘씩 지속되는 경우는 없다"고 썼다. 그는 꾸준히 《월든》의 마지막 초고를 고쳐나가며 '경제' 장에서 '봄' 장에 이르기까지 책의 모든 부분에서 상당한 분량을 잘라냈다.[6]

소로에게 가장 중요한 저작이자 부화하는 데 제일 오랜 시간이 걸렸던 책이 마침내 세상 빛을 보려 하는 시점에, 그것도 초고의 막바지 개정 작업에 점점 더 많은 시간이 요구되는 바로 그 순간, 가족의 흑연 사업이라고 하는 더 큰 부담이 그의 어깨 위에 떨어졌다. 그의 편지가 알려주듯이 그는 기꺼이 그것을 짊어졌다. 그는 이 일은 물론 가족과 관련된 다른 어떤 일에 대해서도 불평하지 않았다. 비록 4월 초에 다른 사람의 부탁으로 측량 일을 나갔을 때는 아드메투스 왕의 양을 지켜야 하는 아폴로의 불평 같은 예의 습관적인 불만을 늘어놓았지만 말이다.[7]

3월에는 여느 해처럼 코난텀에 있는 오래된 헛간을 날려버릴 정도의 강풍을 동반한 "으스스하고 짙은 안개가 낀 날씨"가 찾아왔다. 3월 중순 마침내 출판사와 《월든》을 출간하는 데 최종 합의가 이뤄졌다. 소로는 이 사실을 그릴리에게 편지로 알렸다. 워낙 젊잖은 사람인 그릴리는 여전히 그가 가벼운 소품을 쓸 수 있도록 지원해주고 있었는데, 곧장 그에게 축하의 뜻을 전해왔다. 3월 28일, 그러니까 그가 자신의 오두막 재목용으로 쭉 뻗은 백송나무를 베어내기 위해 도끼 한 자루를 들고 호숫가로 들어간 지 거의 9년 만에《월든》의 출판사 교정쇄 첫 묶음이 저자의 교열을 받기 위해 도착했다.[8]

86

앤서니 번스

소로는 봄날 내내 《월든》 교정쇄와 씨름했다. 끝없이 고치고 또 고쳤다. 원고가 그의 손을 떠난 뒤에도 어떻게 하면 더 낫게 고칠 수 있을지 고민했다. "원고를 출판사에 보냈을 때부터 특별히 못마땅한 문장과 표현들이 나로 하여금 주의를 기울이라고 강요하는 게 틀림없었다. 비록 이전에는 그것들을 의식적으로 의심하지 않았더라도 말이다."《월든》교정쇄를 보는 작업은 이해 봄 그의 시간 대부분을 잡아먹었지만 가족과 사업을 위해 쓴 시간도 꽤 있었고, 짬을 내서 산책도 하고 강으로 여행도 나갔다. 4월과 5월에 그는 봄에 관한 상세한 목록을 만들었고, 나무와 덤불에서 잎이 돋아나는 광경을 지켜보며 린네의 방식대로 잎이 돋아나는 정확한 순서를 확인했다. 새와 새의 노랫소리도 조심스럽게 추적해 나갔다. 그는 망원경을 구입했는데, 곧바로 흰머리독수리를 관찰하는 소득을 올렸다.[1]

소로는 지루함이라고는 한 순간도 견뎌내지 못했다. 이해 봄에는 평소보다 더 심했다. 건강과 관련해 그는 딱 한 번 일기에 뭔가를 무심코 드러냈다. "전력을 기울이는 중에 약간이라도 휴식을 갖거나 조금이라도 게

으름을 피운다면 즉시 육신으로 병고와 죽음이 들어올 것이다." 그는 자신의 믿음을 고집스럽게 지켜나갔다. "이 점에서 모든 인간은 자기 운명의 창조자다. 건강한 사람은 아플 틈도 없다." 바쁜 날들이 계속해서 이어졌다. 그는 자신이 관찰한 리스트와 그것을 적어둔 목록 가운데 자연에 관한 과학적인 설명이 빈약한 것이 자꾸만 마음에 걸렸다. 그는 혼잣말로 계속해서 되뇌었다. 자신의 관찰은 객관적일 뿐만 아니라 주관적이어야 한다고 말이다. 이제 소로가 수행한 최고의 관찰에서는 누구든 그가 묘사한 것을 '볼' 수도 있고, 그것이 미친 효과를 '느낄' 수도 있었다. 가령 그는 특별하게 맑은 날을 이렇게 묘사했다. "말끔히 씻어내는 날, 강한 바람에 잔물결이 일고, 모든 것이 밝게 빛난다." 5월 9일에는 멜론을 심었다. 이 멜론은 인근 주민들 사이에 유명세를 탈 정도로 특산품이 됐는데, 그는 친한 친구와 이웃을 불러 여름 멜론 파티를 열기도 했다.[2]

그러나 《월든》의 마지막 개정 작업을 하고 교정쇄를 보는 틈틈이 봄을 기록하고, 또 가족 사업까지 꽤 많은 시간을 잡아먹는 와중에 소로는 보스턴에서 발생한 앤서니 번스 사건에 넙죽 발을 들여놓고 말았다. 1854년 초 스티븐 더글러스는 캔자스와 네브라스카 영토(여기에는 미주리와 아이오와의 서쪽 지역, 텍사스의 북쪽 지역이 전부 들어간다)를 정착민에게 개방하는 법안을 제출했다. 소로의 입장이기도 했던 북부의 시각에서 보기에 이 법안에는 심각한 문제점이 있었다. 무엇보다 미국 정부가 앞서 인디언들과 협정을 맺었는데, 법에 우선하는 당시 협정에서는 인디언들에게 문제가 된 영토 대부분을 "풀이 자라고 물이 흐르는 한" 주기로 했던 것이다. 두 번째로 더글러스는 이들 영토에서 새로이 만들어질 신설 주가 노예제를 인정할 것인지 여부를 해당 지역 주민들의 투표로 결정해야 한다고 제안했다. 그러자 북부의 대다수 주는 분노했다. 왜냐하면 이 제안은 30년 이상 지속돼온 미주리 협약을 무시한 것인 데다 노예제를 미주리 서쪽 지역과 북위 36도30분 북쪽 지역까지 확대하는 것을 용인함으로써 '1850년 타협안'마저 훼손했기 때문이다. '1850년 타협안'의 골자는 새로운 도망노예법이었는데, 북부 지역 대부분에서는 잘 받아들이지 않았지만 대니얼 웹스터의 중대한 서약덕분에 그나마 겨우 묵인히는 실정이었다.

더글러스가 제안한 새로운 캔자스-네브라스카 법에 북부가 저항한 것은 당연했다. 북부에서는 만일 새 법안이 통과된다면 그렇지 않아도 마음에 들지 않는 도망노예법을 아예 무시하겠다고 결의했다. 그러던 와중인 5월 24일 도망노예 앤서니 번스가 보스턴에서 붙잡혔다. 5월 25일에는 미국 연방하원에서 캔자스-네브라스카 법이 통과됐다. 26일에는 보스턴의 무장한 군중들이 법원에서 번스를 구해내려고 시도했으나 실패했다. 도망노예라는 신분이 밝혀진 번스는 항구로 호송됐고 남부로 데려가기 위해 배에 태워졌다. 여기에는 포병 1개 대대와 해병 4개 소대, 무장한 보안관, 주방위군 22개 중대, 게다가 앤서니 번스를 노예로 돌려보내는 데 필요한 4만 달러가 소요됐다. 그는 매사추세츠 주에서 돌려보내진 마지막 노예였다. 시민들은 이 사건에 대단히 흥분했고, 소로 역시 이들과 같았다. 그는 부당한 법에 복종하는 위험을 주제로 강연문과 연설문을 작성하기 시작했다. 그는 점점 더 이 주제에 몰두했고 여기서 빠져 나오지 못했다. 백합을 보러, 평정을 되찾기 위해 호숫가로 산책을 나갔지만 이 사건이 뇌리에서 잠시도 떠나지 않았다. 마침내 7월 4일, 그가 개인의 해방을 위해 호숫가로 이주했던 아홉 번째 기념일에 그는 프래밍햄에서 "매사추세츠에서의 노예제Slavery in Massachsetts"라는 제목의 강연을 했다.

강연은 매우 강경한 것이었다. 폭력적인 불복종을 대놓고 주창한 것은 아니지만 상당히 근접한 내용이었다. 실제 강연에서는 일기에 쓴 것보다 수위를 약간 낮췄다. 그가 생각하기에 문제는 도망노예법이 헌법에 맞느냐의 여부가 아니라 그것이 과연 옳은가였다. "우리 국민이 이 점을 고려했으면 한다. 인간이 만든 법이 무엇이든 간에, 개인이든 국가든 눈에 띄지 않는 비천한 개인에 대해 최소한의 부당한 행위도 그로 인한 처벌을 감수하지 않고서는 절대 범할 수 없다는 것을 말이다." 그 법은 잘못된 것이다. 그 법에 복종해서는 안 된다. 만일 국가가 복종하라고 명령한다면 국가가 틀린 것이고 국가에 불복종해야 한다. 소로의 언어는 방향을 바꿔 아직껏 공개적으로 요구하지 않았던 폭력을 향한다. "대적해야 할 상대가 어떤 것인지, 있는 힘껏 무너뜨려야 할 시스템이 무엇인지는 말할 필요조차 없다. 그러나 이것(도망노예법에 복종하는 것)을 하느니 나는 차라리 내 삶을 사랑하듯 빛과 함께 할 것이며, 내 발 아래 어두운 땅을 걷어버릴 것이다." 강연에서는 주지사와 법원, 신문들("나는 모든 칼럼에서 구정물이 콸콸 흘러나오는 소리를 들었다.")에 대해 날 선 비판을 했지만, 당시 대중들이 느끼던 정서를 상당 부분 반영한 것이라는 점을 기억해둘 필요가 있다. 소로가 이 문제를 심각하게 여겼으리라는 점은 의심할 여지가 없다. 오래 전의 기독교식 수사修辭까지 동원했을 정도로 그는 강하게 느꼈다. 강연에서 그랬던 것처럼 그의 글에서도 소로는 시점이나 원인에 따라 윌리엄 로이드 개리슨과 웬델 필립스, 프레더릭 더글러스의 수사적 스타일을 선택해 천국과 지옥, 그리고 천사와 악마를 무겁게 몰개성적으로 사용했다.

나는 아마도 이제까지 내 삶이 그저 천국과 지옥 '사이의' 어딘가를 지나고 있다는 환상 속에서 살아왔던 것 같다. 그러나 지금은 내가 지옥의 '그야말로 한가운데서' 살고 있는 게 아니라고 나 자신마저 설득할 수 없다. 매사추세츠라고 불리는 정치조직체가 자리잡고 있는 이곳은 도덕적으로 보기에도 온통 화산재와 화산암으로 뒤덮여 있다. 마치 밀턴이 지옥을 묘사한 것처럼 말이다.[3]

자유란 그것 없이는 우리가 살아갈 수 없는 사상 중 하나다. 자유에 대한 다양한 용어들이 이미 진부해졌고 의심스러워졌다 해도 그렇다. 그러나 혁명 세대가 말한 자유가 됐든, 남북전쟁 세대가 말한 해방이 됐든, 20세기 전반을 풍미했던 자유가 됐든, 혹은 지금 말하는 자유가 됐든, 그것은 단지 용어의 변화일 뿐이고, 시간이 지나면 결국 그 가치가 단단해지거나 아니면 믿음을 잃게 되는 것이다. 소로의 삶이 우리에게 주는, 또 《월든》이 갖고 있는 중요한 의미 중 하나는 그것이 자유와 해방의 명령이라는 것이다. 그런 점에서 《월든》을 마침내 책으로 찍어내 출간하는 최후의 단계에 소로가 반노예제 운동과 앤서니 번스 사건에 다시 뛰어든 것은 우연의 일치치고는 참 기막히다고 할 수 있다. 소로가 월든 호숫가로 이주한 맨 처음 시점에 프레더릭 더글러스가 등장한 것이나 더글러스 자신이 어떻게 자유를 얻게 됐는지 이야기한 책을 출간한 것 역시 우연의 일치라고만은 할 수 없다. 《월든》은 자기 내면의 해방에 관한 책이다. 그렇다고 해서 외적인 자유, 신체적인 자유의 문제를 도외시한 채 그 대가로 그것을 얻으려는 게 아니다. 자신의 진정한 자유를 찾고자 했던 소로는 불가피하게 노예제 폐지를 위한 정치운동에 뛰어들었고, 그의 참여 열기는 시간이 흐를수록 식기는커녕 오히려 더 뜨거워졌다.

87

《월든》

𖤛

《월든》은 '자유'라고 하는 인식을 확대하는 동시에 현대인의 감각으로 다시 생각하게 한다. 그 통로는 세 가지다. 첫째는 '절대주권'과 독립성을 강조한 스토아 철학을 되살려내는 것이다. 둘째는 정신의 "궁극적 해방"이라는 힌두교 개념을 미국인의 언어로 현지화하는 것이다. 셋째는 모든 문명과 문화의 원천이자 원재료인 야생 자연을 자유와 동일시하는 것이다. 소로는 그래서 힌두교 전통을 향해 종종 가해지는 비판, 그러니까 오로지 내면의 자유만 추구함으로써 외부의 압제는 묵인한다는 주장은 아예 넘어서버린다. 그는 자신의 삶과 글을 통해 자율에 따라 행동하는 개인과 대열을 지어 남들과 똑같이 행진하면서도 다른 북소리에 맞춰 행진하는 개인을 연결한다. 금세기 인도는 소로의 재발견 덕분에 실천 가능성까지 높아진 고유의 전통을 되찾아가고 있다. 간디는 그의 논문《인도의 내정 자치Indian Home Rule》에서 소로의 생각을 분명하게 드러내면서 이렇게 말했다. "진정한 내정 자치란 스스로 다스리고 통제하는 것이다……누구든 부당한 법에 복종하는 것이 비겁한 것이라는 점을 깨닫기만 한다면 어떤 독재자도 그를 노예화하지 못할 것이다. 이것이야말로 독립과 자치의 열쇠다."[1]

소로는 《월든》의 서두 부분에서 숲에서 배워야 할 것이 무엇인지 알기 위해 숲으로 들어갔다고 말한다. 그리고 《월든》의 '결론' 장은 감동적이고 파격적이며 베토벤의 인생찬가처럼 들리는데, 여기에 이르면 "그대 자신을 탐험하라"는 간곡한 권고가 실은 서두의 물음, 즉 자연처럼 살아가는 삶이 무엇을 가르쳐주는가에 대한 대답으로 이미 의도된 것이었음을 떠올리게 된다.

그것은 소로에게 용기가 내리는 명령과 자유의 절대 가치를 가르쳐주었다. 또한 법칙으로서의 자연이라는 인식을, 그 법칙이 우리에게 부과한 한계를 존중할 것을, 끝으로 절망의 삶을 피하려면 개인의 완전성 내지는 전인성이 꼭 필요하다는 것을 가르쳐주었다. "나는 경험에 의해 적어도 이것을 배웠다. 만일 확신을 갖고 자신이 품은 꿈의 방향으로 나아간다면, 그리고 그가 상상해왔던 인생을 살고자 노력한다면, 그는 평소에 기대하지 않았던 성공을 만날 것이라는 사실을 말이다." 따라서 용기는, 무엇보다도 자연처럼 살아가며 배운 제일 중요한 덕목이다. 용기가 없다면 다른 가르침들은 다 소용없다. 그런 것들은 배울 수는 있어도 생명이 없는 것들이다. 용기가 없다면 자유는 말뿐이다. 용기가 있어야 자유는 예속의 반대가 될 수 있고, 인간의 삶에 완벽한 토대가 된다. 링컨이 말한 그대로다. "노예제가 잘못된 게 아니라면 어떤 것도 잘못됐다고 할 수 없다."[2]

소로는 법칙이 갖는 역할과 거기에는 한계가 있다는 점도 배웠다. 법칙은 자연 전체에 널리 퍼져 있으며, 특별한 한계와 경계는 엄연히 존재하고 반드시 존중돼야 한다. 이에 대한 소로의 생각은 부정적이지도 않고 경시

하는 것도 아니며 훈계조도 아니다. 그의 시각에서 보자면 법칙이란 따로 떨어진 것처럼 보이는 현상을 연결시켜주는 모종의 것이다. 법칙을 받아들임으로써 그는 자기 자신뿐만 아니라 그 자신을 넘어서는 것까지 받아들였다. 《월든》 1차 초고에서 그는 이렇게 주장했다.

> 우리는 결코 자연을 충분히 알 수 없다. 우리는 지치지 않는 활력과 광대함과 거대함, 난파선이 있는 해안, 살아 있는 나무들과 죽어버린 나무들이 있는 야생 자연, 번개를 내리치는 구름, 3주간이나 계속되다 끝내 홍수를 만들어내고야 마는 거센 빗줄기를 보며 새로워져야 한다. 우리는 우리 자신의 한계 너머를 직시할 필요가 있다. 우리가 한 번도 가보지 못한 어딘가에서 어떤 생명이 한가로이 풀을 뜯어먹고 있는 것을 똑똑히 바라볼 필요가 있다.[3]

숲에서의 삶은 또한 완전성을 가르쳐주었다. 여기서 완전성은 에릭 에릭손이 사용한 의미로, 그는 한 사람의 인생을 완전하다는 느낌과 절망감 및 혐오감 사이의 투쟁으로 보고, 그것이 이루어지는 단계를 구분했는데 완전성은 여기서 마지막 단계를 묘사하면서 쓴 것이다. 에릭손에게 완전성이란 "자아가 이치와 의미에 대한 자신의 태도에 확신을 갖는 데서" 찾을 수 있다. "그것은 자기 자신이 아니라 자아에 대한 자기애적인 사랑 너머에 있으며, 아무리 큰 대가를 치르더라도 세상 이치와 살아있는 정신을 가져다 주는 경험이다." 그와는 다른, 즉 이런 완전성이 부족한 삶에서 나타나는 것은 끔찍한 단순성이다. 그것은 한마디로 절망이다. "자아가 얻은 완전성이 아예 없거나 사라져버리면 이는 곧 죽음에 대한 두려움으로 나타난다. 단 한 번뿐인 인생인데도 그것을 궁극적인 삶이라고 받아들이지 않는다. 절망은 시간이 부족하다는 느낌으로 표출된다. 시간이 너무 부족해 다른 인생을 시작해볼 수도 없고, 완전성을 향한 대안을 모색할 수도 없다는 식이다. 이런 혐오의 이면에는 절망이 숨어 있다."4

소로가 월든 숲 속에 오두막을 짓고 살았던 중요한 이유는 바로 이 같은 완전성 대對 절망이라는 물음 때문이었다. 그러니까 소로는 에릭손보다 한참 전에 이미, 에릭손의 유명한 인생 사이클에서 마지막이자 여덟 번째 단계의 문제를 인식했던 셈이다. 소로는《월든》1차 초고를 쓰면서 처음 일곱 번째 문단에서 일반 노동자들의 완전성에 분명하게 의문을 제기했다. 1852년 버전에서는 여기서 세 문단 뒤에 결정적인 언급을 추가했는데 "대부분의 사람들이 평온한 절망 속에서 살아가고 있다"고 밝히며, 자신이 절망을 통해 의미하고자 하는 것을 더욱 강조하고 명확하게 설명하려 했다.《월든》을 거듭해서 고쳐 쓰고 다듬으면서 소로는 절망과 절망적인 삶에 대한 언급과 완전성의 사례들을 추가했다. 친구들로부터, 또 산책과 독서를 통해 소로는 이치와 의미에 관해 마음속에 미리 새겨두었던 그 많은 확신이 어디서 비롯됐는지 더 많은 사례들을 모아나갔다. 그리고 '결론' 장에 이르러 소로는 우리를 다시 그 주제로 데려간다. 이렇게 물으면서 말이다. "대체 왜 우리는 성공하기 위해 그토록 절망적으로 서두르며, 그토록 절망적으로 일을 벌이는 것일까?" 그는 쿠우루라는 도시에 사는, 완벽을 향해 매진하기로 결심한 장인의 장엄한 우화를 갖고 여기에 답한다. "이 장인은 비록 그의 인생에서 다른 일은 아무것도 못하는 한이 있더라도 한 가지만은 확실하게 하겠다고 결심한다." 그는 "서두르지도 않고 그렇다고 멈추지도 않고서"(괴테의 모토다) 적당한 재료를 찾아

나선다. "그의 친구들은 하나 둘씩 그의 곁을 떠나갔는데, 그들은 자기 일을 하는 사이 늙어 죽어갔기 때문이다. 그러나 그는 한 순간도 늙지 않았다. 오로지 하나의 목적과 결의가 있었던 데다 그의 고결한 믿음이 그의 지식과 관계없이 그에게 영원한 젊음을 주었기 때문이다." 그는 지팡이를 정성을 다해 다듬었고, 그 사이 세월은 흐르고, 그의 도시는 사라지고, 왕조와 민족도 사라져갔다. "그가 지팡이를 매끄럽게 다듬고 닦아낼 무렵에는 칼파가 더 이상 북극성이 아니었고, 그가 지팡이의 손잡이와 고리 부분에 보석 장식을 달기도 전에 브라마는 수없이 잠에서 깼다가 다시 잠들곤 했다." 마침내 지팡이가 다 만들어졌다. 우화는 이렇게 이어진다. "갑자기 놀라는 장인의 눈앞에서 그것은 브라마의 모든 창조물 가운데 가장 훌륭한 것으로 그 모습을 드러낸 것이다. 이 장인은 지팡이를 만드는 새로운 시스템을 창조한 것이었고, 완전하고도 훌륭한 균형을 갖춘 세계를 만들어낸 것이었다……재료도 순수했고, 그의 기술도 순수했다. 그러니 그 결과를 보고 어찌 감탄하지 않을 수 있겠는가."[5]

이제 《월든》을 마칠 때가 됐다. 지금까지 꽤 오랜 시간을 쏟아 부으며 올바른 재료를 모으고, 쓰고, 다시 쓰고, 덧붙이고, 잘라내는 작업을 해왔다. 그것은 다름아닌 콩코드의 장인, 소로 자신의 경험이었다. 이 우화는 1852년부터 초고에 있었는데, 나중에 '결론' 장의 핵심이 됐고, 이것은 소로에게 한 가지 사실을 끊임없이 되새기게 했다. '그'에 대해 말한 이야기를 쓴다는 것은 그럴만한 가치가 있어야 하며, 비록 그가 다른 아무 일도 하지 않는다 하더라도 이 책은 반드시 제대로 만들어야 한다는 것을 말이다. 책을 마무리한다는 것은 일종의 승리였고, 이치와 의미를 향한 정신을 끊임없이 확신하는 것이자 그것이 이루어질 수 있다는 증거였다. 소로는 이해 7월 그야말로 알맹이가 꽉 찬 완벽한 언어로 자신을 표현했다. 7월 18일 그는 샘 바렛의 농장을 산책하다 "위기의 계절"이 느껴진다고 했다. 무심코 어떤 길을 따라가는데 무척 많은 딸기가 눈에 띄었다. 그는 "엄청나게 풍요로운 땅, 에덴의 깊숙한 오지를 방랑했다"는 느낌을 받았다.6

8월 9일 〈뉴욕 트리뷴〉의 '신간 소개' 란에는 "미국 연애소설의 전례 없는 성공, 앤 S. 스디븐스 여사가 쓴《유행과 기근Fashion and Famine》"이라는 제목의 길이 10인치짜리 기사가 실렸다. 그 뒤를 이어《월든》을 소개하는 2인치짜리 기사가 "숲 속에서의 삶"이라는 제목으로 실렸고, 다음으로 "《막달레나 헵번Magdalen Hepburn》스코틀랜드의 역사적인 이야기, 마가렛 메이트랜드 지음"이라는 제목의 3인치짜리 기사가 실렸다. 나오자마자 곧바로 유명해진 콩코드 포도가 마침내 이해 첫 수확물을 시장에 내놓았다. 사실 콩코드 포도는 나오기까지 너무 오랜 시간이 걸렸다. 그 묘목을 처음 심은 건 1843년이었고, 포도송이가 처음으로 매달린 것은 1849년이었다. 이제 1854년 여름이 되었다. 소로의 마당도, 그의 책도, 그의 인생도 모두 함께 무르익었다. 8월 10일, 그러니까《월든》이 출간된 바로 다음날 소로는 일기에 조심스럽게 적었다. "마당에 첫 사향참외가 달렸다."

9부

1854–1862
내 삶이 강렬하기를

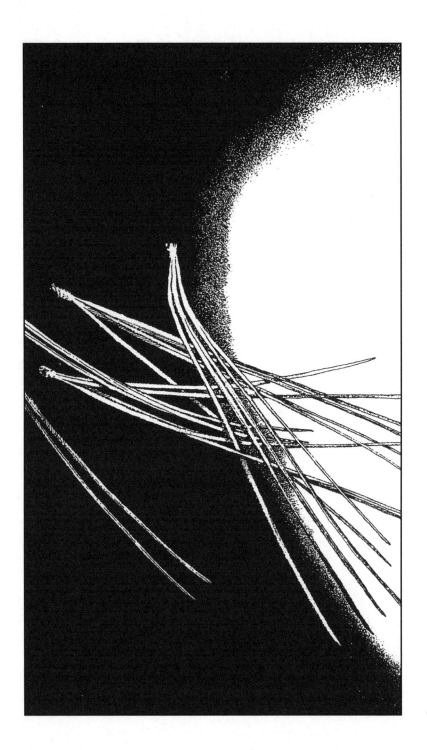

88

밤, 그리고 달빛

✦

《월든》 출간은 소로에게 하나를 완결했다는 의미였다. 그는 8월에 쓴 일기에서 앞으로의 프로젝트들을 구상하면서 이것을 충만한 결실이라고 표현했다. "인격이 씨 뿌려지는 시기"는 아마도 "나의 여러 가지 생각들을 수확하는" 것으로 이어질 텐데 "이미 몇 가지 작은 생각들—내 인생 봄날의 결실—은 다 익었다"고 그는 적었다. 가령 이런 생각이었다. "걷는 방향에 관심을 기울이기만 하면 산책은 과학일 수 있다……의심할 여지없이 어느 장소든 그곳을 방문하면 얻는 게 많고 또 즐거운 특별한 계절이 있다. 그것이 어느 계절일지 생각해보는 것도 어느 정도는 가치 있을 것이다." 며칠 뒤 그는 "너른 들판을 가로지르며 하루 종일 걷는 산책 같은 것을 묘사하는 게" 어떨지 생각해보았다. 그의 노트에는 씨앗과 과일들—무엇보다 허클베리들—그리고 초가을의 빛깔, 특히 자줏빛 풀잎에 대한 언급들로 가득 차있다. 그는 새들의 목록도 계속해서 만들어나갔다. 이 모든 것은 궁극적으로 하나의 프로젝트, 어쩌면 또 다른 프로젝트에 유용하게 쓰일 것이었다. 지금까지 그는 아침시간을 산책만큼이나 다양했던 창작을 위한 노동에 써왔다. 하지만《월든》이 출간된 1854년 한여름의 시점에서 그에게는 아침시간을 바칠 만한 단 하나의 목표나 프로젝트도 남아있지 않았다.[1]

그러니 이해 여름 그는 딱히 기뻐할 것도 없었고, 어떤 목적이나 완성을 향해 매진하기 보다는 그저 목표 없이 표류하는 기분이었다. 그는 한해의 정점이 7월 중순쯤 도달한다고 느꼈다. 그래서 7월 28일자 일기에서 그는 이렇게 이야기하고 있는 것이다. "올해 우리가 품었던 많은 희망들이 늦춰졌다. 여름이라는 산등성이를 가졌던 만큼 이제 한 해의 오후 나절이자 언덕 밑이라고 할 수 있는 겨울을 향해 긴 내리막을 달려가기 시작한다." 8월 초에는 링컨에서 측량일을 했다. 고용돼서 하는 노동은 왠지 잘못된 일자리라는 생각이 들었다. 7월은 뜨거운 달이기도 했다. 너무 무더워 저녁을 먹고 나서 평소처럼 다락방에 올라가 작업을 한다는 게 불가능했다. 그는 어쩔 수 없이 "저녁 내내 가족들과 함께 아래층에 앉아 있어야" 했다. 이즈음 일기를 보면 프라이버시를 존중할 필요가 있다고 적었는데, 사람들이 너무 많이 모이면 산만한 느낌을 받는다며 조금은 퉁명스럽게 불평했다. 저녁에는 산책을 나가려 했지만 그것 역시 별반 도움이 되지 않았다.[2]

"7월은 내게 그저 그런 달이었습니다." 그는 녹초가 되어 겨우 적었다. 그가 블레이크에게 보낸 편지는 서두부터 유머 하나 없이 자기 책망으로 시작한다. "나는 지금 아무런 소득도 없이 여름날을 허송하고 있습니다." 8월 중순에는 자신이 아침 일찍 일어나지 못했다며, 그리고 "사교에 너무 열심이었다"며, 심지어 "차와 커피를 너무 많이 마시고 스스로 천박한 싸구려로 만들었다"며 자신을 질책했다. 심각하지는 않지만 아무튼 우울하고 비참하다고 할만한 기분이었다. 하지만 이 정도로는 그가 한 달 내내 빠져들었던 무거운 기분을 다 설명할 수는 없다. 아마도 그는 《월든》을 쓰던 날들의 강렬함과 비교해 자신의 삶이 갑자기 너무 왜소해졌다고 느꼈을지도 모른다. 정치적으로 뜨겁게 달아올랐던 〈매사추세츠의 노예제〉에서 한 발짝 물러났기 때문일 수도 있다. 아니면 순회강연을 나가기로 한 자신의 새로운 결의에 대한 반응이었는지도 모른다. 그는 연사演士로 한 번도 성공을 거둔 적이 없었고, 에머슨과는 비교조차 할 수 없었다. 강연은 사실 그가 좋아하고 즐기는 일이 아니었다.[3]

이해 여름 그의 기분은 어쩌면 살인적인 더위와 대지를 질식시킨 그 길고도 끔찍했던 가뭄에 대한 반응이었을 수 있다. 8월 중순도 되기 전에 나뭇잎은 전부 색이 변해버렸다. 단풍나무 이파리들도 벌써 시들었다. 자작나무는 잎을 다 떨구었고, 수많은 어린 나무들이 말라 죽었다. 과일은 익기도 전에 말라 비틀어져버렸다. 어디든 땅을 파보면 "온통 먼지만 보일" 정도였다. 어떤 곳에서는 소로가 지표면에서 4피트나 파내려 갔는데도 물기조차 발견하지 못했다. 뉴잉글랜드에 자주 찾아오는 8월의 연무는 수없이 일어나는 화재연기까지 더해져 더욱 짙어졌다. 숲뿐만 아니라 초원도 타버렸는데, 불길이 땅밑 3피트 깊이까지 다 태웠다. 마을의 북서쪽에 있는 브룩스네 초원은 "몇 주" 동안이나 불에 탔다. 소로가 듣기로는 "바위 아래 흙까지 전부 불에 탄" 산들이 제법 있었다.[4]

가뭄은 8월 말에야 비가 내리고 날씨가 선선해지면서 끝났다. 9월 4일과 7일 소로는 달빛 아래서 오랫동안 산책했는데, 어딘가를 걷고 있을 때 문득 밤과 달빛을 주제로 연속 강연을 해보자는 생각이 들었다. 초가을의 시원한 밤은 여름날의 건조한 열기와 달라도 너무 달랐다. 소로는 이걸 가리켜 "낮이 없다"고 했다. 그는 강으로 나갔고, 저녁에 관찰한 안개와 습기, 그리고 시원한 날씨를 이야기했다. 그는 강물을 한껏 즐겼다. "밤이나 낮이나 콸콸 흘러내리는 이 물소리는 내 모든 교반기(攪拌器, 액체와 액체, 액체와 고체 등을 휘저어 섞는 기구—옮긴이)로 흘러 들어와 물받이 통을 가득 채우고, 물받이 판자를 넘치게 하고, 내 본성의 모든 기계까지 돌리고, 나를 하나의 도랑으로, 그러니까 자연의 샘물로 이어지는 인공 수로로 만든다. 마침내 나는 씻어낸다. 나는 비로소 물을 마시고 갈증을 풀어낸다." 밤은 "나를 명상에 잠기게 해주었고 풍요로웠다." 낮 시간에는 일기를 샅샅이 뒤져 밤과 별빛에 관해 쓴 구절들을 목록으로 만들었는데, 대부분 1851년 여름 매일 밤 산책을 나갔을 때 써둔 것이었다. 소로는 달빛에 관해 쓴 글을 강연원고로 만들어 10월 8일 플라이머스에서 강연했다. 이날 강연 내용은 만족할 만한 수준의 텍스트로 만들어지지도 않았고 출판되지도 않았지만 미완성 유고만으로도 충분히 음미할만하다.[5]

달은 소로에게 친숙한 주제였다. 젊은 시절에는 엘런 수얼, 리디아 에머슨과 동일시했고, 시를 쓰는 것과, 그리고 그리스 신화에서 아폴로의 누이인 다이아나와 동일시하기도 했다. 그는 아직도 자신을 고통 받을 운명에 처한 아폴로와 동일시했다. 그러나 이와는 대조적으로 "다이아나는 여전히 뉴잉글랜드의 하늘에서 사냥을 하고" 있었다. 달을 주제로 한 소로의 초고들은 평상시 그가 무엇을 공부하고 있으며, 그의 역량이 어느 정도인지 잘 보여주는데, 푸라나스와 오시안, 롤리, 오리겐, 어거스틴, 두바르타스를 인용하는가 하면 뷰라와 니네베, 잉카를 언급하기도 한다. 어떤 구절들은 바이런을 회상하고, 롱펠로의 《밤의 소리들Voices of the Night》과 심지어 쇼팽의 야상곡Nocturnes을 회고하기도 한다. 낭만주의는 음악과 시, 산문에서 선호하는 양식이다. 소로의 잔잔하면서도 차분한 달빛 스케치는 산문으로 된 야상곡이다. "나는 고개를 돌려 아무 말없이 명상하는 영혼의 달을 본다. 달은 상상할 수 있는 가장 부드러운 빛을 비탈 위에 발산한다. 마치 천 년은 닦아낸 것 같은 비탈의 표면은 비로소 밝게 빛나기 시작한다. 창백한 광채. 귀뚜라미들은 달을 향해 서로 다른 선율로 울어대고, 밤바람이 불어오자 나뭇잎들이 살랑살랑 소리를 낸다. 그건 어디서 왔는가? 무엇이 그것에 생명을 불어넣었는가?"[6]

롱펠로처럼 소로도 밤의 소리들을 표현하고자 애썼다. 달빛은 하나의 언어, 즉 "시의 세계와 (운명이라는 감각에서) 불가사의한 가르침, 예언자적인 의미를 담고 있는 산스크리트어"라고 그는 생각했다. 그는 어떻게 하면 밤의 질감을 자기만의 언어로 끌어들일 수 있을지 고민했다. "밤시간의 산책과 달빛에 어두운 기운을 충분히 불어넣지 못하고 있는 게 아닌지 두렵다. 모든 문장에는 어느 정도의 여명이나 칠흑 같은 밤이 들어가야 한다." 소로는 칼 융이 알려지기도 전에 벌써 밤이 무의식을 상징할 수 있다고 생각했다. 밤의 언어를 완전히 익힘으로써 그는 밤이 갖고 있는 영역을 손에 쥐고자 한다고 말했다. 밤은 사물의 근원에 더 가까이 가도록 했는데, 이건 온 마음이 흔들릴 정도의 경험이었다. "어스름이 주위에 모여들기 시작하면 우리의 태곳적 본능이 깨어나고, 우리는 마치 정글의 거주자들처럼 은신처에서 몰래 빠져 나와 말없이 생각에 잠겨 지성의 자연스러운 먹이를 찾는다." 동물적인 이미지는 헨리 제임스가 말했던 것과 비교된다. "정신의 삶을 살아가는 이가 자연스레 머무는 집터는 밤이 되면 늑대가 울어대고 음란한 새가 재잘거리는 정복되지 않은 숲이다." 사실 소로에게 밤이 풍기는 전반적인 주제는 뭔가 비극적이고 염세적으로 변할지도 모른다는 것이었다. 그는 밤을 "그저 낮이 없는 것"이라고 얘기하고는 "죽음은 나와 함께 있고 생명은 멀리 있다"고 덧붙였다. 우리가 나이 들어감에 따라 "저녁에 대해 더 많이 이야기하고 아침에 대해서는 더 적게 이야기하는 것"은 일종의 전조라고 생각했다. 한밤중에 깨어 일어나는 것은 그 자신과 다른 사람들 간에 거리를 두는 데도 도움이 됐다. 그는 이렇게 썼다. "이 세상이 누군가 혼자서 혹은 여럿이서 슬쩍 들어가보기만 하면 흥미진진한 것들을 무더기로 얻어낼 수 있는 곳이라는 주장을 나는 인정하지 않는다."7

밤과 달빛에 관한 강의를 하기로 함으로써 소로는 초월주의가 단순히 달빛(싱거운 이야기)이었다는 많은 동시대 사람들의 견해를 도리어 우습게 만들었다. 자신이 잘 쓰는 무기인 반어법과 역설을 활용해 그는 그것이 진짜로 달빛이라는 점을, 그렇지만 달은 그들이 기대하는 것보다 더 밝게 빛날 것이라는 점을 보여줄 것이었다. 《월든》은 이렇게 끝난다. "우리가 깨어있는 그런 날만이 새벽을 여는 것이다. 더 많은 날이 새벽을 맞을 것이다. 태양은 단지 아침에 뜨는 별에 불과하다." 그가 쓴 〈달빛Moonlight〉 원고의 한 버전은 이렇게 마무리된다. "그렇게 우리는 태양빛을 맞으며 걸어갈지도 모른다. 태양을 단지 달―비교적 희미하고 실은 빛을 반사하는 밝음이다―로 여기며, 낮을 여전히 별이 떠있는 고요한 밤으로 여기면서 말이다." 이것은《월든》의 마지막 구절을 수동적이고 역설적으로 표현한 것인데, 흥미로운 이 실험은 이렇게 시작한다. "인간은 자신의 길을 만들지도 선택하지도 않는다……거대한 힘이 각자에게 즐길 만큼만 허락한 것을 제외하고는." 그러고는 아주 난해한 솜씨로 끝내버린 것이다. 그가《월든》의 밝은 분위기와 균형을 맞추기 위해, 아마도 보완하기 위해 밤을 주제로 한 글을 써보겠다는 의도로 출발했던 달빛 프로젝트는 순식간에 시작한 것처럼 순식간에 잊혀져 버렸다.[8]

89

새로운 친구들

🌿

《월든》이 출간되면서 소로는 새로운 주제를 찾아나서야 했다. 책 출간은 옛 친구들이 새로이 관심을 갖는 계기가 되기도 했지만 새로운 친구들도 가져다 주었다. 그도 이번만큼은 너무 사교적인 데 빠져있다는 예의 자기 불만을 누그러뜨릴 만한 나름의 이유를 갖고 있었다. 에머슨은 그의 영국 쪽 출판인인 리처드 벤틀리에게 책을 추천하는 호의적인 내용의 편지를 썼다. 존 S. 드와이트가 리뷰를 해주었고, 토머스 웬트워스 히긴슨이 소식을 전해왔으며, 리처드 풀러는 진심이 가득 담긴 감동 어린 편지를 보내왔다. 8월 중순에는 세일럼의 식물학자 존 러셀이 찾아와 소로의 과학에 대한 열의를 한껏 자극하고 돌아갔다. 9월 초에는 메인 주가 고향인 과묵한 신진 초상화가로, 이스트먼 존슨의 동료이자 오늘날에는 초기에 그린 초상화로 유명한 새뮤얼 우스터 로즈가 찾아왔다. 로즈는 소로 곁에 머무는 동안 함께 야외로 나가기도 했고, 신시아의 부탁으로 소로의 크레용 초상화를 그리기도 했는데, 지금도 많은 사람들이 소로의 초상화 가운데 제일 잘 그렸다고 여기는 것이다. 어쩌면 《월든》이 출간된 그해 여름 주인공의 실제 모습보다 좀더 젊고 호감이 가게 그려졌는지도 모른다. 얼굴표정은 온화하고, 초상화 자체는 부드러우면서도 시원스런 느낌을 주는데, 그 이후 소로의 사진에서는 볼 수 없는 것이다.[1]

소로는 처음 나온 《월든》의 견본쇄를 받아본 시점과 실제 출간일 사이에 블레이크에게 철학적인 편지 한 통을 보냈다. 두 사람간의 편지 왕래는 블레이크가 처음 편지를 보낸 1848년부터 계속 이어지고 있었다. 올해 서른여덟 살의 블레이크는 하버드대학 출신으로 목사와 교사로 일하기도 했고, 지금은 우스터의 진보적인 정신을 이끌어가고 있었다. 우스터는 당시 지적인 분위기가 매우 강한 공동체였으나 히긴슨이 관찰한 대로 시골 분위기가 역력했고, "가장 큰 대로라고 해봐야 온종일 시골마차로 가득 차있고, 짐수레에서 땔감을 사가는 곳"이었다. 블레이크의 우스터 모임에는 소로가 1849년에 처음 만난 양복장이이자 마을의 재치꾼인 테오 브라운이 있었고, 히긴슨과 존 와이스, 에드워드 에버렛 헤일, 데이비드 왓슨을 비롯해 여럿이 있었는데, 이들은 가끔씩 브라운의 가게에서 모였다. 소로는 이따금 우스터를 방문할 때면 메인 스트리트와 펄 스트리트가 만나는 코너자리에 있는 브라운의 양복점 뒤쪽 창문가에 앉아 있곤 했다. "소로는 여기서 영혼의 의복을 만들어냈고, 그 옆에서 테오는 몸에 걸칠 의복을 말없이 재단했는데, 해리 블레이크는 금테안경을 걸친 기쁨으로 번뜩이는 눈으로 두 사람이 거침없이 내뿜는 주장을 읽어나갔다."[2]

소로는 우스터 친구들을 무척 좋아했다. 그는 거기서 강연했고 그들과 산책했다. 블레이크 내면의 뭔가가 소로로 하여금 가장 중요하면서도 가장 감성적인 편지들을 쓰도록 했는데, 꾸밈없는 지적 친밀함으로 가득한 편지들이었다. 블레이크는 훗날 말하기를 두 사람의 우정은 "감정이 거의 섞이지 않은 것"이었으며, 대개는 생각하는 차원에서, 그것도 대부분 한쪽 편의 차원에서 이루어졌다고 했다. 블레이크는 소로의 전기작가에게 이렇게 말했다. "함께 있을 때 우리 대화는, 아니 그가 하는 말은 편지와 책에 있는 어조 그대로였습니다." 블레이크는 소중한 편지 상대였다. 소로 사후에 그는 여동생 소피아의 부탁으로 소로의 초고뭉치를 보관하게 되자 미출간 원고를 소로가 원했던 대로 계절 순서에 맞춰 정리하고자 했다. 그는 평생 받아본 소로의 편지들을 다시 읽었고 이렇게 말했다. "여전히 그 편지들 덕분에 힘을 얻고 가르침을 받는다. 때로는 이전 그 어느 때보다 더 많은 힘을 얻는다. 그런 점에서 이 편지들은 지금도 배달되고 있으며, 아직껏 전부 도착하지 않았는지 모른다. 아마도 내가 죽기 전까지 그럴 것이다."[3]

《월든》출간 직후 소로는 대니얼 리켓슨으로부터 축하편지 한 통을 받았다. 리켓슨은 유서 깊은 뉴베드퍼드 가문 출신의 퀘이커 교도이자 노예제 폐지론자였다. 결혼해 네 자녀를 두고 있었지만 가정은 별로 돌보지 않는 특이한 인물이었다. 그는 평생에 걸쳐 격렬히 싸웠다. 소로에게 말하기를 "규범이나 예의 따위의 제약으로부터 가능한 한 자유롭게 살려고 한다"고 했다. 올해 마흔한 살이 된 리켓슨은 제멋대로 지은 소박하면서도 편안한 오두막 한 채를 얼마 전 장만했다. 뉴베드퍼드 북쪽에 자리잡은 새 오두막 '브룩론'의 바닥에는 단단한 소나무 판자로 마루를 깔았는데, 이 헛간 같은 곳에서 많은 시간을 보내며 여러 친구들을 만났다. 자연을 향한 리켓슨의 감정은 너무나도 진실한 것이었다. 그는 소로에게 이렇게 말했다. "어린 시절 내내 머릿속은 온통 '시골' 생각뿐이었다네." 그는 무척 폭넓게 책을 읽었고, 당대의 유명인사들과 편지왕래를 하며 친하게 지냈으며, 《뉴베드퍼드의 역사History of New Bedford》(1858)를 비롯해 두 권의 시집 《가을에 수확한 곡물 한다발The Autumn Sheaf》(1869)과 《공장의 벨과 시편The Factory-bell and Other Poems》(1973)을 썼다. 그는 콩코드를 자주 방문했고, 소로 역시 뉴베드퍼드의 오두막을 찾으면 환영 받는 손님이었다. 리켓슨은 그러나 변변치 못한 사람이었다. 톰 블랜딩이 멋지게 표현한 대로 그는 "집동사니 성격"을 깇고 있었다. 자기 건강을 지나치게 신경 썼는가 하면 늘 괴로워했고 끊임없이 정신적 혼란에 빠져드는 사람이었다. 그는 소로가 자신에게 전혀 관심을 쏟지 않는다며 불평해댔다. 리켓슨은 언제나 소로가 주려는 것보다 더 많은 것을 자신이 원한다고 생각했다. 실제로 그는 항상 자신이 가질 수 있는 것보다 더 많은 것을 원했다. 그가 윌리엄 길핀의 작품에 대한 열정을 함께 나누고 이야기하고 싶어한 데 대해 소로가 감사의 뜻을 전해오자 리켓슨은 오히려 불쾌하게 여겼다. 그는 편지가 "서둘러 쓰여졌고 전혀 만족스럽지 않다"고 생각했다.[4]

그러나 리켓슨은 의리 있는 훌륭한 친구였고, 두드러진 한계에도 불구하고 이 즈음부터 소로의 인생에 간헐적으로 출현한다. 당시 속된 말로 그는 "seeker(탐구자)"였는데, 아이작 헤커나 엘러리 채닝처럼 쉽사리 만족하지 않는 영혼이었지만 표면에 드러난 혼돈 아래에는 기품 있는 기독교 정신과 고색창연한 쿠퍼식 찬송가에 표현돼 있는 오랜 전통의 본성이 있었다. 그의 시집 《가을에 수확한 곡물 한다발》은 포도넝쿨이 덮고 있는 오두막의 문가에 앉아 있는 "감성철학자feelosopher" 리켓슨을 보여주는 소로 풍의 권두화를 싣고 있지만, 그의 시들은 18세기 목사의 감각을 담아 이런 희망을 전한다. "돈으로 치장한 홀 안이 아니라 / 신음하는 식탁 주위로 술잔이 돌아다니는 곳이 아니라…… / 다만 자연의 안뜰 그 평화로운 풍경 안에서 / 숲의 그늘 안에서, 졸졸 흐르는 시냇물 옆에서." 그런데 이런 시를 쓴 사람이 다름아닌 이름난 괴짜에다 앞뒤 안 가리고 말을 함부로 해대는 것으로 유명했던 인물이다. 그는 자신을 자극하는 주제에 대해서는 강한 감수성과 함께 경쾌한 논리를 보여줄 수 있었다. 그는 소로에게 이렇게 썼다. "자연에 대한 나의 사랑, 절대적이고 순결한 자연은 나를 노예제 폐지론자로 만든다네." 그는 훗날 자신의 친구에 대해 이런 식으로 얘기했을 정도로 무척 예민한 편이었다. "소로의 삶은 대부분 스스로 친 테두리 안에 있었다. 아니 오히려 그였다면 이렇게 표현했을 것이다. 자신의 삶은 그가 거기서 즐겼던 무리들과 함께 있었다고 말이다." 물론 두 사람의 끈끈한 우정은 진짜였다. 게다가 의리를 지킨 쪽은 리켓슨뿐만이 아니었다. 소로가 미네소타에서 돌아온 뒤 1862년에 마지막으로 멀리 나들이를 한 것은 뉴베드퍼드로 리켓슨을 만나러 간 것이었다.[5]

1854년 9월 콩코드에 한 사람이 왔는데 토머스 첨리였다. 그는 당시 서른한 살로 옥스퍼드 시절부터 아서 휴 클로의 친구였고, 영국의 새로운 식민지 뉴질랜드를 여행하고 막 돌아온 참이었다. 그가 뉴질랜드를 여행하고서 쓴 책《이 세상 끝Ultima Thule》은《월든》과 같은 해에 출간됐다. 첨리는 원래 에머슨을 만나러 콩코드에 왔으나 소로의 집에서 기거했다. 그는 소로 가족과 함께 생활했고, 성장배경이 크게 차이가 나는데도 불구하고 소로와 꽤 잘 지냈다. 소로는 그에게 우스터 카운티의 웨스트민스터에 가서 와추셋 산도 함께 오르고, 그곳 친구들도 만나자고 초대하기도 했다. 이 영국인이 머물던 시기에 소로는 하버드대학 도서관에서《바가바드기타》와《비슈누푸라나》를 대출해왔는데, 그가 힌두교 고전에 얼마나 관심이 많은지 첨리가 쉽게 알 수 있게 하려는 의도였다.

《이 세상 끝》의 저자는 사려 깊고 적극적이며 지적인 인물이었다. 그는 "신천지를 발견하고" 새로운 나라를 건설하는 데 푹 빠져있었다. 영국이 뉴질랜드를 식민지화하는 데 적극 나선 것은 1838년 이후였다. 뉴질랜드는 모든 게 무척이나 새롭고 흥미진진했으며 뉴잉글랜드와 많은 점에서 유사했다. 그러나 첨리는 평범한 시골보다는 식민지에 더 흥미를 느꼈고, 마오리족의 붕괴된 사회보다는 백인들의 발전하는 사회에 내해 훨씬 너 많이 썼다. 사실 첨리는 마오리족이나 그들의 사회에는 관심이 없었고, 그의 책에서도 뉴질랜드의 자연사는 관심 밖이었다. 땅에 대한 그의 관심은 법적이고 사회적인 것일 뿐 식물학적인 것이 아니었다. 그도 이 점을 충분히 이해하고 있었다. "뉴질랜드에서 원주민 문제는 전부 이것 하나에서 야기되는데, 바로 '땅을 둘러싼 분쟁'이다." 그는 다윈보다도 앞서 사회적 다윈주의로 들릴 수 있는, 식민지화를 간단히 합리화하는 견해를 갖고 있었다.

그 무엇도 백인 거주자들을 막을 수 없다. 그들이 오면 원주민들은 사실상 사라져버린다. 숲과 들판에서, 심지어 영국에서도 우리는 새로운 종류의 나무나 식물이 유입되면, 그것이 들어오기 전에 번성했던 다른 나무나 식물들을 몰아내는 광경을 보게 되는데, 이와 똑같다. 인종과 사회의 대립이나 반감은 자연사가 빚어내는 현상의 연장일 뿐이다.

첨리는 분명 지적인 관찰자였고 흥미로운 질문을 던졌다. "우리 자손들이 과연 미개인이 될 수 있을까? 마오리족의 조상들이 과연 문명화된 적이 있었을까? 최초의 인간은 문명인이었을까, 아니면 미개인이었을까? 혹은 양쪽 다였을까? 우리와 마오리족 가운데 누가 더 자연인에 가까울까? 문명은 과연 제일 앞선 문화인가, 아니면 그저 길들임인가?" 첨리는 소로에게 함께 해외여행을 떠나자고 여러 차례 제안했지만 소로는 받아들이지 않았다. 그럼에도 불구하고 첨리는 훗날 소로의 책과 편지, 대화에서 값진 동양서적이 담긴 큰 상자를 선물해준 부유한 영국인 그 이상으로 소개된다.[6]

이해 콩코드에 새로이 등장한 또 한 명의 인물은 프랭크 샌본이었다. 그는 나중에 유명한 언론인이자 콩코드의 저명한 작가가 되는데, 소로의 전기도 그가 쓴 많은 작품들 가운데 하나다. 블레이크처럼 샌본도 훗날 소로의 미출간 원고들을 세상에 소개하는 데 중요한 역할을 했지만, 후세의 보다 신중한 학자들로부터는 신랄한 비판을 받고 있는 것도 사실이다. 당시 스물세 살의 하버드대학 재학생으로 1854년 11월 2일에 처음 에머슨을 방문하러 왔던 그는 1855년 1월 무렵에는 소로와 꽤 친해졌다. 그 즈음 과격한 청년 이념주의자였던 샌본은 존 브라운의 지하조직원이 됐고, 하퍼스페리 습격 사건이 벌어졌을 때는 이를 미리 알고 있던 몇 사람 가운데 하나였다. 샌본의 젊은 시절 사진을 보면 마른 체격에 날카로운 눈매, 깨끗한 턱을 가진 행동형의 청년이다. 그는 나중에 휘트먼의 친구가 되는데, 휘트먼은 그를 이렇게 묘사했다. "왕년에 존 브라운의 주축 청년대원 가운데 한 명으로 전사였으며 분연히 일어난 자원병이었다. 혁명을 위한 십자군 같았다. 적을 향한 적개심이 활활 타올랐고 당장이라도 방아쇠를 당길 태세였다. 우아하고 어디 한 군데 모자란 데 없고 매사에 낙관적이었다."

1855년 1월 소로는 케임브리지에 있는 샌본의 방으로 《일주일》을 한 권 보냈다. 당시 샌본이 편집을 맡고 있던 〈하버드 매거진Harvard Magazine〉에서 소로에 관한 기사를 실었는데, 기사를 쓴 필자에게 보낸 것이었다. 샌본은 마침 바깥에 나가 있었지만 책을 보내준 데 대해 감사인사를 전하며 "선생님의 신비할 정도로 아름다운 묘사"에 대한 코멘트가 담긴 편지를 보내왔다. 그리고는 젊은 시절 소로가 보여주었을 법한 아주 건방진 구질을 덧붙였다. "만일 누구라도 제게 선생님의 철학에 대해 어떻게 생각하는지 묻는다면 그건 한 푼어치 가치도 없는 것이라고 답해줄 겁니다." 샌본은 그러나 곧 콩코드로 이주해왔고, 거기서 학교를 열었으며, 소로의 집에서 하숙을 했고, 3년 내내 거의 매일같이 소로를 대면했으며, 소로가 존 브라운에게 관심을 갖도록 부추겼고, 마침내 소로를 브라운의 열렬한 지지자로 만들었다. 휘트먼은 여러 해가 지난 뒤 어느 날 샌본에게 한 가지 물어봤던 일화를 기억해냈다. "콩코드 출신 인물들 가운데 과연 누가 앞으로 가장 오랫동안 기억될 것 같은가······샌본은 대답하기 전에 한참 뜸을 들였다. 당연히 에머슨을 얘기할 줄 알았다. 그런데 아니었다. 그는 소로라고 했다. 나는 깜짝 놀라 그를 빤히 바라보며 물었다. '자네, 신중하게 내린 판단인가?' 그러자 그는 아주 단호하게 말했다. '그럼요! 이건 매우 의미가 있는 생각입니다.'" 휘트먼은 이렇게 결론지었다. "에머슨이 누군가, 소로는 어떤 인물인가, 샌본은 또 어떤가, 이런 걸 감안하면 참 대단히 의미 있는 말이었다."7

90

원칙 없는 삶

🌿

소로는 10월 8일 플리머스에서 "달빛" 강연을 했다. 10월 19일에는 블레이크, 첨리와 함께 와추셋 산을 올랐다. 10월과 11월에 그는 강연 일정을 잡느라 상당히 많은 편지를 주고받아야 했다. 11월 말에는 필라델피아로 짧게 여행을 다녀왔다. 거기서 그는 "무스 사냥"(에세이 〈체선쿡〉)을 주제로 강연했고, 돌아오는 길에 뉴욕에도 잠시 들러 그릴리를 만났다. 12월 초에는 새로운 강연을 할 채비를 갖췄는데, 당시 붙인 제목은 "그게 무슨 이익이 되겠는가What Shall it Profit a Man"였다.

《월든》의 그림자가 가을 내내 짙게 드리웠다. 책이 나오면서 새로운 친구들이 생긴 것처럼 책만 출간되면 강연 일자리도 생길 것이라고 그는 내심 기대하고 있었다. "달빛" 강연은 《월든》에서 무시했던 부분인 인생의 어둡고 밤 같은 측면을 탐구해본 것이었다. 반면 다음 프로젝트, 그러니까 "그게 무슨 이익이 되겠는가"를 비롯해 "낭비된 인생"과 "더 높은 법칙" 같은 여러 제목을 붙였다가 마지막으로 "원칙 없는 삶Life Without Principle"이 된 이 프로젝트는 전술 차원에서 《월든》과 반대편 논지를 전개해

나가는데, 돈을 버는 것에 초점을 맞춘 아주 강력하고도 단호한 글이자 무엇을 위해 살지 '말아야' 할 것인가에 집중하고 있다. 그 핵심은 《월든》의 요지와 똑같지만 《월든》이 우리에게 어떻게 살아가야 할 것인가에 대해 따끔하게 일침을 가하고, 또 무엇을 위해 살 것인가에 대해 긍정적인 비전을 제시하고 있는 반면 "원칙 없는 삶"은 대체로 부정적인 논조로, 돈벌이를 향해 풍자시인 같은 공격을 가하고, 돈을 버는 것이 그 자체로 목적이 되어서는 안 되며 오로지 삶을 영위하는 수단이자 진정한 일거리가 돼야 한다고 강하게 주장한다. 성경 같은 문장에다 설교조의 화법으로 쓰여진 이 원고는 소로의 글로는 가장 청교도다운 것이지만 캘빈주의가 빠진 청교도의 글이라고 할 수 있는데, 프로테스탄트 윤리와 자본주의 정신을 향해 한꺼번에 분노를 터뜨리고 있다.[1]

강연 원고의 초기 버전과 후기 버전 모두 골자는 같다. "이 끊임없는 돈벌이보다 더 철학에 반하고, 시에 반하고, 아니 인생 그 자체에 반하는 것은 없다는 생각이다. 심지어 범죄조차도 그 정도까지는 아니라고 생각한다……당신이 돈을 버는 방식은 거의 예외 없이 당신을 끌어내릴 것이다." 돈을 주제로 한 이 강연에서 소로는 솔직하게 얘기한다. 소로에게 이건 새로운 생각이 아니지만 그는 여기에 새로운 열정을 담았고 새로운 표적을 노리고 있었다. 소로는 특유의 유머를 보여주려—아니 굳이 주목하게—하지 않았다. 《월든》에 나오는 기막힐 정도로 재미나고 가슴을 치게 하는 유머는 거의 찾아볼 수 없다. "정말 제대로 고용된, 자기 마음에 딱 맞는 일자리를 가진 사람이 거의 없다는 건 참으로 놀랍다. 그러나 더욱 놀라운 것은 약간의 돈이나 명성이면 그들이 현재 추구하는 목표에서 벗어나도록 그들을 사버릴 수 있다는 것이다." 그는 이렇게 쓰고 있지만, 이 구절은 소로가 잘 알고 있는 문장들을 전혀 활용하지 않은 것이다. 강연 원고에서는 에머슨이나 그릴리, 리켓슨이나 블레이크, 첨리나 샌본, 혹은 그의 농사꾼 친구인 미노나 라이스를 묘사하지 않는다. 대다수 에세이처럼 이것 역시 익명의 특정하지 않은 사람들을 향해 던지는 일반적인 꾸짖음이며, 그 자신과 지인들조차 지켜내지 못한 데 대한 통렬한 비난이다. 그는 물론 뛰어난 논점을 갖고 있었다. "누구든 사람은 아주 부지런할 수 있다. 그런데도 자기 시간을 제대로 쓰지 못하고 있다." 그는 심지어 멋진 단문 안에 치유책을 마련해두기도 했다. "돈은 사랑으로 벌어야 한다." 유머는 온데간데없이 사라져버렸다. "사람들은 등을 대고 누운 채 몰락에 대해 이야기하면서도 절대로 일어나려는 노력은 하지 않는다." 그러나 주된 어조는 강경하고, 수사는 그야말로 공격적이다. "사소한 일에 끼어드는 작은 습관으로 인해 정신이 영원히 더럽혀질 수 있다." 그는 끝 부분에 가서야 보다 합당한 항변을 위해 과도한 비난에서 조금 물러선다. "정치적인 사건들이나 일상적인 일들처럼 지금 사람들이 관심을 기울이고 있는 것은 사실 인간 사회의 활기찬 기능들이지만 그냥 가만 놔두어도 돌아가는 것들이다. 마치 우리 신체가 반사적으로 기능하듯이 말이다. 그것들은 인간 '이하'의, 일종의 수동적인 것들이다." 그는 이런 말로 마무리한다. "우리는 날이면 날마다 나쁜 꿈자리나 말하는 우울증 환자로 만나서는 안 된다. 때로는 서로가 더없이 영광스러운 아침을 축하하는 낙천적인 사람으로 만나야 한다." 이 강연은 에머슨의 〈자조론〉에 비견될 정도로 소로가 꼭 전하고 싶은 메시지를 담아낸 글이자 가장 강렬한 에세이로 꼽힌다.[2]

새로운 강연은 1854년 12월 6일 프로비던스에서 처음 했는데, 이목을 끌 정도로 성공을 거두지는 못했다. 소로는 냉정하게 적었다. "강연보다는 책을 쓰는 게 내게 맞는 것 같다." 그러고도 12월에만 두 번 더 강연했다. 뉴베드퍼드와 낸터킷의 수준급 청중 앞에서 한 번씩이었다. 그러나 소로는 초고를 완성하고 강연까지 마치자 곧바로 새로운 에너지를 충전해 1854년 4월과 5월에 읽었던 콜럼버스 이전의 북아메리카에 관한 책들로 돌아갔다. 그 뒤 겨울 몇 달간 그의 삶은 익숙한 패턴으로 자리잡아갔다. 그는 말하기를, 겨울은 알지도 못한 채 왔고 부지런히 글을 쓰고 있다고 했다. 그는 시간을 내 헌터의 《인디언에게 붙잡힌 포로의 회고록Memoirs of Captivity among the Indians》과 캐드월레이더 콜든의 《다섯 인디언 부족의 역사History of the Five Indian Nations》, 1639년분 《예수회 보고서》, 스쿨크레프트의 《인디언 부족들에 관한 정보Information Respecting Indian Tribes》(앞서 1853년 11월에 마지막으로 손에 잡았던 책이다), 사가드—테오닷의 《휴런족 인디언 나라 대여행Le Grand Voyage du Pays des Hurons》과 《캐나다사Histoire du Canada》, 윌리엄 아담스의 《일기Journal》, 그리고 특히 윌리엄 우드의 《뉴잉글랜드 전망New England's Prospect》을 읽었다. 그는 자신의 영혼이 되살아나는 것을 절감했고, 평상시처럼 그것을 계절적인 어휘로 표현했다. 12월 26일에는 "겨울이 내 안에서 부서지는 것을 느낀다"고 적었다. 1월 7일에는 이렇게 썼다. "봄을 알리는, 기분 좋은 부드러운 공기가 내 혈관을 생명으로 가득 채운다! 삶이 다시금 확실해진다."[3]

그는 또 초창기 뉴잉글랜드 작가들의 스타일을 확실하게 파악했다. 존 조슬린과 윌리엄 우드의 "강건하고 솔직하지만 신중하지 못하고 되는대로 가는 스타일"과 코튼 마더의 "수사 가득한 구절"에 대해 지적했고, 그들이 대체로 "사전에서는 아예 찾을 수 없고, 점잖은 사람들 사이에서는 들어보기도 힘든, 하지만 묘사하는 대상 자체는 아주 가깝게 느낄 수 있게 해주는, 거칠고 세련되지 않은 소박한 언어를 사용한다"는 점을 알게됐다. 〈원칙 없는 삶〉은 소로가 예전의 청교도 작가들과 식민지 시절 작가들을 재평가하는 계기가 됐다. 그는 예전에 "뉴잉글랜드의 전기傳記와 신문들은 대부분 마치 무덤을 열어 제치듯 공격적"이라고 불평한 적이 있었다. 그러나 이제 달라졌다. 여전히 코튼 마더만 읽었다면 "그의 시대에 살면서 마법을 믿을 것"이라고 생각했겠지만, 이제 그는 균형감 있게 결론지었다. "마더의 세대는 지금보다 자연에 더 가까웠고, 사실에 더 가까웠으며, 따라서 그들의 책은 그 안에 더 많은 생명을 담고 있다."[4]

겨울은 소로에게 스케이트 타는 계절이었다. 강물은 12월 19일에 얼었다. 다음날 소로는 채닝과 함께 스케이트를 타러 나갔는데, 채닝은 꽤나 힘들게 스케이트를 탔다. "땀방울이 이마에서 뚝뚝 떨어져 내렸는데, 그게 얼어붙으면서 그의 수염에 길쭉한 고드름을 만들었다." 소로는 스케이트를 자주 탔고, 눈보라 속에서 탄 적도 있었다. 그는 스케이트의 속도감을 즐겼다. 그러면 "새로운 창조물이 된 것처럼, 어쩌면 사슴이 된 듯한" 느낌이 들었다. 하루는 스케이트 속도를 재보았더니 시속 14마일이었다. 이런 유쾌한 기분은 그의 일기에 가득하다. 1월 중순에는 "세상은 눈으로 보기에만 새로운 게 아니라 지금도 새로이 창조되고 있다"고 적었다. 1월 30일에도 스케이트를 탔는데, 그가 생각하기에 족히 30마일은 달린 것 같았다.[5]

짧았던 한겨울의 활기와 한껏 고조됐던 정신은 그리 오래 가지 못했다. 2월 중순에 그는 콩코드 라이시엄에서 "원칙 없는 삶"을 강연했다. 청중들은 초월주의 색채가 너무 강한 내용인데다 원시 상태로 돌아가자는 주장이라며 싸늘한 반응을 보였다. 3월 말에 프랭크 샌본이 콩코드에 학교를 열고 소로의 집에서 하숙을 시작했다. 얼었던 강물이 3월에 다시 풀리자 소로는 평소처럼 보트에 뱃밥을 채워 넣었다. 그러나 봄의 활기는 아직은 조금 덜 돌아온 상태였고, 봄을 향한 변화는 "주로 우리 안에서 이루어진다"고 그는 적었다. 4월 중순이 되자 그는 두꺼운 코트를 벗어둔 채 산책을 나갔는데, 바로 이 무렵 이상한 증상이 시작돼 "4-5개월간 무기력증과 심신허약"에 시달려야 했다. 그게 무엇이었든 (게다가 그는 이 증상에 어떤 이름도 붙이고 싶어하지 않았는데) 아무리 해도 나아지지 않았고 계속해서 누워 있어야 했다. 에머슨은 6월에 깜짝 놀라 소로가 쇠약해졌으며 기운이 빠져 보인다고 적었다. 올콧은 그가 이처럼 기력이 없어 보이는 것은 처음이라고 생각했다. 채닝은 그해 여름 그의 기침이 특히 나빴다고 적었다. 소로는 감기에 걸리지 않으려고 구레나룻을 길렀다. 이 시기의 체력 저하 증상 가운데 아마도 제일 이상했던 것은 소로의 두 무릎이 약해진 것이었는데, 이해 12월이 되어서야 겨우 호전되기 시작했다. 소로는 "몇 달간의 심신허약"에 대해 끔찍할 정도로 화를 냈다. 6월에 그는 친구를 다 빼앗긴 채 외로이 혼자 남아있는 것처럼 느꼈다. 9월에는 약간의 절망감과 함께 이렇게 썼다. "어떻게 해야 내 두 다리가 다시 힘을 얻을 수 있을지 모르겠다." 10월에도 여전히 "이런 비효율과 게으름의 기나긴 몇 개월"을 보낸 뒤 해야 할 일을 계획했지만 그는 "하루의 상당 부분을 굴에 가둔 채 발톱이나 빨도록 하는 이 끔찍한 증상"에 대해 신경질을 부렸다.[6]

그가 떠올린 그 자신의 이미지는 "곧잘 부아를 내곤 하는 겨울잠 자는 나이든 곰"이었는데 적절한 비유였다. 아마도 그 증상은 결핵과 관련이 있었을 것이다. 그로 인해 기력이 두드러지게 떨어진 것은 확실하다. 어떤 시각에서 보더라도 소로의 인생은《월든》출간 후 1년 넘게 내리막길을 걸었다. 새로운 친구들은 그의 외로움을 달래주지 못했다. 4월 중순의 체력적인 붕괴와 여기에 수반한 사기 저하는 봄과 여름의 즐거움을 날려버렸고, 이로 인해 "달빛" 강연이나 "원칙 없는 삶" 강연도 소로가 계획한 좀 더 긴 분량의 글로 발전할 수 없었다.

91

회복

1855년 4월 중순, 체력적으로 슬럼프에 빠졌던 바로 그 시점에 소로는 오래 전부터 안면이 있던 조지 커티스에게 편지를 보내《케이프코드》의 출간을 상의했다. 커티스는 과거 브룩팜 공동체의 일원이었고, 소로가 월든 오두막을 지으면서 상량을 할 때 힘을 보탠 친구 중 한 명이었다. 소로는 한참 전인 1852년 말 〈퍼트넘〉에 이 원고를 보냈었다. 그런데 얼마 전 F. L. 옴스테드가 〈퍼트넘〉을 인수해 편집인이 되자 다시 연락한 것이었다. 물론 옴스테드가 소로에게 특별히 관심을 가졌다는 증거는 없다. 또 옴스테드가 편집과 관련된 일상적인 업무에 충실히 매달린 것 같지는 않다. 사실 커티스는 소로가 기독교와 케이프 주민들에 대해 언급한 논조가 좀 자극적이지 않은지 걱정했다. 아무튼 연재는 6월호부터 시작하기로 일정이 잡혔다. 이와는 별개로 소로는《월든》이 거둔 작지 않은 성공을 발판 삼아 4월 말 티크노어 앤 필즈 출판사에《일주일》의 재출간과 관련된 편지를 띄웠다. 5월 말과 6월 초에는 산책도 얼마간 하고 측량일도 조금 했지만 여전히 몸이 아팠고 무기력하게 지냈다.[1]

7월 초에 그와 채닝은 프로빈스타운으로 가는 7시간에 걸친 항해를 시작으로 케이프코드로 2주간의 여행을 떠났다. 8월에는 《케이프코드》의 세 번째 연재물인 "해변The Beach"이 실렸지만 그것이 끝이었다. 이로부터 얼마 지나지 않아 〈퍼트넘〉은 공식적으로 게재를 중단키로 했는데, 다음 호에 실릴 예정이었던 "웰플릿의 굴잡이The Wellfleet Oysterman"의 거친 부분들이 영 탐탁지 않았던 데다 이런 거친 내용을 결코 유연하게 수정하지 않을 작가와 씨름해야 할 부담감 때문이었을 것이다. 소로는 자신의 글을 부드럽게 윤색하거나 삭제하는 것을 싫어했고, 양보할 여지가 있다 하더라도 절대로 편집자에게 쉽게 동의해주지 않았다.

9월 말에 《월든》 인세가 들어왔다. 그가 받은 인세는 51.60달러로 1년치 대학 등록금과 맞먹는 금액이었다. 10월 초에는 뉴베드퍼드로 리켓슨을 찾아가 며칠 머무르다 왔는데, 체력저하에 따라 시골을 마차로라도 여행하라는 주위의 강권에 따른 것이었다. 콩코드로 돌아온 뒤 그는 겨울용 땔감을 마련했고, 호주의 채금採金지대를 소재로 쓴 호위트의 글을 읽었다. 애국심에 불타올라 크림전쟁에 참전했던 첨리가 소로에게 뉴질랜드뿐만 아니라 호주에 대한 관심도 불어넣었는데, 그 역시 동양에 대한 소로의 관심에 자극을 받았다. 첨리가 보내준 동양 관련 서적 41권이 11월 말 도착했다. 소로는 이 책들을 "고귀한 선물"이라는 아주 적절한 호칭으로 불렀다. 여기에는 소로가 익히 알고 있던 《비슈누푸라나》와 《마누법전》, 《바가바드기타》, 《삼키야카리카》, 《사콘달라》도 있었다. 또 《리그베다》와 《우파니샤드》 일부, 두 권의 경구집, 역시 두 권의 힌두교 희곡집 등 그가 처음 보는 힌두교 텍스트들이 있었는가 하면, 토머스 콜브룩이 쓴 세 권짜리 비평집도 있었다.[2]

한 달 뒤에도 소로는 여전히 이 책들을 "거의 전적으로 고대 힌두교 문학과 연관된" 것들이라고 언급했지만, 사실 이건 좀 엉뚱한 설명이었다. 4분의 1에 가까운 9권이《영국령 인도사History of Brithish Indian》전집이었고, 또 다른 4분의 1은 불교와 이집트 연대기, 초기 기독교와 세계사에 관한 책들이었다. 리켓슨에게 말했듯이, 그는 많은 책들을 잘 알고 있었고, 그것들을 어떤 식으로 탐구해야 할지도 익히 알고 있었다. 물론 이 선물이 도착한 것은 소로가 매우 진지하게 힌두교 고전을 파고들었을 때보다 몇 년 지난 뒤였지만 아무튼 새 책을 접하면 닥치는 대로 섭렵하며 폭넓게 소화해내는 그의 독서 습관에 훌륭한 자양분이 되어주었다. 레비스트로스는 자신의 공부 습관을 "지적으로 보자면 농사를 위해 나무를 벌채해 태우는 것과 같다"고 했지만 소로의 방식은 이와 전혀 달랐다. 그는 자기가 좋아하는 텍스트로 다시 돌아오기도 했고, 아주 예전부터 친숙했던 것에서 더욱 새롭고 신선한 통찰을 얻기도 했다. 이와 동시에 그는 계속해서 관심 분야를 확장해나갔다.《바가바드기타》는 오래 전부터 알고 있던 것이었지만 R. 스펜서 하디의《동양의 수도원Eastern Monachism》과《불교 입문Manual of Buddhism》, 크리스티안 C. J. 분센의《세계사 철학 개관 Outlines of the Philosophy of Universal History》은 새로운 것이었다.[3]

하디의《동양의 수도원》은 불교 수도승의 금욕적인 삶을 다룬 책인데, 기독교 시각으로 보자면 선뜻 받아들이기 힘든, 은둔해서 살아가는 불교 수도승들의 삶을 밝히고자 쓰여졌지만 충분히 공감할 만한 내용이다. 책의 앞부분에서는 쿠루의 라타팔라 이야기를 한다. 불교도에게는 일종의《천로역정Pilgrim's Progress》같은 것인데, 승려가 되어 정신 수양을 하기 위해 가족을 떠난 한 남자의 이야기다. 책에서는 그가 불교의 네 가지 경구를 이해했기 때문에 그렇게 한 것이라고 설명한다.

1. 이 세상에 존재하는 모든 것은 사멸하게 돼 있으며 오래도록 머물러 있을 수 없다.
2. 그들은 자신을 지킬 수도 없고, 그들에게 필요한 도움을 줄 사람도 없다.
3. 그들은 어떤 것도 진실로 소유할 수 없다. 그들이 가진 모든 것은 반드시 그들을 떠나게 돼 있다.
4. 그들은 완전한 만족도, 욕망의 충족도 절대 이룰 수 없으며, 사악한 욕망의 노예 상태에서 영원히 벗어나지 못한다.

라타팔라가 마을을 떠나 은둔한 것과 소로가 월든으로 간 것이 유사한 것처럼 수도승에 대한 하디의 설명과 소로가 잘 알고 있던 스토아 철학 간에는 분명한 유사성이 있다. 소로는《바가바드기타》를 통해 이미 쿠루 지역을 잘 알고 있었다. 그곳은 아르주나가 보호해주기로 한 땅이었다. 그러나 하디는 쿠루를 불교와 연결 지었는데, 하디의 책들은 으젠느 뷔르누의 《법화경Lotus de la bonnes lois》(이 책 역시 첨리의 선물에 들어있었다)과 함께 에드윈 아놀드 경의《아시아의 빛The Light of Asia》이전까지 미국 지식인 사회에 불교 사상을 불어넣은 몇 안 되는 중요한 통로 중 하나였다.[4]

분센의《기독교와 인간Christianity and Mankind》제3권과 제4권은 별개의 독특한 작업으로 구성돼 있는데《세계사 철학 개관, 언어와 종교에 적용한Outlines of the Philosophy of Universal History, applied to Language and Religion》이라는 제목이 붙어있다. 분센은 프러시아 외교관 출신으로, 1838년 영국으로 영구 이주하기 전에 역사가 바르톨트 니버의 비서로 일한 인물이다. 그는 글을 잘 썼고, 소로가 정확한 인과관계를 파악할 수 있게 도와주었다. 그는 한 쪽에서는 "낡아빠지고 무식한, 설명조차 안 되는 의식들"을 심하게 비난하고는, 다른 쪽에서는 "프로테스탄트 사회의 두 가지 어두운 요소"로 "이혼에 관한 프러시아식 법률과 미국 일부 주에서의 노예제"를 언급하기도 했다. 분센의 역사이론은 발달론이었다. 그의 말을 들어보자. "유한한 형태들은 반드시 진화하게 돼 있다. 신성한 존재가 무한한 관념으로 있는 것처럼 말이다……세상만물의 역사는 신성한 진화의 총합이다."5

분센은 '헤겔 이후, 다윈 이전'의 이 같은 기독교식 진화주의를 매우 흥미로운 방식으로 언어에 적용했다. "우리가 알고 있는 역사 속 언어는 한결같이 그 기원을 다른 언어의 사멸과 해체에 두고 있다." 이건 종교도 마찬가지다. 분센의 현대 초월주의는 "유한한 생명치고 죽음으로 가지 않는 것이 없으며, 죽음 역시도 더 높은 삶으로 향하지 않는 것이 없다"고 말한다. 《기독교와 인간》은 제대로 된 평가를 받지 못하고 있는 초월주의의 수작이다.6

소로는 1855년 9월 소포클레스의 《안티고네Antigone》를 읽었다. 국가의 명령과 그보다 더 높은 법칙 사이의 갈등이 훌륭한 한 개인의 양심 안에서 예시되는 대표적인 작품이다. 분센을 읽고 "원칙 없는 삶"을 강연하고 《안티고네》를 읽어가던 1855년 가을에도 소로는 여전히 초월주의가 품고 있는 '더 높은 법칙'에 깊은 관심을 가졌던 게 분명하다.

그런 방식에서는 남성뿐 아니라 여성도 영웅이 될 수 있다. 이해 가을 메리 무디 에머슨이 콩코드를 다시 찾았다. 에머슨의 고모인 그녀는 올해

쉰다섯 살이었지만 정신은 매우 맑았고, 대화할 때면 늘 신랄한 편이었다. 타이르는 듯한 솔직함으로 그녀는 소로에게 이렇게 서명한 편지를 보낸 적도 있다. "가끔은 그대의 팬이며, 언제나 그대의 친구인……" 그녀는 앞선 시대의 엄격한 캘빈주의를 간직하고 있었는데, 버지니아 울프가 논평한 그대로였다. "그녀의 영혼은 늘 갈등하고 있고……내면에서 불타오른 열기는 그녀가 가장 사랑하는 이들마저 데게 한다." 소로는 그녀가 사사건건 참견하는 것을 냉정하게 잘 처리했을 뿐만 아니라 그녀를 가리켜 "내가 아는 가장 위트 넘치고 활기찬 여성"이라고 평했다.7

1855년 가을이 되자 소로의 건강, 기운, 관찰력이 전부 되살아나기 시작했다. 스스로 완전히 회복했다고 느낄 때까지는 1년 정도 더 지나야 했지만 말이다. 기력저하를 야기한 원인이 무엇인지 정확히 밝혀지지 않은 것처럼 그 증상이 어떻게 해서 사라졌는지도 딱히 그 이유를 집어낼 수 없다. 이해 가을 몸이 다시 새로워진 걸 느끼자 감각적 경험, 특히 그 중에서도 시각적 경험에 대한 관심이 되살아났다. 앞서 4월에 쓴 일기에는 생명의 빛깔인 진한 초록이 어떻게 해서 뿌리로부터 퍼져 나와 생기 넘치는 초록으로 성장해가는가에 관한 글이 있었다. 그 이후 몇 달간 일기에는 이런 내용이 보이지 않는다. 시각적으로 자극을 받을 만한 것이나 볼거리가 주위에 널려 있었는데도 말이다. 5월에 에머슨은 회화와 사진, 그리고 이것들과 연결되는 문학을 집중적으로 다루는 〈크레용-The Crayon〉이라는 신간 잡지를 알게 됐다. 여기서는 윌리엄 쿨렌 브라이언트를 켄셋이나 뒤랑과 비교하는가 하면, 롱펠로의 시 구절을 러스킨의 《근대화가론Modern Painters》을 통해 그 의미를 설명하기도 했다. 잡지의 제1권 3호에 실린 "풍경화에 보내는 편지"라는 제하의 글에서 애셔 뒤랑은 묻는다. "왜 미국 풍경화가들은 자치의 원칙에 따라 당당하게 자기 나라 자원에 기반한 고귀하면서도 고유한 스타일을 창조해내지 못하는가?"

7월 4일에 소로는 프로빈스타운으로 가는 배편을 기다리는 동안 아테네움 갤러리를 방문했는데, 그곳에는 프레더릭 처치의 위대한 회화작품 "에콰도르의 안데스"가 전시돼 있었다. 그림을 보고 어떤 인상을 받았는지는 아무런 기록도 남기지 않았지만 소로가 앞으로 해나갈 일은 흥미롭게도 처치의 작업과 유사한 것이었다. 지금 뉴욕의 쿠퍼휴잇 미술관에 있는, 캐타딘과 뉴잉글랜드의 단풍을 그린 유화작품들은 〈캐타딘〉과 〈가을의 빛깔〉의 완벽한 시각적 조응물이다. 10월에 소로는 바다 풍경을 전문적으로 그리는 유명 화가 조지 브레드포드의 화실을 찾았다. 마침 화가가 자리를 비웠을 때라 소로는 그의 동료인 네덜란드 바다 화가 반 베스트를 만났다. 소로는 또 10월에 짬을 내서 콩코드 전투를 그린 오래된 회화작품을 향토사 관점에서 관찰하고 묘사했다. 그리고 리켓슨에게 윌리엄 길핀의 작품들을 추천하는 편지도 썼는데, 구할 수 있는 모든 작품 제목들을 조심스럽게 나열하고는 "어느 책이든 '틀림없이' 도판이 있을 것"이라고 단언했다.[8]

이해 가을은 소로에게 극적인 사건이라고는 전혀 일어나지 않았지만 그럼에도 불구하고 그에게는 결정적인 전환점으로 기억될 계절이었다. 극적인 사건은 사람을 잘못 인도할 수 있다. 12월 말 일기에다 쓴 그대로다. "실제로 벌어진 역사, 혹은 전기를 보면 그렇게도 대단한 사건들이 몰고 온 결과가 막상 얼마나 별 것 아니었는지 금방 알 수 있다." 11월 초 사랑스러운 날씨의 인디언서머(Indian summer, 늦가을이나 초겨울에 추운 날씨가 이어지다가 갑자기 하루에서 사나흘 동안 화창한 날씨에 기온도 높아지는 경우가 있는데 이런 날을 말한다—옮긴이)가 찾아온 날 그는 홍미로운 강조 표시와 함께 적었다. "이것 또한 한 해의 '회복'이다." 사교적인 방문을 묵인하는 것 또한 늘어났다. 이달에 그는 이웃 라이스가 돈 버는 방식을 아주 생생하게, 하지만 무척 너그럽게 설명했다.[9](라이스는 쾌활하고 자급자족하는 농부로 자신이 사용하는 도구는 직접 만들어 쓰는 것을 원칙으로 했다.)

그는 자신의 생각이 다시 초점을 찾아가는 것을 감지했다. 11월 7일에는 "모든 게 꽉 차있다"고 썼다. 무엇보다 나아진 것은 자신의 "관찰력과 깊이 생각하는 능력이 부쩍 좋아졌다"고 느낀 것이었다. 12월 11일에는 "섬세한 자줏빛이 감도는 새, 가냘픈 홍방울새"를 연구하다가 예전의 자기 목소리를 다시 내기 시작했다. "자연의 완벽한 신뢰와 성공이 내 가슴에 비수처럼 꽂힌다. 이처럼 아름다운 창조물들이 존재한다는 것에, 그리고 이들이 자신의 환경에 적합하다는 것에 그 어떤 의문도 있을 수 없다." 명쾌한 인식과 간결하고 확신에 찬 구절, 여기에 더해 이제 경이로움과 열정을 느끼는 오래 전의 감각도 살아났다. "최소한의 사실과 현상을 붙잡는 게 필요하다. 그 아름다움과 의미에 사로잡혀 그냥 넘어가버리는 것에 아무리 익숙해졌다 할지라도, 습관처럼 오고 갔던 길이나 일상에서 한 뼘쯤 벗어난 시각에서 바라봐야 한다." 그러고는 《월든》의 결론에서 보여주었던 그 기백과 함께 마무리한다. "새롭게, 신선한 감각으로 인식한다는 것은 영감을 얻는다는 것이다……나의 몸은 모든 것을 예민하게 느낀다……기적의 시대는 매 순간 다시 돌아온다."[10]

92

씨앗의 확산과 삼림천이

1855년 마지막 달은 쾌적한 날씨였지만 1856년 첫 달이 시작되자 눈 내리는 기나긴 겨울이 찾아왔다. 1월 중순에서 3월 중순까지 콩코드 주변 들판에 눈이 16인치 이하로 쌓인 날이 단 하루도 없었을 정도였다. 강에도 눈이 워낙 많이 쌓여 스케이트조차 탈 수 없었는데, 그래도 뉴베드퍼드에서는 아이들이 "손으로 돛을 잡고서" 윈드 스케이팅을 즐기고 있다고 리켓슨이 소식을 전했다. 콩코드에서는 두 달 동안 따뜻한 날이 하루도 없었다. 사람들은 짚과 누더기로 펌프를 감쌌고, 봄이 오기만을 손꼽아 기다렸다. 소로가 키우기 시작한 고양이 민은 어느 날 잠깐 일어나 다락방으로 달려오더니 "다락방 창문에서 현관 바깥의 얼음과 눈 속으로" 뛰어내렸지만 다치지는 않았다.[1]

1월에 한파와 폭설이 한꺼번에 몰아치자 소로는 왠지 내면의 기운과 창조의 영감도 함께 고양되는 것 같았다. 눈송이가 떨어지는 것을 지켜보면서 그는 신비로워했다. "이것들이 만들어진 대기는 얼마나 창조적인 재능으로 가득한가……자연은 천재성으로 꽉 차 있고 신성함으로 충만하다.

그래서 눈송이 하나도 그 만드는 손을 피해갈 수 없는 것이다. 싸구려나 조잡한 것은 하나도 없다. 이슬방울이든 눈송이든." 소로는 평범한 데서 즐거움을 얻을 때면 늘 기뻐했다. 그의 언어는 심지어 한겨울에도 창조와 생성을 강조한다. 어쩔 수 없이 그는 다시 떠올린다. "지구라는 별을 만든 똑같은 법칙이 눈송이이라는 별을 만들었다." 모든 시간과 장소는 다른 시간이나 장소만큼 훌륭하다. 왜냐하면 모든 것은 그것을 향해 명령하는 똑같은 힘의 표현이기 때문이다. 이것은 영원히 이어지는, 영원히 유효한 그의 믿음이다. "꽃잎이 붙어있는 것이 틀림없는 것처럼 무수한 별 같은 이 눈송이 하나하나도 지상을 향해 빙글빙글 돌면서 내려오며 '넘버 식스'라고 똑똑히 외친다. 오더. 코스모스." 지금부터 그의 프로젝트들은 자연에서 작동하는 이 삼라만상의 관찰 가능한 명령 과정을 한 가지 방식으로, 혹은 다른 방식으로 탐구하는 것이다. 자연의 명령을 바라보는 이런 비전이 그에 상응하는, 자연의 다산과 탐욕을 본 맬서스류의 시각을 동반한다는 게 흥미롭다. 모든 눈송이가 다양한 형태의 여섯 면을 갖고 있음을 즐겁게 묘사한 다음날 그는 세 마리의 퍼치를 막 집어삼킨 강꼬치고기를 잡았는데, 잡혀 먹힌 퍼치들 가운데 한 마리는 그때 더 작은 잔챙이를 꿀꺽하는 중이었다. 일주일 뒤 그는 아무래도 그것이 신기해서 한번 계산해봤다. 강꼬치고기 천 마리(큰 호수 하나에 살고 있는 대략적인 숫자다)가 하루 한 끼 식사로 퍼치를 한 마리씩만 잡아먹는다 해도 1년이면 36만 5000마리의 퍼치가 필요한 셈이었다.[2]

그의 일기 또한 이달 들어 부쩍 자랐다. 일기가 단순히 과거를 기록하는 것이 아니라 지나온 삶과 성장을 기록하는 것이어야 한다고 그는 분명히 적었다. 의심할 바 없이 일기는 그 자체로 하나의 자기정당화 작업이지만 그렇다 해도 그것은 다른 작업들을 계속해서 만들어간다. 소로에게 일기는 언제든 그가 나아갈 방향을 계시해주는 사실과 관찰의 방대한 축적이었다. 콩코드나 자연 그 자체가 영원히 고갈되지 않는 것처럼 일기 역시 늘 끝없이 확장하는 저수지 내지는 보물창고 같은 역할을 했다. 일기에는 눈송이를 하나하나 측량한 것이나 스트로브소나무 씨앗의 흩어짐을 관찰한 것, 계통적으로 분류한 새 둥지의 디테일한 부분들, 현미경으로 연구한 까마귀 배설물의 구성물 묘사 같은 것들이 다 들어갔다. 우리가 현재 갖고 있는 소로의 일기 가운데 절반 정도가 이 시점까지 쓰여졌다. 그러니까 나머지 일곱 권, 무려 백만 단어에 이르는 일기가 앞으로 몇 년 사이 쓰여질 것이었다. 소로는 일기에 사실적인 질감이 갈수록 늘어나고 있는 것을 걱정했는데, 그의 많은 독자도 같은 심정일 것이다. 그러나 관찰 가능한 뚜렷한 현상을 기록하는 데 과도할 정도로 집중한다고 해서 상상력이나 지적 능력이 그에 상응해 반드시 저하되는 것은 아니다. 소로의 다른 노트와 에세이 원고, 편지들은 일기와 함께 읽을 때 더 많은 객관적 사실과 실재하는 것에 대한 세심한 주의, 그리고 사실을 통해 할 수 있는 것이 무엇인지 보여준다. 그의 지적 능력은 오히려 시간이 지남에 따라 확대돼 갔고, 생명의 확산이라는 그의 위대한 일반론은 증거가 쌓일수록 더 공고해졌다. 윌리엄 제임스가 언젠가 루이 아가시에 대해 말한 것은 소로에게도 그대로 들어맞는다. "세부 사실에 대한 지식을 더 늘리지 않는 한 누구도 일반론을 더 깊이 알 수 없다."[3]

2월 중에 소로는 히말라야삼나무가 어떻게 해서 새들에 의해 심겨졌는지, 철길 제방 위에 줄지어 늘어선 버드나무들이 어떻게 해서 바람의 작용으로 심겨졌는지 자세히 살펴봤다. 3월에는 강물을 덮고 있는 눈 위에 흩뿌려져 있는 자작나무 씨앗들이 얼었던 강이 풀릴 때 어떻게 해서 강물을 타고 새로이 먼 곳까지 이동하는지 주목해서 지켜봤다. 4월에는 영원히 이어질 것 같았던 겨울이 끝난 데서 오는 벅찬 기쁨과 구원받았다는 느낌 속에서 온갖 종류의 자작나무 수액을 수집하고 시험했다. 소로의 부친은 혹시 그가 지금까지 공부하던 데서 일탈해 이런 일을 하는 게 아닌가 생각했지만, 이런 것들은 본래 그가 하는 연구의 일부분이었다. 그는 4월의 잔인함을 절감하며, 봄이 다가오면 얼마나 많은 노인들이 세상을 떠나는지 적었다. 외삼촌 찰리 던바도 3월 27일에 사망했다. 앞서 소로는 다시 한번 에머슨과, 또 채닝과의 우정에 절망감을 느끼며, 그들에 대해 과거시제로 이야기했다. 하지만 그 자신은 해가 바뀌면서 다시 살아났고, 다른 어떤 견해에도 동의하기를 거부했다. 4월 3일에 그는 이렇게 썼다. "호스머는 헛간 뒤편에 있는 엄청난 양의 거름을 정리하면서 그 안에 있는 얼음들을 햇볕에 쪼이고 있었다. 그러면서 그는 무엇 때문에 사는 거냐고 슬프게 묻고는 여기서 오래 머물 생각이 없다고 했다. 그때가 마침 콜럼멜라를 막 읽었을 무렵이었는데, 책에서 그는 봄을 맞아 똑같은 작업을 하면서도 이것도 새로운 봄이 자신에게 준 것이라며 희망을 가득 담아 이야기했다. 그것은 자연과 함께 진취적이고 낙관적이 되라는 의미였다." 이해 봄은 특히 소로가 자신의 상실감 내지는 인생무상이라는 감정에 맞서 그 대척점에 있는 견고함과 영구불변이라는 정신을 갖고 싸워나갔던 시기다. 그는 이렇게 결론지었다. "인간의 삶이란 아마도 무상하고 고통으로 가득 차있는지 모른다. 하지만 작년 봄부터 올해 봄까지, 또 콜럼멜라에서 호스머까지 이어지며 끊임없이 되살아나는 그 정신은 변화보다 우위에 있다. 콜럼멜라가 사라진 뒤에도 남아 있는 그 정신, 그리고 호스머가 죽은 뒤에도 남아 있을 그 정신과 함께 나는 나 자신의 정체성을 찾아갈 것이다."[4]

긴 겨울은 말 그대로 파종기였다. 생식과 창조, 씨앗의 확산에 대한 그의 관심은 겨우내, 그리고 봄까지도 뚜렷이 확인된다. 4월 말의 어느 날 그는 콩코드의 한 지인과 함께 산책을 나갔다. "나무가 빽빽이 들어서 있는 로링네 땅 남쪽 도로변에 있는 어린 리기다소나무를 지켜보던 조지 허버드가 입을 열었다. 만일 이 소나무들이 잘려나가면 참나무들이 싹을 틔울 것이라고 말이다. 그러고는 최근에 로링의 스트로브소나무가 무성하게 자라고 있는 곳의 길 건너편을 가리키면서 틀림없이 저 땅을 어린 참나무가 전부 자지할 것이라고 덧붙였다." 소로는 이것을 더 면밀히 조사해봐야겠다고 적어두었다.[5]

1856년 5월 중순 그는 대략이나마 답을 하나 얻었다. "오직 리기다소나무 한 종만 촘촘하게 자라고 있는 숲을 조사해보라. 그러면 아마도 다람쥐 같은 것들이 덤불 숲으로 옮겨다 놓은 씨앗에서 자라난 어린 참나무나 자작나무 묘목 같은 것들이 눈에 많이 띌 것이다." 그렇게 해마다 심겨진 활엽수 묘목들은 키 큰 소나무들에 의해 햇빛을 못보고 질식 당하겠지만 만일 소나무가 말끔히 사라지면 "참나무 같은 것들은 원하는 생육 시작점과 그것에 적합한 조건을 갖춤으로써 곧바로 큰 나무로 성장한다." 이런 방식의 씨 뿌리기에서 다람쥐와 새들의 중개 행위는 그가 생각하기에 충분히 그 가치를 인정받지 못하고 있다.[6]

소로는 자연에 속한 것이면 무엇이나 그랬지만 씨앗에도 오랫동안 관심을 가져왔다. 그러다 자연적인 천이遷移 과정에서, 숲의 진화 과정에서, 다윈이 자연선택이라고 부르게 될 그 과정에서 얼마나 많은 종류의 나무들이 저마다 독특한 방식을 보여주는지 새로이 흥미를 느끼게 됐고, 이는 다시금 그의 오랜 관심 대상에 초점을 맞추게 했다. 그가 이해 봄 관찰한 내용은 1860년 9월에야 비로소 강연할 수 있었던 "숲 속 나무들의 천이The Succession of Forest Trees"의 핵심을 이룬다. 강연할 무렵 이 원고는 《씨앗의 확산The Dispersion of Seeds》으로 불리게 될, 훨씬 더 큰 작업의 일부였다. 또 《씨앗의 확산》은 "야생 과일Wild Fruits" 혹은 "과일에 관한 주석Notes on Fruits"으로 불린 초고뭉치와 함께 더 큰 작업인 콩코드 자연사의 일부를 구성할 것이었다. 이 방대하면서도 다방면에 걸친 프로젝트는 이해 봄 서서히 모양을 갖춰나갔다. 그것은 독특한 과학적 풍미를 띠고 있었다. 소로는 블레이크에게 이렇게 썼다. 강연을 한다는 입장에서 보면 너무 과학적이고 사실 위주라고 생각될지도 모르는 작업을 하고 있다고 말이다. 그는 자신의 작업이 "보다 정확성을 갖추고 권위를 얻을 수 있도록" 집중하고 있음을 계속해서 강조했고, 마침내 1860년 9월 강연대에 섰을 때 그는 전혀 거부감 없이 "순전히 과학적인 주제"라고 언급했다. 다른 편지에서는 프로젝트의 범위에 대해 암시하듯 밝혔는데, 지금 무슨 작업을 하고 있느냐는 한 청년의 질문에 "나는 지금 좀 허풍을 떨고 있습니다"라고 답했다.7

그는 6월에 "천이"라는 아이디어를 좀더 진척시켰다. 그는 다람쥐들이 소나무 숲에 도토리를 심는다는 것, 그리고 소나무가 잘려나가자 키 작은 참나무가 성장했다는 관찰 결과를 확인했다. "당장이라도 키 작은 참나무들을 다 베어낸다면 아마도 소나무, 자작나무, 단풍나무, 혹은 가벼운 씨앗을 가진 다른 나무들이 그 자리에서 자라날 것이다. 왜냐하면 다람쥐는 탁 트인 땅으로는 도토리를 가져오지 않을 것이기 때문이다." 이

와 관련된 여러 사실들을 그가 확신하기까지는 훨씬 더 많은 관찰이 필요할 것이었다.[8]

6월에 그는 우스터를 방문했고 뉴베드퍼드에도 갔다. 캔자스에서 벌어진 사건들도 그의 일기에 이따금 등장한다. 1856년 1월에 선출된, 노예제에 반대하는 자유토지파 소속 의원과 주지사가 노예제에 찬성하는 의원들에게 가로막혔다. 피어스 대통령이 개입해 노예제 찬성파의 손을 들어주자 분위기는 더욱 험악해졌고 폭력사태가 빈발했다. 5월 24일 존 브라운과 추종자 무리가 포타와타미 크리크에 거주하는, 노예제를 지지하는 비무장 주민 5명을 살해했다. 소로는 이 사건을 알았지만 그의 관심은 온통 식물학에 가 있었다. 이해 여름 그는 식물들의 목록과 수많은 메모를 작성했는데, 그가 남긴 메모를 보면 세세한 논점을 바로잡을 때만 G. B. 에머슨이나 아사 그레이 같은 권위자를 인용할 정도로 그도 이제 자기만의 확신을 갖게 됐음을 알 수 있다. 그는 식물들의 기술적 용어를 마스터한 것을 무척 뿌듯해했다. 8월 10일에는 처음 보는 해바라기를 관찰하고는 "털이 많은 '키 큰' 해바라기"라고 이름 붙인 뒤 이렇게 묘사했다. "가지 사이에 있는 몇 개의 작은 것들을 제외하고 마주나기를 하고 있는 이파리들은 두툼한 달걀 모양이거나 달걀형의 창 모양으로 끝이 뾰족하다. 잎맥은 세 개고, 돌기가 희미하게 띄엄띄엄 있으며, 위에는 털이 많고, 아래는 부드럽고 하얀 빛을 띠고 있는데, 갑자기 가장자리가 붙어버린 잎꼭지로 쪼그라들었다." 그레이와 비글로우, 후커, 리처드슨의 매뉴얼에 더해 그는 6월에 브루스터가 새로 펴낸 뉴턴의 전기를 읽었다. 이해 여름 그는 시간을 내 몇 편의 놀랍도록 활기차고 유머 넘치는 이야기들, 특히 아버지가 도망친 돼지를 잡느라 진땀을 흘린 일화 같은 것들을 써나갔지만, 그

의 관심은 온통 과학 분야에 쏠려 있었다.[9]

이해 그의 일기는 이 주제에서 저 주제로 표류한 것처럼 보인다. 하지만 소로 본인은 이걸 의식하고 있었고, 목적을 분명히 해야 한다는 점 역시 잘 알고 있었다. 사람이란 아무리 작은 것이라도 어떤 목적이 있어야 비로소 "거리에 나갔을 때나 매일매일의 삶에서 진정으로 자기자리를 잡을 수 있다." 그는 자신의 과학적 목적을 당대의 사건들에 빗댄 흥미로운 비유로 표현했다. "일에 몰두할 때만 성과가 있고 성공할 수 있다. 그래야 자리도 잡고, 영역을 확보할 수 있으며, 개인과 국가의 미래를 결정하고, 캔자스를 자기 머리에서 몰아낼 수 있으며, 모든 외부 침입자에 대항해 희망적이고 자유롭기만한 캔자스를 실제로, 또 영원히 차지할 수 있다." 이처럼 목적을 갖고 일에 몰두하는 것이 자신에게 어떤 의미가 있는가에 대해서는 이해 8월에 던진 일련의 질문들 가운데 마지막에 잘 표현해두었다. "단풍나무와 오리나무는 왜 강가에 있는 넓은 초지에서 크게 자라지 않는가? 왜 검정버드나무는 강둑이라고 하는 제한된 입지만 갖고 있는가? 자연의 경제에서 8월에 이따금 발생하는 이 같은 홍수는 대체 어디에 유용한 것일까?" 《월든》이 개인주의 경제학이라고 할 수 있는 개인의 경제 내지는 가정 경제에 대한 설명과 함께 시작하듯이 소로는 아직도 명쾌하게 파악하지 못하고 있는 프로젝트의 윤곽을 감지하기 위해 바깥쪽으로 선회한다. 그러나 그 중심은 '그의' 경제가 아니라 자연의 경제다. 자연의 경제는 적어도 린네 시대부터 낯익은 표현이다. 다른 말로 하자면 '생태학'이지만 완전히 똑같지는 않다. 소로의 방대한 새 프로젝트, 즉 "허풍"은 아마도 그가 "씨앗의 확산"과 "야생 과일", 그리고 때로는 그의 "캘린더" 혹은 "콩코드에 관한 책"이라고 부르고 생각한 것들에 남긴 모든 것으로 구성될 것인데, 산책과 독서, 메모에서 스스로 그 형태를 갖춰가기 시작했다. 뭐라고 부르든 그것은 콩코드에서 볼 수 있는 자연의 경제에, 그리고 이제 우리가 그것에 이름을 붙일 수 있듯이, 미국 자연사의 중요한 부분인 콩코드 생태학에 초점을 맞출 것이다. 그는 8월 말에 자신의 목적과 주제에 대해 곰곰이 생각하면서 이렇게 적었다. "우리 자신으로부터 멀리 떨어진 대자연을 꿈꾸는 것은 헛된 일이다……나는 래브라도(캐나다 동부의 내서양에 민한 만도로 수많은 빙하호가 있다-옮긴이)의 대자연에서조차 콩코드의 후미진 곳에서 본 것보다 더 대단한 야생성을 발견하지 못할 것이다."[10]

93

월트 휘트먼

소로가 체계화한 식물 관찰법은 1856년 9월 초에 이미 상당한 수준에 도달했다. 한 예로 9월 1일 그는 근처에 있는 모든 쑥부쟁이와 메역취의 정확한 상태를 적어나가기 시작했는데, 쑥부쟁이 하나에서만 13종의 변종을 발견했다. 이해 가을 그는 2~3주의 간격을 두고 유사한 체크리스트를 꾸준히 기록해나갔다. 9월의 첫 주말, 소로는 얼마 전 임대료가 없는 집을 얻으려 뉴햄프셔 주 월폴로 이주한 올콧을 만나러 갔다. 가는 길에 버몬트 주 브래틀보로에도 들렀는데, 아쉽게도 몇 시간 차이로 엘리샤 케인 박사를 만나지 못했다. 케인 박사는 북극에서 실종된 존 프랭클린 경을 찾아나선 제1차 미국 원정대에 끼었던 북극탐험가로, 당시 수색을 소재로 한 그의 첫 책은 소로도 잘 알고 있었다. 소로는 케인 박사가 북극 식물의 목록을 정리해 집으로 가져왔다고 들었고, 이걸 보려고 간 것이었다. 며칠 뒤 소로는 최근 여행에서 자신이 관찰한 식물들의 목록을 작성했다. 그는 세세한 것들을 일목요연하게 정리하는 데 집중했지만, 이와 동시에 사실들만으로는, 심지어 테마조차도 그 자체만으로는 그리 유용하지 않다는 점도 잘 알고 있었다. 그는 10월 18일에 이렇게 지적했다. "테마는 아무것도 아니다. 생명이 전부다." 경험을 기록하는 개인이 판단을 내리는 것이다. "인간이 무엇보다 중요하다. 자연은 아무것도 아니다. 자연은 인간의 주의를 끌고 인간을 반영할 뿐이다." 그리고 어떤 생명이든 가장 중요한 본질은 거미줄처럼 엮여있는 자잘한 것들이 아니라 그 생명이 얼마나 강렬하게 살아가고 있으며, 얼마나 치열하게 제 역할을 디 하고 있느냐다. "독자의 눈을 사로잡는 것은 오로지 그 뜨거운 생명이 갖고 있는 깊이와 강렬함이다."[1]

며칠 뒤인 10월 24일 소로는 콩코드를 떠나 뉴저지 주 퍼스앰보이 인근 이글스우드로 갔다. 여기는 푸리에주의자들이 당초 공동체를 만들기로 했다가 실패하자 구획별로 나눠 집을 짓기로 한 공유지였는데, 이곳을 측량하는 일을 맡은 것이었다. 여행 중에 짧게나마 사교적인 만남도 가졌지만 그리 신나거나 흥분될 정도는 아니었다. 먼저 우스터로 가서 블레이크와 히긴슨을 만난 뒤 뉴욕에 들렀고 바넘 미술관에도 가보았다. 그러고는 역시 이글스우드로 가던 중이었던 엘리자베스 피바디와 우연히 조우했다. 이글스우드에서는 측량일과 식물채집 외에 댄스파티에도 참석하고 강연도 했다. 소로가 이때 강연한 것은 "무스 사냥"과 "산책," "원칙 없는 삶"이었다. 그는 이글스우드 공동체가 누구나 간절히 사교를 원한다는 생각을 강요한다고 느꼈다. 아무튼 측량일은 예상보다 오래 걸렸다. 올콧은 11월 1일에 도착했고, 그와 소로는 곧 호레이스 그릴리를 만나러 갔다. 올해 57세가 된 올콧은 9월부터 뉴욕에 머무르면서 "대담"을 진행하고 있었는데, 월폴에서의 전원생활 이후 오랜만에 찾은 뉴욕에서 어떤 영감을 얻어 다시금 새로워지는 것을 느끼고 있었다. 그는 혜성처럼 등장한 시인을 한 명 만났다, 다름 아닌 에머슨이 발굴한 월트 휘트먼이었다.

11월 9일에 올콧과 소로는 페리를 타고 이스트 강을 건너 브루클린으로 갔다. 당시 위대한 종교 연설가였던 헨리 워드 비처의 강연을 듣기 위해서였다. 비처의 스타일은 자기확신이 너무 강한 데다 감정에 호소하는 방식이어서 소로는 깊은 인상을 받지 못했다. 소로는 훗날 이렇게 평했다. "그가 정말로 신에 대해 누구보다 더 많이 알고 있다면, 가능한 한 현란한 몸짓은 하지 말고, 그걸 〈실리만스 저널Silliman's Journal〉에 싣는다면 고맙겠다." 다음날 아침 올콧과 소로는 필라델피아에서 온 새라 틴데일이라는 여성과 함께 휘트먼을 찾아갔다.[2]

휘트먼은 그때 서른일곱 살로 소로보다 두 살 적었지만, 머리칼과 수염은 이미 회색 빛으로 물들어 있었다. 《풀잎Leaves of Grass》은 한 해 전인 1855년 7월에 출간됐는데, 상업적으로는 완전히 실패작이었다. 휘트먼은 훗날 말하기를, 많은 책들을 그냥 나눠주었지만 솔직히 열 권이라도 팔릴지 의심했다고 한다. 처음에 딱 한 건의 리뷰가 그릴리가 발행하는 〈트리뷴〉에 실렸는데, 예사롭지 않게 섣부른 판단을 삼가는 내용이었다. 그러나 책이 나오고 몇 주 되지 않아 에머슨이 읽고는 휘트먼에게 기쁨이 넘치는 빛나는 편지를 보냈다. 에머슨은 《풀잎》을 가리켜 "미국이 이제까지 내놓지 못한 위트와 지혜가 넘치는 특별한 글"이라고 부르며, 《풀잎》에서 얻은 "대단한 기쁨"에 대해 이야기했다. "나는 비할 데 없이 훌륭하게 쓰여진, 비할 데 없는 작품을 발견했습니다." 그는 새로운 시인에게 자신이 해줄 수 있는 최고의 찬사를 쏟아냈다. "위대한 생애의 초입에 들어선 그대를 영접합니다." 에머슨으로서는 당황스러운 일이었지만, 이 편지 전문이 휘트먼의 묵인 아래 1855년 10월 10일자 〈트리뷴〉에 실렸다. 휘트먼은 오려낸 기사를 롱펠로를 비롯한 여러 인사들에게 보냈고, 출판사 편집자와 비평가들에게는 편지 사본을 보냈다. 에머슨의 이름까지 들어있는 "그대를 영접합니다"라는 문장덕분에 일약 최고 반열에 올라선 휘트먼은 막 찍어낸 제2판의 책등에 금박을 입힌 글자로 이 문장을 새겨 넣었다. 모든 사업이 에머슨의 위대한 명성을 이용한 뜨거운 판촉 아래 이루어졌음은 의심할 여지가 없지만 에머슨이 그 편지를 '쓴' 것은 사실이었다. 그리고 소로가 너무나 잘 알고 있듯이 에머슨은 《월든》이 출간됐을 때는 이와 비교될 만한 글을 단 한 줄도 쓰지 않았다.[3]

휘트먼은 찾아온 손님들을 동생 에디와 함께 쓰고 있는 다락방으로 안내했는데 좁은 계단을 통해 올라가야 했다. 올콧은 "한쪽 구석에 있는 침대는 정돈되지 않은 채 두 사람이 누웠던 자국이 또렷이 남아 있었고, 아래로는 배가 지나다니는 게 다 보였다"고 적었다. 벽에는 숲의 신과 바커스, 헤라클레스를 그린 작품들이 걸려 있었다. 올콧은 훗날 이 그림들을 떠올리며 "휘트먼에다 숲의 신, 바커스, 판 신까지" 가히 현대의 만신전을 보았다고 했다. 그들은 두 시간 동안 대화를 나눴다. 소로는 다른 두 사람 때문에 휘트먼과의 대화가 좀 거북하다는 느낌을 받았다. 휘트먼은 "미국을 대표하는" 것에 대해 뭔가를 이야기했다. 소로는 정반대 논리로 대답했는데 나중에 이렇게 기록했다. "나는 미국이나 정치, 뭐 그런 것들에 대해 많이 생각하지 않았고, 어쩌면 흥을 깨는 사람처럼 보였을지도 모른다."[4]

올콧이 보기에 소로와 휘트먼 둘 다 방어적인 자세를 취하는 게 흥미로웠는데, 두 시간 내내 "입을 단단히 다문 채 서로를 이상하게 훑어보며 서 있는 것 같았다." 휘트먼은 대화가 자기 나름의 신격神格에서 크게 벗어날 때는 다시 높은 수준으로 되돌리지 않으면 용납하지 않았다. 소로가 무언가를 말하자 휘트먼이 대답하기를, 자신을 잘못 이해하고 있다고 했다. 소로는 나중에 블에이크에게 이렇게 말했다. "내가 뭐라고 했는지 잘 모르겠습니다." 휘트먼은 그 자리에서 소로에게 새로 출간된 《풀잎》 제2판을 선물했다. 소로는 여기에 실린 몇몇 시들의 "관능성"에 대해 유보하는 입장이었지만 콩코드로 돌아와서는 휘트먼에게 대단한 애정을 느낀다는 내용의 편지를 블레이크에게 두 통이나 보냈다. 그는 블레이크에게 이렇게 설명했다. "휘트먼이 왜 지금 나에게 가장 흥미로운 인물인가 하면……그는 분명 이 세상에서 가장 위대한 민주주의자입니다." 그는 칭찬하듯 덧붙였다. "왕들과 귀족들은 오랫동안 당연하게 대접받았던 것처럼 한 번에 버림받습니다." 소로는 종종 휘트먼의 미국적인 것으로 돌아왔다. 마치 휘트먼과의 대화에서 미국을 그리 대단하게 평가하지 않았던 것을 상쇄하기라도 하듯이 말이다.[5]

휘트먼은 훗날 소로에 대해 이야기했다. 그는 소로를 칼라일과 한데 뭉뚱그려 보통사람에게 너무 거만하고 젠 체한다고 평했다. 자기가 생각하기에 소로의 작품은, 가령 존 버로스(휘트먼의 전기를 쓴 인물–옮긴이)의 작품과 비교할 때 좀 딱딱해 보인다고도 했다. 그러나 휘트먼은 소로가 자신과의 처음이자 단 한 번뿐이었던 만남에서 이제 막 모습을 드러내고 있는 휘트먼의 비평가들을 "구제받지 못할 사람들"이라고 부르면서 더 나쁘게 부를 수 있기를 바란다며 점잖게 나무랐던 일화를 회상했다. 휘트먼은 나중에 에머슨과 다른 이들로부터 소로가 콩코드에서 《풀잎》을 "적기赤旗처럼" 품고 다녔다는 말을 전해 들었다. 휘트먼 역시 시간이 흐른 뒤 소로의 작품을 높이 평가하게 됐다. 1888년에 그는 소로에 대해 이렇게 결론지었다. "그는 미국 고유의 힘을 보여주는 인물이다. 사실을 지지하고 운동을 지지하고 대변혁을 지지한다. 소로는 미국에 속해있고 초월주의에 속해있고 저항주의자에 속해있다……그는 하나의 힘이다. 그의 모습은 점점 더 크게 드러난다. 그의 죽음은 그를 조금도 손상시키지 않을 것이다. 해마다 그의 명성은 더 커질 것이다." 이런 관대한 찬사에다 그는 개인적인 느낌까지 더했다. "소로를 나와 아주 가까이 있게 하는 한 가시가 있다. 그의 무법성—그의 불복종—이다. 그것은 자신의 절대적인 길을 가겠다는 것이며, 그 길을 선택했으니 지옥의 불길이 다 태워버린다 해도 반드시 가고야 말겠다는 것이다."[6]

소로는 《풀잎》 제2판에서 특별히 외워둘 것으로 "나의 노래Song of Myself"와 "브루클린 나루를 건너며Crossing Brooklyn Ferry"를 꼽았다. 그때는 "태양이 시로 내려 앉다Sun Down Poem"로 불렸던 "브루클린 나루를 건너며"에서 휘트먼은 강을 건너는 경험을 포착해 작품의 중심에 갖다 놓는다. 마치 소로가 콩코드 강과 메리맥 강에서 보낸 2주간의 경험을 사용한 것처럼 말이다. 휘트먼은 모든 시대와 장소가 아무런 차별도 없으며, 현재를 살아가는 우리는 누구 못지않게 행운을 누리고 있고 축복을 받고 있다고 노래한다. 사실 이건 소로 자신의 테마다. 소로는 이렇게 결론짓는다. "그 의미를 어떻게 해석하든 시는 매우 용감하고 미국적인 것으로 들렸다." 그리고 그는 비처와 비교해 휘트먼을 어떻게 평가해야 할지 알았다. "이 세상에서 행해지는 설교를 전부 다 합쳐봐야 《풀잎》을 설파하는 것에 못 미친다는 게 내 믿음이다." 소로는 휘트먼의 성적인—그는 관능적이라고 불렀다—표현에 대해서는 유보했다. "그는 사랑을 전혀 찬양하지 않는다. 마치 야수가 말하는 것 같다." 그러나 그 나름의 자격을 부여하면서 이렇게 덧붙였다. "이런 관능성이라는 면에서도 그는 내가 아는 다른 어떤 미국인이나 현대인보다 진실을 얘기한다. 나는 그의 시가 기분을 유쾌하게 하고 용기를 불어넣는다는 것을 안다……우리는 그에게서 진정으로 기쁨을 느낀다." 아무튼 뉴욕의 〈크라이테리언Criterion〉은 그 책을 "어리석은 외설덩어리"라고 불렀고, 필라델피아의 J. P. 레슬리는 "불경스럽고 음란하다"고 생각했다. 케임브리지에서 롱펠로의 뒤를 이어 하버드대학 현대언어학 교수를 맡고 있던 제임스 러셀 로웰은 그 책을 읽어야 한다는 느낌을 받지 못했다며, 하버드 학생들의 손이 닿지 않도록 그 책을 치워두겠다고 했다.7

휘트먼은 소로에게 즉각 아주 중요한 영향을 미쳤다. 비록 훗날 소피아가 에머슨에게 장례식 연설에서 이에 대한 언급을 하지 말아달라고 부탁했지만 말이다. 감각적 경험에 대한 휘트먼의 몰입은 소로를 흥분시켰다. 다만 성적인 의미로부터는 한 발 물러나 있었다. 소로는 또한 휘트먼의 기뻐할 줄 아는 엄청난 능력, 그러니까 에머슨 역시 감응하게 했던 열광적인 성격에도 감응했다. 심지어 휘트먼의 미국적인 것 역시 소로를 설복시켰던 것 같다. 무엇보다 중요한 것은 경험의 강렬함과 소통의 절박함을 휘트먼이 강조했다는 점인데, 이것은 소로가 글을 쓰면서 강렬함이라는 목표를 더욱 강하게 인식한 것과 완벽하게 일치한다.8

소로가 휘트먼에게 새로이 관심을 가지면서 1856년 겨울과 1857년 봄에 걸쳐 그가 추구했던 작업도 영향을 받았다. 이글스우드에서 콩코드로 돌아온 소로는 다음 몇 달간 일기에서 고독의 필요성과 그에 상대되는 사교의 매력에 대해 혼자서 논쟁했는데, 마치 브루클린에서 시작한 논쟁을 계속하는 것 같았다. 그는 반복해서 고독에 빠져들었지만 앞서 그에게 무엇을 읽고 무엇을 생각해야 하느냐고 물었던 벤저민 와일리에게 보낸 편지에서는 그 자신과 휘트먼에게 모두 적용될 수 있는 유교 원칙의 중요성을 꼽아주었다. "먼저 가족들에게 똑바로 행동하십시오. 그러면 나라를 다스리고 이끌어갈 수 있을 겁니다."[9]

12월에 그는 윌리엄 브래드포드가 쓴 플리머스 플랜테이션를 새로 발견했을 때의 이야기를 읽었다. 브래드포드는 겨울이 막 시작뇌려는 시점에 플리머스 해안에 도착했던 그곳 주민들이 마주쳐야 했던 끔찍한 상황을 회상하는데, 그가 잠시 멈춰 떠올리는 이 장면의 위대한 구절들을 소로는 감탄하면서 뽑아냈다. "여름은 다 지나갔고, 모든 것이 비바람을 맞은 얼굴로 그들 앞에 서 있었다. 사방은 온통 숲과 덤불 천지로 야생과 원시의 빛깔이었다." 그는 또 엘리샤 케인의 새 책도 읽었다. 두 권으로 된 《북극 탐험Arctic Explorations》에는 상세한 대형 지도와 함께 케인 자신의 스케치에 바탕을 둔 북극의 생동감 있는 판화가 수록돼 있었다. 첫째 권의 권두화卷頭畵로는 울퉁불퉁하게 높이 치솟은 빙산들에 둘러싸인 얼음벌판에 서 있는, 세 개가 넘는 돛이 달린 대형 범선의 옆모습이 실렸다.[10]

한겨울이 되자 소로는 《예수회 보고서》를 더 읽고, 빈켈만의 유명한 저서 《고대 예술Ancient Art》과 리처드 버튼의 《아라비아 여행Travels in Arabia》도 읽었다. 그리고 생명력과 활동성, 변동성이 최고조에 달하는 겨울과 봄 사이의 저 맑고 바람 부는 날들, 다시 말해 "일하는 날들"이 돌아옴에 따라 뉴잉글랜드에 관한 그의 탐구도 더욱 강렬해졌다. 그는 토머스 버튼의 《뉴잉글랜드 가나안New England Canaan》과 처치의 《필립왕 전쟁사History of King Philip's》를 읽었다. 그는 와일리에게 말하기를, 야생 자연을 주제로 한 강연 원고는 100페이지에 달하지만 아직 출간할 정도는 아니라고 했다. 그는 또 자서전에 더욱 흥미를 갖게 됐다. 자신의 삶과 식물학에 입문하게 된 경위에 관해 몇 줄 써 보았고, 괴테와 기번, 알피에리, 헤이든, 프랭클린, 첼리니, 드퀸시의 자서전을 포함해 자서전 목록을 만들어보기도 했다. 다른 많은 분야에서도 그랬지만 이번에도 그는 굳이 미국 작가들에 한정하려 들지 않았다.[11]

1857년 4월 리켓슨의 집을 방문하는 동안 소로는 케이트 브래디를 만나 긴 산책을 나갔다. 리켓슨의 집에서 가정부로 일했던 케이트는 소로보다 스무 살이나 어린 젊은 여성으로 《월든》을 읽었고, 지금은 오래된 농촌주택에서 혼자 힘으로 "자유롭게 살아가려" 하고 있었다. 역시 이해 4월 리켓슨의 집을 다녀갔던 올콧은 훗날 말하기를, 소로가 그녀와 사랑에 빠졌었고 그녀를 다른 여성들과는 다르게 대했다고 기억했다. 비록 나이는 그녀의 두 배나 됐지만 소로는 분명히 마음이 움직였고, 어쩌면 완전히 반했을지도 모른다. 일주일 뒤 짧게 가슴 벅찬 소회를 피력한 뒤 그는 여성에 대해 여태껏 써왔던 어느 날 일기보다 더 길게 쓴 일기의 한가운데다 이렇게 적었다. "자연에 대한 사랑을 이토록 강렬하게 표현한 여성이나 소녀를 지금까지 본 적이 없다." 마음속 숨은 구석에서는 상상의 나래를 펼치며 결혼까지도 생각했을지 모른다. 케이트 브래디에 대한 그의 이야기는 이렇게 마무리된다. "자연이 전부 나의 신부다." 그녀에게 크게 흔들린 것은 의심할 여지가 없으나 그는 스무 살이나 많았다. 더구나 지금은 어찌해볼 수 없을 만큼 다른 데 묶여 있었다.[12]

5월에 소로는 에머슨이 쓸 정자를 지어주었다. 그의 독서는 버니언의 《천로역정》에서 소포클레스의 《콜로누스의 오이디푸스Oedipus at Colonus》와 리처드 버튼의 《알마디나와 메카를 향한 순례의 개인적 기록Personal

Narrative of a Pilgrimage to Al-Madinah and Meccah》에 이르기까지 매우 광범위했다. 5월이 더 따뜻해지면서 여름이 왔고, 이제 그가 연중 가장 좋아하는 시기가 됐다. 그는 일기에 이렇게 썼다. "우리 마음속에는 진실로 딱 한 계절만 있다."13

그 무렵 한 친구가, 아마도 리켓슨이 소로에게 인생의 고통에 대해 불평해댔다. 그러자 소로는 곧바로 재치 있게 응수했다. 우리는 인간이라 완전하지도 못하고 둥글지도 못하며 찢어지는 게 당연하다고 말이다. "이끼의 이파리처럼." 그가 주장한 요점은 이것이었다. "인생이 완벽하기를 원하는 게 아니라 내 삶이 강렬하기를 원한다." 19세기 말 미국 소설이 도덕에서 정서로, 윤리에서 감정으로, 인격에서 개성으로 옮겨갔다는 주장이 최근 나오고 있다. 마치 자기발견과 자기실현을 주제로 한 소설들이 빅토리아 시대를 풍미했던 무욕의 선에 대한 믿음을 대체했듯이 말이다. 어떤 규칙에 따라 살아가느냐가 아니라 얼마나 강렬하게 살아가느냐가 인생의 가치를 가늠해준다. 그러나 휘트먼이나 소로에게 강렬함의 윤리는 그대로 윤리다. 휘트먼의 시와 소로의 산문은 도덕적인 의미로 읽힌다. 매튜 아놀드의 말을 들어보자. "우리에게 어떻게 살아갈 것인가를 가르치는 것은 도덕이다." 제르멘 드 스탈 여사에게는 열정이 핵심이었다. 이제 미국에서 열정은 강렬함과 절박함이라는 새로운 형태를 갖추게 됐고, 우리의 삶을 문학적으로 표현하는 데 새로운 가치를 부여했다. 휘트먼은 해를 등지고서 브루클린 나루를 건너며 물밑에서 본 광경을 이렇게 묘사했다. "빛의 후광을 보았다 / 석양 속에서 / 내 머리의 그림자를 둘러싼." 이와 유사한 소박한 신성함을 느끼며 소로는 1월의 춥지만 깨끗하면서도 환하게 밝은 날 밖으로 나갔다. 해를 등지고서 눈 덮인 대지를 걸으며 그는 자기 앞의 그림자를 보았다. 어두운 빛깔이 아닌 어쩌면 그가 기대했을지도 모를 "천상의 푸른 빛깔"이었다. 두 사람에게 지금 이 순간을 강렬하게 경험하는 것보다 더 신성한 것은 있을 수 없었다.[14]

94

인디언의 신세계

소로는 1857년 6월 12일부터 22일까지 여행을 다녀왔다. 그로서는 마지막이 될 케이프코드로의 여행이었다. 중간에 사우스쇼어와 플리머스를 들렀고 기차로 샌드위치에도 가봤다. 사흘 동안 50마일 넘게 걸어서 케이프코드 외곽에 있는 프로빈스타운 인근의 하이랜드 등대에도 갔다. 웰플릿의 굴잡이 존 뉴컴을 만나러 갔지만 지난 겨울 세상을 떠났다는 소식을 들었다. 소로는 비가 내리는 며칠간 하이랜드 등대 주변에서 지내다 짙은 안개 속에 증기선을 타고 프로빈스타운에서 보스턴으로 가 닷새나 머물렀다. 늘 그랬듯이 그는 모든 것을 주의 깊게 살폈고 궁금한 것들을 물어봤다. 성인 남성 혼자 하루에 200개의 랍스터 통발을 설치할 수 있다는 걸 알게 되자 시험 삼아 통발을 1달러에 사봤다. 그렇게 해서 잡은 랍스터는 요리하지 않은 채 마리당 3센트에 팔았다. 그러나 여행은 그리 생산적이지 않았다. 그는 케이프코드에 대해 꼭 말해야 할 몇 가지를 빼고는 케이프로의 마지막 여행에 관한 어떤 글도 남기지 않았다.

다행히 그의 건강은 눈에 띄게 호전됐다. 두 달 전인 4월에는 감기로 고

생하면서도 자신의 "2년 된 허약함"을 과거시제로 언급하기도 했다. 7월 중순에는 사촌 조지 대처에게 "2~3년 전보다 어느 정도 강해졌다"고 느끼니 무스헤드와 알라가시 호수로 여행을 떠나자고 했다. 대처는 함께 갈 수 없었지만 7월 30일에 소로를 비롯해 콩코드의 에드 호어와 페놉스콧 인디언 조 폴리스는 소로에게는 세 번째이자 마지막이 될 메인 주로의 여행을 시작했다. 이들은 카누를 타고 페놉스콧의 웨스트브랜치까지 북쪽으로 325마일을 올라갔고, 웨스트브랜치 상류에서 이스트브랜치 상류까지 늪지대 같은 육로를 건넌 다음 이스트브랜치를 타고 내려와 캐타딘 산의 뒤쪽을 한 바퀴 도는 길고 험한 우회로를 지났다.[1]

에드 호어는 서른네 살로 소로보다 여섯 살 아래였는데 캘리포니아에서 방금 돌아온 참이었다. 그는 이전에도 소로와 몇 차례 짧게 여행한 적이 있었다. 콩코드 숲에 불을 냈던 것도 둘이 함께 있을 때였다. 조 폴리스는 "페놉스콧 부족의 추장"으로 마흔여덟 살이었고 일행의 가이드 역할을 했다. 그때나 지금이나 어딜 가든 사람이 다니지 않는 길을 헤치며 여행한다는 것은 매우 힘들고 위험하다. 그들은 벌레들의 습격을 피하기 위해 일찌감치 출발했고, 강한 바람과 높은 파도 속에 무게가 잔뜩 나가는 카누를 타고서 꽤나 많은 호수를 건너야 했으며, 잘 보이지도 않고 늪지대 같은 데다 넘어진 나무들이 땅에 박혀 있어서 도저히 지나갈 수 없는 길을 힘겹게 "행진해야" 한 적이 한두 번이 아니었다. 온몸이 젖은 상태에서 한참이나 있어야 했고 길을 잃기도 했다. 어느 날 밤에는 에드 호어가 두 사람의 시야에서 사라지기도 했다. 소로는 걱정이 돼 거의 미칠 지경이었다. 그를 끝내 찾아내지 못한다면 호어의 가족에게 이 소식을 어떻게 전해야 할지 상상만 해도 끔찍했다. 다음 날 아침 다행히 그를 발견했다. 소로는 그가 보이자 쉬지 않고 소리를 질러댔는데, 그러자 흥분한 인디언 조 폴리스가 소로에게 잔뜩 골이 나서 말했다. "그 친구, 자네 말 듣고 있어."[2]

어둡고 습한 덩굴투성이의 메인 숲은 소로에게 그 무엇보다 야생을 경험할 수 있게 해주었다. 블레이크도 메인 숲 여행에 동행하기를 원했지만 소로는 이 여행이 그에게 너무 힘들 것이라는 점을 잘 알았고, 그래서 나중에 자신이 왜 함께 가사고 하지 않았는지 실명할 재치 있는 방법을 빌건 했다. 소로는 편지에 이렇게 썼다. "호어(블레이크보다 일곱 살이나 어리다)는 자기 키보다 더 큰 나무가 여기저기 쓰러져 있는 데다 발이 푹푹 빠지는 젖은 '산길'로 무지막지한 짐을 옮기느라 엄청나게 고생했습니다. 5마일에 한 번씩은 무릎까지 잠기는 늪지대를 지나야 했고요. 게다가 짐을 한꺼번에 다 옮길 수 없어 세 번이나 그 험난한 길을 오가야 했습니다." 그는 블레이크에게 말하기를, 가장 좋았던 밤은 비가 아주 세차게 내려 모기들이 잠잠해졌던 밤이었다고 했다. 심지어 숲에서 신비할 정도로 길을 잘 찾는 인디언 조 폴리스조차도 이번 루트의 험난함에 고개를 저었을 정도였다. 폴리스는 어렸을 적 이야기를 들려주었는데, 겨울이 닥쳐오는 중에 깊은 숲 속에 얼마나 힘들게 잡혀 있었는지, 직접 잡은 수달 한 마리 외에는 먹을 것 하나 없이 거의 굶다시피 하며 몇 날 며칠을 걸어서 겨우 집으로 돌아올 수 있었다고 했다. 집에 도착한 뒤에도 6개월이나 앓았고, 그때 일로 인해 자신의 건강에 지워지지 않는 자국을 남겼다고 했다. 폴리스는 이번 여행을 마치기 전에도 아팠는데, 다행히 소로는 괜찮았다.[3]

소로는 이번 여행기에 〈알라가시 강과 동쪽 지류The Allegash and East Branch〉라는 표제를 붙였지만, 그냥 "인디언"이라고 불렀어도 좋았을 것이다. 다른 어떤 주제보다도 조 폴리스에 관한 글이기 때문이다. 폴리스는 페놉스콧 부족에서 오랫동안 중요한 위치에 있었던 인물이다. 그는 부족을 대표해 워싱턴으로 가서 웹스터를 만나기도 했는데, 도시 생활에는 큰 인상을 받았지만 웹스터에게서는 별다른 인상을 받지 못했다. 폴리스는 소로가 알고 지낸 몇몇 인디언들과는 달리 문명을 활용하는 법을 배우기는 했어도 사냥과 야영 등 숲에서 살아가는 데 필요한 노련한 기술을 하나도 잊지 않았다. 폴리스는 소로에게 경이로움의 대상이었다. 그는 기독교도였다. 기도를 했고 안식일을 어길까 걱정했다. 그는 소로보다 경제적으로 넉넉했는데 백인들은 "노하우를 알고 있고" 꾸준한 편이어서 자기는 인디언보다 백인을 고용하는 걸 더 선호한다고 말하기도 했다. 폴리스를 비롯한 페놉스콧 부족은 대체로 백인 거주자들보다 더 사교적이었고, 할 수만 있다면 외따로 떨어진 오두막에 혼자 사는 것을 피했다. 소로는 폴리스에게 가능한 한 그의 언어를 많이 가르쳐달라고 했고, 식물학 분류를 하면서도 많은 식물들에게 인디언식 이름을 붙였다. 소로는 폴리스의 카누 만드는 기술과 어떤 상황에서도 길을 찾아내는 능력, 그의 노래와 믿음, 그가 들려준 이야기, 백인에 대한 그의 견해, 그리고 무엇보다 그의 언어에 매혹됐다. 그 결과 〈알라가시 강과 동쪽 지류〉는 19세기 미국 문학에서 백인 작가가 쓴 "가장 현실감 있고 매력 넘치는 아메리카 원주민"을 담아냈다. 폴리스는 세세한 것 하나하나를 경쾌하면서도 확실하고 생생하게 묘사한다. 가령 소로는 여행에 필요한 아이템을 고심해서 준비하고 목록까지 만드는 데 반해 폴리스가 출발할 때의 차림새는 퍽이나 단출하다.

그는 원래 흰색이었던 면 셔츠 위에다 초록색 플란넬 셔츠를 겹쳐

입었지만 조끼는 걸치지 않았고, 플란넬 속바지에 질긴 린넨 천이나 스크 천으로 만든 바지를 입었는데, 이것 역시 원래는 흰색이었다. 여기에 푸른색 모직 양말을 신고, 소가죽으로 만든 부츠를 신었으며, 코슈트 모자를 썼다. 갈아입을 옷은 가지고 다니지 않았지만 카누에 두고 다니는 탄탄하고 두꺼운 재킷을 걸쳤고, 적당한 크기의 도끼 하나, 총과 탄약, 필요할 때면 언제든 돛도 되고 배낭도 되는 담요 한 장, 그리고 허리띠에 끈으로 매단 칼집에 든 큰 칼을 갖고 다녔는데, 이런 차림으로 곧바로 한 걸음 내딛기만 하면 한여름 내내 계속해서 걸어갈 태세였다.[4]

소로는 1857년 가을 이 여행에 대해 썼다. 〈알라가시 강과 동쪽 지류〉는 《메인 숲》에서 책의 절반 이상을 차지하는 가장 긴 부분일 뿐만 아니라 〈양키가 본 캐나다〉의 거의 두 배인 167페이지에 달하는 분량이다. 〈알라가시 강과 동쪽 지류〉는 그 자체로 중요한 작품이며, 소로가 완성한 마지막 장편 원고다. 만일 소로의 인디언 책이라고 여길 만한 것이 있다면 그건 바로 이 이야기다. 그가 다녀온 카누 여행에 대한 설명이 고스란히 담겨 있고, 오랫동안 읽어왔던 인디언 관련 서적과 수천 페이지에 이르는 인디언을 주제로 한 노트를 다양하고 복합적인 방식으로 총망라한 대단원이라고 할 수 있기 때문이다. 1858년 2월과 3월에 소로는 열두 권에 달하는 인디언 발췌록의 열한 번째 권에다 라슬레 신부의 《아브나키에 관한 사전Dictionary of Abnaki》에서 추려낸 몇 가지 내용을 적기도 했다. 그러니까 인디언을 탐구한 그의 끝없는 독서는 이후에도 계속됐지만, 그가 인디언 공부에서 무엇을 배웠든 그것은 전부 〈알라가시 강과 동쪽 지류〉의 어딘가에서 읽을 수 있다.

여기에는 다른 인디언들이나 앞선 시대에 대한 약간의 언급이 나오기는 하지만 의아하게도 소로가 10년 넘게 인디언 문제에 쏟아왔던 무진장한 독서와 노트의 깊이나 범위를 고려할 때 〈알라가시 강과 동쪽 지류〉는 소로의 주요 작품들 가운데 다른 시기 혹은 다른 여행에서 얻은 내용과 비교하는 것이 가장 적고, 비유도 가장 적으며, 그런 것은 아예 신경도 쓰지 않은 작품이다. 이건 그가 인디언의 삶을 공부한 데서 아무것도 배우지 않았다는 게 아니라 공부를 통해 폴리스와 함께 숲 속에서 지낼 수 있는 만반의 준비를 한 것이었다고 할 수 있다. 소로는 폴리스가 가르쳐주고자 한 것은 무슨 일이 있어도 배우고자 했다. 인디언에 관한 공부와 그자신의 감수성은 그로 하여금 폴리스의 세계를 들여다 볼 수 있게 해주었다. 그가 7월 중순에 쓴 글을 보자. "우리는 자신이 보고자 하는 세계만 발견한다."5

〈알라가시 강과 동쪽 지류〉는 그 자체로는 (이 글은 소로가 죽은 뒤에야 출간됐는데, 한 가지 이유는 폴리스를 당혹스럽게 만들고 싶지 않아서였다) 두 세계에 대한 설명이다. 첫째는 인디언이 본 세계, 그러니까 소로가 지켜보고 기록한 인디언의 눈으로 본 메인 숲의 세계다. 이런 점 때문에 《메인 숲》의 다른 두 부분인 〈캐타딘〉과 〈체선쿡〉에서도 어렴풋이 나타나듯이 캐타딘 정상이 이야기 저편에서 모습을 드러내고 있는데, 토머스 콜이 쓴 《제국의 길Course of Empire》이 산 정상을 패널화로 보여주는 방식과 흡사하다. 〈알라가시 강과 동쪽 지류〉는 또 어둡고 곰이 자주 출몰하는 비탈길과 빛의 호수들, 야생 자연의 헤아릴 수 없을 정도로 많은 치유 방법들, 그리고 재미난 유머로 가득 차있다.(소로는 힘겹게 짐을 나르다 죽은 호저를 발견하고는 아마도 "길이 너무 험난해 그만 세상을 하직한 게 아닌가"하고 추측한다.) 그러나 야생 자연은 중요한 주제다. 이 단어는 거의 모든 페이지마다 나오고 시각을 달리해 비춰진다. 〈알라가시 강과 동쪽 지류〉는 〈산책〉처럼 야생 자연의 의미에 관한 것이 아니라 야생 자연의 경험 그 자체를 묘사한 것이다.[6]

〈알라가시 강과 동쪽 지류〉의 또 다른 세계는 메인 숲의 자연사인데, 박물학자의 식물학 리포트라고도 할 수 있다. 여기에는 실은 나무와 식물, 새와 동물, 날씨(이건 책으로 출간되면서 빠졌다), 인디언들이 부르는 이름의 목록이 부록으로 실려있고, 소로가 박물학자의 시각으로 본 메인 숲의 모든 것이 망라돼 있다. 소로는 깊은 숲 속에는 짐승들이 거의 살지 않으며, 콩코드 강보다도 물고기가 훨씬 적다는 점을 발견했다. 또 깊은 숲 속에서는 야생화 씨앗들이 널리 퍼져나가지 못하며, 식물들 대부분의 씨앗 퍼뜨리기가 탁 트인 지역보다 제한적으로 이루어진다는 것을 관찰했다. 〈알라가시 강과 동쪽 지류〉는 소로의 메인 숲 3부작 가운데 식물학 측면에서 가장 디테일하게 묘사된 글이다. 특히 식물과 인디언을 설명하면서 야생 자연을 강조하고, 인디언의 지적 수준과 인식 방식, 언어에 이르기까지 모든 게 과학에 중요한 교훈을 준다는 관찰 결과를 더함으로써 식물과 인디언의 모습을 하나로 합친다. 폴리스는 정보의 원천이 너무 다양해서 "어느 누구에게 특별히 의식적인 주의를 하라고 할 수 없을 정도"라고 했다. 그것은 본능과 비슷하지만 소로는 이렇게 덧붙인다. "아마도 동물이라면 통상 본능이라고 불렀을 텐데 이런 경우에는 단지 예민하게 조율하고 잘 훈련시킨 감각이라고 할 것이다." 소로는 블레이크에게 보낸 편지에서 자신이 인디언의 "신세계"를 다녀왔다면서 이렇게 썼다. "인디언은 우리가 그만둔 곳에서 시작합니다. 인디언은……백인이 갖지 못한 진짜 대단한 지적 능력을 지니고 있는데, 그것은 나로 하여금 그런 능력을 지켜볼 수 있다는 믿음뿐만 아니라 나 자신의 능력까지 키워주었습니다."

이건 결코 감상에 젖은 아첨이 아니다. 소로는 폴리스에게서 비판할 점도 많이 발견했다. 또한 폴리스가 백인 문명과 비교한 인디언 자신의 우월함과 열등함을 충분히 이해하고 있다는 것도 알게 됐다. 소로는 인디언의 날카로운 관찰력에 특히 흥미를 느꼈다. 1년 뒤 하버드대학의 사서 존 랭던 시블리와 나눈 대화에서 소로는 과학자들이 인디언에게서 배워야 하며, 인디언은 "과학자와 그들이 연구하는 주제들 사이에 서 있다고 생각한다"고 말했다. 그는 인디언들이 히말라야삼나무를 지칭하는 50개 이상의 어휘를 갖고 있으며, 뱀이 내는 "아주 작은 휘파람소리"를 들을 수 있고, 야생사향쥐의 울음소리를 흉내 내 그대로 부를 수 있으며, 어떤 박물학자도 언급한 적이 없지만 메기도 마치 암탉이 병아리들을 데리고 다니듯 어린 새끼들을 몰고 다니는 것을 알고 있다는 점을 지적했다. 만일 최고의 박물학자가 가장 정밀한 관찰자라면 인디언이야말로 그런 방면에서 내세울 게 적잖이 있을 터였다.[7]

95

가을의 빛깔, 존 러스킨, 순수한 눈

🌿

1857년 가을에는 또 한 차례의 금융위기가 있었다. 철도는 과도하게 건설된 반면 승객은 필요한 숫자만큼 늘지 않자 주가는 떨어졌다. 국내외 모두 불안정했다. 몰몬교도들은 유타에서 연방정부에 맞섰고, 캔자스 사건의 상처는 아물지 않았다. 연방대법원의 태니 대법관이 흑인에 대해 "헌법상 시민이라는 단어의 적용 대상이 아니며, 따라서 헌법상 보장된 어떠한 권리나 특권도 주장할 수 없다"는 판결을 내렸다. 영국이 중국 광둥 지방을 공격했고, 인도에서는 1857년 세포이 항쟁이 들불처럼 번져갔다.

콩코드의 일상은 이런 것들에 거의 영향을 받지 않는 것 같았다. 올콧은 렉싱턴 로드에 있는 에머슨의 집에서 가까운 오처드 하우스에 거처를 정하고, 이해 가을 콩코드로 돌아왔다. 보스턴에서는 제임스 러셀 로웰이 〈애틀랜틱 먼슬리The Atlantic Monthly〉라는 새로운 잡지를 창간했다. 잡지 제호는 구세계와 신세계 사이의 문화적 연대로서 대서양 문명이라는 새로운 실체를 받아들이자는 의미에서 붙여진 것이었다. 로웰은 에머슨에게 소로가 잡지 만드는 일에 참여하도록 도와달라고 요청했다.

9월 말부터 10월과 11월까지는 그야말로 영광스러운 가을이었다. 몇 주 동안 완벽한 날씨가 이어졌다. 이보다 더 빛나는 가을을 기억할 수 없을 정도였다. 소로는 기운이 솟았고, 덕분에 10월과 11월의 기록은 그의 일기 전체에서도 백미白眉로 꼽힌다. 그는 이 계절을 미친 듯이 기뻐했다. 앞서 심신이 미약했던 시절과는 극명하게 비교될 정도로 그의 에너지와 기운은 더 이상 높아질 수도, 더 좋게 이 세상과 조화를 이룰 수도 없을 지경이었다. 1856년 12월 블레이크에게 보낸 편지를 보면 그는 놀랍게도 "자연의 법칙과는 '확실히' 어긋났다"고 지적했다. 그는 이제 "사계절과 계절의 변화는 내 안에 있다"며 어떤 기분에서도 "자연이 인간에게 완벽하게 조응하는 것"을 느낀다고 적고 있다.[1]

콩코드의 나뭇잎 색깔이 변해갈 무렵 소로는 영국의 예술비평가 존 러스킨의 작품에 푹 빠져 있었다. 당시 38세였던 러스킨은 1843년에 《근대화가론》으로 일약 대중의 주목을 받았는데, 이 책에서 그는 당대의 풍경화가들, 특히 J. M. W. 터너를 열성껏 옹호했다. 1846년에 출간된 《근대화가론》 제2권에서는 미에 대한 생각들을 다뤘다. 1856년에 나온 제3권은 "스타일의 위대함"과 "감상적 허위," "풍경의 교훈", 그리고 올바른 미의 관념을 다뤘다. 역시 1856년에 출간된 제4권은 다시 터너로 돌아가 "산의 아름다움"에 대해 아주 상세하게 이야기했다. 소로는 길핀에게 그랬듯이 러스킨에 대해서도 비판적인 견해를 두 차례 밝힌 바 있지만 역시 길핀에게 그랬듯이 러스킨에게서도 상당한 자극을 받았다. 앞서 소개한 책들을 다 읽은 것은 물론이고 《건축의 일곱 가지 등불The Seven Lamps of Architecture》도 읽었다. 일기를 보면 그는 러스킨에게서 참 많은 것을 배웠는데, 대상을 어떻게 보는지, 또 본 것을 어떻게 묘사하는지에 관해서였다. 러스킨이 종종 자연을 있는 그대로 묘사하지 않고 터너가 풍경을 그리듯 자연을 묘사한다고 소로가 말한 것은 사실이다. 또한 러스킨의 기독교 시각에 동의하지 않은 것도 사실이다. 하지만 그 무렵 일기를 보면 러스킨을 연상시키는 구절들이 많이 나오고, 러스킨에 대한 판단을 유보한다고 밝힌 것이 무색해질 만큼 뭐라 말할 수 없는 유사성이 있는 것도 사실이다. 그는 블레이크에게 말하기를, 러스킨의 책 대부분을 읽었으며 "무한함, 아름다움, 상상력, 자연에 대한 사랑 같은 테마들을 전부 생생하게 살아있는 주제로 다루고 있는" 그 책들이야말로 "출중할 정도로 훌륭하며 용기를 불어넣어준다"면서 이렇게 결론지었다. "놀랍다고 밖에는 그 책들에 대해 달리 말할 수 없습니다."[2]

소로가 읽은 러스킨은 1860년 이후의 사회경제 문제 개혁가가 아니었다. 다름아닌 칼라일에게서 영감을 받았고, 터너를 보고 고무됐던 초기의 러스킨이었다. 강한 도덕성과 자연을 향한 열정, 정밀하게 관찰할 수 있게끔 잘 훈련된 눈, 그것을 글로 옮길 수 있는 탁월한 능력, 선지자다운 진지함이 담긴 산문 스타일, 이 모든 것을 다 갖춘 러스킨이었다.

인생이라는 강에는 천상의 햇볕이 비출 때도 있지만 한겨울의 바람이 불 때도 있는 법이다. 아이리스는 동요하는 빛을 내고, 서리는 평온한 모습 그대로다. 우리의 휴식이 바위의 휴식이 되어서는 안 된다는 점을 깨닫자. 바위는 급류가 휩쓸고 번개가 내려치는 동안에는 그 나름의 위엄을 보여주지만 강물의 흐름이 잔잔해지고 폭풍우도 지나가버리면 잡초가 자신을 뒤덮어버리고 이끼마저 자신을 먹이로 삼는 것을 견뎌야 한다. 그러고는 결국 먼지로 갈려버리고 마는 것이다.

러스킨은 "유용성"이 우리 삶에서 유효한 단 하나의 기준이라는 생각을 가차없이 공격했다. 그는 《두 가지 길Two Paths》에서 "모든 고상한 디자인"의 밑바탕에는 "생명의 법칙"과 "유기적 형태"가 있다고 했는데, 나이든 에머슨은 이런 점을 높이 사 이 책을 특히 좋아했다. 그러나 소로는 에머슨보다 훨씬 오래 전부터 러스킨에게 흥미를 느껴왔고, 그가 진짜로 관심을 가졌던 것은 러스킨의 거창한 도덕 이론이 아니라 우리가 자신을 둘러싼 세계 안으로 들어가는 '과정'에 주의를 집중하도록 만드는 그의 탁월한 능력이었다. 소로는 러스킨과 관련된 것을 무척 많이 읽었지만 가장 인상적이었고, 또 작가로 활동하는 데 가장 유용했던 책은 《회화의 요소 Element of Drawing》(1857)였다.[3]

짧은 분량이지만 번뜩이는 내용으로 가득한 이 책은 화가로 입문하려는 사람들이 실제로 활용할 수 있도록 한 것으로 지금도 여전히 읽히고 있는데, 젊은 예술가가 손과 눈에 꼭 필요한 습관들을 익힐 수 있게 용기를 북돋아주고 있다. 모네가 말했듯이 인상파 회화 이론의 90%를 담아냈다고 하는 화가 조르주 쇠라가 젊은 시절 읽은 책이기도 하다. 러스킨은 보는 것이 그리는 것보다 더 중요하다고 생각했으며, 화가는 자신이 아는 것을 그리는 게 아니라 자기가 본 것을 그린다고 주장했다. 그가 추천한 방식은 이렇다.

서가(당신의 서재가 아니어서 서가에 꽂혀 있는 책 제목을 하나도 모를 수 있다)로부터 3야드쯤 떨어져 앉아 책의 제목과 책을 제본한 패턴 같은 것을 눈에 보이는 대로 정확히 그려보자. 당신은 그 책들이 어떤 내용인지 알아내기 위해 굳이 앉은 자리에서 벗어나 돌아다니지는 않을 것이다. 단지 그것들이 보이는 대로 그릴 텐데, (책등에 쓰여있는) 글자체가 아주 선명하게 보인다 해도 그것을 한 글자 한 글자 똑똑히 나타내지는 않을 것이다.

그런 점에서 러스킨은 "기억을 통해 알고 있는 것이 아니라 눈에 보이는 것만" 나타내라고 주장한다. 그는 이 책의 서두에서 이렇게 썼다. "주변에서 볼 수 있는 모든 것들은 갖가지 음영을 넣은 다양한 빛깔의 헝겊 조각 배열로 당신 눈에 그 모습을 드러내는 것이다." 러스킨은 고심하며 한 구절을 덧붙였다.

고정된 형태를 인식하는 것은 온전히 경험의 문제다. 우리는 단지 평면적인 색상만 '볼' 뿐이다……회화의 기술적 힘은 우리가 '눈의 순수함'이라고 부를 수 있는 것을 회복하는가에 달려 있다. 말하자면 평면적인 색깔들이 만들어낸 얼룩을 아이들처럼 인식하는 것이다. 그것이 얼마나 중요한가는 전혀 의식하지 않고, 앞이 보이지 않던 사람이 갑자기 눈이 떠지는 축복을 받았을 때처럼 그것들을 보는 것이다.[4]

러스킨의 글은 생동감이 넘쳐났고, 다양한 종류의 빛과 어둠, 밝음과 그림자, 형태와 윤곽, 부피와 색상을 인지하고 구별하는 것을 보여주기 위해 작은 스케치를 수없이 활용했다. 그는 독자들로 하여금 나무 이파리와 가지의 저마다 독특한 모양새를 살펴보라고 가르쳤고, 책의 한 장章 전부를 색깔을 설명하는 데 할애하기도 했다. 그는 자연이 어떻게 심홍과 초록을 혼합하는지, 또 심홍과 주홍을, 초록과 파랑을, 노랑과 중회색을 혼합하는지, 그리고 독특한 빛깔들을 어떻게 섞어 쓰는지 주목한다. 그는 심지어 색깔이 건강과도 연계돼 있다고 주장한다. "피곤하거나 병에 걸렸을 때는 색깔을 잘 보지 못할 것이다." 러스킨은 색깔들이 신호로 기능할 수 있다는 것을 알았고, 왜 그런지 설명할 수 있었다. "어떤 오렌지가 선명한 오렌지 빛깔을 띠고 있다면 그것은 가깝다는 신호다. 왜냐하면 오렌지를 멀찌감치 떨어뜨려 놓는다면 그 색깔이 그렇게 선명하게 보이지 않을 것이기 때문이다. 그러나 하늘에 보이는 선명한 오렌지 빛깔은 멀리 있다는 신호다. 왜냐하면 가까이 있는 구름에서는 오렌지 빛깔을 볼 수 없을 것이기 때문이다." 러스킨은 어떻게 해서 자연의 모든 빛깔들이 차차 변해가는지, 고정돼 있지 않고 항상 더 밝게 혹은 더 어둡게, 더욱 뚜렷하게 혹은 더욱 희미하게, 한 색조에서 다른 색조로 음영이 생기는지를 보여주었다. 소로는 러스킨의 핵심이라고 할 수 있는 관찰 하나를 자신의 자연사 노트에 그대로 옮겨 적었다. "다른 꽃들과 비교할 때 장미가 지닌 압도할 정도의 아름다움은 그 색조가 서서히 변해가는 것의 우아함과 질량에 달려 있다. 다른 꽃들은 하나같이 꽃잎의 굴곡이 그리 심하지 않아서 서서히 변해간다 해도 그리 깊지 못하거나 부드럽지 못하고, 그 색조가 빛나는 대신 조각을 붙이고 줄무늬를 넣은 것 같다." 소로는 1857년 11월 말에 《회화의 요소들》을 읽었고, 그 이후 일기는 러스킨 풍의 관찰로 가득차 있다. 1월 26일에는 "자연은 서서히 변해가는 것을 좋아한다"며 이끼류와 자작나무의 모습을 조심스럽게 묘사했고, 2월 13일에는 "늪이 얼마나 다양하게 음영이 지는지, 마치 융단처럼 서로에게 서서히 다가가는 차분한 색깔들로 칠해져 있는지"를 보고는 깜짝 놀랐다.[5]

1857년 가을에는 에세이 〈가을의 빛깔Autumnal Tints〉이 될 글의 중요한 부분을 썼다. 소로는 하얀 배경에 가을 잎의 표본을 올려 놓고 강연하기도 했는데, 그가 상세하게 묘사했던 주홍참나무 이파리의 윤곽을 정확하게 재현하는 방법을 〈애틀랜틱 먼슬리〉 지면을 통해 특별히 가르쳐주기도 했다. "이 나무 아래 서보라. 그러면 그 이파리가 하늘을 향해 얼마나 정교하게 재단돼 있는지 알 것이다. 실은 이파리 중앙의 엽맥葉脈으로부터 뻗어 나온 그저 몇 개의 날카로운 지점들일 뿐인데……눈을 들어보면 잎이 아닌 것과 잎인 것 모두에서 똑같은 기쁨을 느끼고, 넓게 자유로이 개방된 결각缺刻에서, 그리고 털이 많이 난 날카롭게 생긴 큰 잎의 열편裂片에서도 똑같은 기쁨을 얻는다." 보는 것은 물론 시각적으로 디테일한 것들에 주의를 기울이도록 강조한다는 점에서, 또한 무엇보다 자연의 빛깔에 흥분하고 자연의 빛깔을 한껏 즐기고 있다는 점에서 알 수 있듯이 〈가을의 빛깔〉이 지닌 탁월함은 소로가 흥분해서 읽은 러스킨에게서 많은 부분 얻어온 것이다.[6]

〈가을의 빛깔〉은 가을을 죽음과 사멸의 시기로 다루는 게 아니라 나무가 완벽하게 성숙해가는 시기로, 채색된 이파리들이 다 익은 과실들에게 답을 하는 시기로, 한 해의 원숙함이 최고 정점에 다다른 시점으로 본다. 에세이는 8월의 퍼플그라스로 시작해 (소로가 좋아했던 존 제라드의 《허브Herbal》 역시 이렇게 시작한다) 9월 말의 미국꽃단풍과 10월 초의 노랑 느릅나무, 그리고 소로가 관찰하기로는 해마다 주로 10월 6일부터 16일 사이에 나타나기 시작하는 낙엽, 그 다음에는 10월 말의 사탕단풍, 마지막으로

10월 말에서 11월로 접어들 무렵의 진홍참나무가 최고 정점에서 보여주는 찬란한 아름다움으로 이어진다. 그의 말을 들어보자.

진홍참나무는 11월을 대표하는 꽃이다……나무 전체를 물들이는 마지막 밝은 빛깔이 이처럼 깊고 어두우면서도, 가장 강렬한 색깔인 진홍색과 붉은색이라는 점이 참으로 놀랍다. 한 해의 가장 농익은 과일이다. 이듬해 봄이 되어야 비로소 먹기 적당할 정도로 익는다는 그 추운 오를레앙 섬에서 온 단단하고 윤기 나는 빨간 사과의 볼처럼 말이다! 언덕 정상에 오르니 이토록 멋진 참나무 수천 그루가 지평선 저 멀리까지 사방으로 펼쳐져 있다! 나는 4~5마일 바깥에서도 그것들을 찬미한다.[7]

〈가을의 빛깔〉은 소로에게 10월의 시다. 10월은 3월과 함께 그에게 늘 최고의 달이었다. 해마다 10월에 쓴 일기를 보면 뉴잉글랜드의 가을 잎에 비견될 정도로 언어의 풍요로움과 다채로움이 폭발적으로 분출되지 않은 경우가 드문데, 사실 뉴잉글랜드의 가을은 영국인 방문객들에게 아주 특별했고, 영국 시에서는 전혀 찾아볼 수 없는 것이었다. 〈가을의 빛깔〉은 소로의 걸출한 에세이 가운데 하나다. 이것은 인식에 관한 에세이며, 바로 이 테마로 끝난다. 그는 독자들에게 단도직입적으로 말한다. "내가 지금까지 묘사한 모든 것들을……당신도 틀림없이 보게 '될' 것이다. 당신이 볼 준비가 되어 있다면, 그러니까 당신이 '보고자' 한다면 훨씬 더 많이 보게 될 것이다……대상들은 우리의 시야로부터 숨어있는데, 그것들이 우리의 시선이 지나가는 길 바깥에 있어서가 아니라 오히려 우리가 마음과 눈으로 그것들을 품지 못하기 때문이다." 그는 덧붙인다. 그러므로 "자연현상의 가장 위대한 부분이 바로 이런 이유로 한 평생 내내 우리로부터 숨어있는 것이다." 소로는 주장한다. "어떤 의미에서 진홍참나무는 당신이 앞을 향해 걸어갈 때 당신 눈 속에 있다. 우리는 그것에 대한 생각에 사로잡히고 그것을 머리로 가져갈 때까지는 아무것도 볼 수 없다. 그래서 우리는 다른 어떤 것도 볼 수 없는 것이다." 그는 자신이 보고자 하는 것을 본다. "사람들은 오로지 자신이 관심을 갖고 있는 것만 본다."[8]

러스킨은 이해 가을 소로의 이런 관심을 엄청나게 확장해주었다. 《회화의 요소들》(특히 색깔에 관한 제3장)은 〈가을의 빛깔〉의 기반이 되었을 뿐만 아니라 산의 아름다움에 대해 쓴 《근대화가론》 제4권은 1857년 가을 다시금 새로워진 산에 대한 흥미를 북돋아주었다. 10월 말에 소로는 "우리마을 동쪽에 있는 저 산"을 스무 번이나 떠올렸다고 말했다. 그는 이해 가을 산을 소재로 한 가장 상상력 넘치고 생동감 있는 몇 편의 글을 남겼다. 그의 꿈과 어린 시절의 희미한 경험을 회상하면서 그는 이렇게 적었다. "그때 나는 확 줄어든 나무들로 겨우 반쯤만 덮여 있는, 야생동물이 자주 출몰하는 바위투성이의 산등성이를, 내 머리 위의 대기와 구름에 취해 나 자신을 완전히 잃을 때까지 천천히 올랐는데, 대지를 쌓아 올린 것 같은 언덕을 산과 구분 짓고 있는 천상의 장엄함과 빛으로 이어지는 상상 속의 선을 지나는 것 같았다." 풍경이 주는 터너류의 시각적 광채는 소로가 말년에 쓴 풍경에 관한 많은 글에서 확인할 수 있다. 하지만 이것은 터너와의 직접적인 만남에서 온 것이 아니라 초기 작품을 쓰면서 터너에 몰두했던 러스킨에게서 그대로 가져온 시각적 흥분에서 나온 것이다. 그러나 소로는 러스킨과는 확연히 다른 무언가를 하고 있었다. 러스킨은 1860년에 《근대화가론》의 마지막 제5권을 내놓으면서 색깔에 관해서는 전혀 언급하지 않은 채 "나뭇잎의 아름다움"을 설명하는 데 꽤 많은 분량을 할애했다. 반면 〈가을의 빛깔〉은 소로가 보여주는 경험에 대한 무한한 개방성이나 책과 자연에 묻혀 살아가는 능력도 대단하기는 하지만 그의 독창적인 표현력과 창조적인 응용력이야말로 그것에 전혀 뒤지지 않을 뿐만 아니라 오히려 훨씬 뛰어나다는 점을 잘 보여주는 작품이다. 소로의 비전은 19세기 풍경화의 그것과 때로 매우 유사해 보인다. 그러나 그가 눈으로 '본' 혹은 적어도 그가 평한 회화 작품은 극소수였다. 물론 직접 볼 수 있었던 작품들은 많았지만 말이다. 그런 점에서 그의 눈이 경험한 실제 훈련은, 그리고 러스킨이 손의 습관이라고 부른 것과 똑같은 언어의 습관을 그에게 가져다 준 것은 풍경화라기 보다는 오히려 길핀과 러스킨의 풍경에 관한 위대한 글이었다.9

루이 아가시와 특수 창조론

1854년부터 1860년까지 소로는 관심의 초점을 점점 더 식물학과 동물학, 지질학, 지리학으로 모아갔다. 소로는 이제 대외 활동에서 저술가로 알려진 만큼이나 박물학자로도 인정받고 있었다. 그는 1850년에 보스턴자연사협회의 교신회원이 되었고, 1859년과 1860년에는 하버드대학의 자연사조사위원회 위원으로 위촉됐으며, 세상을 떠났을 때는 박물학자로 이름을 올렸다. 1840년대와 1850년대 자연과학에서 사용하는 언어는 극적으로 바뀌었다. "박물학자naturalist"와 "자연사natural history"라는 오래된 용어들이 새로운(1840년 이후의) 단어인 "과학자scientist"로 대체되어 갔는데, 이는 "과학적 객관성scientific objectivity"과 "과학적 방법론scientific method"을 신뢰한다는 수사였다. 바로 이 무렵이 자연세계에 대한 연구가 빠르게 전문화되고 전문영역도 촘촘하게 세분화된 시기였다.

소로는 수 년간 아주 디테일하면서도 문자화할 수 있고 확인 가능한 모든 사실에 깊은 관심을 보여왔다. 그는 사물들에 대한 생각뿐만 아니라 사물 그 자체도 존중했다. 그러나 시간이 흐르면서 그는 이런 사실들을 관찰하는 사람이 누구인가라는 물음에 더 관심을 갖게 됐다. 우리는 오로지 스스로 볼 준비가 돼 있는 것만 볼 뿐이며, 우리가 발견하는 것은 있는 그대로의 세상이 아니라 자신이 찾고자 하는 세상이라는 점을 소로는 더욱 확신하게 됐다. 러스킨은 자연의 빛깔에, 빛과 그림자에, 산과 숲에 우리가 들여다봐야 할 것이 얼마나 많은지 그에게 알려주었다. 인디언 조 폴리스 역시 소로가 관찰력을 확장하는 데 매우 의미 있는 역할을 했다. 1857년 11월 5일자 일기에는 그의 글 어디에서나 발견할 수 있는 문제가 명료하게 쓰여 있다. "과학을 하는 사람이나 그와 함께 하는 대다수 사람들은, 우리를 흥분시키는 어떤 현상에 관심을 기울일 때는 그것을 우리와 관계없는 별개의 것으로 냉정하게 바라보라고 하는데, 내 생각에 이건 잘못이다. 중요한 사실은 그것이 나에게 미치는 영향이다. 과학을 한다는 사람은 자신이 정의한 무지개 말고는 우리가 아무것도 볼 필요가 없다고 생각한다." 소로는 반박한다. "내 관심을 끄는 것은 (과학을 하는 사람들이 다루는) 무지개 그 자체가 아니다. 흥미를 끄는 핵심은 나와 그것들(즉, 대상들) '사이의' 어딘가에 있는 것이다." 이런 일이 있은 1857년을 돌아보면 이 구절에서 그가 도전한 '문제 있는' 과학자는 루이 아가시일 가능성이 농후하다. 소로가 오래 전부터 품어왔던 과학에 대한 양면적인 감정의 상당 부분은—비록 자연사나 식물학, 동물학에 관한 것은 아닐지라도—루이 아가시의 견해와 오랫동안 함께 하다가 종국에 가서는 결별하게 된 맥락에서 이해할 수 있다. 사실 1857년부터 세상을 떠날 때까지 소로의 말년은 그의 시대에서 가장 중요한 지식 분야의 혁명이 일어난 시기였는데, 식물지리학을 포함한 현대 생명과학이 탄생했고, 다윈식의 세계관이 출현하는 일대사건들이 잇달아 벌어졌다. 이런 사건들의 한가운데서 소로는 그

저 지켜보기만한 관찰자가 아니라 적극 참여한 지식인이었다.[1]

1845년 12월 하버드대학은 새로이 과학스쿨 설립을 추진했다. 1846년 가을 39세의 아가시가 미국에 왔는데, 1847년에 하버드가 새로 문을 연 로렌스 과학스쿨의 동물학 및 지질학 교수로 임명된 것이었다. 아가시는 어류와 빙하 분야의 권위자로 이미 국제적인 명성을 지닌 유명 인사였다. 그는 25세 나이로 스위스 뇌샤텔대학의 박물학 교수로 임명된 바 있고, 26세 되던 1833년에는 저서 《화석 어류Rcherches sur les poisons fossiles》를 발표 했으며, 1840년에는 《빙하의 체계Études sur les glaciers》를 출간했다. 그는 프랑스의 위대한 동물학자 퀴비에와도 안면이 있었는데, 하버드대학에 오자마자 곧바로 북아메리카의 동물군, 특히 어류와 거북이들을 분류하는 작업에 착수했다. 1847년 봄 소로는 (제임스 엘리엇 캐봇에 의해) 아가시의 여러 분야에 걸친 통신원 및 채집가로 등록됐고, 이해 11월에는 하버드대학의 새 과학스쿨 출범을 축하하는 글을 남겼다.[2]

1848년 6월 아가시는 《동물학 개론Principles of Zoology》을 펴냈는데 미국에서는 처음 출간하는 저서였다. 소로가 탐독하게 될 이 책은 해부학과 고생물학, 지질학, 발생학에 관한 가장 최근의 정보들을 제시했다. 또한 모든 종은 고정돼 있고 변하지 않으며, 이미 정해진 창조의 계획에 따라 신에 의해 오랜 세월 동안 연속해서 창조됐다고 주장했다. 아가시는 1850년에 펴낸 《슈페리어 호수Lake Superior》에서 다시 한번 특수 창조론을 개진했다. "지리적 분포를 더욱 정밀하게 추적해 나갈수록……동물들은 현재 살고 있는 곳에서부터 시작되었으며, 그들이 창조된 이래 똑같은 경계 안에서 거의 정확히 머무르고 있다는 믿음에 더욱 감화된다." 아가시는 이런 경계가 "창조의 첫날 정해졌다"고 단언했다. 아가시는 화석 어류를 처음 연구했던 젊은 시절부터 모든 종은 불변이며, 그것들은 "슬며시 하나의 종에서 다른 종으로 넘어가는 게 아니라 앞선 종들과의 직접적인 연관 없이 예기치 못하게 나타나거나 사라진다"고 확신했다. 화석으로 나타난 기록으로 입증되듯이 만일 지구상의 존재들이 계속 이어지는 것에 뭔가 진보라고 할 만한 게 있다면 이런 진보는 오늘날 살아있는 동물군에 유사성이 증가하고 있는 것이라고 아가시는 설명했다. "그러나 이런 연계는 서로 다른 시대에 살았던 동물군들간의 직접적인 연결의 결과는 아니다. 그것들을 연결 짓는 혈통 같은 것은 없다." 다윈은 정확히 이와 반대되는 주장을 했겠지만 아직은 목소리가 커가는 중이었고, 아가시는 당시 이 분야를 쥐고 흔드는 인물이었다. 아가시의 주장을 들어보자. "종들이 연결되는 고리는 더 높은, 비물질적인 자연의 영역이며, 그 연계는 조물주 자신의 시각에서 구해진다. 이 땅을 출범시키면서, 지질학이 보여주듯 연속적인 변화를 이 땅에 허용하면서, 사라져가고 있는 모든 종류의 동물들을 연속해서 창조하면서, 조물주의 목표는 인간을 이 대지 위로 안내하려는 것이었다……처음부터 조물주의 계획은 확고했고, 그것으로부터 조물주는 단 한 치도 벗어나지 않았다."[3]

이 같은 설명에서 드러나는 절대적 결정주의는 생물학적으로 각색한 캘빈주의자의 운명예정설과 매우 흡사하게 들리는데, 부르고뉴 지방의 위그노 혈통 캘빈주의자를 조상으로 둔 아가시의 선조가 그의 아버지를 포함해 6대나 계속해서 스위스의 프로테스탄트 목사였다는 점도 간과할 수 없는 대목이다. 종들이 하나의 종에서 다른 종으로 발전하거나 진화한 것이 아니라 모두가 개별적으로 창조됐다고 하는 아가시의 주장은 미리 존재하는 상당히 복잡한 청사진, 즉 신이 예정한 계획에 의해서만 그 정확성을 유지할 수 있다. 그리고 지금은 사라진 종들과 살아있는 특정한 종들 간의 얽히고 설킨 유사성에 대해서도 예표론像表論과 유사하면서 신학자들에게도 익숙한 설명을 내놓는다. 아가시는 이것이 아직 발견되지 않은 잃어버린 고리 같은 것 때문이 아니라 앞선 종들은 현존하는 종들의 예시로 신이 의도적으로 계획한 것이기 때문이라고 했다. 그가 "자신의 태도를 분명히 했다"고 한 책이자 소로도 읽은 《분류론Essay on Classification》은 1857년에 발표됐는데, 그는 이 책의 제26장을 할애해 이 같은 "예언적 타입들"을 일부나마 보여주었다. "시간이 흐른 뒤에 출현하게 될, 특별한 타입의 더 높은 존재의 태생 조건들에 대해 앞서 출현했던 똑같은 타입의 존재가 얼마나 예표像表가 되었는가……그것들은 이제 앞선 시대의 예언처럼 그 시절 동물의 왕국을 지배하던 선행 여건들에서는 불가능했던 어떤 질서를 나타낸다." 달리 말하자면 아가시의 무엇보다 소중한 구상은 신학적이고 기독교적이고 캘빈주의적이고 예표론적이다. 그것은 이미 예정된 구상, 즉 "예언에 의해 제시된" 종을 포함해 엄격히 수행되는 계획에 좌우된다.[4]

하지만 아가시는 늘 자신이 관찰에만 의지하는, 순수하고 객관적이며 사심 없는 과학자라고 주장했고, 당대에는 다들 여기에 수긍했다. 그는 무엇보다 미국에서 과학을 전문화한 인물로 그려졌고, 어느 누구보다도 과학이라는 개념을 대표하는 인물로 대중의 마음속에 각인돼 있었다. 그는 자신의 가장 위대한 업적이 무엇이냐는 질문을 받고는 "사람들에게 관찰하는 법을 가르친 것"이라고 답했다. 자신이 순수과학자라고 주장하는 그 오만함을 받쳐준 것은 그의 매력 넘치고 사교성이 풍부하며 활력이 넘치는 성격이었다. 그는 초인적인 활동력으로 자신을 포장했다. 본인이 수집했을 뿐만 아니라 그를 위해 수집해주는 많은 사람을 거느렸고, 새로운 학파를 구상했고, 새로운 교수법을 도입했으며, 새로운 하버드 비교동물학박물관(뉴욕 자연사박물관의 전형이 되었다)을 설립하고 기금을 모았으며, 숱한 기자회견을 열었고, 다양한 이벤트와 여행, 강연, 디너 행사를 주최했다. 그의 전기작가는 "쾌활함이 마르지 않을 것 같은 사람"이라고 묘사했다. 윌리엄 제임스는 "주위를 휘어잡는 풍모를 갖춘 영웅 같은 인물"이라고 평했다. 그는 막강한 영향력을 행사했고 막대한 특권을 누렸다. 매사추세츠 주의회는 그의 프로젝트를 위한 예산지출을 승인했고, 미국과학아카데미 설립 기념식 때는 링컨 대통령과 나란히 섰다. 국무부는 전세계에 나가있는 영사들에게 그를 도와주라고 특별 지시했고, 페루 황제는 신하들에게 위대한 하버드대학의 과학자를 위해 표본을 채집해주라고 명했다. 그는 하버드에 과학을 가져왔고, 하버드는 그 보답으로 그와 그의 견해를 지원해주었다. 대중언론과 성직자, 출판계는 물론 원로시인인 롱펠로와 로웰, 홈스도 그랬다. 아가시는 가히 최고 수준의 자기확신을 가진 인물이었다. 훗날 그는 자신의 우군과 적들에게 똑같이 이런 말을 즐겨 썼다. "다윈의 작품은 현대 과학과 모순돼, 왜냐하면 바로 내가 현대 과학을 정의했으니까 말이야."5

소로는 아가시를 위해 새로운 표본을 채집하고 찾아 나섰을 뿐만 아니라 《동물학 개론》을 열심히 공부했다. 그는 보스턴자연사협회의 교신회원으로 선출된 다음 해인 1851년에 이 책을 도서관에서 세 달 동안이나 대출했다. 소로는 수 년간 어류와 거북이, 개구리를 관찰했고, 1857년에 나온 아가시의 거북이에 관한 위대한 연구에 기여했고 인정도 받았다. 아가시의 이 연구는 "미국 자연사에의 공헌"이라는 야심에 찬, 그러나 결코 끝나지 않을 프로젝트의 일부였다. 첫 권은 유명한 《분류론》이었고, 둘째와 셋째 권은 거북이에 관한 상세하면서도 다소 기술적인 연구였다. 책의 출간 시점은 우연히도 아가시의 50번째 생일이어서 축하 모임이 잇달아 열렸다. 3월 20일에는 에머슨의 집에서 저녁 만찬이 있었는데, 소로도 이 자리에 참석했다.

만찬에서 소로는 많은 질문을 던졌다. 이 자리에서 오간 대화를 설명한 것을 보면 아가시의 대답, 그러니까 사실상 그의 지식에 소로가 전혀 만족스러워하지 않았다는 점을 알 수 있다.

그는 내가 보았던 말불버섯의 은빛 모습과 건조함을 관찰하지 않았다. 그는 쐐기벌레를 갈라서 그 안에 있는 얼음조각들을 발견했지만 그것들을 녹이지 않았다. 내가 그에게 동결된 물고기를 실험했던 것을 얘기하기 시작하자 그는 팔라스가 이미 물고기는 얼었다가 다시 녹는다는 것을 보여주었다고 말했다. 그러나 내가 확인한 것은 그 반대였다. 그러자 아가시도 겨우 동의했다.

여기에 적은 내용은 소로의 습관적인 모순성에 기인한 것일 수도 있다. 하지만 그는 아가시의 견해나 방식을 전적으로 신뢰하지 않았다. 여기에는 무엇보다 몇몇 표본들, 특히 어떤 작업을 위해 거북이의 수정란을 죽이는 것도 있었다. 설령 사람들이 이것이나 앞서 소개한 쐐기벌레를 가르고 물고기를 얼리는 것이나 다를 바 없다고 여긴다 해도 소로는 과학이라는 명분으로 거북이를 죽인다는 데 상당한 양심의 가책을 느꼈다. 에머슨 역시 의구심을 갖고 있었다. 비록 그가 아디론댁스까지 나가서 아가시를 위해 표본을 채집한 적은 있었지만 그 역시 일기에 이렇게 적었다. "아가시가 출간한 이 책에 나온 케임브리지의 거북이들은 분노의 모임을 가져야 한다. 행진 대열의 선두에는 늑대거북을 세우고, 찰스 강에서 나와 행진하는 그들의 등껍질에는 '아가시에게 죽음을'이라고 새겨야 한다." 이런 반발을 초래한 데는 아가시 특유의 성격이 있었지만 우스개의 이면에는 진지한 비판이 숨어있다. 에머슨은 이미 1857년에 아가시가 과학이라는 미명 아래 일신론을 가르치는 것은 잘못된 것이라고 생각했다. 소로는 《종의 기원》을 읽기 한참 전부터 아가시의 이런 주장이 참을 수 없다고 적었다. 1858년 6월에 모내드녹 산을 오르다가 소로는 정상 근처에 있는 빗물이 고인 작은 웅덩이에서 두꺼비 알을 발견하고는 이게 어떻게 여기에 있는지 의아해하며 이렇게 언급했다. "아가시는 아마도 이것들이 처음부터 산 정상에서 태어났다고 말했을 것이다." 너무나도 통쾌한 일갈이다. 소로는 이미 종이 퍼져나가는 것에 대해 많은 지식이 있었고, 두꺼비 알의 존재에 관한 다른 설명을 갖고 있었다.[6]

1858년 중반부터 소로는 주요 동물학 서적에 몰입하기 시작했다. 거북이에 관한 아가시의 책은 물론이고 벨의 《영국 파충류 역사History of British Reptiles》와 휴잇슨의 《영국 조란학British Oology》까지 읽었다. 아가시의 책은 자극을 주는 계기는 됐으나 최종 결론은 아니었다. 종에 관한 다윈의 작품은 아직 출간되지 않은 상태였다. 다윈은 이해에 진화에 관한 논문을 린네학회에 제출했다. 그러나 그의 논문은 거의 주목을 받지 못했다. 학회장인 토머스 벨이 "올해는 과학 분야에서 혁명적이라고 할 만한 발견이 전혀 눈에 띄지 않는다"고 했을 정도다. 소로는 이미 라마르크가 처음 주장한 "발달developmental" 가설을 선호하는 쪽으로 기울었고, 특수 창조론에 대해서는 18세기의 '정해진 구상', 가령 좋은 불변이라고 한 린네의 주장 같은 것에 갖게 되는 의구심을 똑같이 품었다. 이미 1년 전부터 이슈는 점점 더 복잡해졌고 흥미로워졌으며 뜨겁게 달아올랐다. 소로는 책을 통해, 식물학을 아는 친구들을 통해, 보스턴자연사협회를 통해 새로운 사상들을 접해나갔다. 저명한 아가시 교수와 비교할 때 소로는 과학자라기 보다는 저술가로 더 알려진 시골의 아마추어 박물학사에 지나지 않았다. 그러나 소로가 평소 가졌던 과학 정신은 더 이상 겸손해질 수 없었다. 비록 소로가 아가시만큼 대단한 권위와 명성을 얻지는 못했지만 동시에 그는 아가시 같은 저명한 과학자와 그의 많은 작품 전부를 결과적으로 불신하게 만든 유형학적 창조론의 굴레도 쓰지 않았다. 아가시의 과학은 과거의 캘빈주의에 얽매여 있었다. 반면 소로는 새로운 과학 지식과 자연사의 오랜 전통을 접목시킴으로써 미래의 다윈주의자로 스스로 앞서 나갔다.[7]

97

존 브라운 대장을 위한 탄원

1858년 4월과 5월 두 달 동안 소로는 개구리를 연구하고 관찰하는 데 몰두했다. 6월과 7월에는 산을 다녔다. 7월 초에는 테오 브라운, 해리 블레이크, 에드 호어 등과 함께 화이트 산으로 여행을 다녀왔다. 그 결과물인 60페이지 분량의 일기는 초코루아("그야말로 황량하고 황폐한 데다 다가설 수 없을 정도로 음산한")와 노스콘웨이의 주변 풍경을 강조한 내용이었다. 9월과 10월에는 "가을의 빛깔"이라는 주제로 돌아왔다. 11월은 극명하게 대비되는 빛깔이 신비롭게 펼쳐지는 달이었다. 그는 "11월의 빛깔"을 주제로 글을 쓰겠다고 다짐했다. "이제 새로운 계절이 시작된다. 순수한 11월은 적갈색 대지와 시든 이파리의 계절이자 헐벗은 가지와 하얗게 시든 잡초의 계절이다." 그는 페어헤이븐 호수 너머로 비치는 석양을 보았다. "차가운 은빛이 주조를 이룬다. 서쪽으로는 짙은 청색과 충충한 회색 구름이 떠있고, 해는 그 아래로 떨어진다. 11월의 모든 빛은 저녁놀이라고 불러도 될 것이다." 그가 크리스마스에 적어두었듯이 12월은 늘 그랬던 것처럼 무사히 넘기기가 힘든 달이었다. 1859년 1월은 북동쪽에서 불어온 강력한 폭풍설과 함께 시작됐다. 지난 2년 동안 앓아왔던 소로의 아버지는 1월 중순 방으로 옮겨졌는데, 1월 말부터는 꼼짝없이 침대에만 누워있다가 2월 3일 끝내 세상을 떠났다. 소로는 또 한 번 콩코드의 대지를 향해 외쳤다. "우리 몸은 결국 얼마나 오래 견딜 수 있는 겁니까!" 자신의 일기에 쓴 부음에서 그는 이렇게 주장했다. "우리 형제와 자매들, 부모와 아이들, 아내들의 형상이 지금 우리를 둘러싼 언덕과 들판에 뉘어져 있다."[1]

이해에 소로는 평소에 비해 영 적게 여행했는데, 건강이 좋지 않아서가 아니라 가족사업을 돌봐야 했기 때문이다. 그러나 3월로 접어들자 일기는 다시 활력이 넘쳐난다. 자연의 모든 것들이 긴밀하게 연결돼 있으며 서로서로 의지한다는 내용으로 가득 차있다. 그는 자신의 화살촉 사냥 경험(3월에 고지대의 연못 근처에서 찾았다)을 일반화했고, 기러기들이 대열을 이뤄 날아가는 까닭을 밝혀내려고 했다. 거기에는 "어떤 이점"이 있을 것이라고 확신했는데, 아마도 "이런 방식으로 날면 공기 저항을 가장 잘 이겨낼 수 있을 것"이었다. 4월에 소로는 월든 호숫가의 2에이커 부지에 400그루의 소나무를 심었다. 그는 길버트 화이트를 한 번 더 읽었고, 무엇이든 그것에 딱 맞는 계절이 있는 이유를 다시 적었으며, 사람은 자기 일에 집중해야 한다는 점을 재확인했다. "훌륭한 농부가 있는 곳에는 기름진 땅이 있게 마련이다. 괜히 다른 길로 가봐야 후회의 연속일 뿐이다."[2]

1859년 5월 초 존 브라운이 콩코드를 다시 찾았다. 미시간 태생의 남북전쟁 역사가인 브루스 캐턴은 말하기를, 브라운은 "하는 일마다 하나같이 비효율적이고 잘하는 것이라고는 없는 유랑자로, 오로지 비이성적인 폭력이나 휘두르며 온 나라가 자신을 뒤쫓게 하는 재주를 지녔다"고 했다. 소로는 한 해 전 브라운을 만난 적이 있었다. 그때 브라운은 캔자스를 떠나 보스턴에서 소수정예 비밀결사 그룹과 만나 소총을 확보하고 자금을 모집했으며 "노예제 권력"에 맞선 게릴라 습격을 전개하기로 했다. 그 무렵 대학을 졸업한 지 1년 밖에 안 된 샌본도 "비밀결사 6명" 중 한 명이었다. 당시 36세였던 T. W. 히긴슨 역시 비밀결사의 일원이었는데, 그는 앞서 1854년에 앤서니 번스를 구출하는 데 앞장선 적도 있었고 "의심할 나위 없이 유일한 하버드의 파이 베타 카파 졸업생으로, 유니테리언 목사이자 일곱 가지 언어를 구사할 수 있었고, 성문城門 파괴용 대형 망치를 손에 쥔 채 연방 요새에 대항한 폭풍 같은 집단의 리더"였다.[3]

브라운은 1857년 3월 말 콩코드에 왔을 때 캔자스에서 노예제 옹호세력들에 대항해 벌였던 전투에 대해 이야기했다. 에머슨은 그가 말하고자 한 요점 중 하나는 "캔자스 평화세력의 어리석음은 그들의 힘이 다름 아닌 자신들의 참담한 오류에서, 동의하지 않는 저항에서 나온다고 믿는 것"이라고 지적했다. 에머슨은 또한 브라운을 가리켜 "훌륭한 믿음과 굳건한 정신을 가진 한 사람이 그런 인격을 지니지 못한 백 명, 아니 2만 명보다 더 가치 있다는 것을 경험으로 확신한다"고 말했다. 소로는 칼라일 풍의 영웅에 깊은 인상을 받았고 약간의 돈도 기부했다. 다만 브라운이 그 돈을 정확히 어디에 쓰려는지 밝히지 않는 데는 불만을 표시했지만 말이다.[4]

샌본과 히긴슨, 그리고 브라운을 지지하는 다른 비밀결사 요원들이 하퍼스페리 습격에 대해 미리 알았던 것과는 별개로 소로는 1859년 10월 19일 그 뉴스를 접하자 깜짝 놀랐다. 처음에 브라운이 연방군에 의해 사살됐다는 오보誤報를 접하자 그는 즉시 브라운이 옳으며 정부가 틀렸다는 반응을 보였다. "우리 정부가 (특히 오늘날의 정부가) 노예제를 유지하기 위해, 또 노예해방론자들을 죽이기 위해 공권력을 부당하게 사용한다면 그것이야말로 야만적인, 아니 야만적인 것보다 더 사악한 권력이 아니겠는가!" 그러나 여론은 브라운에게 강경해지기 시작했다. 소로 역시 그 순간의 열정에 완전히 사로잡혀 불균형을 바로잡기 위해서라도 곧바로 대중연설을 해야겠다고 결심했다. 브라운이 결행했던 것처럼 그도 당장 행동에 나서야 했다. 그는 10월 30일 콩코드에서 존 브라운에 관한 강연을 하겠다고 발표했다. 마을행정위원이 주민들에게 강연을 알리는 종을 울리려 하지 않자 소로가 직접 종을 쳤고, "존 브라운 대장을 위한 탄원A Plea for Captain John Brown"을 강연했다. 그는 처음부터 솔직하게 털어놓았다. 강연 내용은 설득하기 위한 것이었고, 브라운을 비방하는 사람들에게—대답하지는 않더라도—맞서려는 것이었으며, 다른 측면이 있음을 보여주려는 것이었다. 소로의 전략은 존 브라운을 훌륭한 군인으로 높이 평가하는 것이었다. 그는 신중하게 고른 'Captain'이라는 군대 직급(Captain은 육군에서는 대위, 해군에서는 대령을 칭하는 직급인데, 일반적으로 지휘관을 의미한다는 점에서 여기서는 '대장'이라고 번역했다—옮긴이)을 자주 썼다. 그는 청중들에게 브라운의 할아버지가 군인이었으며, 아버지는 군대에 군수물자를 납품하는 일을 했다는 점을 상기시켰다. 소로는 브라운을 독립전쟁 당시의 콩코드 의용군과 비교했고, 그가 이끈 비밀결사를 크롬웰의 신형군New Model Army에 비유했다. 브라운은 신세계의 청교도 군인이었다. 오래 전 마가렛 풀러가 잡지에 게재하기를 거부했던 소로의 에세이 〈더서비스〉에서는 인생을 전쟁에 비유했었는데, 이제 그 내용이 더 이상 비유가 아니라 진짜 삶이 돼 돌아왔다.[5]

〈존 브라운 대장을 위한 탄원〉에서는 포타와토미 학살 사건은 언급하지 않았다. 소로는 틀림없이 그 사건에 대해 들어봤겠지만 그 이상 알고 싶지 않았을 것이다. 게다가 그것은 하퍼스페리에서 실제로 무슨 일이 벌어졌는지 알려주지 않았다. 살인과 반란 혐의에 대해 소로가 에둘러 취한 방어 전술은 브라운을 일관되게 군인으로 대하는 것이었다. 소로의 또 다른 전술은 브라운이 저지른 행위나 심지어 그의 인격은 굳이 변호하지 않되 그의 행동을 뒷받침한 원칙만 방어한 것이었다. 그는 브라운을 "무엇보다 초월주의자였으며 이상과 원칙에 따라 살았던 사람"이라고 불렀다. 그는 10월 9일에 "원칙 없는 삶"을 다시 강연했는데, 그 주제는 새롭게 와 닿았다. 브라운은 원칙을 가진, 원칙에 따라 사는 영웅이었다. 브라운이 위대한 인물인 이유는 "노예는 반드시 해방돼야 한다"는 원칙에 따라 행동했기 때문이다. 소로에게 브라운의 도덕적 명령은 브라운으로부터 인용한 이 한마디에 잘 요약돼 있다. "나는 노예제 권력에 의해 억압받는 가장 가난하고 가장 힘없는 유색인들의 권리를 가장 부유하고 가장 힘있는 자들의 권리와 똑같이 존중하고 있습니다. 이 점을 이해하기 바랍니다."[6]

몇 달 후 윌리엄 딘 하웰스가 소로를 찾아왔다. 그는 소로가 존 브라운에 대해 강연하는 것을 들었다. 그러나 "그것은 내가 생각하는 따뜻하고 친밀하고 사랑스러우면서도 두려운 그런 노인이 아니라 어느정도 (모호하고 불가사의한 표현과 함께) 우리 자신 안에 품고 있고 스스로 키워가고 있는 일종의 존 브라운 타입, 존 브라운 이상, 존 브라운 원칙이었다." 소로가 〈탄원〉에서 주장한 존 브라운 원칙의 토대는 아주 높았다. 소로는 브라운의 "헌법에 대한 존중"과 미국 연방을 수호해야 한다는 신념을 높이 평가했다. 무엇보다 브라운은 자신의 양심에 따라 행동했다. 소로의 입장은 매우 일관됐는데, 그의 글 〈더서비스〉와 〈시민 불복종〉, 〈매사추세츠의 노예제〉에서 드러난 입장뿐만 아니라 정부가 피지배자의 천부적인 권리를 파괴하는 존재가 될 때 피지배자는 필요할 경우 무력을 동원해서라도 반란을 일으킬 권리를 갖는다는 제퍼슨식의 입장도 견지했다. 소로가 생각하기에 비슷한 상황이 지금 벌어졌다. 소로가 본 문제는 "정부가 부정한 편에서 그 힘을 행사한다"는 것이었다. 그러므로 더 이상 정부에 복종해서는 안 된다. "내가 이해하는 유일한 정부는—그리고 정부를 이끄는 사람의 숫자가 아무리 적든, 군대가 아무리 적든, 그것은 문제가 되지 않는다—이 땅에 정의를 세우는 권력이지 부정을 세우는 권력이어서는 결코 안 된다." 노예제는 옳지 않다. 만일 "양심에 호소하는 설득"처럼 그것을 철폐하려는 평화적인 수단들이 전부 실패로 돌아갔다면, 그리고 지금 무력이 요구된다면, 그러면 무력을 사용하기를 주저해서는 안 된다. 소로가 폭력의 사용을 받아들이게 된 것은 시간이 한참 지나서였고 마지못해서였고 복잡한 단서를 붙여서였다. 폭력은 나쁘지만 노예제는 더 나빴다. 그래서 그는 남부의 특이한 제도에 대한 개인적 대응으로 존 브라운 원칙을 연구했고 그것을 지지했던 것이다. "누구든 노예를 구출하기 위해서라면 노예 소유주에게 폭력으로 간섭할 완벽한 권리를 갖는다는 게 브라운의 독자적인 선언이고 원칙이었다. 나는 그의 견해에 전적으로 동의한다."7

소로는 자신의 말이 일으킬 파장을 정확히 내다봤다. 그의 강연은 보스턴의 모든 신문에 잇달아 보도됐고 사람들 사이에 뜨거운 논쟁거리가 됐다. 그는 11월 3일 다시 강연했다. 브라운은 11월 내내 소로의 생각과 일기에서 떠나지 않았다. 마침내 브라운이 12월 2일 교수형을 당하자 소로는 같은 날 콩코드에서 추모행사를 열고, 자신과 친구들이 고른 애도시를 낭송했다. 다음날 브라운의 비밀결사 중 한 명으로 하퍼스페리 습격 당시 몸을 피해 캐나다로 갔던 프랜시스 J. 메리엄이 브라운의 처형 소식을 듣고는 미칠 지경이 되어 미국으로 돌아왔다가 콩코드에 잠시 들렀다. 샌본은 소로에게 "미스터 록우드"라는 가명을 쓴 메리엄을 사우스액턴 역까지 데려가 캐나다로 떠나는 다음 기차를 태워주라고 부탁했다. 소로는 그 사람이 메리엄인지는 몰랐으나 자기가 도와주고 있는 사람에 대해 꼬치꼬치 캐묻지 말아야 한다는 정도는 알고 있었다. 그런 점에서 본디 비정치적이었던 소로가 남북전쟁의 도화선이 된 결정적인 사건 하나에 깊숙이 개입한 셈이 됐다.

존 브라운의 유해는 기차로 북쪽으로 보내졌다. 그는 땅에 묻혔지만 잊혀지지는 않았다. 1860년 4월 샌본이 콩코드에서 연방보안관들에 의해 체포됐다. 그는 훌륭하게 싸움에 임했고, 이 사건은 며칠 동안 〈뉴욕 트리뷴〉의 1면을 장식했다. 소로는 7월 4일에 열리는 존 브라운의 추모식에서 연설해줄 것을 요청 받았다. 그는 갈 수 없었지만 1859년 10월과 11월의 일기 가운데 이전 원고에 사용하지 않았던 내용들을 추려 지금 〈존 브라운의 마지막 나날들The Last days of John Brown〉로 불리는 글을 보내주었다. 에머슨은 훗날 소로의 장례식 연설에서 존 브라운은 소로의 마지막 나날들에 지대한 영향을 미쳤다고 지적했다. 그건 틀림없이 1859년 10월 19일부터 12월 2일까지 6주간이었을 것이다. 그러나 존 브라운에 대한 소로의 애착은 처음 시작했을 때처럼 너무나도 갑자기 끝나버렸다. 1859년 12월 8일 소로는 다시금 자연사 프로젝트를 집어 들었고, 또 다른 재발견에 푹 빠져들었는데, 이번에는 동물에 관한 아리스토텔레스와 로마의 박물학자 플리니우스의 저작들이었다. 이로부터 한 달도 채 안 돼 다윈의 《종의 기원》 한 부가 콩코드에 들어왔고, 소로 자신의 방대한 자연사 프로젝트도 마지막 전환점을 맞게 됐다.

98

다윈과 진화론

🌿

소로가 마지막으로 중요한 주제를 설정해 체계적으로 읽어나간 분야는 고전시대에서 현대에 이르기까지의 동물학이었다. 이해 12월 그는 오래 전의 패턴을 따르기로 했다. 그가 새삼 이쪽으로 관심을 돌리게 된 것은 부분적으로 아가시 덕분임이 틀림없지만 아무튼 다시 고전 작가들로 돌아가 주제의 실마리를 찾아 나서기로 한 것이다. 특히 고대 동물학자들 가운데는 아리스토텔레스와 아엘리아누스, 테오프라스투스, 플리니우스가 있었다. 12월 중순 그는 아리스토텔레스의 《동물의 역사History of the Animals》를 아르망 카뮈가 편집하고 번역한 18세기 말 출간본으로 연구하기 시작했다. 아리스토텔레스의 책은 최초의 자연사 서적이었다. 카뮈는 이 책을 여전히 최고의 저작 중 하나로 꼽았고, 소로도 즉각 여기에 동의했다. 소로는 일기에서 우리가 지금 과학이라고 부르고 있는 것의 기본 접근법과 언어의 많은 부분을 맨 처음 만들 수 있었던 것은 아리스토텔레스 덕분이었다고 평가하고 있다. 소로는 신중하게 노트 50페이지를 가득 채웠다. 그는 매일같이 디테일한 것들을 자세히 들여다본 아리스토텔레스의 시선에 감탄했다. 우리는 물고기들이 잠을 잔다는 것을 알고 있다. "그것은 우리가 눈에 띄지 않게 물고기들에게 다가가 그것들을 손으로 잡을 수 있을 만큼 가까이 접근하는 경우가 종종 있기 때문이다……이런 경우 물고기들은 죽은 듯이 가만히 있는데 꼬리 끝부분만 부드럽게 흔들거릴 뿐 다른 부분은 전혀 움직이지 않는다." 그는 또 거의 모든 문단의 서두에서 분명히 드러나는 아리스토텔레스의 놀라운 일반화 능력에 감탄했다. "어떤 물고기든 그 알은 두 가지 색도 아닌 딱 한 가지 색이다." "벌은 한 번 비행에 나서면 한 가지 꽃 외에 다른 종류의 꽃에는 가지 않는다. 바이올렛에서 바이올렛으로 갈뿐, 벌통을 다녀오지 않는 한 절대로 다른 종류의 꽃은 건드리지 않는다." 소로는 또 아리스토텔레스가 동물들의 생식과 재생산을 다룬 대목, 그리고 창조와 번식에 대해 어떻게 생각했는지 노트에 꼼꼼히 적어두었다.[1]

카뮈의 포괄적인 주석 역시 소로에게 폭넓은 독서 리스트를 제공해주었는데, 고전시대부터 게스너, 톱셀, 벨론을 포함한 르네상스시대와 부폰으로 끝나는 27명의 17~18세기 동물학자들이 들어있는 근대에 이르기까지 동물학 저술가들이 망라돼 있었다. 여기서부터는 퀴비에와 아가시, 그리고 현재에 이르기까지 저자 리스트를 소로가 직접 만들 수 있었다. 현대 동물학에 대한 소로의 관심은 오래된 것이었지만 이제 아리스토텔레스부터 시작해 동물학의 기원과 그 발전 과정을 포함한 동물학 역사 전반에 확고한 기초를 다질 수 있었다. 아리스토텔레스의 관찰과 묘사에서 소로는 자연사에 대한 또 다른 접근법을 발견했는데, 이것은 아가시를 알게 되면서 익숙해진 현대 과학의 계측 및 계량 방식과 균형을 이루는 것이었다.

소로가 아리스토텔레스를 신중하게 연구하고 있다는 사실은 지금 그의 시각이 결정적으로 바뀌어가고 있음을 알려주는 것이었다. 초월주의, 특히 에머슨이 주창한 초월주의는 그 중요한 철학적 뿌리와 믿음을 플라톤에 두고 있다. 이에 따르면 우리가 보는 세상, 즉 현상의 세계는 이상의 세계 내지는 그 이면에 있는 형상의 산물이며, 따라서 중요도도 떨어진다. 소로는 자신을 초월주의자라고 칭했지만, 이 용어는 어느새 형이상학이나 인식론보다는 윤리학을 언급하는 것이 됐다. 소로에게 초월주의자는 이제 도덕적 행동이 문제될 때 칸트의 단언 명령을 따르는 사람을 의미했다. "당신이 모든 사람에게 당신과 똑같은 처세법에 따라 행동해야 한다고 바라는 그대로 행동하라." 이 도덕적 초월주의는 윌리엄 제임스가 "손댈 수 없는 엄중한 사실"이라고 부른 것을 아리스토텔레스 철학에 입각해 매우 존중하고 있는 것이다.

소로는 아리스토텔레스에서 플리니우스로 옮겨갔는데, 플리니우스는 카뮈 말대로 "그리스인이 백과사전이라고 부른 것을 처음으로 만든" 인물이었다. 카뮈는 플리니우스를 "아리스토텔레스보다는 한 급 낮지만 적어도 읽은 것만큼 많이 본 사람"이라고 평했다. 플리니우스의 《자연사 Natural History》는 "아주 오래된 오류의 저장고"라고 폄하되기도 하지만 소로는 여기서 많은 것을 배웠다. 로마의 행정가이자 로마인의 근로윤리를 고취시킨 온건하고 합리적인 스토아 철학자였던 플리니우스는 서기 79년에 베수비우스 산 근처에서 폼페이와 헤르쿨라니움을 파묻어버린 화산 폭발을 좀더 가까이에서 관찰하려다 그만 목숨을 잃고 말았다. 무척이나 부지런했던 그는 먹는 동안에도, 여행하는 동안에도 책을 읽었고 목욕할 때를 빼고는 한시도 빠짐없이 책을 읽었다. 심지어 목욕탕에서조차 욕조에 몸을 담갔을 때만 책에서 눈을 뗐고, 물기를 닦아내고 몸을 문지르는 동안 책을 다시 읽기 시작했다. 플리니우스는 자신이 읽은 모든 것에 대해 주석을 달고 발췌하기도 했는데, 이 세상에 아무런 가치도 없을 정도로 나쁜 책은 없다는 말을 남겼다. 소로처럼 그도 방대한 양의 귀중한 발췌록 더미를 쌓아두고 있었다. 현존하는 그의 유일한 작품인《자연사》는 로브판(Loeb edition, 정식 명칭은 Loeb Classical Library로 미국의 독일계 유대인 은행가 제임스 로브의 기부로 시작된 출판물이다. 1934년부터 하버드대학에서 공동 출판하면서 그 수익금은 대학원생 장학금으로 쓰고 있다–옮긴이)으로 열 권이나 된다. 전체 분량은 100만 단어에 달하는데, 소로가 남긴 일기의 대충 절반쯤 되는 양이다. 목차만 70페이지에 이르고, 작품 자체는 100명의 작가가 쓴 2000권의 책에서 추려낸 2만 개의 항목을 다루고 있다. 책은 자연세계 전체를 아우르는데, 여기서 자연세계는 인간이 만들지 않은 모든 것이라고 정의했다.

플리니우스는 사실을 신화와 결합시킨다. 이건 다름아닌 소로가 젊은 시절 작가로서 무엇을 지향해야 할 것인가를 결정할 때 썼던 방식이다. 그러나 그는 용이나 유니콘에 관한 이야기보다는 플리니우스의 자연 관찰에 더 흥미를 느꼈다. 플리니우스는 관찰자와 학자가 어떤 식으로 결합할 수 있는지 보여주는 좋은 사례였다. 아리스토텔레스처럼 플리니우스도 소로에게 관찰자의 중요성과 핵심적인 지위를 각인시켜주었다. 소로는 플리니우스가 나무에 관해 쓴 내용부터 읽어나가기 시작했는데, 이것도 작품 전체의 10분의 1이 넘었다. 그는 나무가 없는 지방과 열매를 맺지 않는 나무들, 봄이면 벌어지는 온갖 사건들의 순서를 지켜본 플리니우스의 관찰을 노트에 그대로 옮겨적었다.

소로는 플리니우스의 관찰은 물론 생동감 넘치는 스타일에 강렬한 인상을 받았다. 소로의 말년 작품들 가운데 다수는 플리니우스를 인용하면서 시작한다. 사후에 출간된 《짧은 여행Excursions》에 들어있는 〈밤과 달빛Night and Moonlight〉은 플리니우스에 대한 언급과 함께 시작되고 〈허클베리Huckleberries〉도 그렇다. 〈야생사과〉 역시 그를 소개하고 있고, 《씨앗의 확산》 초고는 이렇게 시작한다.

플리니우스의 작품은 당대의 자연과학을 구현하고 있다. 그는 어떤 나무들은 씨앗을 맺지 않는다고 이야기한다. "어떤 씨앗도 맺지 않는 나무들 가운데 몇 가지만 들자면 빗자루를 만드는 데나 쓰이는 능수버들과 포플라, 아티나아느릅나무, 알라테르누스 등이 있다." 그러면서 이렇게 덧붙였다. "이런 나무들은 기분 나쁜 (혹은 불행하고 불길한) 것으로 여겨졌으며 상서롭지 못하다고 치부됐다."2

앞서 러스킨이 그랬던 것처럼 아리스토텔레스와 플리니우스는 서서히 과학 쪽으로 다가가던 소로에게 정확한 관찰자의 중요성을, 관찰자가 핵심이며 탁월함의 원천임을 상기시켜주었다. 이들은 평범한 풍광과 사물들을 이천 년 후에도 흥미롭고, 때로는 흥분되는 것으로 만들 정도로 아주 정밀하게 묘사할 수 있었다. 이처럼 고대 그리스와 로마의 정신이 여전히 살아서 우리 시대를 향해 이야기할 수 있다는 것이야말로 소로가 맨처음 베르길리우스의 농업 저작에 매력을 느낀 이유였다. 이건 아리스토텔레스와 플리니우스에게도 그대로였다. 게다가 《동물의 역사》와 《자연사》 두 권 모두 자연사에 관한 소로의 방대한 프로젝트를 하나로 엮는 데 많은 것을 가르쳐주었다.

　존 브라운이 세상을 떠난 지 채 한 달도 되지 않은 1860년 1월 1일 다윈의《종의 기원》한 권이 콩코드에 들어왔다. 이즈음 소로는 고대 그리스와 로마의 박물학자들에 아주 푹 빠져있었는데, 뉴욕에서 사회복지사로 일하던 찰스 브레이스가 하버드대학의 식물학자이자 다가올 논쟁에서 다윈의 우군이 되어줄 아사 그레이로부터 《종의 기원》 한 권을 전해 받은 것이었다. 브레이스와 샌본, 올콧, 소로는 함께 저녁을 하면서 5주 전에 출간된 신간을 놓고 토론을 벌였다. 소로는 곧이어 자신의 책을 갖게 되자 신중하게 읽으면서 주요 대목 여러 군데를 발췌했다.[3]

　오르테가 이 가세트가 말했듯이 그토록 많은 것들이 우리 관심을 끌지 못하는 이유는, 그것들이 우리 마음속에서 붙잡을 만한 구석을 충분히 발견하지 못했기 때문이다. 그런 점에서 거의 무엇에든 흥미를 느끼는 소로의 무한한 능력은 매우 특이하면서도 매력 넘치는 면모 중 하나다. 그는 관심 영역을 꾸준히 확대해 나갔고, 늘 어린아이처럼 경이로움을 느꼈으며, 관찰력과 표현력, 연결 짓는 능력을 계속해서 키워나갔다. 바로 이런 점들이야말로 이해 1월에도 그의 정신이 쉬지 않고 비상하고 있었다는 것을 알려주는 가장 뚜렷한 증거다. 그는 오래 전부터 다윈의 《비글 호 항해기》를 좋아했고, 동식물의 지리적 분포에 관한 의문에 흥미를 느껴왔다. 그는 이제 진화론, 혹은 당시 사람들이 불렀던 대로 종에 대한 발달론적 사고에 긍정적이었고, 반면 특수 창조론이라는 아가시의 견해에는 회의적이었다. 그런 점에서 소로는 《종의 기원》 편집자가 묘사한 대로 "과학적 상상력이 만들어낸 가히 혁명적인 위대한 책들 가운데서도 가장 쉽게 읽을 수 있고 가장 접근하기 쉬운" 작품에서 무엇을 발견할지 완벽하

게 준비돼 있었던 셈이다.[4]

《종의 기원》은 전문서적이 아니었다. 소로가 되고자 했던 것처럼 다윈은 지질학과 동물학, 고생물학, 식물학, 조류학, 그리고 비둘기 연구에 각별한 관심을 갖고 있는 "생물과학에 박식한 사람"이었다. 과학을 보는 그의 시야는 전문가주의와 객관성, 정밀성만을 고집할 정도로 편협하지 않았다. 물론 그가 이런 것들에조차 전혀 부족하지 않았지만 말이다. 종종 인용되는 다윈의 말을 소개한다. "과학은 사실들을 묶는 데서, 그렇게 함으로써 일반 법칙과 결론이 거기서 도출될 수 있도록 하는 데서 이루어진다." 《종의 기원》은 틀림없이 소로에게 호소력 있게 다가왔을 것이다. "동물과 식물이 주변 환경과는 물론 그들 서로서로와 맺는 관계"에 대해, 또 "구즈베리의 상대적인 크기와 털"에 관한 문제 같은 것들에 대해 많은 것을 알려주는 책으로서 말이다.[5]

아가시는 종들이 그 본질상 영속적이며 변하지 않는다고 믿었던 반면 다윈은 종들이 다른 것으로 돌연변이를 일으키거나 변성變性한다고 주장했다. 아가시는 변종이란 없으며 오로지 고정된 종만 있을 뿐이라고 말했다. 다윈은 정반대의 입장을 고수했는데, 오로지 변종만 있으며 영구불변의 개별적인 종 같은 것은 존재할 수 없다고 했다. 다윈은 특히 괴테 시대 이래로 서구 상상력을 지배해온 이미지인 돌연변이나 변종이 더 이상 단순한 은유가 아니라 사실이라는 점을 보여주고자 했다.

다윈은 (자연선택론에서 그의 경쟁자이자 공동 발견자인 알프레드 월리스가 그랬던 것처럼) 토머스 맬서스로부터 단서를 찾았는데, 맬서스의 《인구론》은 살아 있는 것들의 엄청난 다산성에 대한 놀라운 관찰과 함께 시작한다. "이 땅에서 살아가는 존재의 배아胚芽들이 만일 자유롭게 스스로 커나갈 수 있다면 수천 년도 지나지 않아 수백만 개의 지구가 필요할 것이다." 맬서스는 그의 중심 주제가 "자신에게 준비된 먹이를 넘어서 증가하려고 하는 모든 생명체들의 지속적인 경향"이라고 제시했다. 맬서스를 읽고 나서 다윈은 자신이 어디서 출발해야 할지 알게 됐다. "동물과 식물의 기질에 관한 오랜 관찰을 통해 어디서나 진행되고 있는 생존경쟁을 감상할 준비가 충분히 돼 있는 상태에서 맬서스가 곧바로 나의 뇌리를 때렸다. 자신이 처한 환경에서 더 유리한 변이는 보존되는 경향이 있을 것이고, 유리하지 않은 변이는 도태될 것이다. 이 결과가 곧 새로운 종의 형성으로 이어질 것이었다."[6]

다윈은 이 과정을 "자연선택natural selection"이라고 불렀다. 진보한다는 의미를 지닌 "진화evolution"라는 단어는 책의 초기 판본에는 등장하지 않았다. 자연선택은 다윈이 "변이를 수반한 혈통"의 기반으로 제시한 과정 내지는 메커니즘으로, 다윈이 특수 창조론을 대체하는 개념으로 제시한 것이다. "각각의 종은 궁극적으로 생존할 수 있는 개체 수보다 훨씬 더 많이 태어난다. 그 결과 생존을 위한 투쟁이 불가피하게 벌어지고, 만일 어떤 존재가 자신에게 어떤 식으로든 아주 조금이라도 유리하게 변한다면, 복잡하고 때로는 다양한 생존 환경 아래서 생존할 가능성이 더 커질 것이고, 따라서 자연적으로 선택될 것이다." 아마도 그래서 그는 처음부터 아가시가 단호하게 부정해버린 논점인 "종들의 변이가 실제로 발생했다는 것"을 보여주어야 했다.[7]

《종의 기원》의 첫 장은 곡물과 개, 고양이, 가축, 비둘기 등을 표본으로 해서 그것을 기르는 인간의 인위적인 선택에 의해 얼마나 많은 변종이 발생하는가를 보여줌으로써 이 같은 주장을 조심스럽게 제시한다. 그는 길들여진 환경 아래서의 변이로부터 자연 상태에서의 변이로 넘어간다. 만일 현존하는 모든 비둘기의 변종들—불룩가슴비둘기, 공작비둘기, 큰 집비둘기, 바바리종 집비둘기, 용비둘기, 전서구傳書鳩, 공중제비비둘기—이 단 하나의 야생 비둘기 종에서 나온 후손이며, 그 차이는 전적으로 그것을 기르는 사람의 선택에 따른 것이라는 점이 규명될 수 있다면, 이제 이런 의문을 풀어야 한다. 그렇다면 왜 자연에서는 이와 유사한 작은 변종들이 발생하지 않은 것일까? 소로는 이 부분을 발췌해두었다. 자연선택에 관한 제3장과 제4장은 많은 식물들이 생산해내는 헤아릴 수 없을 정도로 많은 씨앗들과 그것들이 성장할 공간을 두고 벌이는 치열한 경쟁, 그 결과 막대한 양의 씨앗이 죽어가는 것에 대해 이야기한다. 소로는 몇 달 후 이와 비슷한 연구를 시작했는데 특히 도토리에 주목했다. 제11장과 제12장은 종의 지리적 분포에 관한 것이다. 특수 창조론에 반대하는 입장이었던 다윈에게 이 부분은 중요했다. 왜냐하면 종들이 더 광범위하게 퍼져나간 것을 발견할수록 그와 유사한 이웃의 종들이 공통의 혈통에 의해 연결돼 있을 가능성이 훨씬 더 클 것이기 때문이다. 소로는 이 내용을 자신의 노트에 넘칠 정도로 인용해두었다. 다윈은 우리가 지금 알고 있는 게 얼마나 적은지 반복해서 토로했다. "나는 식물학자들이 연못 진흙에 얼마나 많은 씨앗이 들어있는지 인식하고 있다고 믿지 않는다." 다른 구절을 보자. "이따금 볼 수 있는 수많은 기이한 운송수단들—지금까지 한 번도 제대로 실험해보지 못한 주제—에 대해 우리는 얼마나 무지몽매한가." 분류에 관한 제13장은 인위적인 (린네식의) 분류 시스템과 자연적인 시스템 간의 오랜 논쟁으로 되돌아온다. 다윈은 책에서 여러 차례 반복되는 이런 흥미로운 설명과 함께 자연적인 분류 시스템을 강력히 옹호한다. "나는 (공통된 부모로부터 나온) 혈통의 이 요소가 박물학자들이 자연적인 시스템이라는 용어 아래 구하고자 했던 숨은 연결고리라고 믿는다." 다윈은 결론 장에서 자신의 신념을 재차 밝히는데, 소로에게 앞으로 몇 달 뒤에 할 일이 무엇인지 알려주는 역할을 했을지도 모른다. 종들이 한 곳에서 다른 곳으로 옮겨가는 "매우 빈번하게 나타나는 이동수단들에 대해 우리는 아직도 너무 무지하다." 그래서 씨앗의 확산이 그가 관심을 기울여야 할 주제가 된 것이다.[8]

다윈은 결론을 내리며 자신의 핵심 주장을 한 번 더 이야기한다. "길들여진 환경에서는 그렇게 효과적으로 작동했던 원칙들이 왜 자연 환경 아래서는 작동하지 않았는지 명확한 이유는 없다. 끊임없이 벌어지는 생존 경쟁 중에 더 나은 개체나 혈족이 살아남는 데서 우리는 가장 강력하면서도 여전히 작동하는 선택 수단을 발견한다. 생존 경쟁은 모든 유기체에 공통된 기하급수적인 증가율로부터 불가피하게 나온다." 그는 반복한다. 종들은 단지 강하게 드러난 변종들일 뿐이라고 말이다. 다윈은 또 다른 예를 제시하며 오로지 개별화한 종들만 있다는 창조론에 맞서는데, 소로는 발췌록에 이 대목을 베껴두었다. "갈라파고스 제도와 후앙페르난데스, 그리고 다른 아메리카 섬들에 사는 거의 모든 동식물은 이웃한 아메리카 대륙 본토의 동식물과 놀라울 정도로 관련돼 있다. 케이프베르데 제도와 다른 아프리카 섬들에 사는 동식물도 마찬가지로 아프리카 대륙 본토의 동식물과 관련돼 있다." 소로가 이 주장을 얼마나 가까이 따라갔는지, 또 핵심 포인트를 얼마나 분명하게 파악했는지는 그가 이 구절에 덧붙인, 명쾌하게 결론짓는 한마디로 판단할 수 있다. "그러므로 거기서 창조되지 않았다." 소로는 다윈의 디테일한 설명을 일일이 따라갔고, 그

의 주장을 이해했으며, 추가적인 작업이 더 남아있는 대목은 따로 적어
두었다. 다윈의 진화론에서 얻은 이점은 다음 몇 달간 그에게 더욱 중요
해질 것이었다.[9]

99

초월주의를 넘어, 자연사 프로젝트

🌿

1859년 12월 말 소로는 박물학자가 되기 위해서는 무엇이 필요한지 생각 해봤다. 그해 마지막 날 소로는 이렇게 적었다. "어떤 주제에 대해 가장 권위 있게 말하는 사람은 선임자들이 말한 것에 무지하지 않다. 그는 순리에 따라 자신의 자리를 차지할 것이고, 실질적으로 자신의 지식을 앞선 세대의 지식에 보탤 것이다." 이건 누구나 존중해야 할 지향점이자 어떤 식으로 일을 해나가야 할지에 대한 분명한 인식이다. 다음날 저녁식사 자리에서 다윈에 관한 토론이 있었다. 사흘 뒤 소로는 과학자와 교수, 작가가 실제로 어떻게 일을 해나가는가에 대해 설명한, 요즘도 자주 인용되는 글을 썼다.

그것이 물리적이든 지적이든 도덕적이든 누구나 자신이 받고자 하는 것만 받는다……이미 반쯤 알고 있는 것만 듣고 이해하는 것이다. 그러므로 다들 평생에 걸쳐 듣고 읽고 관찰하고 여행하는 모든 것에서 '자신을 추적'한다. 그의 관찰은 순환한다. 지금까지 관찰한 것들과 어떤 식으로든 연결될 수 없는 현상이나 사실은 관찰하지 않는다.

이 같은 언급은 그도 이미 개략적으로 관찰했던 메기의 산란 과정에 관한 아리스토텔레스의 글을 읽은 것과 연관돼 있다. 그러나 여기서 강하게 드러나는 아리스토텔레스식의 관점은 소로 자신의 관찰 패턴뿐만 아니라 아가시와 다윈의 관찰 패턴에도 똑같이 적용할 수 있다. 그것은 선입관이나 좁은 시야에 대한 변명이 아니라 늘 준비된 눈과 마음의 중요성을 인정하는 것이다. 이제 막 떠오르고 있는 진화론자의 세계에서는 우연이 지배할 수 있지만 파스퇴르가 말했듯이 "우연은 준비된 마음을 선호한다"는 점을 소로는 잘 알고 있었다.[1]

1860년 초의 몇 달 동안 소로는 뭔가 중요한 일을 준비했고 거기에 매달려 있었다. "열정적으로 쓰고 냉정하게 고치라." 그는 마을 청년들과 작가 지망생들에게 이렇게 조언했다. 2월 12일자 일기를 보면 그가 이 계절에 무엇을 읽었고 무엇을 관찰했는지 알 수 있다. "이른 봄 새까만 혈관(강물)이 눈 쌓인 마을을 관통해 다시 세차게 흘러가는 것을 바라보면 내 가슴도 두근거린다. 온통 떠들썩한 흥분과 생명이다……이것들은 대지의 손목이고 관자놀이다. 두 눈은 그것들의 맥박이 뛰는 것을 느낀다. 죽은 대지가 아니라 살아있는 강물이다." 이 문장은 마치 잠자는 것처럼 흐름도 없는 무스케타퀴드 강, 혹은 그래스-그라운드 강을 묘사했던 초창기 시절의 구절들과 얼마나 다른가. 그는 아엘리아누스와 톱셀, 브란트(소로 스스로 테오프라스투스에 대해 무지했다고 언급한 인물이다), 벨론을 읽었다. 그리고 콩코드와 베드퍼드에서 "야생사과"를 강연했다. 그는 일기에서 자신이 선택한 시각을 예리하게 다듬고 정제했다. 지난 수 년간 과학적으로 붙여진 학명을 배움으로써 많은 것을 얻었지만 이제 그것의 유용성이 지닌 한계도 실감할 수 있었다. "그것이 무엇이든 우리의 무지로 인해 붙여진 과학적 용어를 기억하는 한 절대로 그것을 있는 그대로 볼 수 없다. 자연 현상과 자연 속 대상은 그런 점에서 영원히 야생적이며 이름을 붙일 수 없는 것이다." 이름을 붙일 수 없다고 해서 묘사할 수 없다는 의미는 아닐 것이다. 생명력 넘치는 생생한 묘사는 앞선 작가들의 위대한 능력이자 가르침이었다. "우리는 옛 박물학자들의 작품이 보여주는 살아 숨쉬며 생기 발랄한 표현을 따라잡을 수 없다. 그들은 자신들이 묘사한 창조물과 더불어 기쁨과 슬픔을 함께 나눴다." 가령 게스너는 유프라테스 강 근처에 사는 영양을 가리켜 그들은 "차가운 물을 마시는 것만으로도 무척 기뻐한다"고 했다. 소로는 이렇게 화답한다. 대부분의 현대 과학자들이 묘사하는 동물은 "어떤 것에도 '기뻐하지' 않는다." 옛 박물학자들은 묘사에 아주 뛰어났다. 반면 요즘 과학자들은 계측에 뛰어나다. 소로는 이 두 가지를 다 갖추기 위해 진지한 노력을 기울일 터였다.[2]

소로는 매년 3월만 되면 에너지가 솟구쳐 올랐다. 이것을 활용하기 위해 일기와 발췌록을 대대적으로 다시 정리하기 시작했다. 1862년 1월까지 22개월간이나 계속된 이 작업은 지난 10년간 체계적으로 축적해온 자연사 자료와 관찰 결과들을 재정리하는 것이었다. 그의 작업 과정은 특정 연도의 특정한 달, 예를 들어 어느 해의 4월에 쓴 일기를 전부 들춰가면서 날짜 순으로 특정한 카테고리, 가령 '잎이 돋아나는 것'을 관찰한 리스트를 만드는 것이었다. 그러고는 다음해 4월로 넘어가서 그 달의 잎이 돋아난 관련 데이터를 전부 적었다. 대부분 1852년부터 시작하는 9~10개의 이런 리스트를 하나의 큰 차트로 묶음으로써 그는 4월에 잎이 돋아난 각각의 아이템을 10년간에 걸쳐 추적할 수 있었다. 그는 똑같은 과정을 개화에 그대로 반복했고, 새의 모습과 과일들, 네 발 달린 짐승, 물고기에도 다시 적용했다. 그렇게 해서 이런 리스트와 차트들을 무려 750페이지 이상 모으게 됐는데, 어떤 것들은 완성하는 데 여러 날이 걸리기도 했다. 그야말로 방대한 작업이었고 혼신의 노력을 기울여야 했다. 그 목적은 지난 10년간의 관찰 결과들을 증류시켜 단순히 인상에 따른 것이 아닌 통계적 평균치에 따라 하나의 전형을 보여주는 1년으로 집약함으로써 다윈의 정확성과 플리니우스의 탁월한 묘사력, 그리고 러스킨의 시각적 설명을 한데 결합하려는 것이었다.[3]

7월과 8월, 9월의 대형 차트는 빠져 있지만, 이 세 달은 또 다른 거대한 초고 뭉치로 아직 남아있는 "과일에 관한 주석Notes on Fruits" 혹은 "야생과일Wild Fruits"이라고 부른 600페이지가 넘는 원고에 담겨 있다. 이것이 어쩌면 방대한 내용을 이야기 형식으로 모으는, 대형 차트를 넘어서는 다음 단계를 의미하는 것일 수도 있다. "과일에 관한 주석"은 일기뿐만 아니라 그 동안 읽고 적어둔 모든 것이 어떤 식으로 새로운 프로젝트에 활용되었는지 보여준다. 그는 인디언에 관한 책들과 뉴잉글랜드 및 초기 캐나다와 관련해 읽은 책들, 지금까지 연구해왔던 고전 문헌에서 많은 것을 인용한다. 그리고 어느 대목이든 상세한 관찰과 정확한 지식에다 경이로움과 기쁨이 느껴지는 산문 스타일이 스며들게 하고자 노력했다. 그러면 그가 여름의 첫 과일에 대해 어떻게 썼는지 보자. "야생나무딸기는 6월 25일부터 익기 시작해 8월까지 익는다. 가장 농익었을 시점은 7월 15일 (혹은 20일) 무렵이다. 비교적 크고 무성한 덤불에 달린 이 밝게 빛나는 빨간 딸기가 눈에 띄면, 아마도 그것들이 만든 작은 숲을 무심코 지나가다 우리 발이 감기고, 그러면 비에 흠뻑 젖은 열매를 딸 텐데, 우리는 깜짝 놀라며 한 해가 이만큼이나 흘러갔구나, 하고 되돌아볼 것이다." 훔볼트의 《코스모스》에 비견되는 일종의 작은 코스모스로, 혹은 아가시가 "미국 자연사에의 공헌"을 내세워 공세를 취한 것에 나름 대응한 것으로 볼 수 있는 이 프로젝트는 수천 페이지에 달하는 방대한 자료를 엄선할 필요가 있었다. 에머슨과 블레이크는 이 작업의 실제 범위가 어느 정도인지 잘 감지하고 있었다. 에머슨은 "그가 진행할 작업의 규모는 그의 수명이 대단히 길어야 할 만큼 방대하다"고 적었고, 블레이크는 소로의 목적이 무엇이었는지 한 치의 의심도 갖지 않은 채 일기에서 추려낸 《메사추세츠의 이른 봄과 여름, 가을, 겨울Early Spring in Massachusetts, Summer, Autumn, and Winter》이라는 네 권짜리 책을 편집했다. 블레이크가 펴낸 책에는 소로가 일기에 쓴 구절들만 들어있다. 그는 소로가 통합하고 일반화했던 과정까지 완성시키려고는 하지 않았다. 그러나 네 권의 책은 소로가 무엇을 의도했는지 그 숨은 의미를 전하는 데 최선을 다했다.[4]

소로의 결의는 그 어느 때보다 강했다. 1860년 5월 그가 블레이크에게 쓴 글을 보자. "누구라도 자기 안에 있는 위대함을 믿고 기대한다면 그를 어디로 데려가든, 그에게 무엇을 보여주든 아무 문제도 없을 것입니다." 소로는 권력에 대한 의지가 거의, 아니 전혀 없었지만 표현력에 대해서는 아주 강력한 의지를 갖고 있었다. 그는 1월에 언급했던 것보다 한 걸음 더 나아가 이렇게 썼다. "깨어나든 잠을 자든, 달리든 걷든, 망원경을 사용하든 현미경을 사용하든, 혹은 맨눈으로 보든, 사람은 자기 자신 외에는 어떤 것도 발견하지 못하며, 어떤 것도 따라잡지 못하며, 어떤 것도 남기지 못한다. 그가 무엇을 하든 무엇을 말하든, 그는 단지 자기 자신을 알릴 뿐이다."5

이해의 일기에는 새로이 두드러지는 게 등장한다. 자연에서 벌어지는 폭력과 잔인함을 더 강렬하게 의식하게 된 것이다. 왜가리의 긴 부리는 거북이가 껍질 안으로 몸을 감춘 뒤에도 집요하게 그 속을 파고드는데, 소로는 보기 드물게 이 점을 강조한다. "이런 게 자연이다. 한 창조물을 다른 창조물의 내장이 가장 좋아하는 맛있는 음식으로 만들어버리는 것이다." 이해 봄과 여름, 그는 고스와 코르누티, 크란츠의 《그린란드Greenland》를 읽었고, 이 무렵 그가 제일 좋아하는 책이 된 제라드의 《허브》도 읽었다. 어거스틴이 바로에게 했던 말은 소로에게도 딱 들어맞는다. "그는 워낙 책을 많이 읽는지라 대체 글 쓰는 시간이 어디서 나오는지 놀랍고, 워낙 많은 글을 쓰는 터라 어떻게 책 읽을 시간을 내는지 이해하기 어렵다."6

1860년 9월은 소로에게 새삼 기운이 솟는 상쾌한 달이었다. 그는 희귀 동물인 캐나다살쾡이가 콩코드에 사는 것을 발견해 편지로 보스턴자연사협회에 알렸다. 또 미들섹스농업협회에서 "삼림천이Succession of Forest Trees"를 주제로 강연했고, 9월의 매력을 한껏 즐겼다. 9월 18일에 쓴 내용을 보자. "아름다운 날이다. 따스하지만 너무 덥지는 않다. 수확하는 날이고 (나는 철둑 길을 걷는다) 의문의 여지가 없는 눈에 확 띄는 첫 가을날이다. 이즈음 버드나무와 세팔란투스는 물이 불어나 환히 빛나는 계곡을 따라 줄지어 그늘을 만든다……봄처럼 가을의 밝은 빛도 추수한 초록 들판으로부터 비추어온다. 하늘과 대지가 모두 환하다."7

1년 내내 아가시와 다윈 간의 논쟁이 뜨겁게 달아올랐다. 2월부터 4월까지 이어진 보스턴자연사협회에서의 연속 토론에서 아가시는 자기 입장을 방어하느라 진땀을 흘렸다. 3월에 〈아메리칸 저널 오브 사이언스〉는 아사 그레이가 다윈에 관해 쓴 글을 발표했다. 7월에는 오랫동안 뜸을 들여온 《종의 기원》에 대한 아가시의 리뷰 기사가 같은 잡지에 실렸다. 소로의 〈삼림천이〉는 곧바로 인쇄됐고, 이해 가을 다시 찍었다. 소로는 인쇄물 한 부를 보스턴자연사협회에 보내주었다. 10월 17일에는 보스턴자연사협회에서 캐나다살쾡이에 관해 쓴 그의 글로 독회를 가졌다. 다음날 소로는 일기에 특수 창조론과 진화론 간의 논쟁에 대해 꽤 상세하게 썼다. "우리는 이미 세워진, 그러나 또한 맨 처음처럼 그대로 세워져 있는 그런 세상에서 우리 자신을 발견한다. 우리는 어떤 식물은 습지에서 자란다고 하고, 어떤 식물은 사막에서 자란다고 말한다. 진실은 그것들의 씨앗은 거의 어디로든 흩어지지만 오직 그곳에서만 성공한다는 것이다……다윈의 진화론은 자연의 위대한 생명력을 보여준다. 그것은 보다 유연하고 융통성 있으며 쉼 없이 이뤄지는 '새로운' 창조와 같기 때문이다." 소로는 명확하게, 또 논리적으로 아가시의 반대 입장이었는데, 이즈음 일기에서는 자신의 입장을 반복해서 확인하고 있다.[8]

식물의 확산은 다윈의 작품 가운데서도 소로가 집중해서 연구한 분야였고, 비록 생전에 완성하지는 못했지만 "씨앗의 확산"에 관한 400페이지에 달하는 초고는 이 주제에 대한 그의 공헌이자, 미완성임에도 불구하고 개요만큼은 충분히 명쾌하다. 이 원고는 소로가 다윈을 읽은 뒤에, 그리고 "삼림천이"에 대해 강연한 뒤에 지금 남아있는 형태를 갖춘 것으로 보인다. 이 에세이 혹은 책, 또는 소로가 불렀던 명칭인 "챕터chapter"는 다윈이 주목하라고 했던 씨앗의 확산에 대한 사람들의 무지를 어느 정도나마 보완하고자 하는 의도도 있었지만 그보다 더 중요한 것은 씨앗이 흩어지는 현상이 얼마나 광범위한지 보여줌으로써 아가시의 특수 창조론을 반박하고자 했다는 점이다. 한 장소에서 다른 장소로 이동해온 씨앗을 통해 일군의 식물이 다른 식물들 사이에서 자라나는 것을 많이 보여주면 보여줄수록 특수 창조론이 설 자리는 좁아질 것이었다.

소로가 만년에 추진했던 자연 캘린더 프로젝트들—실은 "씨앗의 확산"조차 독립된 작업이 아니라 하나의 "챕터"로 불렀다는 점에서 단일 프로젝트라고도 할 수 있다—은 평생에 걸쳐 전력을 기울여왔던 관심사에 마침표를 찍는 것이자 신기원을 이루는 것이기도 했다. 《월든》의 '경제' 장 마지막 문단에서는 사디의 《굴리스탄Gulistan》에서 사이프러스를 소재로 한 짧은 우화를 인용하고 있다. 사디에 따르면 열매를 맺지 않은 채 나무만 홀로 있는 사이프러스를 '아자드azad' 혹은 자유라고 부른다고 한다. 씨앗이 없다는 것은 성장과 사멸이라는, 생물로서의 무한반복으로부터 자유로운 것이고, 생산과 소비, 소득과 지출이라는 경제로부터도 자유로워지는 것이다. 따라서 이상적인 것은 이 세상과의 생산적인 연계에서 자유로워지는 것이다. 그런데 "씨앗의 확산"에서 보여주듯이 씨앗을 맺지 않는 나무는 없으며 단지 열매를 맺지 않는 것일 뿐이다. 이제 플리니우스가 사디를 대신하고, 스토아 학파가 금욕주의를 대신한다. 소로도 대를 잇는 생식과 창조적 노력에서 발견할 수 있는 씨앗의 확산이라는 심오한 새 주제로 관심의 초점을 옮긴다. 《월든》의 중심에는 자유로워지겠다는 갈망이 있다. 말년의 그가 중심에 둔 것은 서로서로를 연결 지으려는 바람이었다.

'신성한 명령의 원칙'에 기초한 기독교적 초월주의 사상에서 출발해 '이 세상에 충만한 정신의 탁월함'에 기초한 신그리스 사상에 이르게 된 소로는 서서히 하나의 견해를 받아들이게 됐다. 이 견해는 다윈이 다시 한 번 검증해준 것으로, 우주만물의 명령하는 힘은 반드시 발달론의 원칙에서 찾아야 하며, 그것은 나무이파리나 눈송이에 들어있는 자연 세계에서, 그리고 매년 봄에 가장 쉽게 관찰할 수 있다는 것이다. 이런 새로운 견해는 곧 자연의 법칙이란 성장과 성숙, 재생산, 쇠퇴, 죽음, 이어서 다시 성장하는 것을 관장하는 법칙이라는 것이다. 《월든》은 자연을 관찰하는 개인의 정신이 갖고 있는 중심성과 통합성에 대한 증언이었다. 새로이 추진하고 있는 위대한 프로젝트는 그가 관찰한 세상의 통일성을 검증해줄 것이었다. 그것은 《월든》이라는 텍스트를 더 방대하면서도 디테일한 영역에서 새로이 엮어 《월든》이 환히 비추어주었던 빛의 중심을 만들어낼 것이었다.

100

지금은 이 세상만

🌿

1860년 11월 소로는 숲이 커가는 과정을 연구하는 데 매달렸다. 얼마 전 읽은 할랜드 코울터스의 《나무가 가르쳐주는 것What Can be Learned from a Tree》을 통해 나이테가 나무의 역사에 관해 얼마나 많은 것을 보여주는지 알게 됐고, 특히 콩코드에 있는 리기다소나무 군집지에서 많은 시간을 보냈다. 리기다소나무의 성장 과정을 정밀하게 추적한 차트 두 개는 나중에 토리와 발렌이 편집한 《일기》 마지막 권에 인쇄되기도 했는데, 소로가 죽기 전 두 해 동안 작성했던 수십 장의 차트 초고와 자연에 대한 그의 생각을 읽을 수 있는 유일한 차트다. 그가 품었던 주제는 일면 다윈만큼이나 맬서스를 연상시키는데, 식물들이 어떻게 성장하고 증식하고 확산해나가는지에 관한 것이다. 《월든》 시절로 거슬러 올라가 보면 소로는 죽음과 생식력 간의 연계를 느꼈음을 알 수 있다. 죽은 말이 썩어가며 풍기는 심한 악취로 인해 어쩔 수 없이 멀리 돌아가야 했지만 그는 이렇게 말하는 것이다. "그러나 그것은 대자연의 왕성한 식욕과 범할 수 없는 건강함에 대한 확신을 심어주었고, 그런 확신은 내가 받은 보상이었다." 11월 말에 소로는 15년 전만 해도 나무 한 그루, 아니 씨앗 하나 찾아볼 수 없던 곳이 제법 촘촘한 어린 숲으로 변해 있는 것을 바라보며 다시 한번 깨닫는다. 이번에는 자신의 죽음과 육신에 관한 것이다. "대자연의 이 억제할 수 없는 생명력을 마음속 깊이 확신한다는 것을 솔직히 밝힌다. 나의 육신이 딱딱하게 굳은 죽어버린 땅 밑에 그냥 묻혀있는 것보다 늘 깨어서 살아있는 흙 속에 파묻혔으면 한다." 나흘 뒤인 11월 29일 올콧이 존 브라운 서거 1주기를 기념하는 모임과 관련해 소로와 상의하기 위해 들렀다. 올콧은 이때 아주 심한 감기―그는 "인플루엔자"라고 불렀다―에 걸려 있었는데 소로에게도 감염시켰을 가능성이 크다. 게다가 소로는 12월 3일 밖에 나가 나이테를 세다가 그 역시 인플루엔자라고 부른 심한 감기에 걸려 앓아 누웠다. 그는 코네티컷 주 워터베리에서 하기로 한 강연 약속을 지키겠다고 고집을 부렸지만 그건 무모한 짓이었다. 감기는 더욱 심해져 기관지염으로 도졌고, 결국 겨우내 집안에만 있어야 했다. 일기 분량은 달이 갈수록 급격히 줄어들어 10월에는 104페이지에 달했던 것이 11월에는 81페이지, 12월에는 17페이지, 1월에는 11페이지가 됐다. 그는 그러나 하던 작업은 멈추지 않았다. 바깥에서 새로이 관찰하는 일은 더 이상 이어갈 수 없었지만 지난 9년간의 일기와 메모들을 완전히 다시 정리하는 작업은 계속 해나갔다. 2월에 올콧이 들러 그가 열심히 일하는 모습을 보았는데 "마치 새 책을 쓰기로 작정한 듯 자신이 쓴 글들을 주제별로 분류하고 재구성하고 있다"고 했다.[1]

3월이 되자 그의 일기는 다시 "자연의 천이"에 대한 물음으로 돌아온다. 4월에는 마침내 남북전쟁이 발발했다. 포트섬터의 포격이 4월 12일 시작된 것이다. 소로는 이와 상관없이 계속해서 일했고 책도 읽었다. 식물의 확산과 씨앗의 흩어짐에 대한 관심 때문에 지리학 서적을 더 읽게 됐다. 그는 오귀스탱 캉돌이 쓴 《지리식물학Géographie Botanique》을 읽고 메모도 남겼는데, 다윈도 자주 인용한 책이다. 소로는 또 고대 스토아 학파 지리학자인 스트라보를 읽었고, 블로짓이 쓴 《미국 기후학Climatology of the United States》도 읽었다. 4월 19일에는 콩코드 전투(1775년 4월 19일 일어난 렉싱턴-콩코드 전투, 미국 독립전쟁의 포문을 열었다-옮긴이)를 기념하는 의미로 45명의 지원병이 남북전쟁이 벌어지고 있는 전장을 향해 떠났다. 기차역에서는 감동적인 환송 행사가 열렸다. 전쟁 뉴스가 콩코드 시민들의 삶을 지배했다. 소로의 건강은 더욱 악화돼 의사들이 기후가 좋은 곳으로 요양을 떠날 것을 강력히 권했다. 기관지염으로 인해 그의 기력은 매우 약해졌지만 진짜 문제는 결핵이었다. 유럽은 비용이 너무 많이 들고, 카리브해 지역은 너무 더워 일단 제외했다. 그는 미네소타로 결정했다. 좀 엉뚱한 결정이었지만 미네소타의 날씨가 건조하다는 점에서 그럴만했다는 평가도 있다. 게다가 소로는 (1859년 토론토에서 처음 출간된) 해리 율 힌즈의 《아시니보인 강과 서스캐처원 탐험기Report on the Assiniboine and Saskatchewan Exploring Expedition》를 통해 1850년대 말 미네소타에 접해 있는 캐나다 서부지역을 탐험한 여행기를 막 읽은 참이었다. 그는 진짜 미개척지, 그러니까 당시까지도 여전히 지도에 나와 있지 않고 탐험자들이 찾아나서는 지역을 한번 가보고자 했다.[2]

채닝과 블레이크가 함께 갈 수 없다 보니 소로는 기차와 증기선으로 두 달이나 걸리는 이 긴 여정을 열일곱 살밖에 안 된 호레이스 만 주니어와 함께해야 했다. 만은 2년 전 오하이오 주 옐로우스프링스에서 세상을 떠난 저명한 교육학자의 아들이었다. 여행은 여러 면에서 끔찍할 정도였다.

일정은 너무 힘들었고, 소로는 이 여행에서 어떤 실익도 얻지 못했다. 그는 시카고와 세인트폴, 레드윙, 미시시피 강, 밀워키, 매키낙 아일랜드를 들렀고, 인디언 춤과 의식도 보았지만 서부 개척지와 인디언들에 대해 약간 실망했다고 적었다. 여행 중에 적은 글을 보면 어떤 주제도 그의 마음을 사로잡지 못했고, 심지어 남북전쟁도 주된 관심사가 아니었다. 다만 식물학 연구만은 예외였던 게 확실하다. 그의 글은 사연사에 완전히 집중하고 있는데, 바로 여기서 그가 쏟은 에너지와 여행의 흔적을 찾을 수 있다. 그는 동식물학자들을 만났고 박물관을 둘러봤고 책과 리포트를 읽었다. 만과 함께 여러 권의 노트와 표본도 만들었다. 아주 특별한 열의를 갖고 야생사과나무를 찾아 다니기도 했다.[3]

시카고에 살던 에머슨의 친구이자 목사인 로버트 콜리어가 여행을 하던 소로를 만났는데 "이따금씩 적절한 단어를 떠올리느라 잠시 머뭇거리기도 했고, 가슴 속 통증을 참아내고 가라앉히느라 애처롭게 숨을 고르기도 했다"고 전했다. 소로는 떠날 때보다 건강이 더 악화돼 돌아왔다. 호레이스 만은 식물학 서적을 세 권이나 쓴 아사 그레이 밑에서 식물학을 공부하기 위해 하버드대학에 입학했고, 하버드 식물표본실의 큐레이터가 돼 본격적인 경력을 쌓아갈 것으로 보였으나 안타깝게도 결핵에 걸려 24세 나이로 세상을 떠나버리고 말았다. 어쩌면 소로에게서 전염된 것일 수도 있겠으나 당시 결핵으로 숨지는 건 드문 일이 아니었다. 콩코드에서 폐결핵은 1859년에 사망원인 1위로 9명이 숨졌고, 1861년에도 9명, 1863년에는 5명이 사망했다.[4]

소로는 1861년 7월 초 콩코드로 돌아왔는데, 얼마 지나지 않은 8월 말에 리켓슨과 함께 뉴베드퍼드로 생애 마지막 여행을 다녀왔다. 그곳에서 던시라는 사진사가 그의 사진을 찍어주었다. 이 사진 속 인물은 44세라는 나이보다 훨씬 늙어 보인다. 게다가 5년 전 맥스햄 은판 사진으로 찍은 것보다 상당히 지친 모습이다. 11월에 소로는 일기에 제대로 된 기록으로는 마지막이 될 글을 남겼는데, 새끼고양이의 까부는 짓을 보며 즐거워했던 일과 폭풍우가 지나간 뒤 그 흔적 하나하나에 얼마나 많은 얘깃거리가 남아있는지 적었다. 마가렛 풀러가 세상을 떠났을 때 소로는 슬픔에 젖어 결론짓기를, 우리의 생각이 무엇보다 중요하며 다른 모든 것은 불어오는 바람과 같다고 했다. 그는 이제 더 잘 알게 됐다. 바람이 그러하듯 우리네 인생도 다 "스스로 인상을 남긴다"는 것을 말이다.

11월에 그를 찾은 한 방문객은 이렇게 적었다. "저녁 무렵 그의 두 뺨에 홍조가 나타났고, 두 눈에는 뭔가 밝고 아름다운 기운이 어렸는데, 가만히 지켜보자니 가슴 아팠다. 우리와 대화를 나눌 때는 총기가 넘쳐났다. 우리는 넋을 잃은 채 한껏 주의를 기울여 그가 하는 말을 들었다. 덕분에 그의 가느다란 목소리가 더 이상 발음할 수 없을 때까지 이야기를 들을 수 있었다." 그는 그러나 마지막 프로젝트는 끝까지 손에서 놓지 않았다. 11월에 일어난 자연현상들을 표로 만들고 교정까지 본 차트는 1861년도까지 포함돼 있는데, 이걸 보면 이때까지도 자연사와 관련된 사실들을 수집하고 분류하고 있었음을 알 수 있다. 비록 현재 출간돼 있는 그의 《일기》에는 이것들이 수록돼 있지 않지만 말이다. 12월과 1월은 늘 그랬듯이 무사히 넘어가기가 무척 힘든 달이었다. 소로의 동물 이야기에 단골로 등장해 얘깃거리를 제공했던 나이든 농부 조지 미노도 이 겨울을 이겨내지 못하고 12월에 세상을 떠났다. 소로는 이제 다른 병보다 늑막염으로 고생하고 있었다. 1월은 바람이 심했고 매서울 정도로 추운 달이었다. 블레이크와 테오 브라운이 소로를 찾았을 때 그는 "기운이 하나도 없어 보였지만" 두 사람은 아무리 어렵고 궁색한 일일지라도 그가 현재 처해 있는 삶의 좋은 점을 끌어내기로 했다. 블레이크가 그에게 묻기를, 앞날이 어떨 것 같으냐고 하자 소로가 대답했다. "늘 그래왔듯이 별 관심이 없습니다." 브라운은 이렇게 적었다. "자신의 죽음을 앞두고서도 꽤 오랫동안 그의 정신은 고양된 상태를 유지했다." 지금 헌팅턴 도서관에 있는 초고 스크랩을 보면 1862년 1월까지도 그는 마지막 프로젝트를 위한 "종합적인 현상"을 수집하고 목록을 작성했다. 그는 이를 악물고서 자신이 할 수 있는 한 이 방대한 프로젝트를 절대 포기하려고 하지 않았다.[5]

2월에는 제임스 T. 필즈가 소로에게 〈애틀랜틱 먼슬리〉에 실을 글을 달라고 부탁해왔다. 그러자 소로는 비로소 마지막 프로젝트에서 물러나 앞서 했던 강연 원고들을 현재 출간된 상태로 깨끗이 다듬었다. 사실 이건 가족들의 수입을 위한 것이기도 했다. 2월 20일에 그는 〈가을의 빛깔〉을 보냈고, 28일에는 〈원칙 없는 삶〉을 보냈다. 3월 11일에는 〈산책〉을, 4월 2일에는 〈야생사과〉를 보냈다. 필즈는 《월든》 개정판도 제안했는데, 그는 《일주일》 역시 다시 출판할 의도로 소로의 서재에 남아있는 재고도서를 전부 사갔다. 소로는 종국에는 유명 작가였다. 그의 투병 소식이 신문에 보도됐고, 44세의 나이로 세상을 떠났다는 사실은 널리 알려질 터였다.

이제 모두들 그의 삶이 끝나가고 있음을 받아들였다. 1862년 3월 21일자 편지에서 그는 새로이 편지를 보내온 그의 숭배자에게 "만약 다시 살 수만 있다면 자연사 전반에 대해 훨씬 더 많은 기록을 남길 것"이라고 쓰고는 "내 생각에 몇 달 더 살지 못할 것 같다"고 덧붙였다. 소로는 오래 전 형 존이 죽었을 때는 감정적으로 평정을 유지할 수 없었지만, 지금 자신의 죽음은 담담하게 받아들이고 있었다. 가을날 낙엽은 "우리에게 어떻게 죽어야 하는지 가르쳐준다"고 그는 썼다. 바깥에서는 남북전쟁이 날로 격화되고 있었다. 그랜트 장군이 서부 전선에서 혜성처럼 등장했다. 4월 6일과 7일 샤일로 교회에서 가까운 피츠버그에서 치열한 전투가 벌어져 많은 사상자가 발생했다. 5월 1일에는 뉴올리언즈가 북군의 수중에 들어왔다.[6]

소로는 마지막 날들을 집에서 가족과 친구들에게 둘러싸여 평온하게 보냈다. 그가 누운 침대는 아래층으로 내려왔다. 그는 더 이상 글을 써내려 갈 수 없어 여동생 소피아에게 구술했다. 4월 초에는 목소리가 귓속말하듯 겨우 들릴락말락 한 수준이 돼 몇 주나 이어졌다. 그러나 그의 마음과 정신, 위트는 변함이 없었다. 그는 에머슨의 아들 에드워드가 대학으로 돌아가기 전에 록키 산맥으로 여행을 떠날 계획이라고 하자, 화살촉을 가져가서 인디언들에게 그걸 만드는 방법을 배워오라고 조언해주었다. 한때 소로를 유치장에 가둔 일이 있었던 샘 스테이플스는 "이렇게 즐겁게, 이처럼 평온하게 죽어가는" 사람을 한 번도 본 적이 없다고 했다. 엘런 수얼의 이름이 나오자 소로는 소피아에게 "지금껏 그녀를 사랑해왔다"고 말했다. 루이자 숙모가 하나님과의 화해를 요구하자 이렇게 대답했다. "숙모님, 우리는 다툰 적이 없었어요." 그는 예전에 썼던 자신의 글로 돌아가 최후의 말을 남겼다. 그가 눈을 감은 5월 6일 아침 일찍 소피아가 《일주일》의 '목요일' 장에 나오는 한 대목을 읽어주자 소로는 입맛을 다시며 '금요일' 장의 집으로 돌아오는 부분을 기대하듯 이렇게 중얼거렸다. "이제 멋진 항해가 시작되겠군." 그의 마지막 문장에서는 단 두 단어만 겨우 알아들을 수 있었다. "무스"와 "인디언"이었다.[7]

눈을 감기 며칠 전 파커 필스베리가 그에게 조용히 던진 물음에 대답한 것보다 소로에게서 더 이상 만족스러운 사세구辭世句를 상상할 수는 없을 것이다. 필스베리는 나이 들었지만 아주 강경한 노예제 폐지론자였다. 전직 목사로 노예제 문제로 인해 교회를 떠난 원칙주의자이자 용기 있는 인물이었고 집안의 오랜 벗이었는데, 블레이크나 루이자 숙모처럼 저도 모르게 앞날을 엿보고 싶은 충동을 느꼈다. "사네는 이제 어두운 강의 강둑에 거의 다 온 것 같군. 저 건너편 강가가 자네에게 어떻게 보이는지 사뭇 궁금하네." 소로의 대답은 자신의 인생을 한 줄로 요약한 것이었다. "지금은 이 세상만."[8]

헨리 소로는 1862년 5월 6일 아침 9시 영면했다. 바깥에는, 이제 더 이상 바라볼 수 없겠지만 사과나무에서 이파리가 돋아나 초록빛을 띠기 시작했다. 해마다 이날이면 늘 그래왔던 것처럼.[9]

역자후기

이 책은 헨리 데이비드 소로 평전이다. 번역을 끝마치고 소로의 삶을 돌아보니, 참 강렬하게 살았구나 하는 생각이 든다. "강렬한 삶," 실은 번역서에 붙일 제목으로 제일 먼저 떠올린 것도 이 말이었다. 그만큼 소로는 하루하루를 누구보다 열심히 치열하게 살아가고자 했는데, 이 책에 실려 있는 100편의 인생 주요 장면에서 그런 모습을 만날 수 있다.

저자가 특히 주목하는 것은 원서의 제목 "정신의 삶A Life of the Mind"에서도 읽을 수 있듯이 소로의 지적인 일대기다. 많은 이들이 《월든》의 작가로만 알고 있지만 소로가 남긴 글은 그 분량만으로도 가히 어마어마하다. 일기만 39권의 노트에 4000페이지가 넘으니 말이다. 여기에는 소로가 평생 쌓아온 폭넓은 지식과 내밀한 철학이 빼곡히 담겨 있다. 알다시피 소로는 하루 네 시간 이상을 숲으로, 들판으로, 강으로 산책을 나갔다. 그런데 실은 이보다 더 많은 시간을 들여 매일같이 일기를 썼고, 동서양 고전을 탐독했으며, 시와 에세이, 강연원고를 써나갔고, 저술 작업과는 별도로 아메리칸 인디언을 연구하고 '콩코드 자연사' 프로젝트를 진행했다.

이 책에서 하나씩 풀어나가는 것은 그 결과물보다는 이런 엄청난 작업을 해나간 과정이다. 저자는 시인으로, 박물학자로, 저술가로 조금씩 성장해나가는 소로의 모습을 추적해가면서 정신적인 성숙 과정은 물론 그가 겪었던 기쁨과 슬픔, 인내와 좌절을 세밀하게 그려내고 있다. 에머슨의 그늘에서 벗어나지 못했던 초기 에세이와 시를 쓰던 데서 점차 발전해 비로소 〈거울 산책〉에서 완벽한 자기 스타일을 갖추기 시작한 것이나, 월든 호숫가 오두막에서 쓴 《콩코드 강과 메리맥 강에서 보낸 일주일》을 어렵게 출간하고, 국가 권력에 맞선 개인의 저항을 당당하게 외친 〈시민 불복종〉을 써 내려간 것이나, 초고를 쓰기 시작해 일곱 번이나 원고를 완전히 뜯어고친 끝에 마침내 《월든》을 내놓은 것이나, 저자가 한 장면씩 보여주는 소로의 삶은 그야말로 강렬한 것이었다.

소로가 본 자연도 강렬한 것이었다. 많은 사람들이 그런 것처럼 소로 역시 처음에는 자연을 아름답고 풍요로우며 인간에게 친절하고 자비로운 '녹색 세계'로 받아들였다. 그러나 캐타딘 산 등반을 계기로 자연이 얼마나 광대하고 황량하며 인간에게 무심한지 가슴 깊이 절감할 수 있었다. 자연은 아름답지만 두렵고, 넉넉하지만 무자비하고, 너그럽지만 영원히 길들여지지 않는 '야생의 세계'라는 점을 소로는 깨달았다. 인간은 자연의 일부며, 스스로 한계를 인정할 때만 자연은 인간에게 미소를 지어주는 것이다. 숲과 들판을 한가로이 산책하고 보트에 누워 사색에 잠기는 소로의 모습은 한없이 느긋하게 보인다. 그러나 그는 인간과 자연에는 하나의 법칙이 존재한다는 것을 알았고, 그 법칙에 따라 행동했다. "원칙에서 나온 행동이야말로 진정으로 혁명적이다." 인생을 대하는 소로의 정신을 이 말처럼 잘 설명해주는 것도 없다.

저자는 소로가 지난 200년을 통틀어 우리의 도덕성을 위해 국가가 아니라, 신이 아니라, 사회가 아니라, 자연을 향해 눈을 돌려야 한다고 설파한 가장 위대한 웅변가라고 말한다. 소로는 자연의 법칙을 의식하며 원칙에 따라 하루하루를 살아갔다. 계절의 변화를 지켜보며 여유롭게 관조하는 나날을 보낸 것 같지만 "자연의 순례자"로 누구보다 치열하게 생명력 넘치는 삶을 살아갔던 것이다.

평전의 주인공이 대단한 독서가다 보니 번역하면서 꽤 많은 책을 새로 읽고 다시 읽게 됐다. 덕분에 번역 일정은 자꾸만 뒤로 미뤄졌지만 조바심을 내지는 않았다. 소로의 시 제목처럼 어차피 이런 게 인생이려니 하고, 마음 편하게 이 책 저 책 읽다가 다시 번역 일로 돌아오곤 했다. 그렇게 해서 소로 사후에 출간된 《메인 숲》과 《케이프코드》를 다시 정독했고, 다양한 판본으로 나와 있는 《일기》와 《편지》, 그리고 〈가을의 빛깔〉을 비롯한 에세이들도 마치 처음 보듯 읽었다. 이 책에서도 여러 차례 소개되고 있는 다윈의 《비글 호 항해기》, 호메로스의 《일리아스》와 《오디세이아》, 괴테의 《이탈리아 기행》도 다시 읽었고, 함석헌 선생이 주석을 단 《바가바드기타》는 처음 읽었다. 세네카의 《인생론》과 마르쿠스 아우렐리우스의 《명상록》에다 멜빌의 《모비딕》과 《중단편소설집》, 호손의 《주홍글자》와 《일곱 박공의 집》에 이르기까지 줄잡아 서른 권 넘게 읽은 것 같은데, 전혀 기대치 않았던 보물은 의외의 곳에 있었으니 애니 딜라드가 쓴 《자연의 지혜》(원제는 '팅커 계곡의 순례자')였다.

오래 전에 사두고는 앞부분만 읽고 서가에 그냥 꽂아두기만 했던 책인데, 어느 날 아침 번역하다 말고 무슨 생각이 들어서였는지 불쑥 손에 잡아버렸다. 그러고는 며칠 동안 천천히 읽었다. 물 흐르듯 유유하게 써 내려간 문장과 참신한 낱말, 살아있는 묘사에 한숨이 절로 나왔다. 마침 나의 어휘력 부족과 문장력의 한계를 절감하고 있던 터라 더했는지도 모르겠다. 아무튼 자연은 무심한 것 같지만 마음을 열고 가까이 다가서는 순간 경이로움과 신비, 아름다움을 펼쳐 보인다는 대목은 소로가 전해주는 메시지와 다름 없었다. "시간을 멈출 수 없음을 슬퍼하지 말고 현재를 즐길 수 있음을 감사하라." 소로의 일기 혹은 편지에서 읽은 것 같은 이 문장은 "하찮은 틈새라도, 짧은 순간이라도 즐겨라"로 이어진다.

아쉽게도 1년 전 이 책의 저자 로버트 리처드슨이 세상을 떠났다는 소식을 접했다. 그런데 관련 기사를 읽다가 재미난 사연을 발견했다. 소로 평전이 출간된 뒤 리처드슨에게 소중한 팬레터 한 통이 도착했다는 것이었다. 다름아닌 《팅커 계곡의 순례자》로 퓰리처 상을 받은 애니 딜라드가 보낸 것이었는데, 딜라드의 표현에 따르면 두 사람은 "두 번의 점심식사와 세 번의 악수" 끝에 이 책이 나온 지 2년 만에 결혼했다고 한다. 평생 독신으로 살다간 소로가 자신의 평전을 쓴 저자에게 새로운 반려자의 인연을 맺어준 셈이니, 역시 세상은 살아갈 만한 곳이다.

작년 초 겨울이 끝나갈 무렵 첫 문장을 번역하기 시작했는데 여름이 시작될 즈음에야 겨우 마침표를 찍었다. 그사이 해가 바뀌었으니 참 오랫동안 책 한 권 붙잡고 씨름한 셈이다. 아, 그러고도 교정을 몇 번이나 봐야 했고, 표지 문안 짜내고 이런저런 마무리 작업까지 하다 보니 지금은 어느새 여름이 정점을 지나 가을이 머지않은 시기가 됐다. 소로의 말처럼 바로 내일이 "여름에 잠들어 가을에 깨어나는" 그런 날일지 모르겠다.

역자후기

그러고 보니 번역에 막 착수했을 때 중국에서 신종 전염병 공포가 퍼져나가기 시작했는데, 그것이 어느새 코로나 19라는 이름으로 전세계를 두려움으로 떨게 만들고 이제는 델타 변이로까지 발전해 그 위세가 사그라질 기미를 보이지 않고 있다. 그래도 그 와중에 번역을 끝낼 수 있었다는 게 고맙고, 얼마 전에는 백신 1차 접종도 마쳤다. 어렵고 힘들고 때로는 앞이 잘 안 보이기도 하지만 어차피 그런 게 인생이라는 것을 새삼 깨닫는다.

코로나 19에 상관없이 계절은 봄에서 여름으로, 또 여름에서 가을로 바뀌어간다. 백신 따위에는 아랑곳하지 않고 올해도 매미는 치열하게 울어댔고, 장맛비는 대지를 흠뻑 적셨다. 유난히 뜨거웠던 태양 아래서도 나리꽃과 나팔꽃은 아름답게 피어났고, 그 사이를 벌들은 열심히 날아다녔다. 우리 삶이 완벽하고 행복하기를 바라는 건 어차피 무리다. 어떤 상황에서도 내 삶이 강렬하기를, 그렇게 다시 한번 소로를 떠올려본다.

창 밖으로 일산 호수공원을 바라보며
박정태

주요 인물 설명

- 윌리엄 로이드 개리슨(William Lloyd Garrison, 1805-1879) 미국의 언론인이자 사회개혁 운동가. 노예제를 반대한 주간지 〈리버레이터〉를 창간해 노예제 폐지에 큰 영향을 미쳤다.

- 괴테(Johann Wolfgang von Goethe, 1749-1832) 독일 고전주의를 대표하는 시인, 극작가. 바이마르 공국의 재상을 지내기도 했다. 인간의 욕망과 이상을 그린 희곡 《파우스트》, 당대의 사회상을 절묘하게 그려낸 《빌헬름 마이스터의 편력시대》와 《빌헬름 마이스터의 수업시대》, 만년에 펴낸 《이탈리아 기행》이 대표작으로 꼽힌다.

- 필립 구라(Philip Gura, 1950-) 미국의 문화역사가. 현재 노스캐롤라이나대학 채플힐 캠퍼스에서 미국 문학 및 문화를 가르치고 있다.

- 토머스 그레이(Thomas Gray, 1716-1771) 영국의 낭만파 시인으로 우수 짙은 시를 썼다.

- 아사 그레이(Asa Gray, 1810-1888) 미국의 식물학자. 북미 지역의 식물분포를 연구하며 식물의 구조와 지리적 관계를 고찰했고, 아가시와의 논쟁에서 다윈의 진화론을 지지했다.

- 호레이스 그릴리(Horace Greeley, 1811-1872) 미국의 신문인, 정치인, 사회개혁가. 〈뉴욕 트리뷴〉을 창간해 1840년대부터 1870년대까지 미국에서 가장 영향력 있는 언론인으로 꼽혔고, 1854년에는 공화당 창당의 주역으로 활동했다. 노예제 문제에서 강경한 입장을 고수해 링컨의 중도적인 입장과 대립했다.

- 윌리엄 길핀(William Gilpin, 1724-1804) 영국의 예술가, 여행작가, 교사. 픽처레스크 개념의 창시자로 꼽힌다.

- 니체(Friedrich Nietzsche, 1844-1900) 독일의 철학자, 시인. 쇼펜하우어의 의지철학을 계승한 생의 철학의 기수로 불린다. 28세 때 쓴 《비극의 탄생》에서 그리스 비극의 탄생과 완성을 아폴로니안과 디오니시안이라는 두 가지 시각으로 설명했다.

- 찰스 다윈(Charles Darwin, 1809-1883) 영국의 박물학자로 생물진화론을 확립했다. 해군

측량선인 비글 호에 승선해 남아메리카와 갈라파고스 제도를 비롯한 남태평양의 여러 섬들을 탐사했고, 그 결과물을 《비글 호 항해기》로 펴냈다. 1859년에는 진화론의 메커니즘으로서의 '자연선택' 개념을 정리한 《종의 기원》을 출간했다.

- 애셔 뒤랑(Asher Brown Durand, 1796-1886) 허드슨 리버 화파를 대표하는 미국의 화가. 판화가로 출발해 이름을 알렸으나 1837년부터 유화에 전념해 세밀한 풍경화를 그렸다.

- 존 드라이든(John Dryden, 1631-1700) 영국의 시인이자 극작가, 비평가. 왕정복고기의 대표적인 문인으로 풍자시와 교훈시가 유명하다.

- 에밀리 디킨슨(Emily Dickinson, 1830-1886) 미국의 여류시인. 뉴잉글랜드의 자연과 사랑, 이별, 죽음, 영원을 소재로 제목도 없는 짧은 시를 주로 썼다. 평생 독신으로 살며 늘 집안에서 은둔생활을 했고, 생전에는 4편의 시만 발표했으나 사후 2000편 가까운 시가 출간됐다.

- 존 러스킨(John Ruskin, 1819-1900) 영국의 미술비평가, 사회사상가. "잘 그리기 위해서는 우선 잘 보아야 한다"고 주장하며 예술미의 순수감상을 강조했다. 1860년 이후 관심을 사회개혁 문제로 돌려 전통파 경제학을 공격하고 인도주의에 입각한 경제학을 주장했다.

- 월터 롤리 경(Sir Walter Raleigh, 1552-1618) 영국의 시인, 군인, 탐험가. 런던 타워에 두 차례나 투옥됐다가 풀려났는데, 그때마다 남미의 황금도시 탐험에 나서 훗날 엘도라도 전설에 관한 책을 썼다.

- 헨리 워즈워스 롱펠로(Henry Wardsworth Longfellow, 1807-1882) 19세기 중반 보스턴 시민들이 가장 사랑했던 시인으로 하버드대학에서 18년간 현대언어학을 가르쳤다. 식민지 전쟁을 배경으로 비련을 노래한 《에반젤린》과 《인생찬가》가 대표작으로 꼽히며, 워싱턴 어빙의 《스케치북》 형식을 바탕으로 외국의 전설을 노래한 《해외로》도 유명하다.

- 칼 폰 린네(Carl von Linné, 1707-1778) 스웨덴의 식물학자, 동물학자, 의사. 근대 분류학의 아버지로 불린다.

- 마르쿠스 아우렐리우스(Marcus Aurelius Antonius, 121-180) 로마제국의 제16대 황제이자 5현제의 마지막 황제. 경제 군사적으로 어려웠던 데다 페스트까지 유행한 시기에 부동심을 찾고자 노력하면서 관용의 정신으로 제국을 다스렸다. 후기 스토아 학파 철학자로 《명상록》을 남겼다.

- 허먼 멜빌(Herman Melville, 1819-1891) 미국의 소설가, 시인. 대표작 《모비딕》을 비롯해 주로 근대적 합리성을 거부하는 특유의 철학과 풍부한 상징성을 바탕으로 한 작품을 썼으며, 인간과 인생에 대한 비극적 통찰을 담아냈다는 평가를 받는다.

- 앙드레 미쇼(André Michaux, 1746-1802) 프랑스의 식물학자.

- 존 밀턴(John Milton, 1608-1674) 셰익스피어에 버금가는 영국의 문호. 서사시 쪽으로 거대한 족적을 남겼으며 대표작 《실락원》이 있다.

- 에딘 발루(Adin Ballou, 1803-1890) 미국의 비폭력 평화주의운동가. 노예제와 사형제 폐지를 주장했으며, 매사추세츠 주에서 호프데일 공동체를 이끌었다.

- 존 버니언(John Bunyan, 1628-1688) 밀턴과 함께 17세기 영국 문학을 대표하는 작가이자 설교자. 대표작 《천로역정》은 영국 근대소설의 기틀을 마련한 작품으로 평가된다.

- 베르길리우스(Publius Vergilius Maco, BC 70-BC 19) 로마 건국을 노래한 서사시 《아이네이스》의 저자로, 로마의 시성이라고 불렸고, 단테가 《신곡》에서 저승 세계의 안내자로 등장시켰을 정도로 대단한 시인이었다.

- 존 브라운(John Brown, 1800-1859) 미국의 노예제 폐지 운동가. 노예 해방이라는 신념 아래 캔자스를 노예제에서 자유로운 주로 만들기 위해 투쟁했다. 노예들의 집단 봉기를 일으키기 위해 버지니아 주 하퍼스페리의 무기고를 습격했다가 체포돼 처형당했다.

- 헨리 워드 비처(Henry Ward Beecher, 1813-1887) 미국의 성직자, 사회개혁가. 무조건적인 사랑과 치유를 강조하는 화려한 설교로 유명했다.

- 샤토브리앙(F. Chateaubriand, 1768-1848) 프랑스의 작가이자 정치가. 프랑스 낭만주의 문학의 선구자로 평가된다.

- 셸링(Friedrich W. J. von Schelling, 1775-1854) 독일 관념론을 대표하는 철학자. 자아와 비아, 주관과 객관이라는 이분법을 인정하지 않았고, "모든 것이 그에 의존하는 실재성의 궁극적인 핵심이자 유일한 실체"로서 절대적인 자아를 주창했다.

- 슐라이어마허(Friedrich E. D. Schleiermacher, 1768-1834) 독일의 프로테스탄트 신학자, 철학자. 스피노자의 범신론 사상에 영향을 받아 당시 지배적이던 계몽주의 사상에 반대하고 종교의 본질을 신앙자의 직관과 감정에서 구했다.

- 슐레겔(Friedrich von Schlegel, 1772-1829) 독일의 시인, 철학자, 역사가로 낭만파의 이론적 지도자였다. 예술 비평과 철학적 사유를 하나로 융합한 문학연구가로 꼽히며, 인도학印度學 연구의 개척자이기도 하다.

- 아담 스미스(Adam Smith, 1723-1790) 영국의 정치경제학자, 도덕철학자로 경제학의 아버지로 불린다. 경제학의 출발점이 된 《국부론》을 저술했으며, 경제행위는 궁극적으로 '보이지 않는 손'에 의해 공공의 복지에 기여한다고 주장했다.

- 스베덴보리(Emanuel Swedenborg, 1688-1772) 스웨덴의 철학자, 자연과학자, 신비주의자, 신학자. 처음에는 광산학자로 출발했으나 심령적 체험을 겪은 후 과학적 방법의 한계를 깨닫고 신비적 신학자로 활동했다. 모든 피조물에 내재하는 불가분의 힘과 생명을 무한자無限者로 규정하고, 이를 신으로 보았다. 대표저서에 《천국의 놀라운 세계와 지옥에 대하여》가 있다.

- 마담 드 스탈(Mme. De Staël, 1766-1817) 프랑스의 여류 소설가, 비평가. 본명은 안 루이

즈 제르멘 네케르로, 제르멘 드 스탈 여사로도 불린다. 샤토브리앙과 함께 프랑스 낭만주의의 선구자로 꼽힌다.

- 에드먼드 스펜서(Edmund Spenser, 1552–1599) 현대 영시의 초석을 다졌으며, 셰익스피어, 초서, 밀턴과 함께 영국 문학을 대표하는 시성으로 꼽힌다.

- 루이 아가시(Louis Agassiz, 1807–1873) 스위스 태생의 박물학자. 어류와 빙산 연구로 유명세를 얻은 뒤 1846년 미국으로 건너와 하버드대학 동물학 및 지질학 교수로 활동했다. 특수 창조론을 주창해 찰스 다윈 이전에는 최고의 과학자로 손꼽혔다.

- 아나크레온(Anacreon, BC 582?–BC 485?) 그리스의 서정시인. 술과 사랑을 주제로 한 아나크레온 풍을 유행시켰고 많은 모방자가 뒤따랐다.

- 아리스토텔레스(Aristoteles, BC 384–BC 322) 고대 그리스의 철학자. 학문 전반에 걸친 백과전서적 학자로 여러 과학의 기초를 쌓았고 논리학의 기틀을 만들었다. 플라톤이 세운 학교에서 수학했으나 플라톤의 이데아론을 비판했다. 그러나 플라톤의 관념론을 완전히 벗어나지는 못하고, 관념론과 유물론을 모두 받아들였다.

- 아이스키네스(Aeschines, BC 390?–BC 314?) 고대 그리스의 정치인, 대웅변가. 마케도니아의 침략에 맞서 아테네의 독립을 지키려 했던 데모스테네스와 대립했다. 결국 패배해 로도스 섬으로 망명했고 웅변술 교사로 생애를 마쳤다.

- 아이스킬로스(Aeschylus, BC 525?–BC 456) 고대 그리스의 3대 비극시인 중 1인자로 꼽힌다. 《아가멤논》과 《공양을 바치는 여인》, 《자비로운 여신》으로 이루어진 3부작 《오레스테이아》가 대표작이다. 페르시아 전쟁에 아테네군으로 참전해 마라톤 전투에서 싸웠고, 형은 전사했으나 그는 종군한 것을 평생의 자랑으로 여겼다.

- 조나단 에드워즈(Jonathan Edwards, 1703–1758) 미국의 신학자, 철학자. 인디언 원주민들의 선교사로 사역했고, 1758년에는 프린스턴대학 전신인 뉴저지대학 학장으로 부임했으나 그해 천연두 예방접종 부작용으로 사망했다.

- 랄프 왈도 에머슨(Ralph Waldo Emerson, 1803–1882) 미국을 대표하는 사상가이자 시인. 독실한 기독교 집안 출신으로 1829년 보스턴에서 부목사가 됐으나 곧 교회를 떠나 초월주의 철학의 구심점이 됐다. 1837년 8월 31일 파이 베타 카파 소사이어티의 초청으로 하버드대학 졸업식에서 연설한 "미국의 학자"는 당시 유럽의 전통과 문화에서 벗어나 미국 고유의 문화정체성을 가질 것을 강조했다는 점에서 미국의 '정신적 독립선언문'이라는 평가를 받는다.

- 에우리피데스(Euripedes, BC 484?–BC 406?) 고대 그리스의 3대 비극시인 중 한 명. 인간의 정념을 주로 다뤘고, 신들을 한층 인간적인 모습으로 묘사했다. 질투에 눈이 먼 아름다운 마녀 메데이아를 그린 《메데이아》를 비롯해 19편의 작품이 전해진다.

- 에픽테토스(Epictetus, 55?–135?) 고대 로마의 스토아 철학자. 노예 신분으로 태어났으나 해

방 노예로 풀려나 철학을 공부한 뒤 평생 독신으로 살며 철학을 가르쳤다. 그의 제자가 옮겨 적은 강의 내용의 축약본인 《엥케이리디온》이 전한다.

- 오비디우스(Ovidius, BC 43-AD 17) 고대 로마의 시인. 그의 작품은 세련된 감각과 풍부한 수사가 넘쳐나 르네상스 시대에 널리 읽혔다. 서사시 형식으로 신화를 집대성한 《변신이야기》가 유명하다.

- 오시안(Ossian, 생몰 연대 미상) 3세기 무렵의 전설적인 음유시인. 그의 낭만적인 서사시는 1760년대에 맥퍼슨이 영역한 뒤 여러 나라에 소개돼 낭만주의 운동에 큰 영향을 미쳤는데, 괴테도 일부를 독일어로 번역했다.

- 브론슨 올콧(Amos Bronson Alcott, 1799-1888) 미국의 철학자, 교육자로 초월주의 사상에 입각한 대화법 위주의 교육 개혁론을 주창했다. 《작은 아씨들》을 쓴 루이자 메이 올콧의 아버지이기도 하다.

- 대니얼 웹스터(Daniel Webster, 1782-1852) 매사추세츠 출신의 정치인. 연방 상원의원을 지냈다.

- 유베날리스(Juvenalis, 55-140) 로마의 풍자시인. 당시 만연했던 사회 부패상을 통렬하면서도 유쾌하게 비판한 작품집 《풍자시집》을 남겼다.

- 윌리엄 워즈워스(William Wordsworth, 1770-1850) 영국의 낭만파 시인. 케임브리지에서 공부하고 유럽대륙을 편력하며 프랑스 혁명에 공감하기도 했으나 혁명이 폭력으로 발전해가자 실망하고 누이 도로시와 함께 호반湖畔 지역인 그라스미어로 가 자연을 벗삼으며 시작에 전념했다.

- 존 이블린(John Evelyn, 1620-1706) 영국의 작가, 원예가. 식용식물과 약초에 정통했으며 원예 서적뿐만 아니라 중요한 정치적 사건을 목격한 일기가 유명하다.

- 제논(Zenon, BC 335?-BC 263?) 고대 그리스의 철학자, 스토아 학파의 시조. 절제와 견인의 철학을 가르쳤으며, 자연과 일치하는 삶을 목표로 했다.

- 헨리 제임스(Henry James, 1843-1916) 미국의 작가, 비평가로 그의 소설과 평론은 당대의 글 가운데 가장 의식적이고 정교하며 난해하다는 평가를 받았다. 심리학자이자 철학자인 윌리엄 제임스(William James, 1842-1910)가 그의 형이다.

- 존 조슬린(John Josselyn, 1638-1675) 영국의 여행가. 식민지 시대 뉴잉글랜드의 식물 및 동물상을 다룬 첫 보고서를 작성했다.

- 윌리엄 존스 경(Sir William Jones, 1746-1794) 영국의 언어학자이자 첫 인도학자로 《마누법전》을 영역했다.

- 벤 존슨(Ben Johnson, 1572-1637) 영국의 시인, 극작가, 평론가. 당대의 어두운 면을 희극

적으로 풀어낸 기질희곡의 창시자로 알려져 있다. 동시대에 활동했던 셰익스피어보다 더 유명했다고 한다.

- 윌리엄 엘러리 채닝(William Ellery Channing, 1780-1842) 당대의 저명한 유니테리언 목사. 캘빈주의에 반대하고 인간의 내면에 신이 있음을 주장해 초월주의에 큰 영향을 미쳤다.

- 윌리엄 엘러리 채닝(William Ellery Channing, 1818-1901) 소로의 오랜 친구이자 시인, 초월주의자. 1842년에 마가렛 풀러의 누이 엘렌과 결혼했으며, 1873년에 《소로, 시인-자연주의자》라는 제목으로 소로의 전기를 처음 발표하기도 했다.

- 제프리 초서(Geoffrey Chaucer, 1342-1400) 근대 영시의 창시자이자 영국 시의 아버지로도 불린다. 중세 이야기 문학의 집대성이라고 하는 《켄터베리 이야기》를 남겼으며, 작가로서뿐만 아니라 법관, 외교관으로도 활동했다.

- 카토(Marcus Porcius Cato, BC 234-BC 149) 로마의 그리스화를 비판하며 라틴 문학 개척에 기여했다는 평가를 받는다. 일반 농민의 육성을 주장하면서 《농사론》을 썼다.

- 칸트(Immanuel Kant, 1724-1804) 독일의 철학자. 비판철학의 창시자로 서양 근대철학을 종합한 철학자로 꼽힌다. 쾨니히스베르크대학의 논리학, 형이상학 담당교수로 있으면서 57세 때인 1781년에 《순수이성비판》을 발표했으며, 1788년과 1790년에 《실천이성비판》과 《판단력비판》을 출간해 이른바 3대 비판철학서를 완결했다.

- 토머스 칼라일(Thomas Carlyle, 1795-1881) 영국의 역사가, 사상가, 비평가. 독일 고전철학과 낭만주의의 영향을 받아 우주는 신적 정신의 의상衣裳이며, 이 정신은 자연을 통해, 또 인간 역사 속의 영웅으로 나타난다고 하는 범신론 철학을 주창했다.

- 새뮤얼 테일러 콜리지(Samuel Taylor Coleridge, 1772-1834) 영국의 낭만주의를 대표하는 평론가이자 시인. 워즈워스의 절친한 벗으로 둘이 함께 쓴 《서정시집》은 낭만주의의 새벽을 알린 작품으로 평가된다.

- 프란시스 퀼스(Francis Quarles, 1592-1644) 르네상스 시대의 영국 시인. 모든 시가 4행 경구로 끝나는 시집 《Emblems》가 유명하다.

- 조르주 퀴비에(Baron Georges Cuvier, 1769-1832) 프랑스의 박물학자로 고생물학, 비교해부학의 개척자다.

- 크세노폰(Xenophon, BC 434?-BC 355?) 고대 그리스의 철학자, 역사가, 군인. 젊은 시절 소크라테스와 가깝게 지냈고, 주로 온화한 상식에 기초한 작품을 썼다.

- 올리버 크롬웰(Oliver Cromwell, 1599-1658) 영국의 정치가이자 군인. 1642-1651년 청교도 혁명에서 왕당파를 물리치고 공화정을 세우는 데 큰 공을 세웠다.

- 존 키츠(John Keats, 1795-1821) 영국의 낭만주의 시인. 《나이팅게일에게 바치는 송가》와

《가을에》 같은 주옥 같은 송시를 남겼다. 결핵 치료를 위해 이탈리아 로마로 갔으나 스물여 섯 나이로 그곳에서 요절했다.

- 토르콰토 타소(Torquato Tasso, 1544-1595) 이탈리아의 시인. 르네상스 문학 최후의 시인 으로 꼽힌다. 대표작 《해방된 예루살렘》은 제1차 십자군이 예루살렘에 도착해 점령하기까 지의 과정을 다룬 종교적 서사시다.

- 윌리엄 터너(Joseph Mallord William Turner, 1775-1851) 영국의 풍경화가. 화실이 아닌 야 외에서 자신의 눈으로 직접 본 자연을 그리고자 했고, 바람과 구름, 태양, 빛이 만들어내는 웅대한 자연의 드라마를 화폭에 담았다. 생생한 색채와 순간적인 인상의 포착은 인상파 화 가들에게 큰 영향을 미쳤다.

- 페르시우스(Persius, 34-62) 고대 로마의 풍자시인. 호라티우스의 전통을 이어받아 6편 의 풍자시를 남겼다. 스토아 사상을 신봉했고, 힘찬 표현과 난해한 비유, 암시를 많이 사 용했다.

- 토머스 페인(Thomas Paine, 1737-1809) 미국의 작가. 1776년 1월에 발표한 《상식》에서 만인 의 평등뿐만 아니라 미국의 독립 역시 지극히 상식적인 진실이라고 강조함으로써 당시로서 는 혁명적인 사상을 미국인들에게 절묘하게 각인시켰다.

- 제임스 포크(James K. Polk, 1795-1849) 미국의 제11대 대통령. 재임기간(1845-1849) 중 영토 확장에 나서 텍사스를 병합하고 멕시코와 전쟁을 벌여 캘리포니아와 뉴멕시코 일대 를 빼앗았다.

- 샤를 푸리에(Charles Fourier, 1772-1837) 프랑스의 공상적 사회주의자. 생산자 협동조합을 중심으로 상업이 존재하지 않는 유토피아 사회 실현을 주장했다.

- 플라톤(Plato, BC 427-BC 347) 고대 그리스의 철학자. 소크라테스의 제자로 객관적 관념 론의 창시자로 불린다. 아테네 교외의 아카데미아에 학교를 열었고, 30권이 넘는 저작을 남 겼다. 물질적이고 감각적인 존재는 영원한 절대적 참실재인 이데아의 그림자에 불과하다는 이데아설을 주창했다.

- 플리니우스(Plinius, 23-79) 고대 로마의 정치가, 군인, 학자. 속주의 총독을 지낸 뒤 나폴 리 만의 해군제독으로 재임하기도 했고, 예술, 과학, 문명에 관한 정보를 집대성한 백과사전 인 《자연사》를 저술해 티투스 황제에게 바쳤다.

- 피히테(Johann Gottlieb Fichte, 1762-1814) 독일 관념론을 대표하는 철학자. 칸트의 비판철 학을 계승해 지식학을 처음으로 체계화했다.

- 월터 하딩(Walter Harding, 1917-1996) 뉴욕주립대에서 영어학을 가르쳤으며, 헨리 데이비 드 소로의 전기와 《주석 달린 월든》을 집필하는 등 소로 연구 분야의 권위자였다.

- 헤르더(Johann Gottfried von Herder, 1744-1803) 독일의 철학자, 문학자. '질풍노도'의 이론

가로 현명한 선의가 인간의 운명을 지배한다고 믿었다. 자연과 역사 속에서 신을 탐구했으며, 자연에서의 진보라는 개념에서 한걸음 더 나아가 사회가 휴머니즘으로 전진해나간다는 진보 개념을 폈다.

- 워런 헤이스팅스(Warren Hastings, 1732–1818) 영국의 인도 식민지 관리로 20여 년간 일하다 1773년 초대 뱅골 총독이 됐다.

- 프레더릭 헨리 헤지(Frederic Henry Hedge, 1805–1890) 미국의 유니테리언 목사, 초월주의자.

- 호메로스(Homeros, 생몰 연대 미상) 《일리아스》와 《오디세이아》의 저자로 알려진 고대 그리스의 서사시인. 서구문학의 시조로 일컬어지지만 그의 생애는 BC 800~BC 900년대에 활동한 것으로만 추정될 뿐 확실한 것은 없다.

- 네세니얼 호손(Nathaniel Hawthorne, 1804–1864) 미국의 소설가로 뉴잉글랜드 청교도를 배경으로 한 작품을 많이 썼다. 매사추세츠 주 세일럼에서 세관검사관으로 일하기도 했으나 1849년부터 본격적으로 작품활동을 시작해 이듬해 《주홍글자》를 발표했다. 리버풀 주재 영사관에서 4년간 영사로 근무하기도 했으며, 허먼 멜빌이 그의 천재성을 기려 《모비딕》을 헌정했다.

- 알렉산더 폰 훔볼트(Alexander von Humboldt, 1769–1859) 독일의 자연과학자, 지리학자. 베네수엘라의 오리노코 강 상류와 아마존 강 상류, 에콰도르의 키토 부근 화산과 안데스 산맥 등을 탐험하고 조사했으며, 자연지리학의 창시자로 꼽힌다.

- 월트 휘트먼(Walt Whitman, 1819–1892) 미국의 시인. 기존의 전통시 형식에서 파격적으로 탈피한 시집 《풀잎》은 미국의 적나라한 모습과 함께 희망을 노래했다는 평가를 받았다.

주요 출처의 축약어

- **EC**...*The Correspondence of Emerson and Carlyle*, ed. Joseph Slater (New York: Columbia University Press, 1964).
- **EEM**...*Early Essays and Miscellanies*, ed. Joseph J. Moldenhauer and Edwin Moser, with Alexander Kern (Princeton: Princeton University Press, 1975).
- **ESQ**...*Emerson Society Quarterly.*
- **HCL**..."Books Thoreau Borrowed from Harvard College Library," in K. W. Cameron, *Emerson the Essayist*, 3rd ed. (Hartford: Transcendental Books, 1971), 2: 191~208.
- **J**...*The Journal of Henry Thoreau*, ed. Bradford Torrey and Francis H. Allen, 14 vols. (Boston: Houghton Mifflin, 1906).
- **JMN**...*The Journal and Miscellaneous Notebooks of Ralph Waldo Emerson*, ed. William H. Gilman et al., 16 vols. (Cambridge: Harvard University Press, 1960~1983).
- **LCR**..."List of Planned Classical Reading" in *The Transcendentalists and Minerva*, ed. K. W. Cameron, 3 vols. (Hartford: Transcendental Books, 1958).
- **LRWE**...*The Letters of Ralph Waldo Emerson*, ed. Ralph L. Rusk, 6 vols. (New York: Columbia University Press, 1939).
- **NEQ**...*New England Quarterly.*
- **PJ**...Henry D. Thoreau, *Journal*, ed. John C. Broderick et al., 2 vols. Published(Princeton: Princeton University Press, 1981~).
- **RP**...Henry D. Thoreau, *Reform Papers*, ed. Wendell Glick (Princeton: Princeton University Press, 1973).
- **SAR**...*Studies in the American Renaissance*, ed. Joel Myerson (Charlottesville: University Press of Virginia, 1977~).
- **SP**...*Studies in Philology.*
- **TLN**...*Thoreau's Literary Notebook in the Library of Congress*, ed. K. W. Cameron (Hartford: Transcendental Books, 1964).
- **TSB**...*Thoreau Society Bulletin.*

- **Buell**...Lawrence Buell, *Literary Transcendentalism: Style and Vision in the American Renaissance* (Ithaca: Cornell University Press, 1973).
- **Channing**...William Ellery Channing, *Thoreau, the Poet-Naturalist*, ed. F. B. Sanborn, new enlarged edition (Boston: Charles E. Goodspeed, 1902).

- **Christie**...John Aldrich Christie, *Thoreau as World Traveller* (New York: Columbia University Press, 1965).
- **Clapper**...Ronald E. Clapper, "The Development of Walden: A Genetic Text" (Ph.D. diss., UCLA, 1967).
- **Corr.**...*The Correspondence of Henry David Thoreau*, ed. Walter Harding and Carl Bode (New York: New York University Press, 1958; rept., 1974).
- **Days**...Walter Harding, *The Days of Henry Thoreau*, enlarged and corrected edition (Princeton: Princeton University Press, 1982).
- **Dial**...*"The Dial" A Magazine for Literature, Philosophy and Religion*, 4 vols. (Boston: Weeks, Jordan, 1840~1844; rept., New York: Russell and Russell, 1961).
- **Howarth**...William L. Howarth, *The Literary Manuscripts of Henry David Thoreau* (Columbus: Ohio State University Press, 1974).
- **H Works RWE**...*The Collected Works of Ralph Waldo Emerson*, 3 vols. published (Cambridge: Harvard University Press, 1971~).
- **Johnson**...Linck C. Johnson, "'A Natural Harvest': The Writing of *A Week on the Concord and Merrimack Rivers, with the text of the First Draft*" (Ph.D. diss., Princeton, 1975).
- **Maine Woods**...Henry D. Thoreau, *The Maine Woods*, ed. Joseph J. Moldenhauer (Princeton: Princeton University Press, 1972).
- **Paul**...Sherman Paul, *The Shores of America: Thoreau's Inward Exploration* (Urbana: University of Illinois Press, 1958).
- **Poems**...*Collected Poems of Henry Thoreau*, ed. Carl Bode, enlarged edition (Baltimore: The Johns Hopkins Press, 1965).
- **Seybold**...Ethel Seybold, *Thoreau: The Quest and the Classics* (New Haven: Yale University Press, 1951).
- **Shanley**...J. Lyndon Shanley, *The Making of Walden, with the Text of the First Version* (Chicago: University of Chicago Press, 1957)
- **Stowell**...Robert F. Stowell, *A Thoreau Gazetteer*, ed. William L. Howarth (Princeton: Princeton University Press, 1970).
- **Trans Ap**...*Transcendental Apprenticeship; Notes on Young Henry Thoreau's Reading*, ed. K. W. Cameron (Hartford: Transcendental Books, 1976).
- **Walden**...Henry D. Thoreau, Walden, ed. J. Lyndon Shanley (Princeton: Princeton University Press, 1971).
- **Week**...Henry D. Thoreau, *A Week on the Concord and Merrimack Rivers*, ed. Carl F. Hovde (Princeton: Princeton University Press, 1980).
- **Works RWE**...*The Complete Works of Ralph Waldo Emerson*, centenary edition (Boston: Houghton Mifflin, 1903).
- **Writings**...*The Writings of Henry D. Thoreau*, Walden edition (Boston: Houghton Mifflin, 1906).

주석

1장 데이비드 헨리에서 헨리 데이비드로

1. 소로의 신체적 특징은 William Ellery Channing, *Thoreau, the Poet-Naturalist*, ed. F. B. Sanborn (Boston: Goodspeed, 1902), p. 33을 보라; Edward Waldo Emerson, *Henry Thoreau as Remembered by a Young Friend* (Boston: Houghton Mifflin, 1917), pp. 1–2; Moncure Conway, "Thoreau," *Eclectic Magazine*, 67 (1866): 191~192, reprinted in *Thoreau, Man of Concord*, ed. Walter Harding (New York: Holt, Rinehart and Winston, 1960), pp. 38-40. 소로의 초상에 대해서는 Thomas Blanding and Walter Harding, "A Thoreau Iconography" (Geneseo, 1980), Thoreau Society Booklet 30을 보라.

2. *Days*, pp. 52–53.

3. *PJ*, 1:8–9.

4. Ralph Waldo Emerson, "Thoreau," *Atlantic Monthly*, 10 (1862): 239.

5. *PJ*, 1:14.

2장 퀸시 총장 시절의 하버드

1. Samuel Eliot Morison, *Three Centuries of Harvard* (Cambridge: Harvard University Press, 1936), p. 235; Arthur S. Pier, *The Story of Harvard* (Boston: Little Brown, 1913), pp. 139–140.

2. 예산에 관해서는 Samuel Eliot Morison, *The Development of Harvard University* (Cambridge: Harvard University Press, 1930), Seymour E. Harriss, *The Economics of Harvard* (New York: McGraw–Hill, 1970), Josiah Quincy, *A History of Harvard University* (Cambridge: J. Owen, 1840)을 보라.

3. Morison, Three Centuries, p. 235; Pier, pp. 140–141; letter of June 25, 1837, from Quincy to RWE, in F. B. Sanborn, *Henry David Thoreau* (Boston: Houghton Mifflin, 1887), pp. 53–54.

4. Pier, pp. 138–139.

3장 시의 매혹에 빠지다

1. 소로의 수강 과목은 Kenneth W. Cameron, *Thoreau's Harvard Years* (Hartford: Transcendental Books, 1966), pp. 13–19, *Days*, pp. 32–51을 보라.

2. J. Albee, *Remembrances of Emerson* (New York, 1903), p. 33; 대학 시절 소로가 읽은 책에 관해서는 "Books Thoreau Borrowed from the Harvard College Library," in Kenneth W. Cameron, *Emerson the Essayist* (Hartford: Transcendental Books, 1945), 2:191–208; Cameron's *Thoreau's Harvard Years*, 그리고 Cameron's *Emerson and Thoreau as Readers* (Hartford: Transcendental Books, 1959; rev. ed. 1972)을 보라.

3. Laurance Thompson, *Young Longfellow* (New York: Macmillan, 1938), p. 242.

4장 1837년 패닉

1. Lemuel Shattuck, *A History of the Town of Concord* (Boston: Russell, Odiorne, and Co., 1835; rept., 1971); Townsend Scudder, *Concord, American Town* (Boston: Little, Brown, 1947).

2. Ruth Wheeler, *Concord, Climate for Freedom* (Concord: Concord Antiquarian Society, 1967) 과 Mary S. Clarke, *The Old Middlesex Canal* (Melrose: The Hilltop Press, 1974)을 보라.

3. 뉴잉글랜드의 전경이 어떻게 변했는지 간략히 살펴보려면 John Brinkerhoff Jackson, American Space (New York: Norton, 1972), chap. 4를 보라; 더 자세한 내용은 John R. Stilgoe, *Common Landscape of America 1580 to 1845* (New Haven: Yale University Press, 1982)를 보라; 섀턱은 1831년 당시 콩코드의 경작지가 1만2942에이커에 달했으며, 숲은 2048에이커에 불과했다고 밝히고 있다.

4. 1838년의 교구 지출내역은 Concord Archives, microfilm roll 004, Concord Free Public Library를 보라.

5. Shattuck, chap. 14, "Statistical History."

5장 에머슨과의 우정

1. *LRWE*, 1: 394; *JMN*, 4: 219; *EC*, pp. 14–15. 에머슨의 콩코드 이주에 관해서는 Gay Wilson Allen, *Waldo Emerson* (New York: Viking, 1981), chap. 12를 보라.

2. *The Writer's Quotation Book*, ed. James Charlton (New York: The Pushcart Press, 1980), p. 14에서 인용한 것이다.

3. Thomas Paine, *The Age of Reason, in Thomas Paine*, ed. H. H. Clark (New York: Hill and Wang, 1944), p. 262.

4. Ralph L. Rusk, *The Life of Ralph Waldo Emerson* (New York: Columbia University Press, 1949), p. 250.

5. *JMN*, 5:379; J. G. Herder's *Outlines of a Philosophy of the History of Man*에 관한 에머슨의 관심은 1829년 하버드대학 도서관에서, 또 1831년 보스턴 아테네움에서 이 책을 대

출하면서 시작됐다. Kenneth W. Cameron, *Ralph Waldo Emerson's Reading* (New York: Haskell House, 1966, 1st pub. 1941)을 보라. *The Early Lectures of Ralph Waldo Emerson*, ed. Stephen E. Whicher, Robert E. Spiller, and Wallace E. Whilliams (Cambridge: Harvard University Press, 1964), vol.2에 수록된 1836년도 "Philosophy of History" 강연 내용을 보면 헤르더가 에머슨에게 미친 영향을 알 수 있다.

6. Moncure D. Conway, *Autobiography* (Boston: Houghton Mifflin, 1904), p. 143, Man of Concord, ed. Walter Harding, p. 111에서 인용한 것이다; *JMN*, 5:453−454.

6장 콩코드에서도 《일리아스》를

1. Ethel Seybold's *Thoreau, the Quest and the Classics* (New Haven: Yale University Press, 1951)와 함께 Kenneth W. Cameron, Young *Thoreau and the Classics* (Hartford: Transcendental Books, 1975)를 보라. 소로의 대학시절에 관해서는 Kenneth W. Cameron, *Thoreau's Harvard Years* (Hartford: Transcendental Books, 1966)를 보라; Pier, *The Story of Harvard*, pp. 140−141; Morison, Three Centuries, p. 260. Cameron의 *Emerson and Thoreau as Readers*, pp. 132−133을 보면 소로의 독서 목록이 잘 정리돼 있다; *Walden*, p. 100.

2. *PJ*, 1: 14, 26, 31.

3. *Works*, 5:214.

4. William James, *The Varieties of Religious Experience* (New York: Longmans, Green and Co., 1902), p. 96; *Walden*, p. 99; *PJ*, p. 29.

7장 열정이 없다면 사상은

1. 미국 초월주의에 미친 독일의 영향에 관한 Rene Wellek의 견해("Emerson and German Philosophy," *NEQ*, 16 [1943]: 41−62와 "The Minor Transcendentalists and German Philosophy," *NEQ*, 15 [1942]: 652−680)와 함께 다음을 보라. Henry A. Pochmann, *German Culture in America* (Madison: University of Wisconsin Press, 1957); Octavius Brooks Frothingham, *Transcendentalism in New England* (New York: Putnam's, 1876)과 J. W. Brown, *The Rise of Biblical Criticism in America 1800-1870* (Middletown: Wesleyan University Press, 1969).

2. *Corr*, p. 19. 소로의 슐레겔에 대한 관심은 *Trans Ap*, p. 22를 보라.

3. Thompson, *Young Longfellow*, p. 399.

4. *PJ*, 1:16

5. Johann Wolfgang von Goethe, *Italian Journey*: 1786−1788, trans. W. H. Auden and Elizabeth Mayer (New York: Random House, 1962; rept. Berkeley: North Point Press, 1982), p. 343.

6. *Italian Journey*, p. 363.

7. "Goethe," in *Representative Men*, in *Works RWE*, 4:275; PJ, 1:15.

8. Mme. De Stael, *Germany* (Boston: Houghton Mifflin, 1817), 2:360−376. 마담 스탈과 열정에 관한 소로의 생각은 *PJ*, 1: 32, 181을 보라.

8장 자신의 행복을 만들어가는 장인

1. Walter Harding, "A Checklist of Thoreau's Lectures," *Bulletin of the New York Public Library* (1948), p. 79. "Society" 강연 내용은 소로의 일기에 실려 있다. *PJ*, 1:35–39.
2. 소로의 대학 시절 에세이는 *EEM*에 있다; *EEM*, p. 106.
3. *PJ*, 1:7, 23, 32.
4. "Self–Reliance," in *H Works RWE*, 2:31; *Bildung*에 관한 만의 시각은 William H. Bruford, *The German Tradition of Self-Cultivation* (Cambridge: Cambridge University Press, 1975)에서 다루고 있다.
5. *PJ*, 1:25, 37.
6. *PJ*, 1:38, 117.
7. *PJ*, 1:25.

9장 학생 네 명의 작은 학교

1. 1838년 당시 교구 목사의 급여는 Town of Concord Records and Archives, Box 13, Roll 004, Item 55를 보라. 1837–38년의 교사 급여는 *The Yeoman's Gazette*, April 14, 1838에 나와 있다. Days, pp. 52–54도 보라.
2. Report of Expenditures for year ending March 5 1838" in *The Yeoman's Gazette*를 보라.
3. 학내 폭력에 대해서는 Ruth Wheeler, Concord, Climate for Freedom, p. 148에서 다루고 있다.
4. "Annual Report of the School Committee of Concord for the year ending Apr. 1, 1846"을 보라.
5. *Corr*, p. 20.
5. *Corr*, P. 24.
6. *PJ*, 1:44–46.
7. *Corr*, p. 27.

10장 시는 이 땅에서 나온다

1. *PJ*, 1:32, 34.
2. 소로가 시작 수련을 위해 *Outer-Mer*, pp. 31–41에서 발췌한 내용은 *Trans Ap*, pp. 11–17을 보라.
3. 롱펠로가 괴테 및 영어사 등에 관해 하버드에서 강의한 강의 원고는 Houghton Library at Harvard, call no*54M.8/ms Am 1340/items 4, 15, 16, 49에 있다.
4. *Poems*, pp. 192, 384–385.
5. Ibid., pp. 213–214, 374. 보스워스의 시와 관련해서는 *Trans Ap*, pp. 74, 87–89, 104를 보라.
6. "I love a careless Streamlet," *Poems*, p. 87.
7. *Poems*, pp. 89–91; *PJ*, 1:28.
8. *Works RWE*, 3:9; *Poems*, p. 92.

9. *Poems*, pp. 93, 97.

10. *JMN*, 7:231; *Works RWE*, 9:279, 280; *Poems*, p. 30; *PJ*, 1:104.

11장 강물이 이토록 경이롭다니

1. *Poems*, p. 105; *PJ*, 1:65.

2. *PJ*, 1:60−64.

3. *PJ*, 1:63−64; *RWE*, "Thoreau," *Atlantic Monthly 10* (1862): 247.

4. *PJ*, 1:49.

5. *PJ*, 1:50−51.

6. *PJ*, 1:55, 56.

7. *PJ*, 1:56.

12장 헨리 소로의 눈

1. Herbert Gleason, Thoreau Country (San Francisco: Sierra Club Books, 1975), p. xii에서 인용; *H Works RWE*, 1:20.

2. 소로와 루미니즘에 대해서는 다음을 보라. John I. H. Baur, "American Luminism," *Perspectives* (Autumn 1954), pp. 90−98; *The Natural Paradise, ed. Kynaston McShine* (New York: The Museum of Modern Art, 1976); Barbara Novak, *American Painting of the Nineteenth Century*, 2nd ed. (New York: Harper and Row, 1979); Barbara Novak, *Nature and Culture* (New York: Oxford University Press, 1980); John Conton, "Bright American Rivers': The Luminist Landscapes of Thoreau's *A Week on the Concord and Merrimack Rivers*," American Quarterly, 32 (1980): 144−166; Barton I. St. Armand, "Luminism in the Work of Henry David Thoreau: The Dark and the Light," *Canadian Review of American Studies*, 11 (1980): 13−30.

3. Mabel M. Swan, *The Athenaeum Gallery: 1827-1873* (Boston: The Boston Athenaeum, 1940).

4. *The Concord Saunterer*, 15, 2 (Summer 1980): 29. 에머슨이 이탈리아에서 사온 작품들은 지금도 콩코드 자택에 있다.

5. *HCL*, p. 194; *PJ*, 1:155; Henry W. Longfellow, MS lecture of June 15, 1837, on Goethe, in the Houghton Library at Harvard.

6. *PJ*, 1:9, 14, 53, 130; Julian Hawthorne, *Memoirs* (New York: Macmillan, 1938), p. 115.

7. *PJ*, 1:109; *Week*, p. 48; John Ruskin, *Modern Painters* (New York: John Wiley and Sons, 1884), Vol. II, sec. 1, p. 51.

8. *Writings*, 5:247.

13장 자기 수양

1. W. H. Bruford, *The German Tradition of Self-Cultivation* (Cambridge: Cambridge University Press, 1975), pp. 1–2, 232.

2. Ibid., p. vii.

3. Henry W. Longfellow, MS lecture of June 13, 1838, on Goethe, in the Houghton Library at Harvard.

4. Margaret Fuller, "Menzel's View of Goethe," *The Dial*, 1 (1840): 340–347; Frederick H. Hedge, "The Art of Life,—The Scholar's Calling," *The Dial*, 1 (1840): 175–182; Horace Greeley, "Self–Trust," *The Little Corporal*, April 1867. 다음도 보라. Amos Bronson Alcott, *The Doctrine and Discipline of Human Culture* (Boston: James Munroe, 1836)을 비롯해 Leo Stroller, "Thoreau's Doctrine of Simplicity," *NEQ*, 29 (1956): 443–461과 David Robinson, "Margaret Fuller and Transcendental Ethos," *PMLA*, 97 (1982): 83–98; William Ellery Channing, "Self–Culture," in *Works*, new ed. (Boston: American Unitarian Association, 1886), p. 15.

5. *Young Emerson Speaks*, ed. A. C. McGiffert, Jr. (Boston: Houghton Mifflin, 1938), pp. 261–171을 보라.

6. The Early Lecture of Ralph Waldo Emerson, ed. Stephen E. Whicher, Robert E. Spiller, and Wallace E. Williams (Cambridge: Harvard University Press, 1964), 2:211–212.

7. Philip Slater, The Pursuit of Loneliness (Boston: Beacon, 1970); Quentin Anderson, *The Imperial Self* (New York: Knopf, 1971), p. 4; "Ethics," in *The Early Lectures of Ralph Waldo Emerson*, 2:151.

8. *PJ*, 1:52, 73.

9. *Walden*, p. 158.

14장 엘런 수얼

1. *Days*, pp. 99–104; Louise O Koopman, "The Thoreau Romance," in *Thoreau in our Season*, ed. John H. Hicks (Amherst: University of Massachusetts Press, 1962).

2. *PJ*, 1:74; *Poems*, pp. 64–65.

3. *PJ*, 1:81.

4. Ellen Sewall, letter to her father, Reverend Edmund Quincy Sewall, July 31, MS George L. Davenport, Jr.; "Statement prepared in October 1917 by Elizabeth Osgood Davenport and Louise Osgood Koopman, regarding the youthful romances……," MS George L. Davenport, Jr.

5. Ellen Sewall, letter to Prudence Ward, December 26, 1839, MS George L. Davenport, Jr.; *PJ*, 1:105, 110.

6. *PJ*, 1:132, 158.

7. 엘런에게 보낸 소로의 편지 내용 일부가 일기에 남아 있다. *PJ*, 1:193을 보라.

8. Ellen Sewall, letter to Prudence Ward, December 26, 1839, MS George L. Davenport, Jr.

9. Ibid., December 26, 1839; November 23, 1839; September 29, 1839, MS George L. Davenport, Jr.

10. Ibid., November 18, 1840, MS George L. Davenport, Jr.

11. n. 4, item 2를 보라; Ellen Sewall, letter to Prudence Ward, October 26, 1840, MS George L. Davenport, Jr.; Ellen Sewall, diary, July 25, 1841, MS Mrs. Gilbert Tower.

12. Koopman, "Thoreau Romance," p. 102.

15장 여름에 잠들어 가을에 깨어나다

1. *A Week on the Concord and Merrimack Rivers*에 실린 산과 강들의 연관성에 대해서는 Frederick Garber, "A Space for Saddleback……," *Centennial Review*, 24 (1980): 322–337을 보라.

2. *Days*, pp. 87, 88.

3. J. Spooner, letter of Sept. 29, 1854, in *The Concord Saunterer*, 12, 2 (Summer 1977): 9; *JMN*, 7:454; Lemuel Shattuck, *A History of the Town of Concord* (Boston: Russel, Odiorne, and Co., 1835; rept., 1971), p. 201.

4. *PJ*, 1:125, 134, 135.

5. Mary S. Clarke, *The Old Middlesex Canal* (Melrose: The Hilltop Press, 1974), p. 99.

6. *PJ*, 1:137.

7. *Week*, pp. 23, 43, 113, 114, 116.

8. Ibid., p. 334.

9. Ibid., pp. 339, 348, 351, 353, 360.

10. Ibid., pp. 389, 390, 393.

11. Ibid., pp. 359, 483; Thomas Blanding, "A Last Word from Thoreau," in *The Concord Saunterer*, II, 4 (Winter 1976): 16–17

16장 아이스킬로스와 용기

1. *PJ*, 1:100.

2. *PJ*, 1:82, 107.

3. *PJ*, 1:85–86, 91–98.

4. *PJ*, 1:86; *H Works RWE*, 1:239.

5. *PJ*, 1:91, 92.

6. *PJ*, 1:94, 124, 146.

7. Baudelaire, *Intimate Journals*, quoted in *Prose Keys to Modern Poetry*, ed. Karl Shapiro (Evanston: Row, Peterson, 1962), p. 36.

8. Albert Salomon, *In Praise of Enlightenment* (New York: World, 1963), p. 19; *LCR*, II: 361; *PJ*, 1:87, 124.

9. *JMN*, 13:47. 군인의 모습에 관해서는 John Ferling, "A New England Soldier······," *American Quarterly*, 33 (1981): 26–45를 보라.

10. *Walden*, p. 326.

17장 초월주의

1. Doreen Hunter, "'Frederic Henry Hedge, What Say You?'" *American Quarterly*, 32 (1980): 189. 이와 함께 Joel Myerson, *The New England Transcendentalists and The Dial* (Rutherford, N.J.: Fairleigh Dickinson University Press, 1980), pp. 156–162도 보라.

2. J. A. Saxon, "Prophecy,—Transcendentalism,—Progress," *The Dial*, 2 (1841): 90; Henry A. Pochmann, *German Culture in America* (Madison: University of Wisconsin Press, 1957); O. B. Frothingham, *Transcendentalism in New England* (New York: Putnams', 1876; rept., 1972), p. 1; *H Works RWE*, 1:206–207. 또한 Raymnond P. Tripp의 수작 *With Pen of Truth* (Shropshire: Onny, 1972)을 보라.

3. 언어 이론에 관한 소로의 열의에 대해서는 Philip F. Gura, *The Wisdom of Words (Middletown*: Wesleyan University Press, 1981)를 보라.

4. *H Works RWE*, 1:37.

5. *LRWE*, 2:234, 242–243, 271, 281–282, 287.

6. *LRWE*, 2:291, 292.

7. *Week*, p. 437; John Dryden, "A Discourse Concerning the Original and Progress of Satire," in Essays of John Dryden, ed. W. P. Ker (Oxford: Clarendon, 1926), 2:75; *EEM*, pp. 122, 123.

8. *EEM*, pp. 123, 124, 125, 126.

18장 기쁨은 인생의 필요조건

1. *PJ*, 1:128, 132.

2. *PJ*, 1:118, 119.

3. *PJ*, 1:171, 196.

4. *PJ*, 1:121, 140–141.

5. Henry Hallam, *Introduction to the Litherature of Europe in the Fifteenth, Sixteenth, and Seventeenth Centuries* (Paris: Galignani, 1839), 4:109. 소로가 할람을 이해한 부분은 *J*, 1:396을 보라. 커드워스를 이해한 부분은 *Trans Ap*, pp. 164–169를 보라. 제우스 찬가의 소로식 버전은 *Trans Ap*, pp. 167–168을 보라.

6. *Week*, pp. 64–65. 오르페우스를 향한 소로의 애착에 관해서는 Barbara H. Carson, "An Orphic Hymn in Walden," *ESQ*, 20 (1974): 125–130를 보라.

7. *LRWE*, 2:327. 에머슨은 자신의 두 번째 부인을 리디언(Lidian)이라고 불렀는데, 그녀의 세례 명은 리디아(Lydia)였지만 뉴잉글랜드 사람들이 통상적으로 부르는 라이디어(Lydier) 에머 슨이라는 발음을 피하기 위해서였다.

8. *LRWE*, 2:311, 316, 323.

9. *PJ*, 1:167.

19장 훌륭한 행동은 열정의 산물

1. 소로와 페넬론에 관해서는 *PJ*, 1:156n을 보라. 드제랑도에 관해서는 *PJ*, 1:180을 보라.

2. *HCL*, p. 192; *Trans Ap*, p. 114: *PJ*, 1:52, 177n(Murray의 글에서 발췌한 대목은 1837년 같은 날짜의 *Trans Ap*을 보라), 173, 175, 177, 186n.

3. *PJ*, 1:173, 177.

4. *PJ*, 1:187n, 188, 196ff.

5. *PJ*, 1:116; *Poems*, pp. 78, 301; *PJ*, 1:170; *Poems*, pp. vi, 81–82, 387; *PJ*, 1:141, 181, 182, 196.

6. *PJ*, 1:175; *RP*, pp. 3–17; *PJ*, 1:91–98.

7. *RP*, p. 3.

8. *PJ*, 1:193; Ellen Sewall, letter to Prudence Ward, Nov. 18, 1840, MS George L. Davenport, Jr.; *PJ*, 1:196, 197; Corr, pp. 41–42. "The Service"에 관해서는 *Paul*, pp. 83–89를 보라.

20장 그저 바라보는 것만으로도

1. *PJ*, 1:199, 205.

2. *PJ*, 1:200, 204, 205.

3. *PJ*, 1:207.

4. *Seybold*, pp. 121–122.

5. *PJ*, 1:212.

6. *LRWE*, 2:369; Robert D. Richardson, Jr., "Margaret Fuller and Myth," *Prospects* 1978, ed. Jack Salzman (New York: Burt Franklin, 1978), pp. 169–184; *PJ*, 1:199, 210.

21장 아무런 스타일도 없이 살아간다면

1. *Thoreau's Literary Notebook in the Library of Congress*는 K. W. Cameron (Hartford: Transcendental Books, 1964)에 의해 원본 그대로 출간됐다.

2. *PJ*, 1:237; *TLN*, pp. 2, 22; *PJ*, 1:219, 596.

3. *PJ*,, 1:243, 274; *JMN*, 5:221; *PJ*, 1:231; *H Works RWE*, 1:17.

4. 소로가 읽은 책들에 관해서는 Walter Harding, *Thoreau's Library* (Charlottesville: University of Virginia Press, 1957)을 보라. *SAR* 1983, pp. 151–186에 좀더 자세한 내용이 실려있지만 비교하기는 어렵다; *PJ* 1:204, 207, 217, 221, 233.

5. *PJ*, 1:222, 246.

6. 한 예로 F. O. Matthiessen, *American Renaissance* (New York: Oxford University Press, 1941), p. 57을 보라; *PJ*, 1:273, 276, 287.

22장 진실과 애정

1. *EC*, p. 298.

2. *LRWE*, 2:371, 372, 382, 389.

3. 벤 존슨에 관해서는 *PJ*, 1:256, 257, 278을 보라; 콜리지에 관해서는 *PJ*, 1:220, 330을 보라.

4. *LRWE*, 2:377. 마가렛 풀러 역시 1841년 2월에 괴테의 *Theory of Colors*를 읽고 있었다; *The Letter of Margaret Fuller*, ed. Robert N. Hudspeth (Ithaca: Cornell University Press, 1983), 2:204 (Eastlake 번역본은 1840년에 나왔다); *PJ*, 1:235, 244, 257.

5. *The Concord Freeman*, Mar. 5, 1841; *LRWE*, 2:378; *PJ*, 2:269, 270, 275, 278.

6. *PJ*, 2:276.

23장 브룩팜

1. John Humphrey Noyes, *The History of American Socialisms* (Philadelphia: Lippincott, 1870; rept. In 1966 as *Strange Cults and Utopias of Nineteenth Century America*), p. 24.

2. O. B. Frothingham, *George Ripley* (Boston: Houghton Mifflin, 1888), pp. 307–308; *The Early Lectures of Ralph Waldo Emerson*, ed. Stephen E. Whicher, Robert E. Spiller, and Wallace E. Williams (Cambridge: Harvard University Press, 1964), 2: 151; *H Works RWE*, 2:31; 에머슨의 관대함을 보여주는 리플리의 편지 세 통은 *Letters on the Latest Form of Infidelity, Including a View of the Opinions of Spinoza, Schleiermacher, and De Wette* (Boston, 1840)에 나와있다.

3. *PJ*, 1:277–278.

4. *PJ*, 1:310; "manure is the capital of farmer" in The Concord Freeman, February 12, 1841을 보라; *PJ*, 1:291.

5. *PJ*, 1:103, 135, 222, 301.

6. *EC*, 0. 300.

24장 자기 개혁

1. *PJ*, 1: 219, 234.

2. Noyes, *History of American Socialisms*, pp. 24–25, 26, 103.

3. *PJ*, 1:225, 230.

4. R. W. Emerson, "Thoreau," *Atlantic Monthly*, 58 (1862): 240; *PJ*, 1:234.

5. *PJ*, 1:296, 299.

6. *PJ*, 1:304.

25장 누가 더 나은 《베다》를 쓸 것인가?

1. 인도와 관련된 내용은 다음을 보라. Arthur Christy, *The Orient in American Transcendentalism* (New York: Columbia University Press, 1932); F. I. Carpenter, *Emerson and Asia*

(Cambridge: Harvard University Press, 1930); Raymond Schwab, *The Oriental Renaissance*, tr. G. Patterson-Black and V. Reinking (New York: Columbia University Press, 1984). 그리고 Ellen M. Raghavan and Barry Wood, "Thoreau's Hindu Quotations in A Week," *American Literature*, 51 (1979): 94-98도 유용하다; *The Works of Sir William Jones* (London: John Stockdale, 1807), 7:86; *PJ*, 1:317.

2. *PJ*, 1:311, 324.

3. *PJ*, 1:313. 현대적인 시각에서 이런 모순성을 지적한 주목할 만한 주장은 Claude Lévi-Strauss, *Tristes Tropiques* (New York: Athenaeum, 1974), chaps. 37과 38에 나와 있다.

4. *PJ*, 1:325.

5. Swami Paramananda, Emerson and Vedanta (Boston: The Vedanta Centre, 1918); *PJ*, 1:327; *The Works of Sir William Jones*, 7:99; *The Dial*, 3 (1843): 338, 339.

6. *PJ*, 1:313, 327.

26장 이제 시간이 됐다

1. *Corr*, p. 53.

2. *Corr*, p. 48; A. B. Alcott, "The Doctrine and Discipline of Human Culture," in *Records of Conversations with Children on the Gospels* (Boston: James Monroe, 1836), pp. xxix, xxx, xxxi, xxxii.

3. Robert Sattelmeyer, "Thoreau's Projected Work on the English Poets," *SAR* 1980; *PJ*, 1:337, 338, 339.

4. *PJ*, 1:300, 301, 306, 308, 310, 321, 330; *Corr*, p. 45; *PJ*, 1:347.

27장 비극

1. *Days*, p. 134.

2. *Corr*, p. 64; *LRWE*, 3:4, 6-10.

3. *Corr*, pp. 62, 63, 64, 66.

4. *Corr*, pp. 64, 67.

5. *PJ*, 1:364, 365, 368, 369, 372, 376, 382를 보라.

6. *PJ*, 1:395; *LRWE*, 3:47, 54.

7. *PJ*, 1:353-354를 보라. 존과 헨리의 관계에 대한 심리학적 연구는 다음을 참고하라. Raymond D. Gozzi, "Tropes and Figures: A Psychological Study of Henry David Thoreau" (Ph. D. diss., New York University, 1957), chap. 9, "The Brother"; 그리고 Richard Lebeaux, *Young Man Thoreau* (Amherst: University of Massachusetts Press, 1977), chap. 6, "The Death of a Brother."

28장 짧은 여행

1. Nathaniel Hawthorne, *The American Notebooks*, ed. Claude M. Simpson (Columbus: Ohio State University Press, 1972), p. 355.

2. 인도에 관한 내용은 *Howarth* F3에 있는데, *Transcendental Climate*, ed. K. W. Cameron (Hartford: Transcendental Books, 1963)에 포함돼 출간됐다. 이 무렵 소로의 인도에 대한 관심을 알려면 *Howarth* F6b, F6c, F7, F8을 보라. *A Week on the Concord and Merrimack Rivers*의 원전 역할을 한 "Long Book"에 들어있는 이 책의 맨 처음 모습을 보려면 *Howarth* D1a와 *Johnson*, p. 326ff., 그리고 *PJ*, vol. 2를 보라.

3. "The Natural History……"에서 소로가 리뷰한 책들에 대해서는 *LRWE*, 3:47을 보라; *Writings*, 5: 127, 128. 셸링의 *Naturphilosophie*에 관해서는 *Encounter*, September 1981, pp. 74–75를 보라.

4. *Buell*, chap. 7, "Thoreau and the Literary Excursion"은 소로 특유의 형식을 훌륭하게 설명해준다.

29장 자연의 대변인

1. *LRWE*, 3:124; *PJ*, 1:447; *Corr*, pp. 79, 80.

2. *Corr*, pp. 85, 86.

3. Kevin P. Van Anglen, "The Sources for Thoreau's Greek Translations," *SAR* 1980, pp. 291–299를 보라.

4. *Corr*, p. 145; De Wette의 *Introduction to the Old Testament*에 관한 파커의 선구적인 편집 및 설명은 1843년 보스턴에서 Little, Brown에 의해 출간됐다. 에세이 형식으로 된 파커의 리뷰 "Strauss's Life of Jesus" 역시 *The Critical and Miscellaneous Writings of Theodore Parker* (Boston: Monroe, 1843)에 포함돼 같은 해 재출간됐다.

5. *EEM*, p. 211.

6. *Corr*, p. 125.

30장 스태튼 아일랜드

1. *Corr*, p. 78.

2. *Corr*, p. 94.

3. *Corr*, p. 99.

4. *Corr*, pp. 107, 113.

5. *Walden*, p. 259.

6. *PJ*, 1:465, 467.

7. *Corr*, pp. 87, 103, 119.

8. *Corr*, p. 107; 이와 함께 Max Cosman, "Thoreau and Staten Island," *The Staten Island Historian*, 6, 1 (January–March 1943)도 보라.

31장 뉴욕의 문학적 풍경

1. *Corr*, p. 139.
2. *Corr*, p. 111; *LRWE*, 3:19; *Corr*, p. 128.
3. *Corr*, p. 110.
4. *PJ*, 1:455, 481; *Corr*, p. 125.
5. *RP*, pp. 19, 20, 31, 42, 43. 소로와 에츨러에 대해서는 *Paul*, pp. 151-155를 보라.
6. *RP*, p. 20.

32장 겨울 산책

1. *Corr*, p. 112; *Writings*, 5:163. 소로가 사실에서 신화로 옮겨가는 과정에 대한 탁월한 설명으로는 *Buell*, p. 209가 있다.
2. *Writings*, 5:163, 169, 172, 178, 182.
3. *Corr*, pp. 137, 138. 소로가 에머슨에게 보낸 답신은 *Corr*, p. 139를 보라; *Writings*, 5:167-168. Gordon E. Bigelow, "Summer under Snow: Thoreau's 'A Winter Walk,'" *ESQ*, 56 OS (1969): 13-16을 보라.
4. *Writings*, 5:167.
5. *Corr*, p. 132; *PJ*, 1:480. 소로의 일기 원본은 "not not attain to it"으로 돼 있는데, not을 두 번 쓴 것은 실수로 보인다.

33장 철도가 들어오다

1. Henry Adams, *The Education of Henry Adams* (Boston: The Massachusetts Historical Society, 1918), p. 5. John R. Stilgoe는 미국에서는 "1845년 무렵부터 농촌과 도시의 공간 및 구조적 조화를 특징짓는 안정성, 즉 풍경이 무너지기 시작했다"고 말했다. *The Common Landscape of America, 1580 to 1845* (New Haven: Yale University Press, 1982), p. 341.
2. *Historical Statistics of the United States* (Washington, D. C.: Government Printing Office, 1975).
3. *Corr*, p. 95; Mary S. Clarke, *The Old Middlesex Canal* (Melsrose, 1974), pp. 123-126; *Corr*, p. 117; Ruth Wheeler, *Concord; Climate for Freedom* (Concord: Concord Antiquarian Society, 1967), p. 178; *Corr*, p. 137.
4. *Corr*, p. 137; F. T. McGill, Jr., *Changing of Concord* (New Brunswick, N. J.: Rutgers University Press, 1967), pp. 72-73.

34장 문명인의 내면

1. *PJ*, 1:469.
2. *PJ*, 1:469.
3. *PJ*, 1:475, 476; PJ, 2:80.

4. *Howarth*, C6a, C6b, C6c, C6d를 보라.

5. *Corr*, pp. 143−144; PJ, 1:457, 460, 461, 466; *Corr*, p. 145; *EEM*, pp. 155, 156.

6. *EEM*, p. 159.

7. *EEM*, pp. 163, 166, 169.

35장 더 먼 인도를 탐험해야

1. *JMN*, 9: 70, 71.

2. *JMN*, 9:71, 77.

3. *J*, 2:21−25; *Maine Woods*, p. 62.

4. *Corr*, p. 156. William Howarth, *Thoreau in the Mountain* (New York: Farrar, Straus and Giroux, 1982), pp. 54−80는 이 여행에 대한 탁월한 해설이다.

5. *Corr*, pp. 154, 156.

36장 힘차게 종을 울려대다

1. *Works RWE*, 11:109.

2. G. W. Allen, *Waldo Emerson* (New York: Viking, 1981), pp. 426−430에 있는 노예해방 연설에 관한 설명을 보라.

3. *Days*, p. 175.

4. *PJ*, 2:102−116.

5. *LRWE*, 3:262−263; *EC*, p. 369.

6. *The Concord Freeman*, October 18 and 25, 1844를 보라.

37장 자유를 향한 실험

1. *Walden*, pp. 40−41; George H. F. Walling's 1852 map in *Stowell*, p. 10은 당시 콩코드 지역에서 숲과 저습지가 어느 정도였는지 잘 보여준다.

2. *EC*, p. 369.

3. *LRWE*, 3:262; Walden, p. 155.

4. *Corr*, p. 161.

5. Benjamin H. Hibbard, *A History of the Public Land Policies* (Madison: University of Wisconsin Press, 1925; New ed., 1965), p. 364. 소로는 농업 개혁에 무조건 박수를 보내지는 않았다. Robert Gross는 "The Great Bean Field Hoax"에서 소로가 Henry Colman의 매사추세츠 농업 보고서를 얼마나 우습게 여기고 있는지 보여주고 있다.

6. *RP*, pp. 60−61.

38장 의도적으로 살기 위해

1. *Walden*, p. 162.

2. *PJ*, 2:156.

3. *Corr*, p. 116

4. *PJ*, 2:161.

5. *Walden*, p. 90; *PJ*, 2:155, 156

39장 강렬한 삶의 기록

1. *Shanley*, p. 129.

2. *Johnson*, pp. 326–341을 보라; 그리고 *A Week on the Concord and Merrimack Rivers*의 완성 과정에 관한 설명은 *Week*, pp. 433–543을, 초기 버전에 관해서는 *PJ*, 2:102–116과 *Johnson*, pp. 1–165를 보라.

3. 소로가 *A Week on the Concord and Merrimack Rivers*를 쓰기 위해 참고했던 여행서적에 대한 설명은 *Christie*, pp. 250–257을 보라. 이와 함께 Jamie Hutchinson, "The Lapse of the Current: Thoreau's Historical Vision in *A Week on the Concord and Merrimack Rivers*" *ESQ*, 25 (1979): 211–223도 읽어보라.

4. H. W. Longfellow, *Works*, Standard Library Edition (Boston: Houghton Mifflin, 1886), 7:13.

5. 괴테가 소로에게 미친 영향에 관한 최고의 설명은 James McIntosh, *Thoreau as Romantic Naturalist* (Ithaca: Cornell University Press, 1974), pp. 69–80이다.

40장 자연과 가장 가까이 교감할 때

1. J. W. von Goethe, *Italian Journey*, trans. W. H. Auden and E. Mayer (New York: Random House, 1962; rept., Berkeley, North Point Press, 1982), p. 40.

2. Goethe, pp. 306, 363.

3. *Johnson*, pp. 71–72.

4. Ibid., p.22.

5. Ibid., pp. 62, 63, 71. Frederick Garber, *Thoreau's Redemptive Imagination* (New York: New York University Press, 1977)은 소로의 이런 생각을 가장 잘 설명해주고 있다. Paul D. Johnson, "Thoreau's Redemptive Week," *American Literature*, 49 (1977): 22–23에서는 해방에 관한 보다 전통적인 시각을 강조하고 있다.

6. *Johnson*, pp. 136, 137. 소로가 훗날 "The Dispersion of Seeds"을 쓴 것과 관련해서는 William Howarth, *The Book of Concord: Thoreau's Life as a Writer* (New York: Viking, 1982) 와 John Hildebidle, Thoreau: *A Naturalist's Liberty* (Cambridge: Harvard University Press, 1983)을 보라.

7. *Johnson*, pp. 147, 155.

41장 우리 모두가 위대한 인물이 아닌가?

1. Thomas Carlyle, *Oliver Cromwell's Letters and Speeches* (Boston: Dana Estes and Co., 1885), 1:3, 7, 14.

2. *EC*, p. 389; *EEM*, p. 223.

3. *EEM*, pp. 224, 229, 232, 246.

4. Thomas Carlyle, *On Heroes, Hero-Worship, and the Heroic in History* (Boston: Dana Estes and Co., 1885), pp. 235, 249; *EEM*, pp. 234, 246, 248.

5. Carlyle, *On Heroes*, p. 244.

6. Ibid., pp. 239, 245; *EEM*, p. 251.

7. *EEM*, p. 251.

8. *EEM*, p. 264.

9. *EC*, p. 381.

42장 새로운 아담 스미스

1. *Historical Statistics of the United States* (Washington, D. C.: Government Printing Office, 1975), 1:163, 164.

2. Adam Smith, *An Inquiry into the Nature and Causes of the Wealth of Nations* (Oxford: Clarendon, 1869; 1st ed., 1776), p. 1; *Walden*, p. 31; *Wealth of Nations*, p. 31; *Walden*, p. 7; *Wealth of Nations*, pp. 34, 40.

3. *Wealth of Nations*, p. 30; *Walden*, p. 82; *Wealth of Nations*, pp. 7, 30.

4. *Wealth of Nations*, pp. 6–7; *Walden*, p. 20.

5. *Walden*, p. 91. Richard H. Dillman, "Thoreau's Humane Economics: A Reflection of Jean–Baptiste Say's Economic Philosophy," *ESQ*, 25 (1979): 20–25에서는 소로와 세이 경제학을 명쾌하게 설명해주고 있다. 소로의 경제사상은 "각자는 자신의 노동으로 생산한 것을 가져야 한다"는 데서 출발하는데, 이 같은 철학의 발전과정에 대해서는 Leo Stoller, "Thoreau's Doctrine of Simplicity," *NEQ*, 29 (1956): 443–461과 Leo Stoller, *After Walden* (Stanford: Stanford University Press, 1957)을 보라.

43장 1846년 봄, 월든

1. *PJ*, 2:137, 145.

2. *PJ*, 2:136, 147, 168, 169.

3. *PJ*, 2:137, 141, 170. 소로와 워즈워스에 관한 탁월한 분석인 Frederick Garber, *Thoreau's Redemptive Imagination* (New York: New York University Press, 1977)을 보라. 에머슨 및 소로와 워즈워스에 관해서는 Frederick Garber, *The Anatomy of the Self from Richardson to Huysmans* (Princeton: Princeton University Press, 1982), pp. 100–103을 보라. L. R. Fergenson, "Wordsworth and Thoreau: A Study of the Relationship between Man and Nature" (Ph.D. diss., Columbia University, 1971)도 훌륭한 연구다.

4. *PJ*, 2:161, 177.

5. 내가 쓴 *Myth and Literature in the American Renaissance* (Bloomington: Indiana University

Press, 1978), chap. 4와 함께 Louise C. Kertesz, "A Study of Thoreau as Myth Theorist and Mythmaker" (Ph.D. diss., University Illinois, 1970), 그리고 Richard Fleck, "Henry David Thoreau's Interest in Myth, Fable, and Legend" (Ph.D. diss., University of New Mexico, 1970)을 보라.

44장 위대한 깨어남

1. *PJ*, 2:149, 191.
2. *PJ*, 2:233, 234–235.
3. *PJ*, 2:235, 236.
4. *Walden*, pp. 88, 96, 97.

45장 1846년 여름, 시민 불복종

1. *PJ*, 2:247, 249, 252–261; Ralph L. Rusk, *The Life of Ralph Waldo Emerson* (New York: Columbia University Press, 1949), p. 311.
2. *Days*, pp. 199–208.
3. Raymond Adams, "Thoreau's Sources for 'Resistance to Civil Government,'" *SP*, 42 (1945): 640–653.
4. *Selections from the Writings of William Lloyd Garrison* (Boston: R. F. Wallcut, 1852), pp. 72–73.
5. *Walden*, p. 171에서 소로는 물리적 저항을 언급하고 있다. *J*, 6:315와 *RP*, p. 102에서는 이 같은 입장에서 달라진 소로의 시각을 읽을 수 있다.
6. *RP*, pp. 63, 65; Adin Ballou, *Non-Resistance in Relation to Human Governments* (Boston: Non-Resistance Society, 1839), p. 5.
7. *RP*, pp. 67, 68, 72, 73, 76; Michael Meyer, *Several More Lives to Live* (Westport: Greenwood, 1977)에서는 "소로의 사상, 특히 '시민 불복종'에 담긴 사상은 너무나도 비판적이어서 비판적으로 분석하기가 어렵다"(p.192)고 지적하고 있다.
8. 소로와 인두세 문제에 관해서는 John C. Broderick, "Thoreau, Alcott, and the Poll Tax," SP, 53 (1956) 612–626을 보라. 소로와 노예제 폐지에 관해서는 Wendell Glick, "Thoreau and Radical Abolition" (Ph.D. diss., Northwestern University, 1950)을 보라; Bernard DeVoto, *The Year of Decision* (Boston: Houghton Mifflin, 1961; 1st ed., 1942), p. 496.

46장 노스트윈 호수와 캐타딘

1. "Castine from Hospital Island"(1855)에서 Fitz Hugh Lane이 본 광경과 이 지역의 현재 모습을 비교해보면 소로가 갔을 당시에 비해 페놉스콧 만 일대가 다시 숲으로 우거졌음을 알 수 있다.
2. *PJ*, 2:311, 315; J. Parker Huber, *The Wildest Country: A Guide to Thoreau's Maine* (Boston:

Appalachian Mt. Club, 1981), p. 130.

3. *PJ*, 2:275.

4. *PJ*, 2:277, 311.

5. George Boas, "Primitivism," *Dictionary of the History of Ideas, ed. Philip Weiner* (New York: Scribner's, 1973), 3:5780; *Typee*에 대한 소로의 생각에 대해서는 *PJ*, 2:315–318을 보라.

6. 신화와 관련된 내용은 *PJ*, 2:278–279에 있다.

47장 월든, 두 번째 해

1. "Ktaadn"의 1차 초고는 *PJ*, vol. 2에 들어있다; *Bulletin of the New York Public Library* (1948), p. 80; *Shanley*, p. 207.

2. *Corr*, pp. 175, 187, 190; *PJ*, 2:359, 381; *PJ*, 1:487.

3. *PJ*, 2:233–234, 247, 248–249, 252–261.

4. *Corr*, pp. 174, 185–186; *LRWE*, 3:377, 384.

5. *Corr*, p. 181.

48장 블레이크에게 보낸 편지

1. *Clapper*, p. 263; *J*, 3:293; Leonard Neufeldt, "'Extravagance' through Economy: Thoreau's *Walden*," *American Transcendental Quarterly*, no. 11 (Summer 1971), pp. 63–69를 보라; *Corr*, p. 186.

2. *Corr*, pp. 187, 191.

3. *Corr*, pp. 188, 199, 200.

4. *Corr*, pp. 188, 213.

5. *Corr*, pp. 214, 215, 216, 220.

49장 스토아 철학, 하나의 법칙

1. R. D. Hicks, *Stoic and Epicurean* (New York: Scribner's, 1910)와 R. M. Wenley, *Stoicism and its Influence* (Boston: Marshall Jones, 1924), 그리고 Edward Zeller, *Outlines of the History of Greek Philosophy* (New York: Holt, 1890), pp. 229–255를 보라.

2. Zeller, p. 233.

3. Marcus Aurelius, *Meditation* (New York: Penguin, 1964), trans. Maxwell Staniforth, p. 73.

4. Ibid., pp. 78, 85.

5. Ibid., p. 68.

6. Ibid., pp. 90, 161.

7. 그러나 다음을 보라. Raymond P. Tripp, Jr., "Thoreau and Marcus Aurelius: A Possible Borrowing," *Thoreau Society Bulletin*, 107 (Spring 1969):7; *Remembrances of Concord and the Thoreaus*, ed. George Hendrick (Urbana: University of Illinois Press, 1977), pp. 31–32

에 있는 Horace Hosmer가 Dr. S. A. Jones에게 1891년 3월 30일에 보낸 편지; 내가 쓴 "A Perfect Piece of Stoicism," *TSB* 103 (1980):1–5; 그리고 Mary E. Cochnower, "Thoreau and Stoicism" (Ph.D. diss., State University of Iowa, 1938); PJ, 1:26; *Channing*, p. 11.

50장 아폴로니안 비전

1. *Corr*, p. 221; Friedrich Nietzsche, *The Birth of Tragedy*, trans. *Francis Golffing* (New York: Doubleday, 1956), p. 30; *Corr*, pp. 222, 225.
2. Walter Otto, *The Homeric Gods*, trans. Moses Hadas (Boston: Beacon, 1964), pp. 78, 79.
3. *Week*, pp. 101, 102; C. O. {i.e., K. O.} Müller, *The History and Antiquities of the Doric Race*, 2nd ed. (London: John Murray, 1839), vol. 1, book 2, pp. 219–370, esp. pp. 239, 298, 313, 314, 315, 327, 335, 370을 보라.
4. *Days*, p. 197; Otto, pp. 10, 178–179.
5. Nietzsche, p. 22; *Week*, p. 140.

51장 《콩코드 강과 메리맥 강에서 보낸 일주일》

1. *Corr*, p. 191.
2. *Corr*, pp. 217, 223–224; *New York Daily Tribune*, May 25, 1848.
3. Harding, "Check List of Thoreau's Lectures," *Bulletin of the New York Public Library* (1948), p. 81.
4. *Week*, pp. 467–470; *Corr*, p. 237.
5. Ibid., p. 471.
6. *TSB*, 27 (Apr. 1949):1–3에 리뷰 기사가 실려 있다. Michael Meyer, "A Case for Greeley's Tribune Review of *A Week*," *ESQ*, 25 (1979):92–94도 보라.
7. *Days*, p. 258; *Corr*, pp. 247, 249.

52장 케이프코드의 난파선과 구원

1. *Writings*, 4:3.
2. Ibid., 4:5, 6–7. *Cape Cod*에 실린 죽음에 관해서는 *Paul*, pp. 381–386을 보라.
3. *Writings*, 4:11, 12, 13, 62, 71, 186, 187. *Cape Cod*의 주제와 장엄함의 관계에 대해서는 Emory V. Maiden, Jr., "*Cape Cod*, Thoreau's handling of the Sublime and the Picturesque" (Ph.D. diss., University of Virginia, 1971)를 보라. 멜빌 풍으로 자선 합숙소를 묘사한 대목에 관해서는 Joel Porte, "Henry Thoreau and the Reverend Poluphloisboios Thalassa," in *The Chief Glory of Every People*, ed. M*atthew J. Bruccoli* (Carbondale: Southern Illinois University Press, 1973), 206–209를 보라.
4. *Writings*, 4:50–54. 소로가 케이프의 성직자들을 예지디스나 악마 숭배자들과 비교한 것은 Sir Austen Layard's *Nineveh and its Remains* (New York: Putnam's, 1849), chap. 8에서 참고

한 것이다. 이와 함께 Richard J. Schneider, "*Cape Cod*: Thoreau's Wilderness of Illusion," *ESQ*, 26 (1980):184–196과 Linck C. Johnson, "Into History: Thoreau's Earliest Indian Book and his First Trip to Cape Cod," *ESQ*, 28 (1982):75–88을 보라.

5. *Writings*, 4:57, 58, 59, 77–78, 108.

53장 힌두교 이상주의

1. H. H. Wilson은 그가 번역한 *The Vishnu Purana* (Bombay: 1840; rept., 1972) 서문에서 Colebrook을 인용해 힌두교 범신론을 이야기한다; "인도 경전의 핵심은 신을 하나로 통합한다는 것이다. 이 세상은 그 안에서만 이해할 수 있다."(p. ii); James E. Cabot, "The Philosophy of the Ancient Hindoos," *Massachusetts Quarterly Review* 4 (1849): 403, 420. 이 글은 *Trans Ap*에 재수록돼 있다.

2. 1849년부터 1850년까지 소로가 읽은 인도 관련 서적은 *HCL*, p. 195에 제목 별로 적혀있다.

3. *Week*, p. 140.

4. *Howarth*, F8 (Berg), p. 218. 소로가 인용한 구절은 Rammohun Roy, *Translation of Several Principal Books, Passages and Texts of the Vedas......*, 2nd ed. (London: Parbury Allen and Co., 1832), p. 151에 있는 것이다. 소로가 Langlois의 책을 토대로 번역한 것은 훗날 Arthur Christy가 *The Transmigrations the Seven Brahmins* (New Yor: W. E. Rudge, 1932)로 출간했다; *Trans Ap*, p. 234.

5. 소로가 Cabot에서 발췌한 내용은 *Trans Ap*, p. 222를 보라; *The Vishnu Purana*에서 발췌한 내용은 *Howarth* F8, pp. 187–217을 보라.

54장 계절의 경이로움

1. *J*, 2:8, 21ff., 33.

2. *J*, 2:12, 19, 34.

3. *Howarth*, F15는 전부가 1851–1858년에 쓰여진 것이고, F16은 대부분 1858–1860년에 쓰여진 것인데, *Literary Notebook*에 충실한 내용들이지만 그렇지 않은 것도 있다; *Howarth*, F7; *J*, 2:13, 14.

4. Alexander Von Humboldt, *Cosmos*, trans. E. C. Otte, 5 vols. (New York: Harper, 1851–1875), 1:ix, 2:table of contents; *TLN*, p. 362.

5. *TLN*, p. 359; *J*, 2:9.

55장 엘리자베스 호 참사

1. *Corr*, p. 259.

2. 난파선과 관련한 설명은 Margaret Fuller Ossoli, *At Home and Abroad*, ed. A. B. Fuller (Boston: Crosby, Nichols, 1850), pp. 443–455와 *Memoirs of Margaret Fuller Ossoli*, ed. R. W. Emerson, W. H. Channing, and J. F. Clarke (Boston: Phillips, Sampson, 1852).

3. *LRWE*, 4: 219; *Corr*, p. 262.

4. *J*, 2:49; *Corr*, p. 263; *J*, 2:80.

5. *Corr*, p. 265.

56장 백만 가지 콩코드 이야기

1. *J*, 2:44; *Corr*, p. 265.

2. *Corr*, pp. 265–266.

3. *At Home and Abroad*, p. 447에 나와있는 Bayard Taylor의 설명을 보라; *J*, 2:80.

4. *J*, 2:51.

57장 캐나다 여행

1. T. S. Eliot, *Four Quartets* (New York: Harcourt Brace, 1943), p. 23; *J*, 2:71. *A Yankee in Canada*에 관해서는 *Paul*, pp. 369–378을 보라.

2. *Writings*, 5:1, 3, 7.

3. Ibid., 5:12, 78, 80, 81.

4. Ibid., 5:89, 92, 95.

5. *HCL*, p. 195. 이와 함께 Lawrence Willson, "Thoreau's Canadian Notebook," *Huntington Library Quarterly*, 22(1959): 179–200을 보라; *Writings*, 4:227, 232.

58장 인디언, 그 첫 번째

1. Robert F. Sayre, *Thoreau and the American Indians* (Princeton: Princeton University Press, 1977)을 보라. 소로가 인디언에 대해 알고 있던 것을 추측하는 데는 아직 출판되지 않은 20페이지짜리 논문인 Arthur Christy, "Bibliography of Thoreau's American Indian Notes," in the Morgan Library가 좋은 출발점이다. 이와 함께 Edwin S. Fussel, "The Red Face of Man," in Thoreau: *A Collection of Critical Essays*, ed. Sherman Paul (Englewood Cliffs, N. J.: Prentice–Hall, 1962), pp. 142–160과 Joan Sherako Gimlin, "Henry Thoreau and the American Indian" (Ph.D. diss., George Washington University, 1974)도 보라.

2. *Corr*, pp. 16–18.

3. *PJ*, 2:313, 317.

4. *Typee*에 관한 소로의 코멘트는 *PJ*, 2:315–318을, 샤토브리앙에 관한 코멘트는 *PJ*, 2:349–353을 보라; Henri Bauder, *Paradise on Earth: Some Thoughts on European Images of Non-European Man* (New Haven; Yale University Press, 1965), p. 65.

5. Philip F. Gura, "Thoreau's Maine Woods Indians: More Representative Men," *American Literature*, 49 (1977): 366–384; *Maine Woods*, p. 79.

59장 인디언, 그 두 번째

1. 소로가 읽은 캐나다 관련 서적은 "Canadian Notebook" 혹은 "Extracts Relating to Canada, etc"로 불리는 *Howarth* F9을 보라; *Christie*, pp. 95–103.

2. Albert Keiser, "Thoreau's Manuscripts on the Indians," *Journal of English and Germanic Philology* 27 (1928): 196; *Howarth* F10. 소로가 "Indian Books"라는 제목을 사용한 것과 관련해서는 Robert Sayer, *Thoreau and the American Indians* (Princeton: Princeton University Press, 1977), pp. 217–220을 보라.

3. 소로가 읽은 Schoolcraft와 Squier, Davis, Morgan의 저서에 대해서는 Christy가 작성한 "Bibliography of Thoreau's American Indian Notes"를 보라; Lewis H. Morgan, *League of the Iroquois* (Secaucus: Citadel, 1962; 1st ed., 1851), introduction by William N. Fenton, pp. v, 444.

4. *J*, 2:112–115.

60장 표범의 지식

1. Channing, p. 71; Edward Waldo Emerson, *Henry Thoreau as Remembered by a Young Friend* (Boston: Houghton Mifflin, 1917; rept., 1968), p. 106.

2. 짧은 여행을 문학적으로 다룬 작품에 관해서는 *Buell*, pp. 188–202을 보라; *Writings*, 5:218, 224. 이와 함께 Frederick Garber, "Unity and Diversity in 'Walking,'" *ESQ*, 56 OS (1969): 35–39와 *Paul*, pp. 412–416을 보라.

3. *Writings*, 5:205, 224–225, 226.

4. Ibid., 5:234, 237, 239, 240.

5. Hayden White, "The Forms of Wildness: Archaeology of an Idea," in *The Wild Man Within*, ed. Edward Dudley and Maximilian Novak (Pittsburgh: University of Pittsburgh Press, 1972), p. 29; Geoffrey Symcox, "The Wild Man's Return: The Enclosed Vision of Rousseau's Discourses," in *The Wild Man Within*, p. 234.

6. White, p. 35; *Writings*, 5:225, 246, 248.

7. *Writings*, 5:247–248. "Walking"에 나오는 종교적 언어에 관해서는 Joel Porte, "Henry Thoreau and the Reverend Poluphloisboios Thalassa," in *The Chief Glory of Every People*, ed. Matthew J. Bruccoli (Carbondale: Southern Illinois University Press, 1973), p. 96을 보라.

61장 기술적 보수주의

1. *Walden*, pp. 26, 53.

2. *Days*, pp. 56–57, 157–158.

3. Steve Dunwell, *The Run of the Mill* (Boston: Godine, 1978), pp. 51, 54.

4. *J*, 2:134; Dunwell, p. 33.

5. *J*, 2:135.

6. *Works RWE*, 5:71, 82.

7. Philip E. Slater, *The Pursuit of Loneliness* (Boston: Beacon, 1970), p. 128; *J*, 2:142.

62장 신화와 야생성

1. *J*, 2:140.
2. *Week*, pp. 60, 66.
3. *Maine Woods*, p. 54; 이에 대한 더 자세한 설명은 내가 쓴 *Myth and Literature in the American Renaissance* (Bloomington: Indiana University Press, 1978), ch. 4를 보라.
4. *J*, 2:144, 145.
5. nn. Chaps. 53–54를 보라; *J*, 2:145.
6. *J*, 2:94–95.

63장 사과 이름 짓기

1. Adam Smith, *An Inquiry into the Nature and Causes of the Wealth of Nations* (Oxford: Clarendon, 1869; 1st ed., 1776), p. 10.
2. *J*, 2:194.
3. *J*, 2:196.
4. Michaux의 *North American Sylvae*는 잘 쓰여졌을 뿐만 아니라 아름다운 묘사로 가득하다. 훗날 소로가 표현상의 문제로 제임스 러셀 로웰과 충돌하게 된 단초도 미쇼의 글에서 발견할 수 있다. 이 책 293페이지에서 미쇼는 백송을 이야기하면서 "그 꼭대기는 하늘을 경배하듯 끝없이 멀게 보인다"고 했다. G. B. Emerson의 책에 대한 탁월한 해설을 보려면 Donald Worster, *Nature's Economy: A History of Ecological Ideas* (Cambridge: Cambridge University Press, 1985; 1st pub. 1977), pp. 68–69가 있다; *J*, 2:197–201, 208.
5. *J*, 2:92.
6. *J*, 2:209. 이와 함께 Kevin P. Van Anglen, "A Paradise Regained: Thoreau's Wild Apples and the Myth of the American Adam," *ESQ*, 27 (1981): 28–37.
7. *J*, 2:212; *Writings*, 5:316–317; *J*, 2:222.

64장 헨리 소로의 네 가지 세계

1. 공유하는 세계라는 소로의 시각을 내가 생각하게 된 것은 Warner Berthoff의 훌륭한 멜빌 작가론인 *The Example of Melville* (Princeton: Princeton University Press, 1962)에서 영감을 얻은 것이다.
2. R. W. Emerson, "Thoreau," *Atlantic Monthly*, 10 (1862): 243; *Writings*, 5:211–212.
3. *J*, 2:281.
4. *Walden*, p. 4.

65장 소로와 다윈, 《비글 호 항해기》

1. *The Red Notebook of Charles Darwin*, ed. Sandra Herbert (Ithaca: Cornell University Press, 1980), pp. 7, 22.

2. *J*, 2:240, 241, 244.

3. Charles Darwin, *Journal of Researches into the Natural History and Geology of the Countries visited during the Voyage of HMS Beagle Round the World......* (New York: Harpers, 1846), p. 44.

4. Ibid., pp. 45, 50; *J*, 2:261,−262.

66장 실천적인 초월주의

1. Kenneth W. Cameron, "Emerson, Thoreau, and the Society of Natural History," *American Literature*, 24 (1952): 21−30; *Christie*, p. 25.

2. *J*, 2:351.

3. *J*, 2:406, 409.

4. *J*, 2:193, 228, 289, 290, 300, 314.

5. *J*, 2:316, 413.

6. *J*, 2:428.

67장 이곳이 나의 고향, 내가 태어난 땅이다

1. *J*, 3:113, 118.

2. *J*, 2:467−468.

3. *Seybold*, pp. 70, 71, 99, 103−106; *Cato and Varro: De Re Rustica* (Cambridge: Harvard University Press, 1934), pp. xi−xii, 3, 9, 33; *J*, 2:442−443, 445.

4. *J*, 2:449, 477, 481, 497.

5. *J*, 3:31, 56, 85, 86, 95.

68장 해 짧은 겨울날들

1. *J*, 3:140, 143−144, 147, 170, 189.

2. *J*, 3:164−166을 보라.

69장 광물은 갑자기 튀어나오고

1. 소로는 1851년 8월부터 "Extracts mainly concerning Natural History"라는 노트를 기록하기 시작했다. 이 노트 *Howarth* F15는 K. W. Carmeron이 *Thoreau's Fact Book......in the Harvard College Library* (Hartford: Transcendental Books, 1966)로 출간했다. 노트는 1851년 8월에 시작됐지만 대부분의 기록은 1853−1858년 사이에 이뤄졌다. Berg collection of the New York Public Library에 있는 *Howarth* F16은 이 노트의 후속편이라 할 수 있는, "Extracts, mostly upon Natural History"라는 별도의 노트로 1853−1860년에 기록됐지만 대부분은 1958년 이후의 것이다. 소로의 Indian Notebooks가 그의 인디언 연구에 중요한 자료인 것처럼, 하나의 세트를 이루는 이들 두 권의 노트는 아직 제대로 연구되지 않았지만 박물학자

소로를 탐구하는 데 훌륭한 발췌록이다; *J*, 3: 117, 164, 165, 175, 181.

2. *Walden*, p. 308; *J*, 3:308, 309.

3. 소로는 *J*, 3:307에서 린네의 책 첫 페이지를 인용하고 있다; Carl Linnaeus, *Philosophia Botanica* (Vienna: Trattner, 1763), p. 1; *Walden*, pp. 307, 309.

4. *J*, 3:307, 328.

5. 자연사에 관해서는 *Howarth* F15를, 인디언과 콜럼버스 이전의 북아메리카 역사에 관해서는 R10d를, 시와 인도에 관한 내용은 F8을 보라. F8은 1850년 봄에 엄청나게 쓰여졌는데, 이 게 마지막이 된 것 같다; *J*, 3:239.

70장 실패한 것들의 목록

1. *J*, 3:293; *Shanley*, p. 113; *The Variorum Walden*, ed. Walter Harding (New York: Twayne, 1962), p. 259; R. W. Emerson, "Thoreau," *Atlantic Monthly*, 10 (1862): 244; *Corr*, p. 266.

2. *J*, 2:322, 324; *J*, 3:320.

3. *J*, 2:446, 449; *J*, 2:366–367; *J*, 4:400, 455, 459.

4. *J*, 3:312, 313, 345–346. 소로의 회의주의에 대한 최근 연구로는 Richard Bridgeman, *Dark Thoreau* (Lincoln: University of Nebraska Press, 1982)가 있다. 브릿지먼은 소로의 어두운 면을 강조했다는 점은 높이 사줄 만하지만 소로의 "제일 아쉬운 모습은 매우 사려 깊은 사람이 아니었다는 것"(p. xiv)이라는 주장은 받아들이기 어렵다.

5. *J*, 3:348.

71장 윌리엄 길핀

1. *J*, 3:418, 425–426, 432; *J*, 5:135. 소로가 말년에 Gilpin에 대해 비평한 것에 대해서는 William D. Templeman, "Thoreau, Moralist of the Picturesque," *PMLA*, 47 (1932): 864–889를 보라. 소로의 "roughness"에 대한 관심은 Gordon V. Boudreau, "Henry David Thoreau, William Gilpin, and the Metaphysical Ground of the Picturesque," *American Literature*, 45 (1973): 357–369를 보라. 가장 깊이 있고 시사하는 것도 많은 논문은 Emory V. Maiden, Jr., "*Cape Cod*: Thoreau's Handling of the Sublime and the Picturesque" (Ph.D. diss., University of Virginia, 1971)다.

2. William Gilpin, *Three Essays on Picturesque Beauty* (London: Cadell and Davis, 1808), pp. 6, 26–27.

3. William Gilpin, *Remarks on Forest Scenery* (Edinburgh: Fraser, 1834; 1st ed., 1791), pp. 50, 145.

4. Gilpin, *Three Essays*, pp. 18, 53. 소로에게서 발견되는 루미니스트와 길핀의 특징들 간에는 중요한 연관성이 있다. ch. 12, note 2를 보라.

5. Gilpin, *Forest Scenery*, p. 199.

6. Quoted in Elizabeth Barlow, *The Central Park Book* (New York, 1977), p. 12. 평생에 걸쳐

길핀에 대한 관심의 끈을 놓지 않은 Olmsted의 열의—영국을 여행하며 길핀의 발자취를 따라가보았을 정도다—에 대한 보다 상세한 사례는 Laura Wood Roper, F.L.O. (Baltimore: Johns Hopkins University Press, 1973)에 있다. 길핀과 콜에 대해서는 Matthew Baigell, *Thomas Cole* (New York: Watson-Guptill, 1981)을 보라. 길핀과 처치에 대해서는 *Close Observation*, ed. Theodore E. Stebbins, Jr. (Washington: Smithsonian Institution Press, 1978)을 보라.

72장 풍경의 명료한 묘사

1. *J*, 3:17, 332, 336, 366, 369, 370.
2. *J*, 3:439, 452.
3. *J*, 3:372-373; *J*, 6:53.
4. *J*, 3:430, 431, 442.
5. Vincent Scully, *The Earth, the Temple, and the Gods*, rev. ed. (New York: Praeger, 1969), pp. 2, 3.

73장 순결은 인간의 꽃

1. *J*, 3:390; Corr, pp. 276, 277, 278, 279.
2. *The Wyeths: The Letters of N. C. Wyeth*, ed. Betsey James Wyeth (Boston: Gambit, 1971), p. 480; Ann Douglas, *The Feminization of American Culture* (New York: Knopf, 1977), p. 4. *Sacontala*에 관해 소로가 적은 글은 *Howarth* F8 pp. 163-166에 있다. 한 예로 소로는 이런 문장을 옮겨 적었다. "내 몸은 앞으로 움직이지만, 멈추지 않는 내 마음은 장대에 매단 깃발이 바람을 거스르듯 그녀를 향해 거꾸로 달려간다."(p. 164)
3. *EEM*, p 271.
4. *EEM*, pp. 268, 269, 270.
5. *Corr*, p. 288; *EEM*, p. 274.
6. *Clapper*, p. 589; *EEM*, pp. 276-277.
7. Mary Douglas, "Purity and Danger Revisited," *Times Literary Supplement*, Sept. 19, 1980, p. 1045.

74장 관찰의 해

1. *J*, 4:198, 227.
2. 예를 들자면 괴테가 1798년 12월 8일 실러에게 보낸 편지에서 언급한 대목을 보라. "점성술이라는 미신은 이 세상이 하나의 거대한 통합체라는 어렴풋한 느낌에서 출발한다." *J*, 4:146; *Corr*, p. 283.
3. Corr, pp. 283, 284; *J*, 4:223.
4. 소로의 1852년 일기에 관해서는 William Howarth, *The Book of Concord* (New York: Viking,

1982), pp. 73-79를 보라. 하워스는 일기가 소로의 주요 작품이라고 본다.

5. *J*, 3:390, 425-426, 438. 소로가 작성한 도표는 *Howarth* F18-F32를 보라; 아직껏 연구 대상이 된 적이 거의 없는 차트들로는 F18d, F19c, F19f, F20a, F20b, F21a, F22b, F23e, F23f, F27a, F32d (Morgan Library, MS R V 12-C)를 보라.

6. *J*, 4:312-313, 317, 351.

7. *J*, 4:239; Alfred North Whitehead, *Science and the Modern World* (New York: MacMillan, 1925), pp. 3-4, 5; *J*, 4:163. 소로와 화이트헤드에 대한 더 깊은 논의는 Kichung Kim, "Thoreau's Involvement with Nature: Thoreau and the Naturalist Tradition" (Ph.D. diss., University of California, Berkeley, 1969), pp. 27-30, 61, 68을 보라. 소로와 과학에 관한 탁월한 분석은 Nina Baym, "Thoreau's View of Science," *Journal of the History of Ideas*, 26 (1965): 221-234을 보라.

75장 시골생활

1. *J*, 4:302, 305, 360. 여기에서는 일반명(common names)을 썼는데, Ray Angelo, *Botanical Index to the Journal of Henry David Thoreau* (Salt Lake City: Peregrine Smith, 1984), 292-294에서 가져온 것이다.

2. *J*, 4:345, 368-375.

3. *The Heart of Thoreau's Journals*, ed. Odell Shepard (Boston: Houghton Mifflin, 1927), p. 71.

4. *J*, 4:381; *J*, 8:192-193.

5. *J*, 5:523; *J*, 8:433.

6. *J*, 9:356.

76장 콜럼버스 이전의 역사

1. *Clapper*, p. 387.

2. Berg collection in the New York Public Library에 있는 주요 초고는 *Howarth* F30과 F29h다. 이 가운데 지금까지 출간된 것은 에세이 "Huckleberries," ed. Leo Stoller (Iowa City: Windhover Press, University of Iowa, 1970), rept. In *Henry David Thoreau, The Natural History Essay, ed. Robert Sattelmeyer* (Salt Lake City: Peregrine Smith, 1980)가 전부다.

3. *Clapper*, p. 832.

4. Morgan MS MA 596 (*Howarth* F10a), blue sheet tipped in; *Corr*, p. 310.

77장 예수회 보고서

1. Edmund B. O'Callaghan, *Jesuit Relations......1632-1672* (New York: New York Historical Society, 1847), p. 6. 소로가 이 책을 읽었다는 기록은 없다. 소로가 읽은 O'Callaghan의 다른 책들은 A. H. Christy, "Bibliography of Thoreau's American Indian Notes," unpub. MS

pamphlet in the Morgan Library. 크리스티는 또 소로가 W. I. Kip, *The Early Jesuit Missions in North America* (New York: Wiley and Putnam, 1846)을 읽었음을 알려주고 있다.

2. Lewis Henry Morgan, *League of the Iroquois* (Secaucus: Citadel, 1962; 1st ed. 1851), pp. 23-24.

3. *The Jesuit Relations and Allied Documents*, ed. Ruben G. Thwaites (Cleveland: Burrows Bros., 1897), 5:89, 91, 96, 97.

4. Thwaites, *The Jesuit Relations*, 5:119, 121.

5. *J*, 3:218; *J*, 4:388.

78장 범신론

1. *J*, 4: 419, 453, 470-471, 472, 474, 477, 475.

2. *Corr*, pp. 293, 294.

3. *J*, 5:4, 16.

4. *Corr*, pp. 296-297.

5. *J*, 4:443, 445. Edward Wagenknecht가 쓴 *Henry David Thoreau: What manner of Man?* (Amherst: University of Massachusetts Press, 1981)은 소로의 신앙 문제를 둘러싼 긴 논쟁을 요약하면서 색다른 결론을 내리고 있는데, 소로가 범신론자가 아니라 "기본적으로 기독교도지만 창조주가 그가 만든 것을 집어삼킬 수 있다는 것을 인정하지 않을 뿐"이라는 것이다.(p. 171)

6. *J*, 4:460-461.

7. *J*, 4:478.

8. *J*, 5:68, 69.

79장 미국

1. *RP*, pp. 64, 65, 67.

2. *Writings*, 5: 217, 218.

3. Ibid., 5:224.

4. Ibid., 5:222, 223.

5. *J*, 3:237-238.

6. *J*, 3:418; *Corr*, p. 296.

80장 골든 게이츠

1. *J*, 5:27-28, 51-52, 333-335.

2. *Days*, p. 308. 채닝의 "Country Walking" 초고는 Morgan Library에 있다; *J*, 5: 135, 203.

3. *J*, 13:77.

4. Richard Trench, *On the Study of Words* (New York: W. J. Widdleton, 1876; 1st ed., 1851), pp. 12-15.

5. *J*, 4:466-467. Trench와 Kraitsir에 대한 소로의 관심은 Michael West, "Charles Kraitsir's Influence on Thoreau's Theory of Language," *ESQ*, 20 (1973): 262-274와 Gordon V. Boudreau, "Thoreau and Richard C. Trench: Conjectures on the Pickerel Passage of Walden," *ESQ*, 21 (1974): 117-124, 그리고 Philip F. Gura, *The Wisdom of Words* (Middletown: Wesleyan University Press, 1981), chap.4를 보라. *Walden* 개정 작업을 하면서 이처럼 언어에 새로이 관심을 가짐으로써 얻은 효과에 대해서는 하나의 사례로 *Clapper*, pp. 362, 811을 보라.

6. *J*, 4:482.

81장 《월든》 다섯 번째 초고

1. *Days*, p. 316.

2. *Walden* 원고의 개정 작업에 대해서는 *Shanley*, pp. 18-19와 *Clapper*, pp. 30-32, 그리고 *Walden*, pp. 362-367을 보라. The Natural History Notebook은 *Howarth* F15다. chap. 69, note 1을 보라.

3. *Shanley*, p. 67.

4. *Clapper*, p. 527.

5. *J*, 5:197-198; Henry Mayhew, *London Labour and the London Poor* (London: n.p., 1851), pp. iv, 3.

6. *Clapper*, pp. 707, 708.

82장 친구들

1. *Channing*, p. ix.

2. F. T. McGill, Jr., *Channing of Concord* (New Brunswick: Rutgers University Press, 1967), p. 134; *Channing*, p. 333; McGill, p. 119.

3. *J*, 5:459; *Clapper*, p. 707.

4. *Clapper*, p. 708; Odell Shepard, *Pedlar's Progress, The Life of Bronson Alcott* (Boston: Little, Brown, 1937), p. 402.

5. *J*, 5:188; *Emerson in his Journals*, ed. Joel Porte (Cambridge: Harvard Unversity Press, 1982), pp. 428, 432. 이와 함께 같은 저자가 쓴 *Representative Man: Ralph Waldo Emerson in his Time* (New York: Oxford University Press, 1979)의 "Thoreau"에 관한 장을 보라. 저자는 여기서 그가 맨 처음 *Emerson and Thoreau: Transcendentalists in Conflict* (Middletown: Wesleyan University Press, 1966)에서 다뤘던 주제를 새롭게 조명하고 있다.

6. Ralph L. Rusk, *The Life of Ralph Waldo Emerson* (New York: Columbia University Press, 1949), pp. 455, 456; *J*, 5:515; *Clapper*, p. 713. 에머슨이 소로에 관한 에세이를 쓴 배경을 알려면 Gabrielle Fitzgerald, "In Time of War: The Context of Emerson's 'Thoreau,'" *American Transcendental Quarterly* no. 41 (Winter 1979), pp. 5-12를 보라. Richard Lebeaux, *Tho-*

reau's Seasons (Amherst: University of Massachusetts Press, 1984)는 에머슨과의 관계를 포함해 소로의 감정적인 측면을 가장 상세하면서도 설득력 있게 재구성한 역작이다.

7. Henry Seidel Canby, *Thoreau* (Boston: Houghton Mifflin, 1939), pp. xii, 248–249.

83장 체선쿡

1. *Maine Woods*, p. 136; *Corr*, p. 504.

2. Albert Keiser, "Thoreau's Manuscripts on the Indians," *Journal of English and Germanic Philology* 27 (1928): 199.

3. Aubrey Burl, *Prehistoric Avebury* (New Haven: Yale University Press, 1979)

4. *Maine Woods*, pp. 101, 119, 151, 152, 155, 156.

5. 길핀에 관한 부분은 ibid., p. 439를 보라. 소로는 *Sylva*와 *Terra*, 그리고 *Pomona*에서 뽑아낸 것을 그의 자연사 발췌록에 옮겨 적었다. *Thoreau's Fact Book*......, 1:92–105, 2:114–133을 보라. Kalendarium Hortense는 *J*, 4:87에서 언급하고 있다; John Evelyn, *Sylva*......, 3rd ed. (London: John Martyn, 1679), pp. 1, 2; *J*, 4:85.

6. *Maine Woods*, p. 156.

7. Ibid., pp. 155–156.

8. *Corr*, pp. 311, 313.

84장 《월든》 여섯 번째 초고

1. 길핀에 관한 부분은 *HCL*, p. 196과 *J*, 6:55–59를 보라. 프라이스에 관한 부분은 *HCL*, p. 196과 *J*, 6:103을 보라.

2. *J*, 6:69. 이 구절은 Cato, *De Agri Cultura*, chap. 3, sec. 1, 2에서 가져온 것이다; *J*, 6:82–83. 이 구절들은 Varro, *Rerum Rusticarum*, book 1, chap. 1, secs. 14–15에서 가져온 것이다.

3. *J*, 6: 68, 86.

4. *Clapper*, pp. 266, 274, 279, 379, 380, 455, 460 ff., 566, 621 ff., 647; *Shanley*, p. 68.

5. Varro, *Rerum Rusticarum*, book 1, chaps. 28–36에서는 사계절과 함께 각 계절을 더 세분화해서 설명하고 있으며, chap. 37에서는 1년을 여섯 계절로 나눠 소개하고 있다. 소로는 오래 전부터 William Howitt이 쓴 *The Book of the Seasons, or the Calendar of Nature* (Philadelphia: Carey and Lea, 1831)을 알고 있었다. *EEM*, pp. 26–36을 보라; *Trans Ap*, pp. 21–25; *Paul*, pp. 42–45; Hildebidle, *A Naturalist's Liberty*, pp. 67–68.

6. Columella, *Re Rusticae*, book 11, chap. 2, sec. 6; chap. 3, sec. 16.

7. Evelyne의 *Kalendarium Hortense*에 관한 부분은 chap. 83, n. 5를 보라. Linnaeus의 *Calendarium Florae* (Upsala, 1756)에 관한 부분은 *Thoreau's Fact Book*, 1:26–27을 보라; Gilbet White, *The Natural History of Selborne*, Bohn Library ed. (London: G. Bell and Sons, 1890), p. 302; L. C. Miall, "Introduction" (p. xx)에서는 1767년부터 해마다 발행된 62페이지 분량의 빈 공간이 있는 Barrington의 *The Naturalist's Journal*을 설명하고 있다. 18세기와

19세기에 나온 박물학자들의 캘린더 리스트는 Benjamin D. Jackson, *Guide in the Literature of Botany* (New York: Hafner, 1964; 1st ed., 1881), sec. 68, p. 213에 나와 있다. 소로와 미국 생물기후학에 관해서는 Victor C. Friesen, *The Spirit of the Huckleberry* (Edmonton: The University of Alberta Press, 1984), p. 98을 보라. 미국 생물기후학은 그 기원을 따지자면 J. Bigelow의 "Facts Serving to show the Comparative Forwardness of the Spring Season in Different Parts of the U.S.A.," in *Memoirs of the American Academy of Arts & Science*, Old Series, vol. 4 (1817)로 거슬러 올라간다.

8. 소로가 White를 맨 처음 언급한 것은 1853년 3월 29일자 일기 *J*, 5:65다. 소로는 자신의 서재에 본(Bohn) 출간 본 한 권을 갖고 있었다.

9. L. C. Miall, "Introduction," to *The Natural History of Selborne* (London: Methuen, 1901), p. xxii.

10. *J*, 6:85, 206, 236−237.

85장 생명 있는 것의 승리

1. *J*, 6:91, 109, 112, 152.

2. *J*, 6:99−100; *Clapper*, pp. 806−818. *Paul*, pp. 348−351을 보라.

3. *PJ*, 1:15.

4. *J*, 6:148, 278.

5. *J*, 6:15.

6. *J*, 6:109, 124.

7. *Corr*, p. 321; *J*, 6:185.

8. *J*, 6:168, 176; *Corr*, p. 324.

86장 앤서니 번스

1. *J*, 6:179, 192, 229, 297−302.

2. *J*, 6:226, 283.

3. *RP*, pp. 96, 101, 102(*J*, 6:315에 나오는 구절과 비교해보라), 106−107.

87장 〈월든〉

1. *Hind Swaraj* [Indian Home Rule], in *The Selected Works of Mahatma Gandhi*, ed. Shriman Narayan (Ahmedabad: Nawajivan, 1968), 4: 174, 201. 소로의 "Civil Disobedience"와 "Life without Principle"은 이 논문집의 참고문헌에 올라있다. 소로가 간디에게 미친 영향에 관해서는 George Hendrick, "The Influence of Thoreau's 'Civil Disobedience' on Gandhi's Satyagraha," *NEQ*, 29 (1956): 462−471을 보라.

2. *Walden*, p. 323; Lord Charnwood, *Abraham Lincoln* (New York: Holt, 1917), p. 60. Stanley Cavell은 소로가 칸트의 자유에 대한 생각을 어떤 식으로 이어받았는지 보여주고 있다. Cavell에 따르면 *Walden*의 도덕적 모티브는 "다른 모든 것들과 마찬가지로 우리의 행동이

결정되는 자연법칙의 세계에서 의지의 자유라는 문제에 답하려는 것"이다. *The Senses of Walden*, exp. Ed. (Berkeley: North Point Press, 1981), p. 95.

3. *Walden*, p. 318.

4. Erik H. Erikson, *Childhood and Society*, rev. ed. (New York: Norton, 1963), p. 232.

5. "The Life Cycle: Epigenesis of Identity," in Erik H. Erikson, *Identity: Youth and Crisis* (New York: Norton, 1968), pp. 91–141을 보라. Erikson류의 연구인 Richard Lebeaux의 *Young man Thoreau* (Amherst: University of Massachusetts Press, 1975)가 매우 설득력 있는 이유는 Erikson이 말하는 인생의 마지막 단계, 즉 우리 삶은 완전함이나 절망 속에서 그 대단원을 맞이한다는 생각을 소로도 함께 했기 때문이다; *Walden*, pp. 326, 327. 쿠우루의 장인에 관한 여러 코멘트 가운데 가장 유익한 것으로는 *Paul*, pp. 352–353을 보라.

6. *J*, 6:402, 403, 426.

88장 밤, 그리고 달빛

1. *J*, 6: 426, 464, 479.

2. *J*, 6:413, 415.

3. *J*, 6:416, 436; *Corr*, p. 330.

4. *J*, 6:437, 450, 454, 455, 468; *J*, 7:7.

5. Henry D. Thoreau, *The Moon*, ed. F. H. Allen (Boston: Houghton Mifflin, 1927), pp. 25, 43–44; William L. Howarth, "Successor to *Walden*? Thoreau's Moonlight—an Intended Course of Lectures," *Proof*, 2 (1972): 89–115는 소로의 달빛에 관한 글에 대한 가장 훌륭한 해설이다.

6. *The Moon*, pp. 5, 11.

7. "Night and Moonlight," in *Writings*, 5:323, 324, 330; *The Moon*, pp. 8, 25–26, 28–29, 53, 61.

8. *Walden*, p. 333; *The Moon*, pp. 1, 61.

89장 새로운 친구들

1. Thomas Blanding and Walter Harding, "A Thoreau Iconography" (Geneseo, 1980), *Thoreau Society Booklet* 30; 인물을 이상화해서 표현하는 Rowse의 성향에 관해서는 Ralph L. Rusk, *The Life of Ralph Waldo Emerson* (New York: Columbia University Press, 1949), p. 397을 보라.

2. Mary Thacher Higginson, *Thomas Wentworth Higginson, the story of his life* (Boston: Houghton Mifflin, 1914), p. 118; "Early Worcester Literary Days" in *The Concord Saunterer* 17, 2 (1984): 6.

3. Henry S. Salt, *Life of Henry David Thoreau* (London: R. Bently and Son, 1890; rept., Haskell House, 1968), pp. 110, 111.

4. *Corr*, pp. 332, 333, 342.

5. Daniel Ricketson, *The Autumn Sheaf* (New Bedford, 1869), p. 15; *Corr*, p. 334; *Daniel Ricketson and his Friends*, ed. Anna and Walter Ricketson (Boston: Hoghtton Mifflin, 1902), p. 19.

6. Thomas Cholmondeley, *Ultima Thule; or Thoughts Suggested by a Residence in New Zealand* (London: John Chapman, 1854), pp. 1, 189, 196−197, 198.

7. F. B. Sanborn, *Henry D. Thoreau* (Boston: Houghton Mifflin, 1882); Concord Free Public Library에 있는 은판 사진을 보라; Horace Traubel, *With Walt Whitman in Camden* (New York: Rowman and Littlefield, 1961; 1st pub. 1912), 1:213 and 3:402; *Corr*, p. 367.

90장 원칙 없는 삶

1. 이 에세이가 최종 원고 형태를 갖추기까지 어떤 과정을 거쳤는지 이해하려면 Bradley P. Dean의 미출간 석사학위 논문 "The Sound of a Flail—Reconstructions of Thoreau's Early 'Life Without Principle' Lectures," Eastern Washington University, 1984를 꼭 읽어볼 필요가 있다.

2. *RP*, pp. 158, 159, 160, 161, 173, 178, 179.

3. *J*, 3:90, 104, 182; *J*, 7:70. *HCL*, pp. 106−107.

4. *J*, 3:24; *J*, 7:99, 108, 109.

5. *J*, 7:87, 115, 116, 124; *Corr*, p. 369.

6. *J*, 7:277−278, 416, 417; *LRWE*, 7:512; *Days*, p. 357; *Corr*, pp. 383, 393.

91장 회복

1. *Cape Cod*의 출간 과정에 대해서는 Joseph Moldenhauer가 Princeton edition에 쓴 "Historical Introduction"을 보라.

2. *Corr*, pp. 387, 395−396.

3. *Corr*, p. 403. Lévi-Strauss의 말은 Richard Schweder, *New York Times Book Review*, Apt. 14, 1985에서 인용한 것이다.

4. R. Spence Hardy, *Eastern Monachism: An Account of the Origin, Laws, Discipline, Sacred Writings, Mysterious Rites, Religions, Ceremonies, and Present Circumstances, of the Order of Mendicants Founded by Gotama Budha......*(London: Partridge and Oakey, 1850), p. 42.

5. Christian C. J. Bunsen, *Outlines of the Philosophy of Universal History, Applied to Language and Religion* (London: Longman, Brown, Green, and Longmans, 1854), 2:xv; Christian C. J. Bunsen, *Hippolytus and His Age* (London: Longman, et al., 1854), p. xlvii; Bunsen, *Outlines*, 1:35.

6. Bunsen, *Outlines*, 1:35; Raymond Schwab, *The Oriental Renaissance*, trans. G. Patterson-Black and V. Reinking (New York: Columbia University Press, 1984), pp. 464−465를 보라.

7. *Corr*, p. 654; Virginia Woolf, *Books and Portraits* (New York: Harcourt Brace Jovanovitch, 1981), p. 67; *J*, 3:113.

8. *LRWE*, 4:506; Asher Durand, "Letters on Landscape Painting, Letter Ⅱ," in *The Crayon*, 1, 3 (1855): 35; *J*, 7:432; Mabel M. Swan, *The Athenaeum Gallery* (Boston, pvt. Pr., 1940), p. 101. Church의 유화 스케치에 관해서는 Theodore E. Stebbins, Jr., *Close Observation: Selected Oil Sketches by Frederick E. Church* (Washington: Smithsonian Institution Press, 1978); *J*, 7:481–482, 515; *Corr*, p. 389.

9. *J*, 8:3, 26–27, 64.

10. *J*, 8:14, 42, 43, 44.

92장 씨앗의 확산과 삼림천이

1. *Corr*, p. 409; *J*, 8:100, 158.

2. *J*, 8:87, 88, 91, 103.

3. *J*, 8:134; Gay Wilson Allen, *William James; a biography* (New York: Viking Press, 1967), p. 111.

4. *J*, 8:245.

5. *J*, 8:315.

6. *J*, 8:335.

7. *Corr*, pp. 423–424; *Writings*, 5:185; *Corr*, p. 426.

8. *J*, 8:363.

9. *J*, 8:461.

10. *J*, 9:20, 36, 43.

93장 월트 휘트먼

1. *J*, 9:121. Kane이 식물학 분야에 기여한 내용은 Elisha Kent Kane, *Arctic Explorations in the Years 1853, 54, 55* (Philadelphia: Childs and Peterson, 1856)의 부록에 있는 item 18이다.

2. *J*, 11:438.

3. Justin Kaplan, *Walt Whitman: A Life* (New York: Simon and Schuster, 1980), pp. 202–203; H. F. West, "Mr. Emerson Writes a Letter about Walden," *Thoreau Society Booklet* 9 (Lunenberg, Vt.: The Stinehour Press, 1954).

4. *The Journal of Bronson Alcott*, ed. Odell Shepard (Boston: Little, Brown, 1938), pp. 289–290; *The Letters of A. Bronson Alcott*, ed. Richard L. Herrnstadt (Ames: The Iowa State University Press, 1969), p. 211; *Corr*, p. 445.

5. Horace Traubel, *With Walt Whitman in Camden* (New York: Rowman and Littlefield, 1961), 3:375.

6. *The Journals of Bronson Alcott*, pp. 290–292; *Corr*, pp. 441, 444.

7. *Corr*, pp. 444−445; Kaplan, *Walt Whitman*, p. 203; *LRWE*, 4:520, 521.

8. *Days*, p. 376.

9. *Corr*, p. 446.

10. *J*, 9:169.

11. *HCL*, p. 197; *J*, 9:242, 252, 288; *Corr*, pp. 470, 478.

12. *J*, 9:335−337; Walter Harding, "Thoreau and Kate Brady," *American Literature*, 36 (1964): 347−349.

13. *J*, 9:164, 372.

14. *J*, 9:377−378. "Crossing Brooklyn Ferry"의 시작 스케치 부분은 Kaplan, *Walt Whitman*, p. 207을 보라. 강렬함이라는 문제는 Anthony Hilfer가 *The Ethics of Intensity in American Fiction* (Austin: University of Texas Press, 1981)에서 설명하고 있다.

94장 인디언의 신세계

1. *Corr*, pp. 473, 510.

2. *Corr*, p. 488; *Maine Woods*, p. 262.

3. *Corr*, p. 491.

4. Robert F. Sayre, *Thoreau and the American Indian* (Princeton: Princeton University Press, 1977), p. 172; *Maine Woods*, p. 226.

5. *J*, 9:446.

6. *Maine Woods*, p. 219.

7. Ibid., p. 185; *Corr*, p. 491; *Days*, pp. 391−392.

95장 가을의 빛깔, 존 러스킨, 순수한 눈

1. *Corr*, p. 443; *J*, 10:127.

2. *Corr*, p. 497. 소로는 이와는 별도로 러스킨을 읽으면서 George Field가 쓴 *Chromatography; or a Treatise on Colour and Pigments, and of their Powers in Painting* (London: Tilt and Bogue, 1841)을 알게 된 것 같다. 기술적인 내용의 책이지만 색채의 문학적 표현에 주목하고 있다.

3. John Ruskin, *Modern Painters, Volume Two* (New York: John Wiley and Sons, 1884; 1st pub. 1846), part 3, sec. 1, chap. 1, p. 5; *LRWE*, 6:239; John Ruskin, *The Two Paths* (Chicage: Belford, Clarke and Co., n.d.) P. 3. 소로가 *The Elements of Drawing*에 얼마나 흥미를 느꼈는지는 *J*, 10:210을 보라.

4. John Ruskin, *The Elements of Drawing* (New York: Dover, 1971; 1st pub. 1857), introduction by Lawrence Campbell, pp. viii, ix−x, 27.

5. Ibid., pp. 148, 156, 158; "Extracts on Natural History," Berg MS, *Howarth* F16, p. 22; *J*, 10:260, 282.

6. *Corr*, pp. 636–637; *Writings*, 9:341, 343.

7. *Writings*, 9:305, 349.

8. Ibid., 9:350, 351.

9. *J*, 10:141, 142. Richard J. Schneider, "Thoreau and Nineteenth Century American Landscape Painting," *ESQ*는 소로의 시각이라는 감각을 다룬 탁월한 논문이다.

96장 루이 아가시와 특수 창조론

1. 19세기 과학의 흐름에서 소로를 이해하는 출발점으로는 Donald Worster, *Nature's Economy: A History of Ecological Ideas* (Cambridge: Cambridge University Press, 1985; 1st pub. 1977), especially part 2, "The Subversive Science, Thoreau's Romantic Ecology,"와 Loren Eiseley, *The Unexpected Universe* (New York: Harcourt Brace, 1969), esp. chap. 6, "The Golden Alphabet"을 들 수 있다. 박물학자 소로를 문학적으로 접근한 연구로는 James McIntosh, *Thoreau as Romantic Naturalist* (Ithaca: Cornell University Press, 1974)와 John Hildebidle, *Thoreau: A Naturalist's Liberty* (Cambridge: Harvard University Press, 1983), 그리고 Kichung Kim, "Thoreau's Involvement with Nature: Thoreau and the Naturalist Tradition" (Ph.D. diss., University of California, Berkeley, 1969)가 가장 뛰어나다. Committee on Examination in Natural History에서 소로의 임명을 발표했다는 사실은 Raymond Borst, "The Henry David Thoreau Collection" in *The Parkman Dexter Howe Library*, Part II, ed. Sidney Ives (Gainesville: University of Florida Press, 1984)에 있다; *J*, 10:164–165.

2. Edward Lurie가 쓴 *Louis Agassiz: A Life in Science* (Chicago: University of Chicago Press, 1960)은 꼭 읽어봐야 한다. 아가시에 관해, 그리고 Hugh Miller 같은 진화론 논쟁과 관련된 인물들에 관해 소로가 읽은 것에 관해서는 Robert Sattelmeyer가 곧 출간하기로 한 책을 보라.

3. Lurie, *Louis Agassiz*, pp. 83, 87, 151, 152.

4. Ibid., p. 270; Louis Agassiz, *Contributions to the Natural History of the United States of America* (Boston: Little, Brown, 1857), vol. 1, part 1, "Essay on Classification," pp. 116–117.

5. Lane cooper, *Louis Agassiz as a Teacher* (Ithaca: Comstock, 1945; 1st ed., 1917), p. 1; Lurie, *Louis Agassiz*, p. 175; J. D. Teller, *Louis Agassiz: Scientist and Teacher* (Columbus: Ohio State University Press, 1947), p. v; Lurie, *Louis Agassiz*, pp. 301, 337, 338.

6. *J*, 9:299; *JMN*, p. 192; *J*, 10:467–468; *JMN*, 14:122–123.

7. Bell의 언급은 1968년에 출간된 다윈의 *Origin of Species* (New York: Penguin Books, 1968), p. 15에 실린 John Burrow의 탁월한 서문에서 인용한 것이다.

97장 존 브라운 대장을 위한 탄원

1. *J*, 11:12, 306, 307–308, 435.

2. *J*, 12:95, 159-160.

3. Bruce Catton, *This Hallowed Ground* (New York: Doubleday, 1956), p. 8; Lawrence Lader, *The Bold Brahmins: New England's War against Slavery* (New York: Dutton, 1961), p. 185.

4. *JMN*, 14:125.

5. *J*, 12:400.

6. 포타와토미 학살 사건에 존 브라운이 관여한 사실을 소로가 알고 있었다는 점은 Michael Meyer가 쓴 "Thoreau's Rescue of John Brown from History," *SAR* 1980, pp. 301-316에서 자세히 이야기하고 있다; *RP*, pp. 115, 138.

7. W. D. Howells, *Literary Friends and Acquaintances* (Bloomington: Indiana University Press, 1968), p. 55; *RP*, pp. 112, 129, 132.

98장 다윈과 진화론

1. "Extracts on Natural History," Howarth F16, pp. 86, 91, 110. 소로는 그 무렵 프랑스의 혁명주의자 Armand Gaston Camus가 쓴 *Histoire des animaux d'Aristote* (Paris: chez la veuve Desainte, 1793)을 번역하고 있었다.

2. 소로는 John Bostock이 번역해 Bohn 출판사에서 출간한 *The Natural History of Pliny* (London: Bohn, 1855)에서 플리니우스를 읽은 다음 자신이 갖고 있던 세 권짜리 라틴어 판 *Historia Mundi* (apud Jacobum Stoer, 1593)와 대조해봤다; "The Dispersion of Seeds" MS, *Howarth* F30, p. 1.

3. *Days*, p. 429. 소로가 *Origin of Species*에서 발췌한 내용은 "Extracts on Natural History" MS, *Howarth* F16, pp. 167-172에 있다.

4. John Burrow, "Introduction," *Origin of Species* (New York: Penguin, 1968), p. 11. John B. Wilson의 "Darwin and the Transcendentalists," *Journal of the History of Ideas* 26 (1965): 286-290에서는 소로가 다윈의 진화론을 지지했다고 지적하면서 소로와 특수창조론의 관계를 설명하고 있다. Kichung Kim의 1969년도 버클리대학 박사학위 논문 "Thoreau's Involvement with Nature; Thoreau and the Naturalist Tradition"에서는 소로와 다윈을 함께 다루지는 않고 있다. Herbert Uhlig의 "Improved Means to an Unimproved End," *TSB*, 128 (1974): 1-3에서는 소로의 다윈에 관한 지식을 그다지 높게 평가하지 않고 있다. William Howarth의 *The Book of Concord* (New York: Viking, 1982)는 출간되지도 않은 채 미완으로 끝나버린 소로의 씨앗 및 열매에 대한 연구에 다윈이 얼마나 중요한 역할을 했는지 처음으로 주목한 작품이다. John Hildebidle의 *Thoreau: A Naturalist's Liberty* (Cambridge: Harvard University Press, 1983)은 소로가 다윈을 통해 자신의 씨앗에 대한 생각을 확증했음을 지적하면서도 소로의 이론적인 면을 그리 평가하지 않고 있다. Victor Friesen의 *The Spirit of the Huckleberry* (Edmonton: University of Alberta Press, 1984)에서는 소로가 특수창조론에는 부정적이었으며 진화론에는 긍정적이었다고 소개하고 있다. Robert Sattelmeyer가 곧 내놓을 소로의 독서에 관한 연구에서도 이 주제를 다루고 있다. 다만 아직은 중요도에도 불구하

고 이 주제에 대한 만족스러운 설명은 나오지 않은 상태다.

5. Burrow, "Introduction," pp. 13, 14, 29.

6. Thomas Malthus, *An Essay on the Principle of Population*, 3rd ed. (London: J. Johnson, 1806), pp. 2, 3. 맬서스는 벤저민 프랭클린이 먼저 유사한 발견을 했다며 공을 돌리고 있다; *Charles Darwin's Autobiography*, ed. Sir Francis Darwin (New York: Henry Shuman, 1950), p. 54.

7. Darwin, *Origin of Species*, p. 68.

8. Ibid. pp. 377, 392–393, 414, 437.

9. Darwin, *Origin of Species*, pp. 443, 450; "Extracts on Natural History," *Howarth* F16, pp. 171–172.

99장 초월주의를 넘어, 자연사 프로젝트

1. *J*, 13:68, 77.

2. *J*, 13:138, 141, 149.

3. 현재 남아있는 차트와 리스트는 *Howarth* F18–F32에 있다. 대표적인 샘플 하나를 Morgan Library의 MA 610에서 볼 수 있다.

4. "Notes on Fruits" MS, *Howarth* F29h는 Berg Collection; "Notes on Fruits," p. 1에 있다; *Days*, p. 467.

5. *Corr*, p. 579.

6. *J*, 13:346. Augustine의 말은 H. N. Welhed, *The Mind of the Ancient World* (London: Longmans, 1937), p. 1에서 가져온 것이다.

7. *J*, 14:89.

8. Lurie, *Louis Agassiz*, chap. 7, "Agassiz, Darwin and Transmutation," pp. 252–307을 보라; *J*, 14:146, 147.

100장 지금은 이 세상만

1. *J*, 14:233, 234, 237, 268; *Walden*, p. 318; Edmund A. Schofield, "The Origin of Thoreau's Fatal Illness," *TSB* 171 (1985): 1–3; *The Journals of Bronson Alcott, ed. Odell Shepard* (Boston: Little, Brown, 1938), p. 334.

2. 소로가 Candolle과 Blodgett, 그리고 Hinds에게서 발췌한 내용은 "Extracts on Natural History," *Howarth* F16에 있다.

3. Walter Harding, "Thoreau's Minnesota Journey: Two Documents" (Geneseo: Thoreau Society, 1962), p. 17.

4. *Days*, p. 446. Horace Mann, Jr.의 빼어났지만 너무나 짧게 끝나버린 이력에 대해서는 Louise Hall Tharp, *Until Victory: Horace Mann and Mary Peabody* (Boston: Little, Brown, 1953), pp. 317–318을 보라. 사망원인 통계는 "Reports of the Selectmen," Concord Free Pub-

lic Library에서 가져온 것이다.

5. *Days*, pp. 455, 456–457; *HM* 954, *Howarth* F25a.

6. *Corr*, p. 641; *Writings*, 9:331.

7. *Days*, pp. 460, 464, 466; Thomas Blanding, "A Last Word from Thoreau," *The Concord Saunterer*, 11, 4 (1976): 16–17.

8. F. B. Sanborn, *The Personality of Thoreau* (Boston, 1901), pp. 68–69.

9. 소로의 "Leafing" lists and charts, Morgan MS MA 610, *Howarth* F20b를 보라.

헨리 데이비드 소로
자연의 순례자
HENRY THOREAU: A Life of the Mind

1판1쇄 인쇄일 2021년 9월 1일
1판1쇄 출간일 2021년 9월 10일

지은이 로버트 리처드슨
옮긴이 박정태
펴낸이 서정예
펴낸곳 굿모닝북스

등록 제2002-27호

주소 (10364) 경기도 고양시 일산동구 호수로 672 804호
전화 031-819-2569
FAX 031-819-2568
e-mail goodbook2002@daum.net

가격 33,000원
ISBN 978-89-91378-36-0   03840